Felicia Otten
DIE LANDÄRZTIN
Aufbruch in ein neues Leben

AF203145

Autorin

Felicia Otten ist das Pseudonym der erfolgreichen Autorin Beate Sauer. Geboren in Aschaffenburg, studierte sie zunächst Philosophie und katholische Theologie in Würzburg und Frankfurt am Main. Nach ihrem Diplom absolvierte sie eine journalistische Ausbildung. Doch dann erkannte sie, dass sie viel lieber Geschichten erzählen wollte. 1999 erschien ihr erster Kriminalroman, diesem folgten zahlreiche weitere Krimis und historische Romane. Die Autorin lebt mit ihrem Mann in Bonn und zahlreiche Ausflüge in die malerische Eifel haben sie zu ihrer Geschichte um die junge Landärztin Thea Graven inspiriert.

Von Felicia Otten erschienen

Die Landärztin – Aufbruch in ein neues Leben
Die Landärztin – Der Weg ins Ungewisse

Besuchen Sie uns auch auf www.instagram.com/blanvalet.verlag und www.facebook.com/blanvalet.

FELICIA OTTEN

Die Landärztin

Aufbruch in ein neues Leben

ROMAN

blanvalet

Wir danken dem Verlag dotbooks für die Genehmigung der Titelnutzung »Die Landärztin« (Martina Bick, erschienen 2014 bei dotbooks).

Penguin Random House Verlagsgruppe FSC® N001967

2. Auflage 2022
Copyright © 2022 by Blanvalet in der
Penguin Random House Verlagsgruppe GmbH,
Neumarkter Straße 28, 81673 München
Redaktion: Gisela Klemt
Umschlaggestaltung: www.buerosued.de
Umschlagmotive: Rekha Arcangel/Arcangel Images;
mauritius images/Klaus-Gerhard Dumrath; www.buerosued.de
Karte: www.buerosued.de
WR · Herstellung: sam
Satz: KompetenzCenter, Mönchengladbach
Druck und Bindung: GGP Media GmbH, Pößneck
Printed in Germany
ISBN 978-3-7341-1041-2

www.blanvalet.de

Kapitel 1

Dr. Thea Graven starrte durch das Fenster des Busses. An diesem kalten Märzmorgen war es ganz beschlagen und die Straße mit ihren Gründerzeithäusern dahinter nur zu erahnen. Nun tauchte der schemenhafte Umriss einer Kirche draußen auf. Gleich darauf verlangsamte der Bus seine Fahrt und kam zum Halten. Zwei Stopps waren es noch bis zum Hamburger Universitätsklinikum. Bis zu ihrem Dienstbeginn um sechs Uhr hatte Thea noch reichlich Zeit. Rasch stand sie auf und schob sich zwischen den Passagieren hindurch zur Tür.

Trotz der Kälte und der Dunkelheit hing eine Ahnung von Frühling in der Luft. Was vielleicht am Gesang der Vögel lag oder auch an den Schneeglöckchen, die jetzt, Ende März, durch das Gras in den Vorgärten spitzten. Thea vergrub die Hände in den Taschen ihres Mantels und ging schnellen Schrittes in Richtung Kirche. Mit dem niedrigen Turm und dem breiten, gedrungenen Schiff wirkte St. Johannis wehrhaft und wie ein Zufluchtsort. Fast auf den Tag genau hatten Hans und sie vor neun Jahren dort geheiratet. Und in dieser Nacht hatte sie auch wieder von ihm geträumt. Thea erinnerte sich nicht mehr an Einzelheiten, nur an ihr tiefes Glücksgefühl beim Aufwachen. Denn in dem Traum war Hans am Leben und bei ihr gewesen.

Dieses Gefühl begleitete sie nun schon seit dem Aufstehen. Wie ein zartes Gespinst oder ein schützender Kokon umgab es sie. Aber da war ebenso eine große Wehmut. Denn Hans war tot. Er ruhte auf einem Friedhof am Rand eines italienischen Bergdorfes.

Erklang in der Kirche gedämpfte Orgelmusik, oder bildete sie sich das nur ein? Thea lauschte. Ja, tatsächlich, jemand spielte zu dieser frühen Stunde auf der Orgel, und hinter den Kirchenfenstern war ein schwacher Lichtschein zu sehen. Eigentlich hatte sie nur ein paar Minuten vor der Kirche innehalten wollen. Doch nun drückte sie versuchsweise auf die Klinke. Die Tür ließ sich öffnen, und Thea schlüpfte nach drinnen. In einer der hinteren Bänke ließ sie sich nieder.

Der Altar und das schlichte Kreuz dahinter waren auch in dem dämmrigen Licht gut zu erkennen. Dort hatten Hans und sie während der Trauung gekniet. Die Hochzeit war improvisiert gewesen, wie so viele während des Krieges, mit zwei zufällig vorbeikommenden Passanten von der Straße als ihre Trauzeugen und ohne Gäste. Aber in dem Moment, als sie sich die Ringe übergestreift und sich das Eheversprechen gegeben hatten, war das alles unwichtig gewesen. Nur Hans' Lächeln, sein inniger Blick und die Hoffnung auf eine gemeinsame, glückliche Zukunft hatten gezählt.

Thea schloss die Augen. So viele Träume und Pläne hatten Hans und sie gehegt! Der schönste war der von einem kleinen Haus in einem Hamburger Vorort gewesen. Immer wieder hatten sie es sich beschrieben und ausgemalt. Es sollte grüne Fensterläden und ein weit heruntergezogenes Dach haben und Raum für Theas gynäkologische Praxis bieten. Ihre Kinder würden durch die Zimmer und den

Garten toben. Und unter dem Dach oder in einem Schuppen würde Hans sein Atelier einrichten und dort malen und zeichnen und seinen Weg als Künstler weiterverfolgen. Aber der Krieg hatte dies durchkreuzt.

Hans, ihre große Liebe … Für ihn hatte sie mit dem Vater gebrochen und auf ein komfortables Leben als Tochter aus großbürgerlichem Hause verzichtet. Sie hatte es nie bereut.

Noch für einige Momente gab sich Thea den bitter-süßen Erinnerungen hin. Dann verschloss sie ihren Kummer in sich. Bei aller Wehmut und Trauer um den geliebten Mann wollte sie dem Schicksal gegenüber nicht undankbar sein. Schließlich war ihr *ein* Traum geblieben. Schon als kleines Mädchen hatte sie Ärztin werden wollen, und mit ihrer Prüfung zur Fachärztin für Gynäkologie in einem knappen Jahr würde er endgültig in Erfüllung gehen.

Thea blickte noch einmal zum Altar. »Danke, Hans, für deine Liebe«, flüsterte sie. Dann stand sie auf und verließ die Kirche.

Thea schritt schnell aus, und nach zehn Minuten hatte sie das Universitätsklinikum erreicht. Ihre melancholische Stimmung verflog endgültig. Welche Herausforderungen würde ihr dieser Tag wohl bringen? Gespannt sah sie ihrem Dienst entgegen.

Hinter dem Eingangsgebäude erstreckte sich das riesige, wie ein Park angelegte Krankenhausareal. Inmitten von ausgedehnten Rasenflächen standen die Backsteinhäuser, in denen die einzelnen Stationen untergebracht waren – links von der zentralen Straße die der Frauen, rechts die der Männer. Vor einem der »Pavillon« genannten Gebäude begegnete

Thea einer Gruppe junger Schwestern und erwiderte freundlich ihren Gruß.

Fünf Jahre nach dem Ende des Krieges lagen einige Häuser immer noch in Trümmern. Doch die meisten waren wieder in Stand gesetzt und jetzt, kurz vor sechs Uhr morgens, hell erleuchtet. Krankenhausdiener schoben das Frühstück von der Küche auf Karren zu den einzelnen Stationen. In den Sälen füllten die Hilfsschwestern Malzkaffee und Tee aus großen Blechkannen in die Tassen, und die ersten Patienten wurden zum Operationshaus transportiert. Der Krankenhausalltag nahm seinen Lauf.

Seit einigen Wochen arbeitete Thea auf der Männerstation für Chirurgie. Wegen der vielen Kollegen, die aus der Kriegsgefangenschaft heimkehrten, waren die Stellen für Assistenzärzte rar und gerade die für Chirurgie heiß begehrt. Deshalb war Thea froh, wenigstens eine bei den Männern ergattert zu haben, wenn sie schon keine auf der Frauenstation bekommen konnte. Denn sie wollte ihr allgemeines medizinisches Wissen unbedingt noch vertiefen.

»Frau Dr. Graven …«

Thea hatte den Eingang der chirurgischen Station fast erreicht, als sie ihren Namen rufen hörte. Sie blieb stehen und drehte sich um. Eine rundliche Frau in einem abgetragenen Mantel hastete auf sie zu. »Ach, Frau Dr. Graven, wären Sie vielleicht so nett und würden meinem Karl die Schneeglöckchen und die Wurstkonserve bringen?«, stieß sie atemlos hervor. »Ich schaff's heute Nachmittag nicht, zur Besuchszeit zu kommen, ich hab keine Aushilfe für den Laden.«

»Das tue ich gern«, erwiderte Thea herzlich und nahm das Sträußchen und die Dose entgegen. Sie mochte Frau Hansen und deren Mann, der wegen eines komplizierten

Beinbruchs auf der Station lag, wirklich sehr. Das Ehepaar betrieb im Stadtteil Moorburg einen Kolonialwarenladen, und trotz des weiten Wegs kam Frau Hansen ihren Gatten jeden Tag besuchen. Es berührte Thea, wie sehr die beiden aneinander hingen. Und Herr Hansen war immer freundlich und geduldig, obwohl er schon einige Operationen über sich hatte ergehen lassen müssen.

»Das ist sehr nett von Ihnen, Frau Doktor. Und sagen Sie meinem Karl bitte, dass im Laden alles in Ordnung ist. Und er soll genug essen und trinken. Seit er im Krankenhaus ist, hat er abgenommen.«

Dieser Meinung war Thea zwar nicht, aber sie versprach, auch das auszurichten. Dann verabschiedete sie sich.

»Guten Morgen, Frau Kollegin.« Dr. Julius Engelhardt, der Nachtdienst auf der Station gehabt hatte, war vor den Eingang getreten und zündete sich eine Zigarette an. »So so, Sie haben also einen Botendienst übernommen.«

»Ja, warum nicht?« Nach Theas Geschmack achtete der Kollege manchmal zu sehr auf seine ärztliche Würde. »Gab es irgendwelche besonderen Vorkommnisse heute Nacht?«

»Nein, nur das Übliche. Ein paar Patienten haben über Schmerzen nach der Operation geklagt. Ich hab ihnen die entsprechenden Medikamente gegeben und das jeweils im Patientenbogen vermerkt. Ein junger Mann hat sich erbrochen. War wahrscheinlich eine Folge der Narkose. Ansonsten verlief die Nacht ruhig und gesittet. Wobei ich natürlich nichts über die unkeuschen Träume einiger Patienten weiß.« Dr. Engelhardt grinste.

»Hauptsache, *Sie* waren nicht so tief in einem unkeuschen Traum versunken, dass Sie die Notfallklingel überhört hätten«, erwiderte Thea trocken.

»Jetzt seien Sie doch nicht immer so protestantisch prüde und pflichtbewusst!« Der Kollege stieß den Zigarettenrauch aus. »Aber vielleicht wollen Sie ja wenigstens die wichtige Neuigkeit hören?«

»Nein, eigentlich nicht.« Thea reichte es allmählich mit dem Geplänkel.

»Das wäre aber dumm von Ihnen.« Dr. Engelhardt machte eine Kunstpause und vollführte eine theatralische Geste. »Der Alte wird heute die Visite leiten. Das hat mir der Oberarzt vorhin mitgeteilt.«

»Oh, tatsächlich? Aber heute ist doch gar nicht Mittwoch?« Thea schreckte auf. Der *Alte*, Professor Dr. Friedrich Arnhem, war der Chefarzt der Chirurgie und eine Koryphäe. Seine wöchentliche Visite war immer ein Fegefeuer für die Assistenzärzte, denn er war äußerst penibel und duldete keine noch so kleine Nachlässigkeit.

»Na, dachte ich es mir doch, dass Sie das interessiert.« Dr. Engelhardt wirkte sehr zufrieden mit sich. »Der Professor hat ab Mitte der Woche wohl für ein paar Tage Urlaub genommen. Deshalb findet die Visite schon heute statt.«

Noch ein Grund mehr, die Zeit nicht mit Geplänkel zu vergeuden. Thea nickte dem Kollegen zu. »Dann bis zur Visite.« Sie eilte in das Arztzimmer.

Dort zog sie ihren Mantel aus und schlüpfte in den gestärkten weißen Kittel. Nachdem sie ihn zugeknöpft hatte, betrachtete sie sich prüfend im Spiegel. Aus ihrem straff zurückgekämmten und im Nacken zu einem Knoten gebundenen Haar löste sich keine Strähne. Dies, verbunden mit der dunklen, wuchtigen Hornbrille, verlieh ihrem ungeschminkten Gesicht eine gewisse geschlechtslose Strenge.

So war es gut. Während des Studiums und dann in den

Jahren als Assistenzärztin hatte sie gelernt, ihre Weiblichkeit möglichst zu verbergen, denn obwohl Frauen das Medizinstudium in Deutschland nun schon seit über vierzig Jahren offenstand, galten sie bei den männlichen Kollegen und den vorgesetzten Ärzten immer noch oft als schwach, viel zu emotional und wenig belastbar. Das Opfer, unattraktiv zu sein, brachte sie gern für ihren Beruf. Und seit Hans, ihr geliebter Mann, nicht mehr am Leben war, war es ihr ohnehin gleichgültig, wie sie aussah.

Rasch las Thea die Patientenbogen durch, die auf dem Schreibtisch lagen. Dann – an der Tür, auf dem Weg zu den beiden Krankensälen, die sie betreute – kehrte sie noch einmal um. Sie hätte die Schneeglöckchen und die Konserve für Herrn Hansen fast vergessen.

In dem dreißig Betten zählenden Krankenhaussaal räumten die Hilfsschwestern das Frühstück ab und rissen den zu langsamen Kranken das Geschirr und das Besteck aus den Händen. Patienten mit ganz unterschiedlichen Krankheitsverläufen und Beschwerden lagen hier. So waren neben der Unfall- auch die Thorax- und die Viszeralchirurgie vertreten, also jene Gebiete der Chirurgie, die den Brust- und den Bauchraum betrafen.

Ehe Thea die Vor-Visite begann und sich reihum nach dem Befinden der Patienten erkundigte, ging sie schnell zu Herrn Hansen, dessen eingegipstes Bein hochgelagert war, und stellte die Konserve und die Schneeglöckchen in einem Glas mit Wasser auf seinen Nachttisch. »Herr Hansen, das hat mir Ihre Frau vorhin gegeben. Sie kann heute Nachmittag leider nicht zur Besuchszeit kommen. Herr Hansen …?« Thea stutzte. Der ältere Mann, der sie sonst immer freundlich und mit einem Scherz begrüßte, lag apathisch in seinen Kissen. Sein Gesicht war gerötet, als ob er Fieber hätte. »Herr Hansen, geht es Ihnen nicht gut?« Thea beugte sich zu ihm.

»Mit mir ist alles in Ordnung.« Er rang sich ein Lächeln ab. »Danke, dass Sie mir die Sachen gebracht haben, Frau Doktor.«

»Von wegen, alles in Ordnung, heute Nacht hat er zweimal gebrochen«, mischte sich der Patient aus dem Nachbarbett ein. »Ich konnt ihm gerade noch rechtzeitig 'ne Waschschüssel bringen. Sonst hätt er sich und das Bett vollgekotzt.«

»Das ist aber nicht in Ihrem Patientenbogen vermerkt, Herr Hansen.«

»Er hat mir verboten, dass ich 'ne Schwester oder den Arzt alarmiere«, bemerkte wieder Herrn Hansens Bettnachbar.

»Sei endlich still, Joseph!«, fuhr Herr Hansen ihn an. »Ich hab einfach den Kohl, den es zum Abendessen gab, nicht vertragen, das ist alles. Kein Grund, so 'nen Wirbel zu machen.«

»Lassen Sie mich mal Ihre Temperatur messen.« Zusammen mit einer Schwester half Thea Herrn Hansen aus der Schlafanzugjacke und schob ein Fieberthermometer unter seine Achsel. Als sie es gleich darauf kontrollierte, zeigte es 38,5 Grad an. Die Temperatur war zu hoch.

»Haben Sie Schmerzen in der Bauchgegend? Ist Ihnen übel?«, forschte Thea weiter nach.

»Nein, nein, wie ich schon sagte, mir geht es gut«, wehrte Herr Hansen ab.

»Zeigen Sie mir doch bitte mal Ihre Zunge.«

Herr Hansen seufzte und tat, wie ihm geheißen.

Die Zunge war belegt. Thea drückte auf einen bestimmten Punkt auf der Linie zwischen dem Bauchnabel und dem rechten Hüftknochen.

»Bereitet Ihnen das Schmerzen?«

»Nein, gar nicht.«

»Und das?« Sie strich fest über die Bauchdecke, den Windungen des Darms folgend.

»Auch nicht.«

Zwei wichtige Indikatoren für eine Blinddarmentzündung waren also negativ. Wenn da nur nicht die erhöhte Temperatur und die belegte Zunge gewesen wären … Thea ging mit sich zu Rate. Manchmal war bei älteren Patienten das Schmerzempfinden verringert. Sie wollte kein Risiko eingehen. Deshalb ließ sie die Vorhänge um das Bett zuziehen und drehte zusammen mit zwei Schwestern Herrn Hansen auf die Seite – wegen seines eingegipsten Beines kein ganz einfaches Unterfangen. Die Temperatur im Rektum betrug 39,5 Grad. Eine Differenz von einem Grad zwischen der Körpertemperatur unter der Achsel und im Rektum war unter Umständen doch ein Hinweis auf eine Appendizitis.

»Möglicherweise leiden Sie an einer akuten Blinddarmentzündung, Herr Hansen.« Thea fasste nach seinem Unterarm und suchte nach der Vene. »Ich möchte Ihnen jetzt Blut abnehmen. Eine Laboruntersuchung wird Klarheit bringen.«

»Also bitte, Frau Doktor, jetzt malen Sie mal nicht den Teufel an die Wand.« Etwas von Herrn Hansens guter Laune kehrte zurück. »Ein komplizierter Beinbruch *und* eine Blinddarmentzündung, das ist ja gewissermaßen 'ne Wahrscheinlichkeit wie ein Sechser im Lotto.«

»Wir werden sehen«, erwiderte Thea nur. Sie schickte eine Schwester mit dem entnommenen Blut zum Labor und trug ihr auf, sie solle auf eine schnelle Untersuchung drängen. Dann begann sie die eigentliche Vor-Visite. Gut drei Stunden blieben ihr noch, dann würde der Chefarzt Professor Dr. Arnhem auf der chirurgischen Station erscheinen.

Kurz vor zehn Uhr wartete Thea zusammen mit dem Oberarzt, dem Stationsarzt, ihrem Kollegen Dr. Engelhardt, drei weiteren Assistenzärzten, der Oberschwester und etlichen anderen Schwestern in der Eingangshalle der chirurgischen Station. Wie immer vor den Visiten des Chefarztes war sie nervös. Dr. Engelhardt ging es nicht anders, mochte er auch versuchen, noch so kühl und gelassen zu wirken. Ihn verriet, dass er noch einmal rasch in den Patientenbogen seiner beiden Krankensäle blätterte.

Um Punkt zehn Uhr fuhr der schwarze Maybach des Professors vor, und ein genau choreografierter Ablauf begann. Während der Chefarzt zum Portal schritt, öffnete eine Schwester die Eingangstür. Thea und der Kollege Engelhardt traten vor; ihnen oblag in diesem Monat die Aufgabe, den Professor zu empfangen. Thea nahm ihm den Regenschirm und die Aktentasche ab, Dr. Engelhardt half ihm aus dem Mantel. Alles wurde einer Schwester übergeben, die damit zum Büro des Chefarztes eilte. Die Oberschwester reichte Dr. Engelhardt einen weißen gestärkten Kittel, und er hielt ihn dem Professor hin, sodass dieser nur noch hineinschlüpfen musste.

Anfangs hatte Thea diese Rituale albern gefunden, aber mittlerweile nahm sie sie einfach hin. In Krankenhäusern waren die Hierarchien nun einmal sehr ausgeprägt.

»Frau Dr. Graven, Ihre beiden Säle zuerst«, wandte sich der Chefarzt ihr nun in militärisch knappem Ton zu. Er war ein großer hagerer Mann, der sich, obwohl schon Mitte siebzig, immer noch kerzengerade hielt. Buschige weiße Brauen lagen über seinen Augen, die immer sehr durchdringend und einschüchternd blickten.

»Jawohl, Herr Professor.« Thea atmete tief durch. Wenn ihre Patienten zuerst dran waren, hatte sie die Visite wenigstens bald hinter sich.

Beim Eintritt des Professors verstummten alle Gespräche in dem Krankensaal. Nur vereinzelt war noch ein Flüstern zu hören. Thea trat mit Professor Arnhem, den Kollegen und den Schwestern zu dem ersten Patienten, einem Mann um die dreißig, der vor einigen Tagen wegen eines offenen Magengeschwürs operiert worden war. Der Professor wollte alle Details seines derzeitigen Zustandes wissen, samt der genauen Medikation, des Stadiums der Wundheilung und den Blutwerten, und Thea war sehr froh, dass sie alle Fragen zu seiner Zufriedenheit beantworten konnte. So ging es weiter, von Bett zu Bett, von Krankem zu Krankem.

Thea fing sich zwei Rüffel ein. Einmal war Professor Arnhem mit ihrer Schmerzmitteldosierung bei einem Krebskranken nicht einverstanden, ein anderes Mal fand er es viel zu umständlich, wie sie ihm den Zustand eines Patienten beschrieb, dessen Lendenwirbel hatten versteift werden müssen.

Die Visite im ersten Krankensaal war etwa zur Hälfte bewältigt, als ein Mann in einem Laborkittel sich Thea näherte. »Verzeihung, sind Sie Frau Dr. Graven?«, fragte er.

Der Chefarzt fuhr herum. Offensichtlich war der Mitarbeiter noch neu und hatte keine Ahnung, dass der Professor während der Visite keine Störung wünschte. »Frau Dr.

Graven, was soll das?«, fuhr der Professor sie denn auch gleich gereizt an.

»Verzeihung, Herr Professor, ich hatte vorhin die Laborwerte eines Patienten angefragt. Es besteht der Verdacht auf Appendizitis«, erwiderte Thea rasch.

»Und, wie lautet das Ergebnis der Blutuntersuchung?«

Thea studierte den Befund. »Die Zahl der Leukozyten ist stark erhöht«, sagte sie dann. »Ich würde zu einer möglichst baldigen Operation raten.«

»So, tatsächlich, das würden Sie also. Wer ist der Patient?«

O Gott, hoffentlich hatte sie sich mit ihrer Einschätzung nicht geirrt! Thea geleitete den Chefarzt zu Herrn Hansen. Auch Professor Arnhem stellte dem Mann die Fragen, die ihm Thea zuvor schon gestellt hatte, und tastete seinen Bauch ab. Dann nickte er und wandte sich an die Oberschwester. »Sorgen Sie dafür, dass der Patient für die Operation vorbereitet wird, ich führe sie selbst durch. Und Sie beide«, er sah Thea und Dr. Engelhardt an, »werden mir assistieren.«

Dem Chefarzt assistieren zu dürfen! Theas Anspannung wich einem Lächeln. Herr Hansen griff nach ihrer Hand und drückte sie. »Ich bin sehr froh, dass Sie bei der OP dabei sein werden, Frau Doktor«, flüsterte er ihr zu.

Wegen des großen Mangels an Ärzten hatte Thea schon während der letzten beiden Kriegsjahre, obwohl sie erst Medizinstudentin gewesen war, gelegentlich bei Operationen assistiert. Damals fanden diese häufig in den Kellern und unterirdischen Gängen des Krankenhauses statt. Wenn die Bomben niederfielen, ließen die Detonationen den OP-Tisch erzittern. Während sie jetzt auf das Operationsgebäude mit seinen riesigen Fenstern zulief, schien dies alles viel länger als ein paar Jahre zurückzuliegen, und sie war trotz ihres abgeschlossenen Medizinstudiums und ihres Doktortitels ein bisschen aufgeregt.

Die übliche Routine vor einer Operation half Thea, ihre Gelassenheit wiederzufinden. Sie bürstete sich gründlich die Fingernägel, wusch ihre Hände und Unterarme in der genau vorgeschriebenen Reihenfolge mit Lysol und ließ sich von den Schwestern in den sterilen Kittel kleiden und in die Gummihandschuhe helfen. Ein rascher Blick in den Spiegel – Mundschutz und Haube saßen korrekt. Dann ging sie in den Operationssaal. Ihr Kollege Dr. Engelhardt wartete dort schon in dem sterilen Bereich und nickte ihr zu.

Gleich darauf wurde Herr Hansen auf einer Liege in den OP gerollt, und der Anästhesist nahm neben den Überwachungsinstrumenten Platz. In der Narkose, den Leib mit sterilen Tüchern bedeckt, wirkte Herr Hansen irgendwie kleiner als sonst und sehr fragil. Nun öffneten sich die Türen wieder, und Professor Arnhem betrat den OP.

»Dr. Graven«, er wandte sich Thea und ihrem Kollegen zu, »Sie sind mein erster Assistent, Dr. Engelhard, Sie der zweite.«

Sie hatte die verantwortungsvollere Aufgabe übertragen bekommen. Wieder fühlte Thea eine Welle der Nervosität in sich aufsteigen. Die OP-Schwester reichte Professor Arnhem das Skalpell. Die ausgesparte Stelle zwischen den sterilen Tüchern schimmerte im Licht der Deckenlampen orangefarben von dem Desinfektionsmittel, und ein Strich markierte die Stelle des Eingriffs über dem entzündeten Blinddarm.

Professor Arnhem vollführte mit dem Skalpell den Bauchschnitt und arbeitete sich dann schnell und präzise in die tieferen Körperschichten vor. Dr. Engelhardt zog die Öffnung in der Bauchdecke mit den Klammern auseinander, und Thea saugte das Blut mit dem Sauger ab, darauf bedacht, dem Chefarzt nie die Sicht auf das Operationsfeld zu versperren. Der entzündete Wurmfortsatz des Blinddarms wurde sichtbar.

Die rechte Hand des Chefarztes mit dem Skalpell bewegte sich. Thea erwartete, dass er den Wurmfortsatz entfernen würde. Doch da erfasste plötzlich ein krampfartiges Zittern seine Hände. Das Skalpell zuckte unkontrolliert hin und her. Thea starrte noch auf die Klinge, konnte nicht fassen, was sie sah, als ein Schwall hellroten Blutes hochspritzte. Eine Schwester schrie auf. Das Skalpell hatte die Beckenaorta durchtrennt.

»Gefäßklemmen, schnell Gefäßklemmen!«, hörte sie Professor Arnhem schreien.

Der Bauchraum füllte sich mit Blut, als ob es das Absauggerät gar nicht gäbe. Aber Thea hielt es doch in den Händen! Und es hatte keinen Defekt. Sie konnte spüren, wie es leicht vibrierte.

Professor Arnhem griff in den Bauchraum. Für einen Moment bekam er die Beckenaorta zu fassen. Dann entglitt sie seinen Fingern.

Wie von weit her ertönte ein schrilles Piepen, jemand rief: »Der Patient hat keinen Puls mehr!«

»Eine Bluttransfusion, ich brauche eine Bluttransfusion, los, beeilen Sie sich!« Wieder die Stimme des Professors.

Das Transfusionsgerät wurde herbeigeschoben. Endlich bekam der Professor die Beckenaorta zu greifen und konnte die Gefäßklemmen ansetzen. Eine OP-Schwester schob sterile Tücher in die Bauchhöhle, und Professor Arnhem stach mit der Kanüle in Herrn Hansens Armvene. Blut rann durch den Schlauch. Der Infusionsbeutel leerte sich. Doch das schrille Piepen ließ nicht nach.

Schließlich hörte Thea den Anästhesisten sagen: »Wir haben den Patienten verloren.«

Für einen Moment schwankte Professor Arnhem und fasste Halt suchend an den OP-Tisch. Dann richtete er sich auf und vollführte eine resignierte Geste. »Was für ein Jammer, dass der Patient an einem Aneurysma der Beckenaorta gelitten hat. Und wie tragisch, dass es während der Operation gerissen ist. Der bedauernswerte Mann. Aber jede OP, auch ein Routineeingriff, bedeutet nun einmal eine große Belastung für den menschlichen Körper.«

Hatte der Professor das wirklich gesagt? Thea konnte es nicht glauben. Der Anästhesist, Dr. Engelhardt und die Schwestern sahen betreten zu Boden. Auch sie selbst senkte jetzt entsetzt und beschämt den Blick. Nein, das war kein Zusammentreffen unglücklicher Umstände gewesen. Der Professor hatte die Beckenaorta versehentlich mit dem Skalpell durchtrennt und so Herrn Hansens Tod herbeigeführt.

Thea zog die Gummihandschuhe aus. Dann entledigte sie sich der Haube, des Mundschutzes und des OP-Kittels und warf alles in den dafür vorgesehenen Behälter aus Metall. Sie fühlte sich immer noch wie in Trance.

Ihr Kollege Dr. Engelhardt trat jetzt neben sie und legte die OP-Kleidung ebenfalls ab. Aus einem Nebenraum war das leise Klirren von Metall zu hören. Wahrscheinlich reinigten die Schwestern dort die Instrumente.

Seit sie und der Kollege den OP verlassen hatten, hatten

sie noch kein Wort miteinander gesprochen. Ja, sie hatten sogar jeden Blickkontakt vermieden. Jetzt schluckte Thea und wandte sich Dr. Engelhardt zu. »Sie ... Sie haben es doch auch gesehen. Dass der Patient, Herr Hansen, nicht an einem Aneurysma gelitten hat. Die Beckenaorta ist nicht gerissen. Professor Arnhem hat sie durchschnitten. Seine Hände haben gezittert. Die OP-Schwester hat es wahrscheinlich auch bemerkt. Sie stand ja neben uns.« Ihre Stimme brach.

Dr. Engelhardt lehnte sich gegen einen Metallschrank und wich immer noch Theas Blick aus. »Ja, ich habe es gesehen«, sagte er schließlich leise.

»Wir müssen den Vorfall der Klinikleitung melden.«

»Sind Sie verrückt? Das machen wir auf keinen Fall!«, fuhr er auf.

»Aber ...« Thea legte die Hand auf die Brust, eine unbewusste Geste, um ihr wild pochendes Herz zu beruhigen, und schaute ihn entgeistert an.

»Niemand würde uns glauben, dass dem Alten ein solcher Fehler unterlaufen ist«, fiel der Kollege Thea brüsk ins Wort. »Außerdem ... Professor Arnhem hat viele Menschenleben gerettet. Er hat es nicht verdient, dass durch einen einzigen Fehler ein Makel auf seine Karriere fällt. Wir beide – Sie und ich – werden wahrscheinlich auch einmal für den Tod eines Patienten verantwortlich sein. Und so furchtbar und bedauerlich das auch sein wird – in diesem Fall hoffe ich dass mir ein Kollege ebenfalls beisteht und mich nicht denunziert.«

»Aber dieses heftige Zittern der Hände? Was ist, wenn der Professor krank ist, wenn er vielleicht einen leichten Schlaganfall hatte und das bei einer anderen Operation wie-

der geschieht? Wir haben doch eine Verantwortung gegenüber den Patienten! Und wir müssen Professor Arnhem vor
sich selbst schützen.« Noch immer klopfte Theas Herz wie
wild, und ihr war übel.

»Der Professor würde doch eine Krankheit bei sich selbst
als Erster diagnostizieren.« Dr. Engelhardt lachte spröde
auf. »Nein, es war ein furchtbarer Fehler. Den wir beide
schnell vergessen werden.« Damit ließ er Thea stehen und
eilte davon.

Unglücklich und zweifelnd blieb sie zurück. Sie verstand
seine Argumente ja. Aber dennoch waren sie nicht richtig.

Kapitel 2

Erschöpft schloss Thea am Abend die Wohnungstür auf. Aus dem Zimmer einer Mitbewohnerin schallte ihr der Schlager »La mer« von Lale Andersen entgegen. Die Wohnung in der Nähe der Binnenalster hatte brüchige Dielen, und der Stuck bröckelte von den Decken, aber Thea war froh, hier zusammen mit fünf anderen jungen Frauen untergekommen zu sein. Denn Teile von Hamburg lagen immer noch in Trümmern.

Mittlerweile erschien Thea das schreckliche Unglück während der Operation ganz irreal. Und wenn sie nicht mit dem Kollegen darüber gesprochen hätte, wäre sie vermutlich allmählich unsicher gewesen, ob Professor Arnhems Hände wirklich gezittert hatten. Gott sei Dank hatte eine Schwester Frau Hansen vom Tod ihres Gatten unterrichtet. Denn Thea hätte es nicht ertragen, es der Witwe selbst sagen zu müssen.

In ihrem Zimmer galt Theas Blick wie immer, wenn sie nach Hause kam, zuerst dem Foto ihres Mannes auf dem Schreibtisch. Sie zog den Mantel aus, löste den Kamm aus ihrem Haarknoten und tauschte den Rock und die Bluse gegen eine Hose und einen weiten Pullover. Dann füllte sie am Waschbecken Wasser in den Kessel, schaltete die elektrische Kochplatte ein und bereitete sich einen Tee zu.

Mit der Tasse in der Hand ließ Thea sich in dem abgenutzten Sessel neben dem Schreibtisch nieder. Hunger hatte sie keinen, obwohl sie seit dem Morgen nichts mehr gegessen hatte, aber der heiße, süße Tee tat ihr gut. Von der Fotografie schaute Hans sie aufmerksam an. So war sein Blick auf die Welt immer gewesen – aufmerksam und wach und wohlwollend.

Es ist etwas Furchtbares geschehen. Thea hatte es sich angewöhnt, mit Hans stumme Zwiesprache zu halten und ihm zu erzählen, was sie bewegte. *Ich bin so durcheinander und habe Angst, etwas Falsches zu tun.*

Sie hatte gerade begonnen, ihm die Operation zu schildern, als es an der Tür klopfte. Auf Theas »Ja?« hin steckte ihre Mitbewohnerin Ilse den Kopf ins Zimmer.

»Thea, Telefon für dich. Eine Frau möchte dich sprechen. Ich habe den Namen nicht richtig verstanden.«

Möglicherweise eine Krankenschwester. Vielleicht war im Krankenhaus ein Notfall eingetreten. Thea erhob sich rasch. Das Telefon war ein Luxus. Doch da es den Anschluss bei ihrem Einzug schon gegeben hatte, hatten sie und ihre Mitbewohnerinnen beschlossen, ihn zu behalten.

»Thea, es tut mir leid, aber ich erwarte in einer Viertelstunde einen wichtigen Anruf von meinem Verlobten...« Ilse sah sie bittend an.

»Ja natürlich, ich lasse dich dann ans Telefon«, erwiderte Thea freundlich. Wahrscheinlich hatten sich die beiden wieder einmal gestritten und wollten sich jetzt versöhnen.

Im Flur nahm Thea den Hörer in die Hand. »Dr. Graven...«

»Thea, wie schön, dass ich dich erreiche!« Die Stimme ihrer älteren Schwester Marlene drang an ihr Ohr. Jähe Freude stieg in Thea auf und ließ die bedrückenden Gedanken in den Hintergrund treten. Es war Wochen her, seit sie sich das letzte Mal gesprochen hatten. Wegen der wechselnden Dienstzeiten war Thea häufig nicht erreichbar.

»Marlene, das ist ja eine Überraschung!«

»Geht es dir gut? Du hörst dich ziemlich müde an.«

»Es war einfach ein anstrengender Tag«, wehrte Thea ab. So war Marlene, immer um die Familie besorgt und mit feinen Antennen für die Seelenlage ihrer Mitmenschen. Im Hintergrund waren ein Junge und ein Mädchen zu hören, wahrscheinlich ihr Neffe und ihre Nichte. Nun schlug eine Tür zu, und die Stimmen verklangen.

»Das Haus in Monschau ist endlich instandgesetzt, und Vater, Katja und ich haben uns gut eingelebt – und die Kinder auch. Willst du uns nicht endlich einmal besuchen kommen?«

Eine schmerzliche Sehnsucht nach Marlene und Katja, der jüngeren Schwester, erfasste Thea. »Das würde ich zu gern. Aber Vater würde mich bestimmt nicht in seinem Haus dulden.«

»Ich bin sicher, dass er sich schon längst mit dir versöhnen möchte.«

»Ach ja? Er hat mir noch nicht einmal auf den Brief geantwortet, in dem ich ihm geschrieben habe, dass Hans in Italien gefallen ist.« Das war etwas, was sie dem Vater nicht verzeihen konnte.

Marlene seufzte. »Vater und du, ihr seid beide solche Dickköpfe! Katja hat mir erzählt, dass er immer ganz aufgeregt war, wenn Hamburg schwer bombardiert wurde. Auch wenn er sich natürlich bemüht hat, sich nichts anmerken zu lassen. Er ist so ein Patriarch und kann nun mal keinen Fehler zugeben. Den ersten Schritt musst du tun.«

»Das mache ich nicht. Außerdem würde es sowieso nichts nützen.«

»Thea, wir Schwestern haben uns jetzt schon über sechs Jahre lang nicht mehr gesehen. Katja ist kein Backfisch mehr, sie ist eine junge Frau. Und deine Nichte und dein Neffe sind so groß geworden.«

»Ihr fehlt mir ja auch!« Ja, über sechs Jahre waren vergangen, seit sie zuletzt beisammen gewesen waren. Direkt nach dem Krieg war das Reisen wegen der zerstörten Eisenbahnstrecken schwierig gewesen, und man hatte auch nicht ohne Weiteres von einer Besatzungszone in die andere wechseln können. Und dann hatte Theas anstrengender Dienst ein Übriges getan.

»Dann komm uns besuchen.«

»Nein …«

Im Flur erschien Theas Mitbewohnerin Ilse und machte ihr ein beschwörendes Zeichen.

»Marlene, es tut mir leid, ich muss jetzt aufhören. Eine Mitbewohnerin muss dringend telefonieren.«

»Versprich mir wenigstens, dass du über den Besuch noch einmal nachdenkst.«

»Das werde ich«, gab Thea nach. »Grüße Katja von mir, und die Kinder.« Ein schnelles Lebewohl, dann reichte Thea den Hörer an Ilse weiter. Sie bedauerte es, dass sie mit Marlene nicht länger hatte sprechen können. Aber ein bisschen war sie auch froh darüber. Marlene konnte sehr beharrlich sein, und manchmal verwandelte sie, Thea, sich ihr gegenüber wieder in die jüngere Schwester und lenkte ein, obwohl sie es eigentlich gar nicht wollte. Zumindest war es früher öfter so gewesen.

Zurück in ihrem Zimmer nahm Thea Hans' Fotografie

in die Hände. Sein schmales Gesicht spiegelte Humor und Sensibilität. Wenig mehr als drei Jahre waren ihnen miteinander vergönnt gewesen, und davon hatten sie wegen seines Militärdienstes letztlich nur wenige Wochen miteinander verbracht. Aber Thea hätte diese Zeit um nichts in der Welt missen mögen. Zu Beginn ihres Medizinstudiums in ihrer Heimatstadt Dresden hatte Thea regelmäßig in einem Lazarett ausgeholfen. Dort hatten sie sich kennengelernt. Sie lächelte, als sie an ihre erste Begegnung dachte. Hans zeichnete, obwohl sein linker Arm in Gips lag und er sich eigentlich wegen seines bandagierten Oberkörpers kaum rühren konnte. Sie hatte noch gedacht: Was ist das denn für ein Verrückter?, als er aufsah und sich ihre Blicke trafen. Alles um Thea herum verschwand. Das Stöhnen der Verletzten und die laute Stimme der Oberschwester, die eine unerfahrene Pflegerin wegen irgendetwas maßregelte. Da war nur noch dieser junge Schwerverwundete mit den dunklen schönen Augen und dem verzauberten, ja beglückten Staunen auf seinem Gesicht. Als würden sie sich schon lange kennen und seien sich endlich, endlich wieder begegnet. Und auch Thea hatte, obwohl sie noch nicht einmal seinen Namen wusste, das Gefühl, ganz vertraut mit ihm zu sein. Sie hatte Liebe auf den ersten Blick eigentlich immer für romantischen Unsinn gehalten. Aber genau das war wohl in jenem Moment zwischen ihnen geschehen.

Sie hatten sich verwundert angelächelt und noch nicht wirklich glauben können, was sich da gerade zutrug, und Thea ging rasch und mit klopfendem Herzen weiter, um ihren Pflichten nachzukommen. Aber in der Pause war sie zu Hans zurückgekehrt, erst noch ein bisschen verlegen und darauf gefasst, dass sie in diese erste Begegnung nur etwas hineingelesen hatte. Gleich jedoch war da tatsächlich eine große Vertrautheit gewesen. Sie hatten nicht viel miteinander gesprochen, das war gar nicht nötig. Hans hatte ihr einige Zeichnungen gezeigt und erwähnt, dass er in Griechenland verwundet worden sei, und Thea hatte erzählt, dass sie Medizin studiere und in Dresden wohne. Aber als sie sich von ihm verabschiedete, weil die Oberschwester nach ihr rief, fühlte sie sich tief in ihrer Seele berührt, aufgewühlt – und glücklich.

Bald verbrachte sie jede freie Minute an Hans' Bett, und sie sehnte sich nach ihm, wenn sie nicht bei ihm war. Er war fünf Jahre älter als sie, Mitte zwanzig, und als Arbeiterkind hatte er einen völlig anderen gesellschaftlichen Hintergrund als sie mit ihrer großbürgerlichen Familie. Aber noch nie hatte sie so offen mit jemandem sprechen können. Sie liebte seinen Humor und sein Lachen und seine tiefe Freundlichkeit und die Ernsthaftigkeit, mit der er seinen Traum zu malen verfolgte. Als Hans nach zwei Monaten aus dem Lazarett entlassen wurde, beschlossen sie zu heiraten.

Thea hatte gewusst, dass es nicht einfach werden würde, den Vater für Hans zu gewinnen. Ihm, Professor Wilhelm Kampen, dem angesehenen Chefarzt und Inhaber einer renommierten Privatklinik in Dresden, war das Arbeitermilieu suspekt, und Menschen mit Sympathien für die Sozialdemokratie, wie Hans, waren für ihn fast gleichbedeutend mit Kommunisten. Und dass Hans seinen Lebensunterhalt vor seiner Einberufung als Tischler verdient hatte und sein Sold nicht ausreichte, um Theas Medizinstudium zu finanzieren, machte es noch schwieriger.

In den Augen ihres Vaters war Hans nur ein schäbiger Mitgiftjäger, der ihr, der gerade volljährig gewordenen Thea, den Kopf verdreht hatte. Als sie sich trotzdem entschloss, Hans zu heiraten und sich ihr mütterliches Erbe auszahlen zu lassen, um ihr Medizinstudium in seiner Heimatstadt Hamburg fortzusetzen, führte dies zum völligen Bruch zwischen ihnen.

Nur mit den Schwestern stand Thea all die Jahre in Kontakt, und so war sie über deren Leben informiert. Marlenes Mann wurde in Russland vermisst. Sie und ihre beiden Kinder und Katja waren mit dem Vater nach Monschau in der Eifel gezogen, wo er vor einem Jahr die Stelle als Chefarzt am dortigen Krankenhaus angetreten hatte, da er für sich in der sowjetischen Besatzungszone keine Zukunft sah.

Sehr behutsam stellte Thea Hans' Fotografie wieder zurück auf den Schreibtisch. Nein, sie konnte es dem Vater nicht verzeihen, dass er ihr noch nicht einmal auf ihren Brief über Hans' Tod im Sommer '44 in Italien geantwortet hatte. Sie hatte sich so sehr nach einigen versöhnlichen, tröstenden Worten von ihm gesehnt! Auf keinen Fall wollte sie den Vater wiedersehen!

Und doch, als Thea später zu Bett gegangen war, vermischte sich im Halbschlaf das Gesicht des Vaters mit dem von Herrn Hansen. Sie schreckte auf, war plötzlich hellwach. Herrn Hansens viel zu früher, sinnloser Tod hatte ihr wieder einmal vor Augen geführt, wie schnell ein Leben enden konnte. Was, wenn der Vater starb, ohne dass sie zumindest versucht hatte, sich mit ihm versöhnen? Würde sie sich das jemals verzeihen können? Thea fand lange keinen Schlaf.

Am nächsten Tag stellte Thea den Patienten während der Vor-Visite die üblichen Routinefragen. Wie die Nacht verlaufen war, ob sie Schmerzen hatten oder sich irgendwie unwohl fühlten. Sie vermied es, zu Herrn Hansens Bett zu sehen. Und doch drängte es immer wieder in ihr Blickfeld.

Es war frisch bezogen und akkurat gemacht, harrte des nächsten Patienten. Aber dort hätte jetzt Herr Hansen liegen und sich auf den Besuch seiner Frau am Nachmittag freuen sollen. Und nach ein paar Wochen wäre er aus dem Krankenhaus entlassen worden und in sein altes Leben zurückgekehrt. Zehn, fünfzehn Jahre hätten bestimmt noch vor ihm gelegen, wenn da nicht die so furchtbar misslungene Operation gewesen wäre. Thea schmeckte plötzlich Galle in ihrem Mund.

Rasch ging sie zu dem nächsten Patienten und erkundigte sich nach seinem Befinden. Die Vor-Visite dehnte sich endlos. Wie sinnlos doch all diese Fragen waren, wenn ein einziger falscher Schnitt mit dem Skalpell ein Leben beenden konnte!

Thea hatte ihre Runde durch den Krankensaal fast beendet, als die Oberschwester auf sie zukam. »Frau Doktor, Frau Hansen würde Sie gern sprechen«, sagte sie mit gedämpfter Stimme. »Sie hat die Sachen ihres verstorbenen Mannes abgeholt. Ich habe sie gebeten, im Schwesternzimmer auf Sie zu warten, aber ihr auch gesagt, dass Sie wie immer am Morgen sehr beschäftigt sind.« Die Oberschwester hob missbilligend die Augenbrauen. Sie mochte keine Abweichungen von der Routine.

O Gott, Frau Hansen wollte sie sprechen. Wie sollte sie ihr nur gegenübertreten und in die Augen sehen? »Richten Sie ihr bitte aus, dass ich im Moment nicht …« Thea stockte. Nein, so feige war sie nicht. Sie nahm all ihren Mut zusammen und ging zu dem Schwesternzimmer.

Frau Hansen saß in Trauerkleidung an einem Tisch. Sie war sehr blass, und ihre Augen waren gerötet. Sonst schien sie äußerlich sehr gefasst. Neben ihr stand ein kleiner Koffer aus Pappe. Er enthielt wohl Herrn Hansens Kleidung. Thea bedeutete der jungen Schwester, die gerade Verbandsmaterial sortierte, den Raum zu verlassen. Dann trat sie zu der Witwe. Sie reichte ihr die Hand und schluckte hart.

»Frau Hansen, mein Beileid zum Tod Ihres Mannes. Was kann ich für Sie tun?« Die Worte klangen falsch und verlogen.

»Ich möchte mich bei Ihnen bedanken, Frau Doktor. Mein Karl hat sich bei Ihnen immer so gut aufgehoben gefühlt.« Frau Hansens Augen schimmerten feucht, aber sie schenkte Thea ein Lächeln.

»Sie müssen sich für nichts bedanken.« Thea fühlte sich ganz elend.

»Ich weiß, dass Sie und die anderen Ärzte alles getan haben, um Karls Leben zu retten. Es war einfach eine tragische Verkettung von Umständen.« Frau Hansen öffnete ihre Handtasche und suchte darin nach etwas, wahrscheinlich einem Taschentuch.

Wieder schmeckte Thea Galle in ihrem Mund. Sie war versucht hinauszuschreien, dass Herrn Hansens Tod alles andere als tragisch gewesen war. Aber die Wahrheit hätte der Witwe nur neues Leid zugefügt. So blieb sie stumm.

Frau Hansen hatte ein Döschen, das mit stilisierten Zitrusfrüchten verziert war, aus ihrer Handtasche geholt. Asiatisch anmutende Schriftzeichen verliefen um seinen Rand. »Das möchte ich Ihnen gern schenken.« Ihre Stimme zitterte ein bisschen. »Mein Mann hat diese Döschen von überall auf der Welt gesammelt.«

»Das kann ich nicht akzeptieren.«

»Bitte, nehmen Sie es doch! Mein Karl hätte sich darüber gefreut. Davon bin ich fest überzeugt.«

Als Thea immer noch zögerte, drückte Frau Hansen ihr das Döschen in die Hand. »Bitte ...«

Thea stammelte: »Danke.« Sie konnte Frau Hansen abermals nicht in die Augen sehen. »Es tut mir so leid«, wiederholte sie noch einmal hilflos.

»Sie sind eine gute Ärztin, es war nicht Ihre Schuld.« Frau Hansen kamen nun doch die Tränen. Hastig verabschiedete sie sich von Thea.

Bedrückt und aufgewühlt blickte Thea der Witwe nach, wie sie mit gesenktem Kopf in Richtung Ausgang lief. Ja, sie war nicht schuld an Herrn Hansens Tod. Aber sie machte sich schuldig, wenn sie den wahren Grund verschwieg.

»Könnte ich bitte Herrn Professor Hefner sprechen?«, wandte sich Thea an die Sekretärin im Vorzimmer. Sie war ganz atemlos, und ihr Herz hämmerte in ihrer Brust, was nicht nur daran lag, dass sie den langen Weg vom Pavillon der Männer-Chirurgie bis zum Verwaltungsgebäude am Haupteingang fast gerannt war. Dort hatte der ärztliche Direktor des Universitätskrankenhauses sein Büro.

»Nun, ich weiß nicht, ob der Herr Professor Zeit für Sie hat.« Die Sekretärin bedachte Thea mit einem ungnädigen Blick. Thea hatte schon öfter die Erfahrung gemacht, dass sich die Sekretärinnen gegenüber den männlichen Kollegen viel hilfsbereiter verhielten als ihr und den anderen wenigen Ärztinnen an dem Universitätskrankenhaus gegenüber.

»Es ist wirklich wichtig«, beharrte Thea. »Könnten Sie bitte bei dem Herrn Professor nachfragen?«

»Worum geht es denn?«

»Das möchte ich ihm lieber selbst sagen.«

»Nun, ich will sehen, was ich tun kann.« Die Sekretärin griff widerstrebend nach dem Telefonhörer und betätigte mit einem manikürten Finger eine Taste. Während sie mit dem ärztlichen Leiter sprach, hoffte ein Teil von Thea, dass sie das Gespräch mit dem Professor schnell hinter sich bringen würde. Ein anderer Teil – und sie verachtete sich dafür – war einem Aufschub nicht abgeneigt.

Doch nun nickte ihr die Sekretärin zu und erklärte von oben herab, dass »der Herr Professor« sie empfangen würde.

Professor Dr. Alfred Hefner hatte seit der Währungsreform deutlich an Gewicht zugelegt, und sein leicht geröteter kahler Schädel zeugte von einem zu hohen Blutdruck. Thea kannte den ärztlichen Direktor schon seit ihrem Medizinstudium. Er war ihr gegenüber immer wohlwollend gewesen, und auch jetzt musterte er sie über den Rand seiner Lesebrille hinweg freundlich.

»Nun, Frau Dr. Graven, was gibt es denn so Wichtiges?« Er wies auf den Sessel vor seinem Schreibtisch. »Falls Sie wegen des Stationsarztpostens in der Gynäkologie zu mir gekommen sind, da kann ich Ihnen Hoffnungen machen. Im nächsten Jahr wird der Posten frei, und ich werde mich für Sie einsetzen.«

»Oh, das ist sehr freundlich von Ihnen.« Dieser Posten war Theas großer Wunsch. Sie hatte befürchtet, dass wie so oft ein männlicher Kollege bevorzugt werden würde. Aber der ärztliche Leiter war ein einflussreicher Verbündeter. »Ich bin allerdings aus einem anderen Grund hier. Wegen des Todes eines meiner Patienten, Herrn Hansen …«

»Professor Arnhem hat mich davon unterrichtet. Ein

exitus in tabula, ein Todesfall auf dem Operationstisch. So etwas nimmt einen immer mit. Auch noch nach vielen Berufsjahren. Was für ein tragischer Vorfall.«

Jetzt musste sie es zur Sprache bringen. Doch plötzlich wusste Thea nicht mehr, wie sie beginnen sollte.

»Frau Dr. Graven?« Professor Hefner sah sie fragend an.

»Herr Professor, Herrn Hansens Tod war kein tragischer Vorfall. Er hat nicht an einem Aneurysma gelitten, das während der Operation gerissen ist. Professor Arnhem, er hat … er hat …«

»Ja?«

»Seine Hände haben wie in einem Krampf gezittert, und er hat versehentlich die Beckenaorta mit dem Skalpell durchtrennt.« Nun war es endlich heraus. Thea schaute Professor Hefner stumm an.

Dieser runzelte die Brauen und beugte sich vor. »Was haben Sie da eben gesagt, Frau Doktor?«

Thea wiederholte es.

Einen Moment lang herrschte Stille, und aus dem Vorzimmer war das Klappern der Schreibmaschine zu hören. Dann hieb der Professor mit der flachen Hand auf den Schreibtisch. »Frau Dr. Graven, sind Sie völlig verrückt geworden? Wie können Sie es wagen, so etwas zu behaupten!« Sein Gesicht war tiefrot angelaufen.

Thea zuckte zusammen. Sie hatte damit gerechnet, dass der ärztliche Direktor ihr nicht glauben würde. Eine so zornige Reaktion hatte sie jedoch nicht erwartet. Nein, sie durfte jetzt nicht zurückweichen. »Dr. Engelhardt war bei der Operation dabei. Er hat es auch gesehen«, beharrte sie.

»Ich bin dem Kollegen Engelhardt vorhin zufällig vor der

Chirurgie begegnet. Wir kamen auf den bedauerlichen *exitus in tabula* zu sprechen. Er hat bestätigt, dass die Ursache ein gerissenes Aneurysma war.«

»Aber das ist nicht die Wahrheit!«

»Sie, Frau Dr. Graven, waren doch als Assistenzärztin für Herrn Hansen zuständig.«

»Ja, das stimmt.« Worauf wollte der Professor hinaus?

»Dann wissen Sie auch, dass der Patient unter Bluthochdruck litt. Er war Mitte sechzig. Dann die starke Beanspruchung, der ein Körper unter einer Operation ausgesetzt ist. All das sind, wie Ihnen sehr wohl klar sein dürfte, Faktoren, die ein Aneurysma zum Reißen bringen können.«

»Ja, Herr Hansen litt unter zu hohem Blutdruck. Aber es gab kein Aneurysma der Beckenaorta. Es …«

Professor Hefner schnitt Thea das Wort ab. »Dann hätte Professor Arnhem, ein hoch angesehener, erfahrener Chirurg, der zahlreiche komplizierte Operationen geleitet hat, nicht nur bei einer einfachen Routine-OP einen stümperhaften Fehler begangen. Er hätte mich auch noch über die Todesursache des Patienten belogen. Wie können Sie ihm so etwas unterstellen? Das ist nicht nur ungeheuerlich, das ist ehrverletzend.«

Thea war verzweifelt. Ja, ihr Vorwurf war ungeheuerlich. Darüber war sie sich nur zu sehr im Klaren. »Ich habe immer wieder über die Situation nachgedacht, Herr Professor«, erwiderte sie unglücklich. »Dieses plötzliche, unkontrollierte Zittern der Hände … Wahrscheinlich hatte Professor Arnhem einen leichten Schlaganfall und kann sich an den Moment, als er die Beckenaorta versehentlich durchtrennt hat, nicht mehr erinnern.«

»Was Sie da vorbringen, ist völlig absurd!«

»Aber ...« Thea wollte einwenden, dass der Chefarzt ihrer Ansicht nach nicht mehr operieren dürfe. Professor Hefner fiel ihr jedoch brüsk ins Wort. »Während des Krieges und auch in den schwierigen, entbehrungsreichen Jahren danach haben Sie an diesem Krankenhaus gute Arbeit geleistet, Frau Dr. Graven. Das will ich Ihnen zugutehalten und glauben, dass Sie nicht bewusst diffamierende Lügen vorbringen. Ich gehe sogar so weit zu vermuten, dass Ihre Wahrnehmung Sie getrogen hat und dass Sie annehmen, Ihrem Gewissen folgen zu müssen, und deshalb zu mir gekommen sind. Falls Sie jedoch weiterhin behaupten sollten, Professor Arnhem habe einen ärztlichen Kunstfehler begangen, ist Ihre Karriere an diesem Krankenhaus vorbei. Sie können dann nicht nur den Posten als Stationsärztin in der Gynäkologie vergessen, ich werde Sie sogar unverzüglich entlassen. Haben Sie mich verstanden, Frau Dr. Graven?«

Thea senkte den Kopf. »Ja, ich habe Sie verstanden, Herr Professor«, erwiderte sie leise.

»Professor Arnhem hat Sie auf meine persönliche Empfehlung eingestellt. Er hätte eigentlich einen männlichen Kollegen bevorzugt. Das möchte ich Ihnen auch noch mit auf den Weg geben, bevor Sie jetzt gehen.« Professor Hefner, sein Gesicht immer noch vor Ärger hochrot, wandte sich einigen Papieren auf seinem Schreibtisch zu, und Thea stand auf. Sie fühlte sich ganz zittrig und tief beschämt, und im Vorzimmer sah die Sekretärin sie neugierig an. Erst jetzt wurde ihr bewusst, dass ihre Wangen brannten.

In der Eingangshalle des Pavillons hatten sich die anderen Assistenzärzte der chirurgischen Station versammelt, darunter Dr. Engelhardt. Natürlich, die morgendliche Visite stand ja kurz bevor. Thea trat zu dem Kollegen. »Könnte ich bitte kurz mit Ihnen sprechen?«

»Natürlich.«

Sie gingen ein paar Schritte zur Seite.

»Wie konnten Sie Professor Hefner gegenüber nur behaupten, Herr Hansen sei an einem plötzlich gerissenen Aneurysma gestorben? Das ist doch eine Lüge!« In Theas Fassungslosigkeit mischte sich nun auch Ärger.

»Konnten Sie es etwa nicht lassen, dem Professor reinen Wein einzuschenken?«, fuhr er sie an.

»Ja, das habe ich gemacht. Das war ich Herrn Hansen und seiner Frau schuldig.«

»Und wie hat der Professor reagiert?«

»Er hat mir nicht geglaubt. Was auch an Ihrer Lüge lag.«

»Mir hätte er auch nicht geglaubt.« Dr. Engelhardt hatte unwillkürlich lauter gesprochen. Eine Schwester, die einen Tropf vor sich her schob, sah irritiert zu ihnen, und er dämpfte rasch die Stimme. »Ich werde immer dabei bleiben, dass ein gerissenes Aneurysma die Todesursache war. Und nun lassen Sie uns die ganze Sache endlich vergessen. Wie ich es Ihnen schon gestern geraten habe.«

Der Oberarzt und der Stationsarzt erschienen jetzt in der Eingangshalle. Dr. Engelhardt schloss sich der Prozession aus Kollegen und Schwestern an. Thea blieb stehen, wo sie war.

Und wenn Professor Arnhems Hände bei einer weiteren Operation wieder zu zittern begannen und er die Kontrolle über sie verlor? Aber sie hatte doch alles getan, was sie tun konnte.

Kurz schloss Thea die Augen. Eine Möglichkeit blieb ihr noch. Aber da waren der Posten als Stationsärztin, den sie sich so sehr gewünscht hatte, und ihre Karriere. Professor Hefner würde sie ganz sicher entlassen. Wie konnte sie das riskieren?

Du musst es tun, hörte sie Hans sanft in ihren Gedanken sagen.

Aber ich habe nicht den Mut dazu.

Doch, natürlich hast du den.

Und meine Karriere?

Du kannst dich doch um deiner Karriere willen nicht selbst verraten.

Thea lauschte den Worten nach. Ja, sie würde sich immer selbst verachten und sich schuldig fühlen, wenn sie nichts unternahm.

Sie eilte den Kollegen nach und fasste Dr. Engelhardt am Arm. »Mir geht es auf einmal gar nicht gut. Würden Sie mich bitte während der Visite vertreten? Die Patientenbogen finden Sie auf dem Schreibtisch im Ärztezimmer.«

»Sicher, aber …« Der Kollege sah sie erstaunt an.

»Vielen Dank.« Ehe Dr. Engelhardt ihr verfängliche Fragen stellen konnte, hastete Thea schon davon. Sie musste sofort aufbrechen, sonst würde sie doch noch der Mut verlassen. Wahrscheinlich war es unkomplizierter, wenn sie direkt zur Staatsanwaltschaft ging, anstatt einem Polizeibeamten den Sachverhalt zu schildern. Denn der musste die Anzeige dann ja noch weiterleiten, und die Staatsanwaltschaft würde sie daraufhin sicher auch noch vorladen.

Auf dem Weg über das Gelände des Krankenhauses ballte Thea die Hände zu Fäusten. Wenn Professor Hefner ihr doch nur geglaubt und Professor Arnhem nicht mehr hätte operieren lassen! Dann hätte sie sich nicht zu diesem letzten Schritt gedrängt gefühlt. Sie hasste es, einen Kollegen anzuzeigen. Und dass Professor Arnhem im Laufe seiner langen Karriere viele Leben gerettet hatte, machte es noch schwerer.

Vor dem Universitätskrankenhaus hielt ein Bus. Er fuhr in Richtung Dammtorpark, dort in der Nähe hatte die Staatsanwaltschaft ihren Sitz. Thea rannte los und erreichte den Bus gerade noch, ehe die Türen zuschlugen. Sie hatte ihre Entscheidung getroffen, und sie würde nicht mehr davon abrücken. Trotz aller Konsequenzen, die das unweigerlich nach sich zog.

In der Wohnung an der Binnenalster war es am Abend ausnahmsweise einmal still. Vor Theas Zimmertür lagen einige Briefe. Nach dem stundenlangen Marsch am Elbstrand von Blankenese und Wittenberge, wo sie sich gegen Wind und Regen gestemmt hatte, war sie todmüde, und sie fühlte sich elend.

Tja, mein Liebling, sagte sie in ihrem Zimmer zu Hans' Fotografie, *der Staatsanwalt war nicht sehr erpicht darauf, meine Anzeige aufzunehmen, und er hat mich gefragt, ob ich es mir nicht noch einmal überlegen will. Schließlich sei das ja eine sehr schwerwiegende Anschuldigung gegen einen erfahrenen, renommierten Chefarzt und ich nur eine junge Ärztin. Aber ich bin fest geblieben. Und nun werde ich mir wohl oder übel eine neue Stelle suchen müssen.*

Du hast richtig gehandelt, und jetzt grüble nicht schon wieder vor dich hin, hörte Thea Hans antworten. Um sich abzulenken, sah sie die Briefe durch. Zwei Rechnungen und dann noch ein Umschlag mit Marlenes Handschrift. Die Schwester musste den Brief schon ein oder zwei Tage vor ihrem gestrigen Telefonat losgeschickt haben. Rasch riss

Thea ihn auf und nahm den Inhalt heraus. Es war eine Karte mit einem Gruß und Fotos von ihrer Nichte und ihrem Neffen.

Wie sehr Liesel und Arthur nun schon wieder gewachsen waren! Dabei schickte Marlene alle paar Monate aktuelle Bilder. Das letzte Mal hatte Thea die beiden gesehen, als Arthur ein Säugling und Liesel ein schüchternes Kleinkind gewesen war. Jetzt war ihre Nichte neun, und ihr Neffe war sieben Jahre alt.

Die beiden beim Rodeln und beim Schlittschuhlaufen, im Hintergrund eine mittelalterliche Burg auf einem Berg. Ob sie zu Monschau, ihrer neuen Heimat, gehörte? Und dann – Thea sog scharf die Luft ein – ein Foto ihrer Nichte und ihres Neffen neben einem Schneemann. Ein älterer weißhaariger Herr hatte die Arme um sie gelegt. Er wirkte stolz auf seine Enkel und doch auch so, als wäre ihm die zärtliche Geste ein wenig peinlich.

Der Vater. Es sah Marlene ähnlich, dass sie ein Bild von ihm mit in den Umschlag gelegt hatte. Bestimmt hatte sie schon zu diesem Zeitpunkt geplant, Thea zum Kommen zu überreden.

Der Vater wirkte herrisch wie eh und je. Ein Patriarch in seiner Familie und in seinem Krankenhaus, immer überzeugt zu wissen, was für alle am besten war, und keinen Widerspruch duldend. Und doch waren die letzten Jahre nicht spurlos an ihm vorübergegangen. Er war unbestreitbar gealtert. Sein Gesicht war schmal geworden, und um seinen Mund hatten sich tiefe Falten eingegraben.

Thea wurde die Kehle eng. Sie war zornig auf den Vater. Aber da war auch eine tiefe Zärtlichkeit. Und ja, trotz ihres Streits und obwohl er sich so unversöhnlich verhalten hatte, liebte sie ihn noch immer. Wenn er sterben würde, ohne dass sie zumindest versucht hatte, sich mit ihm zu versöhnen, würde sie sich das nie verzeihen. Eine ganze Weile lang saß sie einfach nur da und betrachtete das Bild, während ihr die Tränen über die Wangen liefen.

Draußen im Flur klingelte das Telefon. Keine der Mitbewohnerinnen reagierte, anscheinend war außer ihr wirklich niemand in der Wohnung. Thea wischte sich die Tränen ab. Dann musste wohl sie das Gespräch entgegennehmen.

»Dr. Graven ...«, meldete sie sich mit belegter Stimme.

»Frau Doktor, hier Steinbeck.« Die Sekretärin von Professor Hefner war am Apparat. Ihr Tonfall war sehr kühl, ja fast eisig. »Der Herr Professor wünscht, Sie sofort in seinem Büro zu sehen.«

»Ich ... ich bin in spätestens einer Stunde bei ihm.« Thea legte den Hörer auf die Gabel. Also hatte der Staatsanwalt den ärztlichen Direktor der Universitätsklinik sehr schnell kontaktiert.

Sie kämmte ihr Haar, das nach der langen Wanderung am Strand ganz zerzaust war, und band es zu dem üblichen strengen Knoten. Dann zog sie ihren Mantel an und verließ die Wohnung. Ihr graute vor dem Gespräch mit dem Professor.

Als Thea eine gute halbe Stunde später auf den Haupteingang der Universitätsklinik zulief, fühlte sie sich immer noch elend. In dem Verwaltungsgebäude waren noch etliche Zimmer erleuchtet, darunter das von Professor Hefner im zweiten Stock. Schon während des Studiums hatte sie viel Zeit in dieser Klinik verbracht. In gewisser Weise war das Krankenhaus für sie zu einer Heimat geworden. Die Arbeit hatte sie über die Trauer um Hans hinweggerettet, und unter den Kollegen und den Schwestern hatte sie sich aufgehoben gefühlt.

Eine Gruppe Hilfsschwestern trat aus dem Haupteingang und kam ihr entgegen. Die jungen Frauen schwatzten und lachten. Eine Schwester bemerkte nun Thea und stieß ihre Kolleginnen an. Ein rasches Getuschel. Dann verstummten die Frauen. Mit abgewandten Blicken liefen sie an Thea vorbei und ignorierten ihren Gruß.

In der Eingangshalle taten zwei Kollegen so, als wäre sie Luft, und der Pförtner vermied es, sie anzusehen, während er »Guten Abend« murmelte. Also hatte sich die Nachricht, dass sie den Chefarzt angezeigt hatte, schon wie ein Lauffeuer in der Klinik verbreitet.

Thea liebte ihre Arbeit, aber sie konnte an diesem Krankenhaus nicht mehr weiterarbeiten. Das wurde ihr plötzlich ganz klar. Und wegen der Verletzung ihres hippokratischen Eids, das Wohlergehen des Patienten in den Mittelpunkt ihres ärztlichen Handelns zu stellen, hätte sie sich immer schuldig gefühlt.

Thea empfand plötzlich eine große Ruhe. Sie straffte sich und stieg die Treppen zu Professor Hefners Büro hinauf.

Kapitel 3

Dichter Nebel verhüllte die Landschaft. Das triste Wetter entsprach Theas Seelenlage. Etwa drei Wochen waren jetzt vergangen, seit sie ihre Stelle als Ärztin verloren hatte. Doch noch immer fühlte sie sich ohnmächtig und gedemütigt. Immer wieder hatte sie auf der stundenlangen Reise mit dem Zug von Hamburg nach Aachen und nun im Bus in die Eifel den letzten Abend im Hamburger Universitätskrankenhaus durchlebt. Die angewiderten und ängstlichen Blicke der Kollegen und der Schwestern, die rasch zur Seite irrten, als sei sie eine Aussätzige. Und schließlich die eisige Verachtung, die ihr Professor Hefner entgegengebracht hatte. Seine Worte »Sie sind eine Schande für diese Klinik« und »Ich werde dafür sorgen, dass Sie in Hamburg keine Stelle mehr finden werden« dröhnten ihr noch in den Ohren und ließen sie zittern.

Professor Hefners Drohung hatte sich bewahrheitet. In jeder Klinik, die sie kontaktiert hatte, war sie abgewiesen worden. Und genauso war es ihr in den Arztpraxen ergangen. Thea kämpfte gegen die Verzweiflung an, die sie zu überwältigen drohte. Sie musste sich anderswo bewerben, notfalls in ganz Deutschland. Professor Hefners Beziehungen konnten sich doch nicht bis in den letzten Winkel des Landes erstrecken. Oder etwa doch …? Und die Stellen für Ärzte waren ohnehin so rar.

»Monschau, der nächste Halt ist Monschau!« Die Stimme des Busfahrers schreckte Thea auf. Hastig schob sie ihr Buch, in dem sie kaum eine Seite gelesen hatte, in ihre Handtasche und schlüpfte in den Mantel. Die Angst, der Vater könnte sterben, ohne dass sie wenigstens versucht hatte, sich mit ihm zu versöhnen, hatte sie, neben ihrer Verzweiflung darüber, bisher vergeblich eine neue Stelle gesucht zu haben, einfach nicht losgelassen. Deshalb hatte sie sich nun doch zu der Reise in die Eifel entschieden. Wie wohl die Begegnung mit dem Vater verlaufen würde? Hoffentlich war er endlich bereit, mit ihr Frieden zu schließen.

Eine ebene, weitläufige Landschaft war kurz in dem Grau zu erahnen. Bäume, Sträucher und einige Kühe wurden sichtbar, nur um gleich darauf wieder von dem Nebel verschluckt zu werden. Mein Gott, wohin hatte es den Vater und die Schwestern nur verschlagen? Thea erahnte mehr, als dass sie es sah, dass der Bus einen steilen Berg hinunterfuhr. Wenig später kam er an einem mittelalterlichen Platz zum Halten. Thea hob ihren Koffer vom Nebensitz und folgte einigen Passagieren zur Tür.

»Thea!« Kaum war sie auf den schmalen Gehsteig getreten, hörte sie vertraute Stimmen ihren Namen rufen. Thea wirbelte herum. Zwei Frauen eilten auf sie zu und strahlten sie an. Die eine war Mitte dreißig, trug ein türkisfarbenes Kostüm, und ihr Haar war im Nacken zu einem Knoten frisiert. Ihr klares Gesicht wirkte einnehmend und sympathisch, wenn auch ein bisschen müder und nicht mehr so lebensfroh wie bei ihrer letzten Begegnung vor über sechs Jahren. Der anderen jüngeren Frau Anfang zwanzig hing ein weiter modischer Mantel lässig um die Schultern. Locken umrahmten ihr Gesicht. Die gelegentlichen Fotos

von ihr hatten die Veränderung gar nicht richtig wieder-
gegeben. Aus Katja, der hübschen Jugendlichen, war eine
bildschöne junge Frau geworden. Freude stieg in Thea auf
und vertrieb ihre Niedergeschlagenheit.

»Marlene, Katja, ach, es ist so schön, euch wiederzusehen!« Glücklich umarmte sie die Schwestern. Einige Momente lang hielten sie sich einfach nur fest.

»Wie war die Fahrt? Komm, gib mir deinen Koffer.«
Marlene packte schließlich resolut Theas Gepäck. Lachend
und miteinander plaudernd gingen sie zu einem schwarzen
Mercedes, der am Straßenrand geparkt war.

»Marlene, lässt du mich jetzt fahren?« Katja sah die ältere
Schwester bittend an.

»Auf keinen Fall.« Marlene schüttelte den Kopf. »Du
nimmst die engen Kurven in Monschau viel zu schnell.
Vater wäre außer sich, wenn er schon wieder eine Reparatur
bezahlen müsste.«

»Es war doch nur ein kleiner Kratzer.« Katja stöhnte.

»Nein, eine hässliche Schramme. Und das ist zweimal
passiert. Wahrscheinlich bereut er es inzwischen sowieso,
dass er dir erlaubt hat, den Führerschein zu machen.« Marlene öffnete Thea die Beifahrertür und scheuchte Katja auf
den Rücksitz. Thea fühlte sich geborgen. Es war wie immer.
Der gelegentliche Zank, die Vertrautheit. Marlene, die
fürsorgliche Älteste, und Katja, die unbekümmerte jüngste
Schwester. Und sie irgendwie mittendrin.

Marlene startete den Mercedes und lenkte ihn durch das
Stadttor und eine von hübschen Fachwerkhäusern gesäumte
Straße entlang.

Thea schluckte. »Habt ihr Vater denn gesagt, dass ich
komme?«

»Nein, wir dachten, es ist am besten, ihn zu überraschen.«
Katja beugte sich vom Rücksitz nach vorn.

»Na ja, ich weiß nicht …« Thea hatte ein mulmiges
Gefühl.

»Er hätte ganz sicher gesagt, dass er dich nicht sehen
will.« Katja zuckte mit den Schultern. »Er ist so starrsinnig
wie eh und je. Wir haben behauptet, dass wir den Wagen
brauchen, um an einem Büdchen im Zentrum Zeitungen
zu kaufen.«

»Aber …«

»Katja hat ausnahmsweise einmal recht.« Marlene warf
Thea einen raschen Blick von der Seite zu. »Wenn du erst
einmal da bist, wird er sich freuen, dich zu sehen. Davon
bin ich fest überzeugt. Vor ein paar Tagen hat er die Kinder
abends in mein Wohnzimmer gebracht, und er ist bei ihnen
geblieben, während ich ihnen noch schnell eine heiße Milch
gemacht habe. Und als ich zurückkam, hat er ein Foto von
dir betrachtet. Er ist schnell von der Wand zurückgetreten,
als er mich bemerkte. Und ich habe getan, als hätte ich
nichts gesehen. Aber sein Gesicht war traurig.«

»Hoffentlich täuscht ihr euch nicht.«

»Bestimmt nicht.« Katja streichelte Theas Schulter.

Marlene schaltete einen Gang zurück und bog dann um
eine mehr als enge Kurve. Geschickt wich sie einem ent-
gegenkommenden Wagen aus, ehe sie wieder Gas gab, um
Schwung für die Steigung zu bekommen. Die steilen, engen
Straßen erinnerten Thea an mittelalterliche italienische
Orte. Ja, es war sicher nicht so einfach, ein Auto hier un-
beschädigt hindurchzulenken. Oben am Berg war jetzt eine
Burg zu sehen. Wieder eine Kurve. Dahinter wurde die
Fahrbahn breiter und verlief eben und an Villen entlang.

Unterhalb lag das Städtchen von Nebel verhüllt im Tal. Schließlich fuhr Marlene den Mercedes in eine Einfahrt.

»Hier sind wir seit einem Jahr zu Hause.« Sie wandte sich Thea lächelnd zu.

Die Villa lag ein wenig erhöht in einem Garten und stammte ganz offensichtlich aus der Gründerzeit. Ein halbrunder Erker in der Mitte des Gebäudes gliederte die cremefarbene Fassade. Darüber befand sich im ersten Stock ein Balkon. Die Eingangstür und die Fensterläden waren dunkelgrün gestrichen. Zwei kleinere Anbauten harmonierten gut mit dem Hauptgebäude. Eine breite Treppe führte zum Eingang hinauf.

»Das Haus ist hübsch«, befand Thea.

»Ja, wir hätten es schlechter treffen können.« Marlene nickte.

»Und wir haben genug Platz, um uns aus dem Weg zu gehen.« Katja lachte. »Marlene hat ein paar Räume für sich und die Kinder, und ich habe auch mein Reich.« Sie waren mittlerweile die Stufen zum Eingang hinaufgeschritten. Dahinter erstreckte sich eine große Diele. Plötzlich waren Kinderstimmen und Fußgetrappel zu hören. Eine Tür flog auf, und ein Mädchen und ein Junge stürmten auf Marlene und Katja zu. Sie blieben abrupt stehen, als sie Thea bemerkten, und starrten sie neugierig an.

»Liesel, Arthur, das ist eure Tante Thea. Ich habe euch viel von ihr erzählt.« Marlene fasste die Kinder aufmunternd um die Schultern. »Sagt ihr guten Tag.«

Thea wurde die Kehle eng. Ja, sie kannte die beiden von Fotos. Aber es war etwas ganz anderes, die Kinder nun leibhaftig zu sehen.

»Ich habe euch etwas mitgebracht.« Thea klappte den

Koffer auf. Sie nahm in buntes Papier verpackte Geschenke heraus und reichte sie der Nichte und dem Neffen.

»Danke.« Arthur blickte Thea aus großen Augen an. »Warum hast du uns denn nie besucht?«

»Die Tante und der Großvater verstehen sich nicht so gut«, raunte Liesel dem Bruder zu.

Eine ältere Frau war nun hinter den Kindern erschienen und enthob Thea einer Antwort. Sie trug eine Schürze über ihrem Kleid, und Kuchenduft umwehte sie.

»Thea, das ist Frau Mageth, unsere Köchin. Frau Mageth, Dr. Graven, unsere Schwester«, übernahm Marlene die Vorstellung.

»Guten Tag, es ist schön, Sie kennenzulernen.« Thea gab der Köchin die Hand. Frau Mageth drückte sie fest. »Der Herr Professor lässt ausrichten, dass er noch einmal kurz in die Klinik musste. Zum Kaffee gegen vier wird er wieder zurück sein«, wandte sie sich dann an die Schwestern.

Es war typisch für den Vater, dass er auch am Sonntag viel Zeit im Krankenhaus verbrachte. Gott sei Dank, ihr blieb noch eine Frist, ehe sie ihm begegnete. Thea atmete innerlich auf.

Liesel und Arthur hatten ihre Geschenke nun schon ausgepackt und begutachteten sie. Sie wirkten ganz glücklich. Anscheinend gefielen ihnen die Hüpfseile und das Puzzle und die beiden Griffelkästen mit den Märchenmotiven auf den Deckeln. Jetzt, nach den Osterferien, fing ja das neue Schuljahr an.

»Geht ruhig mit euren Geschenken spielen oder mit Frau Mageth in die Küche. Später seht ihr eure Tante dann wieder.« Marlene half Thea aus dem Mantel und öffnete anschließend die Tür zu einem Wohnzimmer. »Das benutzen wir alle gemeinsam«, hörte Thea sie sagen. Die Fenstertüren auf der Rückseite führten auf den Garten hinaus. Und, ach, schon wieder wurde Thea die Kehle eng. Das Sofa und die Sessel mit den lindgrünen Samtbezügen und der Schrank aus Birnenholz stammten aus ihrem Heim in Dresden. An der Wand hingen ein Gemälde der im Stadtteil Weißer Hirsch über der Elbe gelegenen Villa und ein großes Porträtfoto der viel zu früh verstorbenen Mutter.

»Mutter wäre so froh, dass du gekommen bist«, sagte Marlene sanft und drückte Theas Hand. »Sie hätte sich sehr gewünscht, dass du und Vater euch versöhnt.«

»Ja, ganz bestimmt«, bekräftigte Katja.

Sie setzten sich, und Katja zündete sich eine Zigarette an. Thea war noch immer ganz aufgewühlt. »Waren die Umstände deiner Entlassung in Hamburg denn sehr schlimm?«, fragte Marlene nach einigen Momenten behutsam.

»Sie waren nicht gerade schön«, wich Thea aus. Sie wollte jetzt nicht darüber sprechen. »Habt ihr beide euch denn hier gut eingelebt? In euren Briefen habt ihr nicht gerade ausführlich dazu geschrieben.«

»Es war so viel zu tun. Vor dem Umzug musste das Haus renoviert werden. Es war jahrelang nicht bewohnt und in einem sehr schlechten Zustand. Der Garten war ganz verwildert, und Liesel und Arthur haben Zeit gebraucht, sich einzugewöhnen.« Marlenes Stimme klang entschuldigend. »Aber ja, es gefällt uns hier gut. Wir hätten es viel schlechter treffen können.«

»Sie ist glücklich, für Vater die Hausdame spielen zu können«, neckte Katja die Schwester. »Und dass du von mir nicht viel erfahren hast … nun, du weißt ja, ich war noch nie eine große Briefeschreiberin.«

»Das stimmt.« Thea lächelte. Zu mehr als einer Postkarte hatte Katja sich selten hinreißen lassen. Und ihre wenigen Briefe waren immer sehr kurz gewesen.

»Also, ehrlich gesagt, ich finde es hier schon sehr provinziell.« Katja nahm einen tiefen Zug von der Zigarette. »Wenn Vater wenigstens in eine Stadt wie Aachen gegangen wäre!«

»Das Krankenhaus in Monschau hat ihm zugesagt. Und Chefarztstellen sind nicht gerade dicht gesät. Außerdem hält dich niemand davon ab, als Fotografin in Köln oder in Aachen zu arbeiten. Aber dafür müsstest du dich ein bisschen anstrengen, und als Vaters Sekretärin hast du es ja ziemlich bequem«, sagte Marlene brüsk zu Katja.

»An der Zusammenarbeit mit Vater ist nichts bequem«, gab diese ärgerlich zurück.

Thea wollte sich begütigend einschalten. Aber in diesem Augenblick fiel die Haustür zu, und gleich darauf hörte sie Schritte in der Diele. Dies konnte nur der Vater sein. Ihr Magen verkrampfte sich.

»Ich hole ihn.« Katja verließ mit der Zigarette in der Hand den Raum. »Vater, komm doch bitte einmal mit ins Wohnzimmer«, hörte Thea sie sagen.

»Weshalb das denn? Und du weißt doch, dass ich es nicht mag, wenn du rauchst«, erklang die Stimme des Vaters.

»Jemand wartet auf dich.«

»Was soll diese Geheimnistuerei?«

Thea erhob sich. Die Tür flog auf. Die Miene des Vaters trug alle Anzeichen der Ungeduld. Er war immer noch eine beeindruckende Erscheinung, groß gewachsen, das Haar über dem scharf geschnittenen Gesicht dicht wie eine Löwenmähne. Aber inzwischen war es weiß geworden, und seine Augen waren nicht mehr so funkelnd wie früher. Ja, der Rücken des Vaters schien sogar ein bisschen gebeugt. Thea fühlte plötzlich einen Kloß im Hals.

»Marlene ...« Der Vater nickte der Schwester zu.

»Vater ...«, brachte Thea hervor.

Erst jetzt bemerkte er sie. »Du ...?« Er blickte sie fassungslos an.

»Ja.« Thea nickte. »Ich bin hier ...« Sie wollte auf ihn zulaufen, aber etwas an seiner starren Haltung hielt sie davon ab.

»Wir waren der Ansicht, dass ihr beiden euch endlich einmal aussprechen und wieder vertragen solltet«, mischte Katja sich ein.

»Marlene, Katja, lasst uns allein.« Die Stimme des Vaters klang schroff.

Das war nicht der Beginn des Wiedersehens, den Thea sich erhofft hatte. Die Schwestern sahen sie fragend an, und sie bedeutete ihnen stumm, die Aufforderung des Vaters zu befolgen. Nachdem die beiden gegangen waren, legte sich ein lastendes Schweigen über den Raum.

»Vater ...«, versuchte es Thea noch einmal. Sie streckte ihm die Hände entgegen, doch er ignorierte die Geste.

»Jetzt, da du nicht mehr weiterweißt, kommst du also.« Ein harter Zug lag um seinen Mund.

»Was meinst du damit?«

»Ich habe erfahren, was in Hamburg geschehen ist, dass du einen angesehenen, erfahrenen Arzt aufs Übelste diskreditiert hast. Selbst nach allem, was zwischen uns vorgefallen ist, konnte ich es zuerst nicht glauben.«

Der Vater hatte also davon gehört. Weder Professor Arnhem noch Professor Hefner hatten jemals erwähnt, dass sie ihn kannten. Wahrscheinlich war es jedoch einfach naiv gewesen anzunehmen, dass sich die Kunde von dem Skandal nicht innerhalb kurzer Zeit bis zu ihrem Vater verbreiten würde. So etwas sprach sich unter leitenden Ärzten schnell herum.

Aber dass der Vater sie beschuldigte, war bitterer als alles, was sie an ihrem letzten Abend im Universitätskrankenhaus erlebt hatte. Thea ballte die Hände zu Fäusten. »Ich habe Professor Arnhem nicht verleumdet. Er hat bei einem Routineeingriff, bei einer Blinddarmoperation, eine Beckenaorta durchtrennt. Seine Hände haben gezittert, er ist krank. Er darf nicht mehr operieren. So etwas müsstest doch gerade du als Chefarzt verstehen.«

»Professor Arnhem krank? Kein Arzt in seiner Position würde so unverantwortlich handeln. Selbst Routineeingriffe enden manchmal tragisch. Das solltest du inzwischen wissen.«

Der Vater argumentierte genauso wie der ärztliche Direktor des Universitätskrankenhauses.

»Der Tod des Patienten war nicht tragisch!« Thea musste sich beherrschen, um den Vater nicht anzuschreien.

»Ach, du willst dich doch nur wichtigmachen.« Der Vater winkte ab. »Du bist nun einmal eitel und neigst zur Selbstüberschätzung.«

Thea stockte der Atem. Was für ein Bild hatte der Vater nur von ihr? War das tatsächlich der geliebte Papa, dem sie einmal bedingungslos vertraut hatte? Eine Erinnerung streifte Thea. Ein Urlaub oder ein Ausflug in ihrer Kindheit. Ihre kleine Hand lag in seiner großen, und sie ging mit ihm einen schmalen Weg über einer Schlucht entlang. Drunten toste ein Bach. Sie hatte sich bei ihm ganz sicher gefühlt.

»Ich habe sagen hören, dass dich Professor Hefner gefördert hat. Es sieht dir ähnlich, deine *Dankbarkeit*«, der Vater spie das Wort förmlich aus, »durch Illoyalität zu beweisen.«

Etwas in Thea verhärtete sich. »Ach, machst du mir jetzt wieder zum Vorwurf, dass ich meine große Liebe geheiratet habe, statt eine Karriere in deiner Dresdener Klinik anzustreben und deine Nachfolgerin zu werden?«

»Liebe … Du hast dich an einen mittellosen Künstler weggeworfen, der auf dein Erbe aus war und gehofft hat, durch dich Zugang zu der Dresdener Gesellschaft zu finden und ihr seine stümperhaften Bilder zu verkaufen.«

»Wie kannst du es wagen, so über Hans zu sprechen!« Thea schrie ihren Vater nun doch an. »Er hatte meine Hilfe nicht nötig. Er hätte sich mit seinen Bildern einen Namen gemacht, wenn er nicht …« Ihre Stimme versagte, und ihr schossen die Tränen in die Augen. Wie hatte sie nur so dumm sein können, auf eine Versöhnung mit dem Vater zu hoffen? Es war sinnlos, dieses Gespräch fortzusetzen. Es würde sie nur noch mehr verletzen.

Sie rannte aus dem Raum und durch die Diele nach draußen, bis zur Straße. Dort lehnte sie sich gegen eine Mauer und wischte sich die Tränen des Zorns von den Wangen.

»Thea.« Marlene war ihr nachgekommen und nahm sie in den Arm. »Katja und ich haben euch streiten hören. Es tut mir so leid.«

»Vater hat sich kein bisschen verändert! Er lässt keine Meinung außer seiner eigenen gelten. Und bis zu seinem Lebensende wird er es mir nicht verzeihen, dass ich Hans geheiratet habe und mit ihm nach Hamburg gegangen bin.«

»Katja spricht gerade mit ihm.«

»Das kann sie sich sparen.« Thea schüttelte den Kopf. »Dass ich den Chefarzt angezeigt habe, hat Vater nur darin bestärkt, schlecht von mir zu denken. Ich hätte nicht herkommen sollen.«

»Aber das ist doch Unsinn! So sehen wir Schwestern uns wenigstens einmal wieder. Du musst ein paar Tage bleiben. Und vielleicht lässt sich Vater ja doch erweichen und ist bereit, sich mit dir zu versöhnen.« Marlene besann sich kurz. »Hör zu. Ich bringe dich jetzt zu einem Hotel. Und morgen schauen wir weiter.«

»Es ist lieb von dir, dass du dich um mich sorgst.« Eine Welle der Zuneigung für die Schwester stieg in Thea auf. »Aber Vater wird sich nicht erweichen lassen. Ich fahre morgen nach Hamburg zurück. Ich muss dringend Bewerbungen schreiben und eine neue Stelle finden.«

Katja kam jetzt die Eingangstreppe herunter. Ihre Miene war umwölkt und bestätigte Theas Befürchtungen.

»Und?«, fragte Marlene.

Katja seufzte. »Vater hat mich überhaupt nicht angehört. Er ist in sein Arbeitszimmer gestürmt und hat die Tür hinter sich zugeschlagen. Wahrscheinlich grollt er jetzt für die nächsten Tage und ist nicht ansprechbar.«

»Ich habe gewusst, dass er so reagieren wird. Es ist wirklich sinnlos, dass ich noch bleibe.« Es tat so weh, von dem eigenen Vater so behandelt zu werden! Wieder traten Thea Tränen in die Augen.

Eine junge Frau, die auf der anderen Straßenseite einen Kinderwagen vor sich her schob, grüßte und blickte sich dann neugierig zu ihnen um. Thea wandte sich rasch ab. Wahrscheinlich war ihnen anzusehen, dass irgendetwas im Argen lag.

Marlene schien dies ähnlich zu empfinden. Sie legte Thea die Hand auf den Arm. »Na los, ich fahre dich zu einem Hotel. Du ruhst dich ein bisschen aus. Und später kommen Katja und ich vorbei, und wir sprechen noch einmal über alles.«

»Das könnt ihr gern tun.« Thea holte ein Taschentuch aus ihrem Mantel. Sie fuhr sich über die nassen Augen und schnäuzte sich energisch. »Aber ich werde meine Meinung nicht ändern.«

In bedrücktem Schweigen fuhren Marlene und Thea hinunter in das Städtchen. Dort parkte Marlene vor einem stattlichen Fachwerkgebäude mit Erkern und Butzenscheiben-Fenstern. »Hotel Ritter« stand auf einem Schild über der Eingangstür. Das Ambiente der Eingangshalle mit der Balkendecke und den dicken Teppichen war teuer und gediegen, und Thea konnte sich ein solches Hotel eigentlich nicht leisten. Aber sie war zu erschöpft, um der Schwester zu widersprechen.

Der Portier begrüßte Marlene sehr freundlich, und ihrem kurzen Gespräch entnahm Thea, dass »der Herr Professor« und die Schwestern wohl regelmäßig im Restaurant speisten.

»Selbstverständlich« werde man der »Frau Doktor« ein schönes Zimmer geben, versicherte der Portier. Und tatsächlich entpuppte sich das Zimmer als sehr hübsch. Es hatte ebenfalls eine Balkendecke, und in dem Erker standen zwei einladende Sessel.

»Ich hoffe, es gefällt dir hier?«, erkundigte sich Marlene besorgt.

»Ja, sehr.«

»Wir sehen uns dann später.«

54

»Ich freue mich auf dich und Katja, aber ihr werdet mich nicht umstimmen können.«

»Leg dich ein bisschen hin und ruh dich aus.« Marlene küsste Thea auf die Wange. Marlene, die große Schwester, die sich, als die Mutter gestorben war, immer für Thea und Katja verantwortlich gefühlt hatte, obwohl sie selbst noch ein Backfisch war. Impulsiv umarmte Thea sie. »Danke, dass du dich um mich sorgst.« Ach, warum musste sie schon wieder weinen? Was war nur mit ihr los? Hastig wandte sie sich ab.

Nachdem Marlene gegangen war, packte Thea ihren Koffer aus und stellte Hans' Fotografie auf den kleinen Tisch.

Vater weiß, dass ich Professor Arnhem angezeigt habe, und er ist außer sich darüber, erzählte sie ihm. *Er wird mir das nie verzeihen. Es hat so wehgetan, dass er mich noch nicht einmal anhören wollte. Ich hätte nicht gedacht, dass mich das so sehr verletzen würde. Und bestimmt sind mittlerweile auch andere Chefärzte über mein »Vergehen« informiert…*

O Gott, wie sollte sie unter diesen Umständen nur eine neue Stelle finden? Thea ließ sich auf das Bett sinken. Wieder überfluteten sie Angst und Sorge. Ganz gewiss waren ihr nun alle großen Kliniken in Deutschland verschlossen. Nicht nur, dass sie kein Empfehlungsschreiben vorweisen konnte. Sicher würde man sie noch nicht einmal zu einem Gespräch einladen.

Thea schlang die Arme um sich und versuchte, ihr Zittern zu unterdrücken. Es konnte doch nicht sein, dass sie nie mehr als Ärztin würde arbeiten können!

Doch auf einmal machte sich nach der langen Reise die Müdigkeit bemerkbar. Auch die seelische Erschöpfung forderte ihren Tribut. Thea fielen die Augen zu. Im Halbschlaf streifte sie die Schuhe ab und rollte sich in die Kissen. Schon nach wenigen Sekunden war sie eingenickt.

Ein Klopfen riss Thea aus dem Schlaf. Sie benötigte einen Moment, um zu begreifen, wo sie sich befand. Monschau, der Streit mit dem Vater und dass er wusste, dass man ihr in Hamburg fristlos gekündigt hatte … Schlaftrunken tappte sie zur Tür. Marlene stand davor. »Ach, du meine Güte, habe ich dich geweckt?«

Ein Blick in den Spiegel zeigte Thea, dass ihr Gesicht gerötet war und sich eine Falte des Kopfkissens auf ihrer Wange abzeichnete. Der Wecker auf ihrem Nachttisch stand auf kurz vor sieben Uhr.

Sie hatte tatsächlich über zwei Stunden geschlafen. »Das macht nichts.« Thea schüttelte den Kopf. »Wo ist denn Katja? Wollte sie nicht mitkommen?«

»Sie musste noch schnell etwas erledigen. Frag mich nicht, was.« Marlene zuckte mit den Schultern. »Ich habe ja die Vermutung, dass sie sich mit einem Mann trifft. Aber sie rückt nicht mit der Sprache heraus.« Marlene war vor dem Tisch stehen geblieben und nahm Hans' Fotografie in die Hand. »Ich habe ihn sehr gemocht. Er war so freundlich und zugewandt.«

»Ja, das war er …«

»Gibt es denn wieder einen Mann in deinem Leben?«

»Nein, ich liebe Hans immer noch.«

»Aber er ist jetzt schon fast sechs Jahre tot.« Marlenes Stimme klang sehr sanft.

»Das ändert nichts. Ich glaube nicht, dass ich mich noch einmal richtig verlieben kann.«

»Das ist doch Unsinn«, erklärte Marlene entschieden.

»Hans hätte sich ganz bestimmt gewünscht, dass du dein Leben weiterlebst und wieder glücklich wirst.«

Thea wollte nicht mit der Schwester darüber streiten. »Hast du denn etwas über Bernhard erfahren?«, fragte sie stattdessen.

Marlene setzte sich auf das Bett und strich mit der Hand über die Decke. »Nein, er wird immer noch in Russland vermisst. Und …« Sie senkte den Kopf. »Ich hoffe so sehr, dass er noch lebt und irgendwo in Gefangenschaft ist und zu mir und den Kindern zurückkehrt. Und dann wieder habe ich Angst davor. Ich frage mich, ob wir uns nicht vielleicht völlig fremd geworden sind. Manche Männer, die aus dem Krieg und der Gefangenschaft zurückkehren … Sie trinken, und sie verhalten sich ihrer Familie gegenüber gewalttätig. Das könnte ich nicht ertragen.« Sie sah Thea bekümmert an. »Findest du es schlimm, dass ich so denke und nicht nur hoffe, dass Bernhard endlich zu uns zurückkommt?«

»Nein, überhaupt nicht.« Thea setzte sich neben die Schwester und legte den Arm um sie. »Ich finde deine Ängste ganz normal.«

»Vater gegenüber würde ich sie jedenfalls nicht äußern.« Marlene lächelte ein wenig. »Er würde sie wahrscheinlich schon als Ehebruch betrachten.«

»Ja, wahrscheinlich.« Thea war wieder zornig auf den Vater. Warum war er immer nur so selbstgerecht? Einige Momente lang schwiegen sie, jede in ihre Gedanken versunken. Dann wandte sich Thea der Schwester zu. »Fehlt dir Frankfurt eigentlich gar nicht?«, fragte sie. Seit der Heirat hatte Marlene mit ihrem Mann in der Stadt am Main gelebt, dort waren auch die Kinder geboren worden. Und mit ihren Schwiegereltern hatte sich die Schwester immer gut verstanden.

»Nein, überhaupt nicht.« Marlenes Gesicht verdüsterte sich, und sie schien in sich zusammenzusinken. »Die Bombardierungen waren schrecklich und ...« Sie brach ab, und ihr Blick wurde abwesend, als würde sie von einer schlimmen Erinnerung heimgesucht. Dann schüttelte sie den Kopf, wie um sich davon zu befreien, und bemühte sich um ein Lächeln. »Meine Schwiegereltern vermisse ich schon. Aber sonst nichts.«

Hochhackige Absätze klapperten nun über den Flur, ein Klopfen, dann kam Katja ins Zimmer gestürmt. Ihre Wangen waren gerötet, und ein Strahlen lag auf ihrem Gesicht. Ja, gut möglich, dass sie sich mit einem Mann getroffen hatte.

»Und?« Sie wandte sich Marlene zu. »Du hast Thea doch hoffentlich überredet, dass sie noch ein paar Tage bleibt?«

»Ich fahre morgen zurück nach Hamburg«, schaltete sich Thea energisch ein. »Ich muss Bewerbungen schreiben.«

»Du kannst doch deine Stellensuche um ein paar Tage aufschieben«, ließ Katja nicht locker. »Darauf kommt es doch wohl nicht an.«

»Ich könnte die Zeit mit euch nicht genießen.« Thea schüttelte den Kopf.

»Dass du auch immer deinen Beruf an die erste Stelle setzen musst!« Katja stöhnte.

»Es geht immerhin um meine berufliche Existenz.« Thea wurde ärgerlich. Wie konnte Katja nur so ignorant sein?

»Brauchst du Geld, Thea?« Marlene sah sie fragend an. »Ich kann dir gern aushelfen. Ich konnte unser Heim zu einem wirklich guten Preis vermieten und habe auch noch

Einnahmen aus ein paar Mietshäusern. Bernhard hat für die Kinder und mich sehr gut vorgesorgt, und wir haben die Währungsreform ohne Schwierigkeiten überstanden.«

»Das ist sehr lieb. Aber ich komme schon über die Runden. Hört zu, sobald ich eine Stelle gefunden und mich eingearbeitet habe, machen wir ein paar Tage Urlaub zusammen. Versprochen!« Thea ergriff die Hände der Schwestern und drückte sie.

»Wir nehmen dich beim Wort«, drohte Katja.

»Ja, das werden wir«, bestätigte Marlene. Sie blickte auf ihre Armbanduhr. »Was haltet ihr davon, wenn wir zusammen im Hotelrestaurant etwas essen? Ich könnte Frau Mageth anrufen und sie bitten, Liesel und Arthur ins Bett zu bringen.«

»Das musst du nicht. Ich habe überhaupt keinen Hunger. Ich bin sehr müde und möchte mich gleich wieder hinlegen«, schwindelte Thea. Je weniger Zeit sie mit den Schwestern verbrachte, desto besser. Sonst würde ihr der Abschied nur das Herz brechen.

»Ach Thea, komm schon …« Katja verzog enttäuscht das Gesicht. »Wir haben uns doch kaum gesehen.«

»Lass sie in Ruhe. Der Streit mit Vater hat sie sehr mitgenommen.« Marlene war verständnisvoll wie immer. »Aber wir bringen dich morgen früh zum Bus. Darauf bestehe ich.«

»Das ist sehr nett von euch.« Thea begleitete die Schwestern die Treppe hinunter und zu dem geparkten Wagen. Sie umarmten sich, dann sah Thea den Schwestern nach, wie sie davonfuhren. Ach, sie vermisste die beiden ja jetzt schon wieder so sehr!

Der Speisesaal im Hotel Ritter war gut besucht. Thea ging zu einem der wenigen freien Tische. Entgegen ihrer Lüge hatte sie großen Hunger. Ja, es war am besten, wenn sie morgen abreiste. Und doch ... Es wäre so schön gewesen, Zeit mit den Schwestern zu verbringen. Und sie wäre ihrer Nichte und ihrem Neffen so gern eine liebevolle Tante. Und was den Vater betraf ... Theas Zorn war inzwischen einer großen Traurigkeit gewichen. Würden sie nie mehr zueinanderfinden?

Aber sie hatte ihre Entscheidung getroffen. Und jetzt war das Wichtigste, dass sie eine neue Stelle fand. Energisch rückte Thea ihre Brille zurecht und griff nach der Speisekarte.

»Gnädige Frau, darf ich Ihnen etwas zu essen bringen?« Ein Kellner war an Theas Tisch getreten.

»Ja.« Rasch überflog sie die Karte. »Den Tafelspitz, ein Wasser und ein Glas Weißwein, bitte.«

»Sehr wohl.« Der Kellner notierte die Bestellung. »Möchten Sie eine Zeitung, bis das Essen fertig ist?«

»Das wäre sehr nett.« Thea nickte. Das Grübeln half ihr schließlich nicht weiter. Während der Kellner sich entfernte, ließ sie ihren Blick durch den Speisesaal schweifen. Die Balkendecke war mit roten und grünen Ornamenten bemalt. In einer Ecke verbreitete ein Kachelofen eine behagliche Wärme. Der Speisekarte und auch dem Standard ihres Zimmers nach zu schließen war das Hotel das erste Haus am Platz. Kein Wunder, dass der Vater und die Schwestern häufig hier waren.

Jetzt dachte sie schon wieder an ihre Familie! Dankbar griff Thea nach der Zeitung, die ihr der Kellner reichte. Sie blätterte durch den Politik- und den Wirtschaftsteil und überflog dann die regionalen Seiten. Im Sommer würde in der Monschauer Burg ein Konzert mit einem renommierten englischen Pianisten stattfinden. Thea musste unwillkürlich lächeln. So provinziell, wie Katja behauptet hatte, war diese Gegend wohl doch nicht. Die Polizei hatte einige Schmuggler an der deutsch-belgischen Grenze festgenommen. Und ein Pferd, das mit einem Karren durchgegangen war, hatte einen Unfall mit einem Schwerverletzten verursacht.

Nun war sie bei den Anzeigen angelangt. Ein Bekleidungsgeschäft pries die aktuelle Frühjahrsmode an. Ein Autohändler warb für das Modell eines neuen Wagens. Stellengesuche und -angebote. Und ... Thea, die die Zeitung schon wieder hatte zuschlagen wollen, hielt inne. »Landarzt in Eichenborn sucht ab sofort Verstärkung für seine Praxis. Erfahrung in der Geburtshilfe sehr erwünscht.« Darunter waren ein Name, eine Adresse sowie eine Telefonnummer angegeben.

»Gnädige Frau ...« Der Kellner platzierte die Getränke vor Thea.

»Ach bitte, können Sie mir sagen, wo der Ort Eichenborn ist?«, wandte Thea sich an ihn.

»Das Dorf liegt etwa fünfzehn Kilometer von Monschau entfernt in der Nähe der Grenze zu Belgien, am Rand des Hohen Venn.«

»Was ist denn das Hohe Venn?«

»Ein ausgedehntes Hochmoor, gnädige Frau«, erklärte der Kellner freundlich. Gleich darauf servierte er den Tafelspitz.

Fünfzehn Kilometer entfernt ... Thea aß, in Gedanken verloren. Bot vielleicht diese Stellenanzeige eine Lösung für ihre Probleme? Erfahrung in der Geburtshilfe besaß sie nun wahrhaftig. Sie konnte als Ärztin tätig und auch den Schwestern nahe sein und so die Zeit überbrücken, bis sie hoffentlich doch noch irgendwo eine Stelle in der Gynäkologie fand. Und vielleicht war ja ein Landarzt, vor allem, wenn er schon älter war und schon länger praktizierte, froh über eine Mitarbeiterin, die mit dem aktuellen Stand der Medizin vertraut war.

Eine Standuhr im hinteren Teil des Speisesaals schlug halb neun. Um diese Zeit hielt sich der Vater immer noch einmal in der Klinik auf. Wenn sie jetzt in der Villa anrief, um den Schwestern von der Stellenanzeige zu erzählen, würde er ganz sicher nicht das Gespräch entgegennehmen. Rasch beendete Thea ihr Mahl.

In der Eingangshalle gab es eine Telefonkabine. Es dauerte eine Weile, bis der Hörer in der Villa abgenommen wurde.

»Mageth ...«, meldete sich die Köchin.

»Hier Thea Graven, ich möchte gern eine meiner Schwestern sprechen.« Bestimmt würden sich Marlene und Katja darüber freuen, dass sie vorhatte, sich auf die Anzeige zu bewerben.

Doch Katja war nicht zu Hause, und Marlene hielt sich im Kinderzimmer auf. Arthur hatte einen Alptraum gehabt und war ganz verstört aufgewacht, wie Frau Mageth Thea mitteilte. Sie mochte die Schwester nicht von dem Jungen wegholen.

»Richten Sie doch bitte meinen Schwestern aus, dass ich mich auf eine Stelle in der Nähe bewerben werde«, sagte Thea stattdessen. »Deshalb ist es nicht nötig, dass sie mich morgen früh abholen und zum Bus bringen. Ich werde mich wieder melden, sobald ich Genaueres weiß.« Damit verabschiedete sie sich.

Als Nächstes wählte Thea die Telefonnummer, die Dr. Berger in der Anzeige angegeben hatte. Sie ließ es lange klingeln, legte auf und versuchte es noch einmal. Wieder ohne Erfolg.

Nun, dann würde sie eben auf gut Glück nach Eichenborn fahren!

Kapitel 4

Ein feiner Nebel hing schon wieder in Luft, als Thea am nächsten Morgen zu der Bushaltestelle im Stadtzentrum von Monschau ging. An der Rezeption hatte man ihr gesagt, dass Marlene ihre Zimmerrechnung bereits beglichen habe. Ach Marlene! Thea war dankbar und beschämt zugleich – und sie war so aufgeregt wegen der Stelle in Eichenborn! Jetzt, da sie eine Nacht über alles geschlafen hatte, hoffte sie umso mehr, dass sie die Arbeit bekommen würde. So viel hing davon für sie ab!

An der Haltestelle stand bereits der Bus, der von Monschau an der Grenze entlang über Eichenborn bis nach Aachen fuhr. Thea stieg ein und entrichtete beim Fahrer den Fahrpreis. Dann suchte sie sich einen Platz und stellte ihren Koffer neben sich auf den Sitz. Vielleicht machte es ja einen guten Eindruck, wenn sie mit dem Koffer in der Hand diesem Dr. Berger, ihrem zukünftigen Chef, signalisierte, die Stelle sofort antreten zu können. Und falls er sie nicht als Mitarbeiterin haben wollte, würde sie von dem Dorf aus den nächsten Bus nach Aachen nehmen und unverzüglich nach Hamburg aufbrechen.

Aber diese Möglichkeit mochte sie jetzt eigentlich gar nicht ernsthaft in Erwägung ziehen. Interessiert betrachtete Thea die anderen Mitfahrenden. Sie waren ganz unterschiedlich. Es gab bäuerlich gekleidete Männer und Frauen, deren

Gesichter schon jetzt, zeitig im Frühjahr, sonnenverbrannt waren und deren gebeugte Rücken und schwielige Hände von harter körperlicher Arbeit zeugten. Andere Fahrgäste schienen einen städtischen Hintergrund zu haben oder ihren Lebensunterhalt zumindest nicht in der Landwirtschaft zu verdienen. Vielleicht zählte einer von ihnen ja sogar zu Dr. Bergers Patienten.

Ob sie den Landarzt wohl in seiner Praxis antreffen würde? Nach dem Frühstück hatte Thea noch einmal versucht, ihn vom Hotel aus anzurufen, jedoch wieder vergebens.

Nun nahm der Fahrer seinen Platz hinter dem Steuer ein, und der Motor erwachte dröhnend zum Leben. Der Bus arbeitete sich eine steile, kurvenreiche Straße außerhalb des Städtchens hinauf, und eine blassgelbe Sonne war hinter dem Nebel zu erahnen.

An einer Haltestelle stiegen einige Passagiere aus, andere ein. Wieder erwachte der Motor lautstark zum Leben. Etliche Ruinen glitten am Straßenrand vorbei. Wenig später hatte der Bus den Kamm des Berges erreicht. Plötzlich war alles rings um Thea weit und licht. Sie hatten den Nebel unter sich gelassen. Ein schier unendlicher Himmel spannte sich über die Landschaft, die hügelig im Osten und nach Westen hin eben war, und für einen Moment fühlte sie sich wie ans Meer versetzt. Dieses Erlebnis von Grenzenlosigkeit, die Empfindung, freier atmen zu können, kannte sie sonst nur vom Segeln oder von Spaziergängen am Strand. Und da, am Straßenrand, blitzte es gelb auf. Thea beugte sich vor. Ja, dort wuchsen tatsächlich schon die ersten Narzissen.

Der Bus fuhr nun durch ein Dorf. Verglichen mit den stattlichen Fachwerkhäusern in Monschau waren die Gebäude hier eher ärmlich. Manche standen hinter hohen Hecken, in denen sich das erste Grün regte.

Ein erneuter kurzer Halt, dann ging die Fahrt weiter. Eine Zeit lang verlief die Straße zwischen Wiesen und Feldern. Birken standen dort, und in Tümpeln spiegelte sich der Himmel. Stare stiegen in die Höhe und stoben auseinander, als auf einmal ein Raubvogel über ihnen seine Kreise zog. Unwillkürlich atmete Thea tief aus. Die schrecklichen Erlebnisse in Hamburg waren weit weg, und sie hatte auf einmal die Zuversicht, dass sich ihr Leben doch noch zum Guten wenden konnte.

Immer wieder entdeckte Thea etwas, das sie entzückte. Funkelnde Rinnsale in dem noch braunen Boden, frühe Blumen, deren Namen sie nicht kannte, und wieder Narzissen. Schließlich verkündete der Fahrer, dass der nächste Halt Eichenborn sei.

Die ersten Häuser des Ortes tauchten am Straßenrand auf. Einige Hühner stoben gackernd zur Seite, als sich der Bus näherte. Bauernhöfe mit Misthaufen vor den Stallungen. Schweine steckten ihre Köpfe in einen Wassertrog. Dann stoppte das Fahrzeug auf einem Platz vor einer Kirche, deren Turm in Trümmern lag. Eine große Glocke hing an einem Gestell aus Holz. Ein irgendwie seltsamer Anblick. Neben einigen Fachwerkhäusern und aus grauen Steinen erbauten Gebäuden gab es hier auch einen kleinen Laden und einen Gasthof sowie, tatsächlich, eine Telefonzelle.

Thea nahm ihren Koffer und kletterte aus dem Bus. Sie war der einzige Fahrgast, der ausstieg. Sie konsultierte noch einmal den Notizzettel mit der Adresse der Praxis und sah sich dann suchend um. Eine Frau, die ein Kopftuch und eine Schürze über einem Rock und einem dicken Pullover trug, überquerte den Kirchplatz. In der Hand hielt sie eine Hacke.

»Ach bitte, können Sie mir sagen, wo ich die Praxis von Dr. Berger finde?«, wandte sich Thea an die Frau.

»Die lijt beim Schlösschen.«

»Ein Schlösschen?« Thea war verwundert.

»Ja, die Hauptstraße entlang, immer jerade-uss, bis die Straße sich jabelt.« Die Frau deutete in die Richtung, in die der Bus gefahren war. Sie sprach mit einem leicht singenden Dialekt und musterte Thea neugierig. Mit ihrem Koffer fiel sie wohl ziemlich auf. »An der Jabelung, bei der Mutterjottes, jehn Se nach rechts und dort die Straße runter. Janz am Ende, auf 'ner jroßen Wiese, lijt die Praxis. Ich hab allerdings sagen hören, dass heute Vormittag jeschlossen is.«

»Wurde Dr. Berger denn zu einem Notfall gerufen?«

»Vielleicht.« Die Frau zuckte mit den Schultern. »Vielleicht auch nit. Am besten, Sie sehn selbst nach.« Ehe Thea weiterfragen konnte, ging sie schon davon.

Was war das denn für eine ominöse Auskunft? Konsterniert schlug Thea den beschriebenen Weg ein. Der Asphalt war an vielen Stellen rissig oder gar nicht mehr vorhanden. Schutt füllte große Löcher. Anscheinend handelte es sich um ehemalige Bombenkrater. Auch einige Häuser am Straßenrand wiesen noch deutliche Spuren des Krieges auf. Wände waren eingestürzt und Dachsparren verkohlt.

Nun entdeckte Thea vor einem Fachwerkhaus eine Marienstatue mit dem Jesuskind auf dem Arm, und dort gabelte sich, wie von der Frau beschrieben, die Hauptstraße. Thea folgte dem rechten Abzweig. Einige Bauernhöfe reihten sich aneinander. Der Abzweig endete bei einem Fachwerkhaus mit weit heruntergezogenem Dach und ochsenblutroten Balken. Gespannt legte Thea das letzte Stück des Weges zurück. Hinter dem Fachwerkhaus erstreckte sich eine weitläufige Wiese. Das Gebäude am anderen Ende war wohl das Schlösschen. Es schien quadratisch zu sein, mit einem kleinen Turm an jeder Ecke. Auch das Dach wurde von einem Türmchen gekrönt. Jetzt sah Thea auch eine rostige, von Efeu und wildem Wein überwucherte Wellblechgarage, zu der ein von Schlaglöchern übersäter Weg führte, und ein Stück entfernt ein weiteres kleines Fachwerkhaus, das fast vollständig hinter irgendwelchen Ranken verschwand. Dies waren die letzten Häuser des Dorfes.

Die Fassade des Schlösschens hatte die gleiche dunkelrote Farbe wie die Holzbalken des Fachwerkgebäudes. Dieses war wohl früher einmal ein Stall oder eine Remise gewesen.

Dr. med. Georg Berger, Arzt für praktische Medizin und Geburtshilfe, stand auf der Emailletafel neben dem Eingang, darunter waren die Öffnungszeiten angegeben. Thea blickte auf ihre Armbanduhr. Es war kurz nach elf. Eine Stunde lang sollte noch geöffnet sein. Sie drückte die Klinke herunter. Die Tür war abgesperrt.

»Tja, die Praxis is jeschlossen«, ertönte eine Männerstimme hinter Thea. Sie drehte sich um. Ein älterer Mann auf einem Fahrrad hatte angehalten. »Ich hab's vorhin auch schon mal umsonst beim Doktor versucht.«

»Wissen Sie, wann Dr. Berger wieder zurückkommt?«

»Nä, keine Ahnung. Vielleicht is er auch drüben im Schlösschen. Da wohnt er nämlich.«

»Und weshalb ist er dann nicht während der Öffnungszeit in seiner Praxis?«

»Wär möglich, dass er seinen Rausch ausschläft.«

»Wie bitte?« Theas Bild von einem seriösen Landarzt zerplatzte wie eine Seifenblase.

»Na ja, es kommt nit sehr oft vor.« Der Mann vollführte eine entschuldigende Geste. »Aber hin und wieder schon. Wie ich schon sachte, probieren Sie's mal im Schlösschen.« Der Fahrradfahrer trat in die Pedale und radelte über einen Feldweg davon.

Ein trunksüchtiger Arzt ... Das konnte doch wohl nicht wahr sein! Thea schluckte hart. Ob es nicht am besten war, wenn sie unverrichteter Dinge nach Aachen fuhr und den erstbesten Zug nach Hamburg nahm? Aber der nächste Bus ging erst in zwei Stunden. Sie hob den Koffer hoch. Jetzt war sie schon einmal hier. Also würde sie auch mit diesem Dr. Berger sprechen. Ein breiter gepflasterter Weg führte von der Straße über die Wiese und zu dem ochsenblutroten Gebäude mit den Türmchen.

Entschlossen ging Thea ihn entlang. Das Schlösschen lag in der weiten Biegung eines Baches. An einer Seite hatte man einen künstlichen Graben geschaffen. Dadurch lag es wie auf einer kleinen Insel. An vielen Stellen blätterte die Farbe von der Fassade. Einige Fenster waren mit Brettern vernagelt, und auch schadhafte Stellen im Dach waren nur notdürftig mit Planen geschützt. Trotzdem besaß es einen ganz eigenen Charme.

Eine Brücke führte über den Bach und dahinter ein von Unkraut überwucherter Weg auf den Eingang zu. Da es keine Klingel gab, betätigte Thea den Türklopfer. Das Geräusch hallte in dem Gebäude wider. Sie wartete. Keine Reaktion. Ach verflixt!

»Dr. Berger?« Thea versuchte es mit rufen. Wieder regte sich nichts im Innern des Gebäudes. Sie trat ein paar

Schritte zurück und blickte sich um. Direkt an einer Seite des Schlösschens verlief der Wassergraben. An den anderen weitete sich die Insel zu einem Garten, den eine verwitterte Mauer umschloss. Ganz in ihrer Nähe entdeckte Thea eine Pforte. Sie klemmte, ließ sich aber öffnen, als sie sich mit ihrem ganzen Gewicht dagegenstemmte. Knarrend fiel sie hinter ihr zu.

Nur das Rauschen des Baches und Vogelgezwitscher waren jetzt zu hören. Schneeglöckchen und Vergissmeinnicht sprenkelten den Rasen weiß und blau. Alte Obstbäume streckten ihre Äste in den Himmel. Eine längst aus der Form geratene Buchsbaumhecke umschloss einen Küchengarten, und die Reste von Blumenbeeten waren am Rand des Rasens zu erahnen.

»Dr. Berger?« Thea schritt an dem Gebäude entlang und spähte durch die hohen Sprossenfenster. Eine riesige Küche mit einem Tisch, an dem bestimmt ein Dutzend Menschen Platz fanden, dann eine Spülküche, wie es sie oft in herrschaftlichen Haushalten gab. Ein spärlich eingerichtetes Wohnzimmer. Und ... Ja, doch, sie hatte sich nicht getäuscht. Dort hing ein Punchingball von der Decke! Dieser Dr. Berger wurde immer mysteriöser.

Nun hatte Thea eine Ecke des Schlösschens erreicht. Sie wollte weitergehen, aber in diesem Moment ertönte ein empörtes Schnattern und Fauchen, und eine Schar Gänse kam mit vorgereckten Hälsen und gespreiztem Gefieder auf sie zugestürzt, die Schnäbel mit den spitzen Hornpapillen weit aufgerissen.

O nein! Hastig brachte Thea ihren Koffer zwischen sich und das Federvieh. Ein nur unzureichender Schutz, denn eine Gans zwickte nach ihrem Bein. Verfolgt von den aufgebrachten Vögeln, rannte Thea durch den Garten. Sie zerrte an der Pforte, die wieder klemmte. Endlich schwang sie auf. Thea drückte sich durch den Spalt und schlug sie hinter sich zu. Außer Atem ließ sie sich dagegensinken. Die Gänse schnatterten noch ein paarmal, dann gaben sie Ruhe. Offensichtlich waren sie zufrieden, den Eindringling in die Flucht geschlagen zu haben.

Plötzlich spürte Thea einen stechenden Schmerz in ihrer rechten Hand. Blut tropfte von ihrem Daumenballen auf den Boden. Auch das noch! Sie hatte sich an der Gartenpforte verletzt. Sie stellte den Koffer ab, presste die Hand gegen den Mund und suchte mit der Linken in ihrem Mantel nach einem Taschentuch.

»Was, zum Teufel, haben Sie in meinem Garten gesucht?«

Eine ärgerliche Stimme ließ sie aufblicken. Ein großer Mann stand vor ihr. Ein sonnengebräuntes Gesicht. Dunkles Haar, von dem sich blaue Augen überraschend hell abhoben. Ein kantiges Kinn. Seine Hose war ausgebeult, und sein Jackett hatte wohl auch schon bessere Tage gesehen. Schätzungsweise war er Anfang vierzig.

»Dr. Berger?«

»Wer soll ich denn sonst sein?«

»Ich ...«

»Zeigen Sie mal her.« Er deutete auf ihren verletzten Daumenballen.

Überrumpelt präsentierte Thea ihm ihre Hand. Er musterte die Wunde, ein langer Schnitt. Sie hatte ihn sich wohl an einem Nagel oder einem anderen scharfen Metallstück zugefügt.

»Kommen Sie mit.«

»Hören Sie, ich ...«

Ohne Thea weiter zu beachten, eilte er zu der Brücke über den Bach und dann über den Weg durch die Wiese zur Rückseite des Fachwerkhauses. Mit dem Koffer in der unverletzten Hand hatte Thea Mühe, ihm zu folgen. Die Hintertür führte in einen Gang. Von dort zweigte eine weitere Tür in ein Ordinationszimmer ab.

»Setzen Sie sich.« Er wies auf einen Stuhl.

»Sprechen Sie mit Ihren Patienten eigentlich immer im Befehlston?« Immerhin schien Dr. Berger nicht betrunken zu sein, denn sie konnte keinen Alkohol in seinem Atem riechen.

»Ich habe es eilig, und Sie hatten nichts in meinem Garten zu suchen. Sie sind hoffentlich gegen Tetanus geimpft?« Er wandte sich zu einem Schrank um und nahm ein Fläschchen mit Desinfektionsmittel, Watte sowie ein kleines Operationsbesteck heraus.

»Wollen Sie den Schnitt etwa nähen? Und ja, ich bin gegen Tetanus geimpft.« Thea biss sich auf die Lippen. Wenn sie die Stelle haben wollte, musste sie sich wohl oder übel bremsen und höflicher sein.

»Ich werde die Wunde nähen, denn der Schnitt ist ziemlich tief. Es sei denn, Sie wollen eine hässliche Narbe zurückbehalten.« Dr. Berger hatte ihre Hand ergriffen und säuberte die Wunde mit dem Desinfektionsmittel. Jetzt, da das Blut entfernt war, musste Thea seiner Einschätzung zustimmen.

»Ja, Sie haben recht«, gab sie zu. »Der Schnitt ist recht tief.«

»Ich freue mich immer wieder, wenn medizinische Laien einer Meinung mit mir sind.« Seine Stimme troff von Sarkasmus.

»Ich bin promovierte Ärztin. Mein Name ist Thea Graven. Ich hätte Ihnen das gleich gesagt, wenn Sie mich hätten zu Wort kommen lassen. Ich habe gestern Ihre Anzeige in der Zeitung gesehen. Ich bin in der Gegend zu Besuch, meine Familie lebt in der Nähe und ...«

»Wollen Sie sich etwa auf die Stelle in meiner Praxis bewerben?« Er ließ die Operationsnadel mit dem Faden sinken.

»Ja, allerdings. Ich bin eigentlich im letzten Jahr meiner Ausbildung zur Fachärztin für Gynäkologie und habe deshalb wirklich viel Ahnung von Geburtshilfe und ...«

Dr. Berger fiel ihr wieder ins Wort. »Den Weg hätten Sie sich sparen können.«

»Haben Sie die Stelle denn schon besetzt?«

»Nein, aber ich kann keine Frau in meiner Praxis gebrauchen.«

»Warum das denn nicht? Glauben Sie etwa, dass Frauen schlechtere Ärzte sind als Männer? Oder weniger belastbar?« Die Nadel stach in Theas Fleisch, der Schmerz ließ sie die Zähne zusammenbeißen. Und sie hatte schon wieder ihre Vorsicht vergessen.

»Der Meinung bin ich nicht. Aber Ärztinnen gehören in die Stadt und nicht aufs Land.«

»Und was bringt Sie zu dieser Ansicht, wenn ich fragen darf?« Thea atmete tief durch, ehe der nächste schmerzhafte Stich erfolgte.

»Ich stamme aus dieser Gegend, ich kenne die Leute. Es dauert, bis sie Vertrauen zu Fremden fassen. Auch ein zugezogener Mann hätte es hier schwer.« Dr. Berger wandte den Blick kurz von der Wunde ab und sah Thea an. »Dazu gibt es die langen Fahrten über Land bei Wind und Wetter. Sie haben ja keine Ahnung, wie streng die Winter hier sein können. Hoher Schnee, manchmal von Ende Oktober bis Anfang April. Hin und wieder muss man sich die Straße zu einsam gelegenen Höfen auch freischaufeln. Und dann der Nebel zu jeder Jahreszeit. Unter diesen Bedingungen ist es ziemlich weit nach Monschau ins Krankenhaus. Da muss man auch mal einen Patienten auf dem Küchentisch operieren.«

»Ich habe bei Operationen assistiert, während Bomben auf Hamburg gefallen sind. Eine OP auf dem Küchentisch schreckt mich da nicht.«

»Aber Sie laufen vor Gänsen davon.« Dr. Berger verknotete den Faden und amüsierte sich ganz unverhohlen. Er hatte die peinliche Situation also beobachtet.

Thea errötete. »Ich war einfach überrumpelt.«

»Und Sie sind noch nicht einmal verheiratet. Eine ledige Frau, die Männer untersucht. Das würde hier schon gar nicht akzeptiert.«

»Ich bin Witwe«, erwiderte Thea ruhig.

»Sie tragen keinen Ehering.« Er legte die Nadel in die Metallschale.

»Ich hatte Angst, ihn bei dem ständigen Händewaschen und Desinfizieren im Krankenhaus zu verlieren. Deshalb habe ich ihn abgenommen.«

»Es tut mir leid ... dass Sie verwitwet sind«, sagte Dr. Berger nach einer kurzen Pause. Würde er sich vielleicht doch erweichen lassen? Er war ein eingebildeter Idiot. Aber er hatte die Schnittwunde gut genäht, und Thea wollte so gern in der Nähe der Schwestern bleiben. Ganz zu schweigen davon, dass sie dringend eine Stelle brauchte.

»Ich habe in Dresden und in Hamburg studiert und dort nach meinem Examen am Universitätskrankenhaus gearbeitet. Ich kann mir meine Zeugnisse hierherschicken lassen und sie Ihnen vorlegen.« Sie konnte kein Empfehlungsschreiben von der Universitätsklinik vorweisen. Aber ihre Zeugnisse waren immerhin sehr gut.

»Zeugnisse interessieren mich nicht besonders.«

Einen Moment lang schöpfte Thea Hoffnung.

Aber er schüttelte den Kopf. »Nein ...«

»Können Sie mir denn nicht wenigstens eine Chance geben?« Jetzt flehte sie fast. »Wie ich schon sagte, ich habe wirklich viel Ahnung von Geburtshilfe und ...«

»Das wäre für Sie und für mich die reine Zeitverschwendung.« Dr. Berger legte ein Stück Gaze und dann Mull auf die Wunde und schnitt Pflaster von einer Rolle ab.

»Ich würde auch ein paar Tage kostenlos für Sie arbeiten.«

»Sagen Sie mal, ist *Nein* für Sie ein Fremdwort? Wie oft soll ich mich denn noch wiederholen?« Dr. Berger hatte den Verband nun mit dem Pflaster befestigt. Er trat zu einem Waschbecken und wusch sich die Hände. »Versuchen Sie Ihr Glück doch in Aachen oder in Köln. Ich wünsche Ihnen viel Erfolg.«

Er würde sich nicht umstimmen lassen. Es war sinnlos, dass sie noch mehr Argumente vorbrachte und sich vor ihm demütigte. Thea stand auf. Hoffentlich sah er ihr nicht an, wie verzweifelt sie war. »Danke für das Nähen. Was bin ich Ihnen schuldig?«, sagte sie kühl.

»Nichts, betrachten Sie es als eine Gefälligkeit unter Kollegen. In vier Tagen können die Fäden gezogen werden. Aber das wissen Sie ja.«

»Allerdings, das weiß ich.«

»Dr. Berger ...« Jemand rief seinen Namen und hämmerte gegen die Vordertür. »Dr. Berger!«

»Ja, was ist denn?« Er eilte an Thea vorbei. Unwillkürlich folgte sie ihm.

Eine ärmlich gekleidete Frau stand vor dem Eingang. »Herr Doktor ... Meine Tochter hat seit anderthalb Tagen Wehen! Und nun geht gar nichts mehr voran!« Ihrer Sprache nach zu schließen kam sie aus dem Osten Deutschlands.

»Wollen Sie damit sagen, dass die Wehen nachgelassen haben?«, fragte Thea rasch.

Der Blick der Frau irrte zu ihr, sie schluchzte fast. »Ja, sie sind nur noch ganz schwach ... Ich hab die Nonne, die sonst immer hilft, nicht angetroffen. Und ich mach mir solche Sorgen!«

»Beruhigen Sie sich.« Dr. Bergers Stimme klang scharf. »Wo wohnen Sie und Ihre Tochter?«

»In den Waggons.«

»Ich hole meine Tasche.« Er wandte sich zu dem Sprechzimmer um.

»Wie alt ist Ihre Tochter?«, erkundigte sich Thea.

»Achtzehn Jahre ... Und es ist ihre erste Geburt ...«

Eine Erstgeburt bei einer so jungen Frau, die sich so lange hinzog ... Das war wirklich nicht gut. All ihre Erfahrung als Ärztin sagte Thea das. Sie trat Dr. Berger in den Weg und sah ihn fest an. »Ich begleite Sie. Je nachdem, was vorliegt, können zwei Ärzte mehr ausrichten als einer.«

Er zögerte, dann nickte er. »Gut, Sie können mitkommen. Und jetzt gehen Sie gefälligst zur Seite.«

Die Waggons, etwa ein Dutzend früherer Eisenbahnwagen, standen am Rand des Dorfes auf einer Wiese. Nun dienten sie offensichtlich Flüchtlingen als provisorische Behausungen. Wäsche hing zum Trocknen auf Leinen. In einem Verschlag gackerten Hühner, und ein Schwein suhlte sich im Matsch. Dr. Berger brachte seinen Ford aus der Vorkriegszeit neben einigen frisch umgegrabenen Beeten zum Stehen. Thea war erleichtert. Sie hatten ihr Ziel erreicht. Während der kurzen Fahrt hatte sie versucht, mit der Mutter, ihr Nachname war Reimers, zu sprechen. Denn sie fand es wichtig, noch weitere Informationen über die Gebärende zu erhalten. Aber die verstörte Frau hatte nur unklare Angaben gemacht.

»Welcher der Waggons ist Ihrer?« Dr. Berger wandte sich brüsk zu Frau Reimers auf dem Rücksitz um.

»Der dort.« Sie sprang aus dem Auto und rannte auf einen der vorderen Eisenbahnwagen zu. Thea und Dr. Berger folgten ihr. Im Innern des Waggons war es warm und stickig, und die Fenster waren von Dampf beschlagen. Thea nahm flüchtig einen Herd und einen Topf mit kochendem Wasser wahr und ein paar Kinder, die sich um einen Tisch drängten. Dann schob sie sich hinter der Mutter und Dr. Berger in ein weiteres Abteil.

Eine junge Frau lag auf einer Matratze auf dem Boden. Aus weit aufgerissenen Augen sah sie den Arzt und Thea an. Ihr Haar war von Schweiß verklebt und hing ihr wirr ums Gesicht. Ein Eimer mit heißem Wasser stand vor weiteren aufeinandergeschichteten Matratzen, und glücklicherweise gab es auch Handtücher und Seife.

»Mein Mädchen, es wird alles gut«, schluchzte die Mutter.

»Ich habe Ihre Tochter nie in meiner Praxis gesehen«, fuhr Dr. Berger Frau Reimers ungeduldig an. »War sie denn bei einem anderen Arzt?«

»Nein, wir haben keine Krankenversicherung. Und meine fünf Geburten sind ganz einfach verlaufen.«

»Und der Vater? Weshalb hat er nicht für einen Arzt gezahlt?«

Die Mutter senkte den Blick. »Wir wissen nicht, wer der Vater des Kindes ist«, flüsterte sie.

»Wem ist denn mit diesen Fragen gedient?« Thea konnte nicht mehr an sich halten. Die Stelle war ihr in diesem Moment egal. »Kümmern Sie sich doch endlich um die Gebärende!«

Dr. Berger schnaubte gereizt. Er kniete sich neben die Matratze und schob die Decke und das Nachthemd der jungen Frau zurück. Das Laken war ganz nass. Also war die Fruchtblase bereits geplatzt.

»Wie heißen Sie denn?«, fragte Thea die junge Frau, da ihr Kollege dies anscheinend nicht für nötig erachtete.

»Christa …«

»Christa, Ihre Mutter hat gesagt, dass Sie schon anderthalb Tage lang in den Wehen liegen?«

»Ja … Es hat so wehgetan, zwischendurch waren sie auch mal ganz stark. Jetzt kaum noch. Aber das ist schlecht, oder?« Ihre Stimme war ganz matt. Voller Furcht sah sie Thea an. »Ich … ich will nicht sterben.«

»Sie werden ganz bestimmt nicht sterben. Wir werden Ihnen helfen, ein gesundes Kind zur Welt zu bringen.« Thea lächelte sie aufmunternd an und verbarg ihre Sorge. Sie verfolgte angespannt, wie Dr. Berger den Leib der Schwangeren rasch und geschickt abtastete. Mit dem Stethoskop lauschte er nach den Herztönen des Ungeborenen. Dann drückte er die Schenkel der Schwangeren behutsam auseinander. Jetzt durchlief eine Wehe den Körper der jungen Frau. Ja, sie war viel zu schwach.

»Es ist so eng hier.« Thea berührte Frau Reimers am Arm.

»Sie helfen uns mehr, wenn Sie zu Ihren Kindern gehen und uns unsere Arbeit machen lassen.«

»Warum sind denn die Wehen nicht doller?«

»Das hat nichts zu bedeuten«, log Thea. »Bitte, lassen Sie uns allein.« Mit einem letzten angstvollen Blick auf ihre Tochter ließ sich die Frau von Thea aus dem Abteil schieben. Rasch fasste Thea nach Christas Handgelenk. Der Puls war unregelmäßig.

»Was ist denn Ihre Diagnose?«, wandte sie sich flüsternd an Dr. Berger.

»Der kugeligen Erhebung am oberen Ende der Gebärmutter während der Wehe und den anderen Anzeichen nach zu schließen liegt das Kind im Hohen Geradstand.« Seine Miene war finster.

»Ja, das sehe ich auch so.« Bei dieser Geburtskomplikation lag der Kopf des Kindes gerade und nicht quer zum Beckeneingang. Dies bedeutete, der Kopf würde nicht von selbst in das Becken eintreten und das Kind folglich nicht geboren werden können. Für Maßnahmen, wie die Gebärende anders zu lagern, damit das Ungeborene sich vielleicht noch einmal drehte, war es bereits zu spät. Eigentlich musste jetzt ein Kaiserschnitt erfolgen. Aber da war der Muskelring, der sich ganz deutlich oberhalb des Bauchnabels abzeichnete …

»Die Herztöne des Kindes sind ganz schwach«, hörte Thea Dr. Berger ihre Sorgen aussprechen. »Um das Mädchen ins Krankenhaus nach Monschau zu bringen, ist es verdammt noch mal zu spät.«

Thea wandte sich Christa zu. Zu ihrer Erleichterung hatte die junge Frau die Augen geschlossen und von dem gedämpften Wortwechsel offensichtlich nichts mitbekommen.

»Sie nehmen an, eine Uterusruptur steht kurz bevor?«, fragte sie den Kollegen.

»Genau …«

»Ist der Muttermund denn ganz geöffnet?«

»Ja, das ist er.« Dr. Berger nickte. »Sind Sie mit dem Kegelkugelhandgriff nach Liepmann vertraut?«

»Daran habe ich auch gedacht. Und ja, ich bin damit vertraut.« Dies war nicht der Zeitpunkt, ihn darauf hinzuweisen, dass sie diese Technik natürlich kannte und sie wahrscheinlich öfter praktiziert hatte als er. »Ich habe den Handgriff schon einige Male erfolgreich angewendet«, sagte sie nur.

»Gut, Ihre Hände sind schmaler als meine.« Dr. Berger öffnete seine Arzttasche und nahm eine Spritze heraus. »Sie führen den Handgriff aus, ich versuche dann, das Kind von außen ins Becken zu schieben.«

»Werden Sie Christa Trapanal verabreichen?«

»Ja, damit sie sich entspannt und nicht so starke Schmerzen hat. Und wir müssen die Beine des Mädchens höher lagern.«

Genauso wäre Thea auch vorgegangen. Gott sei Dank, er schien zu wissen, was er tat.

»Was ist …?« Die junge Frau hatte wieder die Augen aufgerissen. Sie versuchte, sich aufzurichten.

»Christa, Dr. Berger wird Ihnen jetzt gleich eine Spritze geben«, erklärte Thea beruhigend. »Und wir müssen Sie in eine andere Position bringen, damit ich den Kopf Ihres Kindes in die richtige Stellung drehen kann.«

»Los, fassen Sie mit an. Für Erklärungen ist jetzt keine Zeit.« Dr. Berger hatte schon begonnen, die Decken zu falten, die auf den anderen Matratzen lagen, und zusammen mit einigen Kissen schoben sie sie unter die Unterschenkel der jungen Frau. Dann verabreichte er der Gebärenden das Trapanal. Thea wusch währenddessen sorgfältig ihre Hände und desinfizierte sie mit Lysol aus Dr. Bergers Arzttasche.

»Ich verspreche Ihnen, ich bin vorsichtig.« Sie kniete sich zwischen die Beine der jungen Frau.

Wenn nur der Verband an ihrer rechten Hand nicht gewesen wäre! Aber so musste es mit der linken gehen. Nach einer weiteren schwachen Wehe konnte Thea den Kopf des Ungeborenen in der Gebärmutter ertasten. Sie versuchte, ihn mit allen fünf Fingern zu umschließen, aber sie bekam ihn nicht richtig zu fassen. Die junge Frau stöhnte auf. Thea brach der Schweiß aus. Jetzt – endlich – lag der kleine Kopf in ihrer Hand. Sie bewegte ihn behutsam. Aber er wollte sich einfach nicht in die korrekte Position zum Beckeneingang drehen. Theas Arm verkrampfte sich.

O nein … *Atme tief durch, entspann dich! Um der jungen Mutter willen darfst du nicht versagen!* Noch einmal versuchte Thea, das Köpfchen zu drehen. Und da … Es glitt in die richtige Lage.

»Jetzt!« Sie nickte Dr. Berger zu, der sie schweigend beobachtet hatte. Fest, wenn auch behutsam, drückte er von außen. Der Kopf glitt in das Becken hinein. Thea zog ihre Hand zurück.

»Nehmen Sie die Zange!« Er reichte ihr das Instrument.

Sie setzte erst den linken, dann den rechten Löffel an dem Köpfchen an. Vorsichtig bewegte Thea das Instrument.

»Die Zange sitzt richtig?«, hörte sie Dr. Berger fragen.

»Ja.« Sie nickte. »Ich habe es überprüft.«

»Dann ziehen Sie, ich presse wieder von außen.« Er legte seine Hände auf den oberen Teil der Gebärmutter und übte damit Druck aus. Thea übernahm ihren Part, und plötzlich setzte auch wieder eine Wehe ein, und noch eine. Thea half mit der Zange nach. Endlich erschien das Köpfchen am Ende des Geburtskanals und glitt nun ganz heraus. Rasch fing Thea das Neugeborene auf. Nun lag es in ihren Armen, noch ganz von Fruchtschmiere überzogen. Mit geschlossenen Augen holte es Luft und stieß seinen ersten Schrei aus.

»Sie haben ein kleines Mädchen zur Welt gebracht.« Thea empfand eine grenzenlose Erleichterung. Sie wickelte den Säugling in ein Handtuch und legte ihn sanft auf Christas Bauch.

»Meine Kleine …« Ein Lächeln erhellte das erschöpfte Gesicht der jungen Mutter.

»Was ist …?« Frau Reimers kam in das Abteil gestürzt. Sie schlug die Hand vor den Mund und schluchzte befreit auf, als sie ihre Tochter und das Enkelkind sah. Thea war einfach nur froh. Das Kind bewegte jetzt seine Ärmchen, als suchte es irgendwo nach Halt. Es lebte, es war wohlauf, und sie hatte ihren Teil dazu beitragen dürfen.

»Mutter und Kind geht es gut.« Dr. Berger hatte die Nabelschnur durchtrennt und kontrollierte die Nachgeburt. »Ich sehe heute Abend noch einmal nach den beiden. Und bei einer nächsten Schwangerschaft sorgen Sie dafür, dass Ihre Tochter rechtzeitig zum Arzt geht. Sie und das Kind hatten großes Glück.«

»Ja, das mache ich.« Die frischgebackene Großmutter lächelte unter Tränen. Thea wartete, bis Dr. Berger die Utensilien in seiner Arzttasche verstaut hatte, und ging dann mit ihm in das vordere Abteil. Die Kinder drängten sich immer noch um den Tisch und sahen sie ängstlich an.

Thea blieb stehen. »Ihr habt eine kleine Nichte bekommen«, sagte sie freundlich. »Im Moment brauchen sie und eure Schwester noch Ruhe. Aber bald könnt ihr sie sehen.«

Dr. Berger war schon nach draußen gegangen und rauchte vor dem Waggon eine Zigarette.

»Ein neues Leben hat begonnen.« Noch immer war Thea ganz erfüllt von der so glücklich verlaufenen Geburt.

»Ein neues Leben nach Millionen von Toten.« Er zuckte mit den Schultern.

»Sind Sie immer so zynisch?«

»Ich bin nur realistisch.«

Thea blickte ihn herausfordernd an. »Sie müssen doch zugeben, ohne meine Hilfe hätten Sie diese Entbindung wahrscheinlich nicht meistern können.«

»Ja, Sie waren recht nützlich«, räumte er nach einer Pause ein.

»Wie schön, dass Sie das so sehen, denn ich möchte die Stelle immer noch haben.«

»Obwohl es eine Stelle für einen praktischen Arzt und Geburtshelfer ist und nicht für einen Gynäkologen?«

»Ja, ich sagte Ihnen doch schon, dass ich meiner Familie nahe sein möchte. Ich könnte die Stelle auch sofort antreten ...«

Dr. Berger unterbrach sie. »Und was ist mit Ihrem Facharzt für Gynäkologie? Haben Sie den etwa abgeschrieben?« Er schien davon auszugehen, dass sie wegen ihrer Familie in Hamburg gekündigt hatte. Ein Missverständnis, das Thea in diesem Moment nicht unlieb war.

»Nein«, gab sie zu. »In ein paar Jahren möchte ich, wenn es irgendwie möglich ist, die Prüfung nachholen. Einige Monate in Ihrer Praxis müssten mir eigentlich auf die Ausbildung angerechnet werden.« Sie mochte ihn nicht anlügen und vorgeben, für immer seine Mitarbeiterin bleiben zu wollen.

Dr. Berger rauchte schweigend und mit gerunzelten Brauen weiter. Würde er jetzt gleich sagen, dass er nur einen Kollegen einstellen würde, der sich langfristig band?

In dem Waggon begann der Säugling zu jammern. Das Weinen brach jäh ab. Wahrscheinlich hatte die junge Mutter das Kleine an ihre Brust gelegt. Dr. Berger drehte sich zu dem Eisenbahnwagen um, als schiene er dem Säugling zu lauschen. Dann zog er noch einmal an der Zigarette, ehe er den Stummel ins Gras warf und ihn austrat.

Nun wandte er sich wieder Thea zu. »Die Arbeit hier ist hart und anders als in der Stadt. Fast alle Frauen in dieser Gegend entbinden zu Hause und nicht im Krankenhaus. Zu der Praxis gehören viele einsam gelegene Höfe. Kaum ein Bauer hat ein Auto. Das bedeutet, häufig müssen Kranke zu Hause besucht werden und das auch nachts. Dass das bei Schnee, Sturm und Regen kein Zuckerschlecken ist, habe ich ja bereits erwähnt …«

»Das macht mir nichts aus«, sagte Thea rasch. »Ich bin harte Arbeit gewohnt.«

Er musterte sie noch einmal prüfend. »Gut, Sie können die Stelle haben«, sagte er schließlich. »Da Sie sich bei dieser Geburt tatsächlich als recht nützlich erwiesen haben. Für zwei Monate erst mal, auf Probe.«

»Oh, Sie werden es bestimmt nicht bereuen, vielen Dank, dass Sie mir diese Chance geben!« Thea fiel ein Stein vom Herzen, und sie strahlte Dr. Berger an.

»Warten wir ab, ob Sie mir am Ende der acht Wochen immer noch danken werden.« Seine Stimme klang wieder einmal unwillig, Theas Enthusiasmus prallte gänzlich an ihm ab.

»Sie werden mit mir zufrieden sein, das verspreche ich Ihnen.«

»Das wird sich zeigen.«

Sie waren inzwischen zu dem alten Ford gegangen. Während der Motor röhrend zum Leben erwachte, nahm Thea auf dem Beifahrersitz Platz. Gleich darauf, auf der Dorfstraße, blickten sich einige Passanten neugierig nach ihnen um.

»Sie haben hoffentlich einen Führerschein?« Dr. Berger warf Thea einen raschen Blick von der Seite zu. »Denn den brauchen Sie hier auf dem Land.«

»Ja, ich habe einen Führerschein. Und sogar einen fürs Motorrad, falls Sie es genau wissen wollen.«

»Wie denn das?« Er wirkte mehr amüsiert als beeindruckt.

»Ich konnte ihn während des Arbeitsdienstes machen.«

»Sie haben Ihr Land-Vierteljahr hoffentlich auf dem Dorf absolviert?« Alle angehenden Ärzte sollten Erfahrung außerhalb der Krankenhäuser sammeln und möglichst drei Monate in der Praxis eines Landarztes mitarbeiten, so sah es die Ausbildungsordnung vor.

»Nein, in der Stadt«, musste Thea zugeben.

Dr. Berger knurrte etwas vor sich hin, das sich anhörte wie: »Hab ich es doch geahnt.« Jetzt hatte er leider wieder einen Punkt für sich.

»Ich hätte die Zeit wirklich sehr gern auf dem Land absolviert«, verteidigte Thea sich. »Aber ich habe einfach keinen Platz bekommen. Vor der Währungsreform waren die Stellen in den Landarztpraxen sehr begehrt, weil es auf den Dörfern immer etwas zu essen gab. Ich war einfach nur froh, als ich schließlich in der Praxis eines Hamburger Gynäkologen mitarbeiten durfte.« Dort war Thea für ein Taschengeld rund um die Uhr tätig gewesen und hatte vollwertige Arbeit geleistet. »Aber ich habe im Krankenhaus wirklich versucht, Kenntnisse in der Allgemeinmedizin zu erlangen.« Was ja der Wahrheit entsprach, und sie würde sich von Georg Berger nicht einschüchtern lassen. »Und jetzt wüsste ich gern, warum Sie eigentlich einen Mitarbeiter suchen«, sagte sie deshalb.

»Die Praxis ist in den letzten Jahren durch die Flüchtlinge und die Kriegsheimkehrer sehr gewachsen. Und die Geburten haben auch zugenommen. Außerdem möchte ich die Bereitschaftsdienste gern mit jemandem teilen und nicht ständig in der Praxis festhängen. Ich hoffe sehr, Sie verschaffen mir den nötigen Freiraum.«

»Das werde ich bestimmt tun.« Theas Gedanken wanderten zu dem Moment, als sie schon befürchtet hatte, das Dorf erfolglos wieder verlassen zu müssen. »Sagen Sie ... Als Frau Reimers vorhin in die Praxis gerannt kam, erwähnte sie eine Nonne, die nicht da sei. Ist etwa eine Ordensschwester die Dorfhebamme?«

»Ja, Schwester Fidelis, und sie ist auch die Gemeindekrankenschwester.«

Thea hatte noch mit keiner Ordensfrau zusammengearbeitet, die Hebamme war, aber sie hatte gehört, dass es das gab.

Ihr neuer Chef war von der Hauptstraße in Richtung Schlösschen abgebogen, nun stoppte er den Ford vor der Praxis.

»Wann soll ich denn die Stelle antreten?«

»Von mir aus schon morgen.«

»Ich habe meinen Koffer dabei, das heißt, er steht noch in Ihrer Praxis. Bei der Kirche habe ich einen Gasthof gesehen. Kann man da übernachten? Oder vermietet jemand im Dorf Zimmer?«

»Seit das Obergeschoss des Gasthofs im Krieg beschädigt wurde, gibt es dort keine Fremdenzimmer mehr. Aber Sie können das Häuschen haben.« Er deutete auf das völlig von Ranken überwucherte kleine Gebäude ein Stück hinter der Wellblechgarage.

»Oh …« Thea zögerte unwillkürlich.

»Wollen Sie es sich nun ansehen oder nicht?« Georg Berger gab sich keine Mühe, seine Ungeduld zu verbergen.

»Ja, das möchte ich.« Schlimmer als die Ruinen, in denen Thea nach Kriegsende einige Monate lang gehaust hatte, konnte es kaum sein. Und es würde sich im Dorf, wenn sie erst einmal Fuß gefasst hatte, sicher auch noch eine andere Bleibe finden.

»Schön.« Georg Berger verschwand in der Praxis und kehrte gleich darauf mit Theas Koffer wieder zurück. Mit großen Schritten eilte er über das Gelände, einen nicht asphaltierten Weg entlang. Wie der zu der Wellblechgarage war er voller Schlaglöcher.

»Gehört das kleine Haus denn zum Schlösschen?«

»Ja, früher hat jemand vom Personal dort gelebt, später dann ein leitender Zollinspektor und nach dem Krieg eine Flüchtlingsfamilie. Seit einem guten Jahr steht es leer.«

Ein windschiefer Zaun umgab einen Garten, der, wie der des Schlösschens, völlig verwildert war. Georg Berger hielt Thea das Gartentor auf. Sie folgte ihm auf einem Trampelpfad, der zwischen dem Gras und den Brennnesseln allenfalls zu erahnen war. Ihr Mantel verfing sich in einer Brombeerranke. Wie gut, dass sie robuste Wollstrümpfe und keine Nylons trug!

Vor dem Eingang bückte sich ihr neuer Chef. Er hob einen Stein hoch und holte darunter einen rostigen Schlüssel hervor. Nur mit Mühe ließ er sich im Türschloss drehen. Das Innere des kleinen Hauses lag im Dämmerlicht.

»Gut, dann erwarte ich Sie morgen um sieben in der Praxis. Alles Weitere können wir dann besprechen. Ach, noch etwas… Bettzeug wird wahrscheinlich keines vorhanden sein. Die Wirtin des Gasthofs, Frau Bachen, putzt bei mir. Ich sage ihr Bescheid, dass sie Ihnen welches leiht. Und ich informiere die Gemeinde, damit der Strom wieder angestellt wird.«

»Das ist nett von Ihnen, danke.«

»Dann bis morgen.« Georg Berger nickte ihr noch einmal zu und eilte davon.

Thea trat über die Türschwelle und blickte sich um. Das war also, vorerst zumindest, ihr neues Zuhause. Ihr Herz sank. Das Erdgeschoss des Häuschens bestand aus einem einzigen Raum. Die Sprossenfenster waren völlig zugewuchert. In dem Dämmerlicht nahm sie eine schmale Treppe – eher eine Leiter – wahr, die nach oben führte. Der riesige gusseiserne Herd musste offensichtlich auch zum Heizen benutzt werden, denn ein Ofen existierte nicht. An Mobiliar gab es einen Tisch, eine Bank und zwei Stühle sowie ein Küchenbuffet und Schränke neben der Spüle. Darin fanden sich etwas angeschlagenes Geschirr, ein Topf und eine Pfanne. Aus dem Hahn kam braunes Wasser.

Jetzt, da sich Theas Augen an die schlechten Lichtverhältnisse gewöhnt hatten, bemerkte sie auch die dicke Staubschicht, die über allem lag.

Wie es wohl oben aussah? Vorsichtig rüttelte Thea an der Holztreppe, ehe sie den Fuß darauf setzte. Doch sie schien stabil zu sein. Unter dem Dach befand sich der Schlafraum. Dicke Balken zogen sich durch die spitzwinkelige Decke. Auch die beiden Fenster in den Giebelwänden waren völlig zugewachsen. Die Einrichtung beschränkte sich auf ein Bett ohne Matratze, eine wuchtige Kommode und ein paar Haken an der Wand. Außerdem gab es noch ein Gestell mit einer Waschschüssel und einem Krug aus Emaille.

Wieder unten entdeckte Thea neben dem Küchenbuffet eine schmale Tür. Sie erwartete eine Speisekammer, doch dahinter erstreckte sich ein winziger Flur. Und eine weitere Tür führte in eine ebenso kleine Toilette. Das WC war in eine Art Holzkiste eingelassen, die die ganze Breite des Raums einnahm, und das Waschbecken hatte in etwa die Größe eines Briefumschlags. Sie seufzte. Nun ja, wahrscheinlich stellte die Toilette im Haus einen unerhörten Luxus dar, und sie konnte dem Himmel dafür danken, dass sie nicht in einer regnerischen Nacht zu einem Klohäuschen rennen musste.

Der Sarkasmus half Thea über das plötzliche Gefühl von Einsamkeit hinweg. Als Erstes würde sie die Ranken von den Fenstern entfernen und dann das kleine Haus gründlich putzen. Ihre Schwestern und auch Hans hatten ihr immer bescheinigt, bei allem, was Hausarbeit betraf, zwei linke Hände zu haben. Aber das würde sie schon irgendwie schaffen. Unter der Spüle fand sie einen Eimer, aber keine Lappen, und einen Besen schien es auch nicht zu geben.

In Gedanken fertigte Thea eine Einkaufsliste an. Ein scharfes Messer wegen der Ranken, Schmierseife würde sie auch benötigen. Außerdem ein paar Grundnahrungsmittel wie Brot und Butter. Streichhölzer und sicherheitshalber ein paar Kerzen … Neben dem Herd lagen Holzscheite, und in einer Schütte befanden sich noch Kohlen. Das sollte für den Abend reichen. Sie würde zum Dorfladen gehen und vorher ihre Mitbewohnerinnen in Hamburg von der Telefonzelle aus anrufen, damit sie ihr ihre Kleider und sonstigen Sachen nach Eichenborn schickten.

Ich werde hier zurechtkommen!, schwor sie sich.

Mist! Thea biss sich auf die Lippen. Das Feuer im Herd wollte sich einfach nicht entfachen lassen. Dabei hatte sie eine ganze Weile mit dem Schürhaken darin herumgestochert und auch versucht, die Asche im Ofenrohr zu entfernen. Schon wieder züngelte die Flamme an dem zusammengeknüllten Zeitungspapier hoch und erlosch dann, ohne die darübergeschichteten dünnen Holzscheite in Brand zu setzen.

Den ganzen Nachmittag hatte sie damit verbracht, die Fenster von den Ranken zu befreien und das Haus zu putzen. Sie war müde und hungrig, und sie fror. Jetzt, nach Einbruch der Dämmerung, wurde es empfindlich kühl in dem Häuschen, und der Strom war offensichtlich noch nicht angestellt, denn die Glühbirne, die sie im Dorfladen gekauft hatte, blieb dunkel.

Nein, das wurde nichts mehr mit dem Feuer! Thea schlug die Herdklappe zu. Sie wollte ja ohnehin im Gasthof nach Bettzeug und Laken fragen. Hoffentlich würde sie dort etwas Warmes zu essen bekommen. Viel unfreundlicher als der Empfang in dem Dorfladen würde es schon nicht werden. Dort waren bei ihrem Eintritt die Gespräche verstummt, und man hatte sie angestarrt, als käme sie von einem anderen Planeten.

Notdürftig wusch sich Thea an der Spüle mit dem kalten Wasser das Gesicht und die Hände – nach all den Litern, die sie für das Putzen verbraucht hatte, war es endlich klar. Dann zog sie ihren Mantel an, löschte die Kerze und verließ ihr neues Zuhause.

Draußen roch es nach feuchtem Gras und nach Erde, und von dem Bach wehte Thea ein kalter Lufthauch entgegen. Sie verkroch sich tiefer in ihrem Mantel. Die Dorfstraße war wie ausgestorben. Da und dort lag Essensgeruch in der Luft, mischte sich mit den Ausdünstungen von Schweinen und Kühen. Wohin hatte sie es hier nur verschlagen! Wieder erfasste sie ein Gefühl von Einsamkeit.

Wenigstens hatte sie am Nachmittag ihre Mitbewohnerinnen in Hamburg erreicht, und sie hatten ihr versprochen, ihre Sachen in den nächsten Tagen zu verpacken und zur Post zu bringen. In der Villa in Monschau hatte jedoch niemand ihren Anruf entgegengenommen. Aber sie konnte es jetzt ja noch einmal versuchen.

Thea betrat die Telefonzelle. Sie warf einige Münzen in den Schlitz, wählte die Nummer der Villa und lauschte dann dem Freizeichen. Sie freute sich darauf, Katjas Lachen und Marlenes ruhige, verständnisvolle Stimme zu hören. Bestimmt waren die Schwestern froh, dass sie nun in der Nähe blieb.

»Professor Kampen.« Ihr Vater war am Apparat. Mit ihm hatte sie um diese Uhrzeit nicht gerechnet. Sein Tonfall war knapp und ungeduldig, als hätte ihn das Klingeln des Telefons bei etwas gestört.

Überrumpelt umklammerte Thea den Hörer.

»Kampen … Mit wem spreche ich denn?«

Reflexhaft wollte Thea murmeln, sie habe sich verwählt, bremste sich jedoch gerade noch. Wahrscheinlich würde der Vater ihre Stimme erkennen. Ohne ein Wort legte sie auf. Sie musste am nächsten Tag noch einmal anrufen, wenn er ganz bestimmt in der Klinik war. Sie schluckte die Bitterkeit hinunter, die sie wieder wegen ihres Streits empfand, und ging zu dem Wirtshaus.

In der Gaststube schlugen ihr Wärme und Zigarettenrauch entgegen. Um einen großen runden Tisch saßen etwa ein Dutzend Männer. Sie waren die einzigen Gäste. Alle tranken Bier, einige aßen etwas. Sie trugen Arbeitskleidung – Jacken und Hosen aus abgewetztem, grobem Stoff und Pullover. Nur einer nicht. Er war schlank und Ende dreißig oder Anfang vierzig und wandte Thea sein Profil zu. Seine Lederjacke und sein buntes Halstuch ließen sie an einen Schieber oder einen Künstler denken, ebenso wie sein etwas zu langes Haar und sein Schnurrbart. Seine Körperhaltung war lässig. Und doch schien die Aufmerksamkeit der anderen auf ihn gerichtet zu sein.

»Guten Abend.« Theas Stimme hallte sehr laut in der Gaststube wider.

»Guten Abend«, kam es gemurmelt von dem Tisch. Wie zuvor im Laden verstummte das Gespräch, und die Männer starrten sie an. Nun wandte sich der Mann in der Lederjacke zu ihr um. Er lächelte tatsächlich, hob sein Glas und prostete ihr zu.

»Kann ich Ihnen helfen?« Eine kräftige Frau, die ihre Haare in Zöpfen um den Kopf gesteckt trug, war hinter der Theke erschienen und sah Thea abwartend an.

»Sind Sie vielleicht Frau Bachen, die Wirtin?«

Ein knappes Nicken. »Ja, die bin ich.«

»Dr. Berger hat mich wegen des Bettzeugs an Sie verwiesen, ich bin seine neue Mitarbeiterin. Dr. Graven ist mein Name. Er sagte, Sie leihen mir bestimmt welches.« Wieder hörte sich ihre Stimme sehr laut an.

»Ja, er hat mir deswegen Bescheid gegeben. Sie können Bettzeug haben.« Was ziemlich widerwillig klang.

»Das ist sehr nett.« Thea bemühte sich verzweifelt, freundlich zu sein. »Und ich würde hier sehr gern etwas essen. Der Herd in meinem Haus funktioniert nämlich leider nicht.«

»Nein, essen können Sie hier nicht.«

»Aber … Die Herren speisen doch auch.« Thea wies konsterniert auf den Tisch.

»Der Eintopf ist aus.«

»Oh …« Irgendwie glaubte Thea nicht, dass das stimmte.

»Ach, Frau Bachen, im Topf findet sich doch bestimmt noch ein Rest.« Der Mann in der Lederjacke hatte sich eingeschaltet.

»Ich wäre wirklich sehr froh, wenn ich etwas Warmes zu essen bekäme«, versuchte Thea es noch einmal.

Die Wirtin wechselte einen Blick mit Theas unverhofftem Verbündeten. »Ich schau in der Küche mal nach«, lenkte sie ein. Es war ganz klar, dass nicht Thea sie erweicht hatte.

»Bestimmt findet sich sogar ein großer Rest.« Der Mann in der Lederjacke zwinkerte Thea zu.

Sie wollte sich an einen der freien Tische setzen. Aber die Wirtin fuhr sie an: »Nein, hier nicht.«

»Und warum nicht?« Allmählich verlor Thea die Geduld. »Hier ist doch jede Menge Platz.«

»Das hier ist eine geschlossene Gesellschaft, kommen Sie mit.«

Die Männerrunde eine geschlossene Gesellschaft? Wohl kaum …

Die Wirtin öffnete eine Tür. Dahinter erstreckte sich ein Saal, in dem an den Wänden Fahnen hingen. Anders als in der Wirtsstube war es hier empfindlich kalt. Thea wollte es sich an ihrem ersten Abend im Dorf nicht mit der Wirtin verderben und ließ sich an einem der langen Tische nieder.

»Ich bringe Ihnen gleich den Eintopf und mache Ihnen das Bettzeug zurecht.« Die Wirtin wirkte nun etwas zugänglicher.

Neugierig blickte Thea sich in dem Saal um. Die Fahnen gehörten Vereinen, wie sie nun sah. Den Aufschriften nach zu schließen gab es in dem Ort diverse Sportvereine sowie einen Theater- und einen Musikverein. Neben dem Podium an der Stirnseite stand ein Klavier. Es wurde wahrscheinlich für Theateraufführungen und den Dorftanz genutzt. Ob sie wohl jemals an so einer Veranstaltung teilnehmen würde? Thea konnte es sich nicht so recht vorstellen. Ihr fiel ein, dass sie ihre kleine Reisethermoskanne dabeihatte und um heißes Wasser bitten wollte, also holte sie sie aus ihrer Tasche.

Der Duft von Bohnen, Kartoffeln und Speck stieg ihr in die Nase. Die Wirtin war in den Saal zurückgekehrt. Sie trug ein Tablett in den Händen, das sie nun vor Thea auf den Tisch stellte. Der Teller aus Steingut war tatsächlich reichlich mit Eintopf gefüllt.

»Oh, das ist sehr nett von Ihnen«, bedankte Thea sich. »Der Eintopf riecht köstlich.«

Die Wirtin nahm ihren Dank und das Kompliment mit einem knappen Kopfnicken zur Kenntnis.

»Ich bin wirklich so froh, dass ich hier etwas zu essen

bekomme«, versuchte Thea, ein Gespräch in Gang zu bringen.

Kein Kommentar. Dann unvermittelt: »Ihr Mann zieht sicher auch nach Eichenborn?«

»Mein Mann ... O nein ... Ich bin Witwe.« Es war sicher am besten, wenn sich diese Tatsache möglichst schnell im Dorf verbreitete.

»Na ja, aus dem Dorf sind auch viele gefallen.«

»Das tut mir leid.«

»Ich bringe Ihnen gleich das Bettzeug.« Anscheinend wollte die Wirtin sie keine Minute länger als nötig in dem Saal dulden.

»Sagen Sie, könnten Sie mir wohl den Gefallen tun und mir die Thermoskanne mit heißem Wasser füllen?« Thea sah die Wirtin fest an.

»Wenn's sein muss.« Frau Bachen riss sie ihr aus der Hand und verschwand.

Obwohl der Eintopf köstlich schmeckte, war Thea der Appetit vergangen, und sie beeilte sich, ihren Teller zu leeren. Kaum dass sie den letzten Löffel gegessen hatte, kehrte die Wirtin mit einem großen verschnürten Packen zurück. Sie ließ ihn Thea vor die Füße fallen und knallte die Thermoskanne auf den Tisch.

»Für den Eintopf hätt ich gern 'ne Mark.«

Thea legte die Münze auf den Tisch. Sie verstaute die Thermoskanne in ihrer Tasche und wuchtete das Bündel auf ihre Schulter.

»Auf Wiedersehen.« Sie hatte mit keiner Antwort gerechnet, und es kam auch keine.

In der Gaststube folgten ihr die Blicke der Männer, und nun blieb sie mit dem Bündel auch noch am Rahmen der

Eingangstür hängen, und die Schnur ging auf. Ach, verdammt ... Mit rotem Gesicht bückte Thea sich.

»Ich helfe Ihnen.« Der Mann in der Lederjacke war aufgestanden und zu ihr getreten.

»Danke, ich komme schon zurecht.«

»Ich wollte ohnehin los. Wo müssen Sie denn hin?«

Würde man es ihr als Arroganz auslegen, wenn sie die Hilfe abwies? Sie verstand diese Leute einfach nicht. »Zu einem Häuschen auf dem Gelände des Schlösschens«, gab Thea nach.

Rasch und geschickt verschnürte er das Bündel wieder und trat mit Thea vor die Tür. »Mein Wagen steht dort vorn.« Er wies auf einen VW-Käfer. »Und mein Name ist übrigens Axel Heimbach.« Er lächelte sie an.

»Meinen kennen Sie ja bereits, Thea Graven.« Sie folgte ihm zu dem Wagen, wo er den Packen auf dem Rücksitz verstaute.

»Wohnen Sie denn in Eichenborn?«, versuchte Thea es wieder einmal mit einem Gespräch, als sie losfuhren.

»Nein, in Monschau, ich habe dort ein Atelier, ich bin Fotograf.«

»Und was bringt Sie nach Eichenborn?«

»Ach, dies und das ...« Er vollführte eine vage Handbewegung. »Und Sie haben jetzt also eine Stelle bei Georg Berger angetreten.«

Axel Heimbach schien ihn zu kennen, auch wenn er in Monschau lebte.

Thea nickte. »Ist er eigentlich schon länger Arzt in Eichenborn?« Sie wusste so gut wie nichts über ihren neuen Chef. »Irgendwie hatten wir nicht viel Zeit, miteinander zu sprechen.« Und Georg Berger war alles andere als mitteilsam, aber das konnte sie gegenüber Axel Heimbach natürlich nicht sagen.

»Ich glaube, er kam kurz nach Kriegsbeginn nach Eichenborn. Irgendwann hat man ihn eingezogen, und '46 oder '47 ist er aus der Gefangenschaft zurückgekehrt. Die Eichenborner sind ganz froh, dass sie ihn wiederhaben.«

»Tatsächlich?«

»Na ja, Georg Berger hat seine Eigenheiten, aber er ist ein guter Arzt.«

So weit konnte sie Axel Heimbach folgen. Sie passierten jetzt die Praxis, und Thea beugte sich vor und deutete auf das kleine Fachwerkhaus ein Stück weiter. »Dort bin ich fürs Erste untergekommen.«

Axel Heimbach fuhr den holprigen, ungeteerten Weg entlang. Vor dem Gartentor stoppte er. Sie stiegen aus, und er trug das Bündel aus Decken und Bettwäsche durch den verwilderten Garten bis zur Tür.

»Ich wünsche Ihnen alles Gute für Ihre neue Stelle.« Er reichte ihr die Hand. Seine Stimme klang herzlich.

»Vielen Dank.« Thea erwiderte den Händedruck, dankbar für seine Freundlichkeit.

Beim Schein einer Kerze machte Thea später ihr Bett unter dem Dach und legte einige Decken als Ersatz für eine Matratze in das Holzgestell. Die Nacht war sternenklar, und in dem kleinen Haus war es jetzt so kalt, dass sie ihren Morgenrock über dem Schlafanzug anzog und zwei Paar Socken über ihre Füße streifte. Ein letzter Blick zu Hans' Foto auf der Kommode. *Mein Gott, wohin hat es mich hier nur verschlagen? Die Leute sind fast alle ziemlich abweisend, und von meinem Chef habe ich dir ja schon erzählt,* dachte sie müde.

Dann löschte Thea die Kerze und wickelte sich in die Decken. Ihr war immer noch eiskalt. Ein Mondstrahl fiel durch das Fenster in der Giebelwand. Sie musste es schaffen, sich in diesem Dorf als Ärztin zu bewähren. Sie *musste* es einfach. Irgendwo schrie ein Käuzchen, und in der Stille hörte sie den Bach plätschern. So ungewohnte Geräusche ... Irgendwann schlief sie ein.

Kapitel 5

Ein lang gezogener Schrei weckte Thea. Fahles Licht füllte den Raum unter dem Dach. Die Zeiger ihres Weckers standen auf kurz vor halb sechs. Wieder dieser seltsame Schrei. Mein Gott, das war ein Hahn, der da krähte! Ihr war immer noch eiskalt, und von der harten Unterlage fühlte sie sich wie gerädert. An Schlafen war nicht mehr zu denken. Sie schlüpfte in ihre Hausschuhe und stieg die Leiter hinunter.

Als Erstes gab sie löslichen Kaffee in eine Tasse und goss Wasser aus der Thermoskanne darauf. Glücklicherweise war es noch einigermaßen warm, und nachdem Thea die Tasse geleert hatte, fror sie nicht mehr ganz so stark.

Am Vortag war sie so sehr mit dem Entfernen der Ranken und mit Putzen beschäftigt gewesen, dass sie der Umgebung des Häuschens keine große Aufmerksamkeit geschenkt hatte. Das Fenster auf der Vorderseite der Küche eröffnete den Blick auf den ungeteerten Weg und die Praxis. Durch das über der Spüle konnte sie den rückwärtigen Garten und eine Koppel mit einem Stall sehen, zwei Pferde weideten dort. Daran grenzten Felder und Wiesen, und jenseits davon lag wohl das Moor. Die ersten Vögel zwitscherten in der Morgendämmerung, und die Umrisse von Büschen und Bäumen begannen sich aus der Dunkelheit zu schälen. Eine schmale Mondsichel hing über dem violetten Himmelssaum.

Ach, sie musste einfach nach draußen. Bis sieben, wenn ihr Chef sie in der Praxis erwartete, war noch Zeit. Thea veranstaltete eine Katzenwäsche mit kaltem Wasser und putzte ihre Zähne. Dann, in einer Hose, einem dicken Pullover unter ihrer Jacke und festen Schuhen, verließ sie das Haus.

Ein Pfad führte an der Koppel vorbei. Das Gras und die sprießenden Getreidehalme waren feucht von Tau. Thea vergrub ihre Hände in den Jackentaschen, denn es war noch empfindlich kalt. Zügig schritt sie aus, erreichte moorigen Grund und genoss die klare Luft, die in ihre Lunge strömte. Ein Raubvogel flatterte, aufgeschreckt von ihr, schimpfend in die Höhe. Nebelschwaden waberten über Tümpeln und umspielten ihre Beine. Irgendwo hämmerte ein Specht gegen einen Baum.

Bald darauf ging die Sonne am Horizont auf, übergoss alles mit einem goldenen Licht und brachte den Tau und die Nebelschwaden zum Funkeln. Thea kam gerade an einer Ansammlung von Büschen vorbei, als sie plötzlich in ein Kindergesicht blickte. Ein magerer Junge hockte neben einem Strauch und starrte sie an. Sie blieb verblüfft stehen.

»Was machst du denn um diese Uhrzeit hier?«

Der Junge starrte sie weiter stumm an. Seine Haare waren auffällig weißblond, und er schien zehn oder zwölf Jahre alt zu sein. Aber der Ausdruck seiner Augen passte nicht zu diesem Alter. Er gehörte einem Kind, das zu viele Dinge gesehen hatte, die es nicht hätte sehen sollen.

Thea ging einen Schritt auf den Jungen zu. Doch er erhob sich blitzschnell und rannte davon. Hinter und neben ihm in den Büschen sprangen weitere Kinder auf und verschwanden mit ihm im Nebel. Hatte sie das gerade tatsächlich beobachtet oder es sich nur eingebildet? Irritiert setzte sie ihren Weg fort. Der Pfad verlief zwischen einer Gruppe Birken, führte dann wieder über eine freie Fläche.

»Guten Morgen, Frau Dr. Graven.« Thea fuhr herum. An einer Felsgruppe stand ein Mann vor einer Staffelei. Auch diese Szenerie wirkte völlig irreal. Und woher wusste er ihren Namen? Doch jetzt erkannte sie ihn. Es war Axel Heimbach. Er war also auch Maler, nicht nur Fotograf. Durch Büschel von Sumpfgras suchte sie sich einen Weg zu ihm. Er ließ seinen Pinsel sinken und blickte ihr lächelnd entgegen. »So schnell trifft man sich wieder.«

»Guten Morgen«, sagte Thea etwas atemlos. »Ja, damit hätte ich auch nicht gerechnet. Und Sie sind nicht der Erste, dem ich hier begegne. Stellen Sie sich vor, hinter den Birken habe ich eben eine ganze Schar Kinder gesehen! Gleich darauf sind sie wie von Geisterhand im Nebel verschwunden. Wie seltsam …«

»Das werden die Schokoladen-Kinder gewesen sein.«

»Schokoladen-Kinder?« Sie sah den Mann verständnislos an.

»So nennt man hier die Kinder, die über die Grenze nach Belgien laufen und dort um Nahrungsmittel betteln. Oft sind sie in ganzen Gruppen unterwegs.«

»Aber ist das nicht gefährlich für die Kinder? Und was ist mit dem Schulunterricht?«

»Das Betteln ist weniger gefährlich, als mit alter Munition aus dem Krieg zu spielen. Wie es die Kinder leider auch immer wieder tun. Und ein leerer Magen ist dem Lernen nicht gerade förderlich. Die Gegend hier ist arm und hat im Krieg sehr gelitten.«

»Da Sie es erwähnen … Ja, ich habe viele beschädigte

Häuser gesehen.« Thea nickte. Dennoch fand sie den Gedanken bedrückend, dass Kinder auch noch zwei Jahre nach der Währungsreform mit ihrer plötzlichen Fülle an Waren um Lebensmittel betteln mussten.

»Und was hat Sie so früh ins Moor geführt?« Axel Heimbach hob fragend die Augenbrauen.

»Ein Hahn hat mich geweckt. Und dann fand ich die Gegend in der Morgendämmerung so zauberhaft.«

»Ich liebe dieses frühe Licht auch, und ich komme immer wieder hierher, um es einzufangen.«

Thea betrachtete das Bild auf der Staffelei genauer. Es war mit Pastellkreiden und Aquarellfarben gemalt, impressionistisch, ja beinahe skizzenhaft. Aber gerade dieses nur Angedeutete fing die seltsam unwirkliche, verzauberte Stimmung dieses Frühlingsmorgens im Moor genau ein.

»Das Gemälde gefällt mir sehr gut.«

»Es freut mich, dass Sie das so sehen.« Er schenkte ihr wieder ein Lächeln.

Wie Hans diese Stimmung wohl festgehalten hätte? Ach, er hatte viel zu wenig Zeit gehabt, sein großes Talent zu entfalten. Daran zu denken tat weh. Thea wechselte rasch das Thema. »Sagen Sie, gestern Abend in dem Gasthof, das war keine geschlossene Gesellschaft, oder?«

Axel Heimbachs Blick wanderte zu dem Bild, und er fügte mit dem Pinsel ein wenig Braun hinzu. »Die Menschen hier in der Gegend sind Fremden gegenüber einfach misstrauisch. Mehr steckt nicht dahinter.«

»Wirklich nicht?«

»Und manchmal ist es besser, nicht zu viele Fragen zu stellen.«

»Ist das ein Rat oder eine Warnung?«

»Ich würde es als einen Rat bezeichnen.«

Was für eine seltsame Bemerkung. Thea wollte nachhaken, doch der Schlag einer Kirchturmglocke ließ sie aufhorchen. Halb sieben. Um sieben Uhr war sie ja mit Dr. Berger in der Praxis verabredet, und sie würde einige Zeit für den Rückweg brauchen.

»Ich muss gehen«, sagte sie rasch.

»Auf Wiedersehen! Ich hoffe sehr, dass das nicht unsere letzte Begegnung war.« Axel Heimbach legte die Hand auf die Brust und deutete eine kleine Verbeugung an.

Flirtete er etwa mit ihr? Sie hatte mit so etwas keine Erfahrung mehr.

Thea nickte Axel Heimbach noch einmal zu und machte sich dann hastig auf den Rückweg. An ihrem ersten Tag in der Praxis wollte sie auf keinen Fall zu spät kommen!

Abgehetzt und mit glühenden Wagen betrat Thea mit dem Glockenschlag sieben Uhr Georg Bergers Sprechzimmer. Die Entfernung war doch größer gewesen, als sie gedacht hatte, und Teile des Weges war sie gerannt. Ihr Chef saß schon hinter seinem Schreibtisch und blickte demonstrativ auf seine Armbanduhr.

»Ich bin pünktlich«, presste Thea außer Atem hervor.

»Kommen Sie zu Ihrer Arbeit immer im Dauerlauf?«

»In Hamburg habe ich den Bus genommen.«

Der Witz verfing nicht. Georg Berger stand kommentarlos und ohne die Andeutung eines Lächelns auf. »Kommen Sie mal mit.« Er schritt ins Wartezimmer, wo er eine Tür öffnete. »Hier praktizieren Sie.«

Mein Sprechzimmer... Theas Herz klopfte rascher. Der Raum war klein, aber sauber, und alles Nötige war vorhanden. Ein Schreibtisch mit einem Telefon, die Behandlungsliege, ein Sterilisationsapparat und ein Metallschrank mit Verbandszeug und medizinischen Instrumenten.

»Oh, das ist perfekt.«

»Wie schön, dass es Ihre Zustimmung findet.« Ein gewisser Sarkasmus schwang in seiner Stimme mit.

»Ist mit Christel Reimers und ihrer Kleinen eigentlich alles in Ordnung? Sie wollten gestern Abend ja noch mal nach den beiden sehen.« Thea ließ Georg Bergers Süffisanz an sich abprallen.

»Ja, Mutter und Kind sind wohlauf.« Ihr Chef lehnte sich gegen den Schreibtisch. »Wann hatten Sie eigentlich das letzte Mal wirklich mit Allgemeinmedizin zu tun? Also, ich meine, mit Krankheiten, wie sie nun mal das tägliche Brot eines praktischen Arztes sind. Infektionen aller Art, Magen-, Gallen- und Leberleiden, Verstauchungen, Zerrungen …«

»Während meines Studiums«, musste Thea eingestehen.

»Das ist ziemlich lange her.« Georg Berger klang wieder einmal knurrig und gereizt. »Um Ihnen einen Schnellkurs in Diagnostik zu geben – beobachten Sie Ihre Patienten, und zwar schon ab dem Moment, wenn sie zur Tür hereinkommen. Die Körperhaltung und die Art, wie jemand geht, erlauben erste Rückschlüsse auf Krankheiten. Die Gesichtsfarbe und der Händedruck sind ebenfalls wichtig.«

»Mir ist schon klar, dass eine gelbe Gesichtsfärbung auf ein Gallenleiden schließen lässt«, konnte sich Thea nicht verkneifen zu sagen.

»Blässe und geschwollene Glieder können auf ein Nierenleiden hindeuten«, Georg Berger ignorierte ihre Bemerkung, »und gelbe Flecken auf den Augenlidern auf eine

Stoffwechselerkrankung. Und, und, und ... Die allermeisten Krankheiten lassen sich durch genaues Beobachten und Befragen der Patienten feststellen. Also, schulen Sie Ihren Blick, fragen Sie nach und ziehen Sie Ihre ersten Schlüsse immer wieder in Zweifel. Es gibt nichts Schlimmeres als Mediziner, die sich ihrer Sache vorschnell gewiss sind. Und wenn Sie wegen etwas unsicher sind, dann fragen Sie mich. Bedenken und eine gesunde Skepsis sind mir viel lieber als übereilte Diagnosen.«

»Ich werde Ihren Rat befolgen.« Insgeheim war Thea verärgert über seine Worte. Sie hatte zwar keine sehr große Erfahrung in der Allgemeinmedizin, aber sie war doch keine Studentin mehr! »Wie viele Patienten hat die Praxis eigentlich?«

»Etwa sechshundert Scheine und ungefähr noch mal so viele Leute ohne gesetzliche Krankenversicherung ...«

»Scheine, was meinen Sie denn damit?«

»Nun ja, Kassenpatienten, was denn sonst?«

»Sie sprechen von Ihren Patienten als *Scheinen*?«

»Das ist unter Landärzten so üblich.« Dr. Berger zuckte mit den Schultern. »Ich kann an dem Ausdruck nichts Verwerfliches finden.«

»Das sind doch Menschen und keine Dinge«, protestierte Thea, nur um sich im nächsten Moment zu bremsen. Sie wollte schließlich die Probezeit überstehen. »Wo hat denn die Sprechstundenhilfe ihren Platz?«

»Nirgends, es gibt keine.«

»Aber ... Wie ist die Praxis dann organisiert? Jemand muss doch die Patienten ins Sprechzimmer bitten. Und wer nimmt die Telefonate entgegen, wenn Sie nicht hier sind?«

»Die Patienten kommen der Reihe nach ins Sprechzimmer, so wie sie im Wartezimmer eingetroffen sind. Notfälle haben natürlich Priorität. Außerhalb der Sprechzeiten rufen die Leute bei mir zu Hause an. Oder sie klopfen mich raus. Sie werden das demnächst auch erleben. Die Sprechzeiten sind, wie Sie ja wahrscheinlich dem Schild an der Eingangstür entnommen haben, montags bis samstags von acht bis zwölf. An den Mittwoch- und Samstagnachmittagen ist die Praxis geschlossen, an den anderen Tagen findet die Sprechstunde jeweils von vier bis sechs statt. In der Mittagszeit werden immer Hausbesuche unternommen. Auch mittwochs und samstags.«

»Und wenn uns jemand erreichen möchte, während wir Krankenbesuche machen? Oder wenn wir wegen eines Notfalls beide unterwegs sind? Dann ist die Praxis doch verwaist?« Zum ersten Mal sprach Thea von *wir*, und es hörte sich noch ganz fremd und ungewohnt an.

»Dann hinterlässt derjenige eine Nachricht an der Tür, oder er verständigt die Nachbarn, die wiederum mich informieren.« Georg Bergers Tonfall war ungeduldig. »Und ehe Sie nun auch noch nach der Buchhaltung und der Abrechnung mit den Krankenkassen fragen, darum kümmert sich eine Frau in Monschau. Hier bewahre ich übrigens die Krankenakten auf.« Er öffnete die Tür zu einem weiteren kleinen Raum, in dem ein alter Metallschrank mit Hängeregistratur stand. Auf Regalen lagerten Verbandszeug, Medikamente und medizinische Geräte. Alles wirkte ordentlich und zweckmäßig.

»Ach ja, und in der Regel kommt Schwester Fidelis am Vormittag vorbei«, ergriff Georg Berger nun wieder das Wort, »und dann besprechen wir, welche Patienten sie pflegerisch betreut und was an Geburten oder Schwangerschaftsnachsorge ansteht. Wobei Sie ja nun auch Ihren Teil der Geburten übernehmen werden. So, damit wären wohl erst einmal die grundlegenden Dinge geklärt.« Georg Berger bedeutete Thea, ihm wieder in das Sprechzimmer zu folgen. »Da fällt mir ein, haben Sie gestern eigentlich von Frau Bachen Bettzeug bekommen?«

»Ja, das habe ich.«

»Der Gemeindemitarbeiter, der für das Anstellen des Stroms zuständig ist, hatte gestern einen freien Tag. Man hat mir versichert, dass Sie spätestens im Laufe des Nachmittags wieder Elektrizität haben. Ich hoffe, Sie sind trotzdem zurechtgekommen?«

»Ja natürlich«, erwiderte Thea steif. »Danke, dass Sie sich darum gekümmert haben.«

»Gut, dann schlage ich vor, Sie werfen sich schon mal in einen weißen Kittel und holen Ihre Arzttasche.«

»Oh … Das ist leider alles noch in Hamburg.« Thea errötete.

»Ach ja?« Georg Berger sah sie überrascht an. Natürlich, wenn sie, wie er ja dachte, die Stelle in Hamburg gekündigt hatte, um eine neue in der Nähe ihrer Familie zu suchen, hätte sie ja wahrscheinlich ihre Arzttasche mitgenommen.

»Na gut, ich kann Ihnen eine alte Tasche von mir leihen«, erwiderte er schließlich. »Die notwendigen Instrumente habe ich auch.«

Thea schluckte hart. »Ich …« Sie wollte ihm endlich die Wahrheit sagen, warum sie sich um diese Stelle beworben hatte. Aber in diesem Moment klingelte das Telefon auf dem Schreibtisch.

»Hier Berger«, nahm ihr Chef das Gespräch entgegen. Thea konnte eine aufgeregte Frauenstimme am anderen

Ende der Leitung hören. Georg Berger lauschte konzentriert. »Ein krankes Kind«, sagte er dann, nachdem er das Telefonat beendet hatte, »starke Bauchschmerzen und hohes Fieber. Sie begleiten mich. Mit etwas Glück sind wir zum Sprechstundenbeginn wieder hier.«

Etwa zwei Kilometer außerhalb des Dorfes bremste Georg Berger den Ford abrupt ab und steuerte ihn dann in einen Hohlweg, über dem Büsche tief herabhingen. Die Zweige kratzten am Wagendach. Es ging so steil abwärts, dass es Thea flau im Magen wurde. Da sie zu einem kranken Kind unterwegs waren, war dies nicht der geeignete Zeitpunkt, um auf die Geschehnisse in Hamburg zu sprechen zu kommen. Deshalb hatte sie geschwiegen.

Die Fahrt endete in einem Wiesengrund, durch den ein Bach floss, vor einem Fachwerkhaus. Georg Berger griff nach seiner Arzttasche und hastete durch den Garten zu einer Seitentür, Thea folgte ihm. Er klopfte und öffnete die Tür, ohne auf eine Antwort zu warten. Thea nahm eine Küche wahr, Wäsche hing zum Trocknen über einem Herd. Auf einem Sofa saß eine zierliche Frau, den Kopf eines kleinen Mädchens in ihren Schoß gebettet. Es war fünf oder sechs Jahre alt.

»Ach, Herr Doktor, endlich …«, seufzte sie.

»Guten Morgen, Frau Messenzehl.« Georg Berger nickte ihr zu und schlug die Decke zurück, unter der das Kind lag. Das Mädchen hatte die Beine bis zur Brust hochgezogen und hielt einen Teddybär umklammert. Das Gesicht der Kleinen war hochrot und schweißnass. Sie hatte die Augen geschlossen, und ihr Atem ging stoßweise. Ganz offensichtlich litt das Kind starke Schmerzen.

»Komm, Marlies, gib mir deinen Teddybär.« Georg Bergers Stimme klang überraschend sanft. Das Mädchen schlug die Augen auf und begann zu weinen.

»Marlies, das ist doch der Herr Doktor«, versuchte die Mutter es zu beruhigen. »Er hat den Papa behandelt, erinnerst du dich nicht mehr?«

»Untersuchen *Sie* das Kind«, raunte Dr. Berger Thea zu. »Vielleicht hat es vor einer Frau weniger Angst.« Er trat einen Schritt zurück, und Thea nahm seinen Platz ein.

»Marlies, ich möchte, dass du keine Schmerzen mehr hast, und dein Bär will das bestimmt auch. Aber dazu muss ich dich schnell untersuchen. Soll der Teddy dabei zusehen? Dann setze ich ihn hier neben dich.« Während Thea weiter beruhigend auf das Kind einredete, zog sie das Nachthemd hoch. Der Bauch war ganz hart. Marlies wimmerte, als sie ihn berührte. Die starken Schmerzen, dazu das Fieber … Es musste eine Appendizitis sein. Unvermittelt sah Thea vor sich, wie das Blut aus Herrn Hansens Beckenaorta schoss.

»Frau Doktor? Bitte, sagen Sie mir doch, was mit meiner Tochter ist.« Wie aus weiter Ferne hörte sie die Stimme der Mutter.

»Ich … ich fürchte, Marlies leidet an einer Blinddarmentzündung.« Nur mühsam brachte sie die Worte heraus.

»Aber das ist doch heilbar, und man kann es operieren, oder?« Die Mutter sah sie angstvoll an.

»Ja natürlich.« Thea spürte Georg Bergers Blick auf sich ruhen und nahm sich zusammen. »Auf jeden Fall muss das Kind sofort ins Krankenhaus.«

»Was das Krankenhaus betrifft, stimme ich Ihnen zu, Frau Kollegin. Aber möglicherweise liegt hier keine Blinddarmentzündung vor.« Georg Berger war neben Thea getreten. »Lassen Sie uns die rektale Temperatur und die unter der Achsel bestimmen.«

»Das ist meines Erachtens nicht nötig. Das Kind glüht doch förmlich vor Fieber.« Immer noch fühlte sich Thea elend.

»Ja, aber ich möchte etwas anderes überprüfen.« Er hatte schon ein Fieberthermometer unter die Achsel des Mädchens geschoben. Kurz darauf drehten sie das Kind gemeinsam vorsichtig auf die Seite, sodass sie nun auch die rektale Temperatur messen konnten. Beide Male zeigte das Thermometer knapp vierzig Grad an.

»Aber bei einer Appendizitis müsste es einen Temperaturunterschied zwischen den beiden Körperstellen geben«, sagte Thea verblüfft.

Georg Berger nickte. »Es könnte sein, dass die Kleine an einer schweren Lungenentzündung und nicht an einer Appendizitis leidet«, erwiderte er. »Bei Kindern sind die Symptome manchmal atypisch, und die Schmerzen beim Ein- und Ausatmen strahlen in den Bauchraum aus.«

Wie unverantwortlich, dass sie das nicht bedacht hatte! Thea hätte sich für ihr Versäumnis ohrfeigen können. Ihr war schlecht, und ihre Beine fühlten sich wie Watte an.

Die Mutter packte schnell ein paar Nachthemdchen in eine Tasche, dann hob Georg Berger das Kind hoch, und sie eilten alle zu dem Wagen.

Kapitel 6

Georg Berger fuhr sehr schnell, und Thea klammerte sich an ihrem Sitz fest. Ständig sah sie das Blut von Herrn Hansen vor sich, und ihr war übel.

Auch die engen, verschachtelten Straßen von Monschau nahm ihr Chef in einem halsbrecherischen Tempo. Erst als er vor dem Krankenhaus unterhalb der Burg stoppte, wurde Thea plötzlich bewusst, dass sie hier möglicherweise ihrem Vater begegnen würde. Aufgewühlt und durcheinander, wie sie war, hatte sie während der Fahrt ihn und die Klinik, in die sie das kranke Kind brachten, nicht zueinander in Verbindung gesetzt.

Georg Berger hob Marlies aus dem Wagen und eilte dann mit dem Kind und der Mutter zum Eingang des kasernenartigen Gebäudes. Unschlüssig blieb Thea neben dem Ford stehen. Es war feige, aber sie konnte sich einfach nicht vorstellen, dem Vater jetzt zu begegnen. Nicht nach dem, was er ihr bei ihrem Zusammentreffen vor zwei Tagen alles vorgeworfen hatte.

Eine Ambulanz hielt mit Blaulicht und Sirene vor dem Eingang an. Zwei Sanitäter hoben eine Tragbahre aus dem Wagen. Thea erhaschte einen Blick auf einen stöhnenden Mann. Dann waren die Sanitäter auch schon mit dem Kranken im Innern des Gebäudes verschwunden. Einige junge Krankenschwestern liefen über den Hof und warfen

Thea neugierige Blicke zu. Nun öffnete sich die Eingangstür wieder, und Georg Berger kam heraus. Sogar auf die Entfernung sah sie, dass seine Miene ärgerlich war. Sicher fragte er sich, warum sie ihn nicht begleitet hatte. Wie sollte sie ihm das alles nur erklären?

Ein Wagen fuhr auf den Hof, bremste ab, und das Motorengeräusch erstarb. Thea wandte den Kopf. Ein schwarzer Mercedes. Der ältere Herr im dunklen Anzug, der ausstieg, war ihr Vater. Thea straffte den Rücken und wappnete sich. Doch er hatte sie gar nicht bemerkt, er eilte auf Georg Berger zu.

»Berger, was tun Sie denn hier?« Die beiden Männer musterten sich mit unverhohlener Abneigung. »Sie wissen doch, dass ich Sie in meiner Klinik nicht mehr dulde. Verschwinden Sie, sonst lasse ich Sie vom Gelände entfernen!«

»Ich habe ein krankes Kind hergebracht und einem Ihrer Ärzte übergeben. Das war alles.« Georg Berger ließ Theas Vater einfach stehen und ging zu seinem Wagen.

»Berger ...« Ihr Vater fuhr zornig zu ihm herum. Thea hatte noch immer das Gefühl, nicht richtig zu begreifen, was da gerade vor sich ging, als ihr Vater sie sah. Seine Miene spiegelte erst Verwirrung, dann Ärger.

»Vater ...«, brachte sie mühsam hervor.

»Thea, was machst du hier? Ich dachte, du bist nach Hamburg zurückgekehrt?«, herrschte er sie an.

»Ja, das wollte ich auch. Aber dann habe ich eine Stellenanzeige gelesen. Ein praktischer Arzt und Geburtshelfer wurde in dem Dorf Eichenborn gesucht, und ...«

Der Vater unterbrach sie brüsk. »Heißt das etwa, du arbeitest für diesen Mann dort?« Er deutete aufgebracht auf Georg Berger.

Die Stille zwischen ihnen dehnte sich. Schließlich nickte Thea. »Ja, genau, das heißt es.«

»In die Praxis dieses Scharlatans einzutreten, der sich Arzt nennt ... Das sieht dir wirklich ähnlich!«

»Vater ...«

Er musterte sie, und um seine Lippen zuckte es verächtlich. »Trotz all der Fehler, die du gemacht hast, hattest du das Zeug zu einer wirklich guten Ärztin. Du hast einen scharfen, analytischen Verstand, und die Patienten vertrauen dir. Aber jetzt wirfst du auch noch den letzten Rest deiner Karriere weg, indem du für diesen Quacksalber arbeitest. Was ist aus dir nur geworden?« Ohne sie noch eines weiteren Blickes zu würdigen, stürmte der Vater zum Eingang des Krankenhauses.

Thea hatte das Gefühl, den Boden unter den Füßen zu verlieren.

»Jetzt kommen Sie schon, wir haben genug Zeit vertan.« Die ungeduldige Stimme ihres Chefs schreckte Thea auf. Stumm setzte sie sich zu ihm in den Wagen. Georg Berger hatte mit angehört, wie ihn der Vater einen Scharlatan und Quacksalber genannt hatte! Es war ihr unendlich peinlich.

Schweigend fuhren sie an den Fachwerkhäusern vorbei, hinunter in die Stadt und dann die steile Straße in Richtung Hohes Venn hinauf.

»Professor Wilhelm Kampen ist also Ihr Vater«, sagte Georg Berger nach einer Weile.

»Ja, das stimmt.« Theas Stimme klang dumpf.

»Haben Sie nicht gestern gesagt, dass Sie die Stelle gern hätten, weil Sie Ihrer Familie nahe sein möchten? Nehmen Sie es mir nicht übel, aber nach einem innigen Verhältnis sah das nicht gerade aus.«

»Mein Vater und ich haben uns zerstritten, weil er mit meinem Mann nicht einverstanden war. Aber ich liebe meine beiden Schwestern und meine Nichte und meinen Neffen, und ihnen möchte ich nahe sein.«

»Aha …« Georg Berger gab Gas und überholte ein dahinzockelndes Pferdefuhrwerk.

»Hören Sie, es tut mir sehr leid, was mein Vater über Sie gesagt hat.« Thea wünschte sich immer noch, im Boden versinken zu können.

»Sie müssen sich nicht für ihn entschuldigen. Wir haben einfach gewisse fachliche Differenzen. Aber was war eigentlich vorhin mit Ihnen los, als Sie die Kleine untersucht haben? Sie wurden auf einmal leichenblass.«

Er war ein guter Beobachter. Nach der Szene mit ihrem Vater konnte sie ihm jedoch nicht auch noch gestehen, dass man sie in Schimpf und Schande entlassen hatte. »Vor ein paar Wochen habe ich in Hamburg bei einer Operation assistiert. Dabei ist der Patient verblutet.« Theas Mund war wie ausgedörrt. »Der Chirurg hat einen ärztlichen Kunstfehler begangen, und ich … ich habe daraufhin …«, sie stockte kurz, »… gekündigt. Ich konnte nicht mehr mit ihm zusammenarbeiten. Das kam vorhin alles wieder hoch.« Thea war immer noch völlig aufgewühlt und nahe daran, in Tränen auszubrechen. »Werden Sie mich jetzt entlassen?«

»Warum sollte ich? Weil Sie die Tochter Ihres Vaters sind?« Georg Berger warf ihr einen Blick von der Seite zu. »Ich halte nichts von Sippenhaft.«

»Danke«, antwortete Thea gepresst.

Zurück in der Praxis übergab Georg Berger Thea eine alte Arzttasche mit den nötigen Instrumenten. Dann schloss er die Eingangstür auf. Etwa ein Dutzend Patienten drängten schwatzend herein und in das Wartezimmer. Ihr Chef klatschte in die Hände, und die Gespräche verstummten. »Alle mal herhören«, sagte er barsch und wies auf Thea. »Frau Dr. Graven unterstützt mich ab heute in der Praxis. Wir werden uns die Arbeit teilen. Deshalb gilt das Prinzip: Immer abwechselnd geht ein Patient zu mir und einer zu Frau Dr. Graven. Und das ohne Ausnahme.«

»Aber, Herr Doktor …«

»Ich lass mich doch nicht von einer Frau untersuchen.«

»Die Frau Doktor ist noch so jung!«

Ein Chor aus protestierenden Stimmen erhob sich. Doch Georg Berger schritt in sein Sprechzimmer und ignorierte die Einwände. Theas Wangen brannten. Sie hätte nicht gedacht, dass Patienten einmal gezwungen werden mussten, sie aufzusuchen.

In ihrem Sprechzimmer wusch sie am Waschbecken gründlich ihre Hände und hängte sich das Stethoskop um. Beruhigende Rituale. Anschließend rückte sie ihre Brille zurecht und prüfte schnell im Spiegel, ob auch ihre strenge Frisur korrekt saß. Dann atmete sie tief durch und öffnete die Tür zum Wartezimmer. Einige Stühle waren wieder leer. Etliche Patienten waren offensichtlich lieber gegangen, als sich von ihr behandeln lassen zu müssen. Viel zuversichtlicher, als ihr zumute war, sagte sie: »Der Nächste bitte.«

Gegen halb zwölf vermerkte Thea die verordneten Medikamente und deren Dosierung auf der Karteikarte des vorigen Patienten, ehe sie wieder ins Wartezimmer trat. Niemand hielt sich mehr darin auf. Nun öffnete sich auch die Tür von Georg Bergers Sprechzimmer. Mit gerunzelter Stirn musterte er die unbesetzten Stühle. »Normalerweise wäre es hier noch voll. Aber da Sie ja einige Patienten in die Flucht geschlagen haben, dürfte es das für diesen Vormittag gewesen sein. Ich hoffe mal, dass sich die Leute im Laufe der nächsten Wochen an Sie gewöhnen.«

»Das hoffe ich auch«, erwiderte Thea bedrückt.

»Na ja, sobald die Leute ernsthaft krank sind, werden sie schon lieber Sie akzeptieren als zu sterben.« Georg Berger vergrub missgelaunt die Hände in den Hosentaschen. »Wie war Ihre erste Sprechstunde?«

»Oh …« Thea stockte. Sie würde ihm gewiss nicht sagen, dass die Patienten ihr gegenüber unverhohlen ablehnend und misstrauisch gewesen waren. »Ganz gut, glaube ich«, behauptete sie deshalb. Fachlich wollte sie jedoch ehrlich sein. »Bei einem Patienten habe ich mich gefragt, ob er vielleicht an Syphilis leidet. Nach Abklären aller Symptome kam ich dann aber doch zu dem Schluss, dass es sich einfach um eine Hautkrankheit handelt. Und bei einem anderen Patienten habe ich Tuberkulose befürchtet. Es war aber nur ein schwerer Bronchialkatarrh.«

»Ich kenne das. Anfangs habe ich auch dazu geneigt, überall potenziell tödliche Krankheiten zu sehen. Aber mit der Zeit legt sich das.«

Thea war überrascht. Georg Berger hatte tatsächlich eine Unsicherheit zugegeben, was vorgesetzte Ärzte normalerweise nicht taten.

»Gut, dann sollten wir jetzt Mittagspause machen. Falls sich doch noch ein Patient hierher verirrt, wird er sich im Schlösschen melden.« Die Stimme ihres Chefs klang wieder distanziert. »Kommen Sie um halb zwei in die Praxis. Die Besuchsrunde bei den Patienten unternehmen wir dann gemeinsam. Ich werde Ihnen das Gebiet der Praxis zeigen. Und bei der Gelegenheit kann ich mich auch mal von Ihren diagnostischen Fähigkeiten überzeugen.«

»Ja natürlich«, erwiderte Thea spröde. Sie verstand sein Handeln ja, schließlich war er als Chef für sie – seine Mitarbeiterin – verantwortlich. Trotzdem fühlte sie sich wieder wie eine Studentin.

Fünf Minuten vor halb zwei betrat Thea die Praxis. Sie wollte auf keinen Fall schon wieder abgehetzt und auf die letzte Sekunde eintreffen. Hinter der geschlossenen Tür seines Sprechzimmers hörte sie Georg Berger telefonieren. Sie stellte einige wilde Narzissen aus dem Garten des Häuschens in einem Glas auf ihren Schreibtisch. Thea mochte Blumen, und sie war auch der Meinung, dass sich viele Kranke daran erfreuten.

In dem Moment ertönten schwere Schritte im Wartezimmer. Thea rechnete mit einem männlichen Patienten – jetzt, außerhalb der Sprechzeiten, wahrscheinlich ein Notfall. Sie öffnete die Tür.

Doch eine Nonne kam ihr entgegen. Sie überragte Thea um mindestens einen Kopf und hatte einen massigen Körperbau. Ihre dunklen Brauen waren über der Nase zusammengewachsen, und auf ihrer Oberlippe spross ein beachtlicher Damenbart. Die Nonne musterte Thea von oben bis unten. Ihr Blick blieb an der Hose hängen, und sie kräuselte missbilligend die Lippen. Anscheinend war es in der Eifel für eine Frau ungehörig, so etwas zu tragen.

»Sind Sie etwa die Ärztin?«, fragte die Nonne nun schroff.

Thea ließ die Hand, die sie zur Begrüßung ausgestreckt hatte, wieder sinken. »Ja allerdings, die bin ich. Und wer sind Sie, wenn ich fragen darf?« Was war das denn für ein Dragoner?

»Die Hebamme und Krankenschwester.«

»Ach du lieber Himmel ... »Schwester Fidelis?« Thea erinnerte sich an den Namen, den ihr Georg Berger genannt hatte.

Ein knappes Kopfnicken war die Antwort.

»Nun, es ist schön, Sie kennenzulernen. Ich hoffe, dass wir gut zusammenarbeiten werden«, versuchte Thea es mit Freundlichkeit.

Doch diese prallte an der Nonne ab. »Ich habe gehört, Sie kommen aus Hamburg?«

»Genau.«

»Dann sind Sie wohl eine Protestantin?«

»Ja, das bin ich. Eine Protestantin calvinistischer Prägung, genau genommen.« Der verächtliche Tonfall der Ordensschwester machte Thea allmählich aggressiv.

Die Nonne schnaubte. »Hier im Dorf sind nur die Flüchtlinge Evangelische.«

»Nun, die Zeiten ändern sich, nicht wahr?«

»Aber gewiss nicht zum Besseren.«

»Es lässt sich wohl darüber streiten, ob die Reformation ein Fluch oder ein Segen war. Ich persönlich halte sie für einen Segen.« War sie es, die da gerade antwortete? Sonst waren ihr doch Konfessionen völlig gleichgültig!

Sie und die Ordensschwester starrten sich an. Da trat Georg Berger aus seinem Sprechzimmer und blickte von Thea zu der Nonne. Die Spannung zwischen ihnen, die fast mit Händen zu greifen war, ignorierte er. »Sie beide haben sich also schon bekannt gemacht«, sagte er nur. Er reichte Schwester Fidelis ein Blatt Papier. »Das sind die Krankenbesuche, die am Nachmittag anstehen. Gehen Sie bitte auch zu Christa Reimers, einer jungen Mutter in den Waggons. Die Geburt gestern war schwierig. Ich habe Ihnen alles Wesentliche dazu notiert. Und wir beide«, er wandte sich Thea zu, »fahren jetzt los.«

»Gott segne Ihren Tag, Herr Doktor.« Die Nonne nahm die Liste entgegen, und ohne Thea noch eines Blickes zu würdigen, stapfte sie aus der Praxis.

Thea sank das Herz. Die Zusammenarbeit mit Schwester Fidelis würde ganz sicher alles andere als einfach werden.

»Das ist übrigens Ihr Wagen.« In der Wellblechgarage deutete Georg Berger auf einen klapprigen Opel. Er war noch älter als der Ford. Am Morgen, in der Eile, hatte Thea ihn gar nicht richtig wahrgenommen.

»Oh, man kann dieses Auto hoffentlich ohne eine Kurbel in Gang bringen?«, konnte sie sich nicht verkneifen zu sagen.

»Sparen Sie sich Ihren Spott.« Georg Berger stieg in den Ford. »Außerdem können Sie froh sein, dass ich die beiden Wagen sehr preiswert von meinem Vorgänger übernehmen konnte. Sonst müssten Sie das Motorrad nehmen.«

Thea ließ sich auf dem Beifahrersitz nieder. »Schwester Fidelis lebt wahrscheinlich im Dorf?« Im Laufe ihres Studiums und Berufslebens hatte sie mit recht vielen Hebammen und auch Oberschwestern zusammengearbeitet. Nicht alle waren ihr wohlgesinnt gewesen. Aber so ablehnend wie diese Nonne war ihr noch keine begegnet.

Georg Berger fuhr rückwärts aus der Garage und wendete dann auf dem geschotterten Vorplatz. »Ja, im Schwesternhaus bei der Kirche, zusammen mit zwei anderen Nonnen.

Die eine leitet den Kindergarten, die andere hilft in der Schule aus. Nonnen dieses Ordens sind auch als Krankenpflegerinnen im Monschauer Krankenhaus tätig.«

Dann hatte Schwester Fidelis Kontakt zum Krankenhaus ihres Vaters, kein angenehmer Gedanke. »Und weshalb übernimmt sie neben ihrer Tätigkeit als Hebamme auch noch Aufgaben in der Krankenpflege?«

»Das hat sich einfach so ergeben.« Georg Berger zuckte mit den Schultern und zündete sich eine Zigarette an. »Aber nun will ich Ihnen eine Vorstellung vom Gebiet der Praxis vermitteln. Es umfasst das Kerndorf Eichenborn, durch das wir jetzt fahren, außerdem drei weitere Ortsteile, etliche Weiler und etwa zwei Dutzend einzeln gelegene Höfe, gut zehn Kilometer sind die am weitesten entfernten.«

Sie hatten jetzt das Dorf hinter sich gelassen. Neben ihnen breitete sich das Hohe Venn aus. Am Horizont hatte sich der Himmel verdunkelt, aber noch schien die Sonne, und in ihrem blendend hellen Licht wirkte die Landschaft beinahe surreal. Vögel jagten dicht über die Büsche und Bäume.

An einer kleinen Kreuzung verringerte Georg Berger kurz die Geschwindigkeit. »Hier geht es zu einem der Ortsteile. Und dort«, er deutete über ein Feld, auf dem Getreide spross, »liegt ein Weiler.« Vor einem Wäldchen konnte Thea eine kleine Ansammlung von Häusern erkennen.

Sie lehnte sich auf dem durchgesessenen Sitz zurück. »Wie ist eigentlich Ihr Berufsweg verlaufen? Und wo haben Sie studiert?« Noch immer wusste sie fast gar nichts von ihrem Chef.

»In Berlin.«

»Tatsächlich?«

»Weshalb wundert Sie das? Glauben Sie, jemand aus der Eifel sei dazu zu provinziell?« Er hob die Augenbrauen.

»Nein, das nicht. Es ist nur... Die meisten studieren doch in der Heimatstadt oder an einer Universität in der Nähe. Ich hätte bei Ihnen also an Mainz oder Bonn gedacht.«

»Mich hat es in die Großstadt gezogen.«

»Aber Sie sind wieder in die Eifel zurückgekehrt.«

»Ja.«

»Weil Sie die Großstadt satthatten oder weil Ihnen Ihre Heimat gefehlt hat?«

»Ich hatte meine Gründe.« Etwas in seinem knappen Tonfall verriet Thea, dass diese sie nichts angingen. Einer der wenigen Momente, in denen sie kollegial miteinander umgegangen waren, war verflogen.

Ein plötzlicher Schneeschauer, vermischt mit Hagel, prasselte auf den Wagen. Georg Berger fluchte und verlangsamte die Geschwindigkeit. Flocken verklebten die Windschutzscheibe. Innerhalb von Sekunden war die Landschaft weiß, und nur mit Mühe konnten die Scheibenwischer den nassen Schnee bewältigen. Wie es wohl sein würde, hier in einer Winternacht unterwegs zu sein? Hatte sie die Schwierigkeiten einer Praxis auf dem Land vielleicht doch unterschätzt? Nein, sie wollte sich jetzt keine Sorgen darüber machen.

Georg Berger bog in eine schmale Straße ein, kaum mehr als ein Feldweg, und zwang den Ford im ersten Gang einen Berg hinauf. Thea wurde auf ihrem Sitz gehörig durchgeschüttelt. Durch das Schneetreiben nahm sie Wiesen und eine Weide wahr, auf der Kühe standen. Vor einem Gehöft stoppte ihr Chef den Wagen. Ebenso unvermittelt, wie der

Schnee- und Hagelschauer begonnen hatte, hörte er wieder auf. Das Wohnhaus und die Stallungen hatten einen gemauerten Sockel aus Bruchsteinen. Weiter oben bestanden sie aus Fachwerk. Eine elektrische Leitung führte von einem Mast zu dem Wohngebäude.

Georg Berger drehte sich um und nahm seine Arzttasche vom Rücksitz. »Passen Sie auf, hier gibt es Gänse«, sagte er und gab sich keine Mühe, sein Grinsen zu verbergen.

Thea ignorierte die Bemerkung und war gleichzeitig dankbar, dass sie ihre derben Schuhe trug, denn der Boden war ganz glitschig. »Wären Sie vielleicht so nett, mir ein paar Informationen zu dem Patienten zu geben?«

»Leonhard Hörter, sechsundfünfzig Jahre alt. Er hat, laut seiner Frau, am Vormittag über heftige Schmerzen in Bauch und Rücken und über Übelkeit geklagt.«

»Das könnte auf einen Herzinfarkt hindeuten.«

»Eine wichtige Regel: Nie Schlüsse ziehen, ehe man einen Patienten nicht untersucht hat.« Georg Berger klopfte an die Haustür.

»Nein, natürlich nicht, ich meine ja nur …«

Die Tür wurde von einer kleinen Frau aufgerissen, die ein Kopftuch und eine Schürze trug. »Gott sei Dank, dass Sie kommen, Herr Doktor! Meinem Mann geht's gar nicht gut.« Erst jetzt registrierte sie Thea. »Sie haben eine neue Gemeindeschwester?« Hastig führte die Frau sie einen mit Steinplatten ausgelegten Flur entlang.

»Nein, das ist Frau Dr. Graven. Sie unterstützt mich in der Praxis.«

»Eine Ärztin …?« Zweifelnd schaute sie Thea an.

»Ja genau, ich bin Ärztin.« Thea bemühte sich um ein Lächeln.

»Ich lass Sie dann mit meinem Mann allein.« Frau Hörter öffnete eine Stubentür. »Und warte solange in der Küche.«

In dem Schlafzimmer bullerte ein kleiner Kanonenofen. Es roch schwach nach Erbrochenem.

»Herr Doktor ...« Von einem breiten Bett kam ein Stöhnen. Ein grauhaariger Mann lag dort. Sein rundes Gesicht war blass und verschwitzt. »Ich glaub, mit mir geht's zu Ende.«

»Ach, jetzt übertreiben Sie mal nicht. Herr Hörter, meine Kollegin Frau Dr. Graven wird Sie untersuchen.« Georg Berger wies auf Thea.

»Eine Frau ... Muss das sein? Können nicht Sie ...« Der Blick des Kranken irrte von Thea zu ihrem Chef.

Nicht schon wieder ...

»Keine Sorge, ich bleibe ja dabei.« Georg Berger trat einen Schritt zurück, um Thea Platz zu machen. Sie schluckte ihren Ärger hinunter. Das Wohl des Patienten war wichtiger als ihre Empfindlichkeit. Resoluter, als ihr zumute war, schlug sie die Daunendecke zurück und fasste nach dem Handgelenk des Patienten. Sein Puls war schwach und unregelmäßig.

»Sie haben also heftige Schmerzen im Oberbauch und im Rücken, und Sie haben sich erbrochen?«

»Ja, und die Schmerzen bringen mich fast um! So gegen zehn ging's plötzlich damit los.«

Der blau gestreifte Pyjama spannte über dem Bauch. Der Patient hatte deutliches Übergewicht.

»Rauchen Sie, Herr Hörter?«

»Ja, aber was hat das mit meinem Zustand zu tun?«

Rauchen, Übergewicht und die genannten Symptome –

das alles konnte tatsächlich auf einen Herzinfarkt hindeuten.

»Ich werde jetzt Ihre Schlafanzugjacke aufknöpfen.«

»Ich weiß nicht, schließlich sind Sie doch eine Frau...« Er schlang schützend die Arme um seinen Leib.

»Ich bin Witwe und habe auch als Ärztin schon öfter Männer untersucht...« Grimmig dachte Thea, dass Herrn Hörters Reaktion leider die Vorbehalte ihres Chefs völlig bestätigte. Keinesfalls durfte ihr bei der Diagnose ein Fehler unterlaufen. Ihr Vater hatte bei der Begegnung am Morgen gesagt, sie habe einen »scharfen analytischen Verstand«. Ob Georg Berger jetzt auch daran dachte?

Herr Hörter ließ es stumm geschehen, dass Thea sich nun an den Knöpfen der Jacke zu schaffen machte. Der Bauch war ganz aufgebläht. Sie tastete ihn ab. Die Haut war an einigen Stellen bläulich verfärbt und fühlte sich heiß an. Das Fieberthermometer bestätigte ihre Vermutung. Es zeigte neununddreißig Grad an. »Leiden Sie unter Gallensteinen?«, erkundigte sich Thea.

»Ja, schon seit ein paar Jahren.« Der Kranke stöhnte wieder.

Thea dachte angestrengt nach. Die Schmerzen im Oberbauch und im Rücken, das Erbrechen und das Fieber, verbunden mit der Hautverfärbung, dem geblähten Bauch und den Gallensteinen... Nein, das war kein Herzinfarkt, wie sie anfangs vermutet hatte. »Meine Diagnose lautet auf eine akute Pankreatitis, die Bauchspeicheldrüse ist entzündet.« Sie wandte sich zu Georg Berger um.

»Ich stimme mit Ihnen überein.« Er nickte. »Wie würden Sie Herrn Hörter behandeln?«

»Ein Opiat gegen die starken Schmerzen spritzen, strikte

Bettruhe und allenfalls leichte, flüssige Nahrung verordnen.«

»Und Antibiotika?«

»Ich würde abwarten, ob sich Herrn Hörters Befinden in den nächsten Tagen bessert. Falls ja, ist wohl nicht mit abgestorbenem oder entzündlichem Gewebe zu rechnen, und es kann auf eine Behandlung mit Antibiotika verzichtet werden.«

»Auch hier stimme ich Ihnen zu. Übernehmen Sie die Spritze.« Er wies auf seine Arzttasche. Selbst dabei wollte er sie also beobachten.

»Muss das wirklich sein, Herr Doktor?«, stöhnte Herr Hörter. Mit zusammengebissenen Zähnen öffnete Thea die Arzttasche und zog ein Opiat auf die Spritze. Ohne Schwierigkeiten gelang es ihr, es zu injizieren.

»Ihre Schmerzen werden schnell nachlassen«, versicherte sie dem Patienten. »Dr. Berger oder ich kommen morgen wieder und sehen nach Ihnen.«

»Der Herr Doktor wär mir lieber …« Der Kranke schloss die Augen, nur um sich im nächsten Moment aufzurichten. »Herr Doktor, der Kurt hat Eiter am Bein. Könnten Sie das vielleicht auch behandeln?« Flehend sah er Theas Chef an.

»Schon gut, da ich schon mal hier bin, mache ich es.«

»Danke …« Stöhnend ließ sich der Bauer wieder in die Kissen sinken, und Thea und Georg Berger verließen das Schlafzimmer.

»Herr Doktor …« Frau Hörter hatte anscheinend das Klappen der Tür gehört und kam in den Flur geeilt. Sie blickte Georg Berger ängstlich an, Thea ignorierte sie. »Was ist denn nun mit meinem Mann?«

»Er leidet an einer Bauchspeicheldrüsenentzündung.«

Georg Berger legte ihr die Hand auf den Arm. »Sie müssen ihn auf strenge Diät setzen, heute nur Tee, und erst ab Morgen dünner Haferschleim. Dann wird er in ein, zwei Wochen wieder auf dem Damm sein.«

»Gott sei Dank! Ich hab mir solche Sorgen gemacht.« Sie knetete ihre Schürze. »Hat mein Mann Sie wegen dem Kurt gefragt?«

»Ja, das hat er. Ist der Knecht im Stall?«

»Nein, auf dem Feld, soll ich ihn holen?«

»Ach, ich denke, ich kriege das auch mit Frau Dr. Graven hin. Aber Kurt ist im Stall?«

»Ja.« Die Bäuerin nickte und verschwand im Schlafzimmer.

Thea hatte den Eindruck, gar nichts mehr zu verstehen. Weshalb war dieser Kurt mit seinem vereiterten Bein denn nicht im Haus? »Ist Kurt ein weiterer Knecht?«, fragte sie, während sie zusammen mit Georg Berger den Hof überquerte. Inzwischen rieselten wieder ein paar Schneeflocken nieder, durch die die Sonne schien.

»Nein, ein Pferd.«

»Sehr lustig.«

»Ich nehme Sie nicht auf den Arm.« Georg Berger schüttelte den Kopf. »Hin und wieder behandele ich auch Tiere. Wenn es meine Fähigkeiten nicht übersteigt und ich die Besitzer mag, wie die Hörters.« Er schien es wirklich ernst zu meinen.

»Oh …«

Ihr Chef bemerkte Theas Zögern. »Falls Sie auch Angst vor Pferden und nicht nur vor Gänsen haben, kann ich doch den Knecht rufen lassen.«

»Nein, ich helfe Ihnen.« Thea wollte sich keine Blöße

geben. Aber als kleines Mädchen war sie einmal von einem Pony abgeworfen und gegen den Kopf getreten worden. Mit einer schweren Gehirnerschütterung hatte sie ein paar Wochen lang im Krankenhaus gelegen. Seitdem hatte sie panische Angst vor Pferden.

»Gut, dann lassen Sie uns das erledigen.« Georg Berger blickte auf seine Armbanduhr. »Wir haben nicht ewig Zeit.«

Im Stall war es dämmrig und erstaunlich warm. Kurt begrüßte Georg Berger mit einem Schnauben. Er war ein sehr großer brauner Hengst, und unwillkürlich wich Thea ein Stück zurück.

»Dann komm mal mit nach draußen, wo das Licht besser ist.« Georg Berger streichelte dem Hengst die Flanke, warf ihm ein Halfter über, führte ihn aus der Box und unter das Vordach. Thea folgte ihm beklommen.

»Halten Sie mal.« Ihr Chef reichte ihr das Halfter. »Nein, Sie müssen schon dichter ran. Herrgott, so wird das nichts.« Er nahm ihr den Lederriemen weg und führte ihre Hand bis dicht an den Kopf des Pferdes. »Ja, so müsste es gehen.«

Thea spürte den Atem des Tieres in ihrem Nacken. *Sei nicht albern,* sagte sie sich. *Es ist nur ein Pferd, ein Pferd, kein Ungeheuer...* Sie fixierte die wirbelnden Schneeflocken. Hörte, wie Georg Berger beruhigend auf den Hengst einredete. Jetzt bewegte das Tier schnaubend den Kopf, und sein Maul streifte ihre Wange. Vor Anspannung kniff sie die Augen zusammen. Wie lange dauerte das denn noch? Ein scharfer Geruch von Desinfektionsmitteln ...

Dann Georg Bergers Stimme. »Ich bin fertig.«

Thea öffnete die Augen – und schaute in seine. Forschend sah er sie an. Hastig wandte sie den Blick ab. Bestimmt hatte er ihr angemerkt, dass sie sich vor dem Pferd fürchtete.

Doch er sagte nur: »Ich bringe Kurt wieder in den Stall. Gehen Sie schon mal ins Haus.«

An der Eingangstür empfing die Bäuerin sie. »Ich habe die Sachen für den Herrn Doktor schon zurechtgemacht«, sagte sie eifrig.

»Die Sachen?«, fragte Thea verwundert. Noch immer fühlte sie sich ein bisschen benommen, und ihr Rücken war schweißnass.

»Na ja, das Honorar.« Die Bäuerin deutete auf einen Korb, in dem sich etliche Würste und Päckchen befanden. Eines enthielt wohl Kaffee, denn es duftete danach.

Nun kam auch Georg Berger über den Hof. Sein sonst oft mürrisches Gesicht wirkte entspannt. Das Pferd zu behandeln schien ihm Freude gemacht zu haben. Was für ein seltsamer Mann!

Er und Frau Hörter wechselten noch ein paar Worte. Dann nahm er den Korb entgegen, und sie verabschiedeten sich.

»Die Leute bezahlen in Naturalien?«, fragte Thea, während sie zu dem Ford gingen.

»Ja, viele Bauern sind nicht krankenversichert.« Er zündete sich eine Zigarette an. »Wenn Sie Ihr Landvierteljahr tatsächlich auf dem Land und nicht in der Stadt abgeleistet hätten, wüssten Sie das.«

Diese Bemerkung hatte er sich natürlich nicht verkneifen können.

Kapitel 7

Die übrigen Patientenbesuche an diesem Nachmittag verliefen weniger dramatisch, und Georg Berger schien weitgehend mit Theas Diagnosen zufrieden zu sein. Pünktlich zum Beginn der Nachmittagssprechstunde um vier trafen sie wieder in der Praxis ein. Gegen sechs ging dann der letzte Patient.

Erschöpft stützte Thea den Kopf in die Hände. Sie hatte weiß Gott längere und härtere Arbeitstage erlebt. Aber alle Patienten hatten sich ihr gegenüber an diesem Tag ablehnend verhalten, und das laugte sie aus.

Es klopfte an der Tür. Das musste ihr Chef sein. Sie öffnete ihm, bemüht, ihre Gefühle zu verbergen.

»Sie haben sich heute Nachmittag gar nicht schlecht geschlagen.« Georg Berger reichte ihr ein mit Schreibmaschine beschriebenes Blatt Papier. »Das ist Ihr vorläufiger Arbeitsvertrag. Sind Sie mit zweihundert Mark Gehalt im Monat einverstanden?« Sein Tonfall war wieder ziemlich schroff. »Dazu können Sie umsonst in dem Häuschen wohnen, und Sie bekommen die Hälfte der Naturalien.«

»Ja natürlich.« Alles in allem entsprach das etwa dreihundert Mark, und für eine Stelle in einer Landarztpraxis erschien Thea das sehr fair. Ihr Gehalt als Assistenzärztin in Hamburg hatte nur hundert Mark mehr betragen. Rasch unterschrieb sie den Vertrag.

»Hier ist der Schlüssel für die Praxis, und das ist der für den Opel.« Georg Berger schob beide über den Schreibtisch.

»Danke.« Ihre eigenen Schlüssel … Thea verstaute sie in der Handtasche und war nun doch ein bisschen stolz und glücklich.

»Wir müssen noch über den Nachtdienst und die Sonntagsdienste sprechen. Wir werden uns möglichst alle zwei Tage mit dem Nachtdienst abwechseln und sonntags auch.«

»Das hört sich vernünftig an.« Thea nickte.

»Im Häuschen gibt es einen Telefonanschluss aus der Zeit, als der leitende Zollinspektor dort gewohnt hat. Aber es wird wohl sechs bis acht Wochen dauern, bis die Post den wieder aktiviert hat. Solange müssten Sie während des Nachtdienstes auf einem Feldbett in Ihrem Sprechzimmer übernachten und sich beim Sonntagsdienst auch in der Nähe des Telefons hier aufhalten.«

»Das macht mir nichts aus«, erwiderte sie schnell. »Und auf einem Feldbett zu schlafen kenne ich ja vom Nachtdienst im Krankenhaus.«

»Schön, dann übernehme ich den Nachtdienst für den Rest der Woche bis zum Samstag. Das sollte Ihnen ausreichend Gelegenheit geben, sich mit der Gegend vertraut zu machen. Mit dem Bereitschaftsdienst am kommenden Sonntag und den beiden Nachtdiensten Montag und Dienstag nächster Woche sind Sie dann dran.«

»Ja, das ist mir recht. Ich habe aber noch eine Frage: Eichenborn ist ja recht abgelegen und die Busverbindung nach Monschau ist nicht so gut. Dürfte ich den Opel auch für private Fahrten benutzen? Ich zahle dann natürlich das Benzin.«

»Solange Sie den Wagen nicht zu Schrott fahren, können Sie ihn benutzen, so viel Sie wollen ...« Georg Berger vollführte eine wegwerfende Geste. »Ach, übrigens: Am Sonntag in einer Woche ist hier Kirchweih. Und am Abend vorher wird das Fest eröffnet. Sie sollten sich dort blicken lassen.«

»Oh, darf ich als Protestantin dieses Fest tatsächlich besuchen?« Die Auseinandersetzung mit Schwester Fidelis war Thea wieder nur zu präsent.

»Kein Grund, sarkastisch zu werden. Es kann sein, dass ein paar Leute es tatsächlich als nicht passend erachten. Aber die Mehrheit würde Sie wahrscheinlich für hochmütig halten, wenn Sie nicht kämen.« Georg Berger zuckte mit den Schultern. »Ich an Ihrer Stelle würde hingehen.«

»Sie sind also auch dort?«

»Ja natürlich, als Arzt habe ich im Dorf meine Verpflichtungen.« Er grinste plötzlich. »Keine Sorge, es erwartet niemand, dass wir miteinander tanzen.«

»Na, das ist ja immerhin ein Trost.« Thea bemühte sich um einen leichten Tonfall und griff nach ihrem Mantel und der Handtasche. Eine Kirmes, auf der sie wahrscheinlich das ganze Dorf begutachten würde. Das hatte ihr gerade noch gefehlt ...

In Theas Häuschen war es wieder nicht viel wärmer als draußen. Probeweise betätigte sie den Lichtschalter. Die Glühbirne an der Decke flammte auf – immerhin funktionierte nun der Strom. Aber in dem hellen Schein wirkte der Holzherd noch wuchtiger und einschüchternder als bei Tag.

Verflixt, sie musste dieses Monstrum ja anschüren, um wenigstens heißes Wasser zu erhalten! Doch dazu war sie zu müde, und außerdem würde es ewig dauern, bis das Wasser kochte.

Am besten ging sie früh zu Bett und vergaß diesen ersten Arbeitstag möglichst schnell. Dabei war sie am Morgen noch so voller Vorfreude gewesen. Thea schnitt für ein schnelles Abendessen zwei Scheiben von einem Brotlaib ab und stellte auch Butter und Käse auf den Tisch.

Auf der Straße war das Geräusch eines Automotors zu hören. Ein später Patient, der heilfroh war, dass Georg Berger und nicht sie ihn behandelte? Der Wagen stoppte ganz in der Nähe. Ja, wohl tatsächlich ein später Patient. Oder ihr Chef bekam Besuch. Wobei er auf sie nicht gerade gesellig wirkte.

Ihr Gartentor quietschte. Und jetzt hörte Thea zwei Frauen miteinander sprechen. Aber das waren ja ... Sie rannte zur Tür und riss sie auf. Tatsächlich kamen ihre Schwestern den verwilderten Pfad entlang.

»Marlene, Katja, was macht ihr denn hier?« Thea lief den beiden entgegen. »Und woher wisst ihr überhaupt, dass ich in Eichenborn bin?«

»Hier wohnst du also.« Marlene fasste Thea um die Schultern und sah sich um. »Ein hübsches Häuschen.«

»Na ja, wenn man davon absieht, dass es fast unter Efeu und sonstigem Unkraut verschwindet.« Katja lachte.

»Aber hier wachsen ja Rosen!« Marlene deutete auf einige Ranken an einem Sprossenfenster. Sie waren Thea bisher völlig entgangen. »Sie müssen nur richtig freigelegt und beschnitten werden. Dann blühen sie im Sommer wunderschön.«

Ob sie wohl im Sommer noch hier sein würde? Thea schob den Gedanken beiseite. »Kommt doch herein. Auch wenn es drinnen ungefähr genauso kalt ist wie draußen. Der Herd ist ein furchtbares Monstrum, und ich glaube, er hasst mich.«

Die Schwestern folgten ihr in die Küche. Marlene stellte einen Korb auf den Tisch und zauberte eine große Thermoskanne sowie einen Teller aus Porzellan und Besteck daraus hervor. »Ich weiß ja, wie ungern du kochst. Deshalb habe ich dir eine Suppe mitgebracht. Falls du Hunger hast.«

»Ja, den habe ich. Großen sogar.« Theas Appetit war urplötzlich zurückgekehrt. Marlene goss die heiße Brühe mit den Markklößchen in den Teller. Sie dampfte in der kalten Luft.

»Die Küche ist ja ganz gemütlich.« Katja blickte sich um. So hatte Thea das noch gar nicht gesehen. »Wohin führt denn die steile Treppe?«

»In mein Schlafzimmer. Und ja, du kannst dich oben gern umschauen«, erwiderte Thea mit vollem Mund.

Katja kraxelte die Stufen hinauf, während Marlene sich vor den Ofen kniete. »Hast du irgendwo Zeitungspapier und Streichhölzer?«

»Ja, dort.« Thea deutete neben den Korb mit dem Feuerholz. »Und jetzt sagt schon, woher wisst ihr, dass ich in Eichenborn bin? Ich habe zweimal in der Villa angerufen und versucht, es euch zu erzählen. Aber einmal war die Köchin am Apparat und gestern dann Vater.« War es wirklich erst zwei Tage her, dass sie im Restaurant des Hotels Ritter in Monschau gesessen und die Anzeige in der Zeitung gelesen hatte? Es erschien ihr wie eine Ewigkeit. Thea konnte sich nicht vorstellen, dass der Vater den Schwestern von ihrer Begegnung vor dem Krankenhaus erzählt hatte.

»Wir, das heißt, genauer gesagt ich, haben es durch den

Buschfunk erfahren.« Katja kam die Treppe wieder herunter und ließ sich lässig neben Thea nieder.

»Was meint du mit Buschfunk?«

»Na ja, die Nonnen im Krankenhaus gehören demselben Orden an wie die Hebamme von Eichenborn. Wie ist noch mal ihr Name, Schwester Fidelis? Ich habe sie reden hören, dass – welch ein Skandal – eine protestantische Ärztin in Eichenborn eine Stelle bei Dr. Berger angetreten hat. Und dass diese Ärztin – wie schockierend – auch noch Hosen trägt! Als dann der Name Graven fiel, habe ich natürlich erst recht aufgehorcht und nachgefragt. So habe ich alles erfahren.« Katja lächelte Thea an. »Ich konnte es ja zuerst kaum glauben. Aber wie schön, dass du in unserer Nähe geblieben bist.«

Also verbreitete sich der Tratsch aus Eichenborn tatsächlich bis in das Monschauer Krankenhaus. Genau, wie Thea befürchtet hatte.

Marlene hatte sich mit einem Schürhaken in dem Herd zu schaffen gemacht und schichtete nun zerknülltes Zeitungspapier, Späne und Holzscheite im Schlund des gusseisernen Ungetüms auf. Sie blickte über die Schulter. »Ja, Thea, es ist wirklich so schön, dass du hiergeblieben bist. Aber leider ist es nicht gerade glücklich, dass du ausgerechnet eine Stelle bei Dr. Berger angetreten hast. Vater wird alles andere als erfreut sein, wenn er es erfährt.«

»Das war jetzt eine sehr zurückhaltende Beschreibung«, mischte Katja sich ein. »Vater tobt immer, wenn die Rede auf Georg Berger kommt. Wir müssen überlegen, wie wir es ihm möglichst schonend beibringen.«

»Er weiß schon, dass ich bei Dr. Berger arbeite.« Thea seufzte.

»Was?« Die Schwestern starrten sie entsetzt an.

»Ich bin Vater heute Morgen begegnet. Als ich mit meinem Chef ein krankes Kind und seine Mutter zur Klinik gebracht habe. Und ja … Vater war außer sich.«

Schweigen senkte sich über den Raum.

»Deshalb war Vater also heute Vormittag so wütend«, sagte Katja schließlich langsam. »Er hat sogar seinen Oberarzt zur Schnecke gemacht, was er sonst eigentlich nicht tut.«

»Wisst ihr, warum Vater derart heftig auf meinen Chef reagiert? Gab es denn einen konkreten Vorfall? Georg Berger wollte mir nichts Genaueres darüber sagen.«

»Nun ja, Dr. Berger ist recht unkonventionell in seinem Benehmen und seinen Ansichten.«

»Ach, komm schon, Marlene.« Katja verdrehte die Augen. »Vater ist es gewohnt, dass alle zu ihm aufblicken. Und dass ein einfacher Landarzt nicht angesichts seines Wissens und seines Professorentitels vor ihm im Staube kriecht, hat ihn von Anfang an gegen deinen Chef aufgebracht. Und dann hat Georg Berger bei einem Patienten auch noch eine dezidiert andere Meinung vertreten als Vater.«

»Worum ging es denn bei dem Fall?« Thea war interessiert.

»Um eine Hepatitis, die einfach nicht abheilen wollte. Georg Berger hat den Mann in einen Rollstuhl gesetzt und trotz Vaters vehementem Protest aus der Klinik und zu seinem Wagen geschoben.«

»Ach, du lieber Himmel … Hast du eine Ahnung, wie es mit dem Patienten weiterging?«

»Leider nicht.« Katja schüttelte den Kopf.

»Das kleine Mädchen, das heute Vormittag in die Klinik

eingeliefert wurde, Marlies Messenzehl, ist dir vielleicht etwas über sie zu Ohren gekommen?«

»Sie wird wegen einer schweren Lungenentzündung auf der Kinderstation behandelt«, sagte Katja prompt.

Also hatte Georg Berger hier mit seiner Einschätzung richtiggelegen.

Flammen züngelten um das Zeitungspapier, und die Späne und griffen nun auf die Holzscheite über. Eine wohlige Wärme ging von dem Herd aus. Marlene klopfte sich Asche und Staub vom Rock und setzte sich zu den Schwestern.

»Wie hast du denn dieses Monstrum in Gang gebracht?« Thea konnte es kaum glauben.

»Das Verbindungsstück zwischen Herd und Ofenrohr war voller Asche. Das war alles.«

»Aber ich habe doch gestern auch darin herumgestochert.«

»Na ja, wir wissen doch alle, dass du, was Handwerkliches betrifft, ein hoffnungsloser Fall bist.« Marlene lächelte. »Es ist mir immer noch ein Rätsel, wie du, obwohl du noch nicht einmal ein paar gerade Stiche an einem Stoff hinbekommst, bei Operationswunden ganz exakt nähst.«

»Ich finde, dein Chef ist so eine Art Heathcliff.« Katja brachte das Gespräch wieder auf Georg Berger zurück. »Leidenschaftlich, finster und kompromisslos.«

»Ich habe zwar keine Ahnung, wer dieser Heathcliff ist«, erwiderte Thea trocken, »aber ich würde Dr. Berger doch eher als unfreundlich, ständig gereizt und missgelaunt bezeichnen.«

»Das ist eine Figur aus einem englischen Roman, *Sturmhöhe* heißt er.« Theas Spott prallte von Katja ab. Sie ließ ihren Blick wieder durch die Küche schweifen, die sich allmählich mit einer wohligen Wärme füllte. »Das Häuschen ist wirklich hübsch. Aber der Raum könnte ein bisschen Farbe vertragen. Und du brauchst natürlich Vorhänge.«

»Dr. Berger hat auf einer Probezeit von acht Wochen bestanden. Vielleicht wirft er mich danach hinaus. Und ich habe wirklich keine Zeit, mich um die Verschönerung des Hauses zu kümmern.«

»Georg Berger kann sich glücklich schätzen, dass du für ihn arbeitest.« Katja wischte Theas Einwand mit einer Handbewegung beiseite. »Überlass das nur mir. Und Marlene könnte sich um den Garten kümmern. Sie bringt immer alles zum Grünen und zum Blühen. Sogar meine vertrockneten Zimmerpflanzen.«

»Aber Katja, das kann ich nicht annehmen«, protestierte Thea. »Außerdem solltest du nicht einfach so über Marlene verfügen.«

»Ja, ja, die älteren Schwestern, die die vorlaute Kleine ermahnen.« Katja zog einen Schmollmund und verschränkte die Arme.

»So war das nicht gemeint … Da fällt mir ein, am Samstag in einer Woche wird die Kirmes in Eichenborn eröffnet. Hättet ihr vielleicht Lust, mit mir hinzugehen? Ich muss mich dort leider sehen lassen, und mir graut ein bisschen davor.«

»Natürlich kommen Katja und ich.« Marlene lächelte. »Und wir bringen die Kinder mit. Die beiden werden bestimmt ihren Spaß haben. Genauso wie ihre Tante Katja.«

»Ich weiß, ich bin die Vergnügungssüchtige in der Familie, die keinen Tanz auslässt.« Katja bedachte Marlene mit einem empörten Blick, ehe sich ihre Miene wieder aufhellte. »Ich habe einiges an Überstunden angesammelt, bestimmt lässt mich Vater an dem Samstagnachmittag freinehmen.

Ich muss ihm ja nicht sagen, dass ich hier herumwerkeln will.«

»Wahrscheinlich ist es besser, ihm das zu verschweigen.« Marlene nickte, und Thea fühlte einen Stich. »Also ist es abgemacht, Katja und ich verschönern dein Häuschen und den Garten, und abends gehen wir auf die Kirmes?«

»Ja, in Ordnung.« Thea gab nach. »Aber ihr habt dann etwas bei mir gut.«

»Sollen wir dir noch was besorgen? Abgesehen von Vorhängen? Wie steht es mit Bettzeug?«

»Das habe ich im Moment nur geliehen. Und ich bräuchte eine Matratze. Könntet ihr die vielleicht in Monschau in meinem Namen bestellen? Ich komme hier im Moment nur schwer weg.«

»Natürlich. Dann lass uns das Bett ausmessen.« Marlene stand auf. »Und danach sollten wir aufbrechen. Arthur schläft im Moment ziemlich schlecht und hat oft schlimme Träume, und ich möchte gern zu Hause sein, wenn er aufwacht.«

Thea holte ein Maßband aus ihrer Arzttasche, und nachdem sie das Bett vermessen hatten und Katja sich auch noch schnell die Angaben für die Fenster notiert hatte, begleitete Thea die Schwestern nach draußen zum Wagen.

»Es war so schön, dass ihr gekommen seid.« Sie umarmte die beiden. »Danke für die Suppe und das Feuermachen und ...« Ihr wurde plötzlich die Kehle eng.

»Gern geschehen.« Marlene strich ihr über die Wange.

»Arbeite nicht so viel.« Katja lächelte sie an, während sie auf den Beifahrersitz glitt. »Und gräm dich nicht über Vater.«

»Ich versuche es.« Thea winkte ihnen nach, als sie davonfuhren.

Der Rauch des Herdfeuers lag in der kalten Luft, und mit den hell erleuchteten Fenstern wirkte das kleine Fachwerkhaus auf einmal sehr anheimelnd.

Später, als sie im Bett lag, spürte Thea dankbar die Wärme, die durch die Ritzen in den Dielen nach oben stieg, und kuschelte sich in die Decken. Vielleicht würde mit dieser Stelle ja doch noch alles gut werden.

Kapitel 8

Thea trat aus dem ausrangierten Eisenbahnwaggon am Rand von Eichenborn. Ein Besuch bei einem älteren bettlägerigen Patienten hatte sie wieder zu den behelfsmäßigen Behausungen geführt. Unter ihr, im Licht der Nachmittagssonne, breitete sich das Dorf aus. Die Kirche mit dem zerstörten Turm, das Pfarr- und das Schwesternhaus, der kleine Laden und der Gasthof bildeten seine Mitte. Im Schatten der Kirche lag der Friedhof mit seinen riesigen Eiben. Die lange Hauptstraße verlief bis zu der Gabelung fast gerade durch den Ort. Einige wenige Nebenstraßen zweigten davon ab. Das Schlösschen am anderen Ende des Ortes leuchtete rot zwischen dem frühlingshaften Grün der Wiesen hervor. Auch die Praxis und ihr Häuschen konnte Thea von diesem Ort aus sehen.

Gut anderthalb Wochen lebte und arbeitete sie jetzt in Eichenborn, aber die Zeitspanne erschien ihr viel länger. Was daran lag, dass alles so neu und ungewohnt war. Auf den Wegen zu den abgelegenen Höfen musste sie oft immer noch eine Landkarte zu Hilfe nehmen. Trotzdem hatte sie sich schon einige Male verfahren, vor allem während ihrer Nachtdienste, wenn die Schweinwerfer des alten Opels nur mühsam durch die Dunkelheit drangen. Und tagein, tagaus Allgemeinmedizin zu praktizieren war auch eine manchmal ziemlich verunsichernde Erfahrung. Von der nach wie vor reservierten, ja ablehnenden Haltung der Dorfbewohner ganz zu schweigen.

Eine Schar Kinder stürmte jetzt aus einem der Waggons und kam den Trampelpfad zwischen den Gemüsebeeten, den Wäscheleinen und improvisierten Haustiergehegen entlanggerannt. Thea erkannte in ihnen die Geschwister von Christa Reimers. Ihre Stimmung hellte sich auf. Die erste Geburt in diesem Dorf würde für sie immer etwas Besonderes bleiben. Nicht nur wegen der dramatischen Umstände. Es war so schön und so beglückend gewesen, das gesunde Neugeborene der jungen Mutter in die Arme zu legen.

»Na, habt ihr euch schon mit eurer kleinen Nichte angefreundet?«, fragte sie die Kinder lächelnd. »Erinnert ihr euch noch, ich war dabei, als sie geboren wurde.«

Die Kinder sahen sie stumm an. Dann schüttelte ein Mädchen mit einer großen Zahnlücke den Kopf und stieß mit der Zehenspitze in das Gras. »Sie schreit so oft«, flüsterte sie. »Wir mögen sie nicht. Uns wär's lieber, sie wär nicht da.«

»Und warum weint die Kleine so häufig?«, fragte Thea besorgt.

»Ich weiß nicht.« Das Mädchen zuckte mit den Schultern. »Hörn Sie, sie fängt schon wieder an.« Tatsächlich war jetzt das durchdringende Schreien eines Säuglings zwischen den ausrangierten Eisenbahnwagen zu hören.

Ob dem häufigen Weinen etwas Ernsthaftes zugrunde lag? Da sie schon einmal hier war, würde sie dem nachgehen, beschloss Thea. Sie lief zu dem Waggon und klopfte an die Tür.

»Hallo?«

Als ihr niemand antwortete, spähte sie durch das Fenster. Christa saß am Tisch und hatte die Hände auf die Ohren gepresst.

Thea öffnete die Tür und trat ein.

»Christa ...« Sie berührte die junge Frau an der Schulter.

»Ach, Frau Doktor, ich hab Sie gar nicht bemerkt.« Christa schreckte auf. Neben ihr in einem Wäschekorb brüllte die Kleine, das Gesichtchen ganz rot und verzerrt. »Sie schreit fast immer, das ist eigentlich schon seit ihrer Geburt so. Meine Mutter weiß auch keinen Rat.« Verzweifelt sah sie Thea an.

»Wo ist Ihre Mutter denn?«

»Bei der Arbeit, in der Molkerei im Nachbardorf.«

Mit einem ständig weinenden Säugling und den kleinen Geschwistern allein zu sein war sicher alles andere als einfach.

»Was hat denn Schwester Fidelis zu dem Schreien gesagt?«

»Sie meint, die Geburt wär ja schwierig gewesen, und da käm so was öfter vor.«

Das stimmte. Trotzdem hätte sich Thea gewünscht, dass die Nonne dies bei den täglichen Besprechungen erwähnt hätte.

»Und ich hab das Gefühl, seit gestern trinkt die Kleine auch nicht mehr richtig. Und meine Brust tut so weh.«

»Lassen Sie mich doch bitte einmal sehen ...«

Christa entledigte sich der Bluse und des Unterhemdes. Ihre Brustwarzen waren entzündet.

»Was hat Ihnen Schwester Fidelis denn dagegen empfohlen?«, erkundigte sich Thea über das Schreien des Säuglings hinweg.

»Ich hab's der Nonne noch nicht gesagt. Sie kommt ja erst morgen wieder.«

»Ja, ich weiß, sie schaut ab dieser Woche nur noch alle zwei oder drei Tage bei Ihnen vorbei. Aber trotzdem hätten Sie oder Ihre Mutter sie verständigen müssen. Ihr Töchterchen braucht doch ausreichend Muttermilch.«

»Sie ... sie hat so hässliche Sachen zu mir und meiner Mutter gesagt.« Christa senkte den Kopf.

»Was denn?«

»Wir protestantischen Flüchtlinge wär'n unmoralisch und so. Und dafür wär ich der Beweis, weil ich ja eine ledige Mutter bin. Und wir würden noch das ganze Dorf verderben. Und die schwierige Geburt und dass die Kleine ständig schreit, wär eine Strafe für meine Sünde ...«

Was waren das denn für furchtbare Ansichten? »Da täuscht Schwester Fidelis sich«, erklärte Thea entschieden. »Machen Sie sich darüber bitte keine Gedanken mehr.«

Thea erinnerte sich, in dem kleinen Raum zwischen den Sprechzimmern einen Karton mit einer Milchpumpe und Fläschchen gesehen zu haben – die üblichen Werbegeschenke an Arztpraxen. Sie holte ein Döschen mit Lanolin aus ihrer Arzttasche und gab es Christa gegen die Entzündung. Und sie versprach ihr, später die Milchpumpe und zwei Fläschchen vorbeizubringen, damit die Brustwarzen heilen konnten.

Aber bevor Thea zur Praxis fuhr, musste sie noch mit Schwester Fidelis sprechen. Hoffentlich traf sie die Ordensfrau im Schwesternhaus an.

Thea hatte Glück. Eine Nonne, die mit ihrem schmächtigen Körperbau und scheuen Blick das genaue Gegenteil von Schwester Fidelis war, öffnete ihr und führte sie – nachdem sie erklärt hatte, warum sie gekommen war – in ein Zimmer im Erdgeschoss des Schwesternhauses. Dann verschwand sie, um die Ordensfrau und Hebamme zu holen. In dem nach Norden hin gelegenen Raum war es trotz des warmen Wetters kühl. Es roch nach kaltem Kerzenrauch und Putzmitteln. Ein riesiges Kruzifix hing an der Wand. Von dem Gipskörper des Gekreuzigten hoben sich die Wunden sehr rot und blutig ab.

Thea wandte dem Kreuz schaudernd den Rücken zu. Hoffentlich wurden keine Kinder hierhergeführt! Sie hatte beschlossen, Georg Berger nicht von dem zu unterrichten, was Schwester Fidelis zu Christa gesagt hatte. Christa hatte sich ihr, Thea, anvertraut. Also war es eine Sache zwischen ihr und der Nonne.

Wobei es ihr ein Rätsel war, weshalb ihr Chef und die Ordensfrau eigentlich miteinander auskamen, ja, sich nach allem, was sie bei den täglichen Besprechungen erlebt hatte, sogar gegenseitig respektierten. Georg Berger entsprach nun einmal so gar nicht dem Bild eines frommen Landarztes.

Da war nicht nur der Punchingball, den Thea am Tag ihrer Ankunft im Wohnzimmer des Schlösschens gesehen hatte. Er hörte auch Jazz. In seinem Sprechzimmer stand ein kleiner Radioapparat, und manchmal, wenn er in der Mittagspause oder abends dort irgendetwas erledigte, lief die Musik. Und den Gottesdienst am Sonntag hatte er auch nicht besucht. Stattdessen war er mit einem der Pferde von der Koppel hinter dem Schlösschen ausgeritten.

»Sie wollen mich sprechen?« Schwester Fidelis war in den Raum getreten, die Lippen zu einem Strich zusammengepresst, das Kinn vorgeschoben.

»Ja …« Thea hatte sich entschieden, möglichst diplomatisch vorzugehen. Schließlich mussten sie und die Nonne ja irgendwie miteinander auskommen. »Ich habe eben zufällig Christa Reimers aufgesucht. Dass ihr Töchterchen ständig schreit, setzt ihr sehr zu. Sie braucht Unterstützung und Mitgefühl. Ich verstehe ja, dass eine uneheliche Geburt gegen Ihr Moralempfinden verstößt. Aber Vorwürfe schaden der Mutter und damit dem Kind. Und ich bin überzeugt, dass auch Ihnen das Wohl Ihrer Patienten wirklich am Herzen liegt.«

»Sie hat eine schwere Sünde begangen!«

»Das mag in Ihren Augen so sein.« Thea bemühte sich um Geduld. »Aber ich möchte nicht, dass Sie Christa das noch weiter spüren lassen. Und ich kann mir auch nicht vorstellen, dass Dr. Berger so etwas gutheißt.«

Sie hatte richtig vermutet, denn die Augen der Nonne flackerten kurz.

»Sie sind sicher schon sehr lange Hebamme ...«

»Länger, als Sie auf der Welt sind.«

Thea ignorierte den verächtlichen Unterton. »Ich würde mich sehr freuen, wenn ich von Ihren Erfahrungen profitieren könnte«, sagte sie ruhig. »Christas Brustwarzen sind entzündet, ich bringe ihr später eine Milchpumpe, und ich hoffe sehr, dass ich die weitere Behandlung vertrauensvoll Ihnen überlassen kann.«

Sie nickte Schwester Fidelis noch einmal zu, dann ging sie. Sie hatte ihren Standpunkt klargemacht, aber sie bezweifelte, dass dies ihre letzte Auseinandersetzung mit der Ordensfrau gewesen war.

Dennoch verließ Thea die Praxis am Abend beschwingt und voller Vorfreude. Während der Nachmittagssprechstunde waren endlich die Pakete mit ihren Habseligkeiten aus Hamburg eingetroffen und warteten jetzt in ihrem Häuschen auf sie. Christas Muttermilch hatte sich ohne Schwierigkeiten abpumpen lassen, und die Kleine hatte das Fläschchen gut angenommen. Es war schön gewesen, ihr dabei zuzusehen, wie sie zufrieden saugte!

Auf ihre Frage hin, ob sie der jungen Frau die Milchpumpe und die Fläschchen leihen könne, hatte Georg Berger nur auf seine übliche missgelaunte Weise gesagt, er sei froh, wenn er die Sachen los sei. Irgendwelche Fragen dazu, warum *sie* sich darum kümmerte und nicht Schwester Fidelis, hatte er ihr nicht gestellt.

Der Tag war sonnig gewesen, und im Häuschen war es noch angenehm warm. Nach einem schnellen Abendessen öffnete Thea die Pakete. Sie freute sich darauf, endlich wieder ihre eigene Arzttasche und ihre Kittel benutzen zu können, und es war angenehm, dass sie jetzt ausreichend Kleidung zum Wechseln und ihre Kochplatte und Bücher und ihre paar Tassen und Teller bei sich hatte. Aber wichtig waren ihr vor allem die beiden Bilder, die Hans gemalt hatte. Sorgfältig in Zeitungspapier eingeschlagen fand Thea sie in einem der Pakete. Sie wusste auch schon genau, wo sie hängen sollten.

Mit dem kleineren Bild stieg Thea die schmale Treppe zu ihrem Schlafzimmer hinauf. Gegenüber ihrem Bett schlug sie einen Nagel in die Wand und hängte es daran, sodass sie es vor dem Einschlafen und beim Aufwachen immer sehen konnte. Dann trat sie einen Schritt zurück, um es besser betrachten zu können. Liebe und Sehnsucht erfüllten sie. Die Grüntöne schienen über der Leinwand zu schweben. Sie formten sich zu abstrakten, wie miteinander tanzenden

Gebilden. Das Bild war so heiter und voller Leben und Glück! Hans hatte es kurz nach ihrer Heirat gemalt.

Eine ganze Weile lang stand Thea einfach nur da und gab sich der Erinnerung hin. Dann lächelte sie Hans' Foto auf der Kommode zu. *Ich bin so froh, dass ich die beiden Bilder hier habe! Es ist ein bisschen so, als wärst du bei mir.*

Thea wollte wieder nach unten steigen, um auch das zweite Bild aufzuhängen. Aber sie bemerkte plötzlich, dass es unter dem Dach ein wenig stickig war, und öffnete das Fenster in der Giebelwand. Das Schlösschen lag in ihrem Blickfeld und die Pferdekoppel auch. Dort nahm gerade Georg Berger, der offensichtlich wieder einmal ausgeritten war, einem Pferd im schwindenden Licht den Sattel ab und streichelte seinen Hals. Pferden gegenüber verhielt er sich erstaunlich liebevoll – anders als gegenüber Menschen.

Er machte eigentlich immer den Eindruck, dass er niemanden brauchte. Aber ob er sich nicht doch manchmal einsam fühlte? Und ob er wohl einmal verheiratet gewesen war? Er hatte bisher keinerlei Bemerkung gemacht, die darauf hindeutete. Aber so zurückhaltend, wie er immer in Bezug auf sein Leben war, musste das nichts bedeuten.

Für einige Augenblicke beobachtete Thea ihn noch nachdenklich, dann ging sie wieder nach unten und widmete sich weiter dem Auspacken.

Zwei Tage später bog Thea gegen halb acht am Morgen mit dem Opel in den Weg zu den Wellblechgaragen ein. Ein starker Wind wehte, und der Himmel war ganz blank gefegt. Die halbe Nacht hatte sie auf einem einsam gelegenen Bauernhof bei einer Geburt zugebracht, während der Sturm ums Haus getobt hatte. Sie war erschöpft, aber auch glücklich. Von ihrer Arbeit als Gynäkologin hatte sie Geburten immer besonders geliebt, und es war so befriedigend, dass sie dies hier fortsetzen konnte.

Aus den Augenwinkeln sah sie jetzt Georg Berger vor dem Schlösschen. Er schritt auf die Brücke über den Bach zu. Ach, es war gut, dass sie ihn zufällig traf!

Thea stoppte den Opel auf dem unebenen Weg und stieg aus. »Guten Morgen, Dr. Berger!«, rief sie ihm zu.

Er blieb stehen und drehte sich zu ihr um. Dann kam er zu ihr. Die Jacke, die er anhatte, war noch zerschlissener als seine anderen, und an den Füßen trug er derbe Stiefel. Anscheinend war er ausgeritten, und ausnahmsweise wirkte er richtig gut gelaunt.

»Morgen! Sie waren bis jetzt bei der Geburt auf dem Steinert-Hof?« Er hatte Thea gebeten – oder, besser gesagt, ihr aufgetragen –, ihm eine Notiz auf dem Schreibtisch zu hinterlassen, wann sie wohin zu einem nächtlichen Einsatz gerufen wurde.

»Ja, Agnes Steinert hat einen kleinen Sternengucker zur Welt gebracht.« Dies waren Säuglinge, die mit dem Gesicht nach oben und nicht, wie eigentlich üblich, nach unten im Geburtskanal lagen. Bei ihrem Eintritt in die Welt blickten sie gewissermaßen in den Himmel. Daher nannte man sie Sternengucker – ein Ausdruck, den Thea mochte, und sie lächelte ihren Chef an.

»Alle Achtung, Sie sind erst zwölf Tage in diesem Dorf und hatten schon zwei Geburten mit Komplikationen.« Die gute Laune hielt Georg Berger nicht von seinen üblichen bissigen Kommentaren ab. »Mir und Schwester Fidelis begegnet das, wenn überhaupt, vielleicht einmal im Jahr.«

Thea beschloss, sich nicht über die Bemerkung zu ärgern.

»Ich musste die Saugglocke einsetzen und einen Damm-schnitt machen, aber Mutter und Kind sind wohlauf«, er-widerte sie ruhig. »Die Schwiegermutter der jungen Frau hat mich übrigens mit einem Pfund Kaffeebohnen bezahlt.« Das Honorar in Naturalien fand Thea immer noch gewöh-nungsbedürftig.

»Oh, da war der alte Drache ja großzügig.« Georg Berger grinste. »Die Geburt des Enkels muss sie weich gestimmt haben.«

»Ich fand die alte Frau Steinert auch nicht ganz ohne«, gab Thea zu. Was eine Untertreibung war. Die Bäuerin hat-te ihr sehr deutlich zu verstehen gegeben, dass sie eigentlich Schwester Fidelis als Hebamme für ihre Schwiegertochter hätte haben wollen, doch die Nonne war bei einer anderen Geburt gewesen. »Aber das halbe Pfund Kaffee fand ich recht freigebig.« Ein Kilo Kaffeebohnen kostete knapp drei-ßig Mark, was zwei Tagelöhnen eines Arbeiters entsprach.

Der Wind brachte das rostige Dach der Wellblechgarage zum Klappern und wehte Georg Berger das Haar aus der Stirn. Seine blauen Augen leuchteten sehr hell. Wie hieß noch einmal diese Romanfigur, mit der Katja ihn verglichen hatte? Heathcliff?

»Was ich noch sagen wollte …« Thea drängte die leichte Irritation beiseite. »Ich würde mich gern schnell frisch machen und etwas essen. Und falls ich Schwester Fidelis verpassen sollte, richten Sie ihr doch bitte aus, dass ich heute Nachmittag zu der jungen Mutter fahre und nach ihr sehe. Das muss sie nicht übernehmen.« Deshalb war sie ja eigentlich ausgestiegen, um kurz mit ihrem Chef zu sprechen.

»Wenn Sie das so wollen.« Georg Berger nickte, und

Thea machte sich auf den Weg zu ihrem Häuschen. Wie schön, dass sie nach ihrer Besuchsrunde am Nachmittag ihre Schwestern und die Kinder sehen würde!

Gegen drei, auf der Landstraße zwischen Feldern, blickte Thea ungeduldig auf ihre Armbanduhr. Es war wie verhext! Ausgerechnet an diesem Nachmittag hatten sich die bisherigen Patientenbesuche als sehr zeitaufwendig erwiesen. Und der Besuch bei Herrn Hörter und der jungen Mutter, Agnes Steinert, stand sogar noch an. Dabei war sie gleich nachdem der letzte Patient die Praxis verlassen hatte aufgebrochen. Hoffentlich kamen die Schwestern im Häuschen gut zurecht? Thea hatte ihnen den Schlüssel unter einem Stein neben der Eingangstür hinterlassen.

Der Motor des Opels protestierte röhrend, als sie im ersten Gang den steilen Weg zum Anwesen der Hörters hinauffuhr. Auf dem Platz zwischen dem Wohnhaus und den Stallungen war niemand zu sehen – zu Theas Erleichterung auch kein Tier. Gänse schienen sie regelrecht zu hassen, und kürzlich hatte sie ein freilaufendes Schwein auf einem anderen Bauernhof fast umgerannt.

Die Haustür war, wie häufig hier auf dem Land, nicht abgeschlossen, und da sich weder auf Theas Rufen noch ihr Klopfen hin jemand zeigte, ging sie direkt zu Herrn Hörter – den Weg zum Schlafzimmer kannte sie ja inzwischen.

Nach wenigen Minuten hatte sie die Untersuchung beendet. Thea hatte das Haus schon wieder verlassen und wollte in den Opel steigen, als sie die Bäuerin durch das Küchenfenster am Tisch sitzen sah. Ihr Kopf war gesenkt, und sie wirkte irgendwie bedrückt. Thea zögerte, dann klopfte sie an die Hintertür und trat ein. Ein durchdringender Geruch von gebratenen Zwiebeln schlug ihr entgegen, wie oft auch auf anderen Höfen. Irgendwie schienen die Eifeler dieses Gemüse zu lieben.

»Guten Tag, Frau Hörter, ich war gerade bei Ihrem Mann ...« Sie reichte der Bäuerin die Hand.

»Ach, Frau Doktor!« Frau Hörter schreckte auf. »Ich hab Sie gar nicht kommen hören.« Ihre Augen waren gerötet, und Thea hatte den Eindruck, dass das nicht am Zwiebelbraten lag.

»Ich wollte Ihnen nur schnell sagen, dass es Ihrem Mann gut geht. Sie müssen sich keine Sorgen mehr um ihn machen. Morgen darf er für ein paar Stunden aufstehen.«

»Das ist schön.« Aber Frau Hörters Stimme klang eigentlich gar nicht, als ob sie sich freute. Und jetzt schimmerten Tränen in ihren Augen.

»Ist etwas nicht in Ordnung?«, fragte Thea besorgt.

»Ach, es ist nichts ...« Die Bäuerin wischte sich hastig über die Augen. Woraufhin die Tränen jedoch erst recht über ihre Wangen strömten und sie zu schluchzen begann.

»Darf ich mich setzen?«

Die Bäuerin deutete ein Nicken an, und Thea ließ sich auf einem Stuhl nieder.

»Möchten Sie mir vielleicht sagen, was Sie bedrückt?«, fragte sie, als sich Frau Hörter wieder etwas beruhigt hatte.

Diese schwieg und wischte sich mit ihrer Schürze über die Augen.

»Ich will Sie ganz bestimmt nicht bedrängen«, sagte Thea sanft. »Aber manchmal hilft es, sich auszusprechen. Und ich werde niemandem etwas erzählen. Das verspreche ich Ihnen.«

»Sie müssen mich für sehr dumm halten ...«

»Nein, gar nicht, ich habe schon oft in meinem Leben geweint.«

»Ich bin so froh, dass es dem Leonhard wieder besser geht! Aber … Aber … ich hab Angst, dass der Leonhard in ein paar Wochen wieder krank wird.« Die Bäuerin sah sie beschämt an.

»Warum das denn?« Thea verstand nicht.

Frau Hörter senkte den Kopf und strich mit der Hand über die Tischdecke. »Die letzten Jahre waren nicht ganz einfach für uns …« Ihr Blick wanderte zu zwei Fotografien auf dem Küchenbuffet. Aufnahmen von jungen Männern Anfang, Mitte zwanzig, beide mit einem Trauerflor versehen.

»Die jungen Männer sind Ihre Söhne, nicht wahr?«, fragte Thea leise.

»Ja, sie sind in Russland geblieben, 1943 und 1944. Der Werner wollt den Hof übernehmen, und der Jörg wollt Tierarzt werden. Und seit sie tot sind, ist mein Mann nicht mehr der Alte. Früher hat ihn nichts umgeworfen, er war stark wie ein Baum. Und jetzt, jetzt ist er ständig krank. Alle paar Wochen streckt ihn was nieder. Ich glaub, er will eigentlich gar nicht mehr.« Wieder traten ihr Tränen in die Augen.

»Sie meinen, er möchte eigentlich nicht mehr leben?«

»Er sagt so oft: Für wen rackern wir uns überhaupt noch ab? Wir hatten noch eine Tochter, das war die Zwillingsschwester von unserem Werner, sie ist mit fünf an Diphtherie gestorben. Wenn wir wenigstens Enkel hätten, denen wir den Hof übergeben könnten …« Frau Hörter seufzte. »Aber nach uns ist da niemand mehr. Und manchmal, wenn der Leonhard und der Knecht draußen auf den Feldern sind, dann ist es hier so still, dass ich es selbst kaum noch aushalt. Dann mach ich das Radio an, Hauptsache, ich hör irgendwas.«

»Das tut mir sehr leid.« Thea konnte die Frau – und vor allem Herrn Hörter – gut verstehen. Nach Hans' Tod war die Medizin ihr einziger Halt gewesen. Ohne sie hätte ihr wahrscheinlich auch der Lebensmut gefehlt.

»Dabei weiß ich ja, dass es andere noch viel schlimmer getroffen hat.« Die Bäuerin fuhr sich wieder über die Augen und schüttelte den Kopf. »Der Leonhard und ich, wir hatten all die Jahre wenigstens zu essen und ein Dach über dem Kopf.«

»Frau Hörter«, Thea berührte ihre Hand, »haben Sie und Ihr Mann denn schon einmal in Erwägung gezogen, ein Kind bei sich aufzunehmen? Durch den Krieg gibt es doch so viele Waisen.«

»Ich schon. Aber der Leonhard will das nicht. Er spricht das nicht aus, aber ich glaub, er denkt, dass es Unrecht gegenüber unseren Söhnen wär, wenn jemand ihren Platz einnimmt. Als ob wir sie jemals vergessen würden ...«

»Manchmal ändern Menschen ihre Meinung, wenn sie erst einmal Kontakt zu einem Kind haben und es lieb gewinnen.«

»Der Leonhard nicht. Für ihn waren unsere Söhne sein Ein und Alles.« Frau Hörter seufzte. »Aber danke, Frau Doktor, dass Sie mir zugehört und sich um den Leonhard gekümmert haben.«

»Das ist doch selbstverständlich.«

Frau Hörter zögerte. Hatte sie noch etwas auf dem Herzen? Nun gab sie sich einen Ruck. »Frau Doktor, möchten Sie vielleicht eine Tasse Kaffee mit mir trinken?«, fragte sie schüchtern.

Bisher hatte man ihr noch auf keinem Hof etwas zu essen oder zu trinken angeboten. Thea begriff, dass dies ein Zeichen von Akzeptanz und Wertschätzung war.

»Ja, gern«, erwiderte sie herzlich. Die Schwestern würden sicher verstehen, wenn sie etwas später kam.

Kapitel 9

Vom Gut der Hörters war es nicht weit bis zum Steinert-Hof, Theas letzter Station auf ihrer Besuchsrunde. Der starke Bohnenkaffee hatte ihr gutgetan und die Müdigkeit nach der durchwachten Nacht vertrieben. Und es hatte einfach Freude bereitet, mit Frau Hörter zu plaudern. Eigentlich war dies ihre erste Unterhaltung in Eichenborn gewesen, die sich nicht auf irgendeine Weise um medizinische Belange gedreht hatte – von den beiden Gesprächen mit dem Fotografen Axel Heimbach an ihrem ersten Abend im Dorf und während des morgendlichen Spaziergangs im Hohen Venn einmal abgesehen.

Wie in der Nacht empfingen Thea oben auf dem Berg wieder heftige Böen, und die Sicht war sehr klar. Das Wohnhaus aus grauen Steinen hatte einen hohen massiven Sockel und kleine Fenster, als wollte es durch diese Bauweise den Elementen trotzen.

Thea machte einen weiten Bogen um die Hühner, die auf der Wiese vor dem Haus herumpickten. Sie hatte die Eingangstür fast erreicht, als diese sich öffnete und die Schwiegermutter der jungen Frau heraustrat.

»Was haben Sie eigentlich mit dem Kleinen gemacht?«, fuhr die alte Frau sie an. »Sein Kopf ist ganz geschwollen, und er hat eine schlimme Gelbsucht!«

»Aber, das ist doch nicht möglich …«

»Oh doch, das ist es.«

Erschrocken ließ Thea die alte Bäuerin stehen und eilte zu dem Schlafzimmer. Agnes Steinert, die junge Mutter, saß im Bett und gab dem Kleinen die Brust. An seinem Hinterkopf befand sich noch die Beule von der Saugglocke, etwas, das häufig vorkam. Aber die Schwellung hatte sich nicht vergrößert. Und auch die Gelbfärbung der Haut und der Augen schien nicht ungewöhnlich intensiv zu sein. Thea atmete auf.

»Der Kleine scheint ja gut zu trinken«, sagte sie zu der jungen Frau.

»Ja, er hat die Brust gut angenommen.« Die Mutter sah sie unsicher an. »Aber ich mach mir Sorgen wegen der gelben Haut. Und die Schwester hat gesagt, die Beule wär schlimm.«

Also war Schwester Fidelis hier gewesen, obwohl das an diesem Tag nicht zu ihren Pflichten gehörte. Thea hatte die Nonne ja ausdrücklich durch Georg Berger wissen lassen, dass sie den Besuch übernehmen würde.

Sie versuchte, sich ihren Ärger nicht anmerken zu lassen. »Nein, die Größe der Beule ist ganz normal, in ein paar Tagen wird sie verschwunden sein. Und was die Gelbfärbung betrifft, sie kommt mir auch normal vor, aber ich werde den Kleinen trotzdem untersuchen.« Thea wollte ganz sicher sein, denn üblicherweise trat die Neugeborenengelbsucht erst am zweiten oder dritten Tag nach der Geburt auf.

Der Säugling protestierte, als die Mutter ihn Thea reichte. Aber er war wohl schon satt, denn er beruhigte sich schnell und ließ sich von ihr, ohne zu jammern, aus den Windeln wickeln und die Temperatur messen. Und obwohl er seinen Blick noch gar nicht fokussieren konnte, kam es ihr doch vor, als würde er sie aus seinen blauen Augen ansehen. Er hatte kein Fieber, und die Farbe seines Urins und des Stuhls waren nicht auffällig. Thea stellte Agnes Steinert noch ein paar Fragen – ob der Kleine Krampfanfälle gehabt oder schrill geschrien habe. Beides verneinte die Mutter.

»Auch wegen der Neugeborenengelbsucht müssen Sie sich also keine Sorgen machen«, sagte sie schließlich. »Geben Sie dem Kleinen möglichst häufig die Brust, das schwemmt die Gelbkörper aus. Und jetzt würde ich gern noch nach Ihrem Dammschnitt schauen.«

»Er tut mir weh.« Agnes Steinert seufzte.

»Trotzdem müssen Sie regelmäßig aufstehen und sich bewegen, damit Sie keine Thrombose bekommen. Das ist ganz wichtig.«

Der Dammschnitt heilte gut, und nachdem Thea den kleinen Sternengucker noch einmal bewundert hatte, verabschiedete sie sich.

Ein mit Girlanden geschmückter Leiterwagen zockelte auf der Hauptstraße von Eichenborn vor Thea her, als sie am späten Nachmittag endlich nach Hause fuhr. Die jungen Männer, die darin saßen, hielten Bierflaschen in den Händen und wirkten schon ziemlich angetrunken. Dörfler in Sonntagskleidung strömten zu dem Festplatz in den Wiesen. Und als Thea kurz darauf das Schlösschen erreicht hatte, war in der Ferne Blasmusik zu hören. Sie nahm den Korb mit der Ausbeute der heutigen Besuchsrunde – zwei kleine Päckchen mit ein paar Portionen Kaffee, eine Tüte voll Mehl, Butter, ein Brot und eine Wurst – aus dem

Kofferraum. Auf ihr Klopfen hin öffnete Georg Berger. Statt seines üblichen alten Pullovers und des abgewetzten Jacketts trug er tatsächlich einen Anzug und Hemd und Krawatte. Offensichtlich hatte er sich schon für die Kirchweih umgezogen.

Thea präsentierte ihm den Korb. »Hier, das ist die Bezahlung von heute. Ein Sack Kartoffeln liegt noch im Kofferraum.«

»Dann hole ich den mal.« Georg Berger ging über die kleine Brücke, an deren anderem Ende sie den Opel geparkt hatte, und holte die Kartoffeln aus dem Wagen. Den Sack auf die Schulter gewuchtet, kehrte er zurück.

»Kommen Sie mit rein.« Sein Tonfall war so barsch wie immer.

Bisher hatte Thea ihm dieses Honorar immer in der Praxis übergeben und war noch nie im Schlösschen gewesen. Deshalb sah sie sich unwillkürlich neugierig um, während sie ihrem Chef durch die Eingangshalle folgte. Ein Gemälde, von Wasserflecken und abblätternder Farbe verunstaltet, zierte die Decke, an dem riesigen Kronleuchter fehlten manche der geschliffenen Teilchen, und er war blind vor Staub. Trotzdem besaß die Eingangshalle wie schon das baufällige Äußere des Schlösschens einen ganz eigenen Liebreiz und kündete von einer lange vergangenen Welt voll Harmonie und Schönheit.

Die Küche war so groß, dass Theas Häuschen mühelos hineingepasst hätte. Der Herd hatte wahrhaft beängstigende Ausmaße, und dann der große Eichenholztisch, den sie schon am ersten Tag auf der Suche nach Georg Berger durch das Fenster gesehen hatte – ob er hier allein aß? Eine seltsame und auch irgendwie traurige Vorstellung. Das Buffet nahm mit seinen gigantischen Ausmaßen fast eine ganze Wand ein. Ein paar alte Teller aus Steingut und Porzellan steckten hinter den Holzstreben.

Jazzmusik war durch die offene Tür aus dem angrenzenden Wohnzimmer zu hören. Thea erhaschte einen Blick auf den Punchingball, einen gewaltigen Kamin und eine Mischung aus modernen und alten Möbeln. Der Raum, in den Georg Berger sie jetzt führte, war die Spülküche, die Thea ebenfalls schon vom Garten aus wahrgenommen hatte. Neben einem Becken aus Sandstein und einem neueren aus Porzellan stand auf einem hüfthohen Schrank eine Kochplatte. Außerdem gab es einen Tisch und zwei Stühle. Ihr Chef schien hier zu kochen und zu essen – und nicht in der eigentlichen Küche.

»Sie wohnen ziemlich feudal – Küche, Spülküche, Kronleuchter an der Decke …« Das war Thea einfach herausgerutscht.

»Der alte Kasten ist ziemlich marode.« Er zuckte mit den Schultern. »Aber wenigstens gibt es eine Zentralheizung – die meistens sogar funktioniert.«

»Was für ein Glück für Sie!« Thea dachte an den Herd in ihrem Häuschen, der die einzige Wärmequelle war. »Gehört das Anwesen eigentlich Ihnen?«

»Ja, mein Vorgänger war froh, es loszuwerden, und hat es mir billig verkauft. Einer seiner Vorfahren war so exzentrisch, oder so verrückt, das Schlösschen in diese Einöde zu bauen. Er wollte es wohl als Jagdschloss nutzen.« Georg Berger hatte den Sack auf dem Boden abgesetzt, und Thea stellte den Korb daneben. Draußen im Garten marschierte eine Gans flügelschlagend auf und ab und blickte drohend zu dem Fenster, als ob sie Thea wittern würde – falls Gänse einen Menschen überhaupt witterten. »Nehmen Sie sich von den Sachen, was Sie haben wollen.«

»Äh, ja …« Die Gans hatte Thea kurz abgelenkt. »Eins der kleinen Päckchen mit Kaffee und das Brot wären mir ganz lieb.«

»Gab es irgendwelche besonderen Vorkommnisse während der Besuchsrunde?«, erkundigte Georg Berger sich.

»Nein.« Thea wollte ihn nicht damit behelligen, dass Schwester Fidelis ihr offensichtlich nachspionierte.

»Gut. Die beiden Frauen, die seit heute Mittag in dem Häuschen herumwerkeln, sind das eigentlich Ihre Schwestern?«

»Ja, weshalb fragen Sie?« Thea war überrascht.

»Sie haben für ein ziemliches Aufsehen gesorgt. Vor allem, wie man mir sagte, die junge Dame mit den kastanienbraunen Haaren.« Um Georg Bergers Mund zuckte es.

»Was meinen Sie damit?«

»Nun, die männliche Dorfjugend ist fasziniert. Mir wurden die, zugegeben, nicht sehr originellen Bezeichnungen ›flotte Biene‹ und ›steiler Zahn‹ zugetragen.«

Was hatte das denn zu bedeuten? Thea fühlte ein nervöses Ziehen in der Magengrube.

Aus dem Fachwerkhäuschen scholl lauter Swing. Auf der Straße standen einige junge Burschen und rauchten. Thea hatte den Eindruck, dass sie verstohlen zu dem Häuschen blickten. Marlene, die Gummistiefel, dicke Lederhandschuhe und eine gefütterte Jacke trug, kniete im Garten und machte sich mit einer Hacke im Boden zu schaffen. Ihr Gesicht war vom Wind gerötet, und ein bisschen Erde klebte auf ihrer Wange. Sie sah glücklich aus. Neben ihr lag

Unkraut auf einem großen Haufen. Das Häuschen war von Brombeerranken, Efeu und wildem Wein befreit, und die frisch beschnittenen Rosenzweige wuchsen nun ungehindert an der Fachwerkwand empor. Ja, sie formten sogar einen Bogen über der Eingangstür.

»Marlene, du hast ja wahre Wunder gewirkt!« Thea half der Schwester auf die Füße. »Wie hast du das alles nur geschafft?«

»Liesel und Arthur haben mir geholfen.«

»Wirklich?«

»Ich habe sie mit der Aussicht auf Süßigkeiten und Karussellfahrten bestochen.« Marlene lachte. »Sie sind schon mal mit ein paar Dorfkindern zur Kirmes gerannt.«

»Ich bin eben meinem Chef begegnet. Er hat gesagt, meine Schwester mit den kastanienbraunen Haaren – also Katja – habe ein *ziemliches Aufsehen* erregt. Weißt du, was er damit meint?«

»Wenn du sie siehst, verstehst du es. Glücklicherweise war Vater heute Mittag aus dem Haus und hat sie nicht zu Gesicht bekommen.«

»Weiß er inzwischen eigentlich, dass ihr hier seid und mir helft?«

»Ja, ich habe es ihm heute Morgen schließlich doch erzählt. Ich fand es albern, es zu verschweigen. Und außerdem würde es ihm sowieso zugetragen werden.«

»Hat er etwas dazu gesagt?«

»Nein, kein Wort.« Marlene hob bedauernd die Hände.

Die Tür des Häuschens flog auf, und begleitet von durchdringendem Farbgeruch trat Katja auf die Schwelle. Die Köpfe der jungen Burschen fuhren zu ihr herum.

»Katja …« Thea starrte sie an. Die Schwester trug tat-

sächlich eine dieser verruchten Blue Jeans! Die dunkel-
blauen Baumwollhosen waren mit den amerikanischen Soldaten nach Deutschland gekommen und verkörperten für
die bürgerlichen Menschen Rebellion und Unmoral, bei
jungen Leuten waren sie dagegen sehr begehrt. Katja hatte
zudem durch eine in der Taille verknotete Bluse ihren Busen
betont. Sie sah aus wie ein Vamp, ein sehr verführerischer
Vamp.

»Komm herein.« Katja fasste Thea an der Hand und zog
sie zur Tür.

»Wo hast du denn die Bluejeans her? Angeblich sind die
doch nur sehr schwer zu bekommen!«

»Ich habe meine Beziehungen. Aber meine Hose ist im
Moment doch wirklich egal. Sieh dich um!« Katja vollführte eine ausladende Handbewegung.

Die Schränke neben der Spüle und das Buffet waren in
einem pastelligen Hellblau gestrichen. An den Fenstern hingen dazu passende zartgraue Gardinen mit einem stilisierten
Pflanzenmuster, und die Bezüge der Kissen auf der Bank
waren aus demselben Stoff genäht. Der ganze Raum wirkte
auf einmal frisch und strahlend. Als hätte der Frühling Einzug gehalten.

»Katja, wie schön! Wie hast du das bloß alles in der kurzen Zeit geschafft?« Thea war begeistert, nur um im nächsten Moment erschrocken innezuhalten. »Aber ich weiß
nicht, ob es meinem Chef recht ist, dass die Möbel gestrichen sind, sie gehören ja ihm.«

Katja verdrehte die Augen. »Ich habe ihn gefragt, und er
hat gesagt, solange wir das Häuschen nicht in Brand setzen,
können wir hier machen, was wir wollen.«

Was eine für Georg Berger typische Antwort war.

»Und was deine andere Frage betrifft: Ein paar junge Männer aus dem Dorf waren so nett, mir beim Streichen zu helfen.«

Deshalb also die Ansammlung von jungen Burschen vor dem Haus.

»Deine Matratze wurde vorhin übrigens auch geliefert, wir hatten das mit dem Händler so abgesprochen.« Marlene war zu ihnen getreten und deutete in eine Ecke. »Und in der Kiste dort ist ein bisschen Geschirr aus meinem Frankfurter Haushalt, ich brauche es nicht mehr. Du kannst es guten Gewissens annehmen«, kam sie Theas Protest zuvor.

»Danke, euch beiden!« Thea umarmte die Schwestern. »Das Häuschen ist so hübsch geworden!«

»Morgen ist die Farbe getrocknet.« Katja strahlte sie an. »Und jetzt sollten wir uns langsam umziehen, damit wir noch etwas von der Kirmes haben. Es ist ja schon bald sechs.« Sie steuerte auf eine Reisetasche neben der Eckbank zu und nahm ein Kleid heraus.

Thea war heilfroh, dass die Schwester nicht vorhatte, in den Jeans zu dem Dorffest zu gehen. Sie konnte sich nur zu lebhaft vorstellen, was das für ein Getratsche gegeben hätte.

»Ich ziehe mich oben schnell um.« Thea stieg die Treppe hinauf – und blieb auf der letzten Stufe gerührt stehen.

Auch hier hatten die Schwestern gewirkt. Ein Strauß mit Narzissen stand auf der Kommode vor Hans' Fotografie, und auf dem Bett, das nun endlich eine Matratze hatte – wie wunderbar würde es sein, auf dem weichen Untergrund zu schlafen! –, lag ein bunter Überwurf, passend zu den neuen Kissenbezügen.

Thea nahm ein grau-weiß gepunktetes Seidenkleid von dem Bügel an einem der Wandhaken und zog es an, ihr

Kleidungsstück für festlichere Gelegenheiten. Dazu wählte sie ein Paar graue Pumps sowie einen passenden Hut und Handschuhe.

Als sie vorsichtig in den selten getragenen Schuhen die steile Treppe hinunterstieg, schloss Marlene gerade einen Reißverschluss an Katjas Rücken. Lachend drehte sich die jüngere Schwester einmal um die eigene Achse.

»Na, wie sehe ich aus?«

»Sehr, sehr hübsch.« Thea lächelte. Sie meinte es ehrlich. Katja trug ein Kleid mit einem weiten, bauschigen Rock und ganz schmaler Taille. Der schimmernde dunkelrote Stoff mit dem schwarzen Blumenmuster passte perfekt zur Farbe ihrer Haare. »Und du siehst auch hübsch aus, Marlene.«

Marlene hatte sich wie immer für eine gesetztere Kleidung entschieden, ein elegantes beigefarbenes Kostüm und eine Seidenbluse mit einer breiten Schleife am Kragen.

»Und danke, dass ihr …« Thea wollte noch ergänzen: »… auch mein Schlafzimmer verschönert habt.« Aber Katjas gerunzelte Stirn und ihr kritischer Blick ließen sie ab-brechen.

»Ist etwas, Katja?«

»Willst du meine ehrliche Meinung wissen?«

»Ja natürlich.« Thea wusste nicht, worauf die Schwester hinauswollte.

»*Du* siehst nicht gerade hübsch aus.«

»Katja!« Marlene fuhr die Schwester an.

»Ach, es ist doch wahr. Thea zieht sich an, als wäre sie fünfzig und nicht dreißig. Dieses Kleid stammt bestimmt noch aus dem Krieg, und es ist ihr zu weit.« Sie zupfte an Theas Taille herum, wo der Stoff tatsächlich Falten schlug.

»Und die strenge Frisur und diese Hornbrille ... Damit sieht sie aus wie eine Eule.«

»Katja, jetzt reicht es wirklich. Wie kannst du so etwas sagen?«

Thea war zu verblüfft, um zu antworten. Zugleich war sie verletzt und ärgerlich.

Katja bemerkte wohl, was in ihr vorging, und legte ihr den Arm um die Schultern. »Thea, es tut mir leid. Das ist mir so herausgerutscht. Aber manchmal kommt es mir vor, als ob du dich absichtlich hässlich machst. Dabei bist du in Wahrheit doch attraktiv! Dein lockiges Haar und deine schönen Augen ... Aber durch den unvorteilhaften Haarknoten und die plumpe Brille kommt das überhaupt nicht zur Geltung.«

»Ich putze mich nun einmal nicht gern heraus.«

»Darum geht es überhaupt nicht.« Katja schüttelte den Kopf. »Deine Frisur und deine Kleider sollten dir stehen. Und dich nicht in ein geschlechtsloses Wesen verwandeln.«

»Katja ...«, versuchte Marlene, sich wieder einzuschalten.

Aber die Schwester ließ sie nicht zu Wort kommen. »Morgen in zwei Wochen ist doch mein einundzwanzigster Geburtstag. Was haltet ihr davon, wenn wir schon am Tag vorher zusammen wegfahren, nach Aachen oder Köln oder Düsseldorf, und uns ein paar neue Sachen zum Anziehen kaufen? Dann übernachten wir dort und machen uns einen schönen Sonntag.«

»Ich halte überhaupt nichts davon«, erwiderte Thea kurz angebunden. Sie war immer noch verletzt.

»Thea, du hast versprochen, dass du mit uns wegfahren wirst!« Katja sah sie so bittend an, dass ihr Ärger verschwand.

»Ja, aber das war, bevor ich hierhergekommen bin. Jetzt

bin ich ja in eurer Nähe.« Thea seufzte. »Ich möchte im Moment kein Geld für eine Hotelübernachtung ausgeben. Ganz zu schweigen von einem Einkaufsbummel. Ich weiß ja noch nicht einmal, ob ich mir nicht schon bald wieder eine Stelle suchen muss.«

»Wenn es nur darum geht, ich lade euch ein! Vater wird mir wie immer Geld zum Geburtstag schenken. Und ich habe auch etwas von meinem Gehalt gespart.«

Thea wechselte einen raschen Blick mit Marlene. Das war ja etwas ganz Neues. Früher hatte Katja nie Geld übrig gehabt.

»Thea, bitte!« Katja ergriff ihre Hände. »Es ist so lange her, dass wir zum letzten Mal meinen Geburtstag zusammen gefeiert haben, und ich möchte so gern mit euch wegfahren! Und es ist mein einundzwanzigster, ich werde endlich volljährig! Ich wünsche mir auch nichts anderes von euch. Um Vater musst du dir keine Gedanken machen. Denn er nimmt dann an einer mehrtägigen internationalen Konferenz in München teil. Eine große Sache, sogar mit Medizinern aus den USA. Wir haben schon abgesprochen, dass wir den Geburtstag nachfeiern werden. Und Frau Mageth kümmert sich bestimmt gern um Arthur und Liesel.«

Thea schüttelte den Kopf. »Katja, es tut mir leid, aber neben allem anderen kann ich meinen Chef nicht jetzt schon um ein freies Wochenende bitten.«

»Frag ihn doch wenigstens.« Katja drückte ihre Hände. »Versprich mir, dass du ihn fragst.«

»Gut, ich verspreche es«, gab Thea nach. Sie hatte ganz vergessen, wie beharrlich Katja sein konnte.

»Schön.« Katja strahlte wieder. »Dann sollten wir jetzt aufbrechen.«

Kapitel 10

Der Festplatz lag etwa zehn Minuten Fußweg entfernt auf einer Wiese zwischen dem Dorf und einem Wäldchen. Der Bach, der dort entlangfloss, war sicher derselbe wie der beim Schlösschen. Auf einem altertümlichen Karussell drehten Holzpferdchen ihre Kreise. Und es gab sogar einen Stand, an dem Zuckerwatte und gebrannte Mandeln verkauft wurden.

»Mama, Tante Katja, Tante Thea!« Liesel und Arthur rannten auf die drei Frauen zu. Die Gesichter der beiden glühten vor Aufregung. »Wir sind Karussell gefahren, und wir haben mit den Dorfkindern am Bach gespielt und … Dürfen wir noch mal Karussell fahren? Bitte!«

Thea legte die Arme um die beiden und zog sie an sich. »Hier …« Sie gab ihnen jeweils ein Geldstück. »Das ist für das Karussell und für Süßigkeiten. Aber verderbt euch nicht den Magen.«

»Danke!« Die beiden stürmten mit einer Schar Kinder davon.

»Ganz bestimmt ist ihnen später übel.« Marlene seufzte. »Erinnert ihr euch noch an den Jahrmarkt in Dresden, nach dem uns bei der Heimfahrt in der Straßenbahn so richtig schlecht war von all dem Eis und den kandierten Äpfeln und der Zuckerwatte? Katja hat sich sogar übergeben. Vater war außer sich.«

»In meiner Erinnerung habe nicht *ich* mich übergeben, sondern Thea.« Katja hakte die Schwestern gut gelaunt unter. »Auf ins Getümmel!«

Das Festzelt war fast bis auf den letzten Platz besetzt. Neugierig blickte Thea sich um, während sie es mit den beiden anderen durchquerte. Neben dem Tanzboden spielte eine Kapelle Schlagermusik. Die Klänge mischten sich mit dem Reden und dem Lachen der Festbesucher zu einem ohrenbetäubenden Geräuschteppich. Es roch nach Bier, und Schwaden von Zigaretten- und Zigarrenrauch waberten durch die Luft. An beiden Seiten des Zeltes befanden sich Stände. Es gab eine Tombola. An anderen wurden selbst gebackener Kuchen, Eintopf und Würstchen verkauft. Darüber hingen Banner mit der Aufschrift, dass die Erlöse dem Wiederaufbau des Kirchturms zugutekamen.

Schwester Fidelis saß bei einigen weiteren Ordensschwestern, vor sich einen Bierhumpen, und schien sich offensichtlich gut zu amüsieren.

Dicht vor dem Tanzboden erhob sich nun eine mehrköpfige Familie von den Bänken.

»Nichts wie hin!« Katja spurtete mit ihren Stöckelschuhen los und ließ sich auf der einen Bank nieder. Thea und Marlene nahmen ihr gegenüber Platz.

Ganz in der Nähe entdeckte Thea jetzt auch Georg Berger. Zu den Männern, die bei ihm saßen, gehörte ein Pfarrer, leicht erkennbar an seinem schwarzen Anzug und dem weißen Priesterkragen. Die anderen Herren zählten wohl ebenfalls zu den Honoratioren des Dorfes. Und da sie, Thea, schon einmal hier war, konnte sie sich ihnen auch vorstellen. Vielleicht verschaffte ihr das ja eine größere Akzeptanz bei den Dorfbewohnern.

»Ich bin gleich zurück.« Thea schob sich an einem jungen Burschen vorbei, der hoffnungsvoll auf Katja zusteuerte. Ihr Chef bemerkte sie, als sie an seinen Tisch trat, und unterbrach sein Gespräch mit dem beleibten Herrn neben ihm.

»Bürgermeister, Hochwürden, darf ich Ihnen meine neue Mitarbeiterin und Kollegin Frau Dr. Graven vorstellen? Dr. Graven – Bürgermeister Adam und Hochwürden Pfarrer Biber. Und dies sind Herr Unger, der Dorflehrer, und Herr Michalski, der Feuerwehrhauptmann.« Er wies auf die anderen Männer in der Runde. »Möchten Sie sich nicht zu uns setzen?«

Die Herren standen auf. »Sehr erfreut …« Höfliches Gemurmel erklang.

»Ich möchte nicht stören, ich wollte mich nur kurz bekannt machen.« Thea fühlte sich plötzlich befangen. »Ich bin mit meinen Schwestern hier.«

»Schön, Sie kennenzulernen, Frau Doktor.« Der Bürgermeister musterte sie sichtlich skeptisch und reichte ihr schließlich die Hand. »Nun, eine Ärztin, das ist wirklich sehr fortschrittlich. Aber unser Dr. Berger hat ja oft ungewöhnliche Einfälle.«

Thea dachte noch, dass *fortschrittlich* in seinem Mund ein bisschen so klang, wie wenn konservative Politiker von *Sozialismus* sprachen, als der Pfarrer seine Zigarre aus dem Mund nahm und sich vorbeugte. Hinter einer Hornbrille mit dicken Gläsern zwinkerten seine Augen kurzsichtig. »Frau Doktor, ich habe sagen hören, dass Sie die Tochter von Herrn Professor Kampen sind?«

Dann hatte sich das also endgültig herumgesprochen. »Ja, das stimmt.« Thea nickte.

»Nun, er ist zwar Protestant, aber ein sehr prinzipientreuer, aufrechter Mann, für den Werte und Moral wirklich noch etwas zählen – ich hatte die Freude, ihm bei einigen offiziellen Anlässen zu begegnen. Seinen Vortrag über ›Christliches Ethos und die Medizin von heute‹ fand ich sehr gelungen. Und er soll ein Mediziner sein, dem der sonntägliche Gottesdienstbesuch am Herzen liegt. Was leider nicht bei allen Ärzten der Fall ist.« Der Pfarrer bedachte Georg Berger mit einem tadelnden Seitenblick. Thea hatte also richtig vermutet, er war kein eifriger Kirchgänger.

»Ähm, ja … Meinem Vater ist der Glaube sehr wichtig«, stimmte sie dem Pfarrer zu.

»Es wäre doch sicher sehr bereichernd gewesen, mit Ihrem Vater in der Klinik zusammenzuarbeiten …?«

Wusste der Pfarrer von dem Streit mit ihrem Vater vor dem Krankenhaus? Aber er lächelte sie eigentlich ganz arglos an. »Nun, ich …«, begann Thea und suchte nach einer Ausrede.

»Frau Dr. Graven möchte mit der Allgemeinmedizin vertraut werden und den Alltag in einer Landarztpraxis kennenlernen«, kam ihr Georg Berger unerwartet zu Hilfe.

Thea schluckte. »Ja, so ist es.«

»Das verstehe ich.« Der Blick des Pfarrers wurde wieder wohlwollend.

Doch Thea fand es an der Zeit, sich zu verabschieden. »Dann wünsche ich den Herren noch einen schönen Abend«, sagte sie rasch und ergriff die Flucht.

»Und, haben dich die Männer in Eichenborn willkommen geheißen?« Katja war verschwunden, aber Marlene erwartete sie an ihrem Tisch.

»Wie man's nimmt. Sehr enthusiastisch war der Empfang nicht gerade. Und der Pfarrer schätzt Vater sehr.« Thea seufzte und blickte dann zur Tanzfläche, wo Katja herumwirbelte.

»Unsere kleine Schwester scheint sich gut zu amüsieren.«

»Ja, kaum war ein Tanz zu Ende, hat sie schon ein anderer Kavalier aufgefordert. Einmal haben sich zwei junge Männer wegen ihr fast gestritten.« Marlene lachte. »Was hältst du davon, wenn ich uns etwas zu essen hole?«

»Ja, gern. Soll ich mitkommen?«

»Das schaffe ich schon allein.«

Thea war ganz froh, sitzen bleiben zu können, denn die Müdigkeit nach der bei der Gebärenden verbrachten Nacht und dem Arbeitstag machte sich nun wieder bemerkbar. Müßig ließ sie ihren Blick durch das Zelt schweifen. Er blieb an Georg Berger hängen. Ihr Chef unterhielt sich wieder mit seinen Tischnachbarn. Sie schienen ihn als einen der Ihren zu akzeptieren. Und doch war da etwas, was ihn von den anderen unterschied. Eine gewisse Skepsis der Welt und den Menschen gegenüber? Thea konnte es nicht recht benennen. Belustigt registrierte sie, wie einige junge Frauen dem Arzt begehrliche Blicke zuwarfen. Ihn zum Tanz aufzufordern traute sich jedoch keine.

Nun trat ein großer, breitschultriger Mann, der kurz geschorenes graues Haar und einen Bart hatte, an den Tisch und wechselte einige Worte mit dem Bürgermeister. Georg Berger unterbrach sein Gespräch mit dem Lehrer und schaute auf. Er und der grauhaarige Mann sahen sich an. Irgendetwas ging zwischen ihnen vor. War das eine kalte Wut, die in Georg Bergers Augen aufleuchtete? Eine stumme Drohung, dass der Mann es ja nicht wagen sollte, sich am Tisch niederzulassen? Jedenfalls nickte der jetzt dem Bürgermeister und dem Pfarrer zu und ging davon.

»Frau Dr. Graven, wie schön, Sie wiederzusehen!« Eine irgendwie bekannte Stimme erklang neben ihr. »Und? Wie gefällt Ihnen das Dorftreiben denn so?«

Thea wandte den Kopf. Ein attraktiver Mann mit einem Schnurrbart und dunklen Augen war zu ihr getreten. Ein Fotoapparat hing ihm um den Hals. Natürlich, Axel Heimbach, der Fotograf und Maler, dem sie an ihrem ersten Abend in Eichenborn im Dorfgasthof und dann am nächsten Morgen im Hohen Venn begegnet war.

»Oh, hallo, sind Sie etwa zum Arbeiten hier?« Sie reichte ihm die Hand.

»So ist es. Ich fotografiere für die Lokalpresse und für mein persönliches Archiv.«

»Ehrlich gesagt, ist das meine erste Kirmes in einem Dorf.«

»Sie hören sich nicht gerade begeistert an.« Er lachte.

»Ich mag große Feste und laute Musik nicht so sehr.«

»Hätten Sie vielleicht trotzdem Lust, mit mir zu tanzen?«

Einen Moment lang war Thea überrumpelt, dann schüttelte sie den Kopf. »Es ist nett, dass Sie mich fragen. Aber nein, es tut mir leid, ich fürchte, ich bin völlig aus der Übung.« Das letzte Mal hatte sie mit Hans getanzt, bei seinem letzten Heimaturlaub von der Front, und sie war nicht in der Stimmung, auf dieser Kirmes mit einem anderen Mann wieder damit zu beginnen.

»Vielleicht sehen wir uns ja noch mal im Venn.« Axel Heimbach schien ihr nicht übel zu nehmen, dass sie ihm einen Korb gegeben hatte. »Das würde mich freuen.«

»Ja, mich auch. Es war nett, Sie zu treffen.« Thea meinte es ehrlich.

»Ganz meinerseits.« Axel Heimbach nickte ihr zu und bahnte sich dann einen Weg zwischen den Biertischen hindurch.

»Wein gab es nicht, und ich dachte, dir und Katja ist Apfelwein wahrscheinlich lieber als Bier.« Marlene stellte drei Gläser auf den Tisch und nahm Liesel einen Teller voller Brötchen und Arthur einen mit Würstchen und Frikadellen ab. Anscheinend hatten die Kinder sehen wollen, was die Erwachsenen so trieben, und Marlene hatte sie zum Tragen eingespannt.

»Dürfen wir uns noch eine Limonade kaufen, Mama?« Die beiden sahen sie flehend an.

»Ja, aber nur noch jeder eine.« Marlene seufzte.

»Danke, Mama.« Die beiden griffen nach Frikadellen und Würstchen und Brötchen und verschwanden wieder eilig in der Menge.

Marlene blickte ihnen nach, dann drehte sie sich wieder Thea zu. »Woher kennst du denn Herrn Heimbach?«

»Ich bin ihm an meinem ersten Abend im Dorfgasthof begegnet und dann am Morgen darauf im Moor. Er hatte eine Staffelei dabei und hat gemalt. So sind wir ins Gespräch gekommen.« Dankbar nahm Thea ein Brötchen und eine Frikadelle und tunkte sie in den Senf. Dann trank sie von ihrem Apfelwein. »Und woher kennst *du* ihn?«

»Ich habe Fotos von mir und den Kindern in seinem Atelier machen lassen, für meine Schwiegereltern. Sie sind sehr schön geworden. Aber er hat einen gewissen Ruf …«

»Inwiefern?« Thea biss in die Frikadelle. Ach, sie hatte wirklich einen Bärenhunger!

»Na ja, er soll ein ziemlicher Casanova sein.« Marlene lächelte. »Und die Frauen laufen ihm nach. Nach dem Krieg war er angeblich in Schwarzmarktgeschäfte verwickelt. Aber ich habe keine Ahnung, ob das wirklich wahr ist.«

»Stimmt, er hat etwas Verwegenes.« Thea lächelte. »Aber ich finde ihn eigentlich ganz sympathisch.«

Katja hatte den Tanzboden verlassen und kam jetzt zu ihnen.

»Habe ich einen Durst!« Sie fächelte sich mit der Hand Luft zu und trank hastig von dem Apfelwein.

»Du solltest der Tanzfläche nicht zu lange fernbleiben. Du erntest jetzt schon sehnsüchtige Blicke«, bemerkte Marlene süffisant. Tatsächlich trieben sich bereits wieder ein paar junge Männer in der Nähe ihres Tisches herum.

Katjas Glas war fast schon leer, und auch Thea und Marlene hatten dem Apfelwein gut zugesprochen.

»Jetzt bin ich an der Reihe mit den Getränken.« Thea stand auf. »Katja, willst du noch ein Glas? Ja? Und du, Marlene?«

»Bitte einen Saft. Ich merke den Alkohol jetzt schon«, erwiderte Marlene. »Ich muss ja noch fahren.«

Auf dem Weg zu dem Getränkestand machte sich plötzlich Theas Blase bemerkbar, und sie fragte eine Frau nach der Toilette. Die sei in »der Baracke« wurde ihr beschieden.

Draußen war es schon dunkel, aber immer noch recht mild. Bunte Glühbirnen blinkten an dem Karussell. Die Baracke war, wie der Name schon sagte, ein behelfsmäßiger Flachbau. Stromkabel verliefen von dort über die Wiese. Es gab eine Toilette für Frauen und eine für Männer.

Sehr Vertrauen erweckend sah das Ganze nicht aus, aber wenigstens war es kein Plumpsklo. Thea hatte die Strapse gerade wieder an ihren Nylonstrümpfen befestigt, als in dem Vorraum Frauenstimmen erklangen.

»Es ist doch wirklich schamlos, wie sich die Schwester dieser Frau Doktor den jungen Burschen an den Hals wirft«, sagte die eine.

»Und aufgetakelt ist sie wie ein Flittchen«, antwortete eine andere. »Ganz grell geschminkt und der Ausschnitt so tief, da kann man ja fast den Busen sehen! Ich hab gehört, dass sie sich in Monschau in verrufenen Spelunken herumtreiben soll ...«

Ach herrje! Thea öffnete die Toilettentür. Die beiden jungen Frauen erkannten sie und starrten sie verlegen an.

»Damit das klar ist«, sagte Thea ruhig. »Meine Schwester hat einfach gern Spaß, und sie wirft sich niemandem an den Hals. Das hat sie nämlich nicht nötig. Und ein Flittchen ist sie schon gar nicht. Haben Sie das verstanden?«

Die beiden jungen Frauen senkten ihre Köpfe. »Entschuldigen Sie bitte«, murmelten sie schließlich.

»Gut, dann wäre das ja geklärt.« Thea wusch sich rasch die Hände und ließ die jungen Dinger dann stehen. Wie es aussah, trug der Besuch auf der Kirmes leider nicht gerade dazu bei, ihr Ansehen in Eichenborn zu verbessern.

Thea entdeckte Liesel und Arthur auf den Karussellpferdchen und winkte ihnen zu. Ihre Stimmung besserte sich schlagartig. Lächelnd beobachtete sie, wie sich das Karussell langsam zu den Klängen von Leierkastenmusik in Gang setzte. Ja, es war so schön, die beiden jetzt öfter zu sehen. Vielleicht konnte sie ja einmal einen Ausflug mit ihnen unternehmen.

Thea wollte schon weitergehen, als plötzlich ein korpulenter Mann vorschoss und einen Jungen von einem Pferdchen zerrte. »Du verdammter Bengel!«, brüllte er. »Du wirst nicht noch mal umsonst auf meinem Karussell mitfahren!«

Er schüttelte das Kind grob und holte zu einer Ohrfeige aus.

»Nein, nicht ...« Thea trat vor, um dem Mann in den Arm zu fallen.

In dem Moment schrie der Karussellbesitzer auf und hielt sich die Hand. Der Junge hatte ihn gebissen. Ein anderer Mann versuchte ihn festzuhalten. Aber das Kind trat ihm gegen das Bein, schlug blitzschnell einen Haken und rannte dicht an Thea vorbei.

Im Licht des Karussells leuchtete sein Haar ganz hell, fast weiß. Es war der Junge, der im Morgennebel auf einmal zwischen den Büschen im Moor aufgetaucht war. Sein kleines Gesicht war hart und verbissen, strahlte jedoch auch eine Verlorenheit aus, die Thea ans Herz griff. Ehe sie reagieren konnte, war der Junge schon in der Dunkelheit verschwunden.

An dem Getränkestand im Zelt hatte sich eine Schlange gebildet, denn anscheinend musste ein leeres Bierfass ausgetauscht werden. Erst nach einer Weile erhielt Thea ihre Gläser mit Apfelwein und Saft und ging wieder zurück zu ihren Schwestern.

Sie hatte den Tisch fast erreicht, als das laute, durchdringende Geheul eines Kindes die Tanzmusik übertönte. Thea drehte sich um. Eine finster dreinblickende Frau hatte den Arm um einen kleinen Jungen gelegt, der unter einem improvisierten Kopfverband heftig blutete. Ihre andere Hand lag schwer in Arthurs Nacken. Sie schubste ihn vorwärts und marschierte auf Marlene zu. In ihrem Schlepptau folgten Liesel und ein paar andere Kinder.

»Ist das Ihr Sohn?« Die Frau deutete anklagend auf Arthur, der den Kopf hängen ließ.

»Ja, was ist denn geschehen?« Marlene erhob sich erschrocken von der Bierbank.

»Ihr missratener Bengel hat meinen Kleinen mit einem Stein beworfen.«

»Aber…« Aufgebracht wandte sich Marlene ihrem Sprössling zu.

»Der Junge hat Arthur einen evangelischen Bankert genannt«, mischte sich Liesel empört ein.

Gerade war ein Musikstück zu Ende, und die Kapelle hörte auf zu spielen, während die Tanzenden ihre Partner wechselten. Thea stellte die Gläser schnell auf den Tisch. Sie hatte das Gefühl, dass sich alle Blicke im Festzelt auf Marlene, die Kinder und sie selbst richteten.

»Darf ich mir die Kopfverletzung einmal anschauen?«, fragte sie begütigend und bückte sich zu dem Kind. »Wunden am Kopf bluten immer stark. Wahrscheinlich sieht es schlimmer aus, als es ist.«

»Sie rühren meinen Jungen nicht an!« Die Frau riss ihren Sohn an sich, als wäre Thea ein Ungeheuer. »Sie sind schuld, dass das Kind von der Agnes Steinert ganz verunstaltet auf die Welt gekommen ist und dass es eine schlimme Gelbsucht hat!«

Einen Moment lang war Thea sprachlos.

Ein würgendes Geräusch ertönte. Und nun übergab sich Arthur auch noch auf den Boden, direkt vor die Füße der Frau.

Nein, der Kirmesbesuch war wirklich alles andere als ein Erfolg, dachte Thea grimmig, als sie kurz vor zehn zu ihrem nächsten Nachtdienst ging.

Sie war niedergeschlagen und todmüde. Diese Nacht

noch, dann war Georg Berger an der Reihe, und sie konnte hoffentlich wieder einmal ausschlafen. Von ihrer Arbeit im Krankenhaus war sie ja Nachtdienste gewohnt. Aber dort war sie eigentlich immer sofort eingeschlafen, wenn sie sich im Arztzimmer auf die Pritsche gelegt hatte. Hier jedoch fand sie oft lange keine Ruhe, nachdem sie von einem Patienten zurückgekehrt war. Die schwierigen Fahrten zu den Bauernhöfen im Dunkeln, die Kranken, die viel lieber ihren Chef als sie gesehen hätten, das alles beschäftigte sie meist noch lange, wenn sie in die Praxis zurückgekehrt war.

Zu Theas Überraschung brannte in Georg Bergers Sprechzimmer Licht. Und tatsächlich war er damit beschäftigt, medizinische Instrumente aus dem Sterilisationsapparat zu nehmen. Er war mit dem verletzten Kind und der erbosten Mutter zur Praxis gegangen, um die Kopfwunde zu versorgen, und sie hatte seitdem noch keine Gelegenheit gehabt, mit ihm zu sprechen. Sicher hatte ihm die Szene im Festzelt überhaupt nicht gefallen. Denn es war ja gut möglich, dass nun noch mehr Patienten ihretwegen die Praxis mieden.

»Guten Abend.« Befangen blieb Thea an der Tür des Sprechzimmers stehen. »Die Kopfwunde des Jungen war hoffentlich nicht schlimm?«

»Nein, mit zwei, drei Stichen war sie genäht.«

»Hören Sie … Mit Agnes Steinerts Baby ist wirklich alles in Ordnung. Ich habe heute Nachmittag ja nach ihr und dem Neugeborenen gesehen. Bei der ›schlimmen Verunstaltung‹ handelt es sich um ein Kephalhämatom, verursacht durch die Saugglocke. Und die Neugeborenengelbsucht liegt im Moment völlig im Rahmen des Normalen.«

»Ich habe auch nicht ernsthaft angenommen, dass Sie ein

kleines Monster auf die Welt geholt haben.« Georg Bergers Stimme klang trocken.

Thea war nicht in der Stimmung für Ironie. »Aber die Dörfler werden doch bestimmt der aufgebrachten Mutter des Jungen glauben.«

Georg Berger klappte einen Metallkasten mit medizinischem Besteck zu und lehnte sich an den Rand des Schreibtischs. »Nehmen Sie sich das nicht zu Herzen.« Die Ironie war aus seiner Stimme gewichen, er klang ruhig und bestimmt. Er schien ihr den Vorfall nicht übel zu nehmen.

»Das ist leicht gesagt«, erwiderte sie erstaunt.

»Die alte Frau Steinert ist eine üble Klatschbase, und die Mutter des verletzten Jungen, ihre Nichte, ist nicht viel besser. Das ist im Ort allseits bekannt. Ich hatte die Praxis erst ein paar Monate übernommen, da hat die alte Frau Steinert schon überall verbreitet, ich sei schuld, dass sie ihren Arm fast wegen einer Blutvergiftung verloren hätte. Dabei war sie einfach zu geizig, mich rechtzeitig aufzusuchen. Wenn es damals die Sulfonamide noch nicht gegeben hätte, wäre sie wahrscheinlich gestorben.«

»Ja, die Sulfonamide waren ein Anfang.« Thea nickte. Sie waren ein Vorgänger des Penicillins gewesen, wenn auch längst nicht so wirkungsvoll.

»Also, wie gesagt, zerbrechen Sie sich nicht länger den Kopf über dieses Gerede.«

Thea vermutete, dass auch Schwester Fidelis zu dem Gerücht beigetragen hatte. Aber sie wusste es nicht genau. Und Georg Berger glaubte ihr und wollte sie tatsächlich aufmuntern. Nur das zählte jetzt. »Ich werde versuchen, Ihren Rat zu beherzigen«, sagte sie. »Und danke, dass Sie mir beigestanden haben, als der Pfarrer fragte, warum ich

eigentlich nicht mit meinem Vater im Monschauer Krankenhaus arbeite.«

»Na ja, ich konnte es nicht zulassen, dass Ihr Ruf beim
Herrn Hochwürden ruiniert ist. *Das* wäre nicht gut für die
Praxis.« Er zuckte mit den Schultern, seine Stimme klang
barsch. Kaum war er einmal nahbar gewesen, fuhr er schon
wieder seine Stacheln aus.

»Da wäre noch etwas …« Sie konnte das mit dem freien
Wochenende auch jetzt zur Sprache bringen. Dann hatte sie
ihr Versprechen Katja gegenüber erfüllt. »Meine jüngere
Schwester hat morgen in zwei Wochen Geburtstag, und ich
weiß, dass meine Bitte ziemlich unbescheiden ist, schließlich arbeite ich dann ja erst knapp vier Wochen in der Praxis. Aber ich möchte trotzdem fragen, ob ich mir an dem
Wochenende vielleicht freinehmen darf. Wir haben schon
so lange keinen Geburtstag mehr miteinander gefeiert, und
es ist Katjas einundzwanzigster, und sie wünscht sich das so
sehr.«

Georg Berger zögerte. »Tja, an dem Wochenende bin ich
bei einer Fortbildung in Mainz.«

»Ich dachte mir eigentlich schon, dass es nicht geht.«
Irgendwie war Thea nun doch enttäuscht.

»Aber wegen der Fortbildung wird mich der Kollege
Frielingsdorf aus Simmerath vertreten. Ich habe ganz vergessen, ihm Bescheid zu geben, dass ich jetzt ja eine Mitarbeiterin habe. Also, von mir aus können Sie sich freinehmen.«

»Ach, das ist schön, danke! An welcher Fortbildung nehmen Sie denn teil?« Theas medizinisches Interesse hatte sie
zu der Frage hingerissen. Er würde diese fachliche Wissbe-
gierde doch hoffentlich nicht als zu persönlich empfinden?

»Dabei geht es um körperliche und seelische Folgen des Krieges und deren Behandlung.«

»Oh, ich wusste gar nicht, dass zu den psychischen Folgen geforscht wird?« Thea war überrascht.

»Sie hören sich skeptisch an. Sind Sie etwa auch der Ansicht, wie viele unserer Kollegen, dass die menschliche Seele nahezu unbegrenzt belastbar ist?« Die Verachtung in Georg Bergers Stimme war unüberhörbar.

Dies war zurzeit tatsächlich die vorherrschende Meinung in der Medizin. »Nun ja, sicher nicht *unbegrenzt belastbar*«, erwiderte Thea vorsichtig. »Aber die meisten Menschen haben doch nach dem Krieg wieder ganz gut ins Leben zurückgefunden. Und überall geht es voran.«

»Und Sie glauben tatsächlich, dass hinter all den wiederaufgebauten Häusern, den vollen Läden und den neuen Autos keine Dämonen lauern?«

»Ja, ich glaube schon, dass die meisten Menschen den Krieg ganz gut verkraftet haben.«

»Wenn Sie das so sehen wollen …« Georg Berger starrte einen Moment lang vor sich hin, dann stieß er sich von dem Schreibtisch ab. »Na ja, ich wünsche Ihnen einen ruhigen Nachtdienst. Und denken Sie bitte daran, mir wieder eine Notiz zu hinterlassen, wohin und wann Sie zu einem Patienten gerufen wurden.« Gleich darauf fiel die Praxistür hinter ihm zu.

Thea schlug das Feldbett in ihrem Sprechzimmer auf und legte sich hin. In der Ferne war die Kirmesmusik zu hören. Der Vater hatte der Psychologie immer sehr skeptisch gegenübergestanden und ihre Professoren im Studium und die Chefärzte in Hamburg ebenfalls. Diese Skepsis hatte sie, ohne sie zu hinterfragen, übernommen. Doch auch renommierte und erfahrene Ärzte waren nicht unfehlbar. Das hatte sie ja kürzlich bitter erfahren müssen. Hatte Georg Berger recht, und der Krieg hatte doch viel tiefere seelische Wunden hinterlassen, als es die offizielle Lehrmeinung suggerierte? Trotz ihrer Müdigkeit konnte sie nicht einschlafen.

Gegen elf wurde es endlich still auf dem Kirmesplatz. Kurz darauf klopfte es an der Eingangstür der Praxis.

Als Thea öffnete, stand ein junges Mädchen davor. Sein Gesicht war hochrot, und aus seinen blonden Zöpfen hatten sich Strähnen gelöst, als wäre es ein ganzes Stück gerannt.

»Meine Mutter ...« Sie rang keuchend nach Atem.

»Ja? Was ist denn mit ihr?«

»Sie hat ... sie hat seit gestern ganz hohes Fieber. Aber sie will nicht, dass ich einen Arzt rufe, denn ... Wir haben kein Geld. Aber ich mach mir solche Sorgen.«

»Wie heißt du denn?«

»Eva ... Eva Meixner.«

»Eva, ich hole nur meinen Mantel und die Arzttasche«, sagte Thea beruhigend. Im Sprechzimmer schrieb sie rasch eine Notiz für Georg Berger. Dann kehrte sie zu Eva Meixner zurück.

Das junge Mädchen dirigierte Thea zu einem Anwesen, das am entgegengesetzten Ende des Dorfes gelegen war, nicht weit entfernt von den ausrangierten Eisenbahnwaggons. Eine hohe Mauer umgab es. Während Thea den Opel auf dem Hof parkte, nahm sie ein großes Wohngebäude aus Fachwerk und etliche weitläufige Stallungen wahr. Der ihr inzwischen vertraute Geruch nach Mist und Tierleibern hing in der Luft. Ein Hund bellte, verstummte dann jedoch wieder, als das junge Mädchen ihm etwas zurief.

Ein Anbau aus Holz grenzte an einen Stall. Dort stieß Eva eine windschiefe Tür auf. Thea folgte ihr in eine Küche, gegen die ihre eigene luxuriös war – der Boden bestand aus gestampftem Lehm, und die Fenster waren winzig –, und dann in eine Kammer, eigentlich eher ein Verschlag. Dort brannte eine Karbidlampe.

Eine Frau lag auf einem Feldbett, und ein vielleicht acht oder zehn Jahre altes Kind – vermutlich Evas Schwester, so ähnlich sahen sich die beiden mit ihren sommersprossigen Gesichtern und den Stupsnasen – kauerte daneben auf einer Matratze.

Ängstlich sah die Kleine Eva an. »Die Mama hat sich die ganze Zeit hin und her gewälzt, und sie hat gestöhnt«, flüsterte sie. Wie um sich zu trösten steckte sie den Daumen in den Mund, obwohl sie dazu eigentlich schon zu alt war.

»Frau Meixner«, Thea trat an das Bett und berührte die Kranke an der Schulter, »mein Name ist Thea Graven. Ich bin Ärztin, Ihre Tochter Eva hat mich geholt.«

Frau Meixner riss die Augen auf. »Aber sie hätte doch nicht ...«

»Machen Sie sich um die Bezahlung keine Sorgen«, unterbrach Thea sie entschieden. »Und jetzt möchte ich Ihr Fieber messen.« Notfalls kam sie selbst für das Honorar auf.

Das Fieberthermometer zeigte über vierzig Grad an. »Hol bitte kaltes Wasser«, wandte sie sich an das junge Mädchen. »Und du«, sagte sie zu der Kleinen, »bring mir bitte eine Schüssel und einen Krug und ein paar Tücher. Schaffst du das?« Die Kleine nickte ernst und verließ mit ihrer Schwester den Verschlag.

Thea hörte die Lunge der Kranken ab – nichts deutete auf eine Entzündung hin. An Husten oder Schnupfen, beides erste Hinweise auf einen grippalen Infekt, litt sie ebenfalls nicht. Und Theas Fragen nach Schmerzen beantwortete die Frau mit einem matten Nein. Nun, was auch immer die Ursache des Fiebers war, zuerst einmal war es vordringlich, es zu senken. Sie gab der Patientin Aspirin, und danach – die beiden Mädchen hatten ihr inzwischen das Gewünschte gebracht – tauchte sie die Tücher in das kalte Wasser und wickelte sie um die Waden der Kranken.

Die Schwestern warteten in der Küche, sie hatten die Arme umeinander gelegt. »Ich bleibe noch ein bisschen, um zu sehen, ob das Fieber zurückgeht«, sagte Thea freundlich. »Aber ihr beide solltet nicht in einem Raum mit eurer Mutter schlafen, solange sie krank ist. Kommt, ich helfe euch, eure Matratze hierherzutragen.«

»Wird unsere Mama denn wieder gesund?«, flüsterte die Kleine.

»Ja, ganz sicher«, erwiderte Thea.

»Die Mama hat gesagt, wir haben kein Geld für den Doktor, aber ich hab das hier.« Das Kind zog eine Tafel Schokolade mit einer französischen Aufschrift aus seiner Schürzentasche und reichte sie schüchtern Thea.

»Aber Heidi, was soll denn das?« Eva seufzte. »Das ist doch keine Bezahlung für einen Arzt.«

»Das ist sehr lieb von dir, aber es ist nicht nötig. Die Schokolade gehört dir und deiner Schwester.« Thea strich der Kleinen über den Kopf. Und nachdem sie den beiden geholfen hatte, sich ein Bett in der Küche zu bauen, kehrte sie in den Verschlag zurück und setzte sich auf einen Schemel neben die Kranke. Diese schien zu dösen. Thea blickte auf ihre Armbanduhr. In einer halben Stunde würde sie noch einmal das Fieber messen und die Wadenwickel wechseln. Sie lehnte ihren Rücken gegen die Wand. Bilder von der Kirmes blitzten vor ihrem inneren Auge auf. Katja, die auf dem Tanzboden herumwirbelte. Das milde lächelnde Gesicht des Pfarrers. *Ihr Vater ist ein prinzipientreuer, aufrechter Mann...* Das schmale, verkniffene Gesicht des Jungen aus dem Moor und seine einsamen Augen... Dann nickte sie ein.

Kapitel 11

»Ist Frau Dr. Graven hier?« Eine gereizte Männerstimme, ganz in der Nähe.

»Ja, dort drinnen …« Ein Mädchen antwortete verschreckt.

Thea fuhr benommen hoch. Jetzt war es hell, aber eben war es doch noch dunkel gewesen! Sie befand sich in einem engen Verschlag. Und in dem Bett neben ihr lag eine Frau, die ganz offensichtlich an hohem Fieber litt, so hochrot und schweißnass war ihr Gesicht.

Nun trat Georg Berger in ihr Gesichtsfeld. Seine Miene war ausgesprochen finster. »Sagen Sie mal, wissen Sie eigentlich, wie spät es ist?«

»Ich … nein …«

»Es ist nach acht!«

Thea starrte ihn entsetzt an. Es konnte doch nicht sein, dass sie fast neun Stunden geschlafen hatte!

»Was ist mit der Patientin?« Er hatte sich Frau Meixner zugewandt.

»Sie hatte, als ich ankam, über vierzig Fieber. Ich habe versucht, es mit Aspirin und kalten Wickeln zu senken.«

Frau Meixner stöhnte im Schlaf und warf sich unruhig hin und her. Georg Berger hatte schon ein Fieberthermometer aus seiner Arzttasche gezogen und schob es durch den Ausschnitt des Nachthemdes und unter ihre Schulter.

»Und was, verdammt, haben Sie die ganze Zeit hier gemacht?«

Thea schluckte hart. »Es tut mir so leid, ich bin eingeschlafen ...«

Georg Berger knurrte nur und warf nun einen raschen Blick auf das Thermometer. »Gesunken ist das Fieber jedenfalls nicht. Geben Sie der Frau Penicillin, und dann kommen Sie raus. Wir haben miteinander zu reden.«

Seit dem ersten Semester ihres Medizinstudiums war sie nicht mehr an einem Krankenbett eingeschlafen! Thea fühlte sich elend.

Vor dem Tor lehnte Georg Berger an dem Ford und rauchte. Sein Gesicht war eine einzige Gewitterwolke.

»Es tut mir wirklich leid«, sagte Thea unglücklich, »ich weiß, es ist unverzeihlich, dass ich während dem Nachtdienst stundenlang geschlafen habe.«

»Ja, das ist es allerdings. Ein paar betrunkene Idioten sind nach der Kirmes über Sperrgebiet nach Hause gewankt, und einem hat eine Gasgranate den halben Fuß abgerissen. Gegen eins hat man mich rausgeklopft. Ich war damit die halbe Nacht beschäftigt.«

»O Gott ...«

»Sparen Sie sich Ihren entsetzten Aufschrei! Ich habe Sie als Unterstützung eingestellt. Auf eine Mitarbeiterin, die bei einem Patienten ein Schläfchen hält, kann ich jedoch verzichten.«

Thea machte sich selbst die schlimmsten Vorwürfe. Er hatte ja so recht! »Wie ich schon sagte, ich weiß, mein Verhalten war unverzeihlich. Es wird nicht wieder geschehen. Das verspreche ich Ihnen.«

»Falls es noch mal vorkommen sollte, können Sie Ihre Sachen packen und gehen!«

»Ja natürlich, das verstehe ich.«

»Schön, dass das nun geklärt ist.« Georg Berger stieg in den Ford und knallte die Fahrertür zu. Bedrückt sah Thea ihm nach. Wie hatte ihr nur diese schlimme Nachlässigkeit unterlaufen können!

Am Spätnachmittag lenkte Thea den Opel wieder auf den Hof. Frau Meixners hohes Fieber hatte ihr keine Ruhe gelassen. Deshalb wollte sie noch einmal nach ihr sehen, obwohl es ihr freier Sonntag war.

Wie Thea schon in der Nacht wahrgenommen hatte, war das Anwesen groß, und die Besitzer waren vermutlich früher einmal wohlhabend gewesen. Aber wie bei so vielen Dörfern und Bauerngütern in der Gegend hatten der Krieg und die harten Jahre danach ihre Spuren hinterlassen. Das Dach war schadhaft, und Farbe blätterte von vielen Gefachen zwischen den Fachwerkbalken.

Der Kettenhund schlug wieder wütend an, als Thea den Hof überquerte, und ein breitschultriger Mann kam aus einem Stall. Er hatte kurz geschorenes graues Haar und einen Bart. Jetzt erkannte Thea ihn. Es war der Mann, zwischen dem und Georg Berger sich im Festzelt irgendetwas Unausgesprochenes abgespielt hatte.

»Was machen Sie denn hier?«, fuhr er Thea an.

»Guten Tag, ich bin die Mitarbeiterin von Dr. Berger und möchte nach Frau Meixner sehen, denn sie ist krank, wie Sie ja wahrscheinlich schon wissen«, erwiderte Thea kühl. »Und Sie sind?«

»Der Bauer. Ja, die Eva hat mir gesagt, dass ihre Mutter

krank ist.« Er musterte Thea unfreundlich. »Sie sind doch die Ärztin, die schuld ist, dass das Kind von der Agnes Steinert missgebildet auf die Welt gekommen ist! Na ja, das sieht dem Berger ähnlich, so jemanden einzustellen.« Er spuckte auf den Boden und verschwand wieder im Stall.

Nein, er und Georg Berger schienen wirklich keine Freunde zu sein. Was auch immer zwischen ihnen vorgefallen sein mochte.

Eva und Heidi saßen an dem wackeligen Tisch, vor sich Malzkaffee und Butterbrot. »Der Mama geht's besser.« Eva lächelte Thea zaghaft an. »Das hat der Doktor gesagt, er war vorhin hier. Sie hat nicht mehr so hohes Fieber. Und ich hab auch gemerkt, dass sie nicht mehr so unruhig schläft.«

»Ach, da bin ich froh.« Thea erwiderte Evas Lächeln. Es gab keinen Grund, Georg Bergers Diagnose anzuzweifeln. Das Penicillin wirkte also. »Dann will ich euch beide nicht länger stören.« Sie nickte den Schwestern noch einmal freundlich zu und wandte sich zum Gehen.

Sie hatte schon die Tür nach draußen aufgezogen, als ihr noch etwas einfiel und sie umkehrte.

»Heidi, darf ich noch mal die Schokolade sehen, die du mir gestern schenken wolltest?«, fragte sie das Kind.

»Wollen Sie sie jetzt doch haben?« Die Kleine sprang auf und holte die Schokolade aus einem Regal. Es war eine belgische Marke.

»Nein, ich wollte nur wissen, ob sie aus Deutschland oder aus Belgien stammt.« Thea schüttelte den Kopf. »Sag mal, gehst du manchmal über die Grenze und bittest die Leute um Schokolade und solche Sachen?«

Eva zog die kleine Schwester an sich, als ob sie sie beschützen wollte. »Ja, das macht sie öfter. Manchmal bin ich auch dabei. An Sonntagen, wenn ich nicht in der Fabrik arbeite. Weshalb fragen Sie?«

»Kennt ihr vielleicht einen zehn oder zwölf Jahre alten, sehr mageren Jungen, der auffällig weißblondes Haar hat? Ich habe ihn vorletzte Woche, am Dienstagmorgen, im Hohen Venn gesehen, und er war gestern auf der Kirmes.«

»Sie meinen wahrscheinlich den Peter Schrader«, sagte Eva langsam. »Und ja, meine Schwester ist an dem Dienstag mit anderen Kindern nach Belgien gegangen. Heidi, war der Peter mit euch zusammen?« Sie sah die Kleine fragend an.

»Ja, das war er.« Heidi nickte.

»Lebt er denn hier im Dorf?«

»Nein ...«, hob Eva an.

»Seine Eltern sind tot«, unterbrach Heidi die Schwester ernst. »Und er kommt von weit her. Er ist ganz lange durch den Schnee gelaufen. Da war er noch ziemlich klein. Das war sehr schlimm.«

Möglicherweise war Peter also ein Flüchtlingskind aus dem Osten. »Aber es muss sich doch jemand um ihn kümmern? Er lebt in einem Waisenhaus?«

»Dort war er mal, aber er ist weggelaufen«, sagte Heidi in einem Ton, als wäre dies ganz selbstverständlich.

»Also ist er ganz auf sich gestellt?«

»Gegen Ende des Winters ist er plötzlich im Dorf aufgetaucht und mit über die Grenze gegangen«, schaltete sich Eva wieder ein. »Er versteckt sich mal da, mal dort auf den Höfen. Niemand will hier was mit der Polizei zu tun haben, deshalb hat ihn keiner gemeldet.« Sie sah die kleine Schwester an. »Ich will nicht, dass du dich mit ihm abgibst. Du weißt doch, Peter kann ziemlich gewalttätig sein. Erinnerst du dich nicht mehr dran, als er mal mit einem Messer auf einen großen Jungen losgegangen ist?«

»Aber der wollte ihm die Schokolade und den Kaffee abnehmen!« Heidi griff wieder nach der Blechtasse und führte sie zum Mund. »Ich hab ihn gern.«

Ein Waisenkind, das kein Zuhause hatte und sich mit Betteln durchschlug. Der arme Junge! Er konnte doch nicht sich selbst überlassen bleiben. Sie musste unbedingt etwas für ihn tun. Und dazu benötigte sie leider Georg Bergers Rat. Auch wenn sie ihm nach der Begegnung am Morgen am liebsten aus dem Weg gegangen wäre.

Aus dem Schlösschen erklang ein seltsam dumpfes Geräusch, das Thea nicht einordnen konnte. Aber ihr Chef schien zu Hause zu sein. Sie überwand sich und betätigte den Türklopfer. Keine Reaktion. Sie versuchte es noch einmal.

Nun ertönten schnelle Schritte im Innern des Gebäudes, und die Eingangstür wurde aufgerissen.

»Ach, Sie sind es.« Georg Berger musterte sie ungefähr so begeistert, als wäre sie ein besonders lästiger, renitenter Patient. Ein Handtuch hing über seinen nackten Schultern. Seine beachtlichen Muskeln glänzten von Schweiß. Anscheinend hatte er auf den Punchingball eingedroschen, und das war auch das seltsame Geräusch gewesen.

»Falls Sie sich schon wieder entschuldigen wollen, können Sie sich das sparen.«

»Nein, deshalb bin ich nicht gekommen, ich brauche Ihren Rat.« Es fiel Thea schwer, das zuzugeben, aber so war es nun einmal.

Er zögerte, gab dann jedoch den Eingang frei. »Warten Sie da drinnen.« Er stieß eine Tür auf, die von der Eingangshalle abging, und verschwand.

Was war das denn für ein Kommandoton? Thea versuchte, ihren Ärger hinunterzuschlucken, und trat über die Schwelle. Der Raum diente offensichtlich als Arbeitszimmer. Bücher stapelten sich überall auf den deckenhohen Regalen und auch auf dem Kaminsims. Darüber hing der ausgestopfte, mottenzerfressene Kopf eines Hirschs. Von seinem Geweih baumelte ein Stethoskop, was Thea in einer anderen Situation ein Lächeln entlockt hätte. Auf einem Tisch im Hintergrund stand ein Mikroskop. Selbst aus der Entfernung konnte sie erkennen, dass es neu und sehr teuer war.

»Also, was gibt's?« Georg Berger war zurückgekehrt, er hatte sich einen Pullover übergezogen und ließ sich hinter dem riesigen alten Schreibtisch nieder.

»Haben Sie etwas dagegen, wenn ich mich auch setze?« Trotz ihrer Schuldgefühle hatte sie nicht vor, wie eine Studentin vor ihm stehen zu bleiben.

»Von mir aus ...« Er vollführte eine knappe Handbewegung, und Thea setzte sich auf einen wackeligen Stuhl.

»An meinem ersten Arbeitstag habe ich morgens einen Spaziergang im Moor unternommen ...«

»Weshalb Sie fast zu spät gekommen sind, ich erinnere mich.«

Thea ignorierte seine Bemerkung. »Plötzlich ist ein Junge vor mir aus dem Nebel aufgetaucht. Gestern, auf der Kirmes, habe ich ihn wiedergesehen. Er hat den Karussellbesitzer, als der ihn auf einem Pferdchen erwischt hat, obwohl er nicht bezahlt hatte, in die Hand gebissen. Um es abzukürzen, dieser Junge gehört zu den Schokoladenkindern, die regelmäßig in Belgien um Lebensmittel betteln. Und die Tochter von Frau Meixner ebenso. Ich habe die Kleine nach dem Jungen gefragt, und sie hat mir erzählt, dass er Waise und wohl aus einem Heim ausgerissen ist und mal hier, mal dort auf den Höfen unterschlüpft. Und das schon seit Monaten. Er dürfte zehn, zwölf Jahre alt sein.«

»Und jetzt wollen Sie von mir wissen, ob ich das für möglich halte. Und, falls ja, was sich für den Jungen tun lässt?«

»Ja, genau darum geht es mir.« Thea nickte. Wenigstens hatte er schnell begriffen.

»Schätzungsweise streifen auch fünf Jahre nach Kriegsende immer noch ein paar Tausend eltern- und heimatlose Kinder und Jugendliche in diesem Land herum.« Georg Berger stützte seine Unterarme auf dem Schreibtisch ab und bedachte Thea mit seinem üblichen unwirschen Blick. »Und so, wie die Situation in vielen Waisenhäusern ist, sind diese Kinder damit gar nicht mal so schlecht dran.«

»Das kann doch nicht Ihr Ernst sein! Der Junge ist höchstens zwölf.«

»Sie wollten meine Meinung wissen. Nicht wenige Heime werden wieder von dem Personal geleitet, das auch schon während des Nationalsozialismus das Sagen hatte. Entsprechend geht es dort zu. Die Polizei würde ich deshalb außen vor lassen. Die schaffen ihn nur wieder in ein Heim.«

»Wir sprechen über ein Kind!« Thea konnte seine Reaktion nicht fassen.

»Darüber bin ich mir im Klaren. Aber der Junge wird nun mal seine Gründe gehabt haben, warum er aus einem Heim ausgerissen ist. Und er hat sich ja ein paar Monate lang ganz gut allein durchgeschlagen.« Georg Berger schwieg für einen Moment und trommelte mit den Fingerspitzen auf der Schreibtischplatte herum. Dann beugte er sich vor, als hätte er einen Entschluss gefasst. »Na gut, ich schätze mal, dass Sie mich mit der Geschichte auch in Zukunft behelligen werden. Zu Ihrem Häuschen gehört doch ein Schuppen. Legen Sie ein paar Decken und etwas zu essen hinein und lassen Sie den Jungen irgendwie wissen, dass er dort unterschlüpfen kann. Vielleicht entwickelt er ja Vertrauen zu Ihnen. Und dann können Sie weitersehen.« Georg Berger zündete sich eine Zigarette an.

»Ich weiß nicht recht …«

»In Aachen unterhalten die Briten ein Heim für die Schokoladenkinder. Wenn Sie unbedingt wollen, erkundigen Sie sich doch da nach dem Jungen. Allerdings bin ich der Ansicht, wir Ärzte können schon froh sein, wenn wir mal ein Leben retten. Wir sollten uns davor hüten, die Welt retten zu wollen.«

»Ich habe nicht vor, die Welt zu retten, ich möchte nur einem einsamen Kind helfen.« Thea wurde bewusst, dass ihre Stimme ziemlich scharf geklungen hatte.

»War's das jetzt?«

»Da ist noch eine Sache.«

»Was?«, knurrte er.

Thea erhob sich. »Frau Meixner hat kein Geld für einen Arzt. Sie können das Honorar gern von meinem Gehalt abziehen.«

»Das kann ich gerade noch verschmerzen.« Georg Berger vollführte eine wegwerfende Geste.

Betont leise zog Thea die Tür hinter sich zu. Sie hatte cholerische Chefs gehabt, unfähige und wieder andere, die junge Ärzte gern demütigten. Aber keiner hatte sie so wütend gemacht wie Georg Berger.

An der Brücke über den Bach blieb sie stehen. Es war ihr freier Sonntag, und nach Aachen waren es höchstens zwanzig Kilometer. Ob sie sich nicht einmal in dem britischen Heim für die Schokoladenkinder nach Peter erkundigen sollte? Vielleicht half ihr das ja bei der Entscheidung, ob es nicht doch ratsam war, die Polizei einzuschalten. In ihrem Häuschen wartete niemand auf sie, und ihren medizinischen Lehrbüchern konnte sie sich auch ein andermal widmen. Thea entschied sich zu fahren.

Sie kannte Aachen, die alte Kaiserstadt, bislang nur von Bildern. Der Dom mit seinem achteckigen Zentralbau und dem hohen Kirchenschiff schien, aus der Ferne zumindest, von Bomben verschont geblieben zu sein. Aber sonst waren in der an der wichtigen Eisenbahnlinie nach Belgien gelegenen Stadt noch ziemlich viele Kriegsschäden zu sehen. Wie heil dagegen Monschau doch geblieben war!

Nachdem Thea etliche Male angehalten und Passanten gefragt hatte, konnte ihr endlich jemand sagen, wo sich das Heim für die Schokoladenkinder befand. Es lag in einer Seitenstraße am Rand der Innenstadt, in einem schmalen, unauffälligen Backsteinbau.

Eine junge Frau in einem grauen Faltenrock und einer kurzen Strickjacke öffnete auf Theas Klingeln hin. Ihr lockiges Haar hatte sie mit einem Schildplattkamm zurückgesteckt. Einige Strähnen hatten sich gelöst und hingen unordentlich um ihr Gesicht, und auf ihrer Wange prangte ein Fleck. Aus einem Raum waren Kinderstimmen zu hören.

»Ja bitte, wie kann ich Ihnen helfen?« Fragend sah sie

Thea an. Ihr Deutsch hatte nur einen leichten Akzent, und Thea war froh, nicht auf ihr eingerostetes Englisch zurückgreifen zu müssen.

Thea stellte sich vor. »Ich würde gern den Leiter oder die Leiterin dieses Heims sprechen«, sagte sie dann. »Es geht um einen Jungen namens Peter Schrader. Er ist zehn oder zwölf Jahre alt und auffällig weißblond. Mich interessiert, ob er vielleicht einmal hier untergekommen ist?«

»Oh, Peter, ja ... Ich erinnere mich gut an ihn.« Die junge Frau nickte und reichte Thea die Hand. »Claire Morgan, ich bin die stellvertretende Leiterin. Miss Brewer ist diese Woche nicht hier. Aber vielleicht möchten Sie ja mit mir vorliebnehmen.«

»Natürlich, sehr gern.« Thea nickte. Sie folgte Miss Morgan in ein Büro im Erdgeschoss, in dem bunte Kinderbilder an der Wand hingen und es eine Spielzeugecke mit Bauklötzen und einigen Stofftieren gab. Die stellvertretende Leiterin lud Thea ein, Platz zu nehmen. Sie war höchstens Mitte zwanzig, strahlte aber trotz ihres etwas derangierten Äußeren und ihrer Jugend Warmherzigkeit und Kompetenz aus, und Thea fand sie sympathisch. Unwillkürlich fragte sie sich, ob jemand wie Miss Morgen in einem deutschen Waisenhaus eine leitende Stelle erhalten hätte. Wahrscheinlich eher nicht.

»Ich schätze, Peter ist wieder einmal aus einem Waisenhaus ausgerissen?«, erkundigte sich Miss Morgan nun.

»Ja, woher wissen Sie das? Irgendwie ist es ihm gelungen, sich seit ein paar Monaten in dem Dorf Eichenborn, wo ich Ärztin bin, zu verstecken, und er geht mit anderen Kindern über die Grenze nach Belgien und bettelt. Ich bin ihm zweimal zufällig begegnet und mache mir große Sorgen um ihn«, schilderte Thea ihre Beweggründe für den Besuch. »Er ist doch höchstens zwölf.«

»Die Polizei hat Peter zweimal in unser Heim gebracht.« Miss Morgan seufzte. »Wir können die Kinder immer nur für ein paar Wochen aufnehmen. Dann werden sie auf Waisenhäuser verteilt.«

»Erzählen Sie mir doch bitte alles über Peter, was Sie wissen.«

»Nun, er stammt aus Ostpreußen, von einem kleinen Bauernhof. Und er liebt Tiere. Wir haben hier eine Katze und ein paar Hühner. Eigentlich ist er nur in deren Gegenwart aufgetaut.« Sie lächelte ein wenig. »Irgendwie ist es Peters Mutter gelungen, sich mit ihm in den Westen durchzuschlagen. Sie war Magd irgendwo in der Eifel, ich habe den Ort leider vergessen. Vor etwa einem Jahr ist sie an einer Lungenentzündung gestorben, und Peter kam in ein Waisenhaus.«

»Aus dem er dann weglief?«

»Ja. Peter ist ein scheuer Junge, aber er ist auch eigenwillig, und er kann sehr jähzornig sein. Die Polizisten, die ihn abgeholt haben, hat er gebissen und getreten. Und auch mit den anderen Kindern hat er sich oft geprügelt. Wenn sie ihn geärgert haben oder ihm etwas wegnehmen wollten. Die beiden Male, als er hierherkam, war sein Körper ganz grün und blau. In den Waisenhäuern hat man wohl versucht, ihm die Eigenheiten mit Schlägen auszutreiben. Und bei seinem zweiten Aufenthalt hat er angefangen, ins Bett zu nässen. So verstört war er.«

»Ach, wie furchtbar ...« Thea empfand tiefes Mitleid. Wie konnte man nur ein Kind so grausam behandeln? Noch dazu eines, das seine Mutter verloren hatte.

»Ich habe es immer sehr bedauert, dass Peter, kaum dass

er sich hier eingelebt und angefangen hatte, sich zu öffnen, schon wieder fortmusste. Meine Vorgesetzte würde es bestimmt nicht gutheißen, was ich jetzt sage.« Miss Morgan hob hilflos die Hände. »Aber inzwischen bin ich der Ansicht, Peter ist eigentlich überall besser aufgehoben als in einem deutschen Waisenhaus.«

»Auch ganz allein draußen in der Natur?« Thea war skeptisch.

Miss Morgan zögerte und dachte nach. »Er ist ja auf dem Land aufgewachsen. Jetzt, im Frühling – ja, da ist das bestimmt besser für ihn als das Waisenhaus«, sagte sie schließlich.

Thea unterhielt sich noch eine Weile mit Miss Morgan über Peter und verabschiedete sich dann.

Georg Berger schien tatsächlich mit seiner Einschätzung, was den Jungen betraf, richtiggelegen zu haben. Während der Fahrt zurück nach Eichenborn dachte Thea darüber nach. Kümmerte ihn Peters Schicksal vielleicht doch mehr, als er sich hatte anmerken lassen? Ach, wahrscheinlich nicht. Ihr war noch sehr gegenwärtig, wie er sie bei dem Gespräch am Nachmittag ständig angefahren hatte.

Mittlerweile war es dunkel geworden. Noch zehn Minuten oder eine Viertelstunde, dann würde sie im Dorf sein. Es war noch gar nicht so spät, noch nicht einmal neun, aber sie begegnete kaum einem anderen Fahrzeug. Plötzlich leuchteten da und dort rote Punkte in der Schwärze der Nacht auf. Das waren ja Feuer! Was hatte das zu bedeuten? Thea erschrak, doch dann begriff sie. Morgen war der erste Mai und dies die Walpurgisnacht. Die Feuer gehörten bestimmt zum Brauchtum.

Eine Weile fuhr Thea weiter durch die Dunkelheit, von den fernen Feuern begleitet. Eine seltsame, unwirkliche Stimmung. Dann sah sie am Straßenrand im Scheinwerferlicht ein Wegkreuz. Gleichzeitig nahm sie eine Bewegung wahr, und sie verringerte die Geschwindigkeit. Nun fiel das Licht auf eine Frau, die dort entlangging. Ihrem stark gerundeten Leib nach zu schließen war sie hochschwanger und ihr Gang mühsam. Sie sollte hier nicht allein unterwegs sein. Thea bremste neben ihr und öffnete die Wagentür. »Kann ich Sie irgendwohin mitnehmen?«, fragte sie besorgt.

Die Frau starrte Thea entgeistert, ja entsetzt an. Fast wie ein Tier, das vom Scheinwerferlicht gebannt war. »Nein ... das ist nicht nötig«, wehrte sie dann ab.

Thea registrierte, dass sie große Augen und ein rundes Gesicht mit einem kleinen Leberfleck auf der Wange hatte. Eine blonde Haarsträhne schimmerte unter einer schwarzen Kappe hervor. Auch ihre sonstige Kleidung war schwarz. Ob sie in Trauer war?

»Aber es macht mir wirklich nichts aus.«

»Nein ...« Die Frau senkte den Kopf und lief hastig weiter.

Thea zögerte, den Wagen wieder zu starten. Im Rückspiegel beobachtete sie die Schwangere. Ihr war wirklich nicht wohl dabei, sie ihres Weges gehen zu lassen. Was tat sie nur hier in dieser Einöde, allein am Abend? Jetzt strauchelte die Frau und fiel zu Boden. Um Himmels willen – und das in ihrem Zustand! Thea sprang aus dem Opel und eilte zu ihr.

»Haben Sie sich verletzt? Kommen Sie, lassen Sie mich Ihnen aufhelfen!« Sie reichte der Frau die Hand.

Plötzlich kamen aus den Büschen am Straßenrand einige Gestalten hervor und umringten Thea und die Frau. Theas Herz klopfte bis zum Hals. War die Frau vor ihnen weggelaufen? Aber warum hatte sie dann nicht ihr Angebot, sie mitzunehmen, ergriffen?

»Lassen Sie die Frau in Ruhe!«, herrschte ein Mann Thea an. Eine Taschenlampe leuchtete auf und blendete sie. Vergebens versuchte Thea, ihre Augen dagegen abzuschirmen.

»Aber sie ist hochschwanger, so ein Sturz ist gefährlich!« Waren das fünf oder sechs Leute, die sie umringten? Ach, sie konnte einfach nichts erkennen.

Thea wollte der Frau erneut aufhelfen. Aber der Mann schubste sie beiseite. »Hau'n Sie endlich ab!«

»Nein!«

Jemand zog die Schwangere auf die Füße. Thea wandte sich ihr zu. »Sie sollten sich untersuchen lassen!«

Im nächsten Moment erhielt sie einen Stoß gegen die Brust und taumelte gegen den Wagen. Dann wurde die Frau an den Armen gefasst und zu den Büschen am Wegesrand gezogen. Gleich darauf war sie dahinter verschwunden.

Thea hatte das Gefühl, keine Luft mehr zu bekommen, und ihr Herz raste. Sollte sie die Polizei verständigen? Aber die Frau schien freiwillig mitgegangen zu sein. Sie hatte sich nicht gewehrt und nicht geschrien. Was war da nur vorgegangen?

Erst nach einer ganzen Weile war Thea in der Lage weiterzufahren.

Am nächsten Morgen riss das Klingeln des Weckers Thea aus dem Schlaf. Benommen öffnete sie die Augen. Halb sieben ... Der erste Mai ... Sie hatte Bereitschaftsdienst. Hatte sie die seltsame Begegnung auf der dunklen Landstraße mit den Maifeuern in der Ferne vielleicht nur geträumt? Aber nein, da war die schmerzhafte Stelle an ihrem Brustbein, wo sie gegen den Opel geprallt war.

Hans' Fotografie zu sehen munterte sie auf, und sie lächelte ihm zu. *Mein Liebling, wohin hat es mich hier nur verschlagen? Meinem Chef werde ich jedenfalls nichts davon erzählen, denn er nimmt mich bestimmt nicht ernst.*

Dann, nach ihrer Morgentoilette und ihrem üblichen schnellen Frühstück, ging Thea nach draußen. Nebel hing über dem Dorf und dem nahen Moor, und die Luft war klamm und kühl.

In dem Schuppen blickte sie sich prüfend um. Bisher war sie hier immer nur kurz gewesen, um Feuerholz zu holen. Da gab es die alte Truhe, in der früher wahrscheinlich einmal Saatgut oder Hühnerfutter aufbewahrt worden war. Darin würden sich ein paar Nahrungsmittel verstauen lassen, geschützt vor Ratten und Mäusen. Und das Dach schien dicht zu sein. In einer Ecke würde sie ein Bett für Peter bauen.

Ob er die vergangene Nacht wohl an einem geschützten und einigermaßen warmen und trockenen Ort verbracht hatte? Hoffentlich … Und hoffentlich würde er die Zuflucht hier im Schuppen annehmen. Thea wollte versuchen, ihn über die kleine Heidi Meixner davon wissen zu lassen. Vielleicht konnte sie mit ihr darüber sprechen, wenn sie später bei Frau Meixner vorbeischaute.

Kapitel 12

Wo Georg Berger nur blieb? Thea blickte ungeduldig auf ihre Armbanduhr. Es war Dienstagvormittag und schon nach elf, und er war immer noch nicht in die Praxis gekommen. Der Ford stand in der Wellblechgarage. Das hatte sie gesehen, als sie am Morgen dort vorbeigegangen war. Zuerst hatte sie angenommen, dass ihr Chef vielleicht zu einem Notfall irgendwo in der Nähe gerufen worden war und deshalb auf den Wagen verzichtet hatte. Aber allmählich hätte er doch in seinem Sprechzimmer erscheinen müssen.

Dabei war das Wartezimmer ausgerechnet heute, nach dem Feiertag, ziemlich voll. Thea schob eine Karteikarte in eine Krankenakte und stand auf, um den nächsten Patienten hereinzubitten.

Ein Herr mittleren Alters, in einem grauen Anzug und mit akkurat gescheiteltem Haar saß inzwischen unter den Patienten im Wartezimmer, er war Thea gänzlich unbekannt. Neben seinen Füßen stand eine Aktentasche. Auch er sah auf seine Armbanduhr, und zwar ziemlich demonstrativ. »Ich hatte um elf einen Termin mit Dr. Berger, aber als ich an seine Sprechzimmertür geklopft habe, sagte man mir, er sei nicht hier.« Er blickte in die Runde. Die anderen Patienten nickten bestätigend.

Eine Frau mit einem grauen Haarknoten und arthritischen Händen zischte: »*Leider* ist der Doktor nicht da«, und bedachte Thea mit einem giftigen Blick.

Thea gab vor, die Bemerkung nicht gehört zu haben. »Darf ich fragen, wer Sie sind?«, wandte sie sich an den Herrn.

»Theiss vom Gesundheitsamt.« Er holte einen Ausweis aus seinem Jackett und zeigte ihn Thea.

»Kommen Sie bitte mit in mein Sprechzimmer«, sagte Thea rasch. »Mein Name ist Dr. Graven, ich bin Dr. Bergers Mitarbeiterin.« Sie schloss die Tür hinter ihnen. »Worum geht es denn?«

»Nun, ich bin wieder einmal wegen der Praxisbegehung hier.« Herr Theiss wippte sichtlich verärgert auf den Füßen.

Praxisbegehungen waren routinemäßige Überprüfungen, ob etwa die Hygienestandards eingehalten wurden, das wusste Thea.

»Kann ich Sie nicht herumführen?«, fragte sie.

»Nein, ich benötige dazu den Inhaber. Das ist jetzt schon der dritte Termin, den ich in diesem Jahr mit Dr. Berger vereinbart habe. Bei den beiden vorherigen war er ebenfalls nicht anwesend. Und auch früher schon gab es mit den Terminen häufig Probleme. Dr. Berger hat in derlei Dingen eine ziemlich laxe Auffassung. Ich bedaure es, aber ich werde nun der Kassenärztlichen Vereinigung Mitteilung machen müssen.«

Thea erschrak. Wenn es ganz schlimm lief, konnte dies Georg Berger die Zulassung als Kassenarzt kosten! Warum verhielt er sich nur so fahrlässig?

»Ich verstehe Ihren Ärger vollkommen.« Theas Gedanken rasten. »Aber Dr. Berger wurde zu einem Notfall im Dorf gerufen«, improvisierte sie. »Warten Sie doch bitte noch eine halbe Stunde. Ich schaue, ob ich ihn bei dem Patienten ablösen kann.«

»Nun, ich weiß nicht…« Herr Theiss wirkte nicht überzeugt.

»Aber ein Menschenleben ist doch wichtiger als ein Termin! Dr. Berger tut nur seine Pflicht als Arzt. Das können doch gerade Sie als Beamter vom Gesundheitsamt ihm nicht zum Vorwurf machen.«

Herr Theiss zögerte. »Sie sind doch die Tochter von Professor Kampen vom Monschauer Krankenhaus, nicht wahr?«, erkundigte er sich dann.

»Ja, das stimmt«, erwiderte Thea vorsichtig.

»Nun gut, ich gebe Ihnen eine halbe Stunde, Dr. Berger hierherzuholen.« Herr Theiss seufzte. Er blickte wieder demonstrativ auf seine Armbanduhr und ließ sich in dem Besucherstuhl nieder.

»Vielen Dank für Ihr Verständnis!« Thea schenkte ihm ihr strahlendstes Lächeln, dann rannte sie aus der Praxis und zu dem Schlösschen. Anscheinend hatte der Name des Vaters in gewisser Weise für sie gebürgt. Wenn er das gewusst hätte!

Auf Theas Klopfen hin regte sich mal wieder nichts in dem Gebäude. Es sah ihrem Chef ähnlich, Termine mit dem Gesundheitsamt als unwichtig zu erachten. An ihrem ersten Tag in Eichenborn hatte ein Dörfler angesichts der geschlossenen Praxis gemutmaßt, dass Georg Berger vielleicht einen Rausch ausschlief. Ob er etwa nicht zur Vormittagssprechstunde erschienen war, weil er betrunken war? Zuzutrauen war es ihm. Ach verdammt! Wütend rüttelte sie an der Eingangstür. Zu ihrer Überraschung ließ sie sich öffnen.

»Dr. Berger?« Thea trat in die Eingangshalle. Ihre Stimme hallte laut von den Wänden wider. Abermals keine Reaktion. War er etwa doch nicht hier? Dann wusste sie auch nicht weiter. Sie biss sich auf die Lippen. »Dr. Berger?«

Keine Antwort. Thea zögerte. Sie scheute sich, einfach irgendwelche Türen zu öffnen. Aber der rasche Blick auf ihre Armbanduhr zeigte ihr, dass schon wieder fünf Minuten vergangen waren.

»Dr. Berger?« Sie überwand ihre Hemmung und riss die Tür zum Arbeitszimmer auf, rannte, als sie ihn dort nicht fand, in die Küche, schaute in die Spülküche und das Wohnzimmer. Vergebens. Zwei Türen gab es noch in der Halle. Hinter einer befand sich ein altertümliches Badezimmer, die andere führte zu einer Treppe.

Thea stürmte die Stufen hinauf. Ein Flur mit einer verblichenen Tapete an den Wänden erstreckte sich vor ihr.

Da, ein Geräusch … Ein Schnarchen, das hinter einer halb offen stehenden Tür hervordrang.

»Dr. Berger!« Thea wartete ein paar Sekunden lang, dann trat sie in das Zimmer. Ein durchdringender Schnapsgeruch schlug ihr entgegen. Eine leere Flasche lag auf dem Boden und kullerte nun, als Thea versehentlich dagegentrat, über die Holzdielen. Auf dem wuchtigen Bett lag ihr Chef. Und zwar völlig nackt.

Das konnte doch wohl nicht wahr sein! Hastig wandte Thea den Blick ab, sie zog die Bettdecke bis über seinen Unterleib hoch und rüttelte ihn unsanft an der Schulter. »Dr. Berger! Sie müssen sofort aufstehen! Ein Herr Theiss vom Gesundheitsamt wartet in der Praxis, er hat einen Termin mit Ihnen!«

Ein Stöhnen. Er drehte den Kopf in den Kissen und

murmelte etwas. Unwillkürlich beugte sich Thea zu ihm hinunter. Wieder bewegte er die Lippen. Ein Name. So sehnsüchtig und traurig, dass es Thea trotz ihres Zorns berührte. »Melanie ...« Sein sonst so unfreundliches Gesicht war ganz weich und verletzlich.

Melanie? War er etwa doch einmal verheiratet gewesen, und war das seine Frau? War sie etwa nicht mehr am Leben?

»Dr. Berger ...« Etwas behutsamer rüttelte Thea ihn noch einmal an der Schulter. Er seufzte und griff nach ihrer Hand. »Melanie«, flüsterte er mit geschlossenen Augen. »Ich hab dich so sehr vermisst.«

Einen Moment lang stand Thea reglos da, fühlte seine Hand in ihrer und die Wärme, die von ihr ausging. Dann machte sie sich los. So wurde das nichts!

Sie rannte hinunter ins Erdgeschoss und in die Spülküche. Mit einem Krug voll kaltem Wasser kehrte sie in das Zimmer zurück. Georg Berger schlief wieder tief und fest, den Kopf in den Kissen vergraben.

Vielleicht würde sie das jetzt ihre Stelle kosten. Aber wenn er seine Kassenzulassung verlor, war sie ihre Arbeit sowieso auch los. Thea atmete tief durch und kippte das kalte Wasser über ihren Chef.

Ein überraschter Aufschrei. Ein Prusten. Dann richtete er sich auf und starrte sie blinzelnd an, während die Tropfen an ihm herabrannen. »Sagen ... Sagen Sie mal, sind Sie verrückt geworden? Und was haben Sie in meinem Schlafzimmer zu suchen?«

Thea hatte es satt. »Nein, ich bin nicht verrückt geworden«, fauchte sie. »Im Gegensatz zu Ihnen bin ich ganz klar im Kopf. Sie haben noch knapp zwanzig Minuten Zeit, um in der Praxis zu erscheinen, wo ein Herr Theiss vom

Gesundheitsamt auf Sie wartet. Und ich kann Ihnen sagen, er ist ziemlich wütend auf Sie und will der Kassenärztlichen Vereinigung Mitteilung machen, wenn Sie diesen Termin auch wieder platzen lassen.«

»Ach verdammt, dieser Wichtigtuer ...« Georg Berger erhob sich schwankend und hielt sich am Bettpfosten fest.

Thea blinzelte und blickte zur Seite. So musste sie ihren Chef nun wirklich nicht sehen!

Nun erst realisierte er, dass er nackt war, und raffte die Bettdecke um sich. »Tut mir leid ...«

Einen Moment lang sahen sie sich an. Er wirkte tatsächlich ein bisschen verlegen. Was Thea jedoch nicht besänftigte.

»Falls Sie mich suchen, ich bin in der Spülküche. Sie brauchen einen starken Kaffee, damit Sie einigermaßen nüchtern wirken«, sagte Thea eisig und stürmte aus dem Raum.

Ein Wasserkessel stand auf der elektrischen Kochplatte. Thea ließ Wasser hineinlaufen und schaltete die Platte ein. Nach kurzem Suchen fand sie in einer Dose gemahlenen Kaffee. Sie gab ein paar Löffel davon in eine Tasse – den Kaffee aufzubrühen, dazu war keine Zeit. Sie hatte eben das kochende Wasser darübergegossen, als Georg Berger hereinkam.

Er trug Hose und Pullover, und sein Haar war gekämmt. Dem Himmel sei Dank, er wirkte recht nüchtern. Und Menthol überdeckte den Alkohol in seinem Atem.

»Hier ...« Thea reichte ihm die Tasse.

»Ist nicht nötig.« Er schüttelte den Kopf. »Ich habe mir Koffein gespritzt.«

»Sie haben *was*?« Thea war fassungslos. »Sind Sie noch ganz bei Trost? Sie wissen doch, wie gefährlich das ist.«

Er bedachte sie mit einem grimmigen Blick. »Das geht Sie nichts an.«

»O doch, das tut es sehr wohl! Ihr Kreislauf kann kollabieren!«

»Das wird nicht geschehen. Ich kenne mich mit der Dosierung aus.«

»Also haben Sie das schon öfter gemacht?«

»He, ich bin nicht Ihr Patient, also beruhigen Sie sich wieder.« Ohne ein weiteres Wort verließ er die Spülküche und knallte die Tür hinter sich zu.

Bebend vor Zorn blieb Thea zurück. Am liebsten hätte sie ihm die Tasse nachgeworfen. Dieser arrogante Widerling! Und er hatte es noch nicht einmal nötig gehabt, sich bei ihr zu bedanken.

Am Nachmittag parkte Thea den Opel bei den ausrangierten Eisenbahnwaggons. Sie wollte sich noch einmal überzeugen, ob mit Christa Reimers und ihrem Baby alles in Ordnung war. Auch nachdem mittlerweile einige Stunden vergangen waren, war sie immer noch wütend auf Georg Berger.

Die Praxisbegehung war zufriedenstellend verlaufen. Herr Theiss hatte Georg Berger zum Abschied etwas säuerlich gesagt, es sei »alles in Ordnung«, und Thea kreidete ihrem Chef zwar vieles an, aber auch sie musste zugeben, dass er auf Hygiene und andere medizinische Standards achtete. Wieder hatte Georg Berger jedoch kein Wort des Dankes oder der Entschuldigung für sie übriggehabt. Nachdem der Beamte vom Gesundheitsamt gegangen war, war er einfach ins Schlösschen verschwunden und hatte sie mit den verbliebenen Patienten allein gelassen.

Thea ertappte sich dabei, dass sie ihm einen heftigen Kater wünschte. Vielleicht kurierte ihn das ja von der Trinkerei!

»Guten Tag, Frau Doktor!« Eine Frau, die vor einem der Waggons Wäsche aufhängte, grüßte sie freundlich, und auch ein Mann, der Kaninchen in einem Käfig fütterte, tippte an seine Mütze und nickte ihr zu. »Schönen Tag noch, Frau Doktor.«

»Danke, Ihnen auch«, erwiderte sie lächelnd. Im Gegensatz zu den alteingesessenen Dorfbewohnern schien sie den Flüchtlingen willkommen zu sein, und das tat ihr gut. Theas Stimmung hellte sich ein bisschen auf. Unter einer Schar Kinder, die auf der Wiese Fangen spielten, entdeckte sie jetzt Heidi Meixner. Natürlich, der Hof, auf dem sie mit ihrer Mutter und der großen Schwester lebte, war ja nicht weit entfernt.

»Heidi, kommst du bitte mal?«, rief sie dem Kind zu.

Die Kleine schlug einen Haken vor einem Verfolger und rannte dann zu ihr. Außer Atem blieb sie vor ihr stehen. »Guten Tag«, sagte sie schüchtern und blickte zu Boden.

»Heidi, ich war gestern bei deiner Mama, aber du und Eva wart nicht da …«

»Wir war'n mit anderen Kindern in Belgien, aber wir haben dort fast nichts bekommen.« Heidi strich sich eine Haarsträhne aus dem Gesicht.

Ach, es war so bedrückend, dass die Kinder um Lebensmittel betteln gehen mussten!

»War Peter denn auch dabei?«

»Nein.«

»Wenn du ihn siehst, sagst du ihm bitte, dass es in dem Schuppen in meinem Garten etwas zu essen für ihn gibt und ein Bett?«, bat Thea eindringlich. »Ich wohne in dem kleinen Fachwerkhäuschen beim Schlösschen, am anderen Ende des Dorfes.«

»Ich weiß, wo das ist. Ich war da schon mal.«

»Er kann dorthin kommen, sooft und wann er will. Und ich werde ihn bestimmt nicht der Polizei melden. Das verspreche ich.«

»Ich sag's Peter.« Heidi hob den Kopf und sah Thea ernst an. »Und ich verrat es niemandem sonst. Damit keiner das Essen nimmt.«

»Das ist gut. Danke!«, erwiderte Thea lächelnd. Sie blickte Heidi nach, die wieder zu den anderen Kindern rannte, und wollte nun endgültig zum Waggon der Familie Reimers gehen, als eine Frau in einer ausgeblichenen Kittelschürze sich ihr näherte. Wegen des Kopftuchs war ihr Alter schwer einschätzbar.

»Sie sind doch die Frau Doktor, nicht wahr?« Die Frau wirkte, als wäre es ihr nicht leichtgefallen, Thea anzusprechen.

»Ja, die bin ich.«

»Kann ich vielleicht kurz mit Ihnen reden?« Sie sah Thea unsicher an.

»Geht es um etwas Medizinisches? Falls ja, würde ich Sie bitten, in die Praxis zu kommen.«

»Es ist … es ist wohl was Medizinisches. Und ja natürlich, ich komme in Praxis«, erwiderte sie rasch.

Aber so, wie die Frau an ihrer Kittelschürze nestelte, glaubte Thea nicht, dass sie die Praxis aufsuchen würde.

Die Frau wandte sich zum Gehen.

»Warten Sie!«, rief Thea ihr nach. »Ich habe noch ein paar Minuten. Worum geht es denn?«

»Könnten wir vielleicht in den Waggon gehen?« Die Frau

schaute sich nervös um, als fürchtete sie, jemand würde sie belauschen.

»Meinetwegen«, gab Thea nach und folgte ihr zu einem der ausrangierten Eisenbahnwagen und dort in eine Art Küche. Auch hier gab es, wie in dem Waggon der Reimers, einen Kanonenofen, und in einigen Obstkisten stand zusammengestückeltes Geschirr. Ein paar Windeln hingen an einer Leine zum Trocknen und verströmten einen schwachen Geruch nach Urin. Ein kleiner Tisch und drei alte Stühle nahmen fast den ganzen Platz ein.

»Wie heißen Sie denn?«, fragte Thea, während sie sich setzten.

»Kowalski, Irma Kowalski. Wir stammen eigentlich aus Danzig, mein Mann war dort Prokurist. Jetzt ist er Lagerarbeiter in Aachen ...« Frau Kowalski brach ab, als müsste sie sich sammeln. »Wir haben vier Kinder, und das Geld reicht kaum aus, und hier ist es so beengt ...« Sie errötete.

Es waren ja sogar zu wenige Stühle vorhanden. Thea hörte Frau Kowalski zu und fragte sich, worauf sie hinauswollte.

»Und ... und ... mein Mann und ich ... Wir möchten keine Kinder mehr ... Zumindest nicht jetzt.«

»Das verstehe ich.« Thea nickte.

»Aber wir möchten auch nicht auf ... auf ... Liebe verzichten.« Frau Kowalskis Stimme erstarb endgültig. Nachdem Thea sie nun länger betrachtet hatte, schätzte sie sie auf Ende dreißig.

»Und jetzt möchten Sie wissen, wie Sie und Ihr Mann zärtlich miteinander sein können, ohne dass Sie schwanger werden?«, fragte Thea behutsam nach.

»Ja.« Frau Kowalski nickte und zupfte wieder an ihrer

Kittelschürze herum. Ihre Wangen färbten sich noch röter. »Ich weiß, dass es diese Dinger aus Gummi gibt, und ich hab die Schwester deswegen gefragt. Aber sie hat gesagt, die zu benutzen wär eine schwere Sünde.«

»Sich in einer schwierigen Lebenssituation gegen eine Schwangerschaft zu entscheiden ist ganz sicher keine Sünde.« Thea schüttelte den Kopf. »Und die sicherste Methode, um zu verhindern, dass Sie schwanger werden, ist nun einmal, wenn Ihr Mann ein Kondom benutzt.«

»Gibt es denn nichts anderes?«

»Schon, aber diese Methoden sind ziemlich kompliziert und alles andere als sicher, und ich kann Sie Ihnen deshalb leider nicht empfehlen.«

»Aber wir können nicht dieses *Ding* nehmen, wenn es Sünde ist!« Unglücklich sah Frau Kowalski Thea an. »Ich hatte so gehofft, es gäbe noch einen anderen Weg …«

Thea unterdrückte ein Seufzen. Frau Kowalski von ihrer Meinung abzubringen war wohl aussichtslos. Dabei hatten sie und ihr Mann doch ein Recht auf Liebe und Zärtlichkeit! Unzufrieden, dass sie Frau Kowalski nicht hatte helfen können, verabschiedete sich Thea schließlich.

Am Abend zog Thea sich feste Schuhe und eine Jacke an, dann verließ sie das Häuschen. Sie musste dringend nach draußen und sich bewegen. Noch dazu war das Wetter so schön! Sie schlug den Weg ein, den sie auch schon am Morgen ihres ersten Arbeitstages genommen hatte, an der Pferdekoppel vorbei und ins Moor. Auch hier hatte der Frühling nun endlich Einzug gehalten. Ein zarter Grünschimmer lag über allem, die Knospen der Birken hatten sich zu Blättern entfaltet, und um die Tümpel und entlang der Bäche war das Gras ganz weiß gesprenkelt. Flauschige Gebilde, wie Wolle, wuchsen dort an den Halmen. In der Ferne zeichneten sich die Eifelberge in blauen und grauen Schattierungen vor dem klaren Himmel ab.

Thea schritt schnell aus und atmete tief die frische Luft ein. Es tat so gut, hier draußen zu sein! Das Gespräch mit Frau Kowalski ging ihr nicht aus dem Sinn. Sie selbst hatte sich so sehr gewünscht, ein Kind mit Hans zu haben! Deshalb hatte sie auch in der kurzen Zeit ihrer Ehe keine Vorkehrungen gegen eine Schwangerschaft getroffen, denn es bestand ja die – leider sehr reale, schreckliche – Möglichkeit, dass Hans nicht aus dem Krieg zurückkehren würde. Wegen ihres Studiums und ihres Traums, Gynäkologin zu werden, hatte ihr Hans zwar geraten, mit einer Schwangerschaft zu warten, bis der Krieg vorbei war. Doch sie hatte sich gegen seinen Rat entschieden. Sie war überzeugt gewesen, das Studium zu beenden und gleichzeitig ein Kind großzuziehen irgendwie bewältigen zu können. Dann jedoch war ohnehin alles anders gekommen. Sie war nicht schwanger geworden, und Hans war nicht aus dem Krieg zurückgekehrt.

Von irgendwoher wehte der Glockenschlag einer Kirchturmuhr über das Moor und brachte Thea in die Gegenwart zurück. Eine gute halbe Stunde war sie jetzt schon unterwegs. Stacheldraht markierte die Grenze zu Belgien. An manchen Stellen war er niedergetrampelt. Nein, ein wirkliches Hindernis stellte er nicht dar.

Ganz in ihrer Nähe auf der deutschen Seite befand sich ein Birkenwäldchen, aus dem plötzlich zwei Männer hervortraten. Unwillkürlich zögerte Thea. Sie war kein ängstlicher Mensch. Aber ihr war bewusst, dass sie hier mit den

Männern ganz allein war, weitab vom Dorf und anderen Menschen.

Doch nun erkannte sie einen von ihnen – es war Axel Heimbach! Er und sein Begleiter reichten sich die Hände. Irgendwie mehr eine Geste als ein Abschiedsgruß, fast, als ob sie etwas besiegelten. Dann bestieg Axel Heimbachs Gefährte ein Motorrad, das Thea erst in diesem Moment entdeckte, und entfernte sich auf dem unebenen Weg.

Sie ging weiter. »Herr Heimbach, jetzt begegnen wir uns tatsächlich schon wieder!«, rief sie ihm lächelnd zu.

Er fuhr zu ihr herum, schien im ersten Moment nicht gerade erfreut, sie zu sehen. Dann jedoch erschien auch auf seinem Gesicht ein Lächeln. »Was für eine nette Überraschung! Sie hat es an dem schönen Abend also auch ins Venn gezogen.«

»Ja, ich musste mal raus.« Thea nickte. »Und Sie sind wieder zum Malen oder Fotografieren hier?« Axel Heimbach hatte eine große Ledertasche neben sich im Gras abgesetzt, die mit etlichen kleinen Außentaschen bestückt war. Hans hatte in einer ähnlichen seine Malutensilien verwahrt.

»Ich habe ein bisschen skizziert.« Sein Blick irrte kurz zur Seite. Dann erst sah er sie wieder an. »Ich habe meinen Wagen am Ortsrand von Eichenborn stehen. Wenn Sie mögen, könnten wir zusammen weitergehen. Also, falls Sie schon auf dem Rückweg sind …«

»Ich wollte tatsächlich langsam wieder Richtung Dorf gehen«, bestätigte Thea. Ihr Plan war, sich vor dem Schlafen noch ein bisschen ihren medizinischen Lehrbüchern zu widmen. »Und ja, ich gehe gern mit Ihnen zusammen.«

Axel Heimbach schwang sich den Riemen der Ledertasche über die Schulter. »Und, haben Sie sich denn schon etwas eingelebt?«

»Nun, ich würde mir wünschen, die Menschen wären zugänglicher«, erwiderte sie spontan. Bestimmt empfand Axel Heimbach ihre Offenheit nicht als beleidigend. Sie konnte sich nicht vorstellen, dass er ein großer Lokalpatriot war.

»Ja, die Leute können hier ziemlich abweisend sein. Das fällt einem besonders auf, wenn man eine Zeit lang in einer Großstadt gelebt hat.« Sein Tonfall war ein bisschen bitter. Er bemerkte Theas fragenden Blick. »Ich habe in München Kunst studiert und danach dort als Fotograf gearbeitet.«

»Und weshalb sind Sie in die Eifel zurückgekehrt? Wenn Ihnen diese Frage nicht zu persönlich ist …« Thea bremste sich. Aber es machte einfach Spaß, mit ihm zu plaudern. Er benahm sich ihr gegenüber ganz offen und unkompliziert.

»In München lag nach dem Krieg alles in Trümmern. Mein Vater war zu alt, um das Fotoatelier in Monschau weiterzuführen, und ich musste Geld verdienen. Es heißt ja nicht umsonst ›brotlose‹ Kunst. Und nach seinem Tod bin ich hier hängen geblieben.«

»Das klingt aber nicht so, als ob Sie für immer in Monschau bleiben wollen?«

»Mich zieht es wieder in die Großstadt, aber wer weiß, was die Zukunft so bringt.« Er zuckte mit den Schultern. »Ich liebe das Venn, schon seit ich ein kleines Kind war. Mein Vater hat hier auch oft fotografiert, und ich habe ihn begleitet. Später dann bin ich oft allein herumgestreift, und immer gab es etwas zu entdecken.«

»Ich kann gut verstehen, dass die Landschaft Sie fasziniert. Ich habe mich ja auch auf Anhieb in das Moor verliebt.«

Da und dort wuchsen kleine violette Blumen neben dem Weg. Waren das etwa Orchideen? Und ein Vogel mit rotbraunem Gefieder huschte blitzschnell durch das Gras, ehe er hinter einem Busch verschwand. Ja, es war schön hier, aber die Gegend konnte auch beängstigend sein. Thea musste plötzlich an ihre Begegnung in der Walpurgisnacht denken. Einige Momente lang gingen sie schweigend nebeneinanderher.

Schließlich sah Axel Heimbach sie von der Seite an. »Sie wirken so, als ob Sie etwas stark beschäftigt.«

»Tatsächlich?«

»Ja, Sie runzeln die Stirn, und ihr Blick ist ganz nach innen gerichtet.« Er lächelte ein wenig.

Hans hatte auch oft gesagt, dass ihr Gesicht wie ein offenes Buch sei. »Ach, ich hatte in der Nacht zum ersten Mai ein merkwürdiges Erlebnis auf der Landstraße, ein paar Kilometer von Eichenborn entfernt.« Sie schilderte ihm die Begegnung mit der hochschwangeren Frau und dass die Männer plötzlich in der Dunkelheit aufgetaucht waren und sie weggeführt hatten.

Axel Heimbach hörte ihr aufmerksam zu. »Die Frau ist also freiwillig mitgegangen?«, fragte er dann.

»Ja, so schien es.«

»Vielleicht waren die Leute Flüchtlinge, man lässt sie hier oft spüren, dass sie nicht willkommen sind, und das macht sie argwöhnisch, und sie bleiben für sich. Mehr steckt wahrscheinlich nicht dahinter.«

Nun, das Gefühl, in der Eifel nicht willkommen zu sein, konnte Thea sehr gut nachvollziehen. Da war aber noch etwas, was sie beschäftigte. »Sie sind anscheinend oft draußen unterwegs, und – nehmen Sie es mir bitte nicht übel –

ich glaube irgendwie nicht, dass Sie nur wegen des Malens und Fotografierens hier sind.« Sie fand Axel Heimbach eigentlich sympathisch. Aber es hatte diesen kurzen Moment vorhin gegeben, als er gesagt hatte, er habe skizziert, und ihrem Blick ausgewichen war. Und da war auch noch sein Rat bei ihrem ersten Zusammentreffen im Moor gewesen, dass man manchmal besser nicht »so genau hinschauen« solle.

»Sie lassen nicht locker, wie?« Er sah sie amüsiert an.

»Der Umgang mit Patienten schärft den Blick. Ich merke es meistens, wenn sie lügen.«

»Ich muss ein bisschen ausholen. Sie sind ja sicher nicht mit der Geschichte dieser Gegend vertraut. Eichenborn ist, wie einige andere Orte an der Grenze ebenfalls, seit dem Versailler Vertrag eine deutsche Enklave in Belgien.«

»Ja, und …?« Thea hatte keine Ahnung, worauf Axel Heimbach hinauswollte.

»Belgien hat diese Gebiete nach dem Ende des Zweiten Weltkriegs für sich beansprucht, diese Ansprüche dann aber am Karfreitag des vergangenen Jahres aufgegeben. Für manche in Eichenborn und Umgebung ist das Thema damit jedoch nicht beendet. Sie würden gern zu Belgien gehören.«

»Und warum das?«

»Teilweise aus finanziellen Gründen, weil große Stücke ihres Grundbesitzes nun auf belgischer Seite liegen und sie durch die Grenze nicht mehr so einfach Zugang dazu haben. Teilweise sind die Gründe aber auch ideeller Natur. Manche Leute haben es nach zwei Weltkriegen und dem Nationalsozialismus einfach satt, Deutsche zu sein. Andere wiederum fassen das als Verrat an der Heimat auf. Das sorgt für Streit in den Gemeinden.«

»Und welche Rolle spielen Sie bei alldem?«

»Ich habe auf beiden Seiten der Grenze Verbindung zu Leuten, die die Enklaven gern bei Belgien sähen. Da ich in Monschau lebe, betrifft mich das alles ja nicht direkt, aber mir ist Belgien nun mal sympathischer als dieses konservativ-spießige Nachkriegsdeutschland. Deshalb helfe ich da gern und stelle Kontakte her.«

»Und bei dem Treffen in dem Gasthof an meinem ersten Abend in Eichenborn ging es darum?«

»Unter anderem, ja.«

»Und Georg Berger, wie steht er zu dem Ganzen?«

»Soviel ich weiß, ist es ihm völlig egal.«

Was Theas Ansicht bestätigte, dass ihr Chef sehr vielem gleichgültig gegenüberstand.

Sie waren jetzt in den Feldern und Wiesen von Eichenborn angelangt. Axel Heimbach deutete auf einen VW-Käfer, der neben einer Kapelle geparkt war. »Das ist mein Wagen, soll ich Sie mit ins Dorf nehmen?«

»Ja gern.« Nach dem langen Tag war Thea nun doch müde.

Sie stiegen ein. Axel Heimbach ließ ein Pferdefuhrwerk auf dem Feldweg passieren, dann gab er Gas und lenkte den Käfer in Richtung Dorf. »Interessieren Sie sich eigentlich für Malerei?«

»Wie kommen Sie darauf?«

»Weil Sie, als wir uns das erste Mal im Venn begegnet sind, mein Gemälde sehr intensiv betrachtet haben.«

»Mein verstorbener Mann war Maler«, gab Thea zu.

»Tatsächlich? Er ist gefallen?«

»Ja, in Italien.«

»Ach, dieser verdammte Krieg. All die Toten und so viele

Talente und Möglichkeiten für immer vernichtet. Na ja, mich hat er gelehrt, im Heute zu leben und meine Zeit zu genießen.« Wieder klang Axel Heimbachs Stimme bitter. Sie fuhren nun die lange Hauptstraße entlang. An dem Maibaum auf dem Kirchplatz wehten bunte Bänder im Wind, und vor vielen Häusern standen kleine Altäre, darauf Madonnenstatuen und Blumen. Das war wohl ein katholisches Brauchtum.

»Und, hat der Krieg Sie auch etwas gelehrt?« Axel Heimbach bog in die Straße ein, die zum Schlösschen führte.

»Ich weiß nicht ... Also, ich bin froh und dankbar, am Leben zu sein. Aber das ist wohl etwas anderes, als es regelrecht zu genießen.« Thea dachte nach. »Vielleicht, nichts als selbstverständlich zu erachten. Und ja ... Ich habe so viele Tote und Verwundete gesehen – vermutlich hat der Krieg mich noch mehr darin bestärkt, Menschen heilen zu wollen.«

Er schenkte ihr ein Lächeln. »Ein wirklich hehres Ziel, Menschen zu heilen ...«

»Bei dem ich oft genug scheitere«, erwiderte Thea trocken. Sie hatten jetzt das Häuschen erreicht, und Axel Heimbach hielt vor dem Gartentor an.

»Danke fürs Mitnehmen«, sagte Thea lächelnd.

»Es war schön, Sie zu treffen.« Er griff in seine Lederjacke und reichte Thea eine Visitenkarte. »Das ist die Adresse meines Ateliers in Monschau. Falls Sie sich einmal fotografieren lassen möchten oder einen Fotoapparat oder einen Film benötigen, kommen Sie gern vorbei. Und falls Sie mal Lust auf Kino haben – in drei oder vier Wochen werde ich wieder einen Film in Eichenborn vorführen.«

»Sie zeigen Filme?«

»Ja, das ist mein Hobby.«

Ins Kino zu gehen war eine der wenigen Vergnügungen gewesen, die Thea sich regelmäßig in Hamburg gegönnt hatte. »Wissen Sie denn schon, welchen Film Sie vorführen werden?«

»Nein, aber ich kann Ihnen versichern, es wird kein Heimatfilm mit Rudolf Prack und Sonja Ziemann sein.«

»Das ist gut.« Thea konnte diese Filme auch nicht leiden.

»Sobald der Termin feststeht, wird es einen Aushang im Dorfladen geben. Und ich kann Ihnen auch kurz selbst Bescheid sagen.«

»Das wäre nett.«

Sie verabschiedeten sich, wünschten sich gegenseitig einen schönen Abend, dann wendete Axel Heimbach und fuhr los. Nachdenklich schaute Thea auf die Visitenkarte in ihrer Hand. Es war wirklich schön gewesen, sich mit ihm zu unterhalten. Und ja, sie freute sich darauf, ihn wiederzusehen.

»Frau Dr. Graven!«

Thea hatte eben die Gartentür geöffnet, als sie Georg Berger ihren Namen rufen hörte. Und da war auch das Klappern von Hufen. Sie wandte sich um. Ihr Chef ritt auf sie zu, anscheinend war er gerade auf dem Rückweg zu der Koppel. Die Begegnung mit Axel Heimbach hatte Theas Stimmung weiter aufgehellt, und sie war eigentlich überhaupt nicht in der Laune, sie sich verderben zu lassen, indem sie ihren Chef traf. Aber nun hatte er sie erreicht und sprang aus dem Sattel. Unwillkürlich wich Thea vor dem Pferd zurück.

»Ja?«, fragte sie spröde. Georg Bergers Gesicht war immer noch ziemlich blass, und er hatte dunkle Ringe unter den Augen.

»Ich wollte mich bedanken, dass Sie mir aus der Klemme geholfen haben. Wenn ich den Termin mit dem Kerl vom Gesundheitsamt verpasst hätte, wäre das wahrscheinlich wirklich ziemlich unangenehm geworden.«

»Na ja, wenn Sie Ihre Zulassung verloren hätten, hätte mich das auch die Stelle gekostet.« Thea konnte sich nicht zu einer freundlicheren Antwort aufraffen.

»Und ich möchte mich dafür entschuldigen, dass Sie mich ... nun ja, so angetroffen haben, wie ich nun mal war.«

»Ich habe schon Schlimmeres gesehen.«

Das Pferd, von der Größe her wohl eine Stute, näherte sich Thea jetzt neugierig, und sie presste sich an den Gartenzaun. Georg Berger fasste die Zügel kürzer und zog es von ihr weg. Bestimmt merkte er ihr an, dass sie sich vor dem Tier fürchtete.

»Eine Frau Helmholz hat übrigens vorhin in der Praxis für Sie angerufen. Sie sagte, sie sei Ihre Schwester. Sie möchten Sie bitte zurückrufen, aber es ist nicht eilig.«

»Danke fürs Ausrichten.« Thea schlüpfte durch das Gartentor und brachte sich dadurch in Sicherheit vor dem Pferd.

»Dann bis morgen in der Praxis.« Georg Berger nickte ihr zu.

»Ja, bis morgen«, erwiderte Thea kurz angebunden.

Immerhin, er hatte sich bei ihr bedankt und entschuldigt. Das war mehr, als sie erwartet hatte.

Weshalb Marlene sie wohl sprechen wollte? Vor dem Beginn der Sprechstunde am nächsten Morgen wählte Thea die Telefonnummer der Villa. Kurz vor acht konnte sie sicher sein, dass der Vater schon im Krankenhaus sein würde.

»Katja Kampen.« Die ein wenig atemlose Stimme der Schwester drang an ihr Ohr.

»Katja«, sagte Thea verblüfft, »solltest du nicht im Büro sein?«

»Ich habe immer noch Überstunden und gönne mir heute Vormittag einen Friseurbesuch und eine Maniküre.« Die Schwester lachte. »Meldest du dich auf Marlenes Anruf hin? Ja? Das ist gut. Wie sieht es denn bei dir am Sonntag aus, hast du frei?«

»Ja, das habe ich, weil ich am ersten Mai den Bereitschaftsdienst übernommen habe, aber warum ...«

»Ach, das ist toll!«, unterbrach Katja sie. »Vater braucht den Wagen nämlich nicht, und Marlene und ich wollen mit den Kindern einen Ausflug nach Bonn und auf den Drachenfels machen. Das ist so eine berühmte Sehenswürdigkeit am Rhein, man kann mit Maultieren zu der Ruine reiten, und seit Liesel und Arthur in der Schule davon gehört haben, wollen sie unbedingt dorthin. Und wir fänden es so schön, wenn du mitkommen würdest!«

»Oh ...« Thea war einen Moment lang überrascht.

»Thea! Jetzt sag bloß nicht, dass ein Ausflug mit den Kindern am nächsten Sonntag und dann unser gemeinsames Wochenende nur eine Woche später ein unzulässiger Luxus sind, den du dir keinesfalls gönnen darfst.«

»Nein, das tue ich ja gar nicht.« Thea lachte. »Ich komme sehr gern mit. Und fang du jetzt nicht auch noch an, mich in eine protestantische Schublade zu stecken. Das geschieht hier in Eichenborn schon oft genug. So asketisch und jedem Vergnügen abhold bin ich nun auch wieder nicht.«

»Diese Hebamme und Krankenschwester – wie heißt sie noch mal, Fidelis? – ist wirklich ein Drache. Sie kam vor ein paar Tagen im Krankenhaus vorbei, um etwas mit der Oberschwester zu besprechen, sie gehören ja demselben Orden an, und sie hat mich gemustert, als wäre ich eine Dirne.« Unverhohlenes Amüsement schwang in Katjas Stimme mit.

Thea konnte sich gut vorstellen, dass Katja, die mit Lippenstift nicht geizte und gerne schicke, figurbetonte Kleidung trug, der Nonne zutiefst missfiel. Ob Schwester Fidelis vielleicht versucht hatte, von der Oberschwester mehr über sie, Thea, und ihren Vater zu erfahren? Der Gedanke kam ihr ganz plötzlich. Sofort schüttelte sie über sich den Kopf. Allmählich litt sie unter Verfolgungswahn.

Sie verabredete mit Katja, dass sie am Sonntag gegen neun zur Villa kommen würde, der Vater war um diese Zeit bestimmt in der Kirche, dann beendete sie das Telefonat.

Sosehr sie das Hohe Venn auch liebte – wie schön, einmal aus Eichenborn herauszukommen!

Kapitel 13

Am Sonntagmorgen stieg Thea die Treppe zur Villa in Monschau hinauf. Über dem Moor hatte noch ein bisschen Nebel gehangen. Aber hier war es ganz sonnig und warm, und es sah so aus, als ob es auch für den Rest des Tages so bleiben würde. Sie wollte an der Eingangstür klingeln, aber dann hörte sie die Stimmen von Liesel und Arthur im Garten, und irgendwie klang es so, als ob die beiden sich stritten. Deshalb ging sie um das Haus herum. Und tatsächlich …

»Du bist gemein!« Arthur versetzte seiner Schwester einen Stoß gegen die Brust, die ihn ihrerseits schubste. »Und du bist ungeschickt, ungeschickt, ungeschickt …« Lachend rannte Liesel über den Rasen, während ihr kleiner Bruder sie wütend verfolgte.

»Was ist denn los?« Thea hielt ihren Neffen an den Schultern fest.

»Sie macht sich über mich lustig.« Anklagend deutete Arthur auf Liesel. Die ihm die Zunge herausstreckte. »Er kann ja noch nicht mal Rad schlagen. Dabei ist das so einfach!« Und sie begann auf dem Rasen Rad zu schlagen, eines und noch eines, ein wirbelnder Irrwisch, mit langen, dünnen Beinen und wehenden rotbraunen Locken.

Arthur starrte ihr finster hinterher.

»Ich zeige dir, wie man es macht. Komm, sei nicht länger böse.« Thea rüttelte ihn freundschaftlich.

»Du kannst Rad schlagen, Tante Thea?« Erstaunt blickte Arthur sie an.

»Ich konnte es mal ganz gut, und ich glaube nicht, dass ich es verlernt habe.« Es traf sich, dass sie für den Ausflug eine weite, bequeme Hose und keinen Rock angezogen hatte.

»Du darfst nicht zu viel Schwung holen. Du machst einen Ausfallschritt und, schau mal …« Thea kam mit der einen Hand, dann mit der anderen auf dem Rasen auf und streckte ihre Beine gerade in die Luft. Ihre Brille verrutschte ein bisschen, die Rückseite der Villa war auf den Kopf gestellt – und auch der ältere Herr, der jetzt im dunklen Sonntagsanzug auf die Terrasse trat. Der Vater. Anscheinend war ihm etwas in Bezug auf den Gottesdienstbesuch dazwischengekommen, möglicherweise die Klinik.

Thea kam wieder auf den Füßen auf. Sie und der Vater sahen sich an. Er runzelte ärgerlich die Stirn. Würde er sie vor den Kindern vom Grundstück weisen?

»Großvater, Tante Thea fährt heute mit uns nach Bonn und zum Drachenfels!« Arthur griff eifrig nach seiner Hand.

»Aha …« Die Stimme des Vaters klang spröde.

»Es ist schade, dass du nicht mitkommst, wir werden auf Maultieren reiten und …«

»Großvater, schau mal!« Strahlend vollführte Liesel wieder ihr Kunststück. Thea räusperte sich. »Sie sieht aus wie Katja in dem Alter, nicht wahr?«, sagte sie leise.

»Ja, das tut sie.«

»Und sie hat Mutters braune Augen …«

»Das stimmt.« Einige Momente lang standen sie stumm nebeneinander auf der Terrasse. In der Villa spielte ein Radio Musik. Katja rief irgendetwas, und Marlene antwortete ihr.

»Musst du noch mal ins Krankenhaus, Großvater?«
Arthur brach die Stille zwischen ihnen.

»Nein, da komme ich gerade her.«

Also hatte sie mit ihrer Vermutung richtiggelegen.

»Nun, ich wünsche euch einen schönen Tag.« Der Vater
drehte sich zu der nur angelehnten Terrassentür um und
ging wieder ins Haus.

Hatte er ihr eben wirklich kurz zugenickt? Thea atmete
auf.

Marlene rief den Kindern zu, dass sie noch einmal auf die
Toilette gehen sollten. Und nach einigem Hin und Her –
Arthurs Jacke war nicht zu finden, und Katja wechselte
noch einmal die Schuhe – fuhren sie schließlich los.

Die Begegnung mit dem Vater war viel besser verlaufen,
als Thea befürchtet hatte. War das vielleicht ein kleiner
Schritt zu einer Annäherung? Sie hoffte es so sehr.

»Hier tagt jetzt also das deutsche Parlament.« Naserümp-
fend betrachtete Katja das weiße Gebäude im Bauhausstil
im Bonner Süden. »Sehr viel macht es ja nicht gerade her.«

Nach einem Spaziergang am Rhein hatten sie einen kleinen Abstecher in das Regierungsviertel unternommen. Sie
hatten sehen wollen, wo denn nun die Geschicke der erst
im vergangenen Jahr gegründeten Bundesrepublik gelenkt
wurden. Sehr beschaulich lagen die Regierungsgebäude am
Ufer des Stroms, alte Villen mit parkartigen Gärten beher-
bergten manche davon.

»Na ja, das Parlament ist hier sicher nur provisorisch
untergebracht«, erwiderte Thea lachend.

»Aber Bonn ist so provinziell! Da hätte ja Dresden als
Hauptstadt viel mehr hergemacht. Wenn es nicht in der

Ostzone läge, und natürlich vor der Zerstörung...« Katja brach ab.

In Dresden, der wunderschönen barocken Stadt und dem Sitz der sächsischen Könige, lagen nach der Bombardierung im Februar 1945 weite Teile in Schutt und Asche. Thea wusste, dass die Schwestern in diesem Moment wie sie der verlorenen Heimat nachtrauerten.

Katja warf die Haare in den Nacken und lächelte ein bisschen bemüht. »... von Berlin natürlich ganz zu schweigen.«

»Wie alt warst du, als du das letzte Mal in Berlin warst? Elf oder zwölf?« Marlene seufzte. »Und bei dir ist ja alles provinziell.«

Katja sah sie angriffslustig an. Aber jetzt kamen Liesel und Arthur angerannt, die am Straßenrand Fangen gespielt hatten. »Wann dürfen wir denn endlich auf den Maultieren reiten?«, beschwerten sie sich.

Marlene blickte auf ihre Armbanduhr. »Nach dem Mittagessen.«

In dem Regierungsviertel gab es kein Restaurant, zumindest keines, das am Sonntag geöffnet hatte. Deshalb fuhren sie in die Innenstadt. Nach kurzem Suchen entdeckten sie auf dem Rathausplatz einen Gasthof, vor dem Tische und Stühle in der Sonne standen, und ließen sich dort nieder.

Die Speisekarte war gutbürgerlich, und die Kinder ließen sich Pommes frites und Würstchen schmecken. Aber nach dem Essen bettelten sie, wie nicht anders zu erwarten: »Kriegen wir ein Eis?«

Thea unterdrückte ein Lächeln, sie sah Marlene an, dass diese »Nein« sagen wollte. Rasch legte sie der Schwester die Hand auf den Arm. »Das ist doch ein Ausflug. Ich finde, die beiden haben sich ein Eis verdient, immerhin sind sie, ohne zu quengeln, mit uns spazieren gegangen. Wollt ihr auch eins?«

»Nicht, wenn wir später noch Kaffee trinken.« Marlene schüttelte den Kopf.

»Für mich auch nicht.« Katja blickte über den Platz, an dem das barocke Rathaus zwischen Geschäften, Cafés und Restaurants stand. »Ich sehe mir mal die Schaufenster an.«

»Ich komme mit, also, wenn es dir nichts ausmacht, mit den Kindern allein zu bleiben.« Marlene blickte Thea fragend an.

»Überhaupt nicht.« Thea bestellte für Liesel und Arthur je ein Eis und für sich eine Tasse Kaffee. Sie genoss es, in der Sonne zu sitzen und mit ihrer Nichte und ihrem Neffen zu plaudern. Sie hatte gar nicht gewusst, dass Liesel seit Kurzem reiten lernte und Arthur leidenschaftlich gern Fußball spielte und im Tor stand.

Arthur hatte sein Eisschälchen bis auf den letzten Rest mit dem Löffel ausgekratzt, als ihm die Augen zufielen. Schon vorher hatte er ein paarmal vor Müdigkeit geblinzelt.

»Er hat wieder einen schlimmen Traum gehabt«, bemerkte Liesel ein bisschen altklug und fuhr mit dem Finger durch das Schälchen.

»Ich weiß, er hat das ja öfter.«

»Er hat früher auch ganz oft geweint, wenn Mama nicht da war. In Frankfurt war das.«

»Was meinst du damit, eure Mama war nicht da?«

»Na ja, sie war öfter mal nachts weg.« Liesel leckte ihren Finger ab. »Ich hatte auch Angst, aber ich bin ja älter, und ich hab nicht geweint. Und ich hab jetzt auch keine schlimmen Träume.«

Marlene hatte doch ganz sicher die Kinder nicht oft nachts allein gelassen? Liesel musste da etwas durcheinanderbringen.

Jetzt kamen die Schwestern zurück, Arthur wachte wieder auf, und Marlene legte zärtlich die Arme um ihre Kinder. »Dann wollen wir mal los! Was haltet ihr davon, wenn wir die Fähre über den Rhein nehmen?«

Mit der Autofähre von Bad Godesberg aus überzusetzen war für die Kinder aufregend. Sie blickten abwechselnd in die Wellen rings um die Fähre und auf den Drachenfels, der nun schon viel näher gerückt war. Die Burgruine oben auf dem Berg und ein schlossähnliches Gebäude etwas unterhalb waren nun ganz deutlich zu erkennen. Richtung Süden breitete sich das Rheintal dramatisch aus, mit steilen Bergen rechts und links des Ufers, ganz anders als die liebliche Elblandschaft bei Dresden.

Nach einer kurzen Autofahrt auf der anderen Rheinseite hatten sie Königswinter erreicht, eine hübsche Kleinstadt mit Ausflugslokalen und einer Promenade, an der Platanen wuchsen. Bei der Zahnradbahn, die auf den Drachenfels führte, konnten auch die Maultiere und Pferde gemietet werden. Liesel und Arthur suchten sich je ein Tier aus, und Katja entschied sich ebenfalls fürs Reiten. Sehr anmutig saß sie im Sattel eines Pferdes.

Thea und Marlene folgten ihnen zu Fuß den Berg hinauf. Amüsiert registrierte Thea, dass Katja mal wieder viele Männerblicke auf sich zog, dann hakte sie Marlene unter. »Wegen der Kinder sind wir noch gar nicht richtig zum Reden gekommen. Die beiden scheinen sich ja in Monschau gut eingelebt zu haben. Zumindest hat es sich so angehört, als sie mir vorhin von sich erzählt haben. Aber wie geht es *dir* eigentlich? Hast du neue Freunde gefunden, oder gibt es da nur Vater und Katja?«

»Wenn ich auf Katjas Gesellschaft angewiesen wäre, wäre ich ziemlich verloren.« Marlene lachte. »Sie ist ständig unterwegs. Ich bin in ein paar Wohltätigkeitsorganisationen aktiv, und mit einigen Frauen bin ich inzwischen auch befreundet. Wir treffen uns auch mal im Café oder zum Kino oder besuchen Ausstellungen. Ja, ich fühle mich in Monschau heimisch.«

»Das ist schön.« Thea drückte Marlenes Arm.

»Und du, in deinem Dorf? Wie steht es mir dir? Die Szene mit Arthur auf der Kirmes tut mir immer noch so leid.«

»Na ja, ich konnte die Eichenborner noch nicht für mich gewinnen. In der Sprechstunde und bei den Patientenbesuchen lassen sie es mich nach wie vor deutlich spüren, dass sie eigentlich Georg Berger als Arzt haben wollen.«

»Du bist ja auch erst knapp drei Wochen dort.«

»Stimmt.« Thea sagte sich das ja selbst, und sie wollte nicht empfindlich sein. Aber manchmal setzte ihr die Ablehnung der Eifler schon zu. Ein paar Minuten lang gingen sie schweigend nebeneinanderher, weil der Weg jetzt sehr steil wurde. Dafür war die Aussicht auf das Rheintal spektakulär. Zwischen schroffen Felshängen wand sich der Fluss türkisgrün schimmernd hindurch.

Dann fragte Marlene ein bisschen außer Atem: »Und Georg Berger, wie ist er so als Chef?«

»Er ist ein guter Arzt. Das muss ich schon zugeben …« Thea bemühte sich, ihn sachlich zu beurteilen.

Marlene nickte. »Katja hat erzählt, dass vor einer Woche,

in der Nacht von Samstag auf Sonntag, ein junger Mann ins Krankenhaus eingeliefert wurde. Er ist wohl auf eine Granate oder so etwas getreten. Jedenfalls war es ein ziemliches Wunder, dass er lebend im Krankenhaus ankam, und der Oberarzt meinte, wenn Georg Berger die Wunde nicht so gut versorgt hätte, hätte es der junge Kerl wohl nicht geschafft.«

Das war der Fall, zu dem man Georg Berger gerufen hatte, weil sie eingeschlafen war. Wieder fühlte sich Thea tief beschämt, und sie beichtete Marlene ihren Fehler. »Aber abgesehen von seinen Qualitäten als Arzt ... Es tut mir leid, ich kann es nicht anders sagen: Meistens ist er muffig und unfreundlich – zu den Patienten und zu mir. Und ich habe den Eindruck, ihm ist eigentlich alles gleichgültig. Als ob er von nichts berührt werden will.« Thea zuckte mit den Schultern. »Und er erzählt so gut wie nichts von sich. Hast du zufällig mal etwas darüber gehört, ob er verheiratet war? Er ist ja schon über vierzig?«

»Nein, davon weiß ich nichts. Das heißt ... Warte mal ... Mir fällt da doch etwas ein.« Marlene runzelte nachdenklich die Stirn.

»Ach ja?«

»Eine Freundin von mir ist mit einem Arzt verheiratet, er praktiziert in Aachen, und als ich einmal bei ihnen zum Essen war, kamen wir irgendwie auf Georg Berger zu sprechen. Ich weiß auch nicht mehr, wieso ... Vielleicht weil der Mann meiner Freundin in Berlin studiert hat und deinen Chef deshalb von der Universität kannte. Und wenn ich mich richtig erinnere, sagte er so etwas wie, dass Georg Berger eine Affäre mit einer Sängerin hatte.«

»Oh, tatsächlich, eine Sängerin ...« Thea verdrehte die Augen. Ihr Chef hatte wirklich überraschende Seiten.

»Ja, sie war wohl sehr schön und deshalb das Gesprächsthema unter den Kollegen. Und sie ist wohl in Nachtclubs aufgetreten. Also solchen der besseren Sorte«, fügte Marlene hastig und verlegen hinzu.

Thea unterdrückte ein Lächeln, die Schwester war manchmal sehr prüde. Die Szene, als sie Georg Berger betrunken und nackt in seinem Schlafzimmer angetroffen hatte, kam ihr wieder in den Sinn. Sollte sie Marlene davon erzählen? Aber auch wenn sie ihren Chef nicht besonders mochte – er hatte in diesen Minuten sehr verletzlich gewirkt, und es kam ihr plötzlich illoyal vor, dies auszuplaudern. Selbst der Schwester gegenüber.

»Kannst du dich noch erinnern, ob der Name der Sängerin fiel?« Es interessierte sie nun doch, ob es sich bei dieser Frau um jene geheimnisvolle *Melanie* handelte, für die Georg Berger so viel zu empfinden schien.

»Nein, ich erinnere mich nicht.« Marlene schüttelte den Kopf.

Sie passierten jetzt eine der zahlreichen Andenkenbuden am Wegesrand. Spazierstöcke mit dem Emblem der Burgruine, Glaskugeln, in denen es schneite, wenn man sie schüttelte, und Spielzeugwindräder, deren Stäbe mit bunten Zuckerperlen gefüllt waren, wurden hier feilgeboten.

»Wie gut, dass die beiden auf den Maultieren reiten.« Marlene blickte zu den Kindern, die zusammen mit Katja jetzt fast schon die Burgruine erreicht hatten. »Sonst hätten sie bestimmt was von dem Zeug haben wollen. Arthur hatte übrigens wieder eine ziemlich unruhige Nacht mit Alpträumen und war lange wach und konnte nicht mehr einschlafen. Ich bin froh, dass er bisher so gut durchhalten hat.«

»Wo du seine Alpträume erwähnst ... Nach dem Eis ist

er mal kurz eingenickt. Und Liesel hat da etwas Merkwürdiges gesagt. Sie meinte, du hättest sie und Arthur öfter mal nachts allein gelassen, als ihr noch in Frankfurt gelebt habt. Ich kann das gar nicht glauben.«

»Was …« Marlene legte die Hand auf die Brust und wurde bleich. Entsetzt starrte sie Thea an. »Nein … nein … Ich habe nach dem Krieg gelegentlich spät am Abend in einer Krankenhausküche gearbeitet, weil ich so an Lebensmittel kommen konnte. Außer auf dem Schwarzmarkt gab es ja fast nichts. Aber ich habe meine Untermieterin gebeten, auf die Kinder aufzupassen …«

»Ich habe mir schon gedacht, dass Liesel da etwas durcheinandergebracht hat«, erwiderte Thea beruhigend, denn Marlene wirkte ganz verstört. Gleich darauf erreichten sie die anderen.

Liesel und Arthur waren schon von ihren Maultieren abgesprungen und strahlten in die Runde. »Es ist toll zu reiten, Tante Thea, willst du das nicht auch mal?« Arthur fasste nach ihrer Hand.

»Schön, dass es euch Spaß macht, aber ich? Nein danke«, erklärte Thea entschieden. Maultiere waren zwar viel kleiner als Pferde, aber sie legte trotzdem keinen Wert darauf, nähere Bekanntschaft mit ihnen zu machen. Kurz streifte ihr Blick Marlene, ehe die Kinder sie in die Ruine zogen. Die Schwester hatte einen abwesenden Ausdruck in den Augen. War da doch mehr an dem, was Liesel ihr erzählt hatte? Aber nein, warum hätte Marlene lügen sollen?

Beschwingt stellte Thea am Abend den Opel in der Wellblechgarage ab und lief zu ihrem Häuschen. Den Tag mit den Schwestern und den Kindern zu verbringen war so schön gewesen! Endlich hatte sie auch ihre Nichte und ihren Neffen besser kennengelernt. Sie mussten solch ein Treffen so bald wie möglich wiederholen.

Thea hatte das Häuschen schon betreten, als sie es sich anders überlegte und wieder nach draußen und zum Schuppen ging. Wie in den letzten Tagen auch lagen die Decken unberührt in der Ecke, und der Deckel der Truhe war geschlossen. Doch als sie ihn öffnete, fehlten der Zwieback, die Nüsse und die Flasche Saft. Peter war tatsächlich hier gewesen. Hoffentlich kam er bald wieder!

Kapitel 14

Das Mädchen ging Thea nicht aus dem Sinn. Völlig aufgelöst und durcheinander war die Elfjährige in ihre Sprechstunde gekommen. Deshalb klopfte sie, nachdem der letzte Patient am Mittwochmittag die Praxis verlassen hatte, an Georg Bergers Tür. Ihr Chef war gerade dabei, seine Arzttasche mit Medikamenten und anderen Dingen zu bestücken.

»Dr. Berger ...«

»Ja, was gibt's?«

Thea ignorierte, dass er, wie meistens, alles andere als erfreut war, von ihr behelligt zu werden. »Sagen Sie ... Ich dachte eigentlich immer, dass Kinder, die auf dem Land groß werden, mitbekommen, wie Tiere kopulieren und Lämmer und Kälber und Fohlen geboren werden.«

»Interessieren Sie sich etwa plötzlich für die Veterinärmedizin?«

»Nein, ganz und gar nicht, mich interessiert, weshalb Kinder und Jugendliche, vor deren Augen sich all das abspielt, offenkundig keine Ahnung von den grundlegendsten Dingen des menschlichen Geschlechtslebens haben. Vorhin kam eine Elfjährige in meine Sprechstunde. Sie war ganz panisch, weil sie dachte, sie würde verbluten. Dabei hatte sie nur ihre erste Regel.«

»Tiere und Menschen, das sind auf dem Land getrennte

Bereiche. Und wenn Kinder ihre Eltern fragen, was der Hengst und die Stute da miteinander treiben, erhalten sie in der Regel nur eine ausweichende Antwort.« Georg Berger zuckte mit den Schultern.

»Ich habe versucht, ihr behutsam zu erklären, was in ihrem Körper vor sich geht, und dass sie jetzt eine Frau ist und stolz darauf sein kann. Und dass man nicht durchs Küssen schwanger wird, was sie nämlich auch dachte. Dass es dazu anderer *Aktivitäten* bedarf.«

»Ich hoffe, Sie waren einigermaßen dezent. Sonst rücken mir garantiert ein paar Betschwestern auf den Hals.«

»Wie ich schon sagte, ich habe mich vorsichtig ausgedrückt.« Auch dieses Thema schien Georg Berger auf die Nerven zu fallen. »Ich habe dem Mädchen aber auch gesagt, dass Sexualität nichts Sündhaftes ist, im Gegenteil.« Etwas in der gelangweilten Miene ihres Chefs hatte Thea gereizt, das herausfordernd hinzuzufügen. Und plötzlich war ihr wieder präsent, wie schön und erfüllend es gewesen war, mit Hans zu schlafen – und wie sehr sie dies vermisste. Eine brennende Röte breitete sich auf ihren Wangen aus.

Georg Berger schaute an ihr vorbei. Ein Schatten wanderte über sein Gesicht. Hatten ihn ihre Worte an diese Frau – Melanie – erinnert, für die er offensichtlich so viel empfand? Nun wandte er sich ihr wieder zu.

»Schön, Sie haben also eine Lanze für eine unverklemmte Moral gebrochen – wie auch immer das in diesem Dorf aufgenommen werden wird.« Er runzelte die Stirn. »Sie könnten sich aber auch auf praktische Weise nützlich machen.«

»Ach ja …?«

»Die Vorräte an Medikamenten, Ampullen, Verbandsmaterial und einigem mehr müssen wieder mal aufgestockt werden. Ich habe schon eine Liste erstellt. Fahren Sie nach Monschau und besorgen Sie die Sachen.«

»Natürlich, gern.«

»Gut, die Praxis ist heute Nachmittag ja ohnehin geschlossen. Beim Zusammenstellen der Abrechnungsunterlagen für die Krankenkasse komme ich ohne Sie aus. Von mir aus können Sie sich den Rest des Nachmittags dann freinehmen.«

»Danke«, erwiderte Thea kühl. Eigentlich war das ja ein nettes Angebot, aber ihr Chef hatte es fast beleidigend klingen lassen. Sie wurde einfach nicht aus ihm klug.

Nachdenklich fuhr Thea kurz darauf nach Monschau. Ach, es war so schade, dass Menschen unter ihrer Geschlechtlichkeit litten! Die Begegnung mit dem elfjährigen Mädchen hatte sie wieder an Frau Kowalski erinnert, die sich – aus Angst, schwanger zu werden – davor fürchtete, mit ihrem Mann intim zu sein. Ob sie ihr nicht vielleicht doch helfen konnte?

Einige Zeit später verstaute Thea die Einkäufe für die Praxis im Opel. Sie wusste nicht, ob sie lachen oder sich ärgern sollte. Als sie für Frau Kowalski auch zwei Päckchen Kondome erworben hatte, hatte der Apotheker sie ihr mit einem schamhaften Räuspern, als wären es pornografische Fotografien, in einem Papiertütchen über die Ladentheke geschoben.

Thea beschloss, sich davon nicht die Laune verderben zu lassen. Es war einfach schön, ein paar freie Stunden zu haben. Noch dazu an diesem herrlichen, fast schon sommerlich warmen Tag. Und so konnte sie auch ein Geburtstagsgeschenk für Katja besorgen. Langsam schlenderte sie durch die Straßen von Monschau. Obwohl es ein normaler Mittwoch war, drängten sich auf den Bürgersteigen viele Menschen. Französische und flämische Worte – oder war das Holländisch? – drangen an ihr Ohr. Und tatsächlich schob sich jetzt ein Omnibus mit einem niederländischen Kennzeichen durch die schmale Gasse, vorbei an den pittoresken Fachwerkhäusern mit ihren aufwendig verzierten Giebeln und Erkern.

Theas Blick fiel auf ein Geschäft mit Fotoapparaten und großen Porträtaufnahmen in den Schaufenstern. Die Bilder in Schwarzweiß waren wirklich ausdrucksstark und gelungen. Ob das Axel Heimbachs Fotoatelier war? Ja, sein Nachname stand auf einem Schild über der Ladentür. Vielleicht sollte sie schnell hineingehen. Es wäre einfach nett, mit ihm zu plaudern. Thea spähte durch die Glasscheibe. Doch nur ein junger Mann – offensichtlich ein Mitarbeiter – stand hinter der Ladentheke und legte einem Kunden ein paar Filme zur Auswahl vor.

Ganz in der Nähe entdeckte Thea als Nächstes eine Buchhandlung. Das traf sich gut. Sie wollte ohnehin ein neu erschienenes gynäkologisches Fachbuch bestellen, das in der Ärztezeitschrift, die Georg Berger abonniert hatte, sehr gut besprochen worden war. Für Katja fand sie einen sehr schönen Bildband, denn die Schwester fotografierte ja leidenschaftlich gern.

Anschließend schlenderte sie weiter. Ein Platz tat sich vor ihr auf, ganz dominiert von einem imposanten Barockgebäude. Die ochsenblutrote Farbe seiner Fassade war die gleiche wie die des Schlösschens. Über den Mauern thronten riesige, mit Schiefer verkleidete Giebel. Auf der anderen

Seite bemerkte Thea ein Bekleidungsgeschäft, in dem Schaufenster waren modische Schals und Tücher drapiert. Ob da ein weiteres Geburtstagsgeschenk für Katja zu finden war? Thea schickte sich an, den Platz zu überqueren, als sie eine vertraute Stimme rufen hörte: »Thea!«

Als hätten ihre Gedanken sie herbeigerufen, eilte Katja auf sie zu. »Ich habe gerade Pause. Aber was machst du denn hier? Hast du Lust, mit mir einen Kaffee zu trinken?« In ihrem hellen Sommerkleid mit dem weiten, schwingenden Rock sah die Schwester ganz bezaubernd aus. Und ihre Augen strahlten, ja, ihr ganzes Gesicht schien von innen heraus zu leuchten. Wahrscheinlich hatte sie sich mit einem Verehrer getroffen.

»Ja, ich habe Zeit«, erwiderte Thea lächelnd. »Ich habe Einkäufe für die Praxis erledigt und einen freien Nachmittag.«

»An der Rur gibt es ein nettes Café.« Katja hakte Thea unter. »Ich habe für Samstag übrigens Zimmer in einem Hotel in Aachen für uns gebucht. Ich hoffe, das ist dir recht? Ich weiß, in der Stadt ist noch recht viel zerstört. Aber einer von Vaters Ärzten kommt von dort und hat mir ein sehr gutes Hotel empfohlen, und einige wirklich schöne Kleidergeschäfte gibt es mittlerweile auch.«

»Ja, natürlich ist mir Aachen recht.«

»Ach, und Marlene braucht deine Hilfe bei einer ihrer Wohltätigkeitsveranstaltungen. Keine Ahnung, bei was genau.« Katja plauderte weiter. »Ich kann ja mit diesen ganzen ehrbaren, matronenhaften Damen, mit denen Marlene da zusammenarbeitet, nichts anfangen.«

Thea unterdrückte ein Lächeln. Nein, karitative Organisationen waren sicher nicht Katjas Ding. Sie beschloss, später zur Villa zu fahren und Marlene zu fragen, worum es ging.

Bald darauf waren sie an der Rur angekommen. Touristen saßen unter Sonnenschirmen vor den Cafés und Restaurants. Abrupt blieb Katja stehen. »Ach, sieh mal, dort ...« Sie wies auf ein Optikergeschäft in einem verwinkelten Fachwerkhaus, vor dem einige Ständer mit Sonnenbrillen platziert waren. »Ich brauche dringend eine neue. Bitte, such doch eine mit mir aus.«

»Das mache ich gern.«

Katja inspizierte die Sonnenbrillen auf den Ständern und zuckte dann mit den Schultern. »Es ist keine dabei, die mir gefällt. Lass uns hineingehen.«

Thea folgte ihr in das Geschäft, das mit modernen Glasvitrinen und Regalen ausgestattet war. Katja hielt sich eine übergroße Sonnenbrille mit dunkelbrauner Fassung vor das Gesicht und betrachtete sich prüfend in einem Spiegel. »Wie findest du die?«

»Ungewöhnlich, aber sie steht dir.«

Die Schwester schaute sich um und griff dann nach einem Brillengestell in einem Regal. »Willst du die nicht einmal aufsetzen, während ich mich noch ein bisschen umsehe?«

Thea verstand. Der Sonnenbrillenkauf war sicher nur ein Vorwand gewesen, um sie in das Optikergeschäft zu locken. »Katja, ich brauche keine neue Brille.«

»Setz sie doch einfach nur mal auf!«, bettelte die Schwester.

»Ja, versuchen Sie es doch einmal. Das ist ganz unverbindlich.« Ein eleganter Mann mittleren Alters, der selbst eine sehr schicke Brille trug, hatte sich ihnen genähert.

»Nun gut ...« Thea gab nach. Sie nahm die Hornbrille ab,

setzte das Modell aus dem Laden auf und betrachtete sich im Spiegel. Irgendwie wirkte ihr Gesicht ohne das strenge schwarze Gestell frischer.

»Nicht schlecht ... Aber noch nicht ganz das Richtige.« Der Optiker wiegte den Kopf und nahm ein weiteres Gestell aus einem Regal. Dann zog er eine Schublade auf und holte noch eins daraus hervor. Die Brillengläser hatten eine Schmetterlingsform, und die rötlich braune Umrandung war mit golden schimmernden Pünktchen gesprenkelt.

»Oh, ist die apart«, hauchte Katja.

»Dieses Modell ist nichts für mich. Es ist viel zu ungewöhnlich.« Aber Thea ließ es sich doch von dem Optiker aufsetzen.

»Eine aparte Brille für eine aparte Dame.« Er lächelte.

Und wirklich ... Auf einmal schienen ihre Augen viel größer und leuchtender zu sein.

»Du siehst richtig aufregend damit aus!« Katja legte ihr den Arm um die Schultern. »Und sehr hübsch.«

Thea kämpfte mit sich. »Nein, ich weiß nicht ...«

»Thea!«

Noch einmal betrachtete sie sich prüfend in dem Spiegel. Ja, sie gefiel sich wirklich mit dem Brillengestell. »Gut, ich nehme das Modell«, hörte sie sich schließlich zu ihrer eigenen Überraschung sagen, auch wenn sie nicht ganz wusste, was da gerade in sie gefahren war.

»Wie schön, dass du dich dafür entschieden hast!« Katja strahlte sie an. »Du wirst es bestimmt nicht bereuen.« Sie blickte auf ihre Armbanduhr. »Wie schade, ich muss schon los, also müssen wir das Kaffeetrinken leider verschieben. Vater wird sehr ungehalten, wenn ich mich verspäte.«

Das war nun einmal etwas, bei dem Thea dem Vater

recht geben musste. Sie winkte der Schwester nach. Der Optiker maß ihre Sehschärfe und sicherte ihr zu, dass die Brille in etwa einer Woche fertig sein würde. Danach ging sie zu dem Modegeschäft, wo sie nach einigem Suchen einen Schal in exakt dem leuchtenden Blauton von Katjas Augen fand.

Anschließend machte sie sich auf den Weg zu Marlene.

Thea traf die ältere Schwester im oberen Stockwerk der Villa an, in einem hübsch eingerichteten kleinen Wohnzimmer mit Dachgauben, wo Spielzeug von Liesel und Arthur herumlag und ein Schaukelstuhl aus dem früheren Heim in Dresden stand. Marlene sortierte gerade alte Fotografien und stellte den Karton rasch beiseite, um für Thea auf dem Sofa Platz zu machen.

»Also ist dein Chef ja doch nicht so schlimm«, sagte sie lächelnd, nachdem Thea ihr erklärt hatte, wie sie zu dem unverhofften freien Nachmittag gekommen war.

»Darauf würde ich keine Wette abschließen.« Thea verzog den Mund. »Ich habe Katja zufällig im Ort getroffen, und sie sagte, dass du meine Hilfe bei einer Wohltätigkeitsveranstaltung brauchst?«

»Ja, nächste Woche, an Christi Himmelfahrt, findet eine große Benefizveranstaltung in der Monschauer Burg statt. Der Erlös ist für Kriegerwitwen und deren Kinder bestimmt. Abends treten Chöre aus der Gegend auf und auch überregional bekannte Solisten. Und vorher, also ab dem späten Nachmittag, werden Speisen und Getränke verkauft, und es gibt einen Basar ...«

»Also gewissermaßen wie bei der Kirmes«, unterbrach Thea sie amüsiert.

»Ja, wenn auch, was die Speisen und Getränke betrifft, auf einem etwas luxuriöseren Niveau.« Marlene lachte. »Und den großen Stand, an dem Handarbeiten und gut erhaltenes, gebrauchtes Spielzeug erworben werden können, den betreue ich. Wir haben wirklich sehr viele Spenden bekommen, viele Frauen aus Monschau und Umgebung haben uns unterstützt.«

»Hast du das allein organisiert?«

»Ja, überwiegend ...«

»Wie hast du das denn geschafft?« Bisher hatte Thea die Eifeler ja als nicht sehr entgegenkommend erlebt.

»Nun, ich habe Kirchenchöre und Vereine angesprochen, und viele wollten sowieso die Kriegerwitwen unterstützen«, wehrte Marlene bescheiden ab. »Aber leider hat sich eine der Damen, die mir an dem Stand helfen, vorgestern den Fuß gebrochen und fällt deshalb aus, und alle anderen sind schon sonst wo eingespannt. Zu dritt ist das wirklich nur schwer zu schaffen. Und Katja weigert sich ja kategorisch, bei so etwas mitzumachen.«

»Ich helfe dir sehr gern. Allerdings habe ich an Christi Himmelfahrt Bereitschaftsdienst. Aber vielleicht ist Georg Berger ja bereit, mit mir zu tauschen. Ich kläre das sobald wie möglich mit ihm.«

»Ach, es wäre wunderbar, wenn er zustimmt.« Marlene seufzte.

Theas Blick fiel auf eine der Fotografien auf dem Tisch. Sie nahm sie in die Hand und betrachtete sie voller Wehmut und Zärtlichkeit. Sie zeigte eine sehr schöne, große Frau, der Katja wie aus dem Gesicht geschnitten war – ihre Mutter.

»Über fünfzehn Jahre ist sie nun schon tot«, sagte Marlene

leise. Bald nach Katjas Geburt war die Mutter an einem seltenen Nervenleiden erkrankt und jahrelang dahingesiecht. Die Krankheit hatte die Kindheit und Jugend der Schwestern überschattet und sie zusammengeschweißt. »Ich bin jetzt selbst schon lange Mutter, aber ich vermisse sie immer noch.«

»Das geht mir genauso.« Thea drückte Marlenes Hand. Wenn die Mutter noch am Leben gewesen wäre, hätte sich bestimmt auch der Konflikt mit dem Vater nicht so zugespitzt. Einige Augenblicke lang hingen die beiden ihren Gedanken nach.

Dann sah Marlene Thea an, ihre Miene hatte sich wieder aufgehellt. »Hast du Lust, ein paar Kleider anzuprobieren?«

»Ja, aber wie kommst du darauf?« Thea war überrascht.

»Wir beide sind doch etwa gleich groß, und früher hatten wir auch die gleiche Figur. Ich musste Sachen aussortieren, weil ich zugenommen habe. Ja, doch, das ist so«, kam sie Theas Protest zuvor. »Und ich dachte, vielleicht gefällt dir ja etwas davon, und du willst es haben.«

»Ich probiere deine aussortierten Sachen liebend gern an«, erwiderte Thea nachdrücklich. Schon früher hatte sie gelegentlich Kleider von Marlene übernommen. Zusammen schlenderten sie ins Schlafzimmer der Schwester.

Am Abend überquerte Thea unverrichteter Dinge die Brücke vor dem Schlösschen. Weder dort noch in der Praxis hatte sie ihren Chef angetroffen. Dann musste sie ihn eben morgen fragen, ob sie den Bereitschaftsdienst an Christi Himmelfahrt tauschen konnte. Ein Lächeln breitete sich auf ihrem Gesicht aus, als sie zurück zu ihrem Häuschen ging. Die Anprobe vor dem großen Spiegel in Marlenes

Schlafzimmer hatte so viel Spaß gemacht! Wie früher in Dresden hatten sie gelacht und gekichert, als Thea die aussortierten Kleidungsstücke anzog. Und tatsächlich passte und stand ihr einiges. Einen ganzen Koffer voll hatte sie mit nach Eichenborn genommen.

Kapitel 15

Eigentlich wollte Thea sich schnell etwas zu essen machen und dann noch einen wissenschaftlichen Artikel zur »schmerzfreien Geburt« lesen, was zurzeit ein großes Thema unter Gynäkologen und Hebammen war. Aber dann stieg sie in ihr Schlafzimmer unter dem Dach hoch. Dort klappte sie den Koffer auf und breitete die diversen Kleidungsstücke – ein Dutzend waren es bestimmt – auf ihrem Bett aus. Schon lange hatte sie nichts Neues mehr besessen. Vor der Währungsreform hatte es ja so gut wie nichts zu kaufen gegeben, und dann hatten ihr irgendwie die Zeit und das Interesse gefehlt.

Aber jetzt fand sie es doch schön, plötzlich eine neue Garderobe zu haben. Der weit schwingende Rock mit der hohen Taille und dem grün-roten Muster war so hübsch! Und ach, erst das elegante dunkelgrüne Cocktailkleid aus Seide ... Es hatte einen tiefen Ausschnitt und halblange Ärmel, und sein Rock war ebenfalls ganz weit. Es war einfach zauberhaft! Thea konnte nicht widerstehen. Sie schlüpfte aus ihrer Hose und dem Pullover und zog es an. Prüfend betrachtete sie sich im Spiegel. Sie musste zugeben, die neue Brille würde sich sehr gut dazu machen.

Ein lautes Klopfen unten an der Tür ließ sie zusammenzucken. Thea seufzte. Ob das ein Patient war, der es vergebens in der Praxis oder im Schlösschen versucht hatte?

Den Reißverschluss am Rücken hatte sie nicht geschlossen, da sie sich dazu zu sehr hätte verrenken müssen. Rasch zog sie eine Strickjacke über, eilte die steile Treppe hinunter und öffnete die Tür.

Vor ihr stand Axel Heimbach.

»Bitte entschuldigen Sie, ich störe Sie doch hoffentlich nicht?« Er musterte etwas verwundert ihren seltsamen Aufzug, das elegante Cocktailkleid und die alte Strickjacke. »Aber ich war gerade mal wieder in der Gegend. Und da fiel mir etwas ein …«

»Ja?« Thea war immer noch perplex, ihn so unverhofft zu sehen.

»Sie erzählten doch, dass Ihr verstorbener Mann Maler war. Ich gehöre zu einer Gruppe von Leuten, die in Monschau Ausstellungen organisieren. Und ich dachte, möglicherweise wären ja Bilder Ihres Mannes dafür geeignet. Ich müsste natürlich einmal welche sehen und …«

»Die meisten seiner Arbeiten sind in Hamburg eingelagert«, sagte Thea überrascht. »Aber zwei habe ich hier. Wenn Sie hereinkommen möchten …« Freude stieg in ihr auf. Wie schön wäre es, wenn Hans' Bilder endlich einmal vor einem Publikum gezeigt werden könnten! Das Klappern des Gartentors ließ sie innehalten. Ihr Chef kam den Weg entlang. Was wollte er denn ausgerechnet jetzt hier? Doch nun bemerkte sie, dass er eine merkwürdige Körperhaltung hatte, und um seinen Mund lag ein angespannter Zug, als ob er Schmerzen litte.

»Guten Abend, Heimbach.« Georg Berger nickte dem Fotografen zu und sah dann Thea an. Auch er wirkte etwas irritiert über ihren Aufzug. »Tut mir leid, dass ich störe, Frau Dr. Graven. Aber ich benötige dringend Ihre Hilfe.«

»Na, dann komme ich ein anderes Mal wieder.« Axel Heimbach lächelte Thea an.

»Ja gern, bis bald.« Es wäre so schön gewesen, ihm die Bilder zu zeigen …

»Kommen Sie rein.« Kurz angebunden bat sie Georg Berger ins Haus. »Also, was ist mit Ihnen?«

»Mein Pferd hat gescheut und mich abgeworfen. Dabei habe ich mir den linken Arm ausgekugelt.«

Georg Berger ließ sich auf einem Schemel nieder. Vorsichtig half Thea ihm aus der Jacke, dem Pullover und dem Hemd. Dann wandte sie sich seiner linken Schulter zu. Einen Moment hielt sie inne. Eine große Brandnarbe zog sich über seinen Rücken, vermutlich eine Kriegsverletzung. Wo er sich die wohl zugezogen hatte?

»Jetzt machen Sie schon!«, knurrte er.

»Ja natürlich.« Behutsam tastete Thea das Gelenk ab. »Es ist nichts gebrochen«, erklärte sie dann. »Ich werde Ihnen ein Schmerzmittel spritzen.«

»Das ist nicht nötig, ich halte das schon aus.«

»Sie wissen so gut wie ich, dass sich Ihre Muskeln entspannen, sobald das Mittel zu wirken beginnt. Sie müssen hier nicht den starken Mann markieren.« Thea ignorierte seinen grimmigen Gesichtsausdruck. Sie holte eine Spritze und eine Ampulle aus ihrer Arzttasche und injizierte ihm das Opiat. »In zehn Minuten müsste es zu wirken beginnen.«

»Tatsächlich? Das ist mir ja ganz neu.« Er strich sich mit der rechten Hand die Haare aus der Stirn. Erst jetzt wurde ihr klar, wie bizarr die Situation eigentlich war. Da saß sie, in einem Cocktailkleid, dessen Reißverschluss am Rücken offen stand, mit ihrem halbnackten Chef in ihrem Häuschen. Das Licht der Deckenlampe fiel auf seinen Oberkörper, modellierte die kräftigen Muskeln. Rasch hängte sie ihm das Hemd über die Schultern.

»Danke«, sagte er süffisant. »Würden Sie mir vielleicht eine Zigarette anstecken?«

»Nein, Sie rauchen sowieso zu viel.«

Ganz plötzlich grinste er und machte eine Bewegung, als wollte er den Kopf schütteln, ließ es aber mit Schmerz verzerrtem Gesicht sein. Einige Augenblicke lang sahen sie sich stumm an. Dann zuckte es wieder um Georg Bergers Lippen. »Vielleicht sollten wir uns mit ein bisschen Konversation die Zeit vertreiben«, bemerkte er. »Also, um einen Anfang zu machen, das Bild ...« Sein Blick war an Hans' Gemälde über dem Küchentisch hängen geblieben. »... es ist interessant.«

»Mein Mann hat es gemalt.«

»Ich wusste gar nicht, dass Ihr verstorbener Mann Künstler war.« Er schien überrascht.

»Na ja, wir reden nicht gerade viel über Privates.« Das konnte sich Thea doch nicht verkneifen zu sagen.

Georg Berger reagierte nicht darauf, aber er betrachtete das Bild eingehend. Es war abstrakt und in dunklen grünen, blauen und braunen Tönen gemalt.

Falls er etwas Abfälliges darüber sagt, werfe ich ihn hinaus, dachte Thea.

»Es ist eigenartig«, sagte er dann langsam, als würde er nach den richtigen Worten suchen. »Zuerst scheint es düster, aber bei näherem Hinsehen hellt es sich auf und wird fast, na ja, nicht direkt heiter, aber irgendwie zuversichtlich.« Er sah sie fragend an, als ob ihm ihre Meinung wichtig wäre.

»Ja, das stimmt«, gab Thea zu. »Nicht alle erkennen das,

aber ich empfinde es genauso.« Hans hatte das Bild bei seinem letzten Heimaturlaub gemalt. Er war erschöpft und deprimiert über den Krieg gewesen, den er verabscheute. Aber sie hatten sich auch den Frieden und ihr gemeinsames Leben ausgemalt. Und für Thea war beides in das Bild eingeflossen, die Düsternis und die Hoffnung.

Der verschlossene, grimmige Ausdruck war von Georg Bergers Gesicht gewichen und hatte einem nachdenklichen, offenen Platz gemacht. Erhaschte sie gerade einen Blick auf sein eigentliches Ich? Aber was hatte ihn bloß so abweisend werden lassen?

»Sie haben es hier eigentlich ganz gemütlich.«

»Danke … Meine Schwestern haben mir sehr geholfen, das Häuschen zu verschönern. Aber das wissen Sie ja.«

»Sie und Ihre Schwestern stehen sich ziemlich nahe, oder?«

Auch das war eine für ihn sehr untypische Frage. »Ja«, erwiderte Thea. »Wir … oh, da fällt mir gerade ein, könnte ich eventuell den Bereitschaftsdienst an Christi Himmelfahrt tauschen? Meine ältere Schwester hat mich gefragt, ob ich ihr an dem Tag bei einer Wohltätigkeitsveranstaltung helfen kann.«

»Von mir aus. Dann übernehmen Sie doch den Pfingstmontag. Kranke werden an beiden Tagen was von uns wollen.«

Dies war jetzt wieder eine für ihn ziemlich charakteristisch Bemerkung. »Darf ich Sie etwas Privates fragen?«

»Ich werde Sie kaum davon abhalten können. Ob ich die Frage beantworten werde, ist eine andere Sache.« Er hob die Augenbrauen.

»Weshalb sind Sie eigentlich Arzt geworden? Stammen

Sie aus einer Arztfamilie?« Das hatte Thea schon lange interessiert. Wie bei ihr waren auch bei recht vielen ihrer Kollegen der Vater oder der Großvater schon Arzt gewesen.

»Nein, mein Vater war Rechtsanwalt, und meine Mutter hat ein Hotel betrieben, in Prüm, dort bin ich auch aufgewachsen. Und ehe Sie in mich dringen, beide sind schon seit ein paar Jahren tot.«

»Das tut mir leid.«

»Nun ja, sie sind beide weit über siebzig Jahre alt geworden und hatten ihr Leben gelebt, ich bin ein spätgeborenes Einzelkind.« Er sann einen Augenblick lang vor sich hin. »Und was Ihre eigentliche Frage betrifft … Ich weiß nicht, ob es den einen Grund gibt, weshalb ich mich dafür entschieden habe, Arzt zu werden. Aber als ich zehn war, sind mein bester Freund und ich an Diphtherie erkrankt. Ich habe es überlebt, er nicht. Ich weiß noch genau, wie furchtbar es war, kaum noch Luft zu bekommen, und dass ich eine panische Angst hatte zu ersticken. Und Willy, mein Freund, ist daran qualvoll zugrunde gegangen. Ich glaube, seither hasse ich Krankheiten. Und ich will sie besiegen.«

Krankheiten besiegen zu wollen, ja, das war eine Motivation, die zu Georg Berger passte. Und Thea verstand sie. Manchmal hatte auch sie schwere Krankheitsverläufe bei Patienten persönlich genommen.

»Und was ist mit Ihnen? Was hat Sie dazu veranlasst, Ärztin zu werden?« Er sah sie ein bisschen amüsiert, aber aufmerksam an.

»Na ja, da ist mein Vater …« Thea zögerte, aber sie hatte es sich selbst eingebrockt, ihren Vater gegenüber Georg Berger erwähnen zu müssen. »Gelegentlich durften meine Schwestern und ich ihn in der Klinik besuchen. Schon als wir noch klein waren. Und ich habe gespürt, dass die Patienten ihm so dankbar waren und dass ihn sein Beruf zutiefst erfüllt hat. Ich glaube, seitdem möchte ich das auch – Menschen heilen.«

»Ich wusste doch, dass Sie eine hoffnungslose Idealistin sind.« Doch Georg Berger sagte dies mit einem Lächeln und ohne seinen üblichen Sarkasmus. »Und warum die Gynäkologie?«

»Ich war neun, als meine Schwester Katja auf die Welt kam. Und ich weiß noch genau, wie bewegt ich war, als sie, gerade geboren, im Arm meiner Mutter lag. So winzig und zerbrechlich. Meine Mutter hat vor Glück gestrahlt. Vielleicht war das der Anfang für mein Interesse an der Gynäkologie.«

Thea wurde plötzlich bewusst, dass sie Georg Berger immer noch nicht gestanden hatte, dass sie in Hamburg entlassen worden war – und nicht selbst gekündigt hatte, wie sie an ihrem ersten Morgen auf der Fahrt vom Monschauer Krankenhaus nach Eichenborn behauptet hatte.

Sollte sie ihm jetzt die Wahrheit sagen? Aber sie hatten sich gerade – eigentlich zum ersten Mal – freundschaftlich unterhalten, und Thea mochte diese vertrauten Momente nicht zerstören.

»Die zehn Minuten sind längst um, und das Schmerzmittel wirkt«, bemerkte ihr Chef nun. »Also sollten wir die Sache jetzt hinter uns bringen.«

»Ja natürlich«, erwiderte Thea rasch. Sie nahm eine Wolldecke von der Bank und breitete sie auf den Dielen aus. Georg Berger legte sich mit dem Rücken darauf und schielte zu ihr hoch. »Haben Sie eigentlich schon mal einen ausgekugelten Arm eingerenkt?«

»Ein paarmal, allerdings nicht oft. Denn das fällt ja nicht gerade in das Spezialgebiet einer Gynäkologin. Aber das hätten Sie sich früher überlegen müssen.« Thea schlüpfte aus ihrem Schuh und drückte ihre Ferse in Georg Bergers linke Achselhöhle. Dann ergriff sie seinen ausgestreckten Arm und zog ihn in Richtung Fuß und nach außen. Und, o nein, das Kleid … Ihre Brüste rutschten in dem weiten Ausschnitt unübersehbar nach vorn. Thea wurde es ganz heiß, und Georg Berger wandte den Blick zur Zimmerdecke. Da … Ein knirschendes Geräusch, und das Schultergelenk glitt in die Gelenkpfanne. Er richtete sich auf und bewegte vorsichtig den Arm. »Scheint alles in Ordnung zu sein.«

»Das freut mich zu hören.« Als Thea ihn berührte, um ihm in das Hemd und den Pullover zu helfen, fühlte sie das Blut in ihren Adern pulsieren, und irgendwie ging ihr Atem plötzlich merkwürdig schnell. Sie räusperte sich. »Sie sind sich aber darüber im Klaren, dass Sie den Arm in der nächsten Zeit schonen müssen?«

»Ja, dessen bin ich mir bewusst. Trotzdem, danke für den Hinweis. Und danke, dass Sie mich wieder in Ordnung gebracht haben.«

»Gern geschehen.« Spätestens dann, wenn er ihr einen festen Vertrag anbot, würde sie ihm die Wahrheit sagen, weshalb sie aus Hamburg weggegangen war. Das schwor sie sich.

Kapitel 16

Weshalb sprang dieses verdammte Auto nicht an! Thea gab zum wiederholten Male Gas. Der Motor röhrte und starb ab. Sie stieg aus dem Opel, unschlüssig, was sie tun sollte, denn die nachmittäglichen Patientenbesuche für diesen Freitag standen an. Ohne große Zuversicht öffnete sie die Motorhaube. Trockene Blätter lagen darin, und die einzelnen Teile sahen ziemlich rostig und mitgenommen aus. Das war das Einzige, was sie feststellen konnte.

»Na, haben Sie den Wagen ruiniert?« Georg Berger hatte den Lärm offensichtlich im Schlösschen gehört und war zu der Wellblechgarage gekommen. Mit den Händen in den Hosentaschen betrachtete er sie. Fiel ihr Chef wieder in sein unzugängliches Ich zurück? Dabei war er, seit sie ihm die Schulter eingerenkt hatte, eigentlich sehr freundlich und offen gewesen.

»Ich habe überhaupt nichts gemacht«, erwiderte Thea grimmig. »Außerdem war an diesem uralten Auto ohnehin nicht mehr viel zu ruinieren. Es ist ein Wunder, dass es überhaupt noch gefahren ist.«

»Wahrscheinlich ist mal wieder der Vergaser defekt. Ich sage der Werkstatt in Monschau Bescheid. Allerdings dürfte es eine Weile dauern, bis die ein Ersatzteil bekommen.«

»Was meinen Sie mit einer Weile?«

»Schätzungsweise eine gute Woche, so viel Zeit braucht

es jedenfalls immer, bis sie Ersatzteile für den Ford bekommen, und der hat ein paar Jahre weniger auf dem Buckel. Also nehmen Sie den Ford und ich das Motorrad.«

»Sie müssen Ihre Schulter noch schonen, das geht auf gar keinen Fall!«, protestierte Thea. »Außerdem wollen Sie doch heute zu der Tagung nach Mainz fahren. Während des Arbeitsdienstes habe ich ja den Motorradführerschein gemacht. Ich werde es für die nächsten Tage benutzen.«

»Na ja, ich weiß nicht…« Georg Berger wirkte nicht gerade begeistert von ihrem Vorschlag.

»Das macht mir nicht aus, ich war damals oft mit dem Motorrad unterwegs. Warum lassen Sie es mich nicht wenigstens versuchen?« Irgendwie war es ihr auf einmal wichtig, ihm zu beweisen, dass sie das konnte – ebenso gut wie ein männlicher Kollege.

Georg Berger zögerte, öffnete dann jedoch die Tür des Schuppens neben der Wellblechgarage. Ein ziemlich großes und schweres Motorrad stand darin. »Trauen Sie sich wirklich zu, damit klarzukommen?«

Thea schluckte kurz. »Ja.«

»Schieben Sie es mal raus.« Er reichte ihr einen Schlüssel, der an einem Haken an der Wand hing.

Thea packte den Lenker des Motorrads. Es war tatsächlich schwer, aber sie schaffte es, die Maschine zu halten und nach draußen zu bugsieren. Georg Berger hatte ihr skeptisch dabei zugesehen.

»Und jetzt fahren wir beide mal eine Runde. Oder ist unter den Nachmittagsbesuchen ein Notfall?«

»Nein, aber…« Thea war überrumpelt. Damit hatte sie nicht gerechnet.

»Sie haben doch nicht etwa gedacht, dass ich Sie einfach

so mit dem Motorrad losfahren lasse?« Er ging zurück in den Schuppen und kehrte mit Lederhelmen und Schutzbrillen und zwei Paar Lederhandschuhen wieder zurück. Thea schob die Schutzbrille über ihre, und bis sie den Helm aufgesetzt und die ziemlich großen Handschuhe angezogen hatte, hatte Georg Berger schon auf dem hinteren Sitz Platz genommen.

Thea gelang es nach zwei Anläufen, das Motorrad zu starten, und er legte die Arme um ihren Körper. Natürlich, er musste das tun, um sich festzuhalten. Aber es war seltsam und irritierend, und sie spannte sich unwillkürlich an. Dann holperten sie durch die Schlaglöcher bis zur Straße.

»Suchen Sie sich eine Runde aus!«, rief ihr Georg Berger über den Lärm des Motors zu.

Thea fuhr langsam in Richtung Hauptstraße und folgte ihr durch den Ort. Allmählich fühlte sie sich sicherer und mit der schweren Maschine vertrauter, und hinter den letzten Häusern des Dorfes beschleunigte sie. Über zehn Jahre hatte sie nicht mehr auf einem Motorrad gesessen und ganz vergessen, wie herrlich es war, bei schönem Wetter eine Landstraße entlangzuflitzen und den Wind auf dem Gesicht und sich ganz leicht und schwerelos zu fühlen.

Jetzt war es auch nicht mehr irritierend, Georg Bergers Arme um sich zu haben. Im Gegenteil, es fühlte sich ganz selbstverständlich an.

Sie wählte eine kurvenreiche, schmale Straße, die bergab führte, ging vorsichtig in die Biegungen und beschleunigte, wenn sie sie hinter sich gelassen hatte. Dann fuhr sie auf der anderen Seite des tief eingeschnittenen Tales eine ebenso kurvenreiche Straße wieder hinauf.

Oben angekommen, lenkte Thea das Motorrad in eine

Ausbuchtung an einem Feldrand und stellte den Motor ab. Dann stieg sie ab und schob die Schutzbrille auf die Stirn. Georg Berger stellte sich neben sie.

»Und? Trauen Sie es mir zu, während der nächsten Tage das Motorrad zu nehmen? Ich finde, dass ich das ganz gut gemacht habe.«

Ganz unerwartet breitete sich ein Lächeln auf seinem Gesicht aus. »Ja, das haben Sie.«

Wie verwandelt er wirkte, wenn er lächelte! Ganz offen und freundlich und ja, auch attraktiv. Überrascht sah Thea ihn an, und er erwiderte ihren Blick, als wäre auch er über etwas verwundert.

Doch da, ganz plötzlich, ertönte ein ohrenbetäubender Lärm. Alarmiert wandte Thea den Kopf. Sie kannte dieses Geräusch. Ein Flugzeug tauchte hinter dem Hügel auf und kam auf sie zugeschossen.

Und sie ist wieder auf einem Feld im Alten Land bei Hamburg. Die Riemen des Rucksacks mit den Hamsterkäufen schneiden in ihre Schultern. Und da ist der Tiefflieger. Ein Stück vor ihr spritzt trockene Erde auf. Dort, wo die Kugeln, von dem Bordschützen abgefeuert, einschlagen. Und es gibt keine Deckung. Sie kann sich nur auf den Weg werfen. Und …

»Frau Dr. Graven?«

Thea wurde bewusst, dass sie sich geduckt und die Arme schützend über den Kopf gelegt hatte. Georg Bergers Hände ruhten auf ihren Schultern.

»O Gott …« Seufzend atmete sie aus.

»Die Amerikaner haben einen Flugplatz bei Spangdahlem. Manchmal führen ihre Übungsflüge sie bis hierher.«

»Ich … ich bin bei Hamburg in einen Tieffliegerangriff

geraten. Ich hatte großes Glück, dass ich nicht getroffen wurde.«

»Und ich kann gut verstehen, dass Sie zu Tode erschrocken sind.« Noch einmal drückte er ihre Schulter, eine mitfühlende, aufmunternde Berührung, die nichts Gönnerhaftes hatte und die Thea half, ihr inneres Gleichgewicht zurückzuerlangen. »Geht es wieder?«

»Ja, von mir aus können wir los.«

An dem Weg, der zu den Wellblechgaragen führte, brachte Thea das Motorrad schließlich wieder zum Halten. Sie wollte noch schnell zu dem Opel gehen und ihre Arzttasche aus dem Wagen holen und dann endlich zu den Patientenbesuchen aufbrechen. Zusammen stiegen sie und Georg Berger ab.

Er reckte sich und befreite sich von dem Helm und der Schutzbrille. »Ich fahre dann in den nächsten ein, zwei Stunden los. Wahrscheinlich sehen wir uns ja vor Montag nicht mehr. Ich wünsche Ihnen ein schönes Wochenende mit Ihren Schwestern. Wohin fahren Sie eigentlich? Das haben Sie nie gesagt.«

»Nach Aachen, ich bin gespannt auf die Stadt. Ich bin am Hauptbahnhof in den Bus nach Monschau umgestiegen und war noch einmal kurz dort, als ich das englische Heim für die Schokoladenkinder besucht habe, um mich nach Peter Schrader zu erkundigen. Und das zählt ja eigentlich nicht.«

»Ich habe in den letzten Tagen einen Jungen mit auffällig weißblonden Haaren in der Nähe der Pferdekoppel gesehen, ist das Peter?«

»Ganz bestimmt, laut der stellvertretenden Leiterin des

Heims ist er auf einem Bauernhof aufgewachsen und liebt Tiere sehr.«

»Die beiden Pferde sind zutraulich und friedfertig, wenn er sich ihnen vorsichtig nähert, werden sie ihm nichts tun. Holt sich der Junge denn weiterhin Essen aus dem Schuppen?«

Thea hatte Georg Berger davon erzählt, nachdem Peter sich das erste Mal von den Lebensmitteln genommen hatte. Aber er hatte so gleichgültig reagiert, dass sie fest davon überzeugt gewesen war, dass es ihn überhaupt nicht kümmerte.

»Ja, eigentlich jeden Tag. Im Schuppen geschlafen hat er aber noch nie«, erwiderte sie, überrascht, dass er fragte.

»Immerhin ist das ja ein Anfang.« Er nickte ihr zu. »Dann bis Montag.«

»Ja, bis Montag, und Ihnen eine interessante Tagung«, antwortete sie lächelnd. Seltsam, sie freute sie sich tatsächlich darauf, ihren Chef nach dem Wochenende wiederzusehen.

Am Ende ihrer Besuchsrunde bei den Patienten lenkte Thea das Motorrad über die Wiese bei den ausrangierten Eisenbahnwaggons. Sie hatte hier noch etwas zu erledigen, wozu sie bisher keine Zeit gefunden hatte. Sie winkte den Kindern, die sich neugierig um das Motorrad versammelten, freundlich zu und lief zu Irma Kowalski, die Gemüse in einem Beet vor ihrem Waggon wässerte.

»Hallo, Frau Kowalski!« Thea holte das Papiertütchen mit den Kondomen aus ihrer Arzttasche. »Ich war vorgestern in der Apotheke in Monschau, und da dachte ich, ich bringe Ihnen mal etwas mit.«

»Aber ...« Frau Kowalski stellte die Gießkanne verwundert ab.

»Es ist natürlich ganz allein Ihre Sache und die Ihres Mannes, ob Sie die Präservative benutzen oder nicht. Aber wie auch immer Sie sich entscheiden, wünsche ich Ihnen, dass Sie damit glücklich werden.« Thea drückte Frau Kowalski rasch das Papiertütchen in die Hand, dann eilte sie davon.

Als sie auf das Motorrad stieg, sah sie, dass Frau Kowalski das Tütchen mit einem nachdenklichen Gesichtsausdruck in ihrer Schürzentasche verschwinden ließ. Vielleicht wagten sie und ihr Mann es ja doch, die Präservative zu benutzen.

Müde öffnete Thea am nächsten Morgen gegen acht ihr Gartentor. Während der Nacht war sie zweimal zu Patienten gerufen worden und hatte den Rest der Zeit mehr recht als schlecht auf der Pritsche im Sprechzimmer geschlafen. Jetzt freute sie sich auf das Wochenende mit den Schwestern. Aber sie hätte auch nichts dagegen gehabt, einfach ein paar Stunden zu schlafen.

Roch es hier etwa nach Kaffee? Thea schnupperte vor ihrer Haustür. Und ja, tatsächlich, als sie die Küche betrat, brühte Marlene gerade Filterkaffee auf, und Katja legte duftende, frische Brötchen und Hörnchen aus Hefeteig in einen Korb.

»Wir dachten, dass du wahrscheinlich ein Frühstück gebrauchen kannst, bevor wir losfahren.« Marlene lächelte sie an.

»Ach, eine Tasse Kaffee wäre wunderbar.« Thea ließ sich auf die Bank sinken. »Waren Liesel und Arthur denn traurig, dass ihr nun zwei Tage lang weg seid?«

»Überhaupt nicht.« Marlene schüttelte den Kopf. »Sie

wissen ja, dass Frau Mageth sie gründlich verwöhnen wird. Sie wird mit ihnen morgen Nachmittag einen Kinderfilm im Kino ansehen und ihnen mindestens einmal Pommes frites machen, und reichlich Kuchen und Pudding gibt es auch.«

Katja goss Thea und dann Marlene und sich Kaffee in die bunten Tassen. »Es gibt übrigens eine Änderung, was unser Wochenende betrifft. Ich hoffe, das macht dir nichts aus.«

»Können wir etwa nicht fahren?« Nun war Thea doch enttäuscht.

»Natürlich fahren wir!« Katja sah sie entrüstet an. »Aber nach Bad Neuenahr und nicht nach Aachen. Ich habe vorgestern einen Anruf von einem Modejournal bekommen. Sie haben mich gefragt, ob ich heute am späten Nachmittag bei einer Modenschau im Kurhaus von Bad Neuenahr fotografieren möchte. Das ist wirklich eine große Chance für mich. Anders, als Marlene denkt, habe ich nämlich nicht vor, meine Tage als Vaters Sekretärin zu beschließen.« Sie warf der älteren Schwester einen vorwurfsvollen Blick zu. Marlene beschränkte sich darauf, ein Brötchen zu buttern und die Augen zu verdrehen.

»Aber das ist doch wunderbar!« Thea berührte Katjas Hand.

»Und das Beste ist, die Unterkunft im Hotel des Kurhauses ist umsonst für uns.« Katja biss in ein Hörnchen. »Freikarten für die Modenschau für euch beide habe ich natürlich auch. Und ich werde es genießen, endlich wieder einmal selbst Auto zu fahren. Vater hat ja den Mercedes für die Fahrt zu dem Kongress in München gebraucht, und den Mietwagen bezahle nämlich ich.« Wieder bedachte sie Marlene mit einem vorwurfsvollen Blick.

Wenig später lehnte sich Thea zufrieden auf der Rückbank des schicken cremefarbenen Borgward zurück. Wo auch immer Katja den in Monschau aufgetrieben hatte. Das Radio – sogar das gab es – spielte englische Schlager, und die Schwester beschleunigte den Wagen jetzt hinter dem Dorfschild von Eichenborn und jagte ihn über die Landstraße. Das Wochenende würde bestimmt wunderschön werden!

»Wir sind fast da!« Katjas Stimme weckte Thea. Während der Fahrt war sie immer wieder eingenickt und benötigte nun einige Sekunden, um sich zu orientieren. Sie fuhren über eine Brücke. Den weitläufigen Platz auf der anderen Seite des Flüsschens dominierten zwei mondäne Gebäude. Das eine war klassizistisch und hatte einen sehr hohen Turm. Dies war laut dem Schriftzug über dem Portal das »Kurhotel«. Bei dem anderen rahmten zwei neobarocke Türme einen halbrunden, verschwenderisch mit cremefarbenem und beigem Stuck verzierten Vorbau ein. »Kurhaus« stand hier über dem Eingang.

Während Katja den Borgward schwungvoll parkte, erhaschte Thea einen Blick auf elegante Läden im Erdgeschoss des Hotels.

Thea öffnete die Wagentür und streckte sich. Jetzt, gegen elf Uhr vormittags, war die Luft angenehm warm. Ein blauer Himmel mit ein paar Schönwetterwolken spannte sich über den Ort, und die Frauen, die mit ihren Begleitern im Kurpark flanierten, trugen frühlingshaft helle Kostüme oder Kleider. Es war, als wäre Theas Leben als Ärztin in der Eifel, mit all seinen Mühen und Schwierigkeiten, auf einmal weit weg.

Katja klappte den Kofferraum auf. »Du siehst, wir sind tatsächlich heil am Ziel angekommen«, hörte Thea sie spitz zu Marlene sagen.

»Ja, aber ein paarmal hatte ich so meine Zweifel«, erwiderte die ältere Schwester seufzend.

Thea stieg aus dem Wagen und nahm ihren kleinen Koffer von Katja entgegen. »He, keinen Streit«, sagte sie lachend. Gemeinsam schlenderten sie zu dem Hotel und in die in hellen Farben gehaltene Eingangshalle. Katja trat an die Rezeption und erledigte die Formalitäten, während Thea und Marlene auf sie warteten.

»Ist Katja wirklich so halsbrecherisch gefahren?«, fragte Thea mit gesenkter Stimme. »Ich glaube, ich habe den größten Teil der Fahrt verschlafen.«

»Sei froh, es gab ein paar Situationen beim Überholen ...« Marlene brach ab, denn Katja kam nun, zwei Schlüssel in den Händen, zu ihnen.

»Unser Zimmer«, sie sah Marlene an, »ist im zweiten Stock und deines«, sie reichte Thea einen Schlüssel, »im dritten.«

»Du bekommst zwei Zimmer von deinem Auftraggeber bezahlt?« Thea konnte es nicht recht glauben.

»Ja, er ist sehr großzügig.«

»Katja, jetzt lügst du aber.« Thea blickte sie durchdringend an.

»Ich weiß doch, wie anstrengend deine Arbeit ist und wie häufig du nachts geweckt wirst. Deshalb wollte ich, dass du es möglichst bequem und ungestört hast.«

»Das kann ich nicht annehmen.«

»Doch, das kannst du.« Katja umarmte sie. »Ich bekomme doch Geld für meine Fotos. Außerdem ist morgen mein Geburtstag, und da kann ich beschenken, wen ich möchte.«

»Katja ...«

»Bitte, jetzt nimm es schon an!«, beharrte Katja, ihre Miene war unglücklich.

Thea begriff, dass sie die Schwester verletzen würde, wenn sie das großzügige Angebot ablehnte, deshalb gab sie nach. »Gut, ich akzeptiere, dass du für das Zimmer zahlst. Aber das bleibt eine Ausnahme!«

»Ja, versprochen.« Katjas gute Laune kehrte zurück.

Zu dritt gingen sie zum Aufzug. Die beiden Schwestern stiegen in der zweiten Etage aus und Thea dann eine weiter oben. Ihr Raum hatte einen kleinen Balkon zu dem Flüsschen Ahr und zum Zentrum hin. Thea trat an die Fenstertür und öffnete sie. Aus dieser Perspektive wirkte der Ort ganz unversehrt, so wie er sich in das Tal und zwischen die Weinberge schmiegte, waren keinerlei Bombenschäden zu sehen.

Ach Hans, ich hätte den Frieden so gern mit dir erlebt, dachte Thea zärtlich und wehmütig. Aber Hans würde sich wünschen, dass sie die Zeit mit den Schwestern genoss. Deshalb ging sie voller Vorfreude wieder nach unten.

Zusammen mit den Schwestern schlenderte Thea einige Stunden später, bepackt mit Taschen, zum Hotel zurück. Sie fühlte sich ein bisschen beschwipst. Den restlichen Vormittag über waren sie durch die Läden in der Innenstadt von Bad Neuenahr gebummelt, und sie hatte sich hinreißen lassen und sich ein paar hochhackige Schuhe und einen Sommermantel gekauft. Am Mittag hatten sie dann auf der Terrasse eines Restaurants an der Ahr gegessen, und das Glas Wein war ihr ein bisschen zu Kopf gestiegen.

Aus einem Laden im Erdgeschoss des Kurhotels wehte Thea der Duft von exquisitem Shampoo und Seife entgegen. Ein Frisiersalon. Unwillkürlich blieb sie stehen. In der mit einer goldenen Gravur verzierten Scheibe spiegelte sie sich selbst. Zu ihrem geblümten Rock und der leichten Jacke wirkten ihre Hornbrille und ihr streng zurückgekämmtes Haar sehr altbacken.

»Überlegst du etwa, dir die Haare schneiden zu lassen?«, hörte sie Katja prompt fragen. »Was für eine gute Idee!«

»Ja ... nein ..., ich habe mir eben neue Sachen gekauft, und dann die Brille, die ich in Monschau in Auftrag gegeben habe ... Ich kann mir das nicht leisten. Schon gar nicht in einem so teuren Salon.« Thea schüttelte energisch den Kopf und wollte weitergehen.

»Sie suchen Frisur-Modelle.« Marlene deutete auf einen kleinen Aushang hinter der Scheibe.

»Na, wenn das kein Wink des Himmels ist!« Im nächsten Moment hatte Katja schon die Tür geöffnet und strebte auf eine elegante ältere Dame hinter einer schwarz lackierten Theke zu.

»Katja ...« Thea fasste die Schwester an der Schulter, wollte sie aus dem Salon ziehen, doch zu spät.

»Meine Schwester würde sich gern als Frisur-Modell zur Verfügung stellen«, wandte sich Katja an die Frau, ihrem gut geschnittenen hellgrauen Kleid und dem dezenten Schmuck nach zu schließen die Chefin. »Ich würde sagen, damit haben Sie ein ziemliches Glück. Sie hat nämlich sehr langes schönes Haar, aus dem sich vieles machen lässt.«

»Nun ja ... Dürfte ich es mir einmal ansehen?« Die Inhaberin wirkte nicht ganz überzeugt.

»Aber natürlich.« Katja versetzte Thea einen Rippenstoß.

Und – vielleicht war dies ja eine Folge ihres Schwipses – Thea löste den Kamm aus ihrem Knoten und schüttelte das Haar auf.

Die Chefin fasste hinein. »In der Tat, es ist sehr schön und voll, und Sie haben hübsche Naturlocken«, stimmte sie schließlich zu. »Wir experimentieren allerdings gerade mit Schnitten. Sie müssten schon bereit sein, einen ganz neuen zu wagen.« Sie griff nach einem dünnen Hochglanzkatalog mit Schwarzweißfotografien und schlug ihn auf. »So in etwa.«

Das Modell hatte eine kurze Lockenfrisur, die Haare bedeckten gerade einmal die Ohren. Thea war unschlüssig.

»Ich glaube, das würde Ihnen wirklich stehen«, hörte sie die Inhaberin sagen. »Der kurze Schnitt würde Ihre hohen Wangenknochen und Ihre Augen gut zur Geltung bringen.«

»Das glaube ich auch«, schaltete sich Marlene ein.

»Nun komm schon.« Katja versetzte Thea wieder einen Rippenstoß.

»Braucht es für die Frisur eine Dauerwelle? Ich habe im Alltag nämlich wirklich keine Zeit, mir nach dem Waschen Lockenwickler in die Haare zu drehen!«

»Hier im Salon wäre es mit Dauerwelle, unsere Gesellin möchte sich ja fortbilden. Aber bei Ihrer Naturkrause ginge es wahrscheinlich auch ohne.«

Irgendwie war die Frisur sehr apart. Und sie passte zu der neuen, eigentlich zu schicken Brille, die nächste Woche fertig sein würde, und zu diesem beschwingten Wochenende.

»Ja, einverstanden, ich lasse mir die Haare so schneiden«, gab sie nach.

»Nun, dann haben Sie Glück, dass Tilly gerade Zeit für Sie hat.« Die Inhaberin wies auf eine junge Friseuse, die eben einer frisch ondulierten Kundin den Kittel abnahm und ihr vom Stuhl half.

Kapitel 17

Ach, es war eine Wohltat, sich die Haare mit gleichmäßig temperiertem Wasser waschen zu lassen – und sich nicht, wie in dem Häuschen in Eichenborn, zu heißes oder zu kaltes aus einem Krug über den Kopf gießen zu müssen! Und es war ebenfalls wundervoll und entspannend, das nach Orange und Lavendel duftende Shampoo von geschickten Händen in die nassen Locken einmassiert zu bekommen.

Zu ihrer Erleichterung handhabe die Gesellin auch die Schere sehr fachkundig und schien gar nicht unsicher. Thea empfand zwar eine kurze Panik, als ihre Haare immer kürzer wurden, aber schließlich tröstete sie sich damit, dass sie ja wieder nachwachsen würden. Die Strähnen wurden auf Lockenwickler gedreht, und dann senkte sich eine Trockenhaube über Theas Kopf.

Sie blätterte diverse Frauenzeitschriften und Klatschmagazine durch – die Hochzeiten von Libet Adenauer und Elizabeth Taylor wurden ausschweifend abgehandelt –, ein Vergnügen, das sie sich auch schon ewig nicht mehr gegönnt hatte.

»So, nur noch ein paar Minütchen.« Nach einer guten halben Stunde trat die junge Friseuse zu Thea und schenkte ihr ein professionell ermutigendes Lächeln. »Und? Sind Sie schon gespannt auf Ihre neue Frisur?«

»Ähm, ja sehr...« Wieder überfiel Thea eine gewisse Panik.

Nachdem ein dezentes Klingeln ertönt war, hob die junge Frau die Trockenhaube von Theas Kopf. Sie löste die Nadeln und rollte die Lockenwickler aus den Haaren. Thea überließ die Kanzlertochter und die Filmschauspielerin ihrem Schicksal. Im Moment sah sie aus, als hätte man ihr eine Art dunkelbraunen Blumenkohl übergestülpt. Doch nun griff die Friseuse nach einer Bürste und machte sich damit an ihrem Kopf zu schaffen.

Thea vermied es, sich selbst anzusehen. Stattdessen bemerkte sie im Spiegel auf der gegenüberliegenden Seite des Frisiersalons eine weitere Kundin. Honigblondes glänzendes Haar fiel ihr bis auf den Rücken. Ihr Gesicht mit den großen Augen, die von langen Wimpern umrahmt wurden, war – das erkannte Thea selbst ohne Brille – klassisch schön. Anmutig und mit einer lässigen Selbstsicherheit erhob sie sich nun von dem Stuhl und schritt auf atemberaubend hohen Absätzen zu der Theke.

Fast unterwürfig nahm die Inhaberin ihr Geld entgegen. Die schöne Kundin hatte kaum den Salon verlassen, als Katja und Marlene hereineilten.

Die Friseuse strich noch ein letztes Mal mit der Bürste durch Theas Haar.

»Und, wie gefallen Sie sich?« Sie nahm Thea den Kittel ab und trat erwartungsvoll einen Schritt zurück. »Danke, dass ich an Ihnen üben durfte!«

Thea griff nach ihrer Brille. Jetzt musste sie sich endgültig dem neuen Anblick stellen.

»Moment, schau noch nicht in den Spiegel!« Katja nahm Thea die Hornbrille aus der Hand und zauberte ein Etui aus ihrer Handtasche. Sie holte eine Brille mit braunem goldgesprenkeltem Gestell und schmetterlingsförmigen Gläsern heraus und setzte sie Thea vorsichtig auf die Nase.

Es war die, die Thea bei dem Optiker in Monschau bestellt hatte.

»Aber ... wie seid ihr denn an meine Brille gekommen?« Thea war völlig überrumpelt. »Ich sollte sie doch erst nächste Woche abholen können?«

»Na ja, ich habe am Mittwoch bei dem Optiker angerufen und ihn überredet, sie schon gestern fertig zu machen.« Katja zuckte nonchalant mit den Schultern.

»Und sie ist unser Geschenk an dich.« Marlene beugte sich vor und begutachtete Thea. »Für all die Geburtstage, die wir nicht zusammen gefeiert haben. Und nein, das ist nicht verhandelbar. Aber jetzt sag endlich – wie gefällst du dir?«

Zögernd wandte Thea ihren Blick dem Spiegel zu. Ein ganz fremdes Gesicht sah ihr daraus entgegen. Ihr sonst so streng zurückgekämmtes Haar lag in leichten Locken um ihren Kopf. Der kurze Schnitt betonte ihren Mund – sie hatte ganz vergessen, dass er eigentlich schön geschwungen war. Auch hatte sie tatsächlich recht hohe Wangenknochen. Und die neue Brille ließ ihre Augen erstrahlen.

»Du siehst furchtbar aus«, sagte Katja.

»Wie bitte?« Thea starrte die Schwester an. Doch jetzt sah sie das Lachen in deren Augen.

»Nein, du siehst ganz wunderbar aus!« Katja schüttelte den Kopf. »Und endlich wieder wie eine Frau und nicht wie ein Neutrum, und mindestens zwanzig Jahre jünger.«

»Ja, die Frisur und die Brille stehen dir wirklich gut«, bestätigte Marlene.

»Katja, danke für das Kompliment«, erwiderte Thea

etwas verschnupft. Aber ihre Schwester hatte nicht ganz unrecht. Jünger und hübscher sah sie nun tatsächlich aus. Das musste sie zugeben.

Thea bedankte sich herzlich bei der jungen Friseuse und bei der Inhaberin und folgte dann beschwingt den Schwestern nach draußen. Katja und Marlene waren schon ein Stück vorausgegangen. Thea drehte noch einmal den Kopf, um sich in einem Schaufenster zu betrachten, und wäre fast mit einem großen dunkelhaarigen Mann zusammengestoßen.

»Oh, entschuldigen Sie bitte.« Sie wollte weitergehen, blieb jedoch perplex stehen. War das möglich? Der Mann, der beinahe mit ihr kollidiert wäre, trug einen dreiteiligen Anzug statt seines üblichen abgewetzten Jacketts und des alten Wollpullovers. Aber er war unverkennbar ihr Chef.

»Dr. Berger ...?«

Er blieb ebenfalls stehen und drehte sich zu ihr um.

»Ja bitte?« Jetzt erst erkannte er Thea. »Was tun Sie denn in Bad Neuenahr? Wollten Sie das Wochenende nicht in Aachen verbringen?« Sein Gesicht verfinsterte sich. Ganz offensichtlich war er alles andere als erfreut, sie zu sehen.

»Unsere Pläne haben sich geändert.« Lieber Himmel, er musste sie ja nicht unbedingt enthusiastisch begrüßen. Aber so unfreundlich hätte er nun auch nicht reagieren müssen. »Gehört denn eine Exkursion oder ein Ausflug nach Bad Neuenahr zu Ihrer Fortbildung?« Manchmal kam so etwas vor. Und mit etwa hundert Kilometern war Mainz ja gar nicht so weit entfernt.

»Nein.« Seine Stimme war schroff. So, als hätte es die Annäherung zwischen ihnen nie gegeben.

»Nein? Aber ...« Thea war verwirrt. Was hatte ihn dann

nach Bad Neuenahr gebracht? Irgendein Notfall, vielleicht bei einem Verwandten?

Nun waren die Schwestern zu ihr zurückgekehrt, und Katja schenkte ihrem Chef ein strahlendes Lächeln. »Dr. Berger, was für eine Überraschung! Na, wie finden Sie das neue Aussehen Ihrer Mitarbeiterin?«

»Katja!« Thea wäre am liebsten im Boden versunken.

»Seien Sie nicht albern.« Georg Berger bedachte Katja mit einem gereizten Blick. »Wenn mich die Damen entschuldigen würden?« Er hob den Hut und ging weiter.

»Ungehobelt und ruppig wie Heathcliff.« Katja sah ihm kopfschüttelnd hinterher. »Hast du gewusst, Thea, dass dein Chef auch in Bad Neuenahr ist?«

»Ich hatte keine Ahnung! Ich dachte, er wäre bei einer Fortbildung in Mainz.« Immer noch war Thea irritiert, dass er sich so abweisend verhalten hatte. Es war doch nichts dabei, dass sie sich zufällig begegnet waren.

»Ich muss jetzt schleunigst los. Den Raum, wo die Modenschau stattfindet, und die Lichtverhältnisse schon mal in Augenschein nehmen.« Katja blickte auf ihre Armbanduhr. »Wir treffen uns dann dort, Mädels.« Und schon rannte sie in Richtung Kurhaus.

»Und damit ist das Thema Georg Berger beendet.« Thea hakte Marlene unter. Auch wenn sie verletzt war, hatte sie keine Lust, noch länger über ihn und sein merkwürdiges Verhalten nachzugrübeln. »Was wollen wir beide denn nun als Nächstes unternehmen?«

Der Saal des Kurhauses, in dem die Modenschau stattfand, war fast bis auf den letzten Platz besetzt, und Thea war froh, dass sie und Marlene, dank Katja, in einer der vorderen Reihen saßen. Mit anderen Fotografen stand die Schwester am Rand des Laufstegs. Sie war die einzige Frau unter männlichen Kollegen. Sie hatte sich umgezogen, trug jetzt eine kurze Jacke und eine weich fallende Seidenbluse zu einer weiten Hose und wirkte burschikos und zugleich sehr weiblich und sehr präsent mit ihrer Kamera in der Hand.

Thea empfand plötzlich Stolz auf die jüngere Schwester. »Weißt du noch, wie sich Katja als Sechsjährige verbotenerweise Vaters Kamera genommen und einen ganzen Film vollgeknipst hat?«, wandte sie sich lächelnd an Marlene.

»Ja, er war ziemlich ärgerlich. Du hast den Film damals zum Entwickeln gebracht, und es hat sich herausgestellt, dass Katjas Aufnahmen ziemlich gut waren.«

»Daran kann ich mich gar nicht mehr erinnern.«

Eine Gruppe Menschen am Eingang des Saales erregte Theas Aufmerksamkeit. Die blonde Schöne aus dem Frisiersalon stand dort, umringt von Männern, darunter der Kurdirektor. Katja hatte ihn den Schwestern vorhin vorgestellt. Das hellblaue, seidig schimmernde Kostüm mit den modisch übergroßen Knöpfen der Dame stammte sicher aus einem exquisiten Modeatelier, und die Haltung der Herren war nicht anders als devot zu nennen.

Marlene war Theas Blick gefolgt. »Oh, einer der Männer dort ist der Bundestagsabgeordnete von Bad Neuenahr. Ich bin ihm einmal bei einer Wohltätigkeitsveranstaltung begegnet.«

»Kennst du die blonde Frau?«

»Nein, aber sie scheint eindeutig zu den oberen Zehntausend zu gehören.« Marlene lächelte. »Und so, wie sie aussieht, könnte sie als Mannequin auftreten.«

Zwischen der Dame und dem Kurdirektor schien es nun

irgendeine Diskussion zu geben. Thea richtete ihre Aufmerksamkeit wieder auf den Saal. Sie war gespannt auf die Modenschau, auch etwas, woran sie seit Jahren nicht mehr teilgenommen hatte.

»Entschuldigen Sie bitte.« Jemand sprach sie an und räusperte sich. Der Kurdirektor war, begleitet von der blonden Schönen, zu ihnen getreten. »Meine Damen«, er blickte erst Thea, dann Marlene an, »es tut mir leid, aber es gibt ein Problem. Irgendetwas ging bei der Anmeldung und der Vergabe der Plätze schief, und Frau Winter wurde nicht berücksichtigt. Und da Sie ja …«

Er sprach es nicht aus, aber es war klar, was er meinte: *Da Sie ja nicht für die Karten bezahlt haben.* »… möchte ich fragen, ob Sie nicht …« *Ihre Stühle für Frau Winter räumen könnten,* vollendete Thea auch diesen Satz in Gedanken.

»Natürlich, das macht uns nichts aus«, erwiderte Marlene freundlich. Sie und Thea standen auf.

Warum nur ärgerte sie sich darüber, dass sie ihre Stühle frei machen mussten? Thea war sich allerdings ziemlich sicher, dass bei der Vergabe der Plätze nichts schiefgegangen war und Frau Winter sich erst an diesem Nachmittag entschieden hatte, bei der Modenschau zu erscheinen.

»Das ist ganz reizend von Ihnen, vielen Dank.« Frau Winter lächelte sie an. »Ich habe schon viel von diesem aufstrebenden Modeschöpfer gehört, und ich möchte die Modenschau nur ungern verpassen.« Anmutig ließ sie sich auf Theas Stuhl nieder und berührte sie am Arm. »Sie waren vorhin auch im Frisiersalon, nicht wahr? Die Frisur steht Ihnen wirklich gut, und man sieht ihr gar nicht an, dass sie ein Probeschnitt ist. Aber Tilly ist anscheinend auch eine sehr talentierte junge Friseuse.« Die Worte waren leicht dahingesagt und wahrscheinlich ohne kränkende Absicht. Aber Thea empfand sie als gönnerhaft, und wieder ärgerte sie sich.

»Meine Damen, wenn Sie mich bitte begleiten würden?« Der Kurdirektor, der sich kurz entfernt hatte, war zu ihnen zurückgekehrt. »Sie können die Modenschau hinter dem Laufsteg verfolgen. Von dort aus haben Sie ebenfalls eine vorzügliche Sicht.«

Thea folgte ihm mit Marlene durch den Saal. Hinter dem Laufsteg standen die Mannequins in ihren Kreationen schon bereit. Sommerkleider mit schmalen Taillen und weiten Röcken, Kostüme und Mäntel in einer A-förmigen Linie, Abendkleider aus Samt und Seide oder feiner Spitze, mit Schleifen und Volants besetzt. Eine prickelnde Atmosphäre lag in der Luft.

»Hier ist es doch fast besser als im Saal«, hörte Thea Marlene sagen.

»Ja.« Sie nickte. Und doch hielt sich in ihr noch ein Rest Ärger über diese Frau Winter, die selbstverständlich davon auszugehen schien, dass sich alle nach ihren Wünschen zu richten hatten.

»So, jetzt gehen wir in die Bar.« In der Eingangshalle des Kurhotels wandte sich Katja den Schwestern lachend zu. »In einer Stunde ist schließlich Mitternacht, und dann möchte ich mit euch auf meine Volljährigkeit anstoßen.«

»Es ist wirklich schon elf?« Thea fühlte sich hellwach, als hätte es die anstrengenden Nachtdienste gar nicht gegeben. Nach einem opulenten Abendessen hatten die Schwestern und sie sich noch den Film *Der dritte Mann* im Kino angesehen. Die Modenschau, die festliche Atmosphäre im

Speisesaal des Hotels und der spannende Film mit den eindrucksvollen Schwarzweißaufnahmen des zerstörten Wiens hielten sie immer noch gefangen. Und irgendwie hatte sie auch Lust, das dunkelgrüne Cocktailkleid, das sie von Marlene geerbt hatte, und die neuen hochhackigen Schuhe noch ein bisschen auszuführen. Schließlich hatte sie nur sehr selten Gelegenheit, so etwas zu tragen. Für die Arbeit in einer Landarztpraxis war beides nun wirklich nicht geeignet.

»Dann auf in die Bar«, sagte Marlene fröhlich.

»Geht schon einmal voraus, ich komme gleich nach.« Katja winkte ihren Schwestern aufgekratzt zu und verschwand in einem Gang am Ende der Halle.

»Irgendwie glaube ich nicht, dass sie zu den Toiletten geht.« Thea blickte ihr nach.

»Ich schätze, dass sie eine Telefonkabine aufsucht. So, wie sie eben gestrahlt hat …« Marlene hakte sich bei Thea ein. »Wahrscheinlich telefoniert sie mit ihrem geheimnisvollen Freund oder Liebhaber oder was auch immer er für sie ist.«

»Du hast überhaupt keine Ahnung, wer das sein könnte?«

»Nein«, Marlene schüttelte den Kopf, »wenn sie will, kann sie sehr verschwiegen sein.«

In der Bar waren alle Tische besetzt, aber am Tresen waren noch ein paar Plätze frei. Thea und Marlene ließen sich auf den Hockern nieder. Sie orderten zwei Cocktails und baten darum, dass eine Flasche Sekt kalt gestellt wurde, um später mit Katja auf ihren Geburtstag anzustoßen. Während der Barkeeper die Cocktails zubereitete, schaute Thea sich um.

Auch die Terrasse war vollständig besetzt. Die Lichter aus der Bar spiegelten sich im Wasser der Ahr. Die Menschen schienen, ebenso wie Thea und die Schwestern, den schönen warmen Maiabend genießen zu wollen. Eine Band spielte ein bekanntes Stück von Glenn Miller, und viele Paare tanzten schwungvoll zu der Musik. Selbstvergessen summte Thea die Melodie mit.

»Dir scheint es gut zu gehen.« Marlene prostete ihr zu.

»Ja, das stimmt. Und Eichenborn und die abweisenden Eifler sind in diesem Moment weit weg.« Thea lachte, wurde dann jedoch ernst. »Sag mal ... Katja kommt für mein Zimmer auf, und sie hat uns heute Abend zum Essen eingeladen und auch ziemlich viel Geld in den Läden ausgegeben. Kann sie sich das denn wirklich alles leisten? So viel wird sie ja als Vaters Sekretärin sicher nicht verdienen, und ich erinnere mich noch gut, dass ihr Taschengeld früher immer schon zur Monatsmitte weg war.«

»Da ist das Geld, das ihr Vater zum Geburtstag schenkt, und sie wird ja auch für ihre Fotografien bei der Modenschau bezahlt.«

»Aber reicht das für alles? Ich habe da ernsthafte Zweifel.«

Marlene seufzte. »Es bedeutet Katja wirklich sehr viel, dass du wieder zu unserem Leben gehörst. Sie hat es schwer getroffen, dass du nach dem Streit mit Vater und deiner Heirat keinen richtigen Kontakt mehr zu uns hattest. Und dann die furchtbare Bombardierung von Dresden ... Sie wirkt immer so, als ob sie alles auf die leichte Schulter nimmt. Aber das stimmt nicht. Im Grunde genommen ist sie sehr verletzlich.«

»Ja, manchmal vergisst man das.« Thea brach ab, denn nun glitt Katja neben ihnen auf einen Barhocker.

»Was trinkt ihr denn? Einen Tom Collins und einen Manhattan? Ich hätte auch gern einen Manhattan«, wandte sie sich ein bisschen atemlos an den Barkeeper.

Thea tauschte einen Blick mit Marlene – die kleine Schwester schien wieder einmal von innen heraus zu strahlen. Ja, ganz bestimmt hatte sie mit einem Mann telefoniert, in den sie verliebt war.

»Was war eigentlich eure Lieblingsszene in dem Film?« Katja schlug graziös die Beine übereinander.

»Die, in der Holly Martins, der Groschenroman-Autor, für einen literarischen Schriftsteller gehalten wird.« Marlene lachte.

»Die Verfolgungsjagd durch die Abwasserkanäle Wiens«, sagte Thea.

»Meine war die auf dem Zentralfriedhof, nach Harry Limes Beerdigung, als Anna Schmidt Holly Martins einfach stehen lässt und zwischen den Gräbern zum Ausgang läuft.« Katja seufzte melodramatisch.

»Holly Martins war wirklich in sie verliebt und hat es ehrlich mit ihr gemeint. Lime dagegen hatte Anna an die Sowjets verraten, er war ein menschenverachtender Schieber. Ich habe nicht verstanden, was sie an ihm gefunden hat.« Marlene schüttelte den Kopf.

»Anna hat ihn nun einmal geliebt.« Katja zuckte mit den Schultern. »Und Harry Lime *hatte* einfach etwas.«

»Du stehst doch sonst auf gut aussehende Männer.«

»Harry Lime hatte aber eine ganz besondere Ausstrahlung...« Katja nippte an ihrem Manhattan. »Was für ein aufregender Mann!«

Thea hob leicht die Augenbrauen. Es stand sehr zu hoffen, dass Katjas geheimnisvoller Liebhaber nicht auch unter diese Art von *aufregend* fiel.

Sie plauderten und lachten miteinander und orderten noch eine zweite Runde Cocktails, dann sah Marlene auf ihre Armbanduhr. »Zwanzig vor zwölf! Thea und ich müssen mal kurz weg.«

Zusammen liefen sie zu den Aufzügen und stiegen im jeweiligen Stockwerk aus. Schnell hatte Thea die Geburtstagsgeschenke für Katja aus ihrem Zimmer geholt und eilte beschwingt wieder den Flur entlang, als ein Herr und eine Dame eng umschlungen aus dem Aufzug traten. Die Atmosphäre rings um die beiden schien förmlich zu knistern. Unwillkürlich blieb Thea stehen.

Während sie eine Zimmertür öffneten, küssten die beiden sich leidenschaftlich. Die Dame in dem schulterfreien roten Abendkleid mit der Pelzstola war die blonde Schönheit, Frau Winter. Und der Mann, der sich jetzt ein bisschen von ihr löste, seine Miene ganz glückselig und doch auch gequält, murmelte: »Melanie, warum muss ich dich nur so sehr lieben?«, war Georg Berger.

Thea wich hastig zurück. Sie kam sich vor wie ein Voyeur. Georg Berger wandte den Kopf und schaute in ihre Richtung. Sie presste sich in einen Türrahmen. Doch nun trafen sich ihre Blicke. Seine Augen weiteten sich erstaunt und ärgerlich. Dann griff Melanie Winter nach seiner Hand, zog ihn in das Zimmer, und die Tür schlug zu.

»Thea, ist mit dir alles in Ordnung? Du siehst aus, als hättest du ein Gespenst gesehen.« Marlene, die in der Halle bei den Aufzügen auf Thea gewartet hatte, sah sie besorgt an.

»Ich war nur gerade ein bisschen geistesabwesend, das ist alles.« Thea schüttelte den Kopf. Ihr einzelgängerischer, ruppiger und gesellschaftliche Umgangsformen verachtender Chef war verliebt in diese schöne, ihrer selbst so sichere und offenbar reiche Frau, die in den besten Kreisen verkehrte. Thea konnte es noch immer nicht fassen. Und sie wollte ihren Schwestern auch nicht erzählen, dass sie ihn zufällig mit Melanie Winter beobachtet hatte. Das wäre ihr wie ein Verrat vorgekommen. Denn irgendwie war Thea sich sicher, dass diese – wohl nicht nur glückliche – Liebe ein Geheimnis war.

In der Bar, um Punkt zwölf, stießen sie mit Sekt auf Katjas Volljährigkeit an und überreichten der Schwester ihre Geschenke. Aufgeregt wie ein Kind packte Katja sie aus. Den Bildband mit Fotografien von Henri Cartier-Bresson und einen blau gemusterten Schal von Thea und ebenfalls blauen Modeschmuck von Marlene. In genau demselben Farbton wie der Schal.

»Habt ihr beide euch abgesprochen?« Katja legte die Kette mit den geschliffenen Steinen aus Glas und den Schal um, streifte das Armband über und betrachtete sich dann strahlend im Spiegel hinter der Bar. »Vielen, vielen Dank! Und über den Bildband freue ich mich auch. Henri Cartier-Bresson ist ein ganz außergewöhnlicher Fotograf!«

»Nein, wir haben uns nicht abgesprochen. Wir kennen nun einmal deinen Geschmack und wissen, was dir steht«, erwiderte Marlene lächelnd.

»So schön habe ich noch nie in meinen Geburtstag hineingefeiert.« Katja umarmte die Schwestern stürmisch. »Danke, dass ihr das Wochenende mit mir verbringt! Ach, ich bin so froh, dass wir drei uns wiederhaben.«

Thea drückte Katja fest an sich. »Das geht mir genauso.« Sie war sehr glücklich. Und doch musste sie immer wieder an die Szene oben im Flur des Hotels denken, und sie wünschte sich, sie wäre Georg Berger nicht begegnet.

Irgendein grelles Licht strich über Theas Gesicht und weckte sie. Sie blinzelte, öffnete die Augen. Sie saß auf der Rückbank des Borgward. Ein uniformierter Polizist beugte sich in den Wagen.

»Ihre Papiere, bitte«, wandte er sich an Katja. Weiter vorn standen Polizeifahrzeuge, und eine rot-weiß reflektierende Absperrung blockierte die Straße. Trotz der Dunkelheit erkannte Thea das Hohe Venn. Sie waren also fast am Ziel.

»Was ist denn los, Herr Wachtmeister?«, erkundigte sich Katja.

»Dazu kann ich Ihnen nichts sagen«, wehrte er ab. »Öffnen Sie mir mal bitte den Kofferraum, Fräulein.«

»Wenn es sein muss.« Katja seufzte und stieg aus dem Wagen. »Mehr als unser Gepäck werden Sie aber nicht darin finden.«

Der Deckel des Kofferraums klappte auf. Der Polizist inspizierte den Inhalt. Dann hob er den Arm und rief: »Lasst die Damen durch!«

Die Absperrung wurde zur Seite gerückt, und sie passierten langsam die Stelle.

»Was war das denn?« Thea fühlte sich immer noch benommen vom Schlaf.

»Wahrscheinlich sucht die Polizei nach Schmugglern«, bemerkte Marlene.

»Das ist aber eine ziemlich große Aktion.«

»Na ja, hier an der Grenze wird auch in großem Stil geschmuggelt.«

»Wirklich? Ich weiß nur von den Schokoladenkindern, die über die Grenze gehen, um in Belgien zu betteln.«

»Angeblich benutzen die Schmuggler sogar ausrangierte Panzer der belgischen Armee, und sie haben Wagen mit kugelsicheren Reifen. Es kommt auch immer wieder zu Feuergefechten zwischen ihnen und der Polizei.«

»Du lieber Himmel … Ich hätte eigentlich gedacht, so etwas sei mit dem Ende der Lebensmittelrationierung vorbei.« Thea gähnte.

»Der Kaffee ist in Belgien sehr viel billiger als in Deutschland. Damit wird das größte Geschäft gemacht«, warf Katja ein. »Viele Leute hier in der Gegend sind nun mal ziemlich arm und können das Geld vom Schmuggeln gut brauchen.«

Auch in der Ferne im Moor waren jetzt Lichter zu sehen – wie die Seelen von Ertrunkenen aus den Sagen huschten sie durch die Nacht. Dort schien ebenfalls nach den Schmugglern gesucht zu werden. Thea fröstelte unwillkürlich.

Das Ortschild von Eichenborn tauchte im Scheinwerferlicht auf. Wie meist spät am Abend waren die Straßen verwaist – und sehr friedlich.

Hinter den Fenstern des Schlösschens brannte kein Licht. Wahrscheinlich verbrachte Georg Berger die Nacht noch mit Melanie Winter. Thea war einfach nur froh, dass ihr die Peinlichkeit erspart geblieben war, ihm am Morgen im Hotel noch einmal zu begegnen.

Katja parkte vor dem Häuschen, und alle drei stiegen aus dem Wagen.

»Lass dich nicht unterkriegen.« Marlene reichte Thea ihren Koffer und umarmte sie.

»Danke für alles!« Katja küsste sie auf die Wange.

»Es war wunderschön, danke euch für die beiden Tage!« Thea winkte den Schwestern nach, bis sie aus ihrem Blickfeld verschwunden waren. Dann öffnete sie die Gartenpforte und ging zu dem kleinen Fachwerkhaus. Drinnen war es kühl, denn das Feuer im Herd war natürlich schon längst erloschen. Aber die Vorhänge und Kissen und die fröhlichen Farben der Schränke machten den Raum trotzdem heimelig. Und die Leichtigkeit und Beschwingtheit der vergangenen beiden Tage klangen noch in Thea nach.

Sie schürte das Feuer an und beschloss, sich erst am Morgen gründlich zu waschen.

Hier bin ich wieder Hans. Oben in ihrem Schlafzimmer lächelte sie sein Bild an. *Ach, es war so schön mit Katja und Marlene! Und, wie gefalle ich dir mit der neuen Brille und der neuen Frisur?* Hörte sie ihn wirklich antworten *Sehr gut! Und das wurde auch einmal Zeit?* Oder machte sich da Katjas Stimme in ihrem Kopf bemerkbar? *Und, stell dir vor, ich habe Georg Berger mit einer Frau in dem Hotel in Bad Neuenahr gesehen. Offensichtlich liebt er sie sehr.*

Thea erzählte Hans noch eine Weile von dem Wochenende. Dann cremte sie sich das Gesicht und die Arme ein. An diesem Tag waren sie und die Schwestern lange im Ahrtal gewandert, und sie hatte sich tatsächlich einen Sonnenbrand geholt. Auch ein leichter Muskelkater machte sich bemerkbar.

Thea war gerade ins Bett geschlüpft, als draußen im Garten etwas knarrte. War das die Schuppentür gewesen, und Peter Schrader war wieder gekommen und hatte sich etwas zu essen geholt? Sie lauschte. Hoffentlich.

Kapitel 18

Als Thea am nächsten Morgen aus dem Häuschen trat, glänzte das Gras noch vom Tau, und Nebelschwaden hingen über dem Hohen Venn. Die Nacht war kalt gewesen. Rasch lief sie durch den Garten und spähte durch das Fenster des Schuppens. Sie hatte das knarrende Geräusch in der vergangenen Nacht richtig gedeutet. Peter Schrader war hier gewesen, und die Decken lagen unordentlich auf dem Boden. Er schien zum ersten Mal so viel Vertrauen zu ihr gefasst zu haben, dass er hier geschlafen hatte. Wie schön! Ein Lächeln breitete sich auf Theas Gesicht aus. Sie holte rasch neue Lebensmittel und legte sie in die Truhe, dann machte sie sich auf den Weg zu der Praxis.

Vor der Begegnung mit Georg Berger war Thea nun doch nervös. Sein erstaunter, ärgerlicher Blick, als er sie ihm Flur des Kurhotels bemerkt hatte, war ihr noch sehr präsent.

Die Tür zu seinem Sprechzimmer war geschlossen. Thea legte ein paar Magazine, die ihr Katja gegeben hatte, auf den Tisch im Wartezimmer und sah die Arzneimittelvorräte durch. Eine Viertelstunde verstrich. Aus dem Schornstein des Schlösschens stieg kein Rauch, und hinter den Fenstern regte sich nichts. War ihr Chef etwa noch gar nicht nach Eichenborn zurückgekehrt? Oder lag er wieder betrunken im Bett?

Thea schlüpfte in ihre Jacke und verließ die Praxis. Der Ford stand nicht in der Wellblechgarage. Also war Georg Berger höchstwahrscheinlich noch nicht hier – außer, man hatte ihn zu einem Patienten gerufen. Was sie jedoch nicht so recht glaubte. Schließlich hatte Dr. Frielingsdorf ja bis zum Morgen die Vertretung übernommen. Dennoch lief sie zum Schlösschen. Die Eingangstür war verschlossen, und auf ihr Klopfen reagierte niemand.

Also musste sie erst einmal allein zurechtkommen. Zurück in der Praxis wählte Thea irritiert und aufgebracht zugleich die Telefonnummer des Kollegen Frielingsdorf und erkundigte sich, welche Patienten an diesem Tag noch einmal von ihr oder Georg Berger aufgesucht werden mussten. Auf eine umständliche Weise erklärte er ihr die fraglichen Fälle.

»Ja, und da gab es noch diese junge Frau ... Warten Sie, wo habe ich meine Notizen?« Thea hörte Dr. Frielingsdorf mit Papier rascheln. »Steinert ... Agnes Steinert ist ihr Name, sie hat vor gut zwei Wochen entbunden. Sie hat gestern eine schwere Thrombose erlitten. Ich habe ihr ein blutverdünnendes Mittel verschrieben. Die Blutwerte müssen natürlich kontrolliert werden und ...«

»Aber ich habe Agnes Steinert ausdrücklich daraufhin hingewiesen, dass sie sich bewegen muss, um einer Thrombose vorzubeugen!« Thea war erschrocken.

»Nun, daran hat sie sich anscheinend nicht gehalten. Wenn Sie erst einmal so lange Arzt sind wie ich, werden Sie wissen, dass die Patienten leider unsere Ratschläge oft nicht befolgen.«

Thea war nicht in der Stimmung, sich einen Vortrag über dieses Thema anzuhören. »Sagen Sie, Dr. Frielingsdorf«, fragte sie rasch. »Soviel ich weiß, wollte Dr. Berger heute Morgen wieder in der Praxis sein. Aber noch ist er nicht hier. Hat er Ihnen vielleicht eine Nachricht hinterlassen, wann er wieder zurück sein wird?«

»Nein, ich bin auf demselben Stand wie Sie. Na ja, machen Sie sich keine Gedanken. Bestimmt taucht er bald wieder auf. Oder er meldet sich bei Ihnen. Vielleicht ist er auch einfach nur, ähm … unpässlich, manchmal kommt das ja bei ihm vor.«

Unpässlich war wahrscheinlich eine vornehme Umschreibung für *betrunken*. Thea bedankte sich bei Dr. Frielingsdorf für die Vertretung.

Kaum hatte sie den Hörer auf die Gabel gelegt, klingelte das Telefon erneut. Am anderen Ende meldete sich eine Frau und stellte sich als Mitarbeiterin der Mainzer Universitätsklinik vor. »Entschuldigen Sie, ich möchte mich nur kurz erkundigen … Dr. Berger ist am Samstag nicht zu der Tagung erschienen, und er hat auch nicht abgesagt. Mein Chef macht sich ein wenig Sorgen und lässt fragen, ob es ihm gut geht?«

»Ja, davon gehe ich aus«, erwiderte Thea knapp. Nach ein paar Höflichkeitsfloskeln beendete sie das Gespräch.

Also schienen sich Georg Berger und Melanie Winter sehr kurzfristig verabredet zu haben. Gleich darauf schüttelte sie über sich selbst den Kopf. Warum dachte sie überhaupt darüber nach? Georg Bergers Liebesleben war seine Sache und ging sie nichts an.

Vor der Praxis hielt ein Moped mit quietschenden Bremsen. Gleich darauf ertönte Schwester Fidelis' schwerer Schritt im Flur. Thea ging ihr entgegen. »Guten Morgen, Schwester. Kommen Sie bitte mit mir.«

»Ist Dr. Berger etwa nicht hier?« Ein Vorwurf schwang in der Stimme der Nonne mit, als ob Thea schuld daran wäre.

»Nein, und ich weiß auch nicht, wann er wieder in der Praxis sein wird. Wir sollten also Ihre Patientenbesuche besprechen. Es stehen ein paar Nachsorgeuntersuchungen bei jungen Müttern an, und bei einigen Patienten müssen die Verbände gewechselt werden.«

»Aber meine Besuche legt Dr. Berger fest.«

Thea versuchte, ihren Ärger zu unterdrücken. »Wie ich schon sagte, Dr. Berger ist nicht hier. Also liegt die Verantwortung bei mir.« Sie gab den Weg in ihr Sprechzimmer frei.

Widerstrebend ließ sich Schwester Fidelis gegenüber von Theas Schreibtisch nieder. Nur um sie plötzlich noch missbilligender anzustarren. Die neue Frisur, begriff Thea. Und etwas Lippenstift hatte sie auch aufgelegt. Nun, sie würde sich von Schwester Fidelis' Missfallen nicht beirren lassen.

»Schwester, Sie haben doch Agnes Steinert während der letzten beiden Wochen besucht …«

»Allerdings.« Die Nonne nickte reserviert.

»Eben habe ich von Dr. Frielingsdorf erfahren, dass sie eine schwere Thrombose erlitten hat. Anscheinend hat Agnes Steinert sich nicht an meinen dringenden Rat gehalten, sich zu bewegen.«

Schwester Fidelis' Blick flackerte einen Moment lang.

Thea begriff. »Haben Sie ihr etwa davon abgeraten?«, fragte sie nach einer kurzen Pause.

»Agnes Steinert hatte Kindbettfieber …«

»Ja und?«

»Ich habe sie selbstverständlich angewiesen, das Bett zu hüten.«

»Wie konnten Sie gegen meine ausdrückliche Anordnung handeln?«

»Ich weiß sehr wohl, was für eine Wöchnerin gut ist.« Schwester Fidelis schob angriffslustig das Kinn vor. »Ich bin schließlich seit fast vierzig Jahren Hebamme.«

»Agnes Steinert hat erst vor Kurzem entbunden, und sie hat deutliches Übergewicht. Beides sind eindeutige Indikatoren für die Gefahr einer Thrombose. Sie hätte daran sterben können!«

Im Wartezimmer erklangen Stimmen. Jetzt war nicht der Zeitpunkt für ein ausführliches Gespräch mit der Schwester. »Wenn so etwas noch einmal vorkommt, muss ich Dr. Berger informieren.«

Schwester Fidelis verzog den Mund. »Der Doktor weiß, was er an mir hat«, sagte sie verächtlich.

»Nun, vielleicht hat er sich da getäuscht. Und das ist die Liste mit den Patienten, die heute von Ihnen besucht werden müssen.«

Wortlos riss die Nonne das Blatt Papier aus Theas Hand und stapfte aus dem Raum.

Etwa ein Dutzend Patienten hatten sich mittlerweile im Wartezimmer versammelt. Und noch immer kein Lebenszeichen von ihrem verwünschten Chef!

Etliche Diagnosen erwiesen sich als schwierig, und die Patientengespräche gerieten entsprechend langwierig. Mehrmals klingelte das Telefon, und die Liste mit Theas Krankenbesuchen füllte sich. Immer wenn sie ins Wartezimmer trat, um einen weiteren Patienten zu sich zu bitten, hatte sie den Eindruck, dass ihr verstohlene Blicke zugeworfen wurden und man über sie tuschelte. Es konnte doch nicht sein, dass ein bisschen Lippenstift ein derartiges Aufsehen erregte!

Erst weit nach Mittag leerte sich das Wartezimmer endlich, und Thea beschloss, nach einer hastig eingenommenen Mahlzeit gleich zu den Krankenbesuchen aufzubrechen. Bestimmt würde sie es trotzdem nicht schaffen, rechtzeitig zur Sprechstunde um vier Uhr wieder zurück zu sein.

Das Telefon klingelte. Vielleicht war das ja endlich ihr Chef, und er geruhte ihr mitzuteilen, wann er in der Praxis auftauchen würde.

»Praxis Dr. Berger, Dr. Graven am Apparat«, meldete Thea sich und mühte sich um einen freundlichen und professionellen Tonfall, obwohl sie zunehmend gereizt war.

»Ich hätt jerne den Dr. Berger jesprochen. Nimwejen is mein Name.« Eine Frau, die den hiesigen Dialekt sprach.

»Dr. Berger ist nicht hier.« Wie oft hatte sie diesen Satz wohl schon im Laufe des Vormittags wiederholt? »Sie müssen mit mir vorliebnehmen. Worum geht es?«

Die Frau am anderen Ende der Leitung zögerte. »Oh, et is nur so, dat Lioba, unsere Magd, is schwierig. Sie fürchtet sich vor Ärzten. Dr. Berger is der Einzije, den sie zu sich lässt.«

»Wie ich bereits sagte, Dr. Berger ist nicht in der Praxis, und ich kann Ihnen leider auch nicht sagen, wann er wiederkommt. Woran leidet Ihre Magd denn?«

»Sie hat starke Bauchschmerzen und bricht.«

»Hat sie Fieber?«

»Das kann ich Ihnen nit sagen. Aber sie is niemand, der ohne Jrund jammert. Et jeht ihr wirklich schlecht.«

Starke Bauchschmerzen und Erbrechen, das konnte alles sein, von Magen- oder Darmbeschwerden wegen verdorbenen Essens bis hin zu einer Bauchspeicheldrüsenentzündung. Thea ließ sich den vollständigen Namen der Patientin und die Adresse geben – ein Bauerngut in Höfen, einem Dorf auf der anderen Seite von Monschau, das überhaupt nicht zum Gebiet der Praxis gehörte – und versprach der Bäuerin, im Laufe der nächsten Stunde zu kommen.

Dann nahm sie die Liste für die Besuche an sich und eilte in den kleinen Raum zwischen den Sprechzimmern, um Lioba Frommes Krankenblatt herauszusuchen. Rasch blätterte sie durch das Register mit dem Buchstaben F. Ein Krankenblatt unter dem Nachnamen Fromme existierte nicht.

Das sah Georg Berger wieder einmal ähnlich! Eine Verwünschung vor sich hin murmelnd, legte Thea eine Nachricht auf seinen Schreibtisch – falls er denn in den nächsten Stunden erscheinen sollte – und hastete aus der Praxis.

Als Thea mit dem Motorrad am Kirchplatz vorbeifuhr, standen Schwester Fidelis, die Inhaberin des kleinen Ladens und noch eine andere Frau dort zusammen. Sie wandten die Köpfe zu ihr um und musterten sie finster. Irgendwie hatte Thea das Gefühl, dass sie über sie gesprochen hatten. Falls ja, war das bestimmt nichts Gutes gewesen. Ach verdammt …

Nach etwa einer halben Stunde Fahrt hatte sie den Ort Höfen erreicht. Entlang der Dorfstraße reihten sich hohe Hecken aus Blut- oder Hainbuchen aneinander – richtiggehende Wälle, die die Gutshöfe vor den kalten Winden schützen sollten. Thea fuhr langsamer, hielt Ausschau nach einer Hausnummer oder einem Hofnamen. Schließlich, ganz am Ende des Dorfes, entdeckte sie am Feldrand das gesuchte Anwesen.

Ein breites Tor gab den Weg durch die Hecke frei. Thea

passierte es im Schritttempo, dann stellte sie das Motorrad vor dem Gutshof ab. Das Bauernhaus war stattlich, das Erdgeschoss aus grauen Steinen gemauert, die beiden oberen bestanden aus Fachwerk. Die Hecke mit ihren zartgrünen Blättern umgab das Anwesen wie ein schützendes Nest. Thea machte einen weiten Bogen um einen Ziegenbock, der mit einem Strick an einem Pflock festgebunden war und auf einem Stück Wiese graste, und eilte zu der Seite des Gebäudes, wo sie die Küche vermutete.

Eine Tür stand offen, und Dampf wehte nach draußen. Dem strengen Geruch nach zu schließen kochte die Frau mittleren Alters am Herd in einem großen Topf Schweinefutter.

»Frau Nimwegen?«, machte Thea auf sich aufmerksam.

»Jott sei Dank, dass Sie da sin'.« Die Bäuerin wischte sich die Hände an einer Schürze ab. »Kommen Sie mit.« Sie führte Thea an Gartenbeeten vorbei.

»Ich konnte leider kein Krankenblatt zu Fräulein Fromme finden«, sagte Thea. »Weshalb hat Dr. Berger sie denn das letzte Mal behandelt? Wissen Sie das?«

»Sie hatt sich dat Bein jebrochen. Dr. Berger hat et jerichtet und jejipst.«

»Fräulein Fromme war deswegen nicht in Monschau im Krankenhaus? Das Bein wurde nicht geröntgt?«

Sie standen jetzt vor einem Anbau, eigentlich eher einem Verschlag, neben einem Stall. Schon etliche derartige Behausungen hatte Thea mittlerweile gesehen.

»Dat sollt ich Ihnen noch sagen … Dat Lioba is manchmal ein bisschen seltsam und wirr im Kopp.« Die Bäuerin seufzte. »Ein paar Monate nach Kriegsende hat et sie irjendwie in die Eifel verschlagen. Fragen Sie mich nit, weshalb, sie erzählt nit viel von sich. Sie hat bei uns jebettelt. Eine Magd war krank. Sie hat beim Vieh mitjeholfen, und et hat sich jezeigt, dass sie jut mit Tieren umjeh'n kann. So is sie bei uns hängen jeblieben. Als sie sich dat Bein jebrochen hat, wollt sie keinen Arzt an sich heranlassen. Sie war janz außer sich, hat jeweint und um sich jeschlagen. Wir ham schon jedacht, wir müssten sie ins Irrenhaus bringen lassen. Dr. Berger hat et dann schließlich jeschafft, dass er sie untersuchen und das Bein richten durft.«

Aus dem Verschlag kam jetzt ein würgendes Geräusch. Die Bäuerin riss die niedrige Tür auf. Eine Frau beugte sich aus einem Bett und übergab sich in einen Eimer.

»Lioba, ach herrje …« Die Bäuerin eilte zu ihr und hielt ihren Kopf. »Lioba, dat is die Frau Dr. Graven. Sie arbeitet für Dr. Berger.«

»Dr. Berger, mein Chef, konnte leider nicht kommen«, nahm Thea den Ball auf. »Ich vertrete ihn.« Erst jetzt sah sie, dass überall an den Wänden des Verschlags Bildchen von Madonnen, Heiligen und Engeln hingen, dazwischen waren Federn drapiert und getrocknete Blumen oder Kräuter. Wie eine Art Schutzzauber gegen das Böse, musste Thea unwillkürlich denken.

Lioba Fromme richtete sich nun auf, und die Bäuerin wischte ihr das Erbrochene vom Mund. Ein grauer Zopf hing der Magd bis auf die Brust. Sie hatte ein feinknochiges Gesicht undefinierbaren Alters. Ängstlich starrte sie Thea aus wässrigen hellblauen Augen an. »Sie sind noch jung …«

»Ja, in gewisser Weise.« Thea nickte.

Als würde diese Tatsache die Magd irgendwie beruhigen, entspannte sie sich ein bisschen.

»Und Sie arbeiten für Dr. Berger.«

»Richtig. Und ich würde Sie jetzt gern untersuchen«, sagte Thea freundlich, aber fest. »Frau Nimwegen hat gesagt, dass Sie unter heftigen Bauchschmerzen leiden.«

»Ja ...«

Thea wandte sich zu der Bäuerin um. »Würden Sie bitte draußen auf mich warten?«

Die Frau verließ den Verschlag, und Thea schlug die Bettdecke zurück. Zu ihrer Erleichterung blieb die Magd ruhig liegen. Schon unter dem groben Nachthemd sah Thea die Ausbuchtung am Bauch. Vorsichtig zog sie den Stoff hoch. Eine mehr als faustgroße Ausstülpung drückte sich aus dem gebrochenen Nabel, eine Hernie. Darunter verlief eine Operationsnarbe bis zum Schambein. Vielleicht hatte diese den Nabelbruch begünstigt.

»Fräulein Fromme, ich werde Sie jetzt berühren.« Behutsam tastete Thea die Ausstülpung ab. Sie schien prall gefüllt zu sein. Thea stellte Lioba Fromme noch ein paar Fragen. Dann stand ihre Diagnose fest. Die Hernie war zu groß, als dass sie sie wieder in die Bauchhöhle hätte zurückschieben können.

»Fräulein Fromme ...« Thea ergriff ihre Hand. »Es tut mir sehr leid, aber Sie müssen so schnell wie möglich operiert werden. Ihr Darm kann nicht mehr richtig arbeiten, und wenn das nicht rasch behoben wird, werden Sie sterben. Sie müssen sofort in ein Krankenhaus.«

»Ein Krankenhaus, nein ...« Lioba Frommes Gesicht verzerrte sich, und sie rückte von Thea ab.

»Fräulein Fromme, so begreifen Sie doch, es geht um Ihr Leben.«

»Nein, kein Krankenhaus. Nein!« Ihre Stimme wurde ganz schrill und überschlug sich.

»Fräulein Fromme ...«

»Nein!« Nun begann sie zu weinen und sich vor und zurück zu wiegen. Rationalen Argumenten war sie offensichtlich nicht zugänglich.

»Fräulein Fromme, so beruhigen Sie sich doch. Niemand will Ihnen schaden, das verspreche ich Ihnen.«

Lioba Fromme ließ sich wieder in die Kissen zurücksinken, behielt Thea aber ängstlich im Auge.

»Ich bin gleich wieder zurück.« Thea lächelte ihr zu.

»Ich hab dat Lioba jehört.« Draußen vor dem Verschlag seufzte die Bäuerin. »Jenau dat hab ich befürchtet. Wat woll'n Sie denn jetzt machen, Frau Doktor?«

»Haben Sie ein Telefon?« Vielleicht hatte sie vorhin ja von einer Telefonzelle aus in der Praxis angerufen.

»Ja, wir haben eins.« Die Bäuerin nickte.

»Dann würde ich gern einen Anruf tätigen.«

Zusammen gingen sie in die Küche, wo der Telefonapparat auf dem Buffet stand. Thea hatte ihn zuvor nicht bemerkt. Sie wählte die Nummer der Praxis. Vielleicht war Georg Berger ja zurückgekommen und wusste einen Rat, oder er konnte auf Lioba Fromme einwirken, damit sie zu Sinnen kam und die Operation akzeptierte. Das Telefon klingelte und klingelte. Niemand nahm den Anruf entgegen. Verdammt! Wo blieb ihr Chef nur? Sie musste eine Entscheidung treffen und wandte sich deshalb an die Bäuerin, die sich wieder an dem Topf mit dem Schweinefutter zu schaffen machte.

»Sie kennen Lioba Fromme ja schon länger. Würden Sie sagen, dass ihr seelischer Zustand labil, also unstabil, ist und dass sie die Gefahr, die ohne eine Operation für ihr Leben besteht, nicht richtig einschätzen kann?«

»Ja, dat mein ich allerdings.« Die Bäuerin nickte.

Dann blieb ihr keine andere Wahl. Sie musste Lioba Fromme gegen deren Willen in ein Hospital einweisen lassen. Thea rief im Monschauer Krankenhaus an und bat darum, mit einem Arzt verbunden zu werden. Zu ihrer Erleichterung nahm ein Assistenzarzt und nicht ihr Vater das Telefonat entgegen. Sie schilderte dem Kollegen den Sachverhalt und bat ihn, ein Ambulanzfahrzeug nach Höfen zu schicken.

»Dat is so am besten.« Die Bäuerin hatte das kurze Telefonat mit angehört und klopfte bekräftigend auf den Tisch.

»Ja vermutlich.« Thea war mit ihrer Entscheidung nicht glücklich, auch wenn sie sie nach bestem Wissen und Gewissen getroffen hatte.

Wie sollte sie sich Lioba Fromme gegenüber verhalten? Thea war sich unschlüssig. Sollte sie ihr sagen, dass sie ins Krankenhaus gebracht wurde, oder sollte sie warten, bis die Ambulanz eintraf, und sie dann vor vollendete Tatsachen stellen?

Die Entscheidung wurde ihr abgenommen, denn als sie wieder den Verschlag betrat, war die Magd eingedöst. Thea setzte sich auf einen Schemel. Wie seltsam all die Bildchen an den Wänden doch waren! Was wohl in Lioba Frommes Leben vorgefallen war, dass sie sich diesen imaginären Schutz geschaffen hatte?

Nach etwa einer Viertelstunde war die Sirene der Ambulanz zu hören, und Lioba Fromme wachte auf. Sie atmete schwer, und ihr Blick irrte zu Thea. Jetzt konnte sie es nicht länger hinausschieben, ihr die Wahrheit zu sagen.

»Fräulein Fromme, so leid es mir tut, es geht nicht anders. Sie müssen operiert werden. Man wird Sie jetzt gleich ins Krankenhaus bringen. Die Operation dauert nicht lange und ...«

»Nein!« Die Magd war urplötzlich aufgesprungen. Thea wollte sie festhalten, aber mit einer Kraft, die sie der zierlichen Frau gar nicht zugetraut hätte, stieß diese sie zurück. Thea verlor das Gleichgewicht und prallte mit dem Kopf schmerzhaft gegen einen Schrank. Lioba Fromme stürzte in ihrem Nachthemd nach draußen.

»Fräulein Fromme!« Thea rannte ihr entsetzt nach. Die Ambulanz war inzwischen mit Sirene und rotierendem Blaulicht auf den Hof gefahren. Zwei Männer in weißen Kitteln stiegen aus. Die Magd bemerkte sie und änderte die Richtung, hetzte mit nackten Füßen zwischen die Gartenbeete. Ihr Gesicht ganz verzerrt vor Panik, und sie krümmte sich.

»He, jetzt mal langsam!« Die Sanitäter hatten sie eingeholt und hielten sie fest.

»Nein, nicht, nein!« Die Magd schrie, bettelte und weinte.

Thea fühlte sich wie gelähmt. Lioba Frommes Angst setzte ihr zu. Aber ohne die Operation war doch ihr Leben gefährdet!

»Nun, haben Sie sich doch nicht so. Immer mit der Ruhe.« Die Sanitäter zogen und trugen die Magd zu dem Fahrzeug.

»Verdammt! Was geht hier vor?« Eine aufgebrachte Männerstimme. Die Georg Bergers. Er stürmte durch das Tor. »Lassen Sie die Frau los«, herrschte er die Sanitäter an.

»Aber wir haben die Weisung, sie nach Monschau ins Krankenhaus ...«, setzte einer der Männer an.

»Dr. Berger, hier liegt ein Notfall vor«, schaltete sich Thea ein. Anscheinend hatte ihr Chef ihre Nachricht auf seinem

Schreibtisch gefunden und sich gleich auf den Weg nach Höfen gemacht. Sie war froh, ihn zu sehen. Noch mehr aber war sie wütend. Wo hatte er die ganze Zeit gesteckt? Sein Gesicht war grau, und seine Augen waren blutunterlaufen, als hätte er wieder zu viel getrunken. »Den Transport habe ich angeordnet. Fräulein Fromme hat eine Hernie am Bauchnabel und ...«

Lioba Fromme riss sich von den Sanitätern los. Sie stürzte zu Georg Berger und klammerte sich an ihm fest.

»Fräulein Fromme kommt nicht ins Krankenhaus.« Er sah die Sanitäter an. »Sie werden hier nicht mehr gebraucht.«

»Die Ambulanz wird sehr wohl benötigt!« Thea konnte es nicht fassen. »Sie werden nicht ohne Fräulein Fromme fahren.«

»Sie beide tun, was ich Ihnen sage.« Georg Berger klang sehr beherrscht und bestimmt.

»Nein ...«, protestierte Thea.

»Tja, Frau Doktor«, einer der Sanitäter zuckte mit den Schultern, »wenn der Herr Doktor der Ansicht ist, dass wir fahren sollen, dann fahren wir halt wieder.«

Georg Berger hob Lioba Fromme hoch und trug sie zu dem Verschlag. Außer sich folgte Thea ihm. Vorsichtig legte er die Kranke auf das Bett. Sie hatte nun die Augen geschlossen, schien gar nicht mehr richtig wahrzunehmen, was um sie vorging.

»Wie können Sie nur so unverantwortlich handeln!« Thea bemühte sich, um der Patientin willen, ihre Stimme zu dämpfen. »Die Hernie muss dringend operiert werden. Sie riskieren Lioba Frommes Leben!«

Georg Berger hatte das Nachthemd hochgestreift und

tastete die Ausstülpung am Nabel ab. »Genau das habe ich vor – zu operieren.« Er öffnete seine Arzttasche und nahm ein Tuch und ein Fläschchen mit Chloroform heraus.

»Sie wollen das selbst machen? Hier? Auf diese Weise?« Thea war fassungslos.

»Ja, und entweder Sie assistieren mir, oder Sie verschwinden.«

Thea zögerte.

Georg Berger sah ihr in die Augen. »Ich weiß, was ich tue.«

Das Risiko für Lioba Fromme war geringer, wenn sie blieb. »Gut, ich assistiere Ihnen.«

»Schön.« Georg Berger reichte ihr ein Fläschchen mit Desinfektionsmittel und ein Paar Gummihandschuhe. Dann legte er Lioba das Tuch mit dem Chloroform aufs Gesicht. Die Madonnen, Engel und Heiligen schienen auf sie herunterzublicken und ihnen zuzusehen.

Wir werden eure Hilfe wirklich brauchen, dachte Thea grimmig, während sie sterile Tücher um die mittlerweile desinfizierte Ausstülpung auf der Bachdecke ausbreitete. Georg Berger ordnete die Instrumente, die sie für die Operation benötigten, auf einem weiteren sterilen Tuch an und streifte sich schließlich selbst Gummihandschuhe über.

Schnell führte er die ersten Schnitte mit dem Skalpell aus. Thea zog die Wundränder mit den Operationsklammern auseinander. Ihr Chef arbeitete rasch und konzentriert und so, als wäre er sich seiner Sache ganz sicher. Theas Zorn und ihre Sorge ließen nach, und sie war jetzt ebenfalls ganz konzentriert, hielt die Klammern, tupfte dann das Blut ab. Sie arbeiteten wie eingespielt, als hätten sie schon oft zusammen operiert. Nun war die Öffnung in der Bauchdecke groß genug, und Georg Berger schob die Ausstülpung mit einem geübten Griff ins Innere des Bauchraums zurück.

Thea reichte ihm die Nadel. Ebenso schnell und sicher, wie er die Operation durchgeführt hatte, vernähte er nun die Wunde. Lioba atmete ruhig und gleichmäßig. Georg Berger kontrollierte noch den Puls. »Alles in Ordnung.« Er nickte Thea zu und begann, die Instrumente in seiner Tasche zu verstauen.

Thea fühlte sich ganz schwach vor Erleichterung.

»Sagen Sie Frau Nimwegen, dass sie bei Lioba bleiben soll, bis sie aufwacht. Ich fahre dann in ein paar Stunden noch einmal her und sehe nach ihr.« Georg Berger klappte seine Tasche zu und stand auf.

Das war alles? Thea starrte ihn an. »Auf ein Wort!«, sagte sie eisig und ging aus dem Verschlag.

Georg Berger folgte ihr. »Was gibt es?« Seine Stimme klang ungeduldig.

»Was es gibt? Das wagen Sie zu fragen? Sie bleiben den ganzen Tag weg, ohne es auch nur für nötig zu erachten, anzurufen und mir mitzuteilen, wann Sie gedenken, wieder in der Praxis zu erscheinen!« Thea schrie ihn nun doch an. »Und dann operieren Sie hier, in diesem Verschlag, unter diesen unmöglichen Bedingungen. Obwohl es für Lioba Fromme im Monschauer Krankenhaus viel sicherer gewesen wäre.«

»Ich hatte meine Gründe.«

»Ach ja? Haben diese Gründe vielleicht etwas mit Ihrem Streit mit meinem Vater zu tun? Mussten Sie ihm beweisen, was für ein toller Arzt Sie sind?«

»Reden Sie keinen Unsinn. Ihr Vater hatte damit überhaupt nichts zu tun«, herrschte er sie an. »Und jetzt wäre ich Ihnen dankbar, wenn Sie sich um die übrigen Patientenbesuche kümmern würden.« Dann lief er, ohne sie weiter zu beachten, zu dem Ford und fuhr mit quietschenden Reifen davon.

Außer sich vor Zorn informierte Thea rasch die Bäuerin und ging dann zu dem Motorrad. War Georg Berger so besonders schroff und unfreundlich, weil er sie im Flur des Hotels gesehen hatte? Ja, das war gut möglich.

Kapitel 19

Thea trug ihr Abendbrotgeschirr zur Spüle. Sie war niedergeschlagen, aber auch ärgerlich. Lioba Frommes panische Schreie gingen ihr immer noch nach. Und da war auch das Benehmen ihres Chefs... Nach der Sprechstunde hatten Georg Berger und sie noch kurz einige dienstliche Angelegenheiten besprochen, und dabei hatte er sie wieder nur angeblafft.

Es war nicht nur so, als hätte es die freundschaftliche Annäherung zwischen ihnen nie gegeben. Ihr Verhältnis erschien ihr nun noch schwieriger als zuvor. Und auch wenn Georg Berger sie nach dem Ende der Probezeit fest einstellen wollte – sollte sie sich das wirklich antun, ein, zwei Jahre lang mit einem schlecht gelaunten, schroffen und rüpelhaften Chef zusammenarbeiten, der zudem regelmäßig zu viel trank? Oder sollte sie sich nicht vielleicht doch nach einer anderen Stelle umsehen, auch wenn das sicher sehr schwierig werden würde?

In Gedanken versunken setzte sich Thea gerade wieder an den Tisch, als sie durch das Fenster auf der Vorderseite des Häuschens eine ältere Frau durch den verwilderten Garten kommen sah. Es war Frau Hörter, die Bäuerin, deren Mann an einer Bauchspeicheldrüsenentzündung gelitten hatte und die Thea am Tag der Kirmes zu einer Tasse Kaffee eingeladen hatte.

Thea öffnete die Tür und ging ihr entgegen. »Frau Hörter, das ist ja eine Überraschung! Geht es etwa Ihrem Mann wieder nicht gut?«, fragte sie freundlich.

»Nein, nein, mit meinem Leonhard ist alles in Ordnung.« Frau Hörter schüttelte den Kopf. Erst jetzt registrierte Thea, dass sie einen großen Korb mit einem Deckel trug. »Ich hab erfahren, dass die Frau Helmholz, die für den Verkauf der Handarbeiten bei der Wohltätigkeitsveranstaltung an Christi Himmelfahrt auf der Monschauer Burg zuständig ist, Ihre Schwester ist und dass Sie ihr dabei helfen. Und ich hab schon Kinderpullover und -jacken dafür gestrickt und auch Spielzeug selbst gemacht und abgegeben. Jetzt hab ich aber noch ein paar Sachen. Und da mein Leonhard mit dem Pferdefuhrwerk nach Eichenborn gefahren ist, um Dünger zu holen, dachte ich, ich komm mit und bringe Ihnen die Sachen vorbei. Dann muss ich sie nicht mit der Post schicken. Das macht Ihnen doch nichts aus, oder?« Nach dieser langen Rede hielt sie etwas außer Atem inne und blickte Thea besorgt an.

»Nein, überhaupt nicht, ich nehme die Sachen selbstverständlich gern mit, und es ist sehr nett, dass Sie die Wohltätigkeitsveranstaltung damit unterstützen«, entgegnete Thea herzlich. »Möchten Sie nicht hereinkommen?«

»Ich stör Sie auch nicht?«

»Bis zum Nachtdienst habe ich noch Zeit.«

Frau Hörter folgte Thea in das Häuschen. Abgesehen von den Schwestern war sie ihr erster Besuch. »Kann ich Ihnen etwas anbieten? Einen Tee oder ein Glas Wasser vielleicht?«, fragte sie.

»Nein, nein, das ist nicht nötig.« Die Bäuerin wehrte hastig ab. Dann klappte sie den Deckel des Korbes hoch und nahm etwas Längliches heraus, das auf den Handarbeiten lag, in Geschirrtücher eingeschlagen war und nach frischem Gebäck duftete. »Ich dachte, vielleicht mögen Sie einen Hefezopf, ich hab heute gebacken.«

»Sehr gern, vielen Dank.« Wieder war Thea von der Freundlichkeit der Bäuerin berührt.

Frau Hörter zögerte kurz. »Ich hab auch noch ein paar Spielsachen von unseren beiden Buben mit in den Korb getan«, sagte sie schließlich leise. »Sie sind noch ganz gut erhalten, und bestimmt kann man ein bisschen Geld dafür verlangen. Auf dem Hof liegen sie nur herum und nutzen niemandem was. Ich dachte früher immer, die kriegen mal unsere Enkel. Aber die wird es ja nie geben …« Die Augen wurden ihr feucht, und sie senkte hastig den Kopf. »Und so haben wenigstens andere Menschen was davon.«

Thea konnte ihren Schmerz gut verstehen. Sie drückte Frau Hörters Hand. »Danke, dass Sie die Spielsachen spenden.« Ihr war es selbst auch so schwergefallen, sich von Hans' Kleidungsstücken und seinen Malutensilien zu trennen, und sie wusste, dass es keinen wirklichen Trost für den Verlust der beiden Söhne gab. Schließlich fragte sie behutsam: »Werden Sie denn zu der Wohltätigkeitsveranstaltung kommen? Ich würde mich sehr freuen, Sie dort zu sehen.«

»Ach, von unserem Hof aus mit dem Bus nach Monschau zu fahren ist so umständlich. Und mit dem Pferdefuhrwerk erst recht. Und mein Leonhard geht sowieso nicht mehr gern unter Leute.« Frau Hörter wischte sich schnell mit dem Taschentuch über die Augen. »Aber wenn Sie einmal auf einen Kaffee auf dem Hof vorbeikommen und mir von der Veranstaltung erzählen mögen, würd mich das sehr freuen.«

»Das tue ich sehr gern«, versicherte Thea ihr. Draußen war jetzt das Geklapper von Pferdehufen zu hören, und ein von einem kräftigen Braunen gezogener Wagen hielt vor dem Gartentor. Auf dem Bock saß Herr Hörter. Thea vereinbarte mit der Bäuerin, ihr den großen Korb zurückzubringen, wenn sie das nächste Mal zu dem Hof kam, dann verabschiedete sie sich von ihr.

Später, in der Praxis, setzte sich Thea an ihren Schreibtisch, nachdem sie schon einmal das Feldbett aufgeschlagen und den Inhalt ihrer Arzttasche kontrolliert und ergänzt hatte. Das gynäkologische Lehrbuch, das sie in der vergangenen Woche in der Buchhandlung in Monschau bestellt hatte, war heute per Post bei ihr eingetroffen. Rasch überflog sie das Inhaltsverzeichnis. Sie freute sich besonders auf das Kapitel zur »schmerzfreien Geburt«.

Ihr Blick blieb an dem Stichwort »Sterilisation« hängen. Thea empfand Widerwillen. Sicher, manchmal war solch ein operativer Eingriff medizinisch ratsam, etwa wenn eine Schwangerschaft ein zu großes Risiko für eine Frau darstellte. Aber es hatte auch grausamen Missbrauch gegeben. Nicht zuletzt am Hamburger Universitätsklinikum hatte man Frauen zwangssterilisiert, die – nach der nationalsozialistischen Ideologie – als erbkrank oder asozial galten.

Die Operationsnarbe über Lioba Frommes Schambein!, schoss es Thea plötzlich durch den Kopf. Sie glaubte jetzt zu wissen, was die panische Angst der Kranken verursacht hatte, und ihr wurde übel.

Thea erwachte davon, dass die Eingangstür der Praxis aufging und sie Georg Bergers Schritte im Wartezimmer hörte.

Benommen blickte sie auf ihre Armbanduhr. Halb acht … In dieser Nacht war sie zu keinem Notfall gerufen worden. Aber es hatte lange gedauert, bis sie eingeschlafen war. Sie stand von dem Feldbett auf, kämmte ihre Haare vor dem Spiegel über dem Handwaschbecken und spülte ihren Mund mit Menthol. Dann klopfte sie an die Sprechzimmertür ihres Chefs.

Selbst gedämpft durch das Holz klang sein »Herein« unverkennbar gereizt.

Thea wappnete sich gegen seine schlechte Laune und straffte sich. »Guten Morgen, Dr. Berger.«

»Morgen.« Er kniete vor seinem Medikamentenschrank, offensichtlich überprüfte er den Inhalt, und richtete sich nun auf. Seine Augen waren gerötet, anscheinend hatte auch er schlecht geschlafen. »Diese verdammten Frauenzeitschriften im Wartezimmer, die haben Sie doch ausgelegt, oder? Mindestens ein halbes Dutzend Patientinnen haben sich bei mir über die unzüchtigen Fotos beschwert. Gestern Abend habe ich deswegen sogar ein paar Anrufe bekommen. Für diesen Blödsinn habe ich wirklich keine Zeit.«

Deshalb also das Getuschel und die schiefen Blicke gestern, als sie ins Wartezimmer getreten war. »Ich nehme die Zeitschriften selbstverständlich wieder weg.«

»Danke.«

Thea holte tief Atem. »Ich möchte mich eigentlich erkundigen, wie es Lioba Fromme geht. Sie wollten doch gestern Abend noch einmal zu ihr fahren.«

»Den Umständen entsprechend geht's ihr gut.«

Mehr war ihm wohl nicht zu entlocken. »Lioba Fromme wurde zwangssterilisiert, nicht wahr?«, sagte sie nach einer kurzen Pause. »Das habe ich leider erst während des Nachtdienstes begriffen. Als ich in einem gynäkologischen Lehrbuch geblättert habe.«

»Ja.« Georg Bergers Augen waren sehr dunkel, und sein Mund war schmal. »Und weiß Gott, was man ihr noch alles angetan hat.«

»Ich ... Am Hamburger Universitätsklinikum, wo ich gearbeitet habe, wurden auch Zwangssterilisationen durchgeführt. Ich habe dagegen nicht protestiert, dazu hatte ich nicht den Mut. Aber ich habe nie dabei assistiert, das schwöre ich.«

Georg Berger blickte zum Fenster. Zwei Enten erhoben sich aus dem Bach vor dem Schlösschen und flogen träge in Richtung Dorf. Und eine der Planen, die das Dach abdichteten, bewegte sich im Wind.

»Schön, dass Sie da eine weiße Weste haben.« Seine Stimme klang kühl.

Thea zuckte zusammen. »Es ging mir nicht darum, mich Ihnen mit einer weißen Weste zu präsentieren«, erwiderte sie ruhig. »Ich wollte Ihnen nur noch einmal sagen, wie sehr ich es bedaure, dass ich nicht angemessen auf Lioba Frommes Angst reagiert habe. Und dass ich ihr solches Leid zugefügt habe. Das ist alles.«

Sie verließ das Sprechzimmer und zog die Tür hinter sich zu. Wenn sie wieder einmal mit einem panischen Patienten zu tun haben sollte, würde sie – wann immer es die Umstände erlaubten – versuchen, den Grund der Angst zu erfahren. Das nahm sie sich ganz fest vor.

Gerade hatte Thea den letzten Patienten für diesen Nachmittag besucht. Der Hof gehörte zu den am weitesten entfernt gelegenen der Praxis, gut zehn Kilometer von Eichenborn entfernt. Nun befand sie sich wieder auf dem Rückweg, auf der Landstraße, die von Aachen bis Monschau führte, und ließ sich den Fahrtwind um die Wangen wehen. Bisher war sie nur einmal hierhergefahren, an jenem Abend, als sie das Heim für die Schokoladenkinder besucht hatte. Jetzt, im Sonnenschein, strahlte die Moorlandschaft nichts Unheimliches aus. Da und dort blühte der erste Ginster am Straßenrand, und die Birken waren grün belaubt. Theas Stimmung, die seit dem Gespräch mit Georg Berger am Morgen gedrückt gewesen war, besserte sich.

Vor einer Kurve verringerte sie die Geschwindigkeit des Motorrads und konzentrierte sich darauf, sie in keiner allzu großen Schräglage zu nehmen. Sie wollte schon wieder Gas geben, als sie am Straßenrand ein Wegkreuz sah. Hier war sie in der Dunkelheit am Vorabend des ersten Mai der hochschwangeren Frau begegnet. War da nicht eine Lücke in den Büschen gegenüber dem Kreuz?

Thea stoppte und stieg ab. Vorsichtig drückte sie die stacheligen Zweige auseinander. Ja, hinter den Büschen verlief ein Trampelpfad über eine Wiese, und in etwa einem halben Kilometer Entfernung stand ein Bauernhaus neben ein paar hohen Bäumen. Bestimmt hatten die Frau und die Männer, die sie fortgeführt hatten, diesen Pfad genommen. Und wahrscheinlich lebten sie auf dem Hof. Thea besann sich. Gewiss, Axel Heimbach hatte ihr, als sie ihm von der merkwürdigen Begegnung erzählte, gesagt, dass sie sich wohl keine Sorgen machen müsse, und vermutet, dass die Leute Flüchtlinge waren und deshalb so harsch auf sie reagiert hatten. Aber was, wenn die hochschwangere Frau doch nicht freiwillig mit den Männern mitgekommen war und in Schwierigkeiten steckte? Schon an jenem

Abend hatte sie ja kein gutes Gefühl gehabt, sie gehen zu lassen.

Thea holte eine Landkarte aus der Motorradtasche und konsultierte sie. Zu dem einsam gelegenen Hof führte auch ein Feldweg. In etwa zweihundert Metern Entfernung zweigte er von der Landstraße ab. Da sie schon einmal hier war, beschloss sie, nach der Frau zu sehen. Sonst ließ ihr das einfach keine Ruhe.

Sie wurde auf dem Feldweg gehörig durchgeschüttelt. Die Bäume, die sie aus der Ferne gesehen hatte, waren alte Buchen. Jetzt, von Nahem, machte das Anwesen, wie so oft auch andere in der Gegend, einen ärmlichen Eindruck. Moos wuchs auf den Dächern der Fachwerkgebäude, viele Ziegel hätten dringend erneuert werden müssen, und ein paar Fenster des Wohnhauses waren mit Brettern vernagelt. Ein Hund schlug wütend an, als Thea von dem Motorrad stieg, und zerrte an seiner Kette. Sie nahm die Arzttasche von dem Gepäckträger und hängte ihre kleine Handtasche um, dann überquerte sie den Hof, darauf bedacht, in keine der tiefen Pfützen zu treten.

Die Tür des Wohnhauses öffnete sich jetzt, und eine schmale junge Frau trat heraus, eine Milchkanne in der Hand. Einige blonde Strähnen schauten unter ihrem Kopftuch hervor. Sehr große Augen, ein kleines Muttermal auf der Wange. Ja, das war die Frau, der Thea in jener Nacht begegnet war. Sie stellte die Milchkanne auf dem Boden ab und starrte Thea an.

»Guten Tag«, begann Thea. Wie gut, dass sie die junge Frau allein antraf! Aber ... Sie stutzte. Die ausgebleichte, eng um den Leib geschlungene Wickelschürze betonte die Magerkeit der Frau. Seit jenem Abend waren noch nicht einmal drei Wochen vergangen. Auch wenn sie inzwischen ihr Kind zur Welt gebracht hatte, war es doch kaum möglich, dass sie ihr Schwangerschaftsgewicht schon so vollständig verloren hatte? Der Hund kläffte immer noch wie wild.

»Marie, was ist denn hier los?« Ein grobknochiger Mann in Arbeitskleidung kam hinter einem Stall hervor. Nun bemerkte er Thea. »Was haben Sie hier zu suchen?«, fuhr er sie aggressiv an. »Wir dulden keine Fremden auf dem Hof.«

»Mein Name ist Dr. Thea Graven, ich bin Ärztin in Eichenborn. Es tut mir leid, ich habe mich ganz offensichtlich verfahren«, improvisierte sie.

Der grobknochige Mann musterte sie mit gerunzelten Brauen. Auch zwei junge Burschen erschienen nun auf dem Hof und stellten sich, die Hände in den Hosentaschen, neben den Mann. Eine latente Bedrohung ging von ihnen aus.

»Wie gesagt, ich habe mich nur verfahren.« Thea machte eine entschuldigende Geste und ging einen Schritt rückwärts.

»Das ist die Frau, die mich in der Walpurgisnacht nicht gehen lassen wollte«, hörte Thea die junge Frau sagen. »Ich bin mir ganz sicher.«

»Soso.« Der Grobknochige ging zu dem Hofhund und löste die Kette, hielt ihn aber am Halsband fest. »Sie haben sich also verfahren? Pah, ich glaub, Sie wollen hier herumschnüffeln. Hau'n Sie ab, sonst hetz ich den Hund auf Sie!«

Das Tier riss an dem Halsband und bellte sich die Seele aus dem Leib.

»Ich gehe ja schon!« Thea wich hastig zurück. Auf dem durchweichten Boden verlor sie jedoch das Gleichgewicht und fiel in eine Pfütze.

Begleitet vom Gelächter der Männer kam sie wieder auf

die Beine und rannte zu dem Motorrad. Irgendwie schaffte sie es, zu wenden und davonzufahren.

Theas Herz klopfte immer noch wie wild, als sie das Fahrzeug im Schuppen neben der Wellblechgarage abstellte. Wie hatte diese Marie nur so schnell ihr Schwangerschaftsgewicht verloren? Aber sie konnte sie nicht mit einer anderen Frau verwechselt haben. Da waren das Muttermal und die großen Augen. Außerdem hatte Marie sie ja wiedererkannt.

Als Thea die Arzttasche vom Gepäckträger nahm, stand Georg Berger in der Schuppentür und musterte sie von oben bis unten.

»Was ist denn mit Ihnen passiert? Sind Sie etwa mit dem Motorrad gestürzt?«

Natürlich, sie war ja ganz mit Lehm besudelt. Ausgerechnet jetzt musste er hierherkommen! »Nein, ich bin auf einem Hof im Matsch ausgerutscht, das ist alles«, wiegelte Thea ab.

»Na gut. Der Opel soll Ende der Woche wieder einsatzfähig sein, das hat man mir in der Werkstatt versichert.«

»Das ist schön. Sagen Sie ...« Thea war von der Begebenheit auf dem Anwesen immer noch ganz aufgewühlt, bemühte sich jedoch, sich nichts anmerken zu lassen. »... gehört eigentlich ein Hof auf einer Anhöhe, etwa einen halben Kilometer entfernt von der Landstraße, die nach Aachen führt, auch zu unserer Praxis? Ein paar große Buchen wachsen dort.«

»Sie meinen wahrscheinlich den Hof von Erich und Marie Klaussner. Es dürfte ein, zwei Jahre her sein, dass ich den Bauern mal behandelt habe. Wie kommen Sie darauf?«

»Ich habe heute bei dem Feldweg, der zu dem Hof führt,

eine hochschwangere Frau gesehen, und mich gefragt, ob sie wohl Patientin bei Ihnen ist«, schwindelte Thea. Von ihrem demütigenden Erlebnis würde sie Georg Berger ganz sicher nichts erzählen.

»Marie Klaussner war schon ewig nicht mehr bei mir in der Praxis, und Schwester Fidelis hat auch nicht erwähnt, dass sie schwanger ist.« Georg Berger zuckte mit den Schultern. »Ich würde mal sagen, es reicht völlig, wenn wir uns Gedanken um unsere Patienten machen. Wir müssen uns nicht auch noch mit Menschen befassen, denen gar nichts fehlt.« Dann drehte er sich um und ging.

In ihrem Häuschen entledigte sich Thea grimmig ihrer schmutzigen Kleider und wusch sich in der Emailleschüssel – eine warme Dusche wäre jetzt so schön gewesen! In Gefahr schien sich Marie Klaussner immerhin nicht zu befinden. Und vielleicht hatte ihr Chef ausnahmsweise einmal recht, und sie sollte sich um ihre eigenen Angelegenheiten kümmern, statt Menschen helfen zu wollen, die überhaupt keine Hilfe benötigten.

Kapitel 20

Thea befestigte die Motorradtaschen, in denen sie das von Marlene geerbte Cocktailkleid, die hochhackigen Schuhe und einen leichten Sommermantel verstaut hatte, an dem Gepäckträger. Der Opel war noch nicht einsatzfähig, und bei der Wohltätigkeitsveranstaltung wollte sie nun wirklich nicht in einer Hose und den derben Wanderschuhen – ihrer üblichen Motorradkluft – erscheinen.

Gegen Mittag hatte es heftig geregnet. Vorsichtig lenkte Thea das Motorrad über den von Schlaglöchern und Pfützen übersäten Weg zur Straße. Durch den Regen war der Himmel wieder einmal wie blank gefegt, und die Fernsicht überwältigend. Thea genoss die Fahrt. An dem Feiertag herrschte kaum Verkehr, nur gelegentlich überholte sie einen Radfahrer oder ein Pferdefuhrwerk, das gemächlich dahinzockelte. Die engen, verwinkelten Gassen von Monschau stellten eine gewisse Herausforderung dar, einmal würgte sie den Motor ab, aber schließlich erreichte sie wohlbehalten die Burg.

Hinter dem Eingang des Hauptgebäudes entdeckte sie eine Toilette, und eine breite, offen stehende Tür ermöglichte den Blick in einen Saal, in dem lange Tische aufgebaut waren. In der Toilette zog Thea sich rasch um und benutzte auch wieder ein bisschen Lippenstift. Dann, nachdem sie sich noch einmal prüfend in dem Spiegel betrachtet und ihre Brille zurechtgerückt hatte – ja, doch, sie gefiel sich immer noch mit der neuen Frisur –, ging sie mit der Motorradtasche in den angrenzenden Saal.

Etwa ein Dutzend Frauen eilten hier geschäftig hin und her, stellten noch Gläser bereit und richteten leckere Häppchen und kleine Canapés mit Schinken und Käse und russische Eier auf silbernen Tabletts an. Marlene und zwei andere Damen machten sich an den Tischen voller Handarbeiten zu schaffen. Es gab jede Menge Kleidung – gehäkelte Säuglingsschuhe und gestrickte Strampelanzüge, Pullover, Jacken und Socken –, Topflappen, bestickte Tischwäsche und Kissen und, und, und … Für den guten Zweck mussten die Frauen aus der Gegend wochen-, wenn nicht monatelang gewerkelt haben.

»Thea, wie schön, dass du hier bist!« Marlene umarmte sie. »Ach, gib mir mal die Tasche, ich verstaue sie unter dem Tisch. Das sind übrigens Frau Hielscher und Frau Böcklin …« Strahlend stellte Marlene sie den beiden anderen Helferinnen vor. Dann hakte sie Thea unter und machte mit ihr die Runde bei den weiteren Damen im Saal. Thea schüttelte Hände, und der Kopf schwirrte ihr vor Namen. Marlene wirkte so glücklich! Ja, sie schien in Monschau wirklich heimisch geworden zu sein.

»Möchtest du vielleicht diesen Tisch übernehmen?« Marlene wies nun auf den, wo die Säuglingskleidung und das Spielzeug angeboten wurden. »Aber du kannst natürlich auch einen anderen haben.«

»Nein, nein, mir ist der völlig recht.« Thea lächelte. »Du und deine Helferinnen, ihr müsst ja Stunden gearbeitet haben, um das alles so ansprechend zu präsentieren.«

»Na ja, nachdem ich gestern den Korb mit den Sachen

von Frau Hörter bei dir abgeholt habe, bin ich gleich hierhergefahren. So gegen zehn am Abend hatten wir dann das meiste ausgelegt. Und heute Morgen haben wir die Preisschilder geschrieben.« Marlene zupfte ein Kissen zurecht, das nicht ganz akkurat stand, und strich einen Tischläufer glatt. Thea hatte ihr angeboten, auch beim Auspacken und Dekorieren der Handarbeiten zu helfen. Aber Marlene hatte gemeint, das sei nicht nötig, sie würden das schon schaffen. Wobei Thea vermutete, dass die Schwester davon ausgegangen war, dass sie wahrscheinlich mehr Unordnung verursachen als wirklich eine Hilfe sein würde.

Marlene war jetzt mit dem Tisch zufrieden und wandte sich wieder Thea zu. »Etwas Aufregung gab es dann doch noch. Glücklicherweise nicht bei dem Basar. Ein Sänger musste wegen eines Unglücksfalls in der Familie ganz kurzfristig absagen. Unsere Vorsitzende war deshalb sehr besorgt. Aber ich habe sagen hören, dass sie mittlerweile wohl einen angemessenen Ersatz gefunden hat.«

Thea bestätigte, wie gut das doch sei, und verkniff sich einen leisen Seufzer. Sie stand den weiblichen Wohltätigkeitsorganisationen und ihren Damen nicht ablehnend gegenüber wie Katja, so ganz ihre Welt war das jedoch auch nicht. Die allesamt ziemlich teuer gekleideten Frauen machten einen recht biederen und konservativen Eindruck. Plötzlich musste sie wieder an Frau Hörters Traurigkeit denken, als die Bäuerin vom Spielzeug ihrer gefallenen Söhne erzählt hatte.

»Sag mal, Marlene …« Sie ließ ihren Blick über die Tische schweifen. »Was sind eigentlich die Handarbeiten und das Spielzeug, das Frau Hörter gespendet hat? Oder liegt das alles ganz bunt durcheinander?«

»Nein, Frau Hörters Handarbeiten sind so hochwertig, sie gehören mit zum Teuersten, das wir verkaufen.« Die Schwester wies auf Stricksachen, die aufwendige und wunderschöne Zopf- und Norwegermuster hatten, und auf einige gut erhalten Bilder- und Kinderbücher sowie Bauklötze und Holztiere. Auch ein Elefant und ein Pferd aus Stoff waren unter den gespendeten Spielsachen. Thea berührte sie sanft. Damit hatten also die beiden toten jungen Männer gespielt, als sie Kinder waren. Plötzlich wurde ihr die Kehle eng. Sie räusperte sich. »Denkst du, Liesel und Arthur würden sich über das Pferd und den Elefanten freuen, oder sind sie schon zu alt dafür?«

»Nein, sie nehmen beide noch Stofftiere mit ins Bett.« Marlene lachte.

»Dann kaufe ich den Elefanten und das Pferd für sie.« Thea zückte ihre Geldbörse.

»Das ist doch nicht nötig ...« Marlene brach ab, denn eine schlanke Dame mittleren Alters, die ein elegantes, offensichtlich maßgeschneidertes cremefarbenes Nachmittagskleid und dezenten Goldschmuck trug, hatte den Saal betreten. »Oh, das ist Frau Professor Vollmer, unsere Vorsitzende«, raunte Marlene. »Also, Professor ist natürlich ihr Mann, er lehrt Jura an der Kölner Universität.«

»Ja natürlich, ich verstehe.« Wenn Ehefrauen mit den Titeln ihrer Männer angesprochen wurden, war Thea doch immer ein bisschen stolz darauf, dass sie ihren Doktor selbst erworben hatte.

»Frau Helmholz, ach, das sieht ja alles wunderschön aus!« Die Vorsitzende war zu ihnen getreten und reichte Marlene die Hand. »Und ist das Ihre Schwester, die Ärztin, von der Sie mir erzählt haben? Ja? Sie sehen sich ein bisschen ähnlich, so um die Augen und den Mund.« Sie gab nun auch Thea huldvoll die Hand. »Wir sind sehr froh, dass wir Frau Helmholz bei uns haben, sie ist eine Bereicherung für unsere Organisation. Immer so tatkräftig und hilfsbereit.«

Marlene errötete ein wenig. »Jetzt übertreiben Sie aber«, protestierte sie. Thea freute sich für ihre Schwester, auch wenn sie sich nur zu gut vorstellen konnte, wie sich Katja über das »eine Bereicherung für unsere Organisation« amüsiert hätte.

»Sie haben ja gewiss von unserem Malheur mit dem Sänger gehört, der leider absagen musste.« Frau Vollmer sprach, an sie beide gewandt, weiter. Aber die Dame, die jetzt in den Saal schlenderte, lenkte Thea ab. Sie trug ein taubengraues figurbetontes Kleid mit dreiviertellangen Ärmeln, dessen einzige Extravaganz ein übergroßer Gürtel war. Was den raffinierten Schnitt umso mehr betonte. Das honigblonde Haar hatte sie unter einem wagenradgroßen Hut zu einem Chignon zusammengefasst.

Thea starrte die Dame an. Das konnte doch nicht wahr sein ... Wie war das möglich? Die wunderschöne Frau war Melanie Winter. Wie kam sie hierher? In Monschau wohnte sie doch sicher nicht. Wieder, wie im Kursaal von Bad Neuenahr, schien sie wie ein Magnet alle Aufmerksamkeit auf sich zu ziehen. Die Damen von der Wohltätigkeitsorganisation und die ersten Besucher im Saal drehten sich zu ihr um.

»Helen«, sie legte Frau Vollmer leicht die Hand auf den Arm, »entschuldige, dass ich dich habe vorausgehen lassen. Aber ich habe vor der Burg einen alten Bekannten getroffen, einen Industriellen aus Aachen. Er wird später mit seiner Frau natürlich auch noch kommen.«

»Das sind ja wunderbare Nachrichten.« Frau Vollmer lächelte beglückt. »Bestimmt wollen die beiden dich singen hören.«

Thea hatte das Gefühl, nur sehr langsam zu begreifen. Nun sah die Vorsitzende sie und Marlene an. »Darf ich vorstellen – Melanie Winter, eine gute Freundin von mir. Sie ist so freundlich, heute Abend hier zu singen. Statt unseres verhinderten Interpreten. Natürlich ist sie mehr als ein Ersatz, sie ist ein Glücksfall.«

O Gott … Thea verdrehte innerlich die Augen. Ging es noch unterwürfiger?

Melanie Winter musterte Thea und Marlene, dann dämmerte es ihr. »Oh, Sie beide waren doch letzten Samstag in Bad Neuenahr, nicht wahr?« Sie schenkte ihnen ein Lächeln. War es wirklich herablassend, oder reagierte sie – Thea – auf Melanie Winter einfach überempfindlich?

»Ja, so schnell sieht man sich wieder«, entgegnete sie kühl.

»Was für eine schöne Überraschung«, erwiderte Marlene freundlich.

»Dann leben Sie beide hier in der Gegend?«

»Frau Helmholz ist die Tochter von Herrn Professor Kampen, dem Chefarzt am hiesigen Krankenhaus, und Frau Dr. Graven arbeitet als Ärztin ganz in der Nähe«, übernahm Frau Vollmer wieder die Vorstellung.

»Ach wirklich, wo denn?« Melanie Winter schenkte Thea ein mäßiges Interesse, während sie sich in dem Saal umblickte. Wahrscheinlich hielt sie nach einem weiteren Prominenten Ausschau.

Herrje … Thea murmelte innerlich einen Fluch. »In Eichenborn.« Irgendwie mochte sie es nicht, dass Melanie

Winter nun wusste, dass es eine Verbindung zwischen ihr und Georg Berger gab. Auch wenn sie nicht erklären konnte, warum.

»Ach, dann sind *Sie* Georg Bergers neue Mitarbeiterin.« *Mitarbeiterin* klang aus ihrem Mund irgendwie wie *Küchenmagd*. Melanie Winter musterte sie überrascht. Nun hatte Thea ihre ungeteilte Aufmerksamkeit.

»Sie kennen Dr. Berger?«, heuchelte Thea Unwissen.

»Ja …«, sie senkte den Blick und zögerte kurz, »er … er ist ein alter Freund von mir.«

Alter Freund, von wegen! Doch trotz des höhnischen Gedankens erinnerte sich Thea, wie sehnsüchtig Georg Berger »Melanie« geflüstert hatte, und wieder war sie davon berührt.

Frau Vollmer ließ ihren Blick durch den Saal schweifen, der sich in den letzten Minuten ziemlich gefüllt hatte. »Inzwischen sind schon sehr viele Besucher gekommen. Ich denke, ich sollte gleich meine Begrüßungsrede halten. Willst du mich nicht begleiten, Melanie? Dann kann ich dich auch als unseren Überraschungsgast ankündigen.« Die beiden Frauen nickten Thea und Marlene noch einmal zu, dann schritten sie zum Kopfende des Saales, wo schon ein Mikrofon bereitstand.

»Das ist ja wirklich eine Überraschung, Frau Winter so plötzlich hier wiederzutreffen.« Marlene schüttelte lächelnd den Kopf. »So klein ist die Welt. Aber sie hat schon eine besondere Ausstrahlung.«

»Ähm, ja …« Thea rang sich eine neutrale Antwort ab.

»Wie schade, dass ich sie später nicht singen hören kann! Aber Liesel ist seit ein paar Tagen etwas fiebrig und muss das Bett hüten, auch wenn es laut Vater nichts Schlimmes ist. Und ich war ja gestern Abend schon nicht zu Hause und habe Liesel fest versprochen, heute noch ein bisschen mit ihr zu spielen und ihr eine Gutenachtgeschichte vorzulesen.« Marlene hob bedauernd die Schultern.

Das Stimmengewirr im Saal erstarb, und die Vorsitzende begann ihre Rede, während Melanie Winter graziös und selbstsicher neben ihr stand. Ob Georg Berger wusste, dass sie an diesem Abend hier auftrat? Und ob er gekommen wäre, wenn er nicht den Bereitschaftsdienst übernommen hätte? Oder wollten sie lieber nicht miteinander gesehen werden? *Frau* Winter … Es war natürlich möglich, dass sie verwitwet war. Aber irgendwie glaubte Thea das nicht. Nun entdeckte sie unter den Besuchern einen groß gewachsenen weißhaarigen älteren Herrn. Der Vater … Natürlich, es war ja anzunehmen gewesen, dass er zu einer Veranstaltung kommen würde, an der Marlene mit so großem Einsatz beteiligt war.

Applaus brandete auf, als Frau Vollmer ihre Rede beendet hatte.

»Dann sollten wir unsere Plätze einnehmen.« Marlene berührte Thea glücklich am Arm, und sie und die Schwester und die anderen beiden Helferinnen stellten sich hinter ihre Tische.

In den nächsten Minuten war Thea von Interessenten umlagert. Sie verkaufte gerade wieder eine von Frau Hörters hübschen Strickjacken, als sie den Vater zu Marlene treten und ein paar Worte mit ihr wechseln sah. Nun schaute er in ihre Richtung. Unwillkürlich spannte Thea sich an. Würde er sie ignorieren, oder war der kurze Wortwechsel im Garten der Villa doch ein erstes Anzeichen von Tauwetter zwischen ihnen gewesen? Ja, er blickte sie an. Einen Moment lang schien er unschlüssig, doch dann nickte er ihr tatsächlich beinahe wohlwollend zu. Erleichtert schlug Thea einen Teddybären für eine Kundin in Seidenpapier ein.

Die nächsten beiden Stunden vergingen wie im Flug. Thea verkaufte die Handarbeiten oder pries sie bei unschlüssigen Kundinnen an. Sie half Kindern, die Jacken und Pullover anzuziehen, um herauszufinden, ob die Größe passte. Und sie hörte sich geduldig Exkurse über die diversen Strick- und Häkeltechniken an, wenn Käuferinnen sich darüber verbreiteten. Gespräche, die ihr wie das reinste Fachchinesisch erschienen.

Thea hielt gerade einen geringelten Strampelanzug hoch, als plötzlich mehrmals neben ihr grelles Licht aufblitzte. Irritiert wandte sie den Kopf. Axel Heimbach stand an dem Tisch, einen Fotoapparat in den Händen.

»Was für ein reizendes Motiv.« Er zwinkerte ihr zu. »Sie als Verkäuferin von Kinderkleidung zu erleben, damit hätte ich wirklich nicht gerechnet.«

»Meine ältere Schwester hat den Basar organisiert«, erwiderte Thea rasch. »Ich helfe ihr. Und Sie fotografieren wahrscheinlich wieder für die Zeitung?«

»Natürlich, dieses gesellschaftliche Großereignis in Monschau konnte ich mir nicht entgehen lassen.« Er grinste.

»Fräulein«, machte sich die an dem Strampelanzug interessierte ältere Dame nun energisch bemerkbar. Thea schenkte Axel Heimbach noch einen entschuldigenden Blick, dann wandte sie sich hastig der Kundin zu.

Gegen sieben Uhr wurden die Türen zu einem benachbarten Saal mit Bestuhlung und einer Bühne geöffnet. Eine Schar Kinder in Dirndln und Lederhosen wuselte herein, wohl ein Kinderchor, der dort auftreten würde. Der Andrang bei dem Basar, den Häppchen und den Getränken ließ nach, und die ersten Besucher nahmen auf den Stühlen Platz.

Kurz nach halb acht schlossen sich dann die Türen zu dem Saal, und gleich darauf waren helle Kinderstimmen zu hören, die ein bekanntes Volkslied sangen.

Erschöpft und lächelnd drehte sich Thea zu Marlene und den beiden anderen beiden Damen um. »Meine Güte, ich würde sagen, das war ein voller Erfolg, die Tische sind ja regelrecht geplündert worden.« Tatsächlich waren nur noch wenige Handarbeiten übrig geblieben.

»Bei den Häppchen und Getränken ist auch fast alles weggegangen.« Marlene winkte den Frauen auf der anderen Seite des Saales fröhlich zu. Dann wandte sie sich an ihre Helferinnen. »Frau Hielscher und Frau Böcklin, Sie möchten doch bestimmt noch den Liederabend besuchen. Meine Schwester und ich, wir schaffen es allein aufzuräumen, nicht wahr?« Fragend sah sie Thea an.

»Natürlich …« Thea nickte.

Nachdem sie sich bei den beiden Helferinnen bedankt hatten, packten Thea und Marlene die nicht verkauften Handarbeiten, den Elefanten und das Pferd für Arthur und Liesel und die Einnahmen in zwei Kartons. Marlene verabschiedete sich noch rasch bei den anderen Damen, die nun die schmutzigen Gläser und die Tabletts wegräumten. Dann trugen Thea und die Schwester die Kartons in den Burghof und verstauten sie im Kofferraum des Mercedes.

»Du kannst so stolz auf dich sein!« Thea drückte den Arm der Schwester. »Ein paar hundert Mark hat der Basar ganz sicher eingebracht.«

»Na ja, ohne all die schönen gespendeten Sachen wäre

es kein Erfolg geworden. Ich habe den Basar ja nur organisiert.«

»Jetzt sei nicht so bescheiden.« Thea rüttelte die Schwester liebevoll. »All die Frauen dazu zu bewegen, sich mit ihren Handarbeiten zu beteiligen, war eine riesige Leistung. Ich hätte das niemals geschafft. Sag Liesel und Arthur von mir hallo, wenn du zu Hause bist, ja? Und Liesel wünsche ich gute Besserung. Wir sehen uns bald.« Thea umarmte die Schwester und winkte ihr nach. Dann ging sie zurück zur Burg, um sich für die Rückfahrt nach Eichenborn umzuziehen.

Am Eingang kam ihr Axel Heimbach entgegengeschlendert. »Fertig mit der Arbeit?«, fragte er lächelnd.

»Im Gegensatz zu Ihnen, ja.«

»Haben Sie vielleicht Lust, mit mir noch etwas trinken zu gehen? Im Zentrum gibt es ein Restaurant, bei dem man sehr schön an der Rur sitzen kann, und der Abend ist ja so mild.«

»Aber ich dachte, Sie müssen bei dem Liederabend fotografieren?«

»Mein junger Angestellter ist auch hier, er übernimmt das gern. Und der eigentliche Stargast, Melanie Winter, wird ja erst so gegen zehn auftreten. Das übernehme ich, aber bis dahin ist noch viel Zeit.«

Der ironische Ton, mit dem Axel Heimbach *Stargast* gesagt hatte, ließ vermuten, dass er nicht zu Melanie Winters Verehrern zählte.

Der Abend war wirklich schön und fast sommerlich warm. Thea hatte plötzlich keine Lust, ihn allein in Eichenborn zu verbringen.

»Ja, ich komme sehr gern mit«, erwiderte sie. »Allerdings

muss ich noch schnell die Motorradtasche aus dem Saal holen. Mein Wagen, mit dem ich normalerweise unterwegs bin, ist defekt, und ich bin mit dem Motorrad hier.«

»Sie fahren Motorrad?« Axel Heimbach schaute sie perplex an. »Frau Dr. Graven, Sie überraschen mich immer wieder.«

Und irgendwie freute sich Thea über sein bewunderndes Staunen.

In Axel Heimbachs Käfer fuhren sie das kurze Stück ins Zentrum des Städtchens hinunter. Dort parkte er in der Nähe eines großen barocken Gebäudes. Hotel Restaurant Löwen stand über dem Eingang. Das war wohl ihr Ziel. In der tief stehenden Sonne warfen die alten Häuser lange Schatten, und als Thea ausstieg, hörte sie das Flüsschen rauschen.

»Ach je ...« Bei den ersten Schritten geriet sie ins Straucheln. »Ich bin Schuhe mit hohen Absätzen einfach nicht mehr gewohnt.«

»Haken Sie sich ruhig bei mir unter.« Axel Heimbach reichte ihr seinen Arm. »Das Pflaster hat es wirklich in sich.«

Da Thea nun noch einmal stolperte, nahm sie dankbar sein Angebot an. So lange war sie nicht mehr Arm in Arm mit einem Mann gegangen! Es war ungewohnt, aber irgendwie auch prickelnd, und sie war sich seiner Nähe sehr bewusst. Zwei Frauen, die ihnen entgegenkamen, warfen Axel Heimbach schwärmerische Blicke zu. Ja, er war ein sehr attraktiver Mann.

Am Eingang des Hotels löste sich Thea sachte von ihm. Sie durchquerten eine Halle und ein großes Restaurant mit einer schönen Stuckdecke und dunklen Möbeln. Dann traten sie auf eine Art Terrasse hinaus. Etwa ein Dutzend Tische standen dort. Einer direkt an der niedrigen Mauer war frei.

»Na, wenn das kein Glück ist.« Axel Heimbach rückte Thea den Stuhl zurecht. Gleich unter der Mauer floss die Rur schäumend über Felsen. Der Abend war noch so warm, dass Thea aus ihrem Sommermantel schlüpfte. Ein Kellner kam herbei und zündete eine Kerze in einem Windlicht an.

»Sie sind natürlich eingeladen.« Axel Heimbach beugte sich vor. »Was würden Sie denn gern trinken?«

»Ich muss ja noch nach Eichenborn fahren, einen leichten Weißwein vielleicht.«

»Dann wäre einer von der Ahr sicher das Richtige.« Axel Heimbach wandte sich dem Kellner zu. »Und für mich bitte einen Bordeaux.«

»Es ist wirklich schön hier.« Thea lehnte sich auf ihrem Stuhl zurück.

»Ich habe gehofft, dass es Ihnen gefällt.« Axel Heimbach zündete sich eine Zigarette an. »Konnten Sie Georg Berger letzte Woche eigentlich verarzten?«

Acht Tage war das erst her ... In der Zwischenzeit waren sie sich nähergekommen und wieder fremd geworden – und sie war der Frau begegnet, die er liebte. »Ja, nach meiner Behandlung ging es ihm wieder ganz gut.« Thea nickte.

Der Kellner kehrte zurück und stellte die Gläser vor sie auf den Tisch, und sie prosteten sich zu. »Ich hab's am Samstag noch mal bei Ihnen versucht, aber Sie waren leider nicht da.« Axel Heimbach trank einen Schluck von dem Rotwein und drehte dann den Stiel des Glases in der Hand.

»Schade, dass Sie mich verpasst haben. Ich wünsche es mir so sehr, dass die Bilder meines verstorbenen Mannes in einer Ausstellung gezeigt werden und viele Menschen sie sehen können«, erwiderte Thea impulsiv. »Aber ich war das Wochenende über mit meinen beiden Schwestern unterwegs.«

»Ich habe erst kürzlich erfahren, dass Sie die Tochter von Professor Kampen sind.«

»Und, ist das irgendwie für Sie wichtig?« Thea wunderte sich ein bisschen über die Bemerkung.

»Nein, eigentlich nicht.« Er schüttelte den Kopf und lächelte.

»Ich habe Sie letzte Woche meinerseits in Ihrem Atelier verpasst. Die Porträtaufnahmen im Schaufenster finde ich übrigens sehr gelungen und ausdrucksstark.«

»Sie würde ich gern einmal fotografieren, Ihr Gesicht ist sehr fotogen, wenn ich Ihnen das so offen sagen darf.«

»Sie dürfen.«

»Ihre hohen Wangenknochen und Ihre großen Augen würden auf einem Schwarzweißfoto wunderbar zur Geltung kommen.«

»Flirten Sie jetzt mit mir?«, fragte Thea amüsiert.

»Ein bisschen«, gab er lächelnd zu. »Aber ich fotografiere nun mal gern Gesichter, die eine Geschichte erzählen.«

»Und was erzählt Ihnen meines?«

»Dass Sie mutig und tapfer sind und dass Sie jetzt endlich zeigen, wie attraktiv Sie sind.«

»Das ist aber ein vergiftetes Kompliment.« Thea nippte an ihrem Wein.

»Oh, ich fand Sie vor Ihrem neuen Haarschnitt und der modischen Brille auch attraktiv. Aber das hat sich, anders als jetzt, erst auf den zweiten Blick erschlossen.« Wieder lächelte er sie an.

Thea genoss den harmlosen Flirt, schon lange hatte sie so etwas nicht mehr getan. Und sie mochte Axel Heimbach mit seinem piratenhaften Charme.

»Tja, ich hätte nicht gedacht, dass ich Melanie Winter einmal in der Monschauer Burg fotografieren würde«, hörte sie Axel Heimbach jetzt sagen.

»Sie kennen sie?« Thea war überrascht.

»Nicht persönlich, aber in den Zeiten des sogenannten ›tausendjährigen Reichs‹ wurde über sie ziemlich viel berichtet. Zumindest in München und Umgebung. Dort hat sie damals mit ihrem Mann gewohnt, deshalb habe ich das mitbekommen. Ich habe ja ebenfalls in München gelebt.«

»Und inwiefern wurde viel über sie berichtet?« Thea war nun doch neugierig.

»Sie tauchte ständig auf den Gesellschaftsseiten der Zeitungen auf. Sie hieß zu der Zeit noch Melanie Spangenberg und war mit einem reichen, einflussreichen Nazi verheiratet.«

»Was?« Thea verschluckte sich fast an ihrem Wein. Melanie Winter war mit einem einflussreichen Nationalsozialisten verheiratet gewesen? Und Georg Berger liebte diese Frau? Dabei hatte er so wütend auf das grausame Unrecht reagiert, das Lioba Fromme angetan worden war. Wie passte das denn zusammen?

Axel Heimbach hob die Augenbrauen. »Sie wirken so verwundert. Hätten Sie das von Melanie Winter nicht gedacht?«

»Ja, nein … Ich kenne sie nur vom Sehen. Mir ging gerade etwas anderes durch den Kopf«, wehrte Thea ab. Von Georg Berger und seiner Beziehung zu Melanie Winter konnte sie ihm nun wirklich nicht erzählen.

»Nach dem Ende des Krieges hat sich Melanie *Spangenberg* dann ziemlich schnell von dem Nazi scheiden lassen. Und kurz darauf hat sie einen reichen Düsseldorfer Industriellen geheiratet, der bei den Alliierten gut angesehen war.«

»Oh …«

»Die Dame ist pragmatisch.« Axel Heimbach zuckte mit den Schultern. »Und ich vermute mal, ihr ist Geld einfach wichtig.«

Bei allem, was Thea über ihren Chef wusste, traf das auf ihn überhaupt nicht zu. »Stammt sie vielleicht aus ärmlichen Verhältnissen?« Ihr selbst war Geld auch nicht wichtig, aber sie hatte ja auch nie unter Armut zu leiden gehabt.

»Nein, wenn ich mich richtig erinnere, war ihr Vater ein Bankier, und unter ihrer mütterlichen Ahnenreihe befinden sich wohl diverse Adlige. Ihre Familie soll auch nicht gerade begeistert gewesen sein, als sie vor dem Krieg in Berlin als Sängerin reüssiert hat.«

Dann war Melanie Winter wohl jene Sängerin, mit der Georg Berger in Berlin eine leidenschaftliche Affäre gehabt hatte. Marlene hatte Thea bei dem Ausflug zum Drachenfels davon erzählt. Also liebte ihr Chef Melanie Winter ja schon jahrelang! Thea bemerkte plötzlich, dass Axel Heimbach sie fragend ansah.

»Ich bin Frau Winter am letzten Wochenende zufällig schon einmal in Bad Neuenahr begegnet«, sagte sie rasch. »Und dort – und heute wieder – hatte ich den Eindruck, dass ihr die meisten Menschen zu Füßen liegen. Vor allem die Männer. Bei Ihnen verfängt ihr Zauber scheinbar gar nicht.«

»Nein«, Axel Heimbach lächelte und zog nachdenklich an seiner Zigarette, »natürlich ist sie unbestreitbar sehr schön, aber für meinen Geschmack ist die Dame zu berechnend und richtet sich bei ihren Eheschließungen und -scheidungen zu sehr nach dem politischen Wind. Und – wie soll ich das ausdrücken? Es hört sich jetzt wahrscheinlich sehr hochtrabend an, aber ich glaube, sie ist eine Frau, die einem Mann die Seele rauben kann. Und dafür bin ich nicht der Typ.«

Thea war es plötzlich leid, noch länger über Melanie Winter zu sprechen. »Lassen Sie uns das Thema wechseln. Wir haben uns lange genug über diese Frau unterhalten. So wichtig ist sie nun auch nicht. Wissen Sie denn inzwischen schon, welchen Film Sie in Eichenborn vorführen werden?«

»Ja, *Der dritte Mann*, irgendwann übernächste Woche im Gasthof, der genaue Termin steht noch nicht fest.«

»Ach wirklich? Ich habe den Film mit meinen Schwestern in Bad Neuenahr gesehen.«

»Das heißt, Sie werden ihn sich nicht noch einmal anschauen?«

»Doch, natürlich. Wenn es irgend geht, komme ich zu der Vorführung. Wenn mich Filme begeistern, sehe ich sie mir oft zwei- oder sogar dreimal an.« Thea lachte. Und schon waren sie mitten in einem Gespräch über Kino und ihre Lieblingsfilme. Irgendwann hörte Thea eine Kirchturmglocke die halbe Stunde schlagen und blickte auf ihre Armbanduhr. »Meine Güte, es ist schon halb zehn, wir haben ganz die Zeit vergessen. Wenn Sie Melanie Winter noch bei ihrem Auftritt fotografieren wollen, sollten wir uns beeilen.«

»Ach, weshalb habe ich nur diesen Auftrag angenommen?« Axel Heimbach erhob sich seufzend.

Nachdem sie aus dem Käfer gestiegen waren, schlenderte Thea mit Axel Heimbach zur Burg, um sich dort umzuziehen.

»Danke für den schönen Abend und die Einladung«, sagte sie am Eingang und reichte ihm zum Abschied die Hand. »Und auch dafür danke.« Lächelnd wies sie auf die Motorradtasche, denn Axel Heimbach hatte es sich nicht nehmen lassen, sie ihr bis zur Tür zu tragen.

»Das alles war mir ein Vergnügen, jederzeit gerne wieder.« Er beugte sich zur ihr und übergab ihr die Tasche. Dabei streiften seine Lippen ihre Wange mit einem leichten Kuss. Er nickte ihr noch zu und eilte dann davon. Etwas überrumpelt blieb Thea stehen. Bedeutete sie ihm etwa mehr als ein Flirt? Aber nein, ganz sicher nicht.

In der Toilette zog sie sich schnell um und tauschte das Cocktailkleid und die hochhackigen Schuhe mit einem gewissen Bedauern gegen die Hose und die Wanderschuhe. Eichenborn und der Alltag erwarteten sie.

Als Thea in den Vorraum trat, hörte sie, wie lauter Applaus aufbrandete. Verwundert drehte sie sich um. Alle Türen waren weit geöffnet – vielleicht wegen der Wärme –, und sie konnte bis in den Saal blicken, wo der bunte Liederabend stattfand. Melanie Winter stand in einem Abendkleid aus schwarzem Samt auf der Bühne, die blonden Haare offen, und begann »Lilli Marleen« zu singen. Ihre Stimme klang rauchig und erotisch und verheißungsvoll. Ja, sie war eine wunderschöne Frau. Trotzdem war es Thea ein Rätsel, warum Georg Berger sie liebte.

Kapitel 21

Thea verließ ihr Häuschen und lief zu dem Schuppen. Der Abend war sonnig, wenn auch nicht so warm wie der vorige, als sie mit Axel Heimbach in dem Restaurant an der Rur gesessen hatte. Den ganzen Tag über war sie von dem Gespräch mit ihm und dem Basar ganz erfüllt gewesen. Dem hatte auch Georg Bergers übliche schlechte Laune und Schwester Fidelis' Ablehnung nichts anhaben können.

In dem Schuppen legte Thea wieder Lebensmittel in die Truhe. Fast jeden Tag fehlte jetzt etwas, und sie hatte auch den Eindruck, dass Peter Schrader nun oft hier schlief. Liebevoll strich sie über die Decken. Vielleicht würde es ja bald einmal möglich sein, ihn anzusprechen, ohne dass er die Flucht ergriff.

Thea war gerade wieder in den Garten hinausgetreten, als ein Käfer vor dem Gartentor anhielt und Axel Heimbach ausstieg. Rasch ging sie ihm entgegen und reichte ihm die Hand. »Wie schön, Sie heute schon wiederzusehen. Ich habe leider nicht viel Zeit, mein Nachtdienst fängt in einer guten halben Stunde an. Aber kommen Sie doch mit hinein.« Tatsächlich bedauerte Thea es, nicht mehr Zeit mit ihm verbringen zu können.

»Ich war in der Gegend und dachte, in Anlehnung an unser Gespräch gestern Abend schaue ich, ob Sie da sind.« Axel Heimbach folgte ihr in das Häuschen.

»Wein oder irgendeinen anderen Alkohol kann ich Ihnen leider nicht anbieten ...«, sagte sie entschuldigend.

»Ich möchte ohnehin nichts, danke.« Sein Blick fiel auf das Gemälde, das über dem Küchentisch hing. »Ist das eines der Bilder Ihres Mannes?«

»Ja, und ich hole Ihnen gleich das andere von oben.« Thea stieg rasch die schmale Stiege hinauf und nahm das kleine Gemälde in den Grüntönen mit den wie Tanzende wirkenden abstrakten Formen von der Wand. Wieder unten in der Küche stellte sie es auf die Bank.

Axel Heimbach betrachtete beide Bilder lange und prüfend, und gespannt wartete Thea auf sein Urteil.

»Ich finde beide Gemälde sehr gelungen«, erklärte er schließlich. »Und künstlerisch ausdrucksvoll, ich bin überzeugt, die anderen Mitglieder des Komitees, das die Bilder zu der Ausstellung auswählt, werden das genauso sehen.«

»Ach, ich freue mich so, dass Sie das sagen!« Thea war immer ganz sicher gewesen, dass Hans' Malerei eine besondere Ausdruckskraft besaß. Dennoch war sie glücklich, ihre Einschätzung bestätigt zu sehen.

»Dieses Bild wirkt auf mich recht düster und traurig.« Axel Heimbach wies auf das in den dunklen Tönen gehaltene Gemälde. »Ihr Mann hat es wahrscheinlich in einer schwierigen Lebenssituation gemalt?«

»Ja, die Situation war schwierig, er war während seines letzten Heimaturlaubs sehr niedergeschlagen. Aber er hat auch so sehr auf den Frieden und unser gemeinsames Leben gehofft. Das spiegelt das Gemälde ebenfalls für mich wider.« Thea berührte es sacht.

»Nun, jeder liest etwas anderes in Bilder hinein. Und das ist ja auch das Besondere an Kunst, dass sie offen für unterschiedliche Interpretationen ist.« Axel Heimbach nickte. »Ich habe Ihnen übrigens etwas mitgebracht.«

»Ach ja?«

Axel Heimbach zog einen Umschlag aus seiner Lederjacke. Er nahm etwas heraus und legte es auf den Küchentisch. Eine Schwarzweißfotografie.

Gespannt beugte Thea sich vor. »Aber, das bin ja ich …«, sagte sie dann überrascht. Das Bild war wohl ein Ausschnitt aus einer größeren Aufnahme und zeigte ihr Gesicht. Irgendwie war der Lichteinfall so, dass er ihre Wangenknochen und ihren Mund modellierte. Sie sah sehr schön aus. Und ja … Thea errötete ein bisschen. Auch erotisch.

»Gefallen Sie sich?« Axel Heimbach war neben sie getreten und betrachtete die Fotografie mit ihr. Seine Stimme hatte einen weichen Klang.

»Ja, sehr. Auf dem Foto bin ich viel attraktiver als in Wirklichkeit.«

»Das finde ich überhaupt nicht.« Er lächelte sie an. Sein Gesicht war ihrem ganz nah. Er beugte sich zu ihr, seine Augen leuchteten warm und intensiv, und sein Mund war sinnlich und einladend. Einen Moment lang war Thea wie gebannt. Dann erklang das Geräusch eines Automotors in der Nähe. Der Ford rumpelte den Weg zu den Wellblechgaragen entlang.

»Oh …« Thea wich von Axel Heimbach zurück und blickte hastig auf ihre Armbanduhr. »Es tut mir leid. Mein Nachtdienst, ich muss los.«

»Natürlich.« Axel Heimbach half ihr galant in den Mantel. Sie griff nach ihrer Arzttasche, und gemeinsam gingen sie durch den Garten. Thea fühlte sich immer noch ein bisschen durcheinander.

»Der Termin für die Filmvorführung steht jetzt übrigens fest«, hörte sie ihn sagen.

»Wann ist er denn?«

»Übernächste Woche am Dienstag.«

»Wie schön, an dem Abend habe ich frei.«

»Also sehen wir uns spätestens dann.« Axel Heimbach hielt ihr die Gartentür auf. Sie standen jetzt vor dem Käfer, und Thea reichte ihm die Hand. »Dann bis zum Kinoabend. Ich freue mich.«

»Ich mich auch.« Er drückte ihre Hand und hielt sie ein bisschen länger fest, als es die Höflichkeit erfordert hätte.

Mit einem Hupen zum Abschied fuhr er davon. Versonnen ging Thea zur Praxis. Wie es wohl gewesen wäre, Axel Heimbach zu küssen? Sie war so lange nicht mehr mit einem Mann zärtlich gewesen, und eben hatte sie sich ganz als Frau und begehrenswert gefühlt. Aber da war immer noch ihre Liebe zu Hans. Wollte sie wirklich, dass aus dem harmlosen Flirt mit Axel Heimbach vielleicht mehr wurde? Sie war sich nicht sicher.

Später, als Thea auf dem Feldbett lag, blitzten wie oft vor dem Einschlafen noch einmal wichtige Momente des vergangenen Tages in ihrem Gedächtnis auf. Der Beinahe-Kuss mit Axel Heimbach. Seine Stimme. *Ich finde beide Gemälde sehr gelungen.* Seine Hand, die auf das in den dunklen Tönen deutete. *Dieses Bild wirkt auf mich recht düster und traurig.*

Und plötzlich erinnerte sie sich daran, dass sie sich mit Georg Berger auch über dieses Gemälde unterhalten hatte. *Es ist eigenartig. Zuerst scheint es düster, aber bei näherem Hinsehen hellt es sich auf und wird irgendwie zuversichtlich.* So hatte er es empfunden.

Genau wie sie selbst.

Das Gemälde vor Augen schlief Thea ein.

Nebel hing über dem Bach, als Thea sehr früh am nächsten Morgen mit dem Opel in den Weg zu der Wellblechgarage einbog. Am Vortag hatte ihn ein Mechaniker aus Monschau nach Eichenborn gefahren. Die Sonne war gerade erst aufgegangen und übergoss den Dunst mit einem goldenen Schimmer. Wie eine Wolke reichte er bis ans Erdgeschoss des Schlösschens heran, sodass dieses förmlich auf ihm zu schweben schien. Eine Entenfamilie watschelte über die Wiese. In der Nacht war Thea zu einer Geburt gerufen worden. Alles war ganz problemlos verlaufen, und die Mutter und der kleine Junge waren wohlauf. Es hatte sie wieder mit Glück erfüllt, den Säugling in den Armen zu halten.

Neben der Wellblechgarage sah Thea nun etwas im Sonnenlicht aufglänzen. Verwundert ging sie hin, um nachzusehen, was es war. Ein silberfarbenes Mercedes Cabriolet stand dort, halb verdeckt von einem Busch. Der Wagen hatte ein Düsseldorfer Kennzeichen. Ganz bestimmt gehörte er Melanie Winter, und sie hatte die Nacht mit Georg Berger verbracht.

Thea hatte die Praxis schon fast erreicht, als sie das Knattern von Schwester Fidelis' Moped hörte. Verwundert blieb sie stehen. Die Schwester tuckerte den Weg zu der Wellblechgarage entlang und begab sich ebenfalls zu dem Mercedes. Sie schien das Kennzeichen in Augenschein zu nehmen, und nach einigen Momenten fuhr sie wieder zur Straße zurück. Anscheinend hatte sie irgendwie erfahren, dass der Wagen dort abgestellt worden war. Ob die Schwester wusste, dass die Besitzerin im Schlösschen übernachtete?

Höchstwahrscheinlich. Wenn Melanie Winter und Georg Berger schon jahrelang eine Affäre hatten, war sie wohl nicht das erste Mal hier.

In ihrem Sprechzimmer legte sich Thea wieder hin und nickte noch einmal ein. Im Halbschlaf hörte sie ein Auto von der Garage in Richtung Straße fahren. Ein leiser Motor, nicht der laut röhrende des Fords.

Gegen acht verließ Thea wie immer nach dem nächtlichen Bereitschaftsdienst die Praxis, um schnell noch einmal in ihr kleines Haus zu gehen.

Als sie durch die Hintertür auf die Wiese trat, hörte sie vom Schlösschen her ein Geräusch. Eine rasche Abfolge von Schlägen, hart und aggressiv. Der Nebel über dem Bach war mittlerweile verschwunden. Ein hohes Sprossenfenster neben der Eingangstür war geöffnet, und sie konnte bis ins Wohnzimmer sehen. Die noch tief stehende Sonne leuchtete alles aus. Georg Berger, der auf den Punchingball eindrosch, zeichnete sich wie ein Schattenriss vor dem Licht ab.

Nein, glücklich schien ihn die mit Melanie Winter verbrachte Nacht nicht gemacht zu haben.

Bei der morgendlichen Besprechung war Georg Berger entgegen seiner sonstigen schlechten Laune geistesabwesend und in sich gekehrt. Was Thea irgendwie irritierend fand. Bei seinen üblichen gereizten Bemerkungen wusste sie wenigstens, woran sie mit ihm war.

Schwester Fidelis, die auch an der Zusammenkunft teilnahm, verhielt sich ihm gegenüber wie immer respektvoll, als wüsste sie nichts von seinem nächtlichen Frauenbesuch. Manchmal erschien es Thea sogar so, als ob ihm die Ordensfrau besorgte Blicke zuwarf, und sie fragte sich wieder einmal, was die beiden so unterschiedlichen Menschen verband. Denn sie war sich einfach sicher, dass dies mehr als nur ein professionelles Verhältnis war.

Schon vor zwölf war die Sprechstunde beendet. Zwei Patientenbesuche standen an, dann hatte Thea bis zum Beginn des nächtlichen Bereitschaftsdienstes frei. Am Samstagnachmittag gab es ja keine Sprechstunde. Ob sie nach den Patientenbesuchen nach Monschau fahren sollte? Nach dem Mittagessen würde der Vater sicher in der Klinik sein. Sie konnte Liesel besuchen, die wahrscheinlich noch das Bett hüten musste, und Frau Hörters Korb mitnehmen.

Frau Mageth, die Köchin, öffnete Thea und begrüßte sie freundlich. Offensichtlich backte sie gerade, denn ihre Hände waren voller Mehl. »Das Fräulein Kampen« sei bei der Arbeit, aber »Frau Helmholz« halte sich im Garten auf. Thea wählte den Weg durch das große Wohnzimmer im Erdgeschoss und ging durch die Terrassentür nach draußen.

Bei ihrem ersten Besuch in der Villa war der Garten noch weitgehend kahl und winterlich braun gewesen. Jetzt hatte eine Magnolie ihre ganze üppige rosafarbene Pracht entfaltet, und in den Beeten blühten alle Arten von Blumen um die Wette, Tulpen, Stiefmütterchen und Ranunkeln. Die Knospen der Pfingstrosen waren schon sehr prall. Ganz bestimmt war vieles von dieser verschwenderischen Fülle Marlenes Werk.

Thea entdeckte die Schwester am Ende des Rasens, wo sie vor einer Rabatte kniete, eine Pflanzkelle in der Hand, und schlenderte zu ihr.

Sie wollte ihr sagen, wie schön sie den Garten fand, aber

die Worte erstarben ihr im Mund. Denn Marlene starrte mit einem völlig leeren Gesichtsausdruck vor sich hin, und ihre Schultern waren nach vorn gesunken, als könnte sie sich nur mit Mühe aufrecht halten.

»Marlene! Um Gottes willen …« Thea kauerte sich neben die Schwester und nahm sie fest in die Arme. »Was ist denn geschehen? Hast du schlechte Nachrichten von Bernhard erhalten?« Sie brachte es nicht fertig zu fragen: *Ist dein Mann in der Kriegsgefangenschaft gestorben?*

»Was? nein …« Erst jetzt schien die Schwester sie richtig wahrzunehmen. Ihr Gesicht war blass. Doch sie schüttelte den Kopf. »Es ist alles in Ordnung.«

»So wirkst du aber nicht!«

»Manchmal suchen mich einfach Erinnerungen heim. An die Bombardierungen …«

Thea musste daran denken, wie panisch sie selbst auf das plötzlich auftauchende amerikanische Flugzeug reagiert hatte. Vielleicht hatte die Schwester ja ein ähnliches Erlebnis gehabt. »Und das ist wirklich alles?«, vergewisserte sie sich.

»Ja natürlich.« Marlene stand auf und klopfte sich die Gartenerde von der Schürze. »Das ist ja ein unerwarteter Besuch von dir, wie schön!«

»Ja, ich dachte, ich statte Liesel einen Krankenbesuch ab, und bei der Gelegenheit kann ich auch Frau Hörters Korb mitnehmen.«

»Liesel wird sich sehr freuen, sie war ohnehin ziemlich quengelig, weil Arthur bei einem Freund ist und sie sich langweilt. Ich habe übrigens auch eine Überraschung für dich.« Marlene war noch immer blass, schien sich aber gefangen zu haben.

»Ach ja, was denn?«

Sie standen inzwischen im Wohnzimmer, und die Schwester nahm eine Zeitung vom Tisch. »Ich schätze mal, du hast die heutige Ausgabe der *Aachener Rundschau* noch nicht gesehen?« Marlene schlug die Zeitung auf und reichte sie Thea. Ein großer, reich bebilderter Artikel über die Wohltätigkeitsveranstaltung auf der Monschauer Burg nahm fast eine ganze Seite ein. Es gab ein hinreißendes Foto von Melanie Winter, wie sie singend auf der Bühne stand. Theas Blick wanderte weiter. Da war auch eines von ihr an dem Stand, mit dem Babystrampler in den Händen – und es war genauso groß wie das von Melanie Winter! Es musste das Bild sein, von dem Axel Heimbach ihr den Ausschnitt geschenkt hatte.

»Du siehst darauf sehr hübsch aus.« Marlenes Stimme war voller Wärme.

»Ja, ich gefalle mir auch«, gab Thea zu. Vielleicht hatte sich Axel Heimbach bei der Zeitungsredaktion dafür eingesetzt, dass auch ihr Foto so groß gebracht wurde. Denn eigentlich hatte sie ja bei der Veranstaltung keine wichtige Funktion innegehabt.

»Frau Winters Auftritt war ein riesiger Erfolg, sie hat wohl stehenden Applaus bekommen, und der Autor des Artikels berichtet auch ganz enthusiastisch über sie. Ich habe gestern unsere Vorsitzende Frau Vollmer im Städtchen getroffen. Sie war so stolz! Schließlich ist Frau Winter ja ihre Freundin, und sie hatte sie überredet, für den verhinderten Sänger einzuspringen«, erzählte Marlene eifrig. »Vielleicht sehe ich Frau Winter sogar noch einmal, sie bleibt wohl noch für ein paar Tage zu Besuch bei Frau Vollmer. Ihr Mann ist gerade verreist.«

»Ach wirklich?« Nun, Melanie Winter nutzte diesen

Besuch jedenfalls, um sich auch mit Georg Berger zu treffen. Thea faltete die Zeitung wieder zusammen, und sie gingen die Treppe in den ersten Stock hinauf.

»Katja war übrigens ganz neidisch auf dein Foto.«

»Ach ja? Sie hätte ja auch am Stand mithelfen können.«

»Das habe ich ihr auch gesagt«, erwiderte Marlene prompt.

Liesel saß im Bett, vor sich auf der Decke ein Buch, und ihr Gesicht hellte sich auf, als sie Thea sah. »Tante Thea, mir ist so langweilig! Spielst du mit mir?«

»Liesel, gibt es nicht noch etwas, was du deiner Tante sagen willst?« Marlene strich ihr über das Haar.

»Ja! Danke für den Elefanten und das Pferd. Arthur und ich haben ein Bild von ihnen gemalt. Die Mama hat erzählt, dass die Spielsachen mal zwei kleinen Jungen gehört haben und dass ihre Mama sie für den Basar gespendet hat. Das Bild ist für sie.«

Liesel wies auf einen niedrigen Kindertisch, auf dem ein Malblock und Buntstifte lagen. Auf dem Bild hatte der Elefant seinen riesigen Rüssel, der ein bisschen an einen Schlauch erinnerte, dem Pferd um die Schulter gelegt, und die beiden Tiere schenkten dem Betrachter ein breites Lachen. Ein etwas windschiefer Bauernhof komplettierte die Szenerie.

»Darüber wird sich Frau Hörter bestimmt freuen«, sagte Thea lächelnd und drückte Marlenes Hand. Es war so nett, dass die Kinder Frau Hörter etwas schenken wollten! Die Schwester hatte bei der Erziehung der beiden vieles richtig gemacht.

»Dann lass ich euch mal allein.« Marlene erwiderte den Händedruck.

Thea spielte ein Kinderkartenspiel mit Liesel und danach Memory, und als ihre Nichte schließlich müde wurde, deckte sie sie zu. Gleich darauf war Liesel eingeschlafen, und Thea verließ leise das Zimmer. Sie plauderte noch ein bisschen mit Marlene. Die Schwester verhielt sich wie immer.

Als Thea jedoch schließlich wegfuhr und am Ende der Straße in den Rückspiegel blickte, stand Marlene noch neben dem Gartentor, wieder mit diesen hängenden Schultern, als würde etwas Schweres auf ihr lasten. War es möglicherweise doch nicht nur die Erinnerung an die Bombenangriffe, die sie so verstört hatte? Aber was sollte sonst sein?

Gegen zehn Uhr am Abend ging Thea wieder in die Praxis. Sie überprüfte den Inhalt ihrer Arzttasche, ergänzte das Fehlende und schlug das Feldbett auf, mittlerweile vertraute Rituale. Im Schlösschen brannte Licht. Georg Berger war also da. Ob Melanie Winter ihn wieder besuchte? Energisch wandte sich Thea von dem Fenster ab. Warum verschwendete sie überhaupt einen Gedanken darauf?

Thea war müde und schlief schnell ein. Ein Klopfen am Eingang weckte sie irgendwann. Rasch erhob sie sich, setzte ihre Brille auf und strich sich die Haare aus dem Gesicht. Die Zeiger ihrer Armbanduhr standen auf kurz vor drei.

Vor der Praxis wartete ein Mann in einem Anzug aus grobem Stoff neben einem Moped. »Dem Bauern, Jupp Vogten, geht's nicht gut«, nuschelte er. »Er braucht 'nen Arzt. Ich wollt eigentlich zu Dr. Berger.«

»Ich bin Ärztin und seine Mitarbeiterin. Könnten Sie mir die Symptome bitte etwas genauer beschreiben?«

»Na ja, ich weiß nicht, ob's so gut ist, wenn Sie mitkommen.« Der Mann, wahrscheinlich ein Knecht, drehte seinen Hut in den Händen.

»Wenn der Bauer ärztliche Hilfe möchte, muss er mit mir vorliebnehmen«, erwiderte Thea knapp. Ob sich die Eifeler wohl jemals an eine Ärztin gewöhnen würden?

»Na, wenn's nicht anders geht ... Der Bauer hat 'ne Wunde am Bein, und die hat sich entzündet. Jetzt hat er hohes Fieber.« Der Knecht zuckte mit den Schultern. »Der Hof liegt in Richtung Simmerath und is' ungefähr sechs Kilometer entfernt ...«

»Würden Sie bitte auf mich warten und dann vor mir her fahren? Ich hole schnell meinen Mantel und die Tasche.« Fahrten bei Nacht über Land – zu abgelegenen Höfen, mit Abzweigungen, die in der Dunkelheit oft kaum zu erkennen waren – fürchtete Thea immer noch. Sie hinterließ die übliche Nachricht auf dem Schreibtisch ihres Chefs. Dann holte sie den Opel aus der Wellblechgarage.

Die Nacht war wolkenverhangen und dunkel. Kein Stern war am Himmel zu sehen. Thea war müde, obwohl sie ein paar Stunden geschlafen hatte, und sie war froh, dass der Knecht auf seinem Moped vor ihr hertuckerte, denn nach ein oder zwei Kilometern bog er von der Landstraße ab und in eine Straße ein, die, wie so häufig in dieser Gegend, kaum breiter war als ein Feldweg.

Die Fahrt führte durch den Wald und an einsam gelegenen Höfen vorbei. Wenn das Moped hinter einer Kurve verschwand, waren die Scheinwerfer des Opels die einzigen Lichter in der Nacht.

Schließlich, nachdem Thea erneut ein Waldstück durchquert hatte, schälten sich die Umrisse eines kleinen Hofes aus der Dunkelheit. Zwischen einigen Ställen duckte sich ein niedriges Haus. Über seiner Eingangstür hing eine Laterne. Der Feldweg, mittlerweile voller Schlaglöcher, endete dort.

Während Thea den Opel parkte, brach eine ganze Hundemeute in lautes Gebell aus und warf sich gegen das Gitter eines Zwingers. Der Knecht kletterte von seinem Moped. Auf seinen scharfen Zuruf hin beruhigten sich die Tiere wieder. Dann öffnete er Thea die Haustür.

»Den Bauern finden Sie dort, in seinem Schlafzimmer.« Er deutete in dem dämmrigen Gang auf eine Tür, unter der Licht hindurchschimmerte.

»Danke, dass Sie mich hierhergelotst haben.« Thea nickte ihm zu. Der Knecht zögerte, schien noch etwas sagen zu wollen, ging dann jedoch davon. Der Bauer war wohl nicht verheiratet, denn die Ehefrau hätte sich doch gewiss blicken lassen. Vielleicht war er ja auch verwitwet.

Thea klopfte an die Tür und öffnete sie. Eine Karbidlampe erhellte nur notdürftig einen Raum, der fast vollständig von einem Bett mit vier wuchtigen Pfosten und einem Schrank eingenommen wurde. Die Luft war abgestanden und stickig. Ein Mann wandte ihr das Gesicht zu. Es war hager, der Bart und die Haare hatten ein fahles Blond.

Während der Bauer Thea anstarrte, verzog sich sein Gesicht zu einem Grinsen. »Oh, die Ärztin, von der so viel geredet wird, ist also gekommen und nicht der Doktor. Sieh an, sieh an ...«

»Ja, mein Name ist Dr. Graven.«

»Soso.« Er stieß ein trockenes Lachen aus.

»Ihr Knecht sagte, dass Sie eine entzündete Wunde am Bein und Fieber haben.«

»So ist es.«

»Würden Sie bitte Ihre Schlafanzugjacke aufknöpfen, damit ich Ihre Temperatur messen kann?«

»Ja klar, das mach ich.« Er fingerte mit der Rechten an den Knöpfen herum, und Thea schlug die Bettdecke auf, um sich die Beinwunde anzusehen. Unwillkürlich prallte sie zurück. Dem Bauern fehlte der rechte Unterschenkel, und auch der linke Unterarm war amputiert. Jetzt erst sah sie das Holzbein und die Krücke, die an der Wand lehnten.

»Ist bei Minsk passiert. Ein paar Granaten haben mich erwischt.« Er kicherte leise. Thea hatte ihn auf mindestens sechzig Jahre geschätzt, doch wenn er in Russland gekämpft hatte, musste er jünger sein.

Vorsichtig entfernte sie den notdürftigen Verband an seinem Oberschenkel. Die Verletzung war tief und seltsam gezackt.

»Ich werde die Wunde ausschneiden und sie dann reinigen«, wandte sie sich an den Bauern.

»Ist mir recht.«

»Wie haben Sie sich die Wunde denn zugezogen?« Thea holte eine Ampulle mit einem Opiat aus ihrer Arzttasche und zog eine Spritze auf.

»Ach, ist beim Arbeiten auf dem Hof passiert.«

Das Fieberthermometer zeigte über neununddreißig Grad an.

Thea injizierte das Opiat in die Armvene des Bauern und begann kurz darauf, die Wundränder auszuschneiden. Sie arbeitete konzentriert mit Skalpell und Pinzette. Der Bauer lag mit geschlossenen Augen da, atmete durch den Mund. Er wirkte ungepflegt, und auch dem Bettzeug hätte eine Wäsche nicht geschadet.

Thea war froh, als sie Wunde endlich angemessen versorgt hatte. Sie legte ein steriles Tuch darauf und befestigte es mit einigen Streifen Pflaster. Dann legte sie ein Tütchen mit Penicillin-Tabletten auf den Nachttisch.

»Herr Vogten, Sie müssen im Laufe des Tages drei Tabletten gegen die Entzündung einnehmen. Dadurch dürfte auch das Fieber heruntergehen. Kann der Knecht oder sonst jemand nach Ihnen sehen? Dr. Berger oder ich kommen heute im Lauf des Tages noch einmal bei Ihnen vorbei.«

Der Bauer reagierte nicht. War er von dem Opiat eingeschlafen? Thea beugte sich zu ihm, wollte ihre Worte wiederholen. Doch urplötzlich schoss sein rechter Arm vor, und er fasste sie grob an die Brust. »Oh, mir wär's lieber, wenn Sie wiederkämen.«

Thea war einen Moment lang völlig überrumpelt und wie erstarrt. Ehe sie noch reagieren konnte, hatte er ihren Nacken mit eisernem Griff gepackt und sich aufgerichtet. Er presste seinen Mund gegen ihren, und seine Zunge drängte tief in ihren Gaumen. In seiner Unterhose zeichnete sich deutlich eine Erektion ab.

»Lassen Sie mich los!« Endlich gelang es Thea, sich aus seinem Griff zu befreien und ihn wegzustoßen. Halb blind vor Ekel, tastete sie nach ihrer Arzttasche und der Handtasche und rannte aus dem Zimmer, verfolgt vom meckernden Lachen des Bauern.

Vor dem Haus spuckte Thea aus, wollte sich nur von dem widerlichen Geschmack in ihrem Mund befreien. Sie würgte und fuhr alarmiert herum, als der Knecht aus einem Stall kam. Beabsichtigte er etwa auch, sie anzugreifen?

Doch er zuckte nur mit den Schultern. »Na ja, Frau Doktor, ich hab Ihnen ja gesagt, es wär besser, wenn der Doktor zu dem Bauern käm'.«

Thea riss die Fahrertür des Opels auf. Sie wendete und gab Gas, fuhr so schnell den Feldweg entlang, dass sie auf dem Sitz hin und her geschüttelt wurde. Dann, nachdem sie das Wäldchen durchquert hatte, begann ihr Herz plötzlich wie rasend zu schlagen, und sie hatte das Gefühl, keine Luft mehr zu bekommen. Sie steuerte den Wagen an den Straßenrand und ließ den Kopf auf das Lenkrad sinken. Atmen, ruhig atmen ... du wirst nicht ersticken ... Allmählich ließ der Druck auf ihrer Brust nach, und auch ihr Herzschlag beruhigte sich.

Es war immer wieder einmal geschehen, dass männliche Patienten sie betatscht oder versucht hatten, sie zu küssen, vor allem in der Zeit, als sie noch eine Medizinstudentin war. Später hatte ihr die Position als Ärztin und auch ihr ruhiges und bestimmtes Auftreten bei den meisten Kranken Respekt verschafft.

Aber niemals, auch nicht als Studentin, hatte sie sich so hilflos und gedemütigt gefühlt wie auf diesem einsamen Hof, im Griff dieses verkrüppelten Mannes.

Kapitel 22

»Frau Dr. Graven!«

Thea schreckte hoch. Nachdem sie von Jupp Vogtens Hof in die Praxis gekommen war, hatte sie sich auf das Feldbett gelegt und vor sich hin gestarrt. Aber anscheinend war sie schließlich doch kurz eingenickt.

Georg Berger öffnete die Tür ihres Sprechzimmers, ohne anzuklopfen. Rasch stand Thea auf. Sie fühlte sich immer noch zittrig und stützte sich am Schreibtisch ab. In der Ferne läuteten Glocken zur Sonntagsmesse.

»Gut, dass Sie hier sind.« Trotz seines schroffen Tons, und obwohl er auf einen Gruß verzichtete, spiegelte Georg Bergers Miene Erleichterung. Er trug Gummistiefel. Anscheinend war er bei den Pferden gewesen. »Gab es Probleme mit Jupp Vogten? Ich wollte etwas aus meinem Sprechzimmer holen, da habe ich Ihre Nachricht auf meinem Schreibtisch gefunden.«

»Guten Morgen, und nein, es gab keine Probleme«, log Thea. Dem Georg Berger, der sich so einfühlsam verhalten hatte, als sie während der Probefahrt mit dem Motorrad wegen des amerikanischen Flugzeugs in Panik geraten war, hätte sie vielleicht anvertraut, was mit Jupp Vogten vorgefallen war. Aber dem Mann, der sie in den letzten Tagen ständig nur angefahren hatte, würde sie nichts von diesem widerlichen, erniedrigenden Erlebnis erzählen.

»Wirklich nicht? Es tut mir leid, Jupp Vogten war schon ewig nicht mehr mein Patient, deshalb habe ich vergessen, Sie vor ihm zu warnen.«

»Nein.« Thea sah Georg Berger in die Augen, und sie schaffte es, einen gelassenen, überraschten Ton anzuschlagen. »Warum fragen Sie denn?«

»Weshalb wurden Sie zu ihm gerufen?« Georg Berger ging nicht auf ihre Frage ein.

»Eine Wunde an seinem Bein hat sich entzündet. Ich habe sie ausgeschnitten und gereinigt und ihm Penicillin gegeben.«

»Sie werden ihn nicht noch einmal behandeln, das mache ich selbst.«

»Ach ja? Würden Sie mir auch den Grund dafür nennen?« Theas Herz raste, aber es gelang ihr wieder, ihre Stimme in der Gewalt zu haben.

»Jupp Vogten ist ein verdammter Bastard.« Georg Berger vollführte eine ungeduldige Handbewegung. »Ein Wilderer und ...«

»Aber ihm fehlt doch der linke Unterarm! Wie kann er dann schießen? Und sein rechter Unterschenkel ist amputiert.«

»Laut den Gerüchten, die über ihn umgehen, hat er sich eine Art Speer gebastelt. Seine Hunde treiben ihm das Wild zu, und er sticht es ab.«

Dann rührte die seltsame Wunde an seinem Bein vielleicht vom Hauer eines Ebers her. Thea glaubte wieder, Jupp Vogtens ungewaschenen Körper zu riechen, und ihr wurde übel. Zu ihrer Erleichterung schien Georg Berger dies nicht zu bemerken, denn er fügte hinzu: »Und sehr wahrscheinlich ist er auch ein Vergewaltiger.«

»Oh …« Thea umklammerte die Kante des Schreibtischs.

»Während des Heimaturlaubs von der Front im Sommer '43 hat er höchstwahrscheinlich eine Frau missbraucht. Und das war wohl nicht das erste Mal. Nur war es jetzt keine Magd und auch keine Fremdarbeiterin, es war die Tochter eines wohlhabenden Bauern.« Georg Bergers Stimme klang grimmig. »Jupp Vogten hatte Glück, dass er schon wieder in Russland war, als sich die junge Frau schließlich entschied, Anzeige zu erstatten. Zu einer Anklage kam es dann nicht, da sie kurz darauf bei einem Bombenangriff ums Leben kam.«

Thea begann plötzlich zu zittern, eine verspätete Reaktion auf den Schock.

»Was ist mit Ihnen los?« Georg Berger bedachte sie mit einem forschenden Blick.

»Das … das hört sich so furchtbar an, und mir … mir ist einfach kalt.«

»Gehen Sie nach Hause, und machen Sie sich etwas Heißes zu trinken. Mit dem Sonntagsdienst bin ja ohnehin ich dran.« Georg Berger nickte ihr zu und verließ das Sprechzimmer wieder.

Thea sank auf ihren Schreibtischstuhl. Jupp Vogten war ein noch viel üblerer Kerl, als sie vermutet hatte.

In ihrem Häuschen legte sich Thea noch einmal hin. Aber auch im Traum verfolgte sie das Erlebnis mit dem Bauern. Sie bedauerte es fast, an diesem Sonntag freizuhaben, denn so gab es nichts, was sie wirklich ablenkte, und ihre Gedanken kreisten ständig darum.

Am frühen Nachmittag machte sie sich auf den Weg zu den Hörters. Sie hoffte, dass sie Frau Hörter antreffen würde, denn sie sehnte sich nach Gesellschaft. Als Thea vor dem Wohnhaus aus dem Opel stieg, kam Herr Hörter in Arbeitskleidung und mit einem alten Hut auf dem Kopf aus einem Stall. Natürlich, die Tiere mussten ja auch an einem Sonntag versorgt werden.

»Dachte ich mir's doch, dass ich ein Auto gehört habe. Na, Frau Doktor, wegen mir mussten Sie heute aber nicht kommen.« Herr Hörter kam mit ausgestreckter Hand auf sie zu, ein freundliches Lächeln auf dem Gesicht. »Seit Sie mich verarztet haben, geht's mir wirklich gut.«

»Schön, dass Sie wohlauf sind. Ich möchte Ihrer Frau den Weidenkorb zurückbringen und ihr von dem Basar erzählen.« Thea erwiderte den Händedruck.

»Sie müssten sie in der Küche finden.« Der Bauer zögerte und fuhr sich mit den Fingern über den Hals. »Meine Frau hat gesagt, dass sie Spielsachen unserer Buben für den Basar gespendet hat«, sagte er dann mit abgewandtem Gesicht.

»Ja, das stimmt, und sie sind alle verkauft worden.«

»Es ist ja für einen guten Zweck.« Er seufzte. Es war ihm anzusehen, dass er mit der Entscheidung nicht wirklich glücklich war.

»Herr Hörter, Ihre Frau möchte mit dem Tod Ihrer Söhne abschließen«, sagte Thea behutsam. »Es ist ihr nicht leichtgefallen, die Spielsachen wegzugeben, das weiß ich genau.« Vielleicht war es ja gut, dass sie den Bauern getroffen hatte und dieses Gespräch mit ihm führen konnte. »Ihre Frau hat mir einmal anvertraut, dass sie sich oft einsam fühlt«, tastete sie sich weiter vor. »Der Krieg hat so viele Kinder zu Waisen gemacht, und Ihre Frau würde gern eines aufnehmen. Könnten Sie sich nicht vorstellen, dem zuzustimmen?«

»Für so was sind wir zu alt.« Herr Hörter schüttelte abwehrend den Kopf.

»Das glaube ich nicht. Ein Kind würde Ihre Söhne nie aus Ihren Herzen verdrängen, falls das Ihre Sorge ist. Sie werden immer ein Teil Ihres Lebens sein.«

»Es ist nett, dass Sie sich Gedanken um mich und meine Frau machen, Frau Doktor. Aber der Krieg hat uns unsere Jungen genommen. Es ist, wie es ist. Daran ist nichts zu ändern, und wir müssen sehen, wie wir damit zurechtkommen. Und jetzt muss ich wieder an die Arbeit. Nichts für ungut, Frau Doktor, und einen schönen Tag noch.« Herr Hörter tippte zum Abschied grüßend an den Rand seines Hutes und kehrte dann in den Stall zurück. Nein, er war wohl nicht bereit, seine Meinung zu ändern. Wie schade.

In der Küche roch es, anders als bei Theas letztem Besuch, nicht nach gebratenen Zwiebeln. Es duftete nach Kaffee. »Habe ich Sie etwa beim Kaffeetrinken gestört?«, erkundigte sich Thea, nachdem sie und die Bäuerin sich begrüßt hatten.

»Was? Nein, nein, überhaupt nicht …«, wehrte Frau Hörter hastig ab. Sie errötete verlegen, auch wenn Thea nicht verstand, warum. »Aber ich mache gleich einen.«

»Das ist wirklich nicht nötig«, erwiderte Thea freundlich. Sie war sich nur zu bewusst, wie teuer Bohnenkaffee war.

»Doch, natürlich, da Sie schon einmal hier sind und noch dazu am Sonntag.« Frau Hörter holte eine Kaffeemühle von einem Bord. »Ich trinke eine Tasse mit Ihnen, und Sie erzählen mir von dem Basar.« Sie schüttete Bohnen aus einer Dose in die Mühle und begann, die Kurbel zu drehen.

Thea fragte sich, ob Frau Hörter eben, bevor sie die Küche betreten hatte, die Bohnen in die Dose gefüllt hatte und der intensive Kaffeeduft daher rührte. Ja, so musste es wohl sein.

»Frau Hörter, das ist für Sie.« Sie überreichte ihr die Kinderzeichnung. »Ich habe den Elefanten und das Pferd auf dem Basar für meine Nichte und meinen Neffen erstanden, und sie haben das für Sie gemalt.«

»Ach Gott, das ist aber lieb, dabei kennen mich die Kinder ja nicht einmal.« Frau Hörter ließ die Kaffeemühle sinken und blinzelte eine Träne weg, aber Thea hatte den Eindruck, sie freute sich, dass das Spielzeug in guten Händen war. Und sie freute sich auch, dass ihre Stricksachen so großen Anklang gefunden hatten. Als sie Thea später nach draußen zu dem Opel begleitete, wirkte sie beinahe fröhlich.

Auch Thea hatte der Besuch bei Frau Hörter gutgetan, und während sie bei ihr gewesen war, hatte sie kaum an Jupp Vogten gedacht. Aber als sie wieder in ihrem Häuschen saß, holte die Erinnerung sie ein. Sie versuchte, sich auf ein medizinisches Lehrbuch zu konzentrieren. Doch ständig glaubte sie, die ekelhafte Zunge des Bauern in ihrem Mund und seine Hand an ihrer Brust zu fühlen.

Thea starrte vor sich hin. Würde sie jetzt immer, wenn sie nachts einen unbekannten Patienten besuchte, Angst verspüren? Sie wollte nicht, dass dieser alte Widerling eine solche Macht über sie hatte. Sie wollte es einfach nicht. Thea horchte in sich hinein. Eine Möglichkeit gab es, sich davon zu befreien.

Soll ich es wirklich tun, Hans?

Ja, ich glaube schon, mein Liebling, aber sei vorsichtig.

Schließlich stand Thea auf. Sie holte ihre Arzttasche und ging zu der Wellblechgarage.

Auf einer Weide unterhalb des Hofes melkte der Knecht eine Kuh. Die Hunde bellten schon, als Thea mit dem Opel auf den Platz vor den Stallungen einbog. Ein Schäferhund-Mischling zerrte wild an seiner Kette. Die anderen Tiere waren, Gott sei Dank, wieder in dem Zwinger eingesperrt. Jetzt, bei Tag, war deutlich zu erkennen, wie vernachlässigt das Anwesen war. Unkraut wucherte zwischen Pfützen. Eine Stallwand war teilweise eingestürzt, und Holz und Schutt türmten sich zwischen Brennnesseln hinter einer rostigen Badewanne aus Zink.

Sollte sie wirklich noch einmal zu Jupp Vogten gehen? Thea umklammerte das Lenkrad. Noch konnte sie wieder davonfahren. Dann hätte sie jedoch immer das Gefühl gehabt, feige vor einer Bedrohung weggelaufen zu sein. Mit einem flauen Gefühl im Magen nahm sie ihre Arzttasche vom Beifahrersitz und stieg aus dem Wagen.

Im Flur wäre sie fast noch umgekehrt. Vielleicht war es Einbildung, aber sie glaubte, schon hier den Urin und die Ausdünstungen des Bauern zu riechen. Aber sie überwand sich und drückte die Klinke der Schlafzimmertür herunter.

»Oh, Sie sind das.« Sie hatte Jupp Vogten offensichtlich geweckt, denn seine Augen blinzelten sie überrascht und verschlafen an. Dann wurde sein Blick lüstern. »Ich freu mich sehr, dass Sie wiedergekommen sind. Ich hab doch gewusst, dass Ihnen das heute Nacht gefallen hat …«

Glaubte er das etwa wirklich? Thea holte ein Venenstauband aus der Arzttasche und band es zu zwei Schlaufen. »Ich muss Ihnen Blut abnehmen.«

»Nur zu!« Er grinste.

Rasch, ehe er wieder nach ihr fassen konnte, packte Thea seinen rechten Arm und streifte ihm die eine Schleife über. Sie zog sie zu, warf schnell die andere über den Bettpfosten und zog sie ebenfalls zu. Ein hastiger Knoten, dann hatte sie den Bauern fixiert. Thea trat ein paar Schritte zurück.

»He, Sie, was soll das?« Überrumpelt glotzte Jupp Vogten sie an, ehe sich sein Gesicht vor Wut verzerrte. Er versuchte, aus dem Bett zu steigen, und sein linker Armstumpf ruderte durch die Luft.

»Sie ekelhafter Mistkerl!« Thea nahm ihr Skalpell aus dem sterilen Instrumentenkästchen und richtete es auf ihn. »Legen Sie sich sofort wieder hin und halten Sie den Mund, sonst werde ich Ihnen sehr wehtun!« War wirklich sie das, die das zu einem Kranken sagte? Ach, es war ihr völlig gleichgültig, dass ihr Verhalten rein gar nicht mit ihrem hippokratischen Eid vereinbar war!

»Schlampe!«

»Legen Sie sich hin!« Thea trat auf ihn zu. Etwas in ihrer Stimme und in ihrem Blick schüchterte den Bauern ein, und er hörte auf, an der Fessel zu reißen.

»Hinlegen!«

Zögernd kam er dem Befehl nach.

»Und jetzt entschuldigen Sie sich für Ihr Benehmen mir gegenüber!«

»Sie können mich mal.«

»Ich will eine Entschuldigung hören!«

Er schwieg, starrte sie wütend an, sein Blick blieb an ihrem Skalpell hängen. »Ich ... Es tut mir leid«, murmelte er schließlich mit abgewandtem Blick.

»Schauen Sie mir in die Augen.«

Er drehte ihr das Gesicht zu. »Es tut mir leid«, fauchte er.

»Gut, das wollte ich hören.« Thea verstaute das Skalpell wieder in dem Instrumentenkästchen, schloss die Tasche und verließ das Zimmer.

»He, Sie ... Sie werden mich hier doch wohl nicht so liegen lassen!«, brüllte Jupp Vogten ihr nach.

Die Flüche und Drohungen des Bauern verfolgten Thea bis auf den Hof. Dort kam ihr der Knecht entgegen. »Ich hatte Ihren Wagen kommen hören«, sagte er. »Aber ...« Er drehte den Kopf zum Haus und lauschte verwundert. »Was ist denn mit dem Bauern los?«

»Herrn Vogten fiel es nicht ganz leicht, sich für sein Benehmen in der Nacht zu entschuldigen«, erwiderte Thea. »Sie sehen am besten gleich einmal nach ihm.«

Thea wartete seine Reaktion nicht ab, sondern fuhr los. Erst als sie ein Stück von dem Hof entfernt war, bemerkte sie, dass ihr Rücken schweißnass war. Aber endlich fühlte sie sich nicht mehr gedemütigt.

Kapitel 23

Am Freitag der darauffolgenden Woche verließ Thea gegen Abend einen der ausrangierten Eisenbahnwaggons am Rand von Eichenborn. Sie war zu einem Kind gerufen worden, das an Masern und hohem Fieber litt. Sie hoffte, dass das Mittel, das sie dem kleinen Mädchen gespritzt hatte, bald wirken und die Körpertemperatur sinken würde.

In der Ferne baute sich eine bedrohliche Wolkenwand am Abendhimmel auf, aber noch schien die Sonne und übergoss das Dorf und die Felder und Wiesen ringsum mit ihrem gleißend hellen Schein.

»Frau Dr. Graven!« Thea hörte eine Frauenstimme ihren Namen rufen. Sie drehte sich um und blinzelte gegen das Sonnenlicht an. Christa Reimers kam, ihr Baby im Arm, auf sie zu.

»Ist etwas mit Ihrer Kleinen?«, erkundigte sich Thea besorgt. Da sich der Säugling gut entwickelt hatte, war sie schon länger nicht mehr bei der Mutter und dem Kind gewesen.

»Meiner kleinen Emilia geht es gut.« Liebevoll strich Christa Reimers über das Köpfchen des Babys. Ein heftiger Windstoß brachte die Decke, in die es gewickelt war, zum Flattern.

»Emilia haben Sie sie also genannt, was für ein schöner Name.«

»Ja ... Sie heißt so nach meiner Großmutter. Nächste Woche wird sie dann auch in der evangelischen Kirche in Monschau getauft. Und ...« Christa Reimers wirkte plötzlich verlegen.

»Ja?«, versuchte Thea, ihr weiterzuhelfen.

»Wenn Sie und der Doktor nicht bei der Geburt da gewesen wären, wär sie bestimmt nicht am Leben, und ich wär auch gestorben. Und ... Sie waren auch danach so nett zu mir. Und ... Und deshalb wollt ich Sie fragen, ob ich sie vielleicht mit zweitem Namen Thea nennen darf.«

»Aber natürlich, ich fühle mich geehrt!« Thea war gerührt.

»Danke schön, Frau Doktor.« Christa Reimers seufzte erleichtert.

»Ich freue mich, dass du bald meinen Namen trägst, kleine Emilia Thea.« Thea beugte sich zu dem Baby und lächelte es an. Und die Kleine, inzwischen sechs Wochen alt, verzog ihren Mund und gluckste, und ihre blauen Augen leuchteten auf.

»Das macht sie seit ein paar Tagen«, sagte Christa Reimers stolz. »Lächeln, meine ich. Und sie lächelt auch meine Geschwister an, und die mögen sie jetzt viel lieber.«

»Ach, wie schön!«

Erste dicke Tropfen fielen. Thea verabschiedete sich rasch und lief zu dem Opel.

Ihr war immer noch ganz warm ums Herz, als sie kurz darauf, einen aufgespannten Regenschirm in der Hand, zu ihrem Häuschen rannte. Das hohe Gras in ihrem verwilderten Garten war klitschnass. Als sie die Eingangstür öffnete, tropfte es von den prallen Rosenknospen auf sie herab.

Es war kurz nach sieben. Sie würde sich schnell etwas zu essen machen und dann zur Praxis gehen. Sie hatte ohnehin Nachtdienst. Die Zeit, bevor sie sich schlafen legte, wollte sie nutzen, um sich in die neue Ausgabe der Ärztezeitschrift zu vertiefen, die heute mit der Post gekommen war.

Thea hatte eben den Tisch für ihr übliches spartanisches Abendessen gedeckt, als sie etwas Weißes auf dem Boden hinter der Tür liegen sah. Zuerst dachte sie, es wäre ein Brief, denn der Postbote schob die Post immer unter der Tür durch. Doch dann sah sie, dass es ein gefaltetes Blatt Papier war, das ihren Namen trug. Verwundert schlug sie es auf.

Liebe Frau Dr. Graven, stand dort, *heute war ich wieder einmal in Eichenborn. Wie schade, dass ich Sie nicht angetroffen habe! Falls Sie sich am Pfingstwochenende langweilen sollten, würde ich mich freuen, Ihnen die Zeit vertreiben zu dürfen. Meine Geschäftsadresse kennen Sie ja, hier ist meine private.* Darunter waren eine Straße in Monschau und eine Telefonnummer angegeben. Der kurze Brief endete mit: *Herzlich, Ihr Axel Heimbach.*

Versonnen blickte Thea auf die Zeilen. An dem Pfingstwochenende hatte sie zwei Bereitschaftsdienste, und sie würde Axel Heimbach ja schon am nächsten Dienstag bei der Filmvorführung in Eichenborn treffen. Ja, es hatte ihr gefallen, so unbeschwert mit ihm zu plaudern. Aber sie wollte nichts überstürzen.

Du darfst dich in einen anderen Mann verlieben, hörte sie Hans sanft in ihren Gedanken sagen. *Ich will deinem Glück nicht im Wege stehen.*

Ich möchte mich aber nicht ernsthaft verlieben. Dazu bin ich noch nicht bereit.

Immer noch nachdenklich aß Thea ihr Abendbrot. Und selbst wenn sie bereit wäre, sich wieder zu verlieben, wäre Axel Heimbach überhaupt der Richtige für sie? Er war charmant, witzig, unterhaltsam – aber auch irgendwie unstet und rastlos. Einen Casanova hatte ihn Marlene genannt. So gern Thea ihn mochte, da war schon etwas dran.

Später, auf dem Weg zur Praxis, bog eine Windböe Theas Regenschirm nach oben, und der Regen prasselte auf sie nieder.

»Ach verflixt!« Sie spurtete los. In dem Sprechzimmer war es, obwohl noch nicht einmal acht Uhr, so dunkel, dass sie das Licht einschalten musste. Was für ein Wetter! Sie stellte den tropfenden Regenschirm in eine Ecke und wollte gerade aus ihrem Sommermantel schlüpfen, als das Telefon klingelte.

»Praxis Dr. Berger, Dr. …«, begann sie atemlos.

»Ja, schon gut, ich weiß, wer Sie sind.« Ihr Chef war am Apparat, und Thea verdrehte entnervt die Augen. Anscheinend hatte er gesehen, dass das Licht in ihrem Sprechzimmer angegangen war. »Würden Sie mal eben zu mir ins Schlösschen kommen? Dann können Sie selbst zu den Vorwürfen gegen Sie Stellung nehmen. Das kürzt diesen Unsinn hoffentlich ab.«

»Was meinen Sie denn damit?« Thea war überrumpelt. »Welche Vorwürfe?«

Doch er hatte schon aufgelegt.

Thea erhaschte einen Blick auf sich im Spiegel über dem Waschbecken. O Gott, wie sah sie nur aus? Ihr Haar war durch den Wind und den Regen völlig zerzaust. Rasch öffnete sie ihre Handtasche. Geldbörse, der Schlüssel, Taschentücher, ein paar Bonbons ... Wo war nur der Kamm? Sie schüttete den Inhalt auf den Schreibtisch. Da war er endlich. Nachdem sie ihre Frisur einigermaßen gerichtet und die Sachen wieder in die Handtasche gestopft hatte, griff sie nach dem Regenschirm und eilte zum Schlösschen.

»Das hat ja gedauert.« Georg Berger funkelte Thea gereizt an.

»Würden Sie mir jetzt bitte endlich sagen ...«, begann sie.

Doch ohne ein weiteres Wort drehte er sich um und schritt in das Arbeitszimmer. Thea stellte den Regenschirm in der Halle ab und folgte ihm aufgebracht. Von dem Geweih des von Motten zerfressenen Hirschkopfs baumelte immer noch das Stethoskop. Ein halbes Dutzend Frauen hatten sich in dem Raum versammelt, allesamt mit grimmigen Mienen.

Georg Berger vollführte eine ungeduldige Handbewegung. »Da Frau Dr. Graven nun hier ist, sagen Sie ihr gefälligst selbst, was Sie gegen sie vorzubringen haben.«

»Ja?« Thea sah die Frauen fragend an, sie kannte nicht alle. Aber zwei Bäuerinnen waren ihre Patientinnen und gehörten zu denen, die sie deutlich spüren ließen, dass sie sie eigentlich nicht als Ärztin akzeptierten. Eine Dörflerin trat vor, eine ältere Frau, die die grauen Haare zu Zöpfen geflochten um den Kopf gesteckt trug.

»Wie ich ja schon jesagt hab, die Frau Dr. Graven verbreitet unmoralische Fotos.« Sie faltete ein Blatt Papier auseinander, das sie in den Händen hielt, und streckte es Thea anklagend entgegen.

Es war aus einem von Katjas Frauenmagazinen herausgerissen, die Thea einen Tag lang im Wartezimmer ausgelegt hatte, und zeigte eine Dessous-Werbung. Der Büstenhalter und die Strapse wirkten an dem Mannequin so züchtig wie ein Badeanzug. Thea war nahe daran, laut herauszulachen.

»Gibt es sonst noch etwas, was Sie mir vorzuwerfen haben?«, fragte sie knapp.

»Ja, Sie haben …« Eine andere Frau mit einer Kittelschürze unter dem Mantel schluckte, als bereitete es ihr Mühe, die Worte auszusprechen. »… ein Kind zu unsittlichem Verhalten angestiftet.«

»Wie bitte?« Thea war fassungslos. »Was reden Sie denn da? Und wer sind Sie überhaupt?«

»Die Tante von der Lotti Kerpen. Mein Bruder hat mir erzählt, was Sie der Lotti gesagt ham.«

Thea benötigte einen Moment, ehe sie begriff. Lotti Kerpen war das elfjährige Mädchen gewesen, das wegen seiner ersten Regelblutung so panisch reagiert hatte. »Und was, bitte, soll ich Verwerfliches gesagt haben?«

»Dass … dass der Geschlechtsverkehr nichts Sündhaftes wär, im Gegenteil.« Die Frau starrte verlegen auf ihre Zehenspitzen.

»Und da gibt es noch etwas.« Die Augen einer weiteren Dörflerin funkelten böse. Sie war Ende vierzig und ziemlich rundlich und einmal wegen ihres Bluthochdrucks bei Thea gewesen. »Die Frau Doktor hat in der Apotheke in Monschau diese Dinger gekauft, Präser… Präservative… Ich weiß das von meiner Nachbarin. Und die hat es von einer Verwandten.«

Ja, da war eine Frau in die Apotheke gekommen, als sie nach den Kondomen gefragt hatte. Thea erinnerte sich flüchtig. Anscheinend hatten die Dörflerinnen diese ganzen

Vorwürfe gegen sie gesammelt, und vermutlich steckte Schwester Fidelis dahinter. Zumindest konnte Thea sich nicht vorstellen, dass die Frauen ohne ihr Wissen und ihre Billigung bei Georg Berger erschienen wären.

»Jedenfalls«, ergriff jetzt wieder die Frau mit der Zopffrisur das Wort, »wollen wir die Frau Doktor hier in Eichenborn nicht mehr haben.«

»Jawohl«, bestätigten die anderen. »Sie soll gehen.«

Georg Berger hatte, an seinen Schreibtisch gelehnt, allem bisher schweigend zugehört. Nun trat er einen Schritt vor. »Sind Sie noch ganz bei Trost? Wen ich in meiner Praxis beschäftige, ist immer noch meine Sache«, erklärte er barsch. »Und jetzt raus hier!«

»Wenn sie bleibt, werden wir nicht mehr in die Praxis kommen«, bekräftigte die rundliche Frau, die unter Bluthochdruck litt. »Und es gibt noch viel mehr, die genauso denken.«

»Raus!«

Die Dörflerinnen sahen sich an, dann marschierten sie hoch erhobenen Hauptes aus dem Arbeitszimmer.

Georg Berger blickte ihnen finster nach.

Thea war immer noch wie vom Donner gerührt. Und von den Anschuldigungen wirklich verletzt. Der ganze Auftritt war, bei aller Absurdität, doch auch infam gewesen.

»Danke, dass Sie mich verteidigt haben, Dr. Berger«, sagte sie beklommen.

Er wandte sich ihr zu, seine Miene immer noch wütend. »Ich lasse mir von ein paar Betschwestern nicht vorschreiben, wie ich meine Praxis zu führen habe«, erklärte er schroff. »Allerdings hatte ich es um einiges ruhiger, bevor Sie die Stelle hier angetreten haben. Und jetzt würde ich mich sehr gern wieder *damit* befassen.« Er wies auf ein aufgeschlagenes Lehrbuch auf seinem Schreibtisch, eines für Chirurgie, wie Thea anhand der anatomischen Zeichnungen erkannte.

Sie schluckte ihren Ärger über seine unfreundliche Reaktion hinunter. Wie gut, dass er sich kurzfristig den Samstag bis zum Abend freigenommen hatte und sie ihn eine Weile nicht mehr sehen würde. »Gewiss, ich gehe ja schon.«

»Schön …« Er setzte sich an den Schreibtisch.

Thea verließ das Arbeitszimmer und durchquerte die Halle. Draußen vor dem Schlösschen begann ihr Herz plötzlich wie wild zu rasen, und sie hatte wieder einmal das Gefühl, keine Luft mehr zu bekommen. Sie ließ sich gegen die Mauer sinken, der kalte Regen wehte ihr ins Gesicht. Erst nach einigen Momenten hatten sich ihr Herzschlag und ihr Atem so weit beruhigt, dass sie weitergehen konnte.

Gegen zehn Uhr schlug Thea das Feldbett in ihrem Sprechzimmer auf. Bedrückt und ärgerlich, wie sie immer noch war, dauerte es lange, bis sie einschlafen konnte. Das Klingeln des Telefons weckte sie aus einem unruhigen Traum. Benommen richtete sie sich auf und griff nach dem Hörer. »Praxis Dr. Berger, Dr. Graven am Apparat«, murmelte sie.

»Thea, Gott sei Dank, dass ich dich gleich erreiche!« Marlenes aufgeregte Stimme drang an ihr Ohr. »Katja ist noch nicht nach Hause gekommen. Ich mache mir solche Sorgen!«

Im Dunkeln sah Thea das Ziffernblatt ihrer Armbanduhr schimmern. Zwei Uhr. Sie tastete nach dem Lichtschalter.

»Woher weißt du denn, dass sie nicht vielleicht längst zu Hause ist?«

»Ich konnte nicht schlafen. Ich hätte sie kommen hören.«

»Katja ist erwachsen. Wahrscheinlich ist sie mit einem Mann zusammen. Wir glauben ja beide, dass es da jemanden gibt.«

»Sie ist gerade erst volljährig geworden. Und in manchem verhält sie sich immer noch ziemlich unreif. Sonst kommt sie immer spätestens um eins zurück, sie will keinen Ärger mit Vater. Ich bin mir sicher, irgendetwas ist ihr zugestoßen. Bitte, kannst du nach ihr suchen?«

»Marlene, ich habe Nachtdienst. Ich kann hier nicht weg.« Thea wollte sich lieber gar nicht vorstellen, wie Georg Berger auf ihre Bitte reagieren würde. Schon gar nicht nach der Szene mit den Dörflerinnen, die ihre Entlassung gefordert hatten.

»Ich würde mich ja selbst auf den Weg machen.« Marlene hatte ihr wohl gar nicht zugehört. »Aber Vater ist bei einem Freund in Aachen, und Frau Mageth hat ihren freien Tag und besucht ihre Schwester. Ich möchte die Kinder nicht allein lassen. Du weißt ja, Arthur hat oft Alpträume, und er wird dann immer ganz panisch, wenn er aufwacht. Und Liesel ist immer noch nicht ganz gesund.« Die sonst so vernünftige ältere Schwester klang ganz aufgelöst und den Tränen nahe. Thea verstand nicht, warum sie so heftig auf Katjas Fernbleiben reagierte.

Nun begann Marlene tatsächlich zu weinen. »Thea, bitte … Ich werde es mir nie verzeihen, wenn Katja etwas zustößt«, schluchzte sie.

Die Schwestern hatten sie so sehr unterstützt, so viel für sie getan, seit sie nach Eichenborn gezogen war. Thea glaubte nicht, dass Katja ernsthaft in Gefahr war. Aber vielleicht saß sie ja in irgendeiner Klemme, so unbedacht, wie sie manchmal war. Sie, Thea, konnte die beiden jetzt nicht im Stich lassen! Dann musste sie eben den Zorn ihres Chefs ertragen.

»Hast du irgendeine Ahnung, wo Katja sein könnte?«

»Sie hat nur gesagt, dass sie tanzen gehen will.« Marlene klang etwas ruhiger.

»Na ja, alle respektablen Lokale dürften längst geschlossen haben. War sie denn mit jemandem verabredet?« Mit dem Telefonhörer in der Hand hangelte Thea nach ihrem Mantel und ihrer Handtasche.

»Ja, und das ist es ja gerade, was mir solche Sorgen macht. Ich habe mit ihrer Freundin telefoniert. Sie haben sich gegen halb zwölf getrennt. Und Katja sagte, sie würde ›noch auf einen Drink‹ in einen Gasthof an der Rur gehen, du weißt ja, wie sie manchmal redet. Dort gibt es ein paar ziemlich übel beleumdete Lokale.«

Thea musste an den Tratsch denken, den sie auf der Kirmes mit angehört hatte. An dem Flüsschen, am Rand des Stadtzentrums, lagen tatsächlich ein paar ziemlich heruntergekommene Gaststätten, wie sie bei ihren Fahrten nach Monschau gesehen hatte. »Dann schau ich mich dort nach ihr um.«

»Danke, Thea! Aber pass auf dich auf, ja?« Marlene klang schon wieder den Tränen nahe. »Katja hat einen hellen Mantel an und eine Hose und einen blauen Rollkragenpullover. Vielleicht hilft dir das ja bei der Suche.«

Kalter Nieselregen wehte Thea vor der Praxis ins Gesicht. Höchstwahrscheinlich war Marlenes Sorge unbegründet, und Katja lag wohlig in den Armen eines Mannes in einem warmen Bett und verschwendete keinen Gedanken an die Aufregung, die sie verursachte!

Dem Himmel sei Dank, im Arbeitszimmer brannte noch Licht. Georg Berger schien noch nicht zu Bett gegangen zu sein. Durchs Fenster sah sie ihn am Schreibtisch sitzen, über ein Buch gebeugt, das Gesicht müde, aber auch hoch konzentriert und ohne den üblichen gereizten Ausdruck.

Unwillkürlich musste sie an den Abend denken, als sie ihm die ausgekugelte Schulter eingerenkt hatte. Er hatte gesagt, dass er Arzt geworden war, um Krankheiten zu besiegen. Auf seine Weise liebte er wohl seinen Beruf, wenn auch nicht unbedingt seine Patienten. Und ganz bestimmt nicht seine Mitarbeiterin, die ihn jetzt gleich darum bitte würde, für ein, zwei Stunden für sie einzuspringen.

Thea holte tief Atem und betätigte den Türklopfer am Portal. Das Geräusch hallte sehr laut in dem Gebäude wider. Nun fiel Licht in die Halle.

Gleich darauf wurde die Tür aufgerissen, und ihr Chef stand in seinem üblichen abgetragenen Pullover vor ihr.

»Gibt es ein Problem?« Sein Tonfall war knapp und sachlich. Er wäre sofort bereit gewesen, mit ihr zu einem Notfall aufzubrechen.

»Bitte entschuldigen Sie, dass ich Sie störe.« Thea schluckte. »Kein medizinisches Problem. Es geht um meine jüngere Schwester. Sie ist nicht nach Hause gekommen, und meine ältere Schwester macht sich deswegen große Sorgen und bittet mich, sie zu suchen. Ich weiß, es ist sehr viel verlangt, aber könnten Sie bitte für ein paar Stunden für mich einspringen? Ich werde so schnell wie möglich zurückkommen.«

»Ist Ihre jüngere Schwester nicht kürzlich volljährig geworden?« Georg Berger gab sich keine Mühe, seinen Unwillen zu verbergen.

»Ja, das stimmt. Aber sie wohnt nun einmal bei meinem

Vater und würde deshalb nicht einfach so über Nacht wegbleiben.« Himmel, jetzt kam sie gegenüber Georg Berger auch noch auf ihren Vater zu sprechen! »So etwas wird nicht noch einmal geschehen. Das verspreche ich Ihnen. Und ich übernehme selbstverständlich Ihren nächsten Nachtdienst.«

Er zögerte und nickte dann kurz. »In Ordnung, Sie können fahren.«

»Vielen Dank, das ist sehr großzügig von Ihnen.« Thea atmete auf. Das war ja besser gelaufen, als sie befürchtet hatte.

Während der Fahrt über die Hochebene und dann die steile Straße hinunter nach Monschau hatte sich der Nieselregen noch verstärkt und sich, wie bei dieser Wetterlage so oft, in den Tälern in Nebel verwandelt. Thea war froh, die nassen, glitschigen Straßen hinter sich gelassen zu haben. Nun stieg sie aus dem Opel und sah sich suchend um. Die Fachwerkhäuser an der Rur am Rand von Monschau hätten wahrscheinlich auch bei schönem Wetter nicht schmuck gewirkt. Eine Straßenbeleuchtung gab es nicht, und Thea ließ den Schein ihrer Taschenlampe über die Fassaden wandern. Viele Fenster waren mit Brettern vernagelt, und in der kalten, feuchten Luft hing der Geruch von Moder und Schwamm.

Zwei Männer kamen Thea entgegen. »Hallo, Hübsche«, lallte einer betrunken und machte einen Schritt auf sie zu.

Thea umklammerte den Griff der Taschenlampe fester. »Ich bin Hebamme und auf dem Weg zu einer Geburt«, sagte sie so forsch wie möglich und ging rasch weiter. Eine ältere Kollegin hatte ihr dies einmal geraten. Die Wörter *Hebamme* und *Geburt* schienen den meisten Männern Respekt einzuflößen. Während *Ärztin* eher Fragen und Frotzeleien provozierte. Wie in Hamburg funktionierten die beiden Zauberworte auch jetzt wieder, und die Angetrunkenen zogen weiter.

Thea atmete tief durch. Verwünschte Schwester... An einer Fassade leuchtete ein Wirtshausschild in die regnerische Nacht, und durch die geschlossenen Fensterläden drang amerikanische Musik auf die Straße. Thea stieß die Eingangstür auf. Bierdunst und Zigarettenrauch schlugen ihr entgegen. Trotz der späten Stunde war der Schankraum noch gut gefüllt. Viele Männer trugen Lederjacken und Schiebermützen. Auch einige belgische und englische Soldaten hatten sich unter die Gäste gemischt. Die meisten Frauen waren offenherzig gekleidet und stark geschminkt. Katja konnte Thea unter ihnen nicht entdecken. Sie drängte sich zwischen den Männern an der Theke durch.

»Ach, bitte, war vielleicht vorhin eine junge Frau hier? Sie ist Anfang zwanzig und hat braunes lockiges Haar, und sie trägt einen hellen Mantel, eine Hose und einen Rollkragenpullover«, wandte sie sich an den Mann hinter dem Tresen.

»Nicht dass ich wüsste.« Er zuckte mit den Schultern und ließ seinen Blick in die Runde schweifen. »Oder habt ihr so einen Vogel gesehen?«

»Nä, hört sich aber gut an.«

»He, Hübsche, willst du nicht bleiben und uns Gesellschaft leisten?« Die Männer wieherten laut.

Wortlos drehte sich Thea um und verließ den Gasthof. Zwei Häuser weiter war noch ein Wirtshaus. Auch hier war der Schankraum noch gut besucht. Suchend blickte Thea sich darin um. Und da... Hinten in der Gaststube saß Katja an einen jungen Mann geschmiegt auf einer Bank und hielt eine Bierflasche umklammert. Die Haare hingen ihr wirr ins Gesicht, und die Hand des jungen Kerls lag auf ihrem Oberschenkel. Thea schob sich zwischen den Gästen hindurch. Katjas Lippenstift war verschmiert, wie sie jetzt sah, einiges davon befand sich auf dem Mund ihres Begleiters. Eine ganze Batterie von leeren Schnapsgläsern und Bierflaschen stand vor ihnen auf dem Tisch.

»He, Sie …« Thea klopfte dem jungen Burschen unsanft auf die Schulter. »Gehen Sie und lassen Sie mich mit meiner Schwester alleine.«

»Aber …« Er wandte ihr angetrunken lächelnd das Gesicht zu.

»Jetzt verschwinden Sie schon!« Thea war nur noch wütend. »Los, wird's bald!«

»Ja, ist ja gut.« Etwas in ihrem zornig funkelnden Blick veranlasste ihn, die Hände zu heben und aufzustehen.

»Thea …« Katja sah sie aus glasigen Augen an. »Wa… was machst du denn hier?«

»Dich suchen. Marlene ist vor Sorge fast außer sich. Was hast du dir nur dabei gedacht, dich in einer derartigen Kaschemme herumzutreiben? Los, komm mit.«

»Schrei mich nicht so an!«

»Na, mach schon …« Thea fasste nach Katjas Mantel und hängte ihn ihr um die Schultern. Schwankend kam die Schwester auf die Füße. Ihr Atem roch durchdringend nach Bier und nach Schnaps. Lieber Himmel, was hatte sie denn alles intus?

Thea reichte ihr stützend den Arm. Sie hatten die Mitte der Gaststube fast erreicht, als auf einmal die Eingangstür aufflog und uniformierte Männer, Schlagstöcke schwingend, hereinstürmten. Es waren, wie Thea entsetzt begriff, deutsche Polizisten und auch Soldaten der britischen Militärpolizei, die sie an ihren charakteristischen roten Mützen erkannte.

»Polizei! Alle an die Wand.« Das Gebrüll der uniformierten Männer füllte den Raum. Gäste schrien auf. Einige rannten zu einem Hintereingang, doch auch von dort drängten nun Polizisten herein. Thea und Katja wurden gegen den Tresen gedrückt. Sie waren in eine Razzia geraten. Wahrscheinlich suchte die Polizei nach Schmugglern und nach Prostituierten, die auf Geschlechtskrankheiten untersucht werden sollten. Die Alliierten waren um ihre Soldaten sehr besorgt. Auch in Hamburg, das zur britischen Besatzungszone gehörte, hatte es deshalb oft Razzien gegeben.

»An die Wand mit euch.« Zwei deutsche Polizisten packten sie und bugsierten sie grob durch den Raum.

»Aber ich bin Ärztin«, protestierte Thea. »Lassen Sie mich und meine Schwester sofort los.«

»Ärztin!« Einer der Polizisten lachte höhnisch. »Na, das ist doch mal eine originelle Erklärung von einer Hure.«

»Jetzt warten Sie doch … Ich kann das beweisen.« Thea öffnete ihre Handtasche und tastete nach ihrem Portemonnaie, in dem sich ihr Arztausweis befand. Aber sie konnte es nicht finden. O nein! Es durchzuckte sie siedend heiß – nachdem sie die Handtasche auf dem Schreibtisch in ihrem Sprechzimmer ausgeleert hatte, hatte sie es dort liegen lassen.

»Thea«, jammerte Katja panisch. »Die … die können uns doch nicht festnehmen.«

»Versuch, möglichst nüchtern zu wirkten«, fauchte Thea sie mit gedämpfter Stimme an.

»Raus mit euch Weibern.« Die Beamten trieben die

Frauen zusammen und dann nach draußen zu einem Polizeibus. Bedrückt stieg Thea hinter Katja ein. Wie kamen sie nur aus dieser erniedrigenden Situation wieder heraus? Und das, ohne Aufsehen zu erregen?

Kapitel 24

Die Fahrt endete nach wenigen Minuten vor einer Polizeiwache am Rand des Monschauer Stadtzentrums. Thea,
Katja und die anderen festgenommenen Frauen wurden in
einen Raum im Erdgeschoss geführt. Ein älterer Polizeibeam-
ter telefonierte hinter einer hölzernen Absperrung. Einige
Frauen – wahrscheinlich Prostituierte – schimpften und
protestierten. Andere, die wohl unabsichtlich in diese Situation geraten waren und einfach in dem Gasthof Spaß hatten
haben wollten, schwiegen ängstlich oder weinten leise.

Thea setzte sich neben Katja auf die Holzbank. »Wer war
der junge Mann, mit dem du geknutscht hast?«, flüsterte sie
ihr zu.

»Weiß nicht ...«

»Du kennst ihn also nicht?«

»Nein, hab ihn ... hab ihn vorhin das erste Mal gesehen ...« Katja ließ den Kopf sinken. »Mir ist schlecht.«

Also war der Kerl wenigstens nicht ihr geheimnisvoller
Liebhaber. »Was ist denn bloß mit dir los? Warum bist du in
diese Spelunke gegangen und hast dich betrunken?« Katja
sah wirklich elend aus, was Thea ein bisschen milder
stimmte.

»Lie... Liebeskummer.« Der Schwester traten Tränen in
die Augen. »Hab mich mit meinem Freund gestritten.«

Ach herrje ... »Gib mir mal deine Handtasche.« Thea

lugte zu dem Polizeibeamten. Er telefonierte immer noch, beachtete die Frauen nicht. Die zwei jungen Beamtinnen in Uniform, die die Frauen eigentlich bewachen sollten, flüsterten und kicherten miteinander.

Katja reichte ihr die schicke Ledertasche. Thea öffnete sie. Wie nicht anders erwartet, fand sie einen Lippenstift, Rouge und eine Bürste darin.

»Dreh mir mal dein Gesicht zu. Ja, gut so.« Sie wischte Katja rasch den verschmierten Lippenstift ab, zog ihre Lippen nach und trug Rouge auf ihre blassen Wangen auf.

»Wie ich schon sagte, versuch um Himmels willen, nüchtern zu wirken«, raunte Thea der Schwester zu, dann ging sie zu dem Polizeibeamten, der sein Gespräch inzwischen beendet hatte.

»Herr Wachtmeister, ich möchte sofort Ihren Vorgesetzten sprechen«, verlangte sie. »Ich bin Ärztin, mein Name ist Dr. Thea Graven. Ich und meine Schwester werden hier unrechtmäßig festgehalten.« Sie sprach bestimmt, wie mit einem renitenten Patienten.

Der Wachtmeister zögerte, stand schließlich jedoch auf und verschwand in einem angrenzenden Raum. Gleich darauf erschien er wieder und deutete mit dem Daumen auf die geöffnete Tür. »Sie können zu Herrn Kommissar Wagner gehen.«

»Katja …« Thea drehte sich zu ihrer Schwester um. Gott sei Dank, die schaffte es, auf die Füße zu kommen und geradeaus zu laufen.

Der Kommissar, ein Mann mit grauem Bürstenhaarschnitt, musterte sie mit gerunzelten Brauen. »Wer von Ihnen ist die Frau Doktor?«, fragte er dann.

»Ich, Herr Kommissar.« Thea trat einen Schritt vor.

»Und weshalb haben Sie meinen Leuten nicht Ihren Arztausweis gezeigt?«

»Ich habe ihn zu Hause vergessen. Hören Sie ... Ich bin Ärztin in der Praxis von Dr. Berger in Eichenborn. Heute Abend habe ich meine Schwestern besucht. Mein Vater, Professor Wilhelm Kampen, ist der Chefarzt am hiesigen Krankenhaus. Es kam ein Anruf, dass in dem Gasthof jemand verletzt sei. Mein Vater war nicht da. Deshalb bin ich zusammen mit meiner Schwester Katja Kampen dorthin gefahren. Ich wollte nicht allein sein. Die Gegend hat ja nicht gerade den besten Ruf.«

»Unter den Festgenommenen ist aber meines Wissens niemand verletzt.« Der Kommissar verschränkte die Arme vor sich auf dem Schreibtisch.

»Die Stimme am Telefon war schlecht zu verstehen.« Thea bemühte sich, gelassen zu klingen. »Wahrscheinlich habe ich mich verhört.«

»Und wo haben Sie Ihre Arzttasche gelassen?«

O nein, das hatte sie nicht bedacht. Als sie sich die Geschichte in dem Polizeibus ausgedacht hatte, war alles so plausibel gewesen.

»Die steht noch in dem Gasthof.« Thea blickte dem Kommissar in die Augen. »Es ging alles sehr schnell.«

»So, die Tasche steht noch dort.« Der Kommissar kratzte sich nachdenklich am Kinn. »Sie arbeiten also für Dr. Berger, und Sie und diese junge Dame«, der Kommissar deutete auf Katja, die haltsuchend nach Theas Arm griff, »sind die Töchter von Professor Kampen.«

»Ja genau.« Thea nickte.

»Wen soll ich bitten, Sie zu identifizieren? Dr. Berger oder Professor Kampen?« Die Augen des Kommissars blitzten.

Thea schluckte. Den Vater zu verständigen war völlig unvorstellbar. »Bitte rufen Sie Dr. Berger an«, sagte sie tonlos.

»Ja, ich kann bestätigen, diese Frau ist meine Mitarbeiterin Frau Dr. Graven.« Georg Bergers Stimme schreckte Thea auf. Sie war, mit Katjas Kopf auf ihren Schultern, eingenickt. Ihr Chef stand zusammen mit Kommissar Wagner vor ihr. Seinen Blick als zornig zu bezeichnen wäre untertrieben gewesen – er war fuchsteufelswild.

»Na dann, nichts für ungut, Frau Doktor. Entschuldigen Sie die Unannehmlichkeiten. Aber die Wirtshäuser unten an der Rur sind nun mal ein übles Pflaster. Und da Sie sich nicht ausweisen konnten ...« Der Kommissar nickte ihr zu und ging dann wieder in sein Büro.

»Katja.« Thea stieß die Schwester an.

»Was ist denn?« Katja riss die Augen auf und hatte offensichtlich Mühe, sich zu orientieren.

»Komm mit.« Thea half ihr aufzustehen. Hinter Georg Berger verließen sie die Wache. Sie atmete auf, als sie endlich draußen waren. Es nieselte immer noch, und im Osten zeichnete sich ein heller Streifen am Himmel ab.

»Dr. Berger, vielen Dank, dass Sie ...«, begann Thea.

Doch ihr Chef fiel ihr ins Wort. »Verdammt, wenn Sie wieder einmal Ihre Schwester mitten in der Nacht aus einer kompromittierenden Situation herausholen müssen, lassen Sie mich gefälligst aus dem Spiel.«

»Es tut mir wirklich sehr leid. Ich hatte meinen Arztausweis nicht dabei und ...«

Sie hatten jetzt den Ford erreicht. Thea öffnete die hintere Tür.

»Mir ist so schlecht«, stöhnte Katja. Sie stützte sich auf dem Dach ab und übergab sich neben dem Wagen.

»Passen Sie bloß auf, dass sie sich nicht auch noch drinnen erbricht.« Georg Berger nahm hinter dem Lenkrad Platz.

Thea half der Schwester auf den Rücksitz und ließ sich dann neben ihr nieder.

»Wollen Sie sie mit nach Eichenborn nehmen?« Georg Berger wandte sich zu ihr um.

Marlene war inzwischen bestimmt verrückt vor Sorge. Deshalb sagte Thea: »Könnten Sie meine Schwester vielleicht zur Villa meines Vaters fahren?« Sie nannte ihm die Adresse. »Das ist auch wirklich kein großer Umweg.«

Georg Berger knurrte etwas vor sich hin. Es hörte sich an wie ein Fluch.

Schweigend fuhren sie in Richtung Zentrum und dann bergauf durch die dunklen, verwinkelten Straßen der Stadt. Katja stöhnte bei jeder Kurve. Thea hätte sie vor Ärger am liebsten geschüttelt.

»Sind wir hier richtig?« Georg Berger stoppte endlich vor dem Gartentor der Villa. Hinter den Fensterläden des Wohnzimmers brannte Licht.

»Ja.« Thea rüttelte die Schwester am Arm. »Komm, wir sind da!« Sie kletterte aus dem Wagen, und Katja rutschte über den Rücksitz und stemmte sich an der Tür hoch. Schwankend hielt sie sich am Rahmen fest.

»Mir ist immer noch schlecht«, jammerte sie.

»Oh, verdammt! So dauert das ja noch ewig.« Georg Berger stieg ebenfalls aus und legte sich Katjas Arm um die Schultern. »Man sollte sich nicht betrinken, wenn man nichts verträgt.«

Zu dritt stiegen sie die Stufen zum Haus hoch. Sie waren

noch nicht ganz oben angekommen, als die Eingangstür schon aufflog und Marlene ihnen entgegentrat. »Mir war doch, als hätte ich einen Wagen anhalten hören. Gott sei Dank, Thea, ihr seid es! Oh Dr. Berger?« Verblüfft sah sie ihn an.

»Am besten bringen wir Katja ins Wohnzimmer«, sagte Thea rasch. Sie wollte nun wirklich nicht, dass Georg Berger Katja auch noch die Treppe zu ihrem Zimmer hinaufhelfen musste. Sie vermied es, ihn anzusehen, aber seine Wut war fast körperlich spürbar.

Sie durchquerten die große Diele, und im Wohnzimmer setzte Georg Berger Katja ziemlich unsanft auf dem Sofa ab. »Ich warte im Wagen auf Sie«, sagte er knapp zu Thea.

»Ich komme gleich nach.« Thea half Katja, sich hinzulegen, und breitete eine Decke über sie.

»Thea … Katja ist offensichtlich betrunken! Was hat das alles zu bedeuten? Und warum war dein Chef bei euch?«

»Ich erklär es dir ein andermal. Ich kann Georg Berger nicht warten lassen. Er ist sehr wütend, und niemand ist in der Praxis. Und ich glaube, es wäre gut, wenn du einen Eimer holst. Es kann sein, dass sich Katja noch einmal übergibt.«

»Ich bleibe die Nacht über bei ihr. Und – danke, Thea.« Marlene lächelte schwach. »Ach, unsere dumme kleine Schwester.«

»Ich könnte ihr den Hals umdrehen und ihr den Hintern verhauen und …« Thea brach ab. Licht flammte in der Diele auf, und der Vater erschien im Türrahmen, einen Morgenmantel über seinem Schlafanzug, die Haare ganz wirr.

»Marlene, wer ist denn da eben gekommen? Werde ich in

der Klinik gebraucht?« Er stockte, und sein Blick fiel auf Katja, die wieder vor sich hin stöhnte. »Was ist mit ihr, ist sie krank?« Dann erst bemerkte er Thea. »Was machst du denn hier?«, fragte er verblüfft.

»Vater ...«, schaltete sich Marlene ein.

»Was ist mit Katja?« Der Vater blickte von Marlene zu Thea.

Als Katja ihren Namen hörte, riss sie die Augen auf. »Thea, danke ...«, lallte sie. »Vater, mit ... mit mir ist alles in Ordnung.« Sie würgte, und Thea dachte noch, o nein, nicht! – da beugte sie sich vor und übergab sich auf den Teppich.

»Katja!«, donnerte der Vater. Seine Miene war entsetzt und entgeistert.

Thea hatte plötzlich das Gefühl, sich selbst, die Schwestern und den Vater wie auf einer Theaterbühne zu sehen. Ein hysterisches Lachen stieg in ihr auf. Sie floh aus dem Wohnzimmer und rannte draußen die Stufen zur Straße hinunter. Dort öffnete sie die Beifahrertür des Wagens und ließ sich auf den Sitz gleiten.

»Dr. Berger, noch einmal vielen Dank, dass Sie zur Polizeiwache gekommen sind und mich und meine Schwester abgeholt haben.« Der Lachreiz war so plötzlich vergangen, wie er sie überkommen hatte. Thea war nur noch müde, und die Situation war ihr unendlich peinlich. »Und mir tut das alles sehr, sehr leid. Dass Sie mitten in der Nacht rausmussten und ...«

Er schnitt ihr das Wort ab. »Wo haben Sie den Opel stehen?«

»An der Rur, bei diesen heruntergekommenen Wirtshäusern.«

»Na wunderbar.« Georg Berger knurrte wieder gereizt und startete den Motor.

»Ich könnte ihn zurückfahren, wenn Sie mich schnell dort absetzen würden.«

»Nein, ich möchte die Praxis nicht noch länger allein lassen. Erfahrungsgemäß ereignen sich immer irgendwelche Unglücke, wenn gerade kein Arzt da ist.«

»Falls Sie jemanden beauftragen, den Wagen nach Monschau zu bringen, komme ich natürlich dafür auf.«

Georg Berger ignorierte ihren Vorschlag. »Ihrer Schwester hätte es wahrscheinlich ganz gutgetan, eine Nacht im Gefängnis zu verbringen. Vielleicht hätte es sie davon kuriert, sich wie ein unreifes, albernes Gör aufzuführen.«

»Ja, ich weiß, sie hat sich unmöglich verhalten. Aber sie ist jung, und sie möchte das Leben genießen, und eine Nacht im Gefängnis… Um Himmels willen, das würde in dieser Kleinstadt einen riesigen Skandal bedeuten.« Thea schlang die Arme um sich. Sie mochte sich überhaupt nicht vorstellen, wie ihr Vater darauf reagiert hätte.

»Na und? Man muss eben mit den Konsequenzen seines Verhaltens leben.«

»Ach ja? Gilt das auch für Sie?« Thea biss sich auf die Lippen, das war ihr wieder mal einfach herausgerutscht. Doch bei all ihrem Schuldbewusstsein wurde sie allmählich wütend. Georg Berger hatte ja recht. Und dennoch…

»Was wollen Sie damit sagen?« Die Schärfe in seiner Stimme war unüberhörbar.

»Ach, nichts…«

»Dann ist es ja gut.«

Wie arrogant und selbstgerecht er doch war! Thea sah plötzlich rot. »Darf ich Sie daran erinnern, dass ich auch Sie vor nicht allzu langer Zeit völlig betrunken im Schlösschen angetroffen habe?«, fragte sie eisig. »Wenn ich den Beamten des Gesundheitsamts nicht hingehalten hätte, hätten Sie ziemlich wahrscheinlich Ihre Kassenzulassung verloren.«

»So schlimm wäre es schon nicht gekommen.«

Sie fuhren jetzt die steile Straße nach Imgenbroich hinauf. Monschau lag unter ihnen. In manchen Häusern brannte bereits Licht.

»So hat sich der Beamte aber nicht angehört. Und mich haben Sie dann angeblafft und beschimpft, weil ich Lioba Fromme in ein Krankenhaus einweisen lassen wollte. Und Sie akzeptieren nicht mal, wie leid mir das alles tut. Aber wenn Sie an jenem Tag rechtzeitig in der Praxis erschienen wären und mich nicht hängen gelassen hätten, wäre es dazu wahrscheinlich überhaupt nicht gekommen.« Thea war am Ende ihrer Geduld. Das alles hatte schon die ganze Zeit in ihr gebrodelt, und sie schrie Georg Berger jetzt regelrecht an. »Und da ist noch etwas … Ich habe Ihnen an dem Nachmittag doch deutlich angesehen, dass Sie sich mal wieder völlig betrunken hatten. Vermutlich haben Sie morgens irgendwo Ihren Rausch ausgeschlafen. Aber meiner Schwester werfen Sie unreifes Verhalten vor? Und wenn ich schon dabei bin … Es tut mir wirklich leid, dass ich Sie und Frau Winter in Bad Neuenahr im Flur des Hotels gesehen habe. Ich wollte das nicht. Und es ist mir völlig egal, dass Sie mit ihr ein Verhältnis haben. Es interessiert mich kein bisschen. Und wenn Ihnen die ganze Situation so unangenehm ist, dann entlassen Sie mich doch! Aber ich habe es satt, seitdem ständig von Ihnen angefahren und noch unfreundlicher behandelt zu werden als vorher. Ich habe es wirklich satt.« Thea brach ab, sie fühlte sich plötzlich nur noch müde und ausgelaugt.

»Sind Sie jetzt fertig?« Georg Bergers Stimme klang sehr ruhig. Zu ruhig. Sein Blick war auf die Straße gerichtet, über die der Wind den Nieselregen in Schleiern aus dünnen Tropfen trieb. Öde und verlassen lag die Gegend da. Nur ganz in der Ferne waren noch die Scheinwerfer eines anderen Fahrzeugs zu sehen. Hatte diese Landschaft sie wirklich einmal begeistert?

»Ja, ich habe alles gesagt, was ich Ihnen eigentlich schon lange mal sagen wollte«, antwortete Thea knapp.

Georg Berger erwiderte nichts. Aber seine Miene war grimmig und angespannt. Auch in Eichenborn brannte jetzt schon in einigen Häusern Licht. Ein Bauer trat aus seinem Stall und hob grüßend die Hand, als er den alten Wagen erkannte. Auf der Straße zur Praxis rumpelte das Fahrzeug wie immer durch die Schlaglöcher. Dann, endlich, hatten sie die Wellblechgarage erreicht.

Georg Berger stellte den Motor ab und wandte sich Thea zu. »Für den Rest der Nacht sind Sie dran«, sagte er schroff.

»Ja natürlich.«

Georg Berger schlug die Wagentür zu und stapfte zum Schlösschen.

Thea machte sich auf den Weg zur Praxis. Entlassen war sie anscheinend noch nicht. Aber wie sollte es nur mit ihr und Georg Berger weitergehen?

Kapitel 25

Der Rest des Nachtdienstes verlief ereignislos. Gegen halb acht suchte Thea ihr Häuschen auf, um sich schnell zu waschen, frische Kleider anzuziehen und eine Kleinigkeit zu essen. Sie war wieder einfach nur froh, dass Georg Berger sich diesen Tag freigenommen hatte.

Doch gleich nachdem sie in die Praxis zurückgekehrt war, hörte sie Schwester Fidelis mit ihrem Moped knatternd vorfahren. Thea wappnete sich.

Das »Grüß Gott« der Schwester klang, wie immer Thea gegenüber, eher wie ein Fluch als wie ein frommer Wunsch. »Haben Sie meine Liste fertig?«, verlangte die Nonne ohne Umschweife von ihr zu wissen und streckte die Hand aus.

»Schwester, den Auftritt der sechs Frauen gestern Abend bei Doktor Berger, den habe ich Ihnen zu verdanken, nicht wahr?« Thea schaffte es, ihre Stimme kühl und beherrscht klingen zu lassen, obwohl sie so aufgewühlt war. »Ich verstehe nur nicht, weshalb Sie die Frauen vorgeschickt haben und nicht selbst mitgekommen sind, denn für feige halte ich Sie eigentlich nicht.«

Die Nonne starrte Thea ausdruckslos an.

»Oder hatten Sie zu große Sorge, es sich mit Dr. Berger zu verderben – denn Sie schätzen ihn doch aufrichtig, nicht wahr? Ihnen war doch sicher klar, dass er sich nicht erpressen lassen würde.«

»Vor Ihnen habe ich jedenfalls keine Angst.« Die Augen der Nonne leuchteten höhnisch auf. »Mit Ihnen stimmt doch was nicht. Da bin ich mir ganz sicher. Sie sind die Tochter von Professor Kampen, und Sie lassen sich nie im Krankenhaus blicken. Nur an Ihrem ersten Tag in der Praxis waren Sie mal mit Dr. Berger dort. Und bei der Feier zum einundzwanzigsten Geburtstag Ihrer Schwester im Hotel Ritter waren Sie auch nicht.«

»Woher wollen Sie das wissen?« Thea war perplex.

»Ich hab den Besitzer zur Welt gebracht.« Schwester Fidelis schob das Kinn vor. »Wir hier in der Gegend halten zusammen. Er hat mir davon erzählt. Ihr Vater, Ihre beiden Schwestern und Ihre Nichte und der Neffe haben dort gefeiert. Champagner gab's und feines Essen und eine Eistorte zum Nachtisch. Aber Sie waren nicht dabei! Und das hat bestimmt nichts damit zu tun, dass Sie an dem Abend Bereitschaftsdienst hatten, da bin ich mir ganz sicher. Ich geh auch jede Wette ein, dass bei Ihrem Weggang aus Hamburg etwas nicht koscher war. Das bekomme ich noch raus, da können Sie sicher sein.«

Thea hob die Stimme: »Sie sollten jetzt gehen!«

Schwester Fidelis bedachte sie noch mit einem verächtlichen Blick, dann marschierte aus dem Raum, und Thea ließ den Kopf in die Hände sinken. Sie hatte Georg Berger immer noch nicht erzählt, dass man ihr gekündigt hatte. Aber kam es jetzt darauf überhaupt noch an? Schon lange hatte sie sich nicht mehr so mutlos gefühlt.

Gegen zehn Uhr erschien ein Mann in einem Arbeitsoverall in der Praxis, der Thea mitteilte, dass er den Opel in der Wellblechgarage abgestellt habe. Georg Berger hatte dies also veranlasst. Wenig später hörte sie ihren Chef wegfahren. Das Tönen der Kirchenglocke markierte das Fortschreiten des Samstags – das Mittagsgeläut, das Drei-Uhr-Läuten am Nachmittag, das den Sonntag ankündigte. Einige Patienten kamen mit kleineren Problemen in die Praxis, zweimal wurde Thea zu Kranken gerufen. Der Nieselregen verwandelte sich im Laufe des Tages in heftigen Regen, der schließlich in einen dicken Nebel überging. Ein Wetter, wie es eher dem Herbst und nicht dem Mai entsprochen hätte.

Kurz nach sieben hörte Thea den röhrenden Motor des Fords, und gleich darauf gingen die Lichter im Schlösschen an. Thea wartete, dass ihr Chef in die Praxis kommen und sich erkundigen würde, was während des Bereitschaftsdienstes vorgefallen war. So handhabte er es eigentlich immer. Doch auch nach einer halben Stunde war er noch nicht erschienen. Es gab nur eine Erklärung: Er wollte sie offensichtlich noch nicht einmal mehr aus beruflichen Gründen sehen. Am Morgen hatte er sie also nur deshalb nicht entlassen, weil er während seiner Abwesenheit die Praxis nicht unbesetzt lassen konnte. Wie hatte sie nach ihrem Ausbruch ihm gegenüber auch auf etwas anderes hoffen können?

Thea schrieb ihm auf, was sich im Laufe des Tages ereignet hatte, und legte ihm die Nachricht auf den Schreibtisch. Die würde er immerhin vorfinden, wenn sein Nachtdienst begann. Dann verließ sie die Praxis.

In ihrem Häuschen zog sich Thea eine Hose, eine dicke Jacke und ihre Wanderschuhe an. Sie musste einfach nach draußen, sich bewegen. Sich abreagieren, nicht mehr denken … Nach einem kurzen Abstecher zum Schuppen, wo sie die Lebensmittelvorräte in der Kiste auffüllte, lief sie zum Moor. Der Nebel war inzwischen so dicht, dass die Sichtweite höchstens fünfzig Meter betrug. Die feuchtkalte Luft schlug Thea ins Gesicht, legte sich auf ihre Wangen.

Die meisten alteingesessenen Dörfler lehnten sie ab, ja, einige Frauen wollten sie sogar aus dem Ort vertreiben. Schwester Fidelis hasste sie. Und Georg Berger ... Wie hatte sie sich nur zu diesem Ausbruch hinreißen lassen können?

Wenn sie ehrlich zu sich war, lag es nicht daran, dass sie sich von ihm ungerecht behandelt fühlte oder dass er sich über Katja so herablassend geäußert hatte. Nein, es war die Enttäuschung, weil sie nach jenem Abend, als sie ihm die ausgekugelte Schulter eingerenkt hatte, und nach der gemeinsamen Motorradfahrt gehofft hatte, dass sie ein freundschaftliches Verhältnis entwickeln könnten.

Und nun würde sie zum zweiten Mal innerhalb weniger Monate ihre Stelle verlieren. Und das zu Recht. Auch bei aller Abneigung, die ihr Vater gegenüber Georg Berger hegte, würde er ihm hier sicher zustimmen. Man schrie einen vorgesetzten Arzt nicht an und brachte auch noch sein Privatleben zur Sprache!

Seltsam verzerrte Laute erklangen jetzt in der Ferne aus dem Moor. Ein mehrfaches Knallen und ein Aufheulen, wie von Motoren. Aber Thea nahm nur das Geräusch ihrer Schritte auf dem weichen Untergrund wirklich wahr. Sie war gescheitert. Gescheitert, gescheitert ... Ihre Schritte waren wie ein Echo für ihr Versagen. Sie würde niemals ihren Traum, Gynäkologin zu werden, verwirklichen können. Ja, vielleicht würde sie noch nicht einmal mehr Arbeit als Ärztin finden.

Tränen schossen ihr in die Augen, halb blind wischte sie sie weg. Da raste plötzlich ein Motorrad aus dem Nebel direkt auf sie zu. Sie schrie auf und sprang zur Seite. Das Motorrad, eine schwere, ehemalige Maschine der Wehrmacht, wie an der militärgrünen Farbe zu erkennen war, beschrieb einen Schlenker um sie herum und geriet auf dem matschigen Untergrund ins Schlittern. Der Fahrer versuchte, es abzufangen, rutschte etliche Meter weit und stürzte dann doch zu Boden.

»Sind Sie verrückt geworden, so durch den Nebel zu rasen?« Thea rannte zu ihm, vielleicht war er ja verletzt.

Stöhnend und fluchend stand er auf und stemmte das Motorrad hoch.

»He, Sie!« Thea packte ihn am Arm. »Ich rede mit Ihnen.«

Der Fahrer schüttelte sie ab, hielt dann jedoch inne. »Ich kenn Sie doch, Sie sind doch die Frau Doktor.« Er nahm die Motorradbrille ab. Ein bleiches, verschwitztes, ziemlich junges Gesicht kam darunter hervor.

»Ja, allerdings, die bin ich.« Thea konnte sich nicht erinnern, den Mann jemals gesehen zu haben. Aber vielleicht war er ja auf der Kirmes gewesen oder ihr bei einer anderen Gelegenheit begegnet.

»Sie müssen mich zu 'nem Verletzten begleiten! Er liegt in 'nem Schuppen im Moor.«

Theas seit langen Jahren einstudierten beruflichen Reflexe griffen, und ihre eigenen Sorgen traten in den Hintergrund. »Ich habe meine Arzttasche nicht bei mir, können Sie mich schnell zur Praxis fahren?«

»Das geht nicht! Es muss sofort sein. Bitte, kommen Sie mit!«, flehte der junge Mann, erkennbar verzweifelt. »Er ... er verblutet sonst.«

»In Ordnung.« Thea ließ sich hinter ihm auf dem Motorrad nieder. Dann musste sie eben improvisieren.

Die Fahrt führte über holprige Wege und Pfade, durch tiefe Pfützen und schmale Bachläufe. Einige Male wären sie auf dem glitschigen Untergrund fast gestürzt. Wasser spritzte Thea ins Gesicht, und Zweige streiften ihre Wangen. Die merkwürdigen Geräusche vorhin ... Ob das Schüsse gewesen waren und der Fahrer und der Verletzte zu Schmugglern gehörten, die von der Polizei überrascht wurden?

Thea hatte keinerlei Zeitgefühl mehr und auch gänzlich die Orientierung verloren, als eine Art Feldschuppen vor ihnen aus dem Nebel auftauchte. Während der Fahrer das Motorrad abstellte, nahm Thea in der Umgebung flüchtig ein paar Birken und Nadelbäume sowie Büsche wahr. Dazwischen stand ein Fahrzeug, das einen militärischen Eindruck machte. Vielleicht ein Jeep.

Jetzt hatte der Motorradfahrer die Tür des Schuppens aufgerissen, und Thea folgte ihm nach drinnen. Unter einem Fenster lag ein Mann. »Da bist du ja, Heiner ...«

Die Stimme war Thea vertraut, und nun, als der Mann sich ein wenig aufrichtete und das fahle Licht auf sein Gesicht fiel, erkannte sie ihn – es war Axel Heimbach.

»Ich bin der Ärztin im Venn begegnet und hab sie mitgebracht.« Der junge Mann deutete auf Thea.

»Oh, Frau Dr. Graven ...« Die Andeutung eines Lächelns huschte über Axel Heimbachs Gesicht. »Ich ... es gab einen Zusammenstoß mit der Polizei. Und ... mich hat es ganz schön erwischt.«

»Sie gehören zu den Schmugglern, nicht wahr?« Thea kniete sich neben ihn und knöpfte sein Hemd auf. An zwei Stellen war er notdürftig verbunden, und der Boden unter ihm war feucht von Blut.

»Ja ...«

Vorsichtig entfernte sie die aus Taschentüchern und Hemdstreifen gefertigten Verbände. Eine Kugel hatte Axel Heimbachs Seite durchschlagen, eine zweite steckte vorn in seiner Schulter.

»Sie müssen in ein Krankenhaus. Ganz abgesehen davon, dass ich keinerlei medizinische Instrumente und kein Desinfektionsmittel bei mir habe, wäre es viel zu gefährlich, die Kugel in Ihrer Schulter hier zu entfernen«, erklärte sie bestimmt.

»Nein, das geht nicht.«

»Es gibt die ärztliche Schweigepflicht. Mein Vater hält sich unbedingt daran. Schusswunden müssen nicht gemeldet werden.«

»Die Polizei und die Zöllner ahnen oder wissen, dass sie jemanden von uns angeschossen haben. Bestimmt beobachten sie das Krankenhaus. Und jemand von den Schwestern oder sonst wer vom Personal redet bestimmt.« Axel Heimbachs zuvor matte Stimme war laut und drängend geworden. Er vollführte eine heftige Handbewegung und verzog sofort vor Schmerzen das Gesicht.

»Die Kugel steckt ganz nahe bei der Arterie. Möglicherweise hat sie die Arterie auch verletzt und verschließt sie wie eine Art Pfropf. Wenn sie entfernt wird, muss die Ader sofort abgeklemmt und genäht werden. Sonst verbluten Sie.«

»Könnten Sie mich denn operieren, wenn Sie Ihre Instrumente hätten?«

»Nein«, erwiderte Thea entschieden. »Das traue ich mir nicht zu.« Die Erinnerung an die missglückte Operation in Hamburg ließ sie schaudern.

»Ich gehe nicht ins Krankenhaus.« Axel Heimbach versuchte aufzustehen.

»Mein Gott, bleiben Sie liegen!«, herrschte Thea ihn an. Ihre Gedanken rasten. Sie drehte sich zu dem Motorradfahrer um. »Können Sie Dr. Berger über den Vorfall informieren und hierherholen?« So geschickt, wie er die Hernie jener armen, verstörten Frau operiert hatte, war er sicher auch dazu in der Lage, die Kugel zu entfernen.

Der Mann wechselte einen Blick mit Axel Heimbach. Dieser nickte. »Versuch es. Dr. Berger wird uns nicht verraten.«

»Geben Sie mir Ihr Hemd«, sagte Thea rasch. Der junge Mann zog es aus.

Während sich das Motorrad entfernte und immer leiser wurde, riss sie das Hemd in Streifen und verband damit die Schusswunden. Bei der in der Schulter achtete sie darauf, dass der Verband die Kugel fixierte.

Axel Heimbach hatte wirklich schon viel Blut verloren, vielleicht würde eine Transfusion nötig sein. Sie selbst hatte Blutgruppe Null, die allgemeinverträglich war, und konnte ihm spenden, falls er nicht …

»Herr Heimbach!« Er hatte die Augen geschlossen, und Thea berührte ihn behutsam an der Schulter. »Hatten Sie schon einmal eine Bluttransfusion?«

Seine Lider flatterten, und er sah sie an. »Nein …«

»Das ist gut.« In diesem Fall hatte er noch keine Antikörper gegen Spenderblut entwickelt, und eine Transfusion würde unbedenklich sein.

»Überlegen Sie etwa, mir Ihr Blut zu spenden?« Ein schiefes Lächeln erschien auf seinem Gesicht. »Ihr Blut würde ich gern nehmen.«

»Ach, seien Sie still!« Doch auch Thea musste lächeln. »Ich hoffe, dass eine Transfusion nicht nötig sein wird.«

»Wenigstens treffe ich Sie jetzt doch noch an Pfingsten. Auch wenn ich mir das anders vorgestellt hatte.« Axel Heimbachs Stimme war nur noch ein Flüstern, und er schloss erschöpft die Augen.

Hoffentlich kam Georg Berger bald!

Es war fast schon dunkel, als endlich das Motorrad zu hören war. Zusammen mit dem Fahrer betrat Georg Berger den Schuppen – natürlich, er hatte nicht mit dem Ford bis mitten ins Moor fahren können.

Axel Heimbach hatte die ganze Zeit gedöst, nun hob er die Lider. »Hat ja lange gedauert, Heiner«, murmelte er.

»Überall waren Straßensperren, die Polizei hat nach uns gesucht, und ich musste große Umwege machen.« Die Stimme des jungen Mannes war ganz schrill vor Aufregung.

Georg Berger bedachte Thea mit einem knappen Nicken. Dann knipste er eine Taschenlampe an. Er ging neben Axel Heimbach in die Hocke und fühlte ihm den Puls. »Sie verdammter Idiot!«, fuhr er ihn an. »Es war ja klar, dass das früher oder später einmal so enden würde.«

Also wusste auch er über den Schmuggel Bescheid! Anscheinend war weit und breit nur sie – Thea – ahnungslos gewesen.

»Predigen können Sie mir später, Berger. Jetzt entfernen Sie schon die verdammte Kugel.«

»Ich halte es für nicht ausgeschlossen, dass sie die Schulterarterie verletzt hat«, mischte Thea sich ein.

»Dann muss sie in einem Krankenhaus herausoperiert werden.«

»Ich kann keine Klinik aufsuchen!« Axel Heimbachs Stimme überschlug sich. »Sie müssen das hier machen!«

»Wenn ich Sie hier, in diesem Loch, bei Taschenlampen-schein operiere, werden Sie mir wahrscheinlich unter den Händen wegsterben. Soll ich dann Ihren Leichnam in einem Moortümpel verschwinden lassen? Oder wie stellen Sie sich das vor?«

»Sie sind mir was schuldig, Berger!« Axel Heimbach sah Georg Berger zornig an. »Das wissen Sie ganz genau. Mein Leben für das Ihres Freundes.«

Was meinte er damit? Anscheinend kannten sich die bei-den Männer nicht nur flüchtig, wie Thea eigentlich ver-mutet hatte.

Georg Berger erwiderte ruhig Axel Heimbachs Blick und schüttelte den Kopf. »Ich bin es Ihnen schuldig, dass Sie am Leben bleiben. Sie haben den Schmuggel in großem Stil betrieben. Dann tragen Sie, verdammt noch mal, auch die Konsequenzen und gehen ins Gefängnis!«

»Es geht doch nicht nur um mich. Da läuft eine richtig große Sache. Ein paar Tonnen Kaffee, die nächste Woche in Militärfahrzeugen über die Grenze geschafft werden. Mein Kontaktmann ist ein belgischer Offizier. Der verhandelt nur mit mir. Wenn ich festgenommen werde, platzt das Ge-schäft. Mein Gott, Berger, das halbe Dorf ist auf die eine oder andere Weise darin involviert. Das wissen Sie doch ganz genau. Wollen Sie, dass die alle Hunderte von Mark verlieren? Für viele bedeutet das endlich mal wieder eine gewisse Sicherheit. Die können ihre Häuser reparieren las-sen oder sich 'nen Traktor anschaffen und mehr Vieh …«

»Ach, hören Sie doch auf! Ihnen geht es doch in erster Linie um Ihren eigenen Profit!«

»Natürlich geht es mir auch darum.« Axel Heimbach stieß ein mühsames, keuchendes Lachen aus. »Die meisten alten Nazis sitzen wieder auf irgendwelchen hohen Posten und haben sich ihr Stück vom Kuchen gesichert, nachdem sie das Land in Schutt und Asche gelegt haben. Warum soll ich dann nicht auch für mich sorgen? Aber die Leute im Dorf haben auch viel davon.«

Georg Berger schwieg. Theas Verstand sagte ihr, dass Axel Heimbach in ein Krankenhaus gehörte. Aber ihr Herz neigte sich seinen Argumenten zu.

»Berger«, Axel Heimbach packte ihn am Arm, »ich will es so, ich hab immer mit hohem Einsatz gespielt. Und jetzt ist der Einsatz mein Leben.«

»Gut, ich mache es«, sagte Georg Berger schließlich. »Unter zwei Bedingungen. Wir müssen Sie zu mir bringen. Hier zu operieren wäre vorsätzlicher Mord. Und …« Er sah Thea an. »Ich brauche Ihre Hilfe.«

Sie wusste, dass er sich und seine Möglichkeiten realistisch einschätzte und sie ihm vertrauen konnte. »Ich assistiere Ihnen. Ich habe im Übrigen Blutgruppe Null, und Herr Heimbach hatte noch keine Transfusion, also könnte ich ihm Blut spenden, falls das nötig werden sollte.«

»Danke«, stöhnte Axel Heimbach.

»Sie sollten uns erst danken, wenn Sie diese Geschichte überlebt haben«, erwiderte Georg Berger trocken. »Und jetzt müssen wir Sie zunächst zu meinem Wagen schaffen. Funktioniert der Jeep vor dem Schuppen?«

Heiner, der bisher zu allem geschwiegen hatte, nickte. »Ich fahr Sie, Herr Doktor.«

Die Fahrt durch den Nebel und die Dunkelheit sollte Thea immer als seltsam unwirklich in Erinnerung bleiben. Die feuchte Luft reflektierte das Scheinwerferlicht, und es kam ihr vor, als ob sie sich in einem weißlich glitzernden Kokon vorwärtsbewegten. Schemenhaft tauchten Bäume und Büsche vor und neben ihnen auf, sie verschwanden, und andere nahmen ihren Platz ein. Wenn sie nicht die Erschütterungen gespürt hätte, sobald sich der Jeep über dicke Wurzeln und durch Gräben kämpfte, hätte sie sich, müde, wie sie war, allmählich gefragt, ob sie überhaupt vom Fleck kamen.

Sie saß mit Axel Heimbach auf dem Rücksitz, sein Kopf war auf ihre Schulter gesunken, und sie versuchte, ihn zu stützen, damit er möglichst wenig bewegt wurde und die Kugel in seiner Schulter an ihrem Platz blieb. Georg Berger, vorn neben dem Fahrer, hatte sich eine Zigarette angesteckt. Ihr Vater hätte die geplante Operation für unverantwortlich gehalten. Auch Thea war sich darüber im Klaren, dass sie unter diesen besonderen Bedingungen riskant war, dennoch hatte sie nach wie vor ein tiefes Vertrauen zu Georg Berger.

Endlich fiel das Scheinwerferlicht auf einen Wagen – den alten Ford, der am Rand eines Waldwegs geparkt war.

»Da wären wir.« Vorsichtig half Georg Berger Axel Heimbach aus dem Jeep und führte ihn zu seinem Auto. »Tut mir leid, aber Sie müssen sich in den Kofferraum legen.«

Unterstützt von Georg Berger kletterte Axel Heimbach hinein. Sein Gesicht war sehr blass, und Schweiß perlte auf seiner Stirn.

»Viel Glück, Herr Doktor, Frau Doktor.« Ihr Fahrer hob die Hand und startete den Jeep.

Ja, Glück werden wir brauchen, dachte Thea, während sie neben ihrem Chef Platz nahm.

Er wendete und fuhr den holprigen Waldweg langsam entlang. Auch auf der Landstraße fuhr er entgegen seiner üblichen halsbrecherischen Geschwindigkeit sehr vorsichtig, wohl um zu vermeiden, dass Axel Heimbach im Kofferraum durchgeschüttelt wurde. Jetzt erkannte Thea auch, wo sich befanden – etwa zehn Kilometer von Eichenborn entfernt. Über dem Hohen Venn hing noch der Nebel, über der Eifel hatte er sich gelichtet, und die Berge hoben sich ganz klar umrissen von dem Nachthimmel ab. Da und dort schien ein einsames Licht durch die Dunkelheit.

»Verdammt!« Georg Berger fluchte, und jetzt sah auch sie die Straßensperre. Er hielt an, griff in seine Jacke.

»Ihre Papiere, bitte.« Ein Polizist beugte sich zum Fenster auf der Fahrerseite hinunter.

»Ich bin Arzt, Dr. Berger aus Eichenborn, und komme mit meiner Mitarbeiterin von einem Patienten.« Georg Berger zeigte ihm den Ausweis.

Der Polizist studierte ihn. »Gut, Sie können passieren«, sagte er dann. Thea wurde es ganz flau vor Erleichterung.

»Das war's jetzt hoffentlich mit den Kontrollen«, knurrte ihr Chef, als sie die Sperre hinter sich gelassen hatten. Und tatsächlich erreichten sie das Dorf, ohne noch einmal angehalten zu werden.

Zu Theas Überraschung stoppte er jedoch nicht vor der Praxis, sondern fuhr weiter in Richtung der Wellblechgarage.

»Aber …«, begann sie.

Er schüttelte den Kopf. »Die meisten Dörfler sind in den Schmuggel involviert, aber nicht alle. Heimbach in die Praxis zu bringen ist mir zu riskant. Jemand könnte das sehen. Weiter hinten am Bach gibt es einen Steg. Ich schaffe Heimbach von dort in den Garten. Holen Sie alles, was für die Operation nötig ist, aus meinem Sprechzimmer, und dann

gehen Sie ins Schlösschen und schließen Sie die Fensterläden in der Küche.«

»Sie wollen auf dem Tisch operieren?«

»Na ja, er hat zumindest die passenden Maße. Das ist der
Schlüssel zum Schlösschen.« Georg Berger reichte Thea seinen Schlüsselbund, und sie rannte los.

Kapitel 26

In der dunklen Halle des Schlösschens hallten Theas Schritte sehr laut wider. Riesig erstreckte sich die Küche vor ihr. Sie klappte die Läden zu. Erst dann wagte sie es, das elektrische Licht einzuschalten. Rasch desinfizierte sie den Küchentisch und ordnete die medizinischen Instrumente in sterilen Metallschalen an. Als sie die Tür zum Garten öffnete, kamen Georg Berger und Axel Heimbach unter den Bäumen auf sie zu. Ihr Chef hatte sich den rechten Arm des Verwundeten um die Schulter gelegt und stützte ihn. Dieser schwankte, er schien halb ohnmächtig zu sein. Gemeinsam betteten sie ihn auf den alten Holztisch. Der Verband an seiner Schulter war blutdurchtränkt.

Thea erschrak. »Er braucht eine Transfusion.«

»Darüber bin ich mir im Klaren! Ich habe auch Blutgruppe Null. Ich mache das.« Georg Berger holte eine Jubé-Spritze aus seiner Arzttasche, einen Schlauch mit zwei Injektionsnadeln an jedem Ende und einer kleinen Pumpe in der Mitte, und band Heimbachs Unterarm mit dem Venenstauband ab.

»Jetzt binden Sie schon meinen Unterarm ab und stechen Sie mir die verdammte Nadel in die Vene! Und dann stillen Sie die Blutung an seiner Schulter.«

Georg Bergers ruppiger Tonfall und sein Fluchen halfen Thea, ihr Gleichgewicht wiederzufinden.

Während das Blut ihres Chefs in Axel Heimbachs Körper strömte, stillte Thea die Blutung an der Wunde, und allmählich normalisierte sich sein Puls. Als Georg Berger die Jubé-Spritze abnahm, flackerten Axel Heimbachs Augenlider.

»Ich muss morgen früh zu ... zu Hause sein. Sonst schöpft die Polizei Verdacht«, stöhnte er.

»Das ist jetzt wirklich unsere geringste Sorge!«, fuhr Georg Berger ihn an. Er legte die Chloroformmaske auf sein Gesicht und gab einige Tropfen des Betäubungsmittels darauf. Dann, nachdem Heimbach das Bewusstsein verloren hatte, der Bereich um die Schusswunde desinfiziert war und auch Thea und er ihre Hände desinfiziert und Gummihandschuhe übergestreift hatten, griff er nach dem Skalpell und vollführte einen Schnitt unterhalb des Schlüsselbeins.

Wieder, wie bei der Operation der Hernie, arbeiteten Thea und er so eingespielt zusammen, als ob sie dies schon oft getan hätten. Und wieder war sich Thea ganz sicher, dass ihr Chef genau wusste, was er tat. Nach einer guten Stunde war die Schulterwunde operiert und genäht – die Kugel hatte die Arterie tatsächlich verletzt –, und auch die Schusswunde an Axel Heimbachs Seite hatten sie gereinigt und versorgt.

Schließlich streifte Georg Berger seine Handschuhe ab und räumte das Operationsbesteck beiseite. Er überprüfte Axel Heimbachs Puls und seine Atmung. »Er wird noch eine Weile schlafen«, sagte er dann. »Kommen Sie mal mit, ich habe etwas mit Ihnen zu bereden.« Er stieß die Tür zum angrenzenden Wohnzimmer auf.

Würde er ihr jetzt sagen, dass sie entlassen war? Thea folgte ihm beklommen und ließ sich auf dem durchgesessenen Sofa nieder. Erneut hatte sie das Gefühl, dass die ganze Situation unwirklich war. Axel Heimbach, der frisch operiert auf dem massiven Küchentisch lag, dieses Zimmer mit dem Punchingball, der von der Decke hing, und ihr Chef, der sich in einem Sessel ihr gegenüber niederließ, die Hemdsärmel hochgekrempelt, Blutspritzer auf den Unterarmen und auf dem Stoff. Die dunklen Haare hingen ihm ins müde Gesicht. Mit einer ungeduldigen Bewegung strich er sie zurück.

»Wenn man mal davon absieht, dass Sie so Ihre Fehler haben – wozu unter anderem gehört, dass Sie dazu neigen, sich um Dinge zu kümmern, die Sie nichts angehen –, sind Sie eine gute Ärztin. Wenn Sie wollen, können Sie einen unbefristeten Vertrag haben.«

»Was?« Thea war völlig überrumpelt. Hatte sie sich gerade verhört? Verwirrt sah sie Georg Berger an.

»Sie wirken nicht sehr begeistert von meinem Angebot.«

»Nein ... Doch! Ich ... ich dachte Sie würden mich entlassen, nach dem, was ich Ihnen alles an den Kopf geworfen habe. Oder zumindest den Vertrag nicht verlängern.«

»Es ist mir zu aufwendig, schon wieder nach einem Mitarbeiter zu suchen.«

»Oh ...«

»Nein, ich halte schon was aus.« Flackerte da tatsächlich die Andeutung eines Lächelns in seinen Augen auf? »Und? wollen Sie die Stelle jetzt haben, oder nicht?« Seine Stimme klang wieder barsch.

»Ich ... Ja natürlich, unbedingt!« Jähe, überwältigende Freude stieg in Thea auf, nur um sich im nächsten Moment zu einem kalten Klumpen in ihrem Magen zu verwandeln. »Es gibt aber etwas, was ich Ihnen noch nicht gesagt habe.

An meinem ersten Arbeitstag, bei der Rückfahrt vom Monschauer Krankenhaus nach Eichenborn, war ich Ihnen gegenüber nicht ehrlich. Ich habe in Hamburg nicht selbst gekündigt, weil mein Chefarzt in der Chirurgie einen ärztlichen Kunstfehler begangen hatte. Man hat mir gekündigt, weil ich ihn bei der Staatsanwaltschaft deswegen angezeigt habe. Ich wollte es Ihnen schon längst sagen, und ich bedaure wirklich zutiefst, dass ich es nicht getan habe. Aber nach dem Streit mit meinem Vater konnte ich es Ihnen einfach nicht anvertrauen. Es war mir alles so entsetzlich peinlich! Und später ... Als ich Ihnen die Schulter eingerenkt habe, hatte ich Angst, mit meinem Geständnis den freundschaftlichen Moment zwischen uns zu zerstören. Aber ich hatte fest vor, es Ihnen zu sagen, sobald Sie mir einen festen Vertrag anbieten würden. Das schwöre ich Ihnen!«

Besorgt forschte Thea in Georg Bergers Miene. Würde er ihr diese Unwahrheit verzeihen?

Er zuckte mit den Schultern. »Ich weiß ohnehin schon lange, dass man Ihnen gekündigt hat.«

»Aber ...« Jetzt hatte er sie schon wieder überrascht.

»Na ja, wofür halten Sie mich eigentlich? Sie tauchen in meiner Praxis auf und tauschen eine Stelle an einem renommierten Universitätskrankenhaus in einer Großstadt gegen eine hier im Nirgendwo ein. Die zudem nicht Ihrem eigentlichen Berufswunsch Gynäkologie entspricht. Und dann erfahre ich am nächsten Tag, dass Ihre Begründung, unbedingt Ihrer Familie nahe sein zu wollen, zumindest dubios wirkt. Denn das Verhältnis zu Ihrem Vater ist ja nicht gerade innig. Natürlich greife ich da zum Telefon und rufe in Hamburg an und erkundige mich nach Ihnen.«

Und sie hatte angenommen, ihm sei alles gleichgültig,

und er würde die Sache deshalb auf sich beruhen lassen!
»Und was hat man Ihnen von Seiten der Klinikleitung gesagt?«

»Dass Sie einen Chefarzt verleumdet hätten und man Ihnen deshalb gekündigt hätte.«

»Sie haben das aber nicht geglaubt?« Theas Herz klopfte wie wild. Sie hatte so oft zu hören bekommen, dass sie Professor Arnhem zu Unrecht beschuldigt habe und völlig verrückt gewesen sei anzunehmen, er könne einen Fehler begangen haben, dass sie nicht mehr damit rechnete, jemand könne dies anders sehen.

»Mir erschien das alles nicht sehr logisch. Warum sollten Sie Ihre ärztliche Laufbahn ruinieren und einen Chefarzt grundlos diskreditieren? Und bei jener Geburt in dem Eisenbahnwaggon habe ich bemerkt, dass Sie mit ganzem Herzen Ärztin sind. Später dann, als ich Sie näher kennenlernte, habe ich immer wieder erlebt, dass Sie kein Blatt vor den Mund nehmen. Und jemanden hinterhältig zu beschuldigen, so etwas passt nicht zu Ihnen.«

Thea starrte Georg Berger an. Er hatte das ganz nüchtern konstatiert, aber es war seit Langem das Schönste, was jemand zu ihr gesagt hatte.

»Das heißt, Sie glauben mir also, dass Professor Arnhem wirklich einen ärztlichen Kunstfehler begangen hat und ich das nicht erfunden habe?«

»Ja, ich glaube Ihnen, und ich finde es sehr mutig, dass Sie ihn angezeigt haben. Kaum jemand hätte so etwas gewagt.« Georg Bergers Blick war warm und offen und eindringlich.

Er war der Erste, der sie nicht für ihr Handeln verurteilte und der sie verstand. Thea wurde plötzlich die Kehle eng. Einige Momente lang saßen sie schweigend da. Draußen war es bis auf den Ruf eines Käuzchens still. Mitternacht war nun wohl schon lange vorbei.

Georg Berger beugte sich vor. »Also, Sie nehmen die Stelle an? Noch einmal frage ich Sie das nämlich nicht.«

Thea räusperte sich. »Ja, und das sehr, sehr gern.« Hoffentlich sah ihr Georg Berger nicht an, dass sie nahe daran war, in Tränen auszubrechen.

»Schön, dann wäre das also endlich abgemacht.« Er stand auf, ging zu einem Schrank und öffnete ihn. »Dann sollten wir auf Ihren unbefristeten Vertrag anstoßen.« Er nahm eine Flasche und zwei Gläser heraus. Thea konnte noch immer kaum fassen, wie sich alles entwickelt hatte. Aber sie war einfach glücklich darüber.

Eine bernsteinfarbene Flüssigkeit ergoss sich in das Glas vor ihr. Sie schreckte auf, begriff. »Aber ... sind Sie von allen guten Geistern verlassen? Nach Ihrer Blutspende können Sie doch keinen Alkohol trinken!«, protestierte sie.

»Ich brauche jetzt einen Whisky. Entweder Sie trinken einen mit mir oder Sie lassen es bleiben. Aber das wäre gar kein guter Start in unsere weitere Zusammenarbeit.« Er grinste sie an, sein Gesicht wirkte jetzt jung und verschmitzt.

»Gut, aber wirklich nur ein wenig«, gab sie nach. Sie mochte sich jetzt nicht ihm streiten. »Wenig für uns beide«, fügte sie streng hinzu, um ihrem ärztlichen Gewissen wenigstens einigermaßen gerecht zu werden.

Georg Berger seufzte und beließ es bei einem Fingerbreit in den Gläsern.

»Auf unsere Zusammenarbeit!«

»Ja, auf unsere Zusammenarbeit!« Sie stießen miteinander an. Der Whisky brannte in Theas Mund und wurde dann weich und mild, als sie ihn hinunterschluckte.

Das Licht der Stehlampe spiegelte sich auf dem glatten Leder des Punchingballs und auf den Plattenhüllen in dem Regal. Die hohe stuckverzierte Decke war nur zu erahnen, und die Welt draußen, hinter den Fenstertüren, war weit weg. Aber Thea fühlte sich in diesem Raum und in dieser Blase aus Licht seltsam geborgen – und wohl in der Gegenwart Georg Bergers. Seit dieser Nacht hatte er sich irgendwie verändert, das begriff sie jetzt. Er wirkte gelöst und im Reinen mit sich, ja beinahe froh.

Für einige Augenblicke schien er in Gedanken versunken gewesen zu sein, nun wandte er sich ihr wieder zu. »Über die eine Sache, bei der Sie es mit der Wahrheit nicht so ganz genau genommen haben, haben wir jetzt ja gesprochen. Aber warum haben Sie mich eigentlich in Bezug auf Jupp Vogten belogen? Denn er hat Ihnen doch etwas angetan. Sonst hätten Sie ihn schließlich nicht mit einem Venenstauband am Bettpfosten festgebunden.«

»Woher wissen Sie …?« Thea verschluckte sich fast an dem Whisky.

»Ich fand ihn so vor. Den Rest konnte ich mir zusammenreimen.«

»Aber ich hatte dem Knecht Bescheid gesagt, er sollte ihn befreien!«

»Ich schätze, er mag Jupp Vogten auch nicht besonders. Also, was ist mit ihm vorgefallen?«

Thea blickte zu Boden. »Er … er hat mich begrapscht und mich geküsst. Und ich konnte das nicht einfach so hinnehmen. Sonst hätte mich das immer verfolgt.«

»Dieser alte Bastard! Ich mache Ihnen keinen Vorwurf. Aber warum haben Sie mir das nicht erzählt?« Seine Stimme klang mitfühlend, nicht schroff, eher so, als ob er den

Grund wirklich wissen wollte. Und wieder sah er sie eindringlich an.

»Ich habe mich so gedemütigt gefühlt. Und Sie waren seit unserem Zusammentreffen in Bad Neuenahr so unfreundlich und haben mich immer nur angeschnauzt.«

Erneut füllte Stille den Raum. Georg Berger schaute vor sich hin. Seine Miene hatte sich verschattet. »Ich schätze, ich muss mich bei Ihnen entschuldigen«, sagte er schließlich. »Ich stand wohl in der letzten Zeit ziemlich neben mir. Etwas hat mich stark beschäftigt.« Er stockte kurz. »Nun ja, Sie wissen ja ohnehin von Frau Winter, Melanie, und mir. Und ... Nun, warum soll ich es Ihnen verschweigen? Es ist zu Ende. Ich ... Ich habe es beendet.«

Thea wagte kaum zu atmen. Ob er sich heute – oder gestern, es war ja schon spät in der Nacht – mit Melanie Winter getroffen und die Beziehung beendet hatte? Ja, wahrscheinlich. Georg Berger war sonst immer so zurückhaltend, was sein Privatleben betraf. Es war ihm sicher nicht leichtgefallen, ihr davon zu erzählen. Sie war berührt und bewegt.

Sein Blick wanderte zu den Fenstertüren, hinter denen der dunkle Garten lag. »Und dieses Mal ist es für immer zu Ende«, hörte sie ihn leise und mehr wie zu sich selbst sagen. Es klang wie ein Gelübde oder ein Schwur.

Thea schwieg, wahrscheinlich hätte er alles, was sie gesagt hätte, als zudringlich und unpassend empfunden.

Ein jähes, lautes Pochen an der Eingangstür schallte durch das Gebäude und brach brutal die Stille. Sie fuhren erschrocken zusammen. Thea waren die vergangenen Stunden plötzlich wieder gegenwärtig. In der Küche lag Axel Heimbach, der vor der Polizei geflohen war. Hoffentlich standen nicht Beamte, auf der Suche nach ihm, vor der Tür!

»Bestimmt geht es um einen Kranken«, sagte Georg Berger rasch, als hätte er ihre Gedanken erraten. Er erhob sich und lief in die Eingangshalle. Thea hörte ihn mit jemandem sprechen. Gleich darauf kehrte er wieder. »Ein älterer Mann ist ohnmächtig geworden. Vorher hat er sich stark erbrochen. Es könnte eine Lebensmittelvergiftung sein. Falls ja, dürfte das länger dauern. Ich kann Sie doch mit Axel Heimbach allein lassen?«

»Natürlich.«

»Heimbach kann meinetwegen im Wohnzimmer auf dem Sofa weiterschlafen, wenn er aus der Narkose aufgewacht ist. Im oberen Stockwerk gibt es ein Gästezimmer, aber er soll besser keine Treppen steigen. Was für eine verrückte Nacht! Dann bis später. Ich hoffe, ich bin nicht zu lange weg.« Er nickte ihr zum Abschied zu und eilte aus dem Raum.

Thea streifte die Schuhe ab und zog die Füße auf das Sofa. Dann griff sie nach einer Wolldecke, die neben einem Pullover lag, und breitete sie über sich. Die Mainacht war kalt, auch wenn sich inzwischen der Nebel über dem Garten und dem Bach gelichtet zu haben schien, soweit dies hinter den Spiegelungen der Fenstertüren zu erkennen war.

Georg Berger hatte sich also von Melanie Winter getrennt … Auch wenn sie sein Liebesleben natürlich nichts anging, war sie irgendwie froh darüber. Er war wirklich so gelöst und wie verwandelt gewesen. Ach, sie wünschte ihm, dass er ohne diese Frau glücklich wurde!

Schläfrig ließ sie ihren Blick durch das Wohnzimmer schweifen. Trotz der abgenutzten Möbel und des Punchingballs war der Raum anheimelnd. Das lag an der Plattensammlung und den Büchern, die sich wie im Arbeitszimmer überall stapelten, und an den alten Landschaftsgemälden

in ihren goldenen Rahmen, die neben einigen Schwarzweißfotografien hingen. Die vulkanisch anmutenden Berge darauf waren bestimmt die der Eifel. Irgendwie verhielt es sich
mit diesem Zimmer wie mit ihrem Chef selbst. Ein Lächeln
glitt über Theas Gesicht. Beide offenbarten ihre Qualitäten
auf den zweiten Blick.

In der Küche erklang nun ein Geräusch. Ein Stöhnen
und dann ein Rascheln. Schnell stand sie auf und ging hinüber. Axel Heimbach war zu sich gekommen und hatte sich
auf dem alten Tisch aufgesetzt. Blinzelnd sah er sie an, als
bereite es ihm Mühe, den Blick zu fokussieren.

»Ich danke Ihnen, Frau Dr. Graven.« Seine Stimme klang
ein bisschen belegt.

»Kommen Sie mit. Dr. Berger hat gesagt, dass Sie in seinem Wohnzimmer schlafen können.« Thea wollte Axel
Heimbach ihren Arm reichen, um ihn zu stützen. Doch er
schüttelte den Kopf. »Ich muss nach Monschau. Die Polizei
hat mich wahrscheinlich im Verdacht. Und wenn sie mich
nicht in meiner Wohnung antreffen, macht sie das noch
argwöhnischer.«

»Sie müssen noch ein paar Stunden ruhen!«

»Nein, das geht nicht. Rufen Sie bitte jemanden für mich
an. Man wird mich abholen.« Axel Heimbach stand schwankend auf und begann, Thea eine Telefonnummer zu nennen. Anscheinend war er wirklich fest entschlossen, so bald
wie möglich nach Monschau aufzubrechen.

»Dr. Berger ist bei einem Patienten. Ich fahre Sie.«

»Auf gar keinen Fall! Sie haben schon mehr als genug für
mich getan. Ich möchte Sie nicht noch weiter in diese ganze
Sache hineinziehen.«

»Ich muss sichergehen, dass Sie heil und einigermaßen

bei Kräften in Ihrer Wohnung ankommen. Und ich habe jetzt keine Geduld für Diskussionen«, erklärte Thea fest.

Axel Heimbach zögerte.

»Ich fahre Sie – oder Sie bleiben hier. Entscheiden Sie sich. Und zwar schnell!«

In Heimbachs müden Augen glomm ein Lächeln auf. »Sie können einen ganz schön herumkommandieren. Aber gut, wenn Sie unbedingt darauf bestehen, lasse ich mich von Ihnen kutschieren.«

Axel Heimbachs Hemd hatte als improvisierter Verband gedient, und seine Lederjacke war blutig und wies zwei Einschusslöcher auf. Thea erinnerte sich an den Pullover, den sie auf dem Sofa im Wohnzimmer gesehen hatte, und holte ihn. Georg Berger würde ihn sicher für ein paar Tage entbehren können.

Thea überprüfte, ob die Verbände richtig saßen. Dann, nachdem sie Axel Heimbach den Pullover übergezogen hatte, führte sie ihn durch den nächtlichen Garten, über den schmalen Steg und zu der Wellblechgarage und half ihm auf den Beifahrersitz des Opels.

Auf der Hochebene hatte sich der Nebel inzwischen ganz verflüchtigt, und da und dort schimmerten blühende Bäume und Büsche weißlich durch die Nacht, als hätte es den herbstlich kalten, düsteren Tag gestern nie gegeben. Axel Heimbach hatte die Augen geschlossen und den Kopf in den Nacken gelegt. Aber sein Atem ging ruhig und gleichmäßig. Trotzdem war Thea froh, als sie endlich Monschau erreichten.

»Herr Heimbach, wohin soll ich Sie denn bringen?«, fragte sie ihn.

»Ich möchte lieber nicht den Vordereingang benutzen,

falls die Polizei das Haus beobachtet.« Er wandte sich ihr zu und verzog das Gesicht, als hätte die Bewegung ihm Schmerzen bereitet. Seine Stimme klang gepresst. »Man kommt auch von hinten in das Haus...« Er beschrieb ihr den Weg.

Unterhalb der Burg füllte noch Nebel das Tal. Thea verringerte die Geschwindigkeit, während sie den steilen Berg hinunterfuhr und das stille, dunkle Stadtzentrum durchquerte. Auf der anderen Seite führte die Straße ebenso steil wieder hinauf. Sie hatten gerade den Nebel hinter sich gelassen, als Axel Heimbach Thea bat, in eine Gasse einzubiegen, und gleich darauf, neben einem schmalen Durchgang zwischen zwei Fachwerkhäusern zu halten.

»Ich begleite Sie hinein.« Thea griff nach ihrem Arztkoffer auf dem Rücksitz.

Axel Heimbach schwankte wieder, als er aus dem Wagen stieg.

»Stützen Sie sich auf mich«, raunte Thea ihm zu. Heimbach legte seinen gesunden Arm um ihre Schultern. Aneinandergeschmiegt wie ein Liebespaar gingen sie zu dem Durchgang zwischen den Häusern. Er führte zu einer Mauer mit einer Pforte und zu einem winzigen Garten. Flüchtig registrierte Thea eine Fachwerkfassade. Dann stand sie mit Axel Heimbach in einer Küche. Auch hier gab es, wie in so vielen Häusern, ein Sofa, weil die Küche im Winter oft der einzige beheizte Raum war.

»Sie sollten den Rest der Nacht auf dem Sofa verbringen. Treppensteigen wäre nicht gut für Sie.« Thea half Axel Heimbach, sich hinzulegen, und nahm dann die Verletzungen noch einmal in Augenschein. Zu ihrem Bedauern hatte sich die Naht an der Schulterwunde etwas geöffnet.

»Ich muss Sie noch mal mit ein paar Stichen nähen. Sie hätten in Eichenborn bleiben sollen«, sagte sie vorwurfsvoll.

»Sie sehen sehr hübsch aus, wenn Sie ärgerlich sind.« Axel Heimbach lächelte sie an.

»Ach, seien Sie still! Ich kann Ihnen leider kein Schmerzmittel spritzen. Nach dem Chloroform würde Ihr Kreislauf das wahrscheinlich nicht verkraften.«

»Ich überstehe es schon, Frau Doktor.«

Axel Heimbach atmete scharf ein, als sie den ersten Stich setzte, und biss die Zähne zusammen. Aber er ließ alles ruhig über sich ergehen. Anschließend verband Thea die Wunde wieder.

»So, dann hoffe ich, dass die Naht jetzt hält und die Polizei nicht bei Ihnen auftaucht. Wie sind Sie eigentlich in diese Schmuggelgeschichte hineingeraten?« Thea war hin- und hergerissen. Einerseits verstand sie, dass die Menschen versuchten, ihre Armut zu lindern, andererseits fand sie den Schmuggel sehr gefährlich.

»Mein Vater starb kurz nach Kriegsende, und ich habe sein Atelier übernommen, das habe ich Ihnen ja schon mal erzählt. Er war ein Mensch, der Sachen gehortet hat. In der Hinsicht hatte ihn die Inflation nach dem Ersten Weltkrieg geprägt. Im Keller gab es ein ganzes Lager mit Fotoapparaten. Die amerikanischen und britischen Soldaten waren ganz scharf da drauf. Ich habe die Fotoapparate gegen Zigaretten getauscht. Irgendwann kamen auch die Belgier ins Spiel. Bei der extrem hohen Kaffeesteuer in Deutschland war es einfach lukrativ, Kaffee zu schmuggeln. So fing es an, erst in kleinem Umfang, dann wurde alles größer.«

»Bis schließlich belgische Militärfahrzeuge für den Kaffeetransport ins Spiel kamen ...«

»Ja, genau.« Axel Heimbach lächelte schwach. Ihm schien der Schmuggel trotz aller Gefahren sogar Spaß zu machen.

Thea musste an ihre erste Begegnung im Gasthof denken, und dass sie Axel Heimbach damals für einen Schieber oder einen Künstler gehalten hatte. Nun, auch mit dem Schieber hatte sie gar nicht so falschgelegen.

»Sagen Sie … An jenem Abend, als ich mir von der Wirtin das Bettzeug geliehen habe und Sie mich nach Hause gefahren haben … Bei dieser Versammlung in der Gaststube, da ging es doch auch um den Schmuggel, nicht wahr?«

»Ja, das stimmt. Aber als Sie mich bei unserem Spaziergang im Moor darauf angesprochen haben, konnte ich Ihnen leider nicht die Wahrheit sagen.«

»Schon gut.« Thea seufzte. »Das verstehe ich.«

Heimbach griff nach ihrer Hand und drückte sie. »Ich bin Ihnen wirklich sehr dankbar für alles, was Sie für mich getan haben! Sie haben so viel für mich riskiert.«

»Ich war das ja nicht allein.« Thea entzog ihm sanft, aber bestimmt ihre Hand. »Dr. Berger verdanken Sie mindestens genauso viel. Er hat Sie operiert.«

»Was Berger und mich betrifft, würde ich sagen, wir sind quitt.«

»Was meinen Sie damit?« Hing dies etwa mit Axel Heimbachs seltsamer Bemerkung in dem Schuppen im Moor – *mein Leben für das Ihres Freundes* – zusammen?, fragte sich Thea.

»Das ist eine alte Geschichte.«

»Sie müssen sie mir nicht erzählen.«

»Ich schätze mal, Berger hat nichts dagegen, wenn ich es Ihnen sage. Heutzutage kann man ja offen darüber sprechen.« Axel Heimbach bewegte sich vorsichtig auf dem

Sofa, um seine verletzte Schulter zu entlasten. »Berger hatte im Sommer '39, kurz vor Kriegsbeginn, einen jüdischen Freund im Schlösschen versteckt, um ihn vor der Deportation in ein Konzentrationslager zu retten. Er war damals noch nicht lange in Eichenborn und kannte sich im Moor nicht gut aus. Ich war damals zufällig gerade in Monschau, da mein Vater krank war und ich ihn im Atelier vertrat. Und so habe ich Berger geholfen, den Freund sicher über die Grenze zu bringen.«

»Da haben Sie beide viel riskiert.« Es dauerte einen Moment, ehe Thea die Tragweite dessen, was Axel Heimbach gesagt hatte, begriff. Georg Berger hatte die braune Ideologie nicht nur abgelehnt. Er hatte seine Freiheit, ja sein Leben aufs Spiel gesetzt, um einen jüdischen Freund zu retten. Und dennoch hatte er viele Jahre lang eine Frau geliebt, die einen überzeugten Nationalsozialisten geheiratet hatte. Wie war das nur möglich? Oder gehorchte die Liebe wirklich nur ihren eigenen Gesetzen?

»Als Held betrachte ich mich nicht.« Axel Heimbach stieß ein trockenes Lachen aus. »Ich hatte mit den Nazis gewissermaßen noch eine Rechnung offen, das war mir das Risiko wert. Ein paar von ihnen hatten mich einmal übel zusammengeschlagen.« Er nahm Theas entsetzten Gesichtsausdruck wahr und schüttelte den Kopf. »Sie haben mich nicht aus politischen Gründen verprügelt. Ich hatte was mit der Freundin von einem von ihnen. Berger hat mich verarztet.«

»Und bei der Gelegenheit hat er sich Ihnen anvertraut?«

»Ja. Auch Schwester Fidelis wusste, dass er seinen Freund im Schlösschen versteckt hatte. Sie hat die Nazis ebenfalls gehasst, für sie waren das Heiden der schlimmsten Sorte.

Sie hat mich zur Welt gebracht, und meine fromme Mutter war mit ihr befreundet – soweit man mit einer Nonne befreundet sein kann. Sie hat mich nach der Prügelei, böse zugerichtet, wie ich war, zu Berger gebracht. Sie hielt – und hält mich immer noch – für einen Taugenichts.« Axel Heimbach grinste wieder schwach. Er sprach jetzt schleppend und abgehackt. »Aber Schwester Fidelis wusste, dass ich das Hohe Venn wie meine Westentasche kenne, und hat Berger davon erzählt. Und ihm wohl auch gesagt, dass er mir vertrauen kann.«

Daher rührte also der gegenseitige Respekt, der Georg Berger und die Ordensfrau verband! Jetzt verstand Thea.

Axel Heimbach konnte die Augen nur noch mit Mühe offen halten.

»Sie müssen jetzt schlafen«, sagte sie bestimmt. »Ich hätte Sie all das nicht fragen sollen. Das hat Sie zu sehr angestrengt.«

»Ich habe aber … gern mit Ihnen gesprochen.« Er lächelte sie an. »Und den Film übermorgen … den … den wird es geben … Auch wenn ich ihn … nicht selbst zeigen kann. Das verspreche ich Ihnen.«

»Welchen Film?« Thea verstand nicht.

»Sie haben sich … doch darauf gefreut … *Der Dritte Mann* … Mein Mitarbeiter wird …« Nun fielen ihm endgültig die Augen zu. Thea wartete noch eine Weile. Als sie sich überzeugt hatte, dass sein Kreislauf stabil war, stand sie auf und schlüpfte nach draußen. Georg Berger hatte recht gehabt. Was für eine verrückte Nacht …

Kapitel 27

Die Morgendämmerung brach an, als Thea Eichenborn erreichte. Hinter den Fenstern des Schlösschens brannte Licht. Georg Berger war von dem Patienten zurückgekehrt, und er hatte sich noch nicht hingelegt. Also konnte sie ihn unbesorgt aufsuchen, um ihm schnell zu berichten. Thea hatte eben die Brücke überquert, als sich die Eingangstür öffnete und Berger ihr entgegenkam.

»Ich habe den Opel gehört«, sagte er. »Da Heimbach nicht im Wohnzimmer liegt, nehme ich an, Sie haben ihn nach Monschau gebracht?«

»Ja, er hat darauf bestanden. Die Wunde an seiner Schulter hat sich prompt geöffnet, und ich habe sie mit ein paar Stichen genäht.« Thea folgte Georg Berger durch die Eingangshalle, wo sich die ersten Sonnenstrahlen in dem staubigen Kronleuchter fingen, und dann in die Küche. Nichts wies mehr darauf hin, dass auf dem alten Tisch vor Kurzem eine Bluttransfusion und eine Operation stattgefunden hatten. Thea bemerkte plötzlich, wie müde sie nach der durchwachten Nacht war.

In der Spülküche roch es nach Zigaretten, und in dem Aschenbecher glomm eine Kippe. Draußen im Garten begannen die Vögel zu zwitschern. Thea und Georg Berger setzten sich auf die wackeligen Stühle.

»Ich habe Axel Heimbach Ihren Pullover geliehen. Er

hatte ja kein Hemd mehr, und seine Jacke war blutig und hatte die Schusslöcher. Ich hoffe, das ist in Ordnung.«

»Den Pullover kann ich verschmerzen.« Georg Berger winkte ab. »Ich fahre später noch mal bei ihm vorbei, und morgen kann ich das auch übernehmen, denn ich werde einen Freund in Köln besuchen. Da liegt Monschau ja auf dem Weg.«

»Gut, dann weiß ich Bescheid.« Am nächsten Tag war sie ja wieder mit dem Bereitschaftsdienst an der Reihe, und eigentlich wäre es ihre Aufgabe gewesen, nach Axel Heimbach zu sehen. Vielleicht war es ganz gut, dass sie ein bisschen Abstand zu ihm hielt. Ganz sicher war sie sich nämlich immer noch nicht, was sie für ihn empfand.

Theas Blick fiel auf eine Kaffeedose, die auf dem Küchenschrank stand, und plötzlich hatte sie eine etwas beunruhigende Erkenntnis. »Sagen Sie, der Kaffee, mit dem man uns manchmal bezahlt, ist der eigentlich auch geschmuggelt?«

»Höchstwahrscheinlich, ja.« Georg Berger grinste. »Aber Sie sollten deshalb kein schlechtes Gewissen haben. *Ich* habe es jedenfalls nicht. Denn schließlich haben wir ja gute, legale Arbeit geleistet.«

»Ich hätte nie gedacht, dass der Kaffeeschmuggel hier in der Gegend derartige Ausmaße hat. Also, dass sogar belgische Militärfahrzeuge dafür benutzt werden.«

»Na ja, das sind die Auswüchse. Viele Leute schmuggeln den Kaffee in Rucksäcken oder Kinderwagen oder unter ihrer Kleidung versteckt in die Eifel.«

Unter der Kleidung versteckt ... Mein Gott! Dann war der Körperumfang jener »hochschwangeren« Frau, die sie in der Walpurgisnacht auf der nächtlichen Landstraße getroffen hatte und die auf so mysteriöse Weise innerhalb kurzer Zeit all ihr Gewicht verloren hatte, bestimmt auf um den Leib gebundene Kaffeepäckchen zurückzuführen gewesen. Wie naiv sie, Thea, doch gewesen war!

»Sie sehen ein bisschen bedröppelt aus.« Georg Berger hob fragend die Augenbrauen.

»Ach, es ist nichts.« Ihm von diesem Missverständnis zu erzählen war ihr nun doch zu peinlich.

»Wahrscheinlich hat es auch öfter, wenn Sie einen Hausbesuch gemacht haben, ziemlich durchdringend nach Zwiebeln gerochen?«

»Ja, allerdings, ich habe mich darüber gewundert, weshalb die Eifeler eigentlich Zwiebeln so sehr lieben.«

»Mit den gebratenen Zwiebeln wird Fremden gegenüber versucht, den Geruch der gerösteten Kaffeebohnen zu überdecken.«

»Ach, du meine Güte …« Also beteiligten sich selbst Herr und Frau Hörter an dem Kaffeeschmuggel!

»Genießen Sie Ihren freien Tag.« Georg Berger gähnte jetzt herzhaft. »Ich werde mich gleich noch mal aufs Ohr legen. Wenn ich Glück habe, klopft mich niemand vor dem Mittag heraus.«

»Ich halte Ihnen die Daumen.« Thea lächelte. Und sie lächelte auch noch vor sich hin, als sie zu ihrem Häuschen ging.

Oben, unter dem Dach, zog sie sich bis auf die Unterwäsche aus. Ein rascher Blick zu Hans' Fotografie. *Hans, ich habe dir später so viel zu erzählen, aber jetzt bin ich zu müde …* Kaum hatte sie sich ins Bett gelegt, schlief sie auch schon ein.

Thea erwachte davon, dass es an der Tür klopfte. Anscheinend war Georg Berger zu einem Patienten gerufen worden, und deshalb suchte jemand bei ihr im Häuschen nach Hilfe. Sie zog sich schnell ihren Morgenmantel über und eilte die schmale Treppe nach unten.

»Thea?«

War das etwa Katja, die ihren Namen rief? Ja, die Schwester lugte durch das Fenster.

Thea öffnete ihr.

»Thea, ich muss unbedingt wegen vorgestern Nacht mit dir sprechen! Oh …« Die Schwester brach ab und musterte zerknirscht ihren Morgenmantel. »Habe ich dich etwa geweckt? Das tut mir so leid! Damit habe ich wirklich nicht gerechnet, es ist ja schon nach zwei …«

Meine Güte, hatte sie lange geschlafen! »Ich hatte eine ziemlich anstrengende Nacht«, sagte Thea ausweichend. Von Axel Heimbach und dem Schmuggel konnte sie Katja natürlich nichts erzählen. »Also, was willst du mir sagen?« Sie war immer noch verärgert über die Schwester.

»Darf ich reinkommen?« Katja hörte sich sehr kleinlaut an.

»Ja natürlich.« Thea gab ihr etwas besänftigt den Weg frei. Sie ließen sich am Küchentisch nieder.

»Thea, ich möchte mich entschuldigen. Ich weiß, ich habe mich unmöglich benommen. Ich wäre schon gestern gekommen, aber ich musste ja arbeiten, und abends war Vater mit dem Wagen weg.«

»Ja, allerdings, du hast dich unmöglich benommen!«, entgegnete Thea barsch.

»Ich schäme mich so. Es ist nur …« Die Schwester blickte auf ihre Hände. »Es gibt da einen Mann, der mir sehr,

sehr viel bedeutet. Ich war noch nie so verliebt. Und am Freitagabend hat er mir gesagt, dass er ... dass er unsere Beziehung beenden möchte. Weil ...« Katja stockte kurz, und in ihren Augen schimmerten Tränen. Sie wischte sie zornig weg. »Weil ... er hat sich in eine andere Frau verliebt. Ich habe das nicht akzeptiert, und wir haben uns fürchterlich gestritten. Ich bin dann weggerannt. Und ... Es hat so wehgetan! Ich wollte einfach nicht mehr dran denken. Deshalb habe ich mich betrunken.« Ihre Stimme brach.

Katjas Schmerz rührte Thea. Trotzdem versuchte sie, streng zu bleiben. »Du hast dich völlig verantwortungslos verhalten. Marlene hat sich große Sorgen gemacht. Und dieser Kerl, mit dem du so heftig geknutscht hast ... Wenn du mit ihm weggegangen wärst, hätte das für dich wahrscheinlich kein gutes Ende genommen. Beim Küssen hätte er es kaum belassen.«

»Ich weiß, und ich bin so froh, dass du gekommen bist.«

»Woher kennst du diesen Gasthof eigentlich? Er hat ja offensichtlich einen sehr üblen Ruf.«

»Ach, ich bin ein paarmal mit Bekannten dort gewesen.« Katja zuckte mit den Schultern. »Ich fand die Atmosphäre immer spannend. Die Schmuggler und die Musik ...«

»Schmuggler verkehren dort?«

»Ja.«

»O Katja ...«

»Schon gut, ich verspreche dir, ich werde nicht mehr hingehen.« Katja griff nach Theas Hand. »Bitte, verzeihst du mir?« Ihr Blick war flehend und voll aufrichtiger Reue.

»Ja, natürlich verzeihe ich dir.« Thea seufzte.

»Danke!« Katja umarmte sie stürmisch und küsste sie auf die Wange.

»Wie hat Vater denn das alles aufgenommen?«

»Ich habe ihm gesagt, dass das alles meine Schuld war und dass du mir nur zu Hilfe gekommen bist.«

Ob der Vater Katja geglaubt hatte? Thea war sich da nicht so sicher. Gewiss, ihr schwieriges Verhältnis hatte sich etwas gebessert. Aber sie fragte sich, ob er nicht doch wieder dazu neigte, *sie* für Katjas inakzeptables Verhalten verantwortlich zu machen.

Katjas Finger strichen über die Tischplatte. »War Georg Berger denn sehr wütend?«, fragte sie leise.

»Er war nicht gerade erfreut, dass er uns beide bei der Polizei abholen musste«, erwiderte Thea knapp.

»Soll ich mich auch bei ihm entschuldigen?«

»Um Himmels willen, nur nicht!« Gewiss, letzte Nacht waren sie wieder freundschaftlich, ja vertrauensvoll miteinander umgegangen. Dennoch mochte Thea sich lieber nicht vorstellen, wie ihr Chef auf Katja reagieren würde. »Außerdem habe ich mich schon für uns beide entschuldigt.«

»Ach Thea, ohne mich wärst du besser dran.«

»So würde ich das nicht sehen.« Thea schüttelte lächelnd den Kopf. »Ich bin sehr froh, dass du und Marlene wieder Teil meines Lebens seid.«

Marlene ... Ihr kam wieder in den Sinn, wie heftig die Schwester darauf reagiert hatte, dass Katja spätnachts noch nicht nach Hause gekommen war. Und sie war so verstört gewesen, als Thea vor einer guten Woche den Krankenbesuch bei Liesel gemacht hatte. »Katja, ist dir an Marlene in der letzten Zeit irgendetwas aufgefallen? Ist sie irgendwie deprimiert gewesen?«

»Nein, ich habe nichts bemerkt.« Katja sah sie erstaunt an. »Weshalb fragst du?«

»Sie hat sich ein bisschen seltsam verhalten, als ich kürzlich bei ihr und Liesel war, aber wahrscheinlich hat das nichts zu bedeuten.«

»Wie gesagt, ich weiß von nichts. Ach, mir ist es so wichtig, dass wir drei Schwestern uns wiederhaben!« Katjas Augen wurden wieder feucht, und sie drückte Theas Hand. Dann zog sie ein Taschentuch aus ihrer Handtasche und putzte sich energisch die Nase. »Ich würde gern noch ein bisschen bei dir bleiben, aber ich muss los. Vater ist im Krankenhaus, er will jedoch später einen Ausflug mit Liesel und Arthur machen, und er weiß nicht, dass ich mir den Mercedes kurz ausgeborgt habe.«

»Katja!« Die Schwester war wirklich unverbesserlich.

»Ich musste dich einfach sehen. Keine Sorge, ich bringe den Wagen wieder heil nach Monschau zurück.«

Thea begleitete die Schwester zur Tür und sah ihr nach, wie sie viel zu schnell den holprigen Weg zur Straße entlangfuhr. Nun, bei all ihren Fehlern war Katja auch fähig zur Selbstkritik, und sie hatte ein großes Herz.

Nachdem Katja gegangen war, bereitete sich Thea das Frühstück zu und setzte sich an den Küchentisch. Mit der Tasse in der Hand sann sie vor sich hin. *Ach Hans, das war vielleicht eine Nacht! Und ich habe jetzt einen unbegrenzten Vertrag. Der Kaffee, den ich jetzt trinke, ist übrigens höchstwahrscheinlich geschmuggelt. Aber irgendwie ist mir das ziemlich egal.*

Thea hörte den röhrenden Motor des Fords auf dem Weg zu der Wellblechgarage. Georg Berger kehrte anscheinend von den Krankenbesuchen zurück. Ob er ihr sagen würde, wie es Axel Heimbach ging? Und tatsächlich sah sie ihn kurz darauf ihren Garten betreten. Rasch stand sie auf und öffnete ihm.

»Ich dachte, ich komme schnell mal bei Ihnen vorbei. Oh …« Ihr Chef sah sie etwas irritiert an, und erst jetzt wurde Thea bewusst, dass sie immer noch ihren Morgenmantel und darunter nur Unterwäsche trug. »Ich habe ziemlich lange geschlafen.« Verlegen schlang sie den Morgenmantel enger um sich.

»Das ist gut, also, dass Sie lange geschlafen haben … Und was Heimbach betrifft … Seine Temperatur ist etwas erhöht, aber das war bei so einer Verletzung nicht anders zu erwarten. Und sein Instinkt hatte ihn nicht getrogen. So gegen sechs hat ihn die Polizei rausgeklingelt. Er hat es geschafft, auf die Beine zu kommen und ihnen vorzuspielen, dass mit ihm alles in Ordnung sei. Sie haben ihm ein paar Fragen gestellt und sind dann unverrichteter Dinge wieder abgezogen.«

»Gott sei Dank!«

»Sie sind sich aber im Klaren darüber, dass Sie gerade inbrünstig eine kriminelle Handlung gutgeheißen haben?« Georg Berger grinste.

»Ja, doch …« *Irgendwie weckt dieses Dorf neue Seiten in mir,* fuhr es Thea durch den Sinn. Sie hätte ja auch nie gedacht, dass sie einmal einen Kranken ans Bett fesseln und mit einem Skalpell bedrohen würde.

Ihr Chef sah sie noch einen Moment lang amüsiert an. »Wie ich schon sagte, morgen auf dem Weg nach Köln fahre ich noch mal bei Heimbach vorbei«, sagte er dann. »Genießen Sie Ihren freien Sonntag, und dann wünsche ich Ihnen für morgen einen möglichst ereignisarmen Bereitschaftsdienst.«

»Danke, und Ihnen einen schönen Urlaubstag!«

»Den werde ich haben.« Er nickte ihr noch einmal zu und ging dann den Gartenweg entlang zum Tor, den Kopf ein wenig gesenkt, als ob er über etwas nachdenken würde. Eine Körperhaltung, die, wie ihr plötzlich bewusst wurde, charakteristisch für ihn war.

Irgendwie konnte sie immer noch kaum fassen, wie sich ihr Verhältnis gewandelt hatte, aber sie war einfach glücklich darüber.

Thea ging zurück in die Küche, und ihr Blick fiel auf das Gemälde über dem Tisch. Zärtlichkeit und Schuldbewusstsein durchfluteten sie gleichermaßen. Heute war ja Hans' Geburtstag! Sechsunddreißig Jahre wäre er alt geworden. Über den Ereignissen des letzten Tages hatte sie daran überhaupt noch nicht gedacht.

Am frühen Abend kehrte Thea, einen Strauß Feldblumen in den Händen, von einem Spaziergang zurück. Sie schlug den Weg zur Ortsmitte und zum Kirchplatz ein, denn sie wollte die Blumen auf dem Friedhof niederlegen, wenn sie schon nicht an Hans' Grab sein konnte.

»Guten Tag, Frau Doktor.« Aus einem Bauernhaus in der Nähe des Kirchplatzes trat jetzt ein stämmiger Mann und hob grüßend seinen Hut. »Einen schönen Abend wünsche ich!«

»Danke, Ihnen auch.« Etwas irritiert ging Thea weiter. Der Bauer gehörte zu den Patienten der Praxis und war ihr gegenüber bisher immer ziemlich unfreundlich gewesen. Nun, vielleicht hatten ihn der Feiertag und das schöne, sommerlich warme Wetter milde gestimmt.

Vor dem kleinen Lebensmittelladen erneuerte die Besitzerin gerade die Blumen auf einem Marienaltar und winkte Thea tatsächlich lächelnd zu.

Immer noch verwundert betrat Thea den Friedhof. Zwei- oder dreimal war sie schon hier gewesen und die stillen Wege entlanggeschritten. In der Dämmerung leuchteten die brennenden Kerzen auf den Gräbern besonders intensiv. Thea mochte diesen katholischen Brauch. Sie empfand die Kerzenflammen als tröstlich.

Wie auf fast jedem Friedhof gab es ein Kriegerdenkmal. Doch Hans hatte das sinnlose Blutvergießen gehasst. Deshalb ging Thea weiter, zu einer der uralten Eiben am Rand der Gräber und legte den Feldblumenstrauß an den Wurzeln ab. Dann setzte sie sich auf eine Bank in der Nähe und schloss die Augen.

An seinem letzten Geburtstag hatte Hans Heimaturlaub gehabt. Ein windiger Tag mit rasch wechselndem Wetter, an dem sie mit den Rädern einen Ausflug ins Alte Land machten. Sie hatte einen Kuchen gebacken. Damals waren die Lebensmittel schon rationiert gewesen, deshalb hatte sie die Eier und die Butter dafür gehortet. Aber der Kuchen war ihr misslungen. Was vielleicht an ihren mangelnden Backkünsten lag, vielleicht war jedoch auch irgendetwas mit dem Mehl nicht in Ordnung gewesen. Manchmal wurde es auf dem Schwarzmarkt mit Gips gestreckt. Der Kuchen war zäh und ungenießbar, und ihr waren vor Enttäuschung fast die Tränen gekommen. Hans hatte sie trösten müssen. Später dann hatten sie in einem kleinen Bauernhaus vor dem Regen Schutz gesucht. Die alte Frau, die dort lebte, hatte ihnen von ihrem Napfkuchen angeboten. Ganz selbstverständlich, als wären die Nahrungsmittel nicht knapp. Und weil es wegen des Regens so dunkel war, hatte sie eine Kerze angezündet, und auf dem Tisch hatte ein Strauß aus Gartenblumen gestanden. So war Hans gewissermaßen doch noch zu einem festlichen Geburtstagskaffee gekommen. Auch nach all den Jahren war Thea immer noch zutiefst froh über die Freundlichkeit der Bäuerin. Hans hatte sie angelächelt. *Siehst du, es ist doch noch alles gut geworden,* sagten seine Augen.

Der Ruf eines Vogels brachte Thea wieder in die Gegenwart zurück. Vor der Friedhofsmauer, dort, wo nur noch Gras und Büsche wuchsen, stand jemand. Eine große Frau im Habit einer Nonne. Schwester Fidelis. Sie legte etwas am Fuß der Mauer nieder. Thea konnte es in der Abenddämmerung nicht richtig erkennen, aber es sah aus wie eine Blume. Die Ordensfrau blieb für einige Augenblicke stehen, dann schlug sie den Weg in Richtung der Eibe und der Bank ein, auf der Thea saß. Erst jetzt bemerkte die Nonne sie. Thea nickte ihr zu, aber die Ordensschwester ignorierte sie – wie es eigentlich nicht anders zu erwarten gewesen war.

Sie ging noch einige Meter weiter, blieb dann jedoch stehen, drehte sich um und kam auf Thea zu.

Hoffentlich wollte sie ihre Auseinandersetzung vom Vortag nicht fortsetzen! Thea war überhaupt nicht in der Stimmung, sich schon wieder mit der Nonne zu streiten.

»Kann ich kurz mit Ihnen sprechen, Frau Doktor?« Sie baute sich vor ihr auf.

»Ja, wenn es dringend ist.« Thea unterdrückte ein Seufzen.

»Stimmt es, dass Sie den Jupp Vogten an seinem Bett festgebunden haben?«

»Ja, das stimmt …« Thea war verblüfft. Mit dieser Frage hatte sie wirklich nicht gerechnet.

»Im Wirtshaus wurde heute Morgen darüber geredet.« Die Nonne nickte nachdenklich. »Sein Knecht war nach der Messe dort. Der Jupp ist zudringlich geworden?« Es war mehr eine Feststellung als eine Frage.

»Er hat mich begrapscht und mich geküsst«, gab Thea zu. Noch immer fragte sich, warum dies der Nonne wichtig war. »Und ich wollte, dass er sich bei mir entschuldigt. Was er schließlich auch getan hat.«

»Gut.« Die Augen der Ordensschwester funkelten grimmig, was selbst in dem schwindenden Licht zu erkennen war. Aber da war auch noch ein anderer Ausdruck. War das Schmerz?

»Möchten Sie sich vielleicht zu mir setzen?« Thea rückte zur Seite.

Die Nonne zögerte, ließ sich dann jedoch neben ihr nieder.

»Ist Jupp Vogten etwa Ihnen gegenüber auch …?« Der Mann war, wie Georg Berger gesagt hatte, absolut widerlich. Dennoch konnte Thea es sich nicht recht vorstellen, dass er es gewagt hatte, sich der Schwester gegenüber so etwas zu erlauben. Sie war nun einmal ziemlich furchteinflößend.

»Mir gegenüber? Nein.« Das trockene Auflachen der Nonne klang traurig. »Aber während des Krieges gab es hier ein Fremdarbeitermädchen, die Jana. Aus Polen kam sie und ist jeden Sonntag in den Gottesdienst gegangen. Wir haben danach öfter miteinander gesprochen. Ich hab sie gern gemocht. Sie war ein liebes, zartes Ding. Der Jupp Vogten hat sie bei der Feldarbeit …« Die Nonne schluckte hart. »Und die Jana … sie ist damit nicht fertiggeworden und hat sich … sie hat sich ertränkt. Und jetzt liegt sie dort.« Die Nonne starrte in Richtung der Mauer. »Ohne ein Kreuz und ohne ein christliches Begräbnis. Weil sie sich das Leben genommen hat, ist sie für immer verdammt. Sie wird nie in den Himmel kommen.« Ihre Stimme zitterte, und sie fuhr sich über die Augen.

»Ganz bestimmt ist Jana nicht verdammt«, erwiderte Thea impulsiv. »Gott ist doch barmherzig. Warum sollte er sie für etwas bestrafen, das sie aus Verzweiflung begangen hat?«

»Das sagt der Doktor auch. Also, dass Gott – falls es ihn denn geben sollte, so drückt er sich aus – Selbstmörder nicht in die Hölle verbannt. Aber an der Lehre der Kirche ist nun mal nicht zu rütteln.«

»Dann würde ich mehr auf die Barmherzigkeit Gottes als auf die Lehre der Kirche vertrauen.«

»Es ist nett, dass Sie mich zu trösten versuchen, Frau Doktor. Aber die Lehre der Kirche stammt nun mal von Gott.« Die Nonne schüttelte den Kopf. Sie erhob sich und strich ihr Ordenskleid glatt. »Da wir gerade miteinander reden … Ich möcht mich bei Ihnen entschuldigen. Ich hab Sachen gesagt, die ich nicht hätte sagen sollen. Und ich wollte Sie aus der Praxis vergraulen. Sie hatten schon recht, ich hab die Frauen angestiftet, Sie beim Doktor anzuschwärzen. Das alles tut mir wirklich leid.«

»Wollen wir es nicht einfach vergessen und noch einmal von vorne anfangen?« Thea hielt Schwester Fidelis die Hand hin, und diese ergriff sie.

»Wir sehen uns dann wahrscheinlich morgen früh in der Praxis, da Dr. Berger einen freien Tag hat«, setzte Thea freundlich hinzu.

»Falls ich nicht bei einer Geburt gebraucht werde, bin

ich so gegen acht da.« Die Nonne nickte ihr zu und schritt davon.

Thea blieb noch für eine Weile sitzen. Dann ging sie, begleitet vom Licht der Kerzenflammen, zwischen den Gräbern zum Ausgang. War sie da gerade eines Wunders teilhaftig geworden? Ja, wahrscheinlich.

Am nächsten Morgen suchte Thea, ehe sie zur Praxis lief, wieder den Schuppen auf. Sie öffnete die Holztür – und blieb abrupt auf der Schwelle stehen. Peter lag in Decken gewickelt auf dem Boden. Nun fuhr er auf und wich bis an die Wand zurück. Er starrte sie mit einem wilden, ängstlichen Ausdruck an, in der Hand hielt er ein Messer. Noch nie war der Junge morgens hier gewesen.

»Peter …« Thea trat einen Schritt von der Schwelle zurück und gab die Tür frei. »Ich bin nur hier, um neue Lebensmittel in die Truhe zu legen. Ich will dich bestimmt nicht festhalten. Das verspreche ich dir. Darf ich hereinkommen? Ja?«

Peter starrte sie weiterhin an, dann nickte er leicht.

Sehr langsam und vorsichtig, als würde sie sich einem scheuen Tier nähern, trat Thea in den Schuppen und klappte die Truhe auf. Außer bis auf einige Zwiebackreste war sie leer.

»Ich habe wieder Zwieback für dich dabei. Und Trockenfrüchte und Saft und Haferflocken und ein paar Kekse und Nüsse.« Mit ruhigen Bewegungen verstaute Thea die Lebensmittel in der Truhe. »Und auch ein Stück Schokolade. Die magst du doch bestimmt gern.« Thea schlug den Deckel wieder zu und bewegte sich zur Tür. »Du bist hier sicher, Peter.« Sie lächelte ihm noch einmal zu und verließ den Schuppen. Die Tür ließ sie absichtlich offen, damit er nicht fürchtete, sie wollte ihn doch einsperren.

Erst als sie ein ganzes Stück gegangen war, drehte sie sich noch einmal um. Peter kauerte neben der Truhe und beobachtete sie. Aber er war nicht vor ihr davongelaufen! Thea war erleichtert und froh. Vielleicht war er ja auch bald einmal bereit, mit ihr zu sprechen.

Kurz vor zehn Uhr am Abend verließ Thea das Haus eines Patienten an der Hauptstraße von Eichenborn. Da es nicht weit von der Praxis entfernt lag, hatte sie auf den Opel verzichtet und den Weg zu Fuß zurückgelegt. Wie oft um diese Zeit war der Ort wie ausgestorben. Aus einem geöffneten Fenster erklang Radiomusik. In vielen Häusern brannte jedoch kein Licht mehr.

Ein ruhiger Bereitschaftsdienst lag hinter Thea. Am bemerkenswertesten war gewesen, dass sich die Patienten und ihre Angehörigen ausnahmslos freundlich zu ihr verhalten hatten. Ob sich im Ort herumgesprochen hatte, dass sie Georg Berger bei der Operation von Axel Heimbach assistiert hatte? Oder hatte Schwester Fidelis ein gutes Wort für sie eingelegt? So ganz wagte es Thea noch nicht, dem Frieden zu trauen. Aber sie war hoffnungsvoll.

Ein ihr bekanntes Motorengeräusch ertönte jetzt in der Stille. Thea drehte sich um. Tatsächlich, der alte Ford kam die Straße entlanggetuckert. Nun stoppte er neben ihr, und Georg Berger öffnete die Fahrertür. »Ist der Opel etwa mal wieder defekt, oder hatten Sie Lust auf einen Spaziergang?«

»Letzteres, ich bin auf dem Rückweg zur Praxis.«

»Steigen Sie ein.«

Thea ließ sich neben ihm auf den Sitz gleiten.

»Haben sich während meiner Abwesenheit irgendwelche Katastrophen ereignet?« Georg Berger gab Gas, und der Wagen rumpelte durch ein Schlagloch.

»Nein, es war ein entspannter Tag. Fast langweilig.«

»Nach dem Drama der vorletzten Nacht wäre ich an Ihrer Stelle froh darüber.«

»Das bin ich auch, es war nicht ernst gemeint.« Thea lächelte. »Und Sie? Hatten Sie einen schönen Tag?«

»Ja. Mein Freund ist zurzeit Strohwitwer, seine Frau ist mit den Kindern verreist. Wir waren auf dem Rhein rudern, und den frühen Abend haben wir dann in einem Kölner Brauhaus verbracht.« Georg Berger warf Thea einen Blick von der Seite zu. »Falls Sie noch nie in einem Kölner Brauhaus waren, das ist eine Art permanente Kirmes. Sehr viele Menschen sitzen dicht gedrängt an langen Tischen und trinken Bier – *Kölsch* genau genommen. Und Zigaretten- und Zigarrenrauch wabern durch die Luft.«

»Das wäre eher nichts für mich.«

»Das glaube ich auch, aber mein Freund und ich haben es genossen.« Er grinste.

Sie hatten jetzt den Weg zur Wellblechgarage erreicht, und Georg Berger schaltete in den ersten Gang. »Mit Axel Heimbach ist übrigens alles in Ordnung. Es reicht, wenn Sie oder ich übermorgen wieder nach ihm sehen. Dann dürfte auch klar sein, ob er so weit wiederhergestellt ist, dass er, aus ärztlicher Sicht, das Haus verlassen kann. Wobei allerdings zu befürchten ist, dass er sich bei einer gegenteiligen Diagnose nicht unbedingt an unseren Rat halten wird.«

»Sie denken an das Treffen mit dem belgischen Offizier wegen des Kaffeeschmuggels?«

»Ja, genau.« Georg Bergers Stimme klang trocken, aber

auch noch etwas anderes schwang darin mit. Er hatte den Ford jetzt in der Garage geparkt, und sie stiegen aus. Der Weg erhielt ein bisschen Licht von der Straßenlaterne vor der Praxis. Sie gingen nebeneinanderher, darauf bedacht, den Unebenheiten auszuweichen.

»Sie mögen Axel Heimbach nicht besonders, oder?«, fragte Thea schließlich. »Und das hängt nicht nur damit zusammen, dass Sie den Kaffeeschmuggel im großen Stil nicht gutheißen. Irgendwie schwingt da oft so ein bestimmter Ton in Ihrer Stimme mit, wenn Sie über ihn sprechen. Nicht verächtlich, das wäre zu viel gesagt. Aber irgendwie zögerlich und ja, skeptisch …«

Georg Berger ließ sich Zeit mit der Antwort. »Es ist nicht so, dass ich Heimbach nicht mag.« Er sprach langsam, als wollte er sich über seine Gedanken wirklich klar werden. »In gewisser Weise werde ich auch immer in seiner Schuld stehen. Heimbach hat einem jüdischen Freund von mir das Leben gerettet. Er hat mir geholfen, ihn durch das Hohe Venn sicher über die Grenze nach Belgien zu bringen.«

»Ich weiß, er hat mir davon erzählt, als ich seine Wunde verarztet habe.« Thea nickte. »Es hat sich zufällig im Gespräch so ergeben. Er hat kein Aufhebens davon gemacht. Im Gegenteil.« Irgendwie war es ihr wichtig, ihn zu verteidigen.

»Ich weiß, bei allen Vorbehalten, die ich gegen ihn habe, ist Heimbach niemand, der sich als Held betrachten würde.« Georg Berger dachte wieder nach. »Es war sehr mutig von ihm, dieses Risiko einzugehen, besonders nachdem ihn ein paar Nationalsozialisten halb tot geprügelt hatten. Die meisten Männer hätten danach den Schwanz eingezogen und wären jeder Gefahr aus dem Weg gegangen. Er nicht …

Vielleicht tue ich ihm unrecht, aber ich glaube, was mich an ihm stört, ist, dass für ihn alles wie ein Spiel ist. Und dass er nichts so richtig ernst nimmt.«

»Seine Malerei und die Fotografie nimmt er, denke ich, schon ernst.«

»Das mag sein, so gut kenne ich ihn auch wieder nicht. Und wie gesagt, vielleicht tue ich ihm auch unrecht.«

Sie hatten jetzt die Praxis erreicht und blieben vor dem kleinen Fachwerkgebäude stehen. »Machen Sie's gut, ich werde mir jetzt noch einen Whisky genehmigen und dann gehe ich ins Bett.« Georg Berger gähnte. »Und Ihnen wünsche ich eine ungestörte Nacht.«

»Dagegen hätte ich nichts«, erwiderte Thea lächelnd.

Nachdenklich ging sie in ihr Sprechzimmer. Ja, die Malerei und die Fotografie waren Axel Heimbach wichtig. Davon war sie fest überzeugt. Aber falls wirklich nur diese beiden Dinge für ihn zählten – war das nicht genug.

Kapitel 28

Gegen sieben Uhr am nächsten Abend aß Thea den letzten Löffel einer hastig zubereiteten Suppe. Kurz vor dem Ende der Abendsprechstunde war sie noch zu einem Unfall gerufen worden. Ein Kind war beim Spielen so unglücklich mit dem Stuhl umgekippt und hatte sich den Kopf aufgeschlagen, dass es genäht werden musste.

Sollte sie sich wirklich noch den *Dritten Mann* im Dorfgasthof ansehen? In der Praxis war, wie immer nach Feiertagen, viel los gewesen, und sie war erschöpft. Aber sie hatte sich auf den Film gefreut. Und am Morgen, im Dorfladen, hatte sie gehört, dass die Vorstellung stattfinden würde. Trotz seiner Verletzung hatte Axel Heimbach dies also tatsächlich organisiert.

Thea lächelte vor sich hin. Ja, sie war es ihm schuldig, die Vorführung zu besuchen. Wenn sie nicht ginge, wäre es ein bisschen so, als würde sie ihn versetzen. Und das hatte er nicht verdient.

Eine junge Frau in einer sehr knapp sitzenden Bluse und mit rot geschminkten Lippen drückte Thea im Eingangsbereich des Gasthofs einen Stempel auf die Hand – das Zeichen, dass sie den Eintritt bezahlt hatte. Dann betrat Thea den großen Saal, wo die Filmvorführung stattfinden würde. Seit ihrem ersten Abend im Dorf war sie nicht mehr hier gewesen.

Fast alle Stühle waren schon besetzt, nur ganz hinten waren noch ein paar frei. Sie bahnte sich einen Weg zwischen den Tischen hindurch. Drehten sich einige Köpfe nach ihr um, und die Leute stießen sich an und tuschelten? Oder bildete sie sich das nur ein? Thea fühlte sich plötzlich unsicher. Hatte sie sich vielleicht getäuscht, und man stand ihr im Dorf immer noch ablehnend gegenüber und wollte sie in dem Gasthof nicht haben?

»Frau Doktor, nein, nein!« Die Wirtin, Frau Bachen, hastete heftig den Kopf schüttelnd auf sie zu.

Thea blieb stehen, rechnete schon fast damit, dass die Frau sie hinausweisen würde. Doch Frau Bachen lächelte sie an. »Nein, es kommt nicht in Frage, dass Sie ganz hinten sitzen. Kommen Sie mit.« Sie dirigierte Thea zu der vorderen Reihe von Tischen und scheuchte ein Händchen haltendes Pärchen fort. »Ihr beide, macht mal Platz für die Frau Doktor.«

»Aber das ist wirklich nicht nötig«, wandte Thea ein.

»Doch, doch, das ist es.«

»Ist schon in Ordnung, Frau Doktor.« Die jungen Leute zwinkerten ihr zu und verschwanden in den rückwärtigen Teil des Saales.

Etwas perplex ließ sich Thea auf einem Stuhl nieder.

»Möchten Sie einen Apfelwein, Frau Doktor? Oder etwas anderes? Das geht aufs Haus.« Die Wirtin beugte sich zu ihr.

»Einen Apfelwein bitte, aber ich bezahle natürlich!«

Doch Frau Bachen war schon davongeeilt. Also *hatte* es sich im Dorf herumgesprochen, dass sie Georg Berger bei Axel Heimbachs Operation assistiert hatte – mit allen Implikationen, die damit zusammenhingen. Wie etwa einem baldigen Kaffeeschmuggel in belgischen Militärfahrzeugen. Anders war diese Freundlichkeit nicht zu erklären.

Erleichtert und auch ein bisschen verlegen ließ Thea ihren Blick durch den Saal schweifen. Die Vorhänge vor den Fenstern waren zugezogen, und die Wand, an der bei ihrem letzten Besuch die Vereinsfahnen gehangen hatten, war jetzt kahl. Wahrscheinlich würde sie als Leinwand dienen. Und ja, als Thea sich umdrehte, sah sie, dass der Filmprojektor darauf ausgerichtet war. Axel Heimbachs junger Mitarbeiter hantierte damit. Er trug Bluejeans und einen schwarzen Rollkragenpullover. Diese Aufmachung schien ihm wohl passend für einen Filmvorführer zu sein. Thea unterdrückte ein Lächeln.

»Was dagegen, wenn ich mich zu Ihnen setze?« Georg Berger stand plötzlich vor ihr.

»Nein, natürlich nicht. Aber mit Ihnen hätte ich nicht gerechnet ...« Thea starrte ihn verblüfft an. Irgendwie war das anscheinend ein Abend der Überraschungen.

»Wieso denn nicht? Denken Sie, ich habe nichts für Kino übrig?« Er hob amüsiert die Augenbrauen.

»Na ja, zuerst einmal bin ich davon ausgegangen, dass Sie wegen des Bereitschaftsdienstes im Schlösschen sind.«

»Die Leute wissen, dass Sie mich während der Filmvorführung hier finden werden. Das ist immer so.«

»Und ich hätte irgendwie nicht gedacht, dass Sie viel für Unterhaltung übrighaben.«

»Sie haben ein ziemliches seltsames Bild von mir. Ich liebe zum Beispiel Western. Und man muss Axel Heimbach wirklich zugutehalten, dass er einen hervorragenden Filmgeschmack hat.«

Das elektrische Licht erlosch nun, und der Filmprojektor

begann zu surren. Die Wirtin huschte herbei und stellte den Apfelwein vor Thea und ein Bier vor Georg Berger. Erwartungsvolle Stille senkte sich über den Saal.

Thea dachte, dass es schön sei, den Film zusammen mit ihrem Chef zu sehen. Dann erschien der Vorspann auf der kahlen Wand, und die charakteristische Musik der Zither erklang. Und Thea war wieder, wie schon in Bad Neuenahr, ganz gebannt von den Schwarzweißbildern, die nun auf der improvisierten Leinwand erschienen. Und sie blieb es für die ganze Dauer des Films, über einhundert Minuten.

Das Aufflammen des Lichts nach Ende des Films war wie immer fast brutal. Thea blinzelte, während die Musik verklang. Stühle wurden gerückt. Erst leise, dann lauter begannen die Zuschauer miteinander zu sprechen, lösten sich langsam vom Bann. Georg Berger reckte sich neben Thea. »Ich mache mich dann mal auf den Weg ins Schlösschen. Bleiben Sie noch hier, oder kommen Sie mit?«

»Ich komme mit, ich bin ziemlich müde.« Thea holte ihr Portemonnaie aus der Handtasche. Doch ihr Chef legte ihr die Hand auf den Arm. »Lassen Sie mal, wenn Sie darauf bestehen zu bezahlen, beleidigen Sie Frau Bachen. Sie sind eingeladen, wie ich.«

Thea sah ein, dass er recht hatte, und sie folgte ihm zum Ausgang, begleitet von freundlichen Abschiedsgrüßen.

Der späte Abend war recht frisch, aber sternenklar, und ein fast voller Mond stand am Himmel.

»Lassen Sie uns durch die Wiesen zurück zum Schlösschen gehen«, schlug Georg Berger vor, »das dauert nur ein paar Minuten länger als entlang der Hauptstraße, und der Weg ist schöner.«

»Ja, gern.«

Sie schlenderten an der Kirche vorbei und in Richtung der Felder und Wiesen.

»So gebannt, wie Sie den Film verfolgt haben, schätze ich mal, er hat Ihnen gefallen.« Georg Berger warf ihr einen Blick von der Seite zu. In seiner Stimme schwang ein Lächeln mit.

»Ja, sehr, auch wenn ich ihn kürzlich schon mal gesehen habe, in Bad Neuenahr, mit meinen Schwestern.« Thea hatte nicht vorgeben wollen, dass der Film neu für sie war. Auch wenn sie, was das Wochenende betraf, gegenüber Georg Berger immer noch etwas befangen war.

»Ich habe die Plakate dort bemerkt.« Er nickte. Sein Tonfall war neutral.

»Und, wie fanden Sie den Film?«

»Grandios, und so ganz anders als die Nazi-Schinken mit ihrer verlogenen Moral. Orson Welles als Harry Lime war ein sehr beeindruckender Schurke.«

Sie wollte ihm jetzt nicht sagen, dass Katja ebenfalls von der Figur des Harry Limes begeistert gewesen war.

Sie hatten den Friedhof hinter sich gelassen und bogen auf den Weg durch die Wiesen ein. Neben ihnen schlängelte sich der Bach durch hohes Gras. In der Stille war sein Rauschen zu hören. Der intensive Duft eines blühenden Baums oder Buschs hing in der Luft.

»Wobei es ja nicht einer gewissen Pikanterie entbehrt, dass das Dorf einen Film, in dem es um schwarz gehandeltes Penicillin geht, interessiert verfolgt – und gleichzeitig in den Kaffeeschmuggel verwickelt ist«, nahm Georg Berger den Faden wieder auf.

»Ach, diese Parallele ist mir noch gar nicht aufgefallen.«

Thea lächelte, wurde aber gleich wieder ernst. »Ich kann mich noch gut daran erinnern, wie häufig Menschen nach dem Krieg im Hamburger Universitätskrankenhaus an bakteriellen Entzündungen gestorben sind, weil die Sulfonamide nicht ausreichend wirkten. Das ging mir sehr nahe. Vor allem, wenn es Kinder waren.« Sie verstummte, bedrängt von Erinnerungen.

»Inzwischen ist es ja kaum noch vorstellbar, dass es eine Medizin ohne das Penicillin gab«, erwiderte Georg Berger nachdenklich. »Dabei ist es erst im Krieg von den Briten und den Amerikanern so richtig entwickelt worden. Ich bin jedenfalls sehr dankbar dafür und hoffe, ich erlebe auch noch, dass wirksame Behandlungsmethoden und Medikamente gegen Herzinfarkte und Schlaganfälle entwickelt werden und ich den betroffenen Patienten mehr als nur Bettruhe verordnen kann.«

»Na ja, es gibt inzwischen ja immerhin Eiserne Lungen und Brutkästen für Frühgeborene, und die Amerikaner forschen an einem Impfstoff gegen die Kinderlähmung.«

»Ja, das lässt auch für die Herzinfarkte und Schlaganfälle hoffen.« Georg Bergers Stimme klang wieder mal trocken. Sie liefen schweigend nebeneinanderher, jeder in seine Gedanken versunken. Aber Thea empfand die Stille verbindend und nicht belastend.

»Was ich Sie immer schon mal fragen wollte ...«, nahm Thea das Gespräch schließlich wieder auf.

»Ja?«

»Sie sollen einen Patienten mit einer langwierigen Hepatitis-B-Erkrankung aus dem Monschauer Krankenhaus geholt haben. Gegen den erklärten Willen meines Vaters. Wie haben Sie den Mann eigentlich behandelt?«

»Mit lebenden Schafsläusen.«

»Wie bitte?« Im ersten Moment glaubte Thea, dass Georg Berger sich über sie lustig machte. Aber seine Miene war ganz ernst.

»Ja, mit lebenden Schafsläusen«, wiederholte er, »eingepackt in eine kleine Kugel aus weichem Brot. Nach ein paar Tagen war der Patient genesen.«

»Tatsächlich?« Thea war skeptisch.

»Allerdings. Das Wissen, dass Schafsläuse eine heilende Wirkung haben können, ist in ländlichen Gebieten noch recht weit verbreitet. Ich greife auf diese Art von Medizin nicht gerade oft zurück. Aber manchmal, wenn ich einfach nicht weiterweiß, tue ich es.«

»Für meinen Vater fällt so etwas unter finsterste Magie.« Jetzt verstand Thea auch, weshalb er Georg Berger für einen Scharlatan hielt.

»Darüber bin ich mir im Klaren. Aber nehmen Sie die mittelalterliche Medizin ... Dass die Mönche Schafsköttel gemischt mit Honig auf Wunden legten, galt seit der Aufklärung als Humbug und primitives Denken. Aber diese Mischung wirkt wie ein Antibiotikum.«

Das Schlösschen mit seinem hohen Dach und den Türmchen tauchte jenseits der Wiesen vor dem Nachthimmel auf. Vom Mondlicht übergossen wirkte es märchenhaft – aber diese Überlegung behielt Thea lieber für sich, sie war sich ziemlich sicher, dass Georg Berger ironisch darauf reagiert hätte.

Sie waren jetzt auf der Höhe der Koppel angelangt. Ein Pferd lag schlafend im Gras, das andere hatte sie wohl bemerkt, denn es kam zum Zaun getrabt und streckte seinen Kopf Georg Berger schnaubend entgegen. Thea wich zurück.

»Na, meine Gute.« Er streichelte das Tier zwischen den Ohren und tätschelte seinen Hals. Dann gingen sie zu Theas Erleichterung weiter.

»Sie haben ziemlich große Angst vor Pferden nicht wahr?« Er warf Thea einen Blick von der Seite zu. »Das war schon auf dem Hof der Hörters nicht zu übersehen, als ich den Hengst von der eiternden Stelle befreit habe. Ich fand es ziemlich beeindruckend, wie Sie sich trotzdem zusammengenommen haben.«

»Ich ahnte, dass Sie das bemerkt haben. Als ich ein kleines Kind war, hat mich ein Pony abgeworfen und so gegen den Kopf getreten, dass ich eine schlimme Gehirnerschütterung hatte. Das werde ich wohl nicht mehr los. Reiten Sie denn schon seit Ihrer Kindheit?« Thea interessierte es wirklich, weshalb er diese enge Beziehung zu Pferden hatte.

»Ich habe Ihnen ja erzählt, dass ich als Kind an Diphtherie erkrankt war und mein bester Freund daran starb. Danach habe ich mich völlig in mich selbst verkrochen und sehr aggressiv auf jede Annäherung reagiert. Meine Eltern haben sich große Sorgen um mich gemacht und mir schließlich ein Pferd geschenkt. Ich war vorher schon gelegentlich geritten und hatte mir immer eines gewünscht. In gewisser Weise hat mich das Pferd wieder ins Leben zurückgebracht. Heilung kann manchmal sehr einfach sein. Ein Tier, das einem Wärme und Geborgenheit und Zuneigung schenkt ... Jedenfalls wundert es mich nicht, dass ich Ihren Jungen – diesen Peter Schrader – oft auf der Koppel bei den Pferden sehe. Ich kann gut verstehen, dass er ihre Nähe sucht.«

»Ich habe Peter gestern Morgen schlafend im Schuppen überrascht. Er ist sehr erschrocken, aber er ist nicht vor mir weggerannt.«

»Nun, dann scheint Ihr Projekt ›Wie rette ich einen Waisenjungen‹ ja gute Fortschritte zu machen.«

Sie waren jetzt vor dem Schlösschen angelangt. Thea blieb stehen und sah Georg Berger herausfordernd an. »Sie tun immer nur so zynisch. In Wahrheit haben Sie einen ziemlich weichen Kern, geben Sie es ruhig zu!«

»Vielleicht, aber behalten Sie das bitte für sich.« Er berührte sie freundschaftlich an der Schulter. »Wir sehen uns morgen.«

»Ja, bis morgen.« Irgendwie hörte sich das schön an.

Nach der Vormittagssprechstunde trat Georg Berger in Theas Ordinationszimmer, die Hände in den Taschen seines Arztkittels. Er seufzte. »Könnten Sie heute zu Axel Heimbach fahren? Bei mir stehen etliche Krankenbesuche an. Manchmal habe ich den Eindruck, dieses Dorf ist eine einzige Brutstätte für Keime und Bakterien.«

»Natürlich fahre ich gern zu ihm. Und bei meinen Patienten gibt es eigentlich keine besonderen Vorkommnisse.« Thea blickte ihn unschuldig an.

»Bilden Sie sich bloß nichts darauf ein. Sie hatten einfach Glück, dass die schwierigeren Fälle bei mir gelandet sind«, knurrte er. »Ach, und wenn Sie bei Heimbach sind, denken Sie bitte dran, den Hintereingang zu benutzen. Es kann gut sein, dass die Polizei immer noch ein Auge auf sein Haus hat. Und dass sich ein Arzt aus Eichenborn um ihn kümmert, könnte verdächtig wirken.«

»Ja, ich denke dran«, versicherte sie. Sie freute sich nun doch darauf, Axel Heimbach wiederzusehen.

Der Tag war warm, und Thea kurbelte die Fenster des Opels

herunter. Sie genoss es, den Fahrtwind auf ihren Wangen zu fühlen. Auf den Wiesen und an den Straßenrändern standen die Blumen in voller Blüte. Da und dort leuchtete es dottergelb vom Raps, und der charakteristische süße Geruch wehte in ihre Nase.

Vor Monschau musste sie einen Gang herunterschalten, denn ein niederländischer Reisebus quälte sich um die Kurven. Obwohl es ein normaler Wochentag war, stand der Parkplatz in der Nähe der Brücke über die Rur voller Autos, und sommerlich gekleidete Menschen strömten in das pittoreske Zentrum. Kurz darauf hatte Thea die schmale Gasse auf der Rückseite von Axel Heimbachs Haus erreicht und parkte den Opel neben dem Durchgang zu seinem Garten.

Sie traf ihn in der Küche an, wo er auf dem Sofa saß, eine Zeitung in der Hand. Er trug eine Strickjacke, und auf seinen Wangen spross ein kurzer Bart, was seinen piratenhaften Charme noch verstärkte. Wegen der verletzten Schulter hatte er offensichtlich auf eine Rasur verzichtet.

»Wie schön, dass *Sie* den Krankenbesuch bei mir machen und nicht Georg Berger – oder gar Schwester Fidelis.« Er lächelte sie an. »Ich hatte schon befürchtet, dass Sie mich meiden.«

»Nein, überhaupt nicht. Von den Dienstzeiten her hat es einfach besser gepasst, dass mein Chef und die Schwester zu Ihnen gekommen sind.« Thea stellte ihre Arzttasche auf dem Tisch ab. »Wie geht es Ihnen denn?«

»Abgesehen davon, dass ich mich allmählich zu Tode langweile, fühle ich mich gut.« Er zuckte mit den Schultern. »Ich möchte endlich wieder in mein Atelier. Und ich muss ja auch sonst noch dringend ein paar Dinge erledigen. Also, liebe Frau Doktor, tun Sie mir bitte, bitte den Gefallen und erklären Sie mich für gesund.« Er hob in einer theatralisch flehenden Geste die Hände.

Mit den »Dingen« spielte er höchstwahrscheinlich auf das Treffen mit dem belgischen Offizier wegen des Kaffeeschmuggels an. Thea fragte lieber nicht nach.

»Wir werden sehen«, sagte sie stattdessen. »Knöpfen Sie bitte die Strickjacke und das Hemd auf, damit ich Ihre Temperatur messen kann.«

Axel Heimbach tat, wie ihm geheißen. »Und, haben Sie sich gestern den Film angesehen?«

»Ja, und ich fand es sehr beeindruckend, dass deswegen fast das halbe Dorf im Gasthof war. Georg Berger habe ich dort auch getroffen.«

»Ja, er kommt oft zu den Vorführungen.«

»Der Film hat mich wieder fasziniert, wie schon beim ersten Mal, als ich ihn gesehen habe. Und das Kino im Saal des Gasthofs hat einen ganz eigenen Charme.« Thea kontrollierte das Fieberthermometer.

Heimbachs Körpertemperatur war nur leicht erhöht. Dann löste sie den Verband an der Schulter und nahm die Wunde in Augenschein. Er saß sehr still da und verfolgte aufmerksam jede ihrer Bewegungen. Irgendwie wirkte er angespannt, aber das hing sicher mit der Untersuchung zusammen.

»Das heißt, ich werde Sie öfter bei den Vorführungen sehen?«

»Wenn ich freihabe auf jeden Fall. So, und jetzt lassen Sie mich bitte nach der Schusswunde in Ihrer Seite sehen.« Thea nahm auch hier den Verband ab und begutachtete die Wunde.

»Und?« Axel Heimbach hob fragend die Augenbrauen.

»Ich bin mit dem Heilungsprozess zufrieden. Es spricht nichts dagegen, dass Sie das Haus verlassen. Allerdings müssen Sie sich noch schonen.« Wie auch schon an der Schulter befestigte Thea einen neuen Verband mit Pflasterstreifen über der Naht. »Ich sage Schwester Fidelis Bescheid, dass sie in den nächsten Tagen zu Ihnen kommt und die Verbände wechselt. Und in ungefähr zehn Tagen können dann die Fäden in der Praxis gezogen werden.«

»Ich sehe Sie aber hoffentlich vor Ablauf der zehn Tage noch einmal?«

»Wir können uns gern zu einem Spaziergang im Moor treffen, ich würde mich freuen.« Thea verstaute das Fieberthermometer und das Verbandsmaterial wieder in ihrer Arzttasche.

»Frau Dr. Graven ... Thea ...« Axel Heimbachs Blick war auf einmal ganz intensiv, und seine Augen waren dunkel und leuchtend. Ein Lächeln spielte um seinen Mund. Er stand geschmeidig auf, und ehe Thea reagieren konnte, nahm er ihren Kopf sanft in seine Hände und küsste sie. Überrascht öffnete sie die Lippen. Sein Kuss wurde drängender, leidenschaftlicher. Thea spürte das Blut in ihren Adern rauschen. Axel Heimbach zu küssen war sehr schön und sehr sinnlich. Aber ... Sie empfand es plötzlich deutlich. Es fühlte sich nicht *richtig* an. Er war nicht der Richtige für sie.

Sie machte sich von ihm los. »Herr Heimbach, bitte nicht ...«

Er sah sie erstaunt an. »Es tut mir leid, ich dachte, Sie würden mich gern küssen.«

»Ja ... Nein ...« Thea fühlte sich ein bisschen zittrig und durcheinander, und ihr Atem ging sehr schnell.

»Den Flirt mit mir haben Sie aber genossen, oder?«

»Ja, aber das heißt nicht, dass ich Sie auch küssen will. Vielleicht bin ich da altmodisch. Aber ein Kuss ist für mich etwas Ernstes.«

»Würde es etwas für Sie ändern, wenn ich Ihnen gestehe, dass ich mich in Sie verliebt habe?«

»Was?«

»Ja, ich habe mich in Sie verliebt.« Axel Heimbach seufzte und lächelte selbstironisch. »Und zwar, ich kann es nicht anders sagen, bis über beide Ohren. Auch wenn ich dachte, dass ich über dieses jungenhafte Gehabe längst hinweg bin. Schon an dem Morgen, als Sie plötzlich aus dem Nebel im Moor vor mir aufgetaucht sind. Wie ein Wesen aus einer anderen Welt. Oder vielleicht schon vorher. An dem Abend, als Sie in die Gaststube kamen. Irgendwie unsicher und fehl am Platz. Und doch gewillt, sich in diesem hinterwäldlerischen Eifelkaff zu behaupten.«

»Ich weiß nicht, was ich sagen soll ...«

»Wie bedauerlich, dass Sie meine Gefühle nicht erwidern! Damit haben Sie, bildlich gesprochen, einen Dolch tief in mein Herz gestoßen.« Er schwieg und sah sie forschend an. »Nur so aus Interesse, gibt es einen anderen Mann in Ihrem Leben?«

»Nein, den gibt es nicht. Und es muss auch keinen geben, damit ich *nicht* in Sie verliebt bin.«

»Nun, es kommt einfach selten vor, dass mich eine Frau nicht will. Das bin ich nicht gewohnt.« Er lächelte wieder selbstironisch.

»Sie werden darüber hinwegkommen«, sagte Thea nach einer kurzen Pause.

»Vermutlich.«

»Ganz bestimmt, davon bin ich fest überzeugt. Und zwar

schon sehr bald.« Thea lächelte ihm noch einmal zu, dann griff sie nach ihrer Arzttasche und eilte nach draußen.

Im Auto blieb sie einige Augenblicke lang still sitzen und horchte in sich hinein. Sie mochte Axel Heimbach, und sie fand ihn attraktiv. In seiner Gegenwart fühlte sie sich lebendig und beschwingt. Ein bisschen so, als hätte sie Sekt oder Champagner getrunken. Aber es war wie mit dem Alkohol – in zu großen Maßen genossen, würde darauf ganz sicher ein Kater folgen. Nein, er war definitiv nicht der Richtige für sie. Und abermals nein, es gab auch keinen anderen Mann, in den sie verliebt war. Thea rückte energisch ihre Brille zurecht und fuhr los.

Als Thea den Opel in der Wellblechgarage parkte, stieg Georg Berger gerade aus dem Ford. Anscheinend war er kurz vor ihr eingetroffen.

»Alles in Ordnung mit Heimbach?«

»Ja …«

»Wirklich? Sie klingen ein bisschen zögerlich.«

»Doch, es geht ihm gut, und ich habe ihm gesagt, dass er morgen wieder in sein Atelier gehen kann.« Thea fühlte, wie ihr Gesicht heiß wurde. O nein, jetzt errötete sie auch noch!

Georg Berger musterte sie. »Na gut, dann wollen wir mal hoffen, dass Heimbach sich nicht so bald wieder in Schwierigkeiten bringt«, sagte er schließlich.

»Ja, das wäre wünschenswert. Wenn Sie mich jetzt bitte entschuldigen würden – ich will schnell etwas aus meinem Häuschen holen.« Thea floh vor seinem forschenden Blick.

Georg Berger musste nichts von Axel Heimbachs Liebesgeständnis wissen!

Kapitel 29

Einen Tag später, am Donnerstagnachmittag, verließ Thea das kleine Gehöft, wo sie eben den letzten Patienten ihrer Besuchsrunde aufgesucht hatte, und ging zu dem Opel, der am Straßenrand parkte. Der warme Wind peitschte den blühenden Ginster und zog silbrig schimmernde Linien in ein grünendes Gerstenfeld. Im Norden war der Himmel noch klar, aber von Süden her zogen dunkle Wolken auf. Auch die Pappeln einer schmalen Allee, die ganz in der Nähe zu einem herrenhausartigen Anwesen führte, wurden von den kräftigen Böen geschüttelt. Thea hatte sagen hören, dass das Gebäude dem Besitzer der Monschauer Woll- und Garnfabrik gehörte.

Sie hatte den Wagen fast erreicht, als das Geräusch eines nahenden Autos sie den Kopf wenden ließ. Ein schwarzer Mercedes hielt neben ihr am Straßenrand, am Steuer ihr Vater. Gut möglich, dass er zu einem Patienten unterwegs war. Neben seiner Tätigkeit als Chefarzt hatte er immer welche privat behandelt. Was er wohl von ihr wollte? Ging es etwa darum, dass sie Katja neulich völlig angetrunken nach Hause gebracht hatte? Sie wappnete sich gegen seine Vorwürfe.

Und tatsächlich war die Miene des Vaters, als er jetzt ausstieg und auf sie zukam, sehr aufgebracht. O Gott, es würde also schon wieder einen Streit zwischen ihnen geben.

»Guten Tag, Vater«, sagte sie beklommen.

»Da ich dich zufällig hier treffe ...« Er baute sich vor ihr auf. »Du kannst wohl nur Schande über deine Familie bringen.«

»Meinst du die Sache mit Katja?« Thea wurde ärgerlich. »Da übertreibst du ein bisschen. Und überhaupt war das alles nicht meine Schuld.«

»Ich meine mit *Schande*, dass du dich mit Männern herumtreibst!«

»Wie bitte?« Damit hatte Thea nicht gerechnet. »Wie kommst du denn darauf?«

»Ich weiß, dass du mit einem stadtbekannten Casanova ...«, der Vater zögerte kurz, dann spuckte er das Wort aus, »... schläfst.«

Er konnte damit nur Axel Heimbach meinen. Hatte jemand sie beobachtet, als sie nach der Operation zusammen in sein Haus gegangen waren, und das herumerzählt?

»Vater, lass mich dir erklären ...«

»Da gibt es nichts zu erklären. Erst lässt du dich mit einem schäbigen Mitgiftjäger ein und jetzt mit einem Glücksritter.«

Thea schluckte ihren Zorn darüber, wie der Vater wieder einmal über Hans urteilte, hinunter. »Es ist nicht so, wie es auf den ersten Blick scheint.«

»Ach ja, und wie verhält es sich denn dann?«, höhnte er.

»Dieser Mann ist ein Patient, er war verletzt, deshalb habe ich ihn mitten in der Nacht nach Hause begleitet.« Thea überlegte, wie sie ihrem Vater von jenen Stunden erzählen konnte, ohne ihm zu verraten, dass Axel Heimbach in einen Schusswechsel mit der Polizei geraten war.

Doch er schüttelte ungeduldig den Kopf. »Lüg mich

nicht an! Ich weiß es aus einer absolut vertrauenswürdigen Quelle, dass er dein Liebhaber ist.«

»Aber ...« Thea verstand nicht.

»Deine eigene Schwester, Katja, hat es mir erzählt!«

»Katja? Das kann nicht sein!«

»Doch, ich weiß es von ihr.«

Thea verschlug es die Sprache, und ihr wurde ganz kalt. Stumm sah sie zu, wie der Vater wieder zu dem Mercedes ging und die Wagentür zuschlug.

Katja würde so etwas niemals über sie erzählen! Thea ballte die Hände zu Fäusten. Das hatte sich der Vater nur ausgedacht, um sie zu verletzen. Der Mercedes bog jetzt in die Pappelallee ein und fuhr zu dem herrschaftlichen Anwesen. Gut, in der nächsten Stunde würde der Vater also nicht im Krankenhaus sein. Bestimmt aber traf sie Katja dort im Büro an. Sie musste sofort mit ihr sprechen!

»Katja ...« Außer Atem schloss Thea die Tür des Büros und trat auf ihre Schwester zu. Sie war die Treppen in das zweite Stockwerk des Krankenhauses hinaufgerannt, denn möglichst schnell wollte sie die Lüge des Vaters aus der Welt schaffen.

Katja tippte irgendein Schriftstück auf ihrer Schreibmaschine. Sie war blass und hatte Ringe unter den Augen.

»Ich habe gerade zufällig Vater getroffen. Er hat behauptet, dass du mich beschuldigst, mit einem Mann zu schlafen.«

Katjas Lippen wurden ganz schmal, sie tippte die Zeile zu Ende, dann stieß sie sich vom Schreibtisch ab und rollte mit dem Bürostuhl zu Thea herum. »Na und? Es stimmt doch, du schläfst mit Axel Heimbach!« Herausfordernd verschränkte sie die Arme und warf den Kopf in den Nacken.

»Also hast du diesen Unsinn tatsächlich Vater erzählt ...«
Plötzlich glaubte Thea zu begreifen. Katjas Schwärmen in
Bad Neuenahr für die Filmfigur des *aufregenden* Schiebers
Harry Lime. Heimbach war ein Schmuggler, und er war
zudem ein Mann, der das gewisse Etwas hatte. »Dein ge-
heimnisvoller Liebhaber ... Ist das etwa Axel Heimbach?«

»Er *war* es, wegen dir hat er mich verlassen.« Das Gesicht
der Schwester war spitz und starr geworden.

»Ich habe rein gar nichts mit ihm!«

»Ach, du lügst doch! Eine Lernschwester – also eine welt-
liche Schwester, keine Nonne – wohnt in der Nähe von
Axel. Sie kennt dich von dem Bild in der Zeitung, und sie
hat gesehen, wie ihr Samstagnacht eng umschlungen durch
den Hintereingang in sein Haus gegangen seid. Sie weiß
von mir und von Axel, wir gehen manchmal miteinander
aus. Aber sie hatte ein paar Tage frei. Deshalb hat sie es mir
erst gestern erzählt.«

»Katja ...«

Doch die Schwester ließ sie nicht zu Wort kommen. »Ich
konnte es zuerst kaum glauben! Deshalb bin ich gestern in
der Mittagspause zu seinem Haus gegangen, ich wollte
noch mal mit ihm reden, und da habe ich euch durch das
Küchenfenster entdeckt. Ihr habt euch geküsst.«

»Axel Heimbach hat *mich* geküsst! Ich war überrumpelt
und ...«

Doch Katja hörte ihr überhaupt nicht zu. »Warum war
ich nur so blind? Ich habe schließlich gesehen, wie Axel
dich auf der Kirmes angeschaut hat. Damals habe ich noch
geglaubt, ich bilde mir das nur ein ... Und dann dieses Foto
von dir in der Zeitung. Du bist darauf so schön, das war
doch eine Liebeserklärung!« Der Schwester schossen die

Tränen in die Augen. »Ich habe noch nie einen Mann so geliebt wie ihn. Er bedeutet mir alles, und du nimmst ihn mir weg!«

»Katja, ich bin nicht in Axel Heimbach verliebt, und ich habe ihn dir nicht weggenommen.« Thea zwang sich zur Ruhe. »Hättest du nicht wenigstens zuerst mit mir sprechen können, ehe du Vater dieses Märchen auftischst? Du weißt doch, wie konservativ seine Moralvorstellungen sind.« Ihr wurde jetzt einiges klar. Katja war tief verletzt. Sie hatte genau gewusst, wie der Vater auf ihre Anschuldigung reagieren würde, und – egozentrisch, wie sie nun einmal bei all ihren guten Seiten war – ihm genau deshalb von der vermeintlichen Affäre erzählt. Weil sie Thea damit am meisten treffen konnte.

»Das ist kein Märchen! Du willst nur nicht zugeben, dass du nicht die tugendhafte Heilige bist, als die du dich immer darstellst.« Katjas Gesicht war ganz verzerrt vor Schmerz und Wut. »Die Witwe, die immer noch ihrem toten Mann nachtrauert. In Wahrheit bist du ein gemeines, hinterhältiges Biest!«

»Halte den Mund!« Heißer Zorn stieg in Thea auf und vertrieb den letzten Rest von Mitgefühl für den Liebeskummer der Schwester. Sie trat einen Schritt vor und hob die Hand. Erst als Katja zusammenzuckte und sich auf ihrer Wange ein roter Fleck ausbreitete, wurde Thea klar, dass sie der Schwester gerade eine schallende Ohrfeige verpasst hatte.

Immer noch außer sich vor Zorn parkte Thea den Opel vor Axel Heimbachs Atelier in der Monschauer Innenstadt. Durch die Glastür sah sie, dass sich keine Kunden in dem

Geschäft aufhielten. Sie stürmte hinein und schlug die Tür so heftig hinter sich zu, dass die Scheibe klirrte.

»Thea ...« Heimbach kam aus einem Hinterzimmer, einige großformatige Fotos in den Händen. Die Freude, die auf seinem Gesicht aufleuchtete, wich Bestürzung, als er sah, wie aufgebracht sie war. »Was ist denn geschehen?«

»Sie wagen es, mir zu erzählen, dass Sie in mich verliebt sind, dabei hatten Sie eine Affäre mit meiner jüngeren Schwester!«

»Das eine hat doch nichts mit dem anderen zu tun.«

»Für mich sehr wohl!«

»Ich ... ich wollte Sie eigentlich gar nicht küssen und Ihnen dieses Geständnis machen, als Sie bei mir waren. Aber dann, als Sie so ganz nahe vor mir standen und mich berührt haben ... Irgendwie kam es einfach über mich. Und Katja hat von Anfang an gewusst, worauf sie sich mit mir eingelassen hat.«

»Dass Sie die Frauen benutzen und dann wegwerfen!«

»So war das nicht. Ich habe gedacht, Katja würde unsere Liaison auch leichtnehmen und nur ein bisschen Spaß haben wollen. Ich mag sie wirklich gern. Sie ist so temperamentvoll und witzig und ...« Axel Heimbach brach ab und fuhr sich mit den Händen über das Gesicht. »Aber ich bin nun einmal nicht in sie verliebt.«

»Ich habe meine Zweifel, ob Sie überhaupt wissen, was es bedeutet, jemanden zu lieben!«, fuhr Thea ihn an.

»Was auch immer Sie mir vorwerfen, ich habe Katja nicht ausgenutzt. Ich habe sie mit Leuten von Zeitungen und Magazinen bekannt gemacht«, erwiderte Axel Heimbach heftig. »So hat sie zum Beispiel überhaupt die Chance bekommen, bei der Modenschau in Bad Neuenahr zu fotografieren. Und das ist ein wirklich gutes Sprungbrett für sie.«

»Wie schön, dass Sie sich als ihr Mentor sehen können!« Also verdankte sie auch noch ihr Hotelzimmer in gewisser Weise Axel Heimbach. Was Thea noch mehr aufbrachte. »Bestimmt gibt es viele junge, hübsche Frauen, denen Sie gern behilflich sind.«

»Frau Dr. Graven, bei allem, was Sie für mich getan haben, das ist wirklich ungerecht.«

Aber Thea hörte gar nicht mehr hin. Ihr war nämlich wieder eingefallen, dass sie die Schwester neulich spät in der Nacht in jenem Gasthof aufgelesen hatte, in dem – laut der Polizei – auch Schmuggler verkehrten. Und Katja hatte immer so viel Geld. »Nur noch eines – haben Sie meine Schwester etwa auch in Ihre Schmuggelaktivitäten hineingezogen?« Wütend funkelte sie Heimbach an.

Er zögerte.

»Also ja!«

»Es war Katjas Idee, nicht meine. Ich habe für sie Bluejeans bei den Amerikanern besorgt, und sie hat sie weiterverkauft. Das war alles.«

»Damit hat sie sich strafbar gemacht!«

»Sie ist eine erwachsene Frau, es war ihre Entscheidung.«

»Ach, fahren Sie doch zur Hölle!« Thea stürmte zur Tür. Doch dort drehte sie sich noch einmal um. »Wissen Sie, was mich am meisten anekelt? Dass Sie behauptet haben, sich für die Gemälde meines Mannes zu interessieren!«

Und sie hatte diesen Hasardeur und Casanova auch noch vor der Polizei gerettet!

Irgendwie schaffte Thea es, die Nachmittagssprechstunde

zu überstehen. Nachdem der letzte Patient gegangen war, wechselte sie noch ein paar Worte mit Georg Berger, ehe sie zu ihrem Häuschen ging. Sie war immer noch zornig auf Katja, aber auch traurig. Das letzte Mal hatte sie die jüngere Schwester geohrfeigt, als die ihr in einem Wutanfall eine geliebte Puppe zerbrochen hatte. Sie war dreizehn Jahre alt gewesen und Katja vier.

Es war so schön gewesen, den Schwestern wieder nahe zu sein! Doch jetzt hatten Katja und sie diesen hässlichen, verletzenden Streit gehabt. Wie sollte ihr Verhältnis nur wieder ins Reine kommen? Die Ohrfeige würde ihr Katja sicher verzeihen. Aber die angebliche Liebesbeziehung mit Axel Heimbach gewiss nicht.

Thea öffnete die Tür und betrat das Häuschen. Sie hatte eben ihre Arzttasche abgestellt, als sie einen Briefumschlag auf dem Boden liegen sah. Der Postbote hatte ihn, wie immer, unter der Tür durchgeschoben. Noch in Gedanken bei Katja hob sie ihn auf. Ein Hamburger Poststempel. Und ... Ihr Magen zog sich nervös zusammen. Die Universitätsklinik als Absender.

Mit einem flauen Gefühl ließ sich Thea auf die Bank sinken und riss den Umschlag auf. Dann faltete sie den Briefbogen auseinander. Die Worte sprangen ihr förmlich entgegen, und doch hatte sie Mühe, sie zu begreifen.

Möchten Sie hiermit in Kenntnis setzen ... Staatsanwaltschaft ... Ermittlungen gegen Prof. Dr. Arnhem als gegenstandslos eingestellt ... Behalten uns rechtliche Schritte gegen Sie vor ...

O nein ... Theas Herz hämmerte wie wild in ihrer Brust, und die Zeilen verschwammen vor ihren Augen. Die Universitätsklinik beabsichtigte, sie wegen Verleumdung anzuzei-

450

gen? Bei einer Verurteilung würde sie ihre Bestallung als Ärztin verlieren und nicht mehr in ihrem Beruf arbeiten können.

Nirgends mehr, auch nicht hier in der Praxis.

»Was gibt's denn?« Georg Berger stand in der Eingangstür des Schlösschens. Thea hatte ihn herausgeklopft. Er gähnte. »Müssen Sie mal wieder die Welt oder eine Ihrer Schwestern retten?« Doch nun stutzte er. »Frau Dr. Graven, Thea, Sie sind ja leichenblass! Ist etwas mit Ihrer Familie oder mit einem Patienten?«, fragte er erschrocken.

»Nein, aber es ist etwas Schlimmes geschehen«, antwortete sie mit dumpfer Stimme.

»Das hört sich ja sehr dramatisch an. Kommen Sie rein.«

Thea folgte Georg Berger ins Arbeitszimmer. Auf dem Schreibtisch lag wieder ein aufgeschlagenes Lehrbuch für Chirurgie. Sie hatte ihn anscheinend beim Lesen gestört.

Nein, sie wollte ihre Bestallung nicht verlieren. Sie wollte ihren Beruf weiter ausüben, und das hier, mit Georg Berger, in dieser Praxis.

»Also, was ist los?« Er hatte sich hinter den Schreibtisch gesetzt, und Thea ließ sich ihm gegenüber nieder. Georg Berger zündete sich eine Zigarette an.

»Ich habe einen Brief aus Hamburg erhalten, vom Universitätskrankenhaus. Die Ermittlungen gegen meinen früheren Chefarzt wurden eingestellt. Und die Krankenhausleitung behält sich rechtliche Schritte gegen mich vor, wahrscheinlich beabsichtigen sie, mich wegen Verleumdung … anzuzeigen.« Es auszusprechen machte es ganz real und noch beängstigender.

»Und im Fall einer Verurteilung würden Sie Ihre Bestallung verlieren, ich verstehe.« Georg Berger nickte.

»Ja ...« Ein großer Druck legte sich auf Theas Brust, und sie kämpfte dagegen an.

Georg Berger rauchte schweigend. »Aber es ist ja noch nicht gewiss, dass es wirklich zu einer Anzeige kommen wird«, sagte er schließlich. »Und falls doch, dann kann ein guter Anwalt sicher etwas für Sie bewirken. Wir kriegen das schon hin.«

Hatte er gerade *wir* gesagt? Thea konnte es nicht glauben.

»Jetzt sehen Sie mich nicht so überrascht an. Ich lasse es nicht zu, dass ein Chefarzt mit einem Kunstfehler davonkommt, der einen Patienten das Leben gekostet hat, und auch noch Ihre Karriere und Ihr Leben ruiniert.«

Sie hatte sich also nicht verhört. Ein warmes Gefühl der Dankbarkeit durchflutete Thea, und sie wandte hastig den Blick ab, weil ihr die Tränen in die Augen stiegen.

»Herrje, Frau Dr. Graven, jetzt weinen Sie doch nicht.« Seine Stimme war überraschend sanft.

»Entschuldigen Sie, ich habe in der letzten Zeit wirklich nahe am Wasser gebaut ...«

»Hier.« Georg Berger reichte ihr ein Taschentuch, und sie schnäuzte sich verlegen. Er schaute sie nachdenklich an, dann stand er unvermittelt auf. »Kommen Sie mal mit.«

»Wohin denn?«

»Ach, stellen Sie doch zur Abwechslung mal keine Fragen.«

Er eilte durch die Halle und öffnete eine Tür. Dahinter verbarg sich eine Wendeltreppe. Thea folgte ihm die Stufen hinauf und über einen dämmrigen Dachboden voller Kisten und Gerümpel. Es gab sogar ein Skelett, dem ein Arm fehlte, und uralte medizinische Geräte. Dem Staub und den

Spinnweben nach zu schließen hatte hier seit Jahrzehnten niemand mehr aufgeräumt. Dann wieder ein paar Stufen, eine Tür – und plötzliche Helligkeit.

Und … Thea verschlug es die Sprache. Sie stand mit ihrem Chef in dem kleinen Turm auf dem Dach des Schlösschens. Unter ihnen im Abendsonnenschein breiteten sich das Dorf und das Hohe Venn aus. Bis weit nach Belgien konnte sie blicken. Und ganz im Osten, das Flirren am Horizont – begann dort etwa die Rheinebene?

»Ab und zu tut eine andere Perspektive mal ganz gut«, hörte sie Georg Berger trocken sagen.

»Es ist überwältigend.« Thea suchte nach Worten. »Als würde man fliegen …« Irgendwie wusste sie, dass er ihr damit etwas Wichtiges von sich offenbart hatte. Eine Weile lang standen sie einfach nur da und sahen zu, wie sich der Abendhimmel langsam verdunkelte.

»Danke, dass Sie mir diesen Platz gezeigt haben«, sagte Thea schließlich leise.

»Geht es Ihnen wieder besser?« Georg Berger berührte sie freundschaftlich am Arm. »Zumindest hat Ihr Gesicht wieder etwas Farbe bekommen.«

»Ja, doch …« Dem vollen Aschenbecher nach zu schließen schien er öfter in dem Türmchen zu sein. Ob er hier oben auch versucht hatte, Abstand zu Melanie Winter zu erlangen?

»Als ich vor gut elf Jahren nach Eichenborn gekommen bin, war das aus verschiedenen Gründen eine schwierige Zeit in meinem Leben. Ich war froh, diesen Platz entdeckt zu haben. Von hier oben aus relativiert sich manches«, hörte sie Georg Berger sagen.

Thea musste plötzlich an das chirurgische Lehrbuch auf

seinem Schreibtisch denken und wie gekonnt er Lioba Fromme und Axel Heimbach operiert hatte. »Was ich Sie noch fragen wollte …«

»Was wollen Sie denn jetzt schon wieder wissen?« Doch er lächelte.

»Sie operieren so gut und so völlig sicher. Sie haben einige Jahre als Assistenzarzt in der Chirurgie gearbeitet, nicht wahr?«

»Ich bin Chirurg.«

»Wie bitte?«

»Sehen Sie mich nicht so entgeistert an.« Er hob die Augenbrauen.

»Aber …«

»Und jetzt fragen Sie sich, warum ich das aufgegeben und mich in diesem Nest niedergelassen habe?«

»Ja! Die Chirurgie ist doch die Königsdisziplin der Medizin. So viele Ärzte streben sie an …« Thea verstand nicht.

»Kurz nachdem ich meine Ausbildung zum Chirurgen abgeschlossen hatte, geriet mein Leben ziemlich durcheinander.« Er stützte sich mit den Händen auf der Brüstung ab und blickte in die Ferne.

Würde er sich ihr weiter anvertrauen? Thea wartete stumm, sie wollte ihn nicht bedrängen.

Schließlich wandte er sich ihr wieder zu. »Melanie … meine große Liebe hatte mich für einen Mann verlassen, den ich verabscheute. Das hat mich ziemlich aus der Bahn geworfen. Ich wollte nur noch weg aus Berlin, mich irgendwo verkriechen …«

Wie damals als kleiner Junge, nach der schweren Krankheit, als sein bester Freund gestorben war, ging es Thea unwillkürlich durch den Sinn.

»... und dieses Nest am Rand des Moors schien mir dafür der geeignete Ort zu sein.«

»Aber ... Sie haben Ihre Karriere weggeworfen.«

»Nun, da bin ich hier ja nicht der Einzige.« Georg Bergers Stimme klang wieder trocken.

»Ich werde vielleicht noch irgendwann als Gynäkologin arbeiten können. Jedenfalls hoffe ich das. Aber für Sie dürfte es sehr schwer werden, noch einmal in der Chirurgie Fuß zu fassen. Falls Sie das möchten ...«

»Ich will es gar nicht.« Georg Berger schüttelte den Kopf. »Ich habe die Hierarchien im Krankenhaus immer gehasst. Und wenn ich nicht das Glück gehabt hätte, in Berlin an der Charité auf einen Chefarzt für Chirurgie zu treffen, der sehr unorthodox war und eine Art väterlicher Freund wurde und seine Hand über mich hielt, hätte man mich in meiner Assistenzzeit wahrscheinlich ein paarmal rausgeworfen. Hier, in Eichenborn, bin ich mein eigener Herr, und Gelegenheit zum Operieren habe ich auch. In der letzten Zeit sogar vermehrt.« Er grinste schwach. »Weshalb ich auch versuche, mich in der Chirurgie auf dem Laufenden zu halten.«

Ja, so unkonventionell und eigenwillig, wie ihr Chef war, passte er nur schwer in eine Krankenhaushierarchie. Ihr Vater als vorgesetzter Arzt hätte ihn sicher innerhalb kurzer Zeit entlassen. Und doch bedauerte Thea Georg Bergers Entschluss. Niemand hielt die lange und fordernde Ausbildung zum Chirurgen durch, wenn er diesen Beruf nicht wirklich liebte.

Ihre Gedanken waren ihr wohl deutlich ins Gesicht geschrieben, denn Georg Berger seufzte. »Sehen Sie mich nicht so traurig an, ich bin zufrieden mit meinem Leben.

Und da wir ja nun endgültig unsere dunklen Geheimnisse kennen, was halten Sie davon, wenn wir uns künftig mit Vornamen ansprechen würden?«

»Das fände ich sehr schön.«

Georg Berger streckte die Hand aus, und sie schlug ein.

»Georg.«

»Thea.« Sein Händedruck war sehr fest und sein Blick ganz warm und voller Sympathie. Für einige Sekunden ruhten ihre Hände ineinander, und sie lächelten sich an. War das wirklich der Mann, den sie einmal für arrogant und selbstgerecht gehalten hatte? Thea konnte es kaum glauben.

Später, in ihrem Häuschen, holte Thea die kleine, mit den stilisierten Orangen verzierte Dose aus dem Küchenschrank, die ihr Frau Hansen nach dem Tod ihres Mannes geschenkt hatte. Versonnen strich sie über das Metall. Ja, es war richtig gewesen, dass sie den ärztlichen Kunstfehler Professor Arnhems bei der Staatsanwaltschaft angezeigt hatte – trotz aller schlimmen Konsequenzen. Und auch, wenn sie tatsächlich ihre Bestallung verlieren sollte. Thea betrachtete das Döschen noch einige Minuten, dann stellte sie es behutsam wieder in den Schrank zurück.

Kapitel 30

Am nächsten Nachmittag bog Thea von einem einsam gelegenen Hof, wo sie einen Patienten besucht hatte, in die
Landstraße ein. In den vergangenen Stunden hatten sie
immer wieder Wellen der Verzweiflung wegen des Briefs
von der Hamburger Universitätsklinik überkommen, und
sie hatte ihre Zukunft in den düstersten Farben gesehen.
Dann wieder war das Gefühl von Leichtigkeit und Zuversicht, das sie an der Seite von Georg Berger hoch oben in
dem Türmchen verspürt hatte, stärker gewesen. Und da war
auch immer noch das tröstliche *Wir*. Georg Berger würde
sie im Falle einer Anzeige nicht im Stich lassen. Davon war
sie fest überzeugt.

Der Motor stotterte plötzlich, dann erstarb er ganz. Der
Opel rollte auf der leicht abschüssigen Straße noch ein paar
Meter weiter, nur um schließlich endgültig stehen zu
bleiben.

Thea stöhnte. War der alte Wagen etwa wieder einmal
defekt? Stirnrunzelnd starrte sie auf das Armaturenbrett.
O nein ... Der Zeiger der Tankanzeige stand auf null. Sie
war so mit ihren Problemen beschäftigt gewesen, dass sie
beim Losfahren überhaupt nicht auf den Benzinstand ge-
achtet hatte, und dabei verbrauchte der Opel so viel. Nun
gut, im Kofferraum gab es ja einen Reservekanister.

Doch er war leer, wie Thea gleich darauf feststellte, als sie ihn hochhob. Verdammt ... Warum hatte sie das nie kontrolliert?

Etwa zwei Kilometer entfernt, ganz in der Nähe der Grenze zu Belgien, gab es eine Tankstelle. Sie musste in den sauren Apfel beißen und dorthin laufen. Wie gut, dass sie wenigstens ihre Besuchsrunde schon beendet hatte und kein Patient sie sehnlich erwartete!

Ärgerlich auf sich selbst nahm Thea den Kanister in die Hand und machte sich auf den Weg. Der nun einsetzende Nieselregen hob ihre Stimmung keineswegs.

Durchnässt kam Thea etwa eine halbe Stunde später bei der Tankstelle an. Sie hatte versucht zu trampen, doch kein Wagen hatte angehalten. Der Tankwart, ein Mann in den Dreißigern mit einer rosigen Gesichtsfarbe und akkurat gescheitelten dunklen Haaren, telefonierte und machte ihr ein Zeichen zu warten. Anscheinend ging es bei dem Gespräch um eine Lieferung von Dieselkraftstoff, mit der es Probleme gab.

Ungeduldig ließ Thea ihren Blick schweifen. Der Regen rann an den Scheiben herab. Was für ein trister Tag! Auf der anderen Straßenseite gab es eine Autowerkstatt. Unter dem Vordach standen, beschienen von einer Leuchtreklame, ein Mann und eine Frau. Der Mann war groß und rothaarig, und sein Vollbart entsprach nicht der derzeitigen Mode. Zu einem dunklen Rollkragenpullover trug er eine Lederjacke. Von der Frau konnte Thea nur den Rücken sehen. Ihr Haar war unter einem Kopftuch verborgen, und der Kragen ihres hellgrünen Regenmantels war hochgestellt.

»Was kann ich für Sie tun?« Der Tankwart hatte sein Telefonat endlich beendet.

Thea bat ihn, den Reservekanister zu füllen, und ging mit ihm nach draußen zu der Zapfsäule. Während der Tankwart den Stutzen des Benzinschlauchs in die Öffnung des Kanisters steckte, blickte sie wieder zu der Autowerkstatt. Die Frau in dem Regenmantel reichte dem Mann nun etwas. Er sagte ein paar Worte und lachte, was sie zusammenzucken ließ, als hätte er sie geschlagen. Sie drehte sich um und rannte blindlings durch den Regen über die Straße. Ein Lkw musste bremsen, um sie nicht zu erfassen, und der Fahrer hupte durchdringend. Gleich darauf stieg sie in ein schwarzes Auto.

»Der Kanister ist voll, kann ich sonst noch etwas für Sie tun?« Der Tankwart sprach Thea an.

»Oh, nein danke, das ist alles. Das heißt ...« Thea besann sich. »... es wäre nett, wenn Sie mir ein Taxi rufen könnten.«

»Der Besitzer der Werkstatt übernimmt auch Taxifahrten.« Der Tankwart wies über die Straße.

Tatsächlich hatte der Mann Zeit und einen Wagen verfügbar. Während sie die Landstraße entlangfuhren, dachte Thea noch einmal an die durch den Regen rennende Frau. So einen hellgrünen Regenmantel hatte Marlene auch. Was für ein Zufall.

Zu Hause angelangt, wechselte Thea ihre nassen Kleider und schürte das Feuer im Herd an, denn der Maitag war sehr frisch, und sie wollte den Abend nicht in der Kälte verbringen. Dann war es auch schon Zeit, dass sie sich zur Nachmittagssprechstunde auf den Weg machte. Doch vorher wollte sie noch schnell den Lebensmittelbestand in der Truhe prüfen.

Von den Büschen und Bäumen tropfte es, und Theas

Schuhe und Strümpfe waren schon nach wenigen Metern in dem hohen Gras ganz feucht. Herrje, was für ein Wetter! Hastig öffnete sie die Tür des Schuppens. Drinnen war es dämmrig. Ein Husten drang an Theas Ohr, dann erst sah sie den Jungen in Decken gewickelt auf dem Boden liegen. Erschrocken beugte sie sich über ihn. Er hatte noch nie am Tag hier geschlafen. »Peter, was ist denn mit dir, bist du krank?« Behutsam berührte sie seine Stirn. Sie war glühend heiß. Nun stieß der Junge ein Wimmern aus, wie ein verwundetes Tier, und starrte sie aus glasigen Augen an.

Thea streichelte seine Wange. »Peter, ich hole Hilfe und bin gleich wieder hier.« Dann rannte sie los.

»Georg!« Thea traf ihren Chef in seinem Sprechzimmer an, wo er medizinische Instrumente aus dem Sterilisationsapparat nahm. »Peter liegt im Schuppen, er hat hohes Fieber. Ich kann ihn nicht allein tragen und …«

»Oh, verdammt, ich komme ja schon.«

Irgendwie war sein geknurrter Fluch beruhigend vertraut. Georg Berger trat ins Wartezimmer, wo schon einige Patienten saßen. »Es gibt einen Notfall, die Sprechstunde beginnt später«, erklärte er knapp. »Wem das zu lange dauert, der soll nach Hause gehen.«

Dann lief er mit Thea zum Schuppen.

Als Georg Berger sich über Peter beugte, wimmerte der Junge wieder und versuchte, von ihm wegzukriechen. Aber er war zu schwach. Theas Herz zog sich vor Mitleid zusammen. Sie wollte Peter beschwichtigen, ihm sagen, dass er von ihrem Chef nichts zu befürchten habe. Doch Georg Berger trat einen Schritt zurück. »Peter, du bist doch oft auf der Koppel bei den Pferden. Ich habe dich da gesehen und weiß, dass du sie gern magst. Sie gehören mir, und ich kann gut verstehen, dass du dich bei ihnen geborgen fühlst. Mir ging das auch so, als ich so alt war wie du und sehr traurig war. Du musst keine Angst vor mir haben, ich möchte nur, dass du wieder gesund wirst.« Seine Stimme klang sehr sanft. Peter entspannte sich. Und als Georg Berger sich nach einigen Momenten wieder zu dem Jungen hinunterbeugte, ließ er sich widerstandslos von ihm hochheben.

»Wir bringen ihn ins Schlösschen«, sagte Georg Berger rasch zu Thea.

Wie sensibel und einfühlsam ihr Chef sein konnte! O ja, unter all seinem Zynismus hatte er wirklich einen sehr weichen Kern.

Georg Berger trug Peter in das Gästezimmer im ersten Stock und legte ihn dort behutsam aufs Bett. Rasch drehte er die Heizung an. Dann zogen sie dem Jungen die zerschlissenen Kleidungsstücke aus. Sie waren feucht und klamm.

Peter stöhnte, und seine Zähne schlugen in einem Anfall von Schüttelfrost heftig aufeinander. Er schien gar nicht richtig bei sich zu sein.

Georg Berger maß seine Temperatur, horchte seine Lunge ab. »Über vierzig Fieber, aber wohl keine Lungenentzündung«, erklärte er dann. »Könnten Sie bei dem Jungen bleiben, während ich die Sprechstunde abhalte?« Er hatte inzwischen eine Ampulle mit einem fiebersenkenden Mittel auf eine Spritze gesteckt und injizierte es Peter.

»Ja natürlich.« Thea nickte. »Heute Nacht muss auch jemand bei ihm wachen. Das übernehme ich ebenfalls gern.«

»Ich frage Schwester Fidelis, ob sie sich mit Ihnen abwechseln kann, und quartiere mich für den Bereitschaftsdienst in die Praxis aus.« Er lächelte schwach. »Sie in der Nacht hier im Schlösschen, während ich anwesend bin – das dürfte Gerede geben.«

»Aber in der Nacht, als Sie Axel Heimbach operiert haben, war ich doch auch hier …«

»Das war ja nicht direkt eine Nachtwache. Außerdem wird alles, was mit Axel Heimbach und dem Kaffeeschmuggel zusammenhängt, im Ort mit einem großen Wohlwollen betrachtet. Da ist der Wunsch nach Profit stärker als die Moral.« Georg Berger grinste und stand auf. »Handtücher für kalte Wickel sollten sich in der Kommode finden«, er wies auf ein Möbelstück aus dunklem Holz, »Schüsseln in der Spülküche, fühlen wie Sie sich wie zu Hause. So gegen sechs bin ich wieder hier.« Er nickte ihr zu und ging.

Thea setzte sich in den alten Sessel neben dem Bett.

Peter warf sich hin und her. »Mama …«, klagte er. Sie streichelte seine heiße Hand, wartete, bis er ruhiger wurde, dann ging sie hinunter in die Spülküche im Erdgeschoss und füllte kaltes Wasser in eine Schüssel. Wieder zurück im Gästezimmer legte sie kalte Wickel um Peters Waden.

Thea hielt Wache und lauschte dabei dem Geräusch des Regens, der gegen das Sprossenfenster prasselte.

Nach einer Weile schlief Peter endlich ein. Was mochte er nur seit dem Tod der Mutter durchgemacht haben?

Gegen zwei Uhr in der Nacht klingelte der Wecker in Theas Schlafzimmer unter dem Dach. Schwester Fidelis hatte von acht Uhr am Abend bis jetzt bei Peter gewacht, nun war sie wieder an der Reihe. Sie stand auf, zog sich schnell an und fuhr sich mit der Bürste durch die Haare. Ein schneller

Blick zu Hans' Foto. *Ich gehe zu dem kranken Jungen, hoffentlich hat sich sein Zustand gebessert*, sagte sie stumm, ehe sie nach unten stieg und das Häuschen verließ.

Draußen war es sternenklar und kalt, sehr still lag das Gelände rings um die Praxis da. Die Eingangstür des Schlösschens war nicht versperrt – Peter sollte nicht durch ein Klopfen geweckt werden –, und Thea schlüpfte in das Gebäude. Aus der Spülküche fiel ein schwacher Lichtschein in die Halle.

Dort rührte Schwester Fidelis mit einem Löffel in einem Topf auf der elektrischen Kochplatte. Es roch nach Salbei und Kamille. »Ich mach einen Halswickel für das Kind«, sagte sie. »Der Hals ist ganz rot und geschwollen. Erst vor einer Stunde ist das Fieber endlich ein bisschen runtergegangen. Vorher hat der Junge schlimme Träume gehabt und nach seiner Mutter geschrien, der arme Wurm.« Sie ließ sich auf einen Stuhl sinken.

Thea setzte sich zu ihr. »Wie gut, dass das Fieber nachgelassen hat.« Sie war erleichtert.

»Der Doktor hat mir erzählt, dass der Junge aus dem Waisenhaus weggelaufen ist. Ich war auch mal in einem Heim, ein Jahr lang, da war ich zehn, meine Eltern war'n an der Grippe gestorben. Dann hat eine Großtante mich zu sich genommen.«

»Es tut mir leid, dass Sie Ihre Eltern so früh verloren haben.«

»Ich weiß, wie's in einem Waisenhaus ist ...« Die Nonne schüttelte den Kopf, wie um sich von schlimmen Erinnerungen zu befreien. Einige Momente lang sah sie vor sich hin. »Ich kenn den Doktor jetzt über elf Jahre«, sagte sie dann unvermittelt. »Ich hab am Anfang nicht viel von ihm gehalten. Er mag ja katholisch sein, aber eigentlich ist er ein Heide. Aber dann hab ich ihn schätzen gelernt. Auf seine Art ist er wahrhaftig, und anders als viele hat er nichts für die Nazis übriggehabt.«

»Ja, das weiß ich.«

»Abgesehen von den Jahren, als er im Krieg und dann in Gefangenschaft war, hab ich immer mit ihm zusammengearbeitet. Da waren nur er und ich in der Praxis. Auch deshalb hat's mir nicht gefallen, dass Sie gekommen sind. Nicht nur, weil Sie protestantisch und aus der Großstadt sind.« Es klang, als wollte sich die Schwester noch einmal entschuldigen.

»Ich kann gut verstehen, dass Sie mich als Eindringling empfunden haben«, erwiderte Thea freundlich. »Und ich freue mich wirklich, dass wir jetzt gut zusammenarbeiten.« Sie kannte das von Nachtdiensten mit Kollegen, wenn alles ringsum ruhig und dunkel war. Manchmal entstand dabei eine ganz eigene Intimität, bei der man Dinge äußerte, die sonst unausgesprochen geblieben wären.

Noch für eine Weile schwieg die Nonne. »*Sie* war wieder hier«, sagte sie dann abrupt, als wäre sie einer Reihe von Gedanken gefolgt, die schließlich zu dieser Aussage geführt hatten. Ihr Blick war düster.

»Sie ...?« Doch Thea ahnte, wen sie meinte.

»Melanie Winter oder früher Melanie Spangenberg. Sie kennen sie, sie ist bei der Wohltätigkeitsveranstaltung in der Monschauer Burg aufgetreten. Sie ist der böse Geist vom Doktor.«

Thea sah die Nonne stumm an, wusste nicht, was sie erwidern sollte.

»Sie waren oder sind ein Paar, ein sündiges Paar ... Im

Moment geht's dem Doktor gut, und deshalb glaub ich, er hat das Verhältnis mit ihr gelöst. Und ich hoffe und bete, dass es so bleibt. Aber ich fürchte, dass sie wieder zusammenkommen, so war das bis jetzt immer.« Die Schwester seufzte.

Von oben war ein Geräusch zu hören, als ob etwas umgefallen wäre. »Ich sehe nach Peter«, sagte Thea rasch. »Gehen Sie gern nach Hause und ruhen Sie sich aus. Und danke für Ihre Hilfe.«

»Sie erzählen dem Doktor doch nicht, was ich Ihnen gesagt hab?« Schwester Fidelis blickte Thea bedrückt an. »Es ist nur so … Ich mach mir Sorgen um ihn. Und ich kann mit niemandem sonst im Dorf darüber reden.«

»Natürlich erzähle ich Dr. Berger nichts«, versicherte Thea ihr.

In dem Gästezimmer war Peter aus dem Bett gekrochen und hatte einen Schemel umgeworfen. Sie beruhigte den Jungen, der mit weit aufgerissenen Augen auf dem Boden lag und nicht zu wissen schien, wo er sich befand, und bettete ihn wieder in die Kissen. Dann legte sie ihm den Halswickel um, spritzte ihm noch einmal ein fiebersenkendes Mittel und deckte ihn zu. Die kleine Lampe auf dem Nachttisch ließ sie brennen und setzte sich in den Sessel daneben.

Hatte Schwester Fidelis recht, und Georg Berger würde seine Beziehung mit Melanie Winter fortsetzen? Ach, hoffentlich nicht. Er wirkte so viel glücklicher ohne sie.

Thea fütterte Peter mit Haferschleim, als Georg Berger am Morgen ins Schlösschen kam. Er blickte ins Zimmer, nickte ihr zu und bedachte Peter mit einem forschenden Blick.

»Dem Jungen geht's besser?«

»Ja, zum Glück.«

»Gut.« Er nickte noch einmal, und kurz darauf hörte ihn Thea in der Spülküche rumoren.

Als Peter genug hatte, half Thea ihm, sich wieder hinzulegen. »Da sind Gänse«, flüsterte er.

»Ja, das stimmt.« Jetzt hörte Thea sie ebenfalls draußen im Bach schnattern.

»Wir hatten auch Gänse zu Hause und Kühe und ein Pferd …«

Es waren die ersten Worte bei Bewusstsein, die er an sie richtete. »Jetzt ruhst du dich erst noch aus, und später erzählst du mir davon, ja?«, sagte sie sanft.

»Heidi …«

»Du glaubst, dass sie sich Sorgen um dich macht? Ich sage ihr, dass du hier bist, fest versprochen.«

Peter schloss die Augen. Thea wartete noch ein Weilchen. Dann ließ sie Tür einen Spalt breit offen stehen und ging zur Spülküche.

Es duftete nach frisch gebrühtem Bohnenkaffee. Georg Berger werkelte an der elektrischen Kochplatte herum und schlug Eier in eine Pfanne. Sein Haar war zerzaust, Bartstoppeln sprossen auf seinen Wangen. Er sah entspannt und zufrieden aus und – auf eine herbe Weise – unbestreitbar attraktiv.

Heathcliff, schoss es Thea durch den Kopf. Jetzt wandte er den Kopf, ihre Blicke trafen sich, und seine blauen Augen leuchteten ganz warm. Für einige Sekunden sahen sie sich an, während ein Sonnenstrahl durchs Fenster fiel und draußen wieder die Gänse schnatterten.

»Ähm …« Thea räusperte sich verlegen.

»Ja …« Georg Berger strich sich die Haare aus der Stirn. Auch er schien etwas befangen zu sein. »Ich habe einen Bärenhunger, und ich dachte, vielleicht wollen Sie ja auch was?«

»O ja … sehr gern.« Thea setzte sich an den Tisch, der mit einem Sammelsurium aus altem Porzellangeschirr gedeckt war. Tassen und Teller mit Goldrand und Blumen und Jagdmotiven, etliche angeschlagen, die wahrscheinlich zum Inventar des Schlösschens gehörten. Und eine versilberte Butterdose, die dringend wieder einmal hätte poliert werden müssen. Ein Männerhaushalt. Sie unterdrückte ein Lächeln.

»Dem Jungen geht es also besser …«

»Ja, das Fieber ist auf neununddreißig Grad gesunken, und der Husten hat nachgelassen.«

»Das ist schön.«

»Und wie war die Nacht bei Ihnen?«

»Eine Gallenkolik, erfreulicherweise schon um elf, als ich mich noch nicht schlafen gelegt hatte.« Georg Berger verteilte Eier und Speck auf den Tellern und goss Kaffee in die Tassen.

Thea butterte sich eine Scheibe Brot und biss hinein. Ach, sie war wirklich hungrig, und es war schön, hier mit ihrem Chef zu sitzen und zu frühstücken. »Ich habe nachgedacht …«

»Ach ja?« Er hob die Augenbrauen.

»Peter wird noch eine Weile das Bett hüten müssen. Und auch wenn er nicht mehr fiebrig ist, sollte er nicht stundenlang allein sein. Sie, Schwester Fidelis und ich, wir haben ja eigentlich keine Zeit, um tagsüber ständig bei ihm zu sein. Und deshalb habe ich mich gefragt, ob es nicht möglich wäre, Frau Hörter zu bitten, nach Peter zu sehen …«

»Und das verbunden mit der Hoffnung, dass die Hörters Peter als Pflegekind zu sich nehmen?« Georg Berger bedachte Thea mit einem durchdringenden Blick. »Herr Hörter wird kaum zustimmen.«

Thea fühlte sich ertappt, denn genau das war ihre Hoffnung gewesen. »Sie wissen, dass sich Frau Hörter gern um ein Pflegekind kümmern möchte und Herr Hörter das nicht will?«

»Na ja, ich kenne die Hörters jetzt schon jahrelang, und ich bin ja nicht blind.«

»Aber wenn Peter wieder gesund ist, sollten wir ihn nicht mehr sich selbst überlassen. Er braucht ein Heim und Menschen, die ihn liebhaben und denen er vertrauen kann.«

»Das weiß ich, und ich denke darüber nach, was sich da machen lässt.«

»Und erst einmal geht es ja nur darum, dass Frau Hörter nach Peter sieht«, beharrte Thea. »Und das ist ihre Entscheidung und nicht die ihres Ehemanns.«

»Da bin ich Ihrer Meinung. Aber was ist, wenn Frau Hörter Peter lieb gewinnt und ihn gern als Pflegekind zu sich nehmen möchte – und es ihr das Herz bricht, wenn Herr Hörter dem nicht zustimmt? Sie hat schon zwei Söhne verloren.«

»Das ist ja alles gar nicht gesagt. Vielleicht bereitet es ihr einfach Freude, sich um Peter zu kümmern. Und außerdem … Ich glaube, es kann auch falsch sein, Dinge nur deshalb nicht zu tun, weil sie einem das Herz brechen könnten.« Das war ihr einfach herausgerutscht. Hans' Tod hatte ihr das Herz gebrochen, aber deshalb bereute sie es doch nicht, ihn geliebt zu haben.

Georg Berger blickte an Thea vorbei. Für einen Moment

fiel ein Schatten auf sein Gesicht. »Manchmal hat man auch keine Wahl, ob man sich das Herz brechen lässt oder nicht«, sagte er schließlich leise. Dann wandte er sich wieder Thea zu und zuckte mit den Schultern. »Na gut, vielleicht sehe ich das alles zu schwarz, meinetwegen, fragen Sie Frau Hörter.«

»Ich fahre nach der Besuchsrunde am Nachmittag zu ihr.«

Ob Georg Berger mit seinen Worten auf seine schwierige Liebe zu Melanie Winter angespielt hatte? Das war gut möglich. Thea versuchte, sich ihre Gedanken nicht anmerken zu lassen, und lenkte das Gespräch auf ein unverfängliches Thema.

Am Nachmittag traf Thea Georg Berger in der Praxis an, wo er Abrechnungen durchsah. Er stöhnte. »Wie ich diesen Bürokram hasse! Und bevor Sie fragen, mit Peter ist alles in Ordnung, Schwester Fidelis ist bei ihm. Und? Wie war Ihre Mission bei den Hörters?«

»Frau Hörter kümmert sich gern um Peter. Er ist ja sehr scheu, und fremde Menschen machen ihm Angst. Deshalb sind wir so verblieben, dass sie erst in ein paar Tagen zu ihm kommt, wenn es ihm besser geht.«

»Und was sagte Herr Hörter zu alldem?«

»Das weiß ich nicht, er war nicht da.« Thea war ganz froh gewesen, in Ruhe allein mit Frau Hörter sprechen zu können.

»Na gut, dann warten wir mal ab, wie sich das alles entwickelt.« Georg Berger wirkte immer noch nicht sehr überzeugt von ihrer Idee. »Ihre Schwester hat übrigens vorhin hier angerufen.«

»Welche?« Wollte Katja sich etwa mit ihr aussprechen?

»Ihre ältere Schwester, Frau Helmholz«, machte Georg Berger Theas Hoffnung zunichte.

»Danke fürs Ausrichten.«

Thea tauschte sich noch über ihre Besuchsrunde mit ihm aus, dann ging sie in ihr Sprechzimmer. Halb vier – um diese Zeit am Samstagnachmittag würden der Vater und Katja noch in der Klinik sein, und sie konnte unbesorgt in der Villa anrufen.

Nach wenigen Klingeltönen wurde der Hörer abgenommen. »Helmholz?« Marlenes Stimme klang ein bisschen zittrig, oder bildete sie sich das nur ein?

»Ich bin es, Thea.«

»Entschuldige, dass ich dich in der Praxis angerufen habe. Aber weißt du, was mit Katja los ist? Seit vorgestern ist sie noch launischer als sonst. Wenn ich sie überhaupt zu Gesicht bekomme. Denn wenn sie nicht gerade im Büro ist, verbringt sie die meiste Zeit in ihrem Zimmer. Und das sieht ihr ja überhaupt nicht ähnlich.«

»Ja, ich weiß, was los ist. Sie hat Liebeskummer, und das ist leider noch nicht alles. Wir haben uns gestritten.«

»Oje, worüber denn?«

»Es ist kompliziert, und ich möchte lieber nicht am Telefon darüber reden. Können wir uns nicht mal treffen?«

»Heute Abend kommen meine Schwiegereltern für ein paar Tage nach Monschau. Hast du vielleicht morgen in einer Woche, am Sonntag, Zeit? Die Kinder würden dich auch gern einmal wiedersehen. Wir könnten einen Ausflug machen oder schwimmen gehen, falls das Wetter schön ist.«

»Das ist eine gute Idee.«

Im Hintergrund war jetzt zu hören, wie Arthur und Liesel sich laut zankten.

»O Gott, die beiden sind so aufgeregt wegen des Besuchs der Großeltern, sie sind wie Hund und Katz.« Marlene seufzte. »Ich ruf dich in ein paar Tagen noch mal an, dann besprechen wir alles Weitere, ja? Liesel, Arthur!« Das Freizeichen tönte an Theas Ohr, und sie legte den Hörer auf die Gabel.

Auch wenn sie etwas mit den Kindern unternahmen, würde sich gewiss eine Gelegenheit ergeben, mit Marlene über Katja zu sprechen. Wegen des Briefs von der Hamburger Universitätsklinik und Peters Krankheit war der Streit mit ihr ganz in den Hintergrund getreten. Aber jetzt schmerzte er Thea doch wieder sehr. Es würde guttun, sich bei Marlene das Herz auszuschütten! Und auch sonst hatte sie ihr viel zu erzählen. Sie wusste ja noch gar nicht, dass ihr Verhältnis zu Georg Berger so freundschaftlich geworden war.

Kapitel 31

Lachen, Reden und das aufgeregte Kreischen von Kindern schallte Thea am Eingang des Schwimmbads am Rursee entgegen. Der unverkennbare Geruch von Sonnencreme und Süßigkeiten hing in der Luft. Verschwitzt und abgehetzt blickte sie sich um. Wo in diesem Gewimmel sollte sie nur Marlene und die Kinder finden? An diesem heißen Junisonntag war auf der Liegewiese fast kein freier Fleck mehr zu entdecken. Eigentlich hatten sie sich an dem Kassenhäuschen treffen wollen. Aber Thea war noch zu einem Patienten gerufen worden, und so hatte sie sich eine gute Stunde verspätet.

»Tante Thea, Tante Thea!« Liesel und Arthur kamen winkend und in nasser Badekleidung auf sie zugerannt. »Du bist viel zu spät, wir waren schon im Wasser und …«

»Wie gut, dass ihr mich gesehen habt.« Erleichtert begrüßte sie die beiden. »Wo ist denn eure Mutter?«

»Mama ist dort.« Sie deuteten auf einen Baum, wo sich Marlene im Schatten auf einer Decke niedergelassen hatte, umgeben von etlichen Taschen. Die Schwester trug einen Sonnenhut und eine Brille mit dunklen Gläsern, und ihre empfindliche Haut glänzte von Creme. »Tante Katja ist nicht mitgekommen. Sie hat gesagt, ihr geht's nicht gut.«

Nicht dass Thea Wert darauf gelegt hätte, Katja zu treffen. Anscheinend pflegte sie noch immer ihren Liebeskummer und bemitleidete sich selbst. Sie eilte zu Marlene. »Es tut mir so leid, dass ihr auf mich warten musstet! Eigentlich hat Georg Berger heute Dienst. Aber er war bei einem Patienten, und da hat man mich, gerade als ich losfahren wollte, herausgeklopft.«

»So etwas habe ich mir schon gedacht. Das macht doch nichts.« Marlenes Stimme klang hoch und flach. War sie doch ärgerlich? Aber das sah der Schwester eigentlich nicht ähnlich. Schließlich war es ja nicht ihre, Theas, Schuld gewesen, dass sie sich verspätet hatte.

»Tante Thea, jetzt komm schon mit uns ins Wasser!« Arthur und Liesel fassten sie ungeduldig an den Händen.

»Ja, ich ziehe mich schnell um.« Thea lief zu den Umkleidekabinen. Ihr Badeanzug war schon etliche Jahre alt und hätte ganz sicher nicht Katjas Zustimmung gefunden. Ach, zum Teufel mit der Schwester! Sie duschte und kehrte dann zu Marlene und der Nichte und dem Neffen zurück.

»Geht ihr drei nur. Ich lese lieber ein bisschen.« Marlene griff nach einem Buch, das auf der Decke lag. Was nicht ungewöhnlich für sie war, denn anders als Thea und Katja war sie keine Wasserratte. Thea beschloss, sich keine Gedanken mehr zu machen, wahrscheinlich vertrug Marlene einfach die Hitze nicht gut.

Sie planschte mit den Kindern, schwamm mit ihnen um die Wette und genoss es, schwerelos durch das Wasser zu gleiten. Die Dörfer am Ufer des riesigen Stausees lagen im Sonnenlicht da. In der Ferne trieben ein paar Boote dahin, die Segel weiße Dreiecke vor dem blauen Himmel. Der Rursee war nicht die Alster und auch nicht der Elbstrand bei Blankenese. Aber Thea hatte das gleiche Gefühl von beschwingter, sommerlicher Leichtigkeit wie beim Schwimmen dort. Sie bewunderte Liesel und Arthur, als sie stolz und strahlend vom Dreimeterbrett sprangen, und spendete ihnen Applaus. Dann sah sie, dass sich die Haut der beiden ein bisschen blau verfärbte. Zwei Stunden waren sie jetzt bestimmt schon im Wasser gewesen.

»Kommt, es ist Zeit für ein Eis«, sagte sie lächelnd. »Und eure Mutter vermisst uns inzwischen wahrscheinlich auch.«

»Tante Thea, ich muss aufs Klo!« Liesel presste ihre dünnen Beine zusammen.

»Dann geh ruhig, wir treffen uns bei dem Eiswagen.«

Thea reihte sich mit Arthur in die lange Schlange ein, während Liesel in Richtung der Umkleidekabinen und der Toiletten davonrannte.

»Wie habt ihr beiden eigentlich so gut schwimmen gelernt?«, fragte sie den Neffen.

»Der Großvater hat es uns beigebracht. Und auch, wie man vom Sprungbrett springt.«

»Der Großvater Wilhelm?«

»Ja, wer denn sonst? Der Opa in Frankfurt ist doch der Opa.« Arthur schielte in Richtung des Eiswagens und hüpfte ungeduldig von einem Bein auf das andere.

Thea empfand einen schmerzlichen Stich. Der Vater hatte auch sie und die Schwestern das Schwimmen gelehrt. Obwohl er beruflich so eingespannt war, hatte er sich die Zeit genommen und war mit seinen Töchtern im Sommer regelmäßig zu dem Schwimmbad am Dresdener Elbufer gefahren. Seine kräftige Hand stützend unter ihrem kleinen Körper zu fühlen, und seine ermutigenden, liebevollen Worte, als sie dann allein die ersten Schwimmzüge machte, gehörten zu ihren schönsten Kindheitserinnerungen.

»Mama hat erzählt, dass du und Dr. Berger euch um

einen kranken Jungen kümmert.« Thea hatte dies Marlene gegenüber erwähnt, als sie sich vor einigen Tagen am Telefon zum Schwimmen verabredeten. »Ist der Junge denn immer noch so krank?« Arthur hatte aufgehört herumzuzappeln und sah Thea aufmerksam an.

»Er hat kein Fieber mehr, aber er schläft sehr viel. Frau Hörter kümmert sich um ihn, die Frau, für die du und Liesel das Bild gemalt habt. Sie hat Peter, so heißt der Junge, sehr gern, und er mag sie auch.« Tatsächlich hatte Peter Frau Hörter gegenüber schnell Zutrauen gefasst.

Arthur schwieg, sein kleines Gesicht ganz angespannt von Nachdenken. »Ist Frau Hörter denn immer noch traurig, weil ihre Söhne tot sind?«

»Ja natürlich. Wenn ein geliebter Mensch stirbt, bleibt das ganz lange so, manchmal für immer.«

»Die Mama ist auch traurig. Aber der Papa ist doch noch am Leben, oder?« Arthurs Stimme zitterte.

»Was? Sicher!« Thea sah ihren Neffen perplex an. »Wie meinst du das, deine Mama ist traurig?«

Arthur ließ den Kopf hängen und griff nach ihrer Hand. »Sie weint ganz oft. Und dann starrt sie vor sich hin, als wär sie ganz weit weg. Das ist jetzt schon länger so. Sie denkt, Liesel und ich merken das nicht. Aber wir sehen es sehr wohl. Weißt du, warum sie traurig ist?«

»Ich weiß ganz sicher, dass eure Mutter nicht wegen eures Papas traurig ist«, sagte Thea bestimmt.

»Aber warum denn dann?«

»Arthur, das kann ich dir nicht sagen, ich habe leider keine Ahnung.« Thea schüttelte den Kopf. Auch bei ihrem letzten Besuch in der Villa hatte sich Marlene so seltsam verhalten. Weshalb sagte sie denn nicht, was sie bedrückte?

Das sah ihr überhaupt nicht ähnlich. »Ich werde eure Mutter fragen, warum sie weint«, sagte sie aufmunternd.

»Und dann geht es ihr wieder gut?« Der Junge sah sie hoffnungsvoll an.

»Das kann ich nicht versprechen. Aber ich hoffe, dass ich ihr zu helfen vermag.«

Liesel kam von den Toiletten zurück, und gleich darauf waren sie an dem Wagen an der Reihe. Thea kaufte den Kindern das versprochene Eis, setzte sich mit ihnen auf eine Bank am Seeufer und wartete, bis sie es aufgegessen hatten. Sie musste die beiden anschließend nicht überreden, eine Weile ohne sie zu schwimmen. Zufrieden rannten sie wieder ins Wasser.

Thea ging zu Marlene. Die Schwester hielt das Buch aufgeschlagen in der Hand, doch ihr Blick war auf einen imaginären Punkt auf dem See gerichtet – wie Arthur gesagt hatte, als *wäre sie ganz weit weg* –, und sie hatte die Arme um sich geschlungen, als ob sie trotz der Hitze fröre.

»Ich habe Arthur und Liesel ein Eis gekauft.« Thea ließ sich neben ihr auf der Decke nieder. »Jetzt sind sie wieder im Wasser.«

»Die beiden lieben es zu schwimmen.« Ein angespanntes Lächeln erschien auf Marlenes Gesicht und verschwand sofort wieder. »Vater hat es ihnen beigebracht.«

»Ja, das hat mir Arthur erzählt. Er hat mir allerdings auch erzählt, dass du in der letzten Zeit oft weinst und traurig bist.«

Marlenes Lächeln erlosch. »Das stimmt nicht. Das bildet er sich nur ein.«

»So klang es aber nicht. Und Arthur ist ein sensibler, kluger Junge.«

»Es ist nichts.«

»Das glaube ich dir nicht«, sagte Thea sanft. »Du warst auch schon so merkwürdig, als ich dich neulich im Garten der Villa angetroffen habe.«

»Ich sagte dir doch, die Erinnerung an die Bombardierungen und die Stunden im Luftschutzkeller ...«

»Das ist doch bestimmt nicht alles. Marlene, was ist los?«, beharrte Thea.

Die Schwester schwieg, es war ihr deutlich anzusehen, wie verstört sie war. Eine Erinnerung blitzte unvermittelt in Thea auf. Die Tankstelle in der Nähe der belgischen Grenze und die Frau im hellgrünen Regenmantel. Ein Mantel, wie ihn auch Marlene besaß. War es etwa möglich, dass ...?

»Marlene, vor einer guten Woche, an einem Freitag, war ich mit einem Reservekanister an einer Tankstelle in der Nähe der belgischen Grenze, weil mir das Benzin ausgegangen war«, sagte sie tastend. »Vor einer Autowerkstatt auf der anderen Straßenseite habe ich eine Frau in einem hellgrünen Regenmantel und einen Mann gesehen. Und dann ist die Frau blindlings über die Straße gerannt und wäre fast von einem Lkw überfahren worden ... Du hast so einen Regenmantel. Ich habe ihn in deinem Schrank gesehen, als wir die Kleider anprobiert haben. Die Farbe ist mir aufgefallen.«

Marlenes Gesicht wurde aschfahl.

Also doch ... Thea drückte ihre Hand. »Bitte, sag mir doch, was dich bekümmert.«

»Ich ... ich kann nicht ...«

»Natürlich kannst du das. Ich bin doch deine Schwester.«

»Nein.« Eine Träne rollte unter Marlenes Sonnenbrille hervor und über ihre Wange.

»Marlene ...«

Ein stummes Schluchzen schüttelte die Schwester. Thea wartete, hielt weiter ihre Hand.

»Versprich mir, dass du Katja nichts erzählst.« Marlene sah sie flehend an.

»Ich verspreche es«, erwiderte Thea fest.

»Ich … ich habe mich …« Marlenes Stimme war nur ein Flüstern. Sie brach ab.

Thea beugte sich zur ihr. »Was möchtest du mir sagen?«

»Ich …« Marlene nahm einen neuen Anlauf, doch ihre Stimme war wieder kaum hörbar. »Ich habe … habe mich … Ich war eine … Prostituierte.«

Am Seeufer brandete Applaus auf. Anscheinend war jemand vom Zehnmeterbrett gesprungen. Ganz in der Nähe stolperte ein kleines Kind über ein Badetuch und begann zu weinen.

Thea starrte die Schwester an. Das Schwimmbad und all die Menschen waren ganz nah und doch plötzlich meilenweit entfernt. Thea konnte es nicht glauben. Aber da waren die Tränen, die unaufhaltsam über die Wangen der Schwester kullerten. Nun entzog Marlene Thea ihre Hand und rückte von ihr ab. »Du verachtest mich. Und du hast ja recht damit«, schluchzte sie.

»Nein, ich verachte dich überhaupt nicht. Ich möchte nur wissen, warum, um Himmels willen?«

»Arthur … Er war schrecklich krank …«

Thea wartete geduldig. Schließlich wischte sich Marlene die Tränen ab. Sie senkte den Kopf, als könnte sie es nicht ertragen, die Schwester bei dem, was sie ihr erzählen würde, anzusehen. »Es war im Februar '47. Du weißt ja, wie furchtbar dieser Winter war. Wir hatten in Frankfurt noch Glück, ein Dach über dem Kopf zu haben und nicht ausgebombt worden zu sein. Die Stadt war ja ein Trümmerfeld. Aber die eisige Kälte, wochenlang. Und der Hunger ...«

»Ja, ich erinnere mich noch gut«, erwiderte Thea leise. Hier, an diesem heißen Junitag, in einem Schwimmbad, in dem Kinder Eis aßen und sich ein Mann in Badehose mit einem Hotdog auf einer Decke in der Nähe niederließ und sich den Senf von den Fingern leckte, war es kaum vorstellbar, dass dieser Winter gerade einmal drei Jahre zurücklag. Ständig waren Menschen mit Hungerödemen und Erfrierungen ins Krankenhaus gebracht worden, und sie selbst hatte manchmal kaum die Kraft gehabt, die Tage zu überstehen, so hungrig und von der ständigen Kälte geschwächt war sie gewesen.

»Arthur hatte eine Blutvergiftung, er hatte sich beim Spielen verletzt. Ich konnte auf dem Schwarzmarkt Sulfonamide für ihn bekommen. Aber sie wirkten nicht. Und der Arzt sagte, ohne Penicillin würde Arthur sterben. Er gab ihm nur noch zwei Tage.« Marlene schauderte.

»Ich weiß, wie schwierig es damals war, an Penicillin zu kommen.« Thea nickte. Es war noch gar nicht lange her, dass sie sich auch mit Georg Berger darüber unterhalten hatte.

»Ich hatte meinen letzten Schmuck für die Sulfonamide eingetauscht. Ich besaß so gut wie nichts mehr. Alles hatte ich für Kohlen und Lebensmittel aufgebraucht. Und meine Schwiegereltern konnten mir auch nichts geben. Sie waren ausgebombt worden, und mein Schwiegervater hatte wegen seiner Parteizugehörigkeit seine Stelle als Direktor bei der Bank verloren. Und Vater in Dresden ... In der sowjetischen Zone war ja praktisch niemand erreichbar. Es hätte Tage gedauert, eine Reisebewilligung zu bekommen.«

Marlene brach ab, und Thea wartete erneut geduldig, bis sie weitersprach. »Ich bin auf dem Schwarzmarkt herumgeirrt. Aber das wenige, was ich zum Tauschen hatte, ein paar alte Kleidungsstücke und Schuhe von Bernhard, hat einfach nicht gereicht. Bis mir dann jemand jenen Belgier nannte, der als Dolmetscher für die Amerikaner tätig war und nebenbei eine Bar betrieb. Ich habe ihn dort aufgesucht. Und er war bereit, mir das Penicillin zu besorgen, wenn ich mich einverstanden erklärte, für … für Nacktfotos zu posieren. Natürlich habe ich eingewilligt.« Marlene holte tief Atem, wie eine Ertrinkende, die kurz über die Wasseroberfläche geriet.

»Ja, das verstehe ich«, sagte Thea. Sie hatte plötzlich Angst vor dem, was ihr Marlene noch erzählen würde.

»Ein paar Stunden später hatte ich das Penicillin. Arthur ging es schon nach den ersten Dosen viel besser, und ich war einfach nur froh und dachte, alles wäre vorbei. Aber nach einigen Tagen kam dieser Belgier, Henry Villiers, dann zu mir. Er sagte, ich stünde immer noch in seiner Schuld und müsse weiter für ihn arbeiten. Ich dachte, es ginge wieder um Nacktfotos. Aber er brachte mich in ein … ein …« Marlenes Stimme war wieder nur ein Flüstern, und sie zitterte. »… Bordell.«

Thea wurde übel. Sie legte den Arm um die Schwester und hielt sie fest. »Natürlich habe ich mich zuerst geweigert, *das* zu tun. Aber er hat damit gedroht, mich bei der Militärregierung wegen Schwarzmarkthandels und Pornografie anzuzeigen.« Marlene schluchzte auf. »Ich hätte es nicht ertragen, ins Gefängnis gehen zu müssen und von Liesel und Arthur getrennt zu werden! Vielleicht hätte ich kämpfen müssen. Aber ich hatte einfach keine Kraft mehr, und ich hatte Angst, und so habe ich schließlich zugestimmt ... Und dafür hasse und verachte ich mich am meisten.« Sie krümmte sich.

»Nicht«, flüsterte Thea. »Bitte, Marlene, mach dir keine Vorwürfe. Ich hätte genauso gehandelt wie du.«

»Ach, ich glaube, du hättest eine Anzeige riskiert.«

Marlenes bitterer Selbsthass erschreckte Thea. »Nicht«, bat sie wieder.

Die Schwester fuhr mit den Fingern die Fäden der Wolldecke nach. »Zwei, drei Monate lang hat mich alle paar Abende der Wagen abgeholt. Ich konnte meinen Schwiegereltern natürlich nichts davon erzählen und musste die Kinder allein lassen. Arthur hat dir ja bei dem Ausflug nach Bonn davon erzählt, ich habe dich angelogen, als ich dir sagte, dass ich in einer Krankenhausküche gearbeitet habe. Und dann kam der Wagen plötzlich nicht mehr. Ich weiß nicht, wieso. Vielleicht geriet Villiers in Schwierigkeiten mit den Amerikanern und ist deshalb aus Frankfurt geflohen. Wie auch immer ... Das Leben ging weiter. Mit der Währungsreform gab es plötzlich wieder genug zu essen. Und dann erhielt Vater die Stelle als Chefarzt am Monschauer Krankenhaus und bat mich, mit den Kindern zu ihm zu ziehen. Ich war so froh, aus Frankfurt wegzukommen! Auch deshalb habe ich zugestimmt, nicht nur, um ihm und Katja nahe zu sein. Ich habe das Haus vermietet und mit den Kindern in Monschau neu angefangen. Ich habe nicht mehr ...« Sie zögerte kurz und schluckte hart. »... *daran* gedacht ...«

Plötzlich sah Thea, dass Liesel und Arthur auf sie zugerannt kamen. Sie schüttelte den Kopf und machte eine abwehrende Geste. Und zu ihrer Erleichterung begriffen die

Kinder, dass etwas Ernstes vor sich ging. Sie fassten sich an den Händen und liefen wieder in Richtung Ufer davon. Marlene hatte die beiden gar nicht bemerkt. Sie starrte vor sich hin.

»Aber es war noch nicht vorbei?«, sagte Thea sanft.

»Nein … Vor etwa drei Wochen war ich in Aachen bei meiner Schneiderin. Danach saß ich in einem Straßencafé. Da hat Villiers mich gesehen. Aachen liegt ja direkt an der belgischen Grenze. Wahrscheinlich haben ihn irgendwelche zwielichtigen Geschäfte dorthin geführt. Ich bin sofort davongerannt. Aber er hat herausgefunden, wo ich lebe. Vielleicht über das Nummernschild von Vaters Mercedes. Oder über meinen Nachnamen, er kannte ihn ja … Jedenfalls hat er mich ein paar Tage später vor der Villa abgepasst und mir Fotos gezeigt. Nicht nur Nacktfotos … Auch Fotos von mir mit … mit … Männern. Er wollte Geld von mir. Deshalb habe ich mich mit ihm an der Tankstelle getroffen.«

»Er hat dich mit den Fotos erpresst?«, vergewisserte sich Thea.

»Ja, er hat gedroht, sie Vater zu zeigen. Villiers weiß, dass er Chefarzt im Monschauer Krankenhaus ist.« Marlene schluchzte wieder. »Du kennst doch Vater. Er würde mich aus dem Haus werfen, wenn er wüsste, dass ich … Das ist in seinen Augen einfach unverzeihlich. Und wahrscheinlich würde er mir auch nicht glauben, dass ich es für Arthur getan habe. Und wenn ich mir vorstelle, dass die Damen von meinen Wohltätigkeitsorganisationen irgendwie davon erfahren … Ich traue es Villiers zu, dass er die Fotos auch in Monschau verbreitet …« Marlenes Stimme versagte, so heftig weinte sie jetzt. Erst nach einigen Momenten konnte sie weitersprechen. »Ich würde ja mit den Kindern wegziehen, aber sie hängen an ihrem Großvater, und auf seine spröde Art liebt er sie. Und ich habe Angst, dass mich Villiers auch an einem anderen Ort aufspüren wird. Dass das immer weitergeht und ich ihm nie entkommen werde ...« Marlenes Tonfall war so dumpf und hoffnungslos, dass es Thea ins Herz schnitt. Ja, der Vater mit seinen rigiden Moralvorstellungen würde Marlene verurteilen, davon war auch sie überzeugt. Und die Reaktionen der ehrbaren Damen von den Wohltätigkeitsorganisationen mochte sie sich lieber gar nicht erst ausmalen.

»Weißt du irgendetwas über diesen Villiers? Wo er lebt?«

»Nein, ich habe mich mit ihm ja an dieser Tankstelle getroffen. Das heißt ...« Marlene zitterte wieder heftig, und sie presste die Hand gegen den Mund, als müsste sie eine aufsteigende Übelkeit zurückdrängen. »Als ich ihm das Geld gegeben habe, hat er gelacht und gesagt, ich könnte ja ... ich könnte ... wenn ich wieder knapp bei Kasse wäre, könnte ich in sein Tanzcafé in Eupen kommen. Er hätte da eine Beschäftigung für mich.«

Dieses Schwein. Hass stieg in Thea auf. »Hat er dir den Namen des Cafés genannt?«

»Lido ... Ich glaube, es heißt Lido.« Marlene schreckte auf und sah Thea voller Angst an. »Weshalb fragst du das? Um Himmels willen, halte dich von ihm fern. Er ist gefährlich.«

»Ja, ich werde mich von ihm fernhalten«, log Thea, um die Schwester zu beruhigen, und drückte sie erneut an sich.

Sie würde ihr helfen, das schwor sie sich. Auch wenn sie noch nicht wusste, wie. Aber Villiers würde Marlene nicht mehr quälen.

Kapitel 32

Am Abend fuhr Thea über die Grenze nach Belgien. Die Zollbeamten warfen einen kurzen Blick auf ihren Pass und ließen sie dann durch. Das Hohe Venn erstreckte sich im Dämmerlicht zu beiden Seiten der langen, geraden Straße. Der Himmel war im Westen rosa überhaucht. Die vereinzelten Bäume und Büsche inmitten der weiten Flächen voller Moorgras warfen langen Schatten, und die Tümpel waren ganz schwarz und glatt wie flüssiger Teer.

Thea hatte beschlossen, das Lido aufzusuchen. Sie musste einfach etwas tun. Villiers aus der Nähe sehen, sich in dem Café umhören … Alles war besser, als an ihrem freien Sonntagabend untätig in ihrem Häuschen herumzusitzen, während Marlene vor Angst und Scham schier verrückt wurde. Vielleicht kam ihr ja vor Ort eine Idee, wie sie den Mann davon abhalten konnte, die Schwester weiter zu erpressen. Denn bei dem einen Mal würde er es ganz sicher nicht belassen, davon war Thea fest überzeugt.

Ihre große Schwester, die mit keinem anderen Mann getanzt hatte, wenn Bernhard, ihr Gatte, nicht anwesend war. Die sich, seit sie ein Backfisch war, noch nicht einmal mehr den Schwestern nackt gezeigt hatte. Thea wurde wieder übel. Was für ein Horror es für Marlene schon gewesen sein musste, für die Nacktfotos zu posieren! Und dann gezwungen zu werden, sich zu prostituieren … Männer, die sie begafften, sie betatschten und ... Thea wollte es sich nicht weiter vorstellen. Ihr schossen die Tränen in die Augen, und sie wischte sie zornig weg.

Wenn es nur möglich gewesen wäre, mit dem Vater über all das zu sprechen! Dann hätte der Erpresser viel weniger Macht über Marlene. Aber seine Vorwürfe wegen Axel Heimbach hatten Thea wieder nur zu deutlich gezeigt, wie bigott und starrsinnig er war.

In der Ferne tauchten ein paar Kirchturmspitzen über dem dämmrigen Moor auf. Dies musste Eupen sein. Die Straßenlaternen brannten schon, als Thea wenig später die zwischen sanfte Hügel eingebettete Stadt erreichte. Auf gut Glück fuhr sie ins Zentrum. Es gab viele barocke Backsteingebäude mit großen Sprossenfenstern und hohen Dächern.

Thea kurvte durch ein paar Straßen. Sie trugen deutsche Namen, Eupen hatte ja, nach einer wechselvollen Geschichte, bis zum Ende des Krieges zu Deutschland gehört. Aber wo auch immer sich das Rotlichtviertel der Stadt befand – hier am Rand des Zentrums jedenfalls nicht. Schließlich lenkte sie den Opel an den Bordstein. Sie stieg aus und ging zu einem älteren Paar, das vor einem Schaufenster mit Haushaltswaren stand. »Ach bitte, könnten Sie mir sagen, wo ich das Café Lido finde?«, fragte sie.

Die beiden musterten Thea und wechselten einen Blick. »Das ist aber keine gute Adresse für eine anständige junge Frau«, sagte der weißhaarige Herr dann streng.

»Ich bin Ärztin und wurde dort zu einem Patienten gerufen«, behauptete Thea. Der ältere Mann zögerte, beschrieb ihr aber schließlich den Weg.

Das Café Lido hatte eine grün-blaue Neonreklame. Einige Prostituierte standen davor am Straßenrand und starrten Thea böse an. Wahrscheinlich waren hier nicht oft Frauen allein unterwegs, und sie sahen sie als mögliche Konkurrenz. Tanzmusik wehte durch die geöffnete Eingangstür nach draußen. Thea ballte die Hände in ihren Manteltaschen zu Fäusten, dann ging sie hinein.

Es stank nach billigem Parfüm, Alkohol und Zigaretten. Viele der kleinen runden Tische waren besetzt. In der Nähe des Tresens fand sie noch einen freien und setzte sich. Die Oberfläche war klebrig von Glasrändern. Im Hintergrund des riesigen Raums tanzten Paare zu Swingmusik. Der offenherzigen Kleidung und der grellen Schminke nach zu schließen waren auch einige dieser Frauen Prostituierte. Andere schritten in Korsagen und Netzstrümpfen von Tisch zu Tisch und nahmen Bestellungen auf.

Die Musik wechselte von einem langsamen zu einem schnellen Stück. Eine der Serviererinnen stellte den Cocktail, den Thea inzwischen bestellt hatte, vor ihr ab. Sie nippte daran, er schmeckte schal und viel zu süß. Ein Mann mit einem rotblonden Vollbart, der aussah wie Villiers, war nirgends zu entdecken.

»He, ganz allein?« Ein bulliger, hünenhafter Kerl in einer Bomberjacke und mit vor Pomade glänzenden Haaren beugte sich zu Thea. Seine Nase wirkte unförmig, wahrscheinlich war sie einmal gebrochen worden.

»Ich warte auf meinen Freund«, antwortete sie knapp und drehte den Kopf weg, als Zeichen, dass sie nicht mit ihm sprechen wollte.

»Das ist aber nicht nett von deinem Freund, dass er dich warten lässt. Wohnst du in Eupen?«

»Nein.«

»Ich hab dich hier auch noch nie gesehen.«

»Nun, es ist mein erster Besuch.«

»Und das ohne Begleitung! Es kommt nicht oft vor, dass sich hübsche, junge Frauen allein in diese Gegend wagen. Noch dazu so ...«, er grinste und setzte sich neben sie, »... züchtig gekleidete.«

Angst stieg in Thea auf. Ihr wurde bewusst, dass sie sich in ihrer Strickjacke, dem Rock und der hoch geschlossenen Bluse und kaum geschminkt, deutlich von dem weiblichen Publikum unterschied. Sie musste diesen widerlichen Kerl unbedingt loswerden.

Über einer Tür neben der Theke hing ein Schild mit der Aufschrift »Toiletten«. Thea klemmte sich ihre Handtasche unter den Arm und erhob sich. Gott sei Dank, der Kerl folgte ihr nicht.

Hinter der Tür befand sich ein langer, spärlich beleuchteter Gang, an dessen Wänden Getränkekisten gestapelt waren. An seinem Ende lagen die Toiletten.

Thea konnte an ihrer Kleidung nicht viel ändern. Aber an ihrem Gesicht. Sie trug reichlich Lippenstift und Rouge auf und öffnete ihre Bluse bis zum Ansatz des Busens. Dann verließ sie die Toilette wieder. Kaum hatte sie den Gang betreten, wurde sie so grob am Arm gepackt, dass sie vor Schmerz aufschrie. Der Hüne ragte neben ihr auf.

O Gott ... »He, was soll das! Lassen Sie mich sofort los.« Vergebens wehrte sich Thea gegen seinen Griff.

Der Hüne zerrte Thea eine Wendeltreppe aus Metall hinauf. Oben angelangt, öffnete er eine Tür und schubste sie hindurch. Hinter einem Schreibtisch saß ein rotblonder Mann mit einem Vollbart – Villiers. Er wäre gut aussehend gewesen, wenn er nicht etwas Brutales ausgestrahlt hätte. »Das ist die auffällige Kleine.« Der Hüne grinste.

Thea verstand nicht. Was wollten die Männer von ihr?

»Soso …« Villiers erhob sich geschmeidig und kam auf sie zu. Thea ertappte sich bei dem Wunsch, ihn anzuspucken. Bei aller Angst war sie auch furchtbar wütend. Sie hielt seinem Blick stand.

Villiers griff spielerisch an den Kragen ihrer Strickjacke und zog sie zu sich. Theas Gedanken überschlugen sich. Was hatte er vor? Er würde doch nicht …?

Plötzlich lachte er auf. »Meine Süße, als Polizeispitzel solltest du dich wirklich ein bisschen nuttiger anziehen. Und jetzt hau ab und lass dich hier nicht mehr blicken!« Er versetzte Thea einen so heftigen Stoß gegen die Brust, dass sie gegen die Wand taumelte. Dann packte der Hüne sie wieder am Arm und zerrte sie die Treppe hinunter und aus dem Café. Endlich gelang es Thea, sich loszureißen, und sie rannte zu ihrem Wagen.

Mit zitternden Händen steckte sie den Zündschlüssel ins Schloss und gab Gas. Ein Auto bremste und hupte. Theas Herz hämmerte wie wild, und sie hatte wieder einmal das Gefühl, keine Luft mehr zu bekommen. Aber sie schaffte es, Eupen hinter sich zu lassen. Erst dann fuhr sie an den Straßenrand. Verzweiflung überfiel sie. Was hatte sie sich bei dem Besuch in diesem Café nur gedacht? Und was konnte sie tun, um Marlene zu helfen?

Marlene, die sich vor Scham krümmte … Ihr aschfahles, gequältes Gesicht …

»Thea …« Georg Bergers Stimme ließ sie zusammenzucken, und einige Karteikarten von Patienten glitten aus ihren Händen und fielen in dem kleinen Raum zwischen den Sprechzimmern zu Boden. Hastig bückte sie sich und hob sie auf.

»Thea?« Irritiert sah er sie an. Anscheinend hatte er ihren Namen ein paarmal gerufen, ehe sie ihn gehört hatte. »Könnten Sie schnell rüber ins Schlösschen gehen und nach Peter sehen? Frau Hörter ist ja gleich weg. Und ich muss noch ein paar Anrufe erledigen.«

»Ja natürlich.« Thea nickte.

»Den Sterilisationsapparat haben Sie angestellt, oder?«

»Oh, tut mir leid, das habe ich vergessen«, erwiderte sie zerknirscht.

»Schon gut, ich mache das selbst.« Der Blick ihres Chefs war jetzt sehr forschend. »Haben Sie noch mal Nachrichten von der Hamburger Universitätsklinik erhalten?«

»Nein, es ist alles in Ordnung, und danke, dass Sie sich um den Sterilisationsapparat kümmern.« Ehe Georg Berger weiter nachhaken konnte, floh Thea aus der Praxis.

Draußen war es warm und sonnig, und geistesabwesend zog sie die Strickjacke aus und hängte sie sich um die Schultern. Sie hatte die Brücke über den Bach fast erreicht, als sich ein Pferdefuhrwerk näherte. Herr Hörter saß auf dem Bock. Anscheinend war er gekommen, um seine Frau abzuholen.

»Frau Doktor…« Er tippte grüßend an seinen Hut. »Meine Frau hat erzählt, dass der Junge über den Berg ist.«

»Ja, aber er ist noch sehr schwach und kann nicht lange allein sein.« Wollte Herr Hörter mit seiner Frage etwa ausdrücken, dass es seiner Ansicht nach nicht mehr nötig sei, dass seine Frau sich um Peter kümmerte?

»Er stammt von einem Bauernhof in Ostpreußen?«

»Ja, er ist mit seiner Mutter von dort geflohen. Er liebt Tiere sehr. Möchten Sie vielleicht kurz mit ins Schlösschen kommen und Peter kennenlernen?«

»Nein, nein, das ist nicht nötig«, wehrte Herr Hörter zu Theas Enttäuschung ab.

In dem Augenblick öffnete sich die Eingangstür, und Frau Hörter kam herausgeeilt. Sie lächelte Thea an. »Peter schläft jetzt, ich habe ihm eine Weile vorgelesen, und wir haben auch Karten gespielt. Das hat ihm viel Spaß gemacht.«

»Wie schön«, sagte Thea herzlich.

»Dann komme ich morgen Vormittag wieder.«

Herr Hörter runzelte die Stirn und half seiner Frau auf den Bock. Nein, sehr erfreut über ihre Besuche im Schlösschen schien er nicht zu sein.

Wie Frau Hörter gesagt hatte, schlief Peter, als Thea gleich darauf in das Gästezimmer spähte. In dem wuchtigen Bett wirkte sein Körper besonders mager. Im Arm hielt er einen Teddybären, den Schwester Fidelis für ihn organisiert hatte. Irgendwie war er durch die Krankheit wieder zum Kind geworden und hatte seine harte Schale abgestreift. Auch diesen erschreckend alten Ausdruck in seinen Augen hatte Thea, seit sie Peter halb bewusstlos im Schuppen gefunden hatte, nicht mehr gesehen.

Ach, wenn es Georg Berger und ihr doch nur gelingen würde, ein Heim für ihn zu finden!

Thea zog die Bettdecke vorsichtig zurecht und war eben in die Spülküche gegangen, um dem Jungen eine Kleinigkeit zu essen zu machen, als Georg Berger ihr nachkam.

»Herr Hörter hat seine Frau abgeholt?«

»Ja, leider wollte er Peter nicht kennenlernen.« Thea stellte die elektrische Kochplatte an und griff nach einem Krug, um Milch in einen Topf zu gießen. Dabei glitt ihr die Strickjacke von den Schultern. »Oh, danke.«

Georg Berger hatte sich gebückt, um sie aufzuheben. »Thea!«

Die Schärfe in seiner Stimme ließ sie den Kopf wenden. Er schaute auf ihren rechten Oberarm. Bläulich verfärbte Male zeichneten sich darauf ab – Erinnerungen an den gestrigen Ausflug in das Tanzcafé. Warum nur hatte sie nicht daran gedacht und die Strickjacke anbehalten?

»War das etwa ein Patient?«

»Nein ...«

»Wer dann?«

Thea schwieg. »Ich ...« Plötzlich raste ihr Herz wieder. Eine Klammer legte sich um ihre Brust und ihre Lunge, und Thea krümmte sich in dem verzweifelten Versuch, Luft zu bekommen.

»Thea ... Um Gottes willen!« Von ganz weit her hörte sie Georg Bergers Stimme: »Atmen, ganz ruhig atmen ...« Er hielt sie in den Armen. »Ja, gut so ... Weiteratmen ...« Sie klammerte sich an seine Worte wie eine Ertrinkende an eine Rettungsleine, folgte ihnen, und irgendwie begann ihre Lunge sich wieder zu dehnen, und sie fand aus der entsetzlichen Atemnot heraus. Ihr Kopf ruhte an Georg Bergers Schulter. Es war schön und tröstlich, von ihm festgehalten zu werden. Aber jetzt, da der Anfall vorbei war, war das natürlich nicht mehr schicklich. Sie machte sich rasch von ihm los.

»Danke, es geht schon wieder.«

»Haben Sie das öfter?«

»Ja …«

»Und wann fing das an?«

Thea runzelte die Stirn, überlegte. »Da war eine Begegnung mit Kaffeeschmugglern nachts auf der Landstraße … Und dann … Nachdem mich Jupp Vogten angefasst hat«, sagte sie zögernd.

»Warum haben Sie mir nicht erzählt, dass Sie unter Panikattacken leiden?«

»Weil … Ich dachte, das geht vorbei. So heftig hatte ich es vorher noch nie. Außerdem habe mich deshalb geschämt.«

»Herr im Himmel, auch Ärzte können zusammenbrechen und Panikattacken bekommen.« Ärgerlich und doch auch irgendwie zärtlich sah er sie an.

Ihr Vater war da ganz sicher anderer Meinung. Ärzte waren niemals schwach, verloren niemals die Kontrolle, schon gar nicht über sich selbst. Wieder einmal schien Georg Berger ihre Gedanken lesen zu können. »Thea, Sie haben Ihren Mann im Krieg verloren, haben die Bombardierungen erlebt, Ihnen wurde gekündigt, möglicherweise droht Ihnen eine Anzeige wegen Verleumdung, und Sie könnten Ihre Bestallung verlieren. Ich finde, das reicht, um den Boden unter den Füßen zu verlieren.«

»Andere haben viel Schlimmeres durchgemacht und brechen nicht zusammen.«

»Aber wissen Sie, wie es *in* diesen Menschen aussieht? Wie ich schon mal sagte, ich hasse dieses Geschwafel von Medizinern und Wissenschaftlern, das seit Kriegsende überall zu hören ist, dass die menschliche Seele *unbegrenzt belastbar* sei. Das stimmt nämlich nicht. Im Gegenteil, irgendwann können Menschen einfach nicht mehr, und das ist ganz normal.«

492

Thea wollte sich nicht mit Georg Berger streiten. Nicht jetzt.

Er fasste sie an den Schultern und blickte sie wieder aufmerksam an. »Hören Sie ... Sie haben meine Frage noch immer nicht beantwortet. Sie sind plötzlich unkonzentriert und fahrig. Den ganzen Vormittag habe ich mich darüber schon gewundert. Denn das sieht Ihnen überhaupt nicht ähnlich. Und jetzt sehe ich, dass jemand Sie verletzt hat. Also, was ist geschehen?«

»Es betrifft nicht nur mich ...« Thea biss sich auf die Lippen. Das hatte sie eigentlich gar nicht sagen wollen.

»Was ist geschehen?«, wiederholte er. Seine Stimme war sanft, aber auch fest, und sein Blick ließ sie nicht los.

Thea rang mit sich. Sie sehnte sich danach, sich Georg Berger anzuvertrauen. Aber durfte sie Marlenes Geheimnis verraten? Jedoch ... Wenn irgendjemand die Schwester sicher nicht verurteilen würde, dann er. Davon war sie fest überzeugt. Dafür war er viel zu unkonventionell. Und zu großherzig.

»Meine ältere Schwester wird erpresst«, sagte sie schließlich tonlos.

»... und dann hat mich Villiers' Leibwächter, oder was auch immer er für ihn ist, aus dem Café geworfen, und ich bin zu dem Opel gerannt und weggefahren«, schloss Thea ihren Bericht. Sie saßen auf rostigen Stühlen auf der Terrasse des Schlösschens, wo Gras und Unkraut zwischen zerbrochenen Steinplatten spross. Ein Eichhörnchen kletterte an einem Efeu überwucherten Baum hinauf, rannte einen Ast entlang und sprang dann auf das morsche Hühnerhaus. Die Gänse watschelten auf der von Löwenzahn und Butterblumen gelb gefärbten Wiese herum. Ausnahmsweise fand Thea ihren Anblick beruhigend – er war so normal und hatte nichts mit Leid und Angst und Demütigung zu tun.

Georg Bergers Mienenspiel hatte gewechselt, während Thea ihm alles erzählte. Sein Gesichtsausdruck war mitfühlend und zornig gewesen – nun war er wieder ausgesprochen ärgerlich.

»Was hat Sie eigentlich geritten, ganz allein dieses Tanzcafé aufzusuchen?«, fuhr er sie an. »Sie hatten ein ziemliches Glück, dass Ihnen nichts Schlimmeres als der Bluterguss zugestoßen ist.«

Thea spürte die Sorge hinter seinem Ärger, und deshalb schluckte sie eine scharfe Erwiderung hinunter. »Ich weiß ja, dass es unbedacht war. Aber ich musste einfach etwas tun. Und ich werde es nicht zulassen, dass dieser Kerl Marlene weiter erpresst. Irgendwie muss ich diese Fotos und die Negative an mich bringen. Auch wenn ich im Moment noch nicht weiß, wie.«

»Die Polizei scheidet aus …«

»Darüber bin ich mir im Klaren.«

»Vielleicht wäre Villiers ja bereit, die Fotos und die Negative unter Druck an uns herauszugeben.«

Uns … Er hatte wieder im Plural gesprochen, wie an dem Abend, als sie ihm von dem Brief der Hamburger Universitätsklinik erzählt hatte. »Sie wollen mir helfen?« Thea war überrascht und berührt und hatte das Gefühl, dieses großzügige Angebot nicht annehmen zu können.

»Was haben Sie denn erwartet?« Der bekannte, barsche Ton. »Dass ich Sie noch mal allein nach Eupen fahren lasse?«

»Und warum tun Sie das? Mir helfen?« Waren seine Augen trotz des Tonfalls nicht voller Wärme?

»Ich finde diesen Kerl einfach ekelhaft. Eine Frau zur Prostitution zu zwingen …« Georg Bergers Miene spiegelte Abscheu. »Außerdem will ich nicht, dass Sie irgendeinen Unsinn anstellen. Was Sie ohne mich ganz sicher täten.«

»Also, hören Sie mal …«

»Wir sollten uns jetzt lieber überlegen, was sich gegen Villiers ausrichten ließe, und nicht länger nur herumreden.« Georg Berger vollführte eine ungeduldige Geste. »Vielleicht weiß Axel Heimbach ja durch seine Kontakte in die belgische Unterwelt irgendetwas, mit dem man Villiers unter Druck setzen kann.«

»Sie meinen, um ihn damit ebenfalls zu erpressen?«

»Ja genau.«

Der Gedanke hatte Thea auch schon gestreift. Und Marlene war wichtiger als ihr Zorn auf Axel Heimbach und ihr Stolz. »Ich spreche mit ihm«, sagte sie.

»Gut.« Georg Berger blickte auf seine Armbanduhr. »Und jetzt begebe ich mich besser in die Praxis. Sonst erscheinen wahrscheinlich gleich die ersten Patienten hier im Schlösschen. Jedenfalls wird es einem mit Ihnen als Mitarbeiterin nicht langweilig, das muss ich schon sagen.« Seine vorgebliche Schroffheit war irgendwie tröstlich.

Thea ging wieder in die Spülküche. Und während sie nun endgültig den Grießbrei für Peter zubereitete, war es ihr leichter ums Herz. Es war schön, dass sie ihre Sorgen um Marlene mit Georg Berger hatte teilen können und er auf ihrer Seite stand.

Die Uhr der nahen Barockkirche schlug siebenmal. Thea nahm ihr Glas mit Saft in die Hand. Aber sie war zu nervös, um davon zu trinken. Sie hatte sich mit Axel Heimbach in dem Restaurant verabredet, wo sie auch nach der Wohltätigkeitsveranstaltung mit ihm gewesen war. Sie war immer noch zornig auf ihn, was man ihr wohl deutlich anmerkte. Denn als sie ihn vorhin in seinem Atelier aufgesucht hatte, um das Treffen zu vereinbaren, war das kurze Aufleuchten auf seinem Gesicht gleich wieder verschwunden.

Gut so, dachte Thea grimmig. Axel Heimbach sollte nur nicht glauben, dass sich an ihren Gefühlen für ihn irgendetwas geändert hatte. Auf dem Weg zum Restaurant war sie an dem Optikergeschäft vorbeigekommen, wo sie mit Katja die Brillen ausprobiert hatte. Prompt war sie wieder an das Zerwürfnis mit der Schwester erinnert worden – und natürlich auch an den Grund dafür.

Nun trat Axel Heimbach aus dem Restaurant auf die Terrasse und blickte sich suchend um. Einige Frauen wandten ihm die Köpfe zu. Mit seinem schmalen gebräunten Gesicht, das Haar lässig zurückgekämmt, wirkte er wie immer unbestreitbar attraktiv. Gleich darauf entdeckte er Thea und steuerte auf sie zu.

»Wie ich vorhin schon sagte, ich brauche Ihre Hilfe«, bemerkte sie knapp, als er sich gesetzt hatte.

»Darauf können Sie zählen! Aber zuerst gibt es noch etwas, das ich klarstellen möchte. Ich interessiere mich wirklich für die Bilder Ihres verstorbenen Mannes, das war nicht geheuchelt.« Seine Stimme klang ehrlich. »Und ich möchte sie wirklich gern ausstellen.«

Theas eben wieder aufgeflammter Ärger wurde etwas besänftigt. »Ja, ich glaube Ihnen«, erwiderte sie nach einer Pause.

»Da bin ich erleichtert.« Axel Heimbach lächelte schwach. »Und wobei kann ich Ihnen nun helfen?«

»Sagt Ihnen der Name Henry Villiers etwas? Er betreibt ein ziemlich zwielichtiges Tanzcafé in Eupen.«

»Wie kommen Sie denn auf ihn?« Er starrte sie verblüfft an.

»Also kennen Sie Villiers?«

Axel Heimbach lehnte sich auf seinem Stuhl zurück und musterte Thea mit gerunzelten Brauen. Seine Miene war abwehrend.

»Georg Berger und ich haben Sie vor dem Gefängnis bewahrt und Ihnen vielleicht sogar das Leben gerettet«, sagte Thea scharf. »Ich finde, Sie sind mir etwas schuldig.«

»Es geht nicht darum, dass ich Ihnen nicht helfen möchte.« Axel Heimbach schüttelte den Kopf. »Es ist nur … Villiers ist gefährlich, man legt sich besser nicht mit ihm an.«

»Wissen Sie etwas über ihn, das ihm richtig Angst macht und mit dem man ihm drohen könnte?«

»Das meinen Sie doch wohl im Spaß!« Axel Heimbach lachte unsicher.

Thea sah ihn nur stumm an. Und irgendetwas in ihrer Miene und ihrer Stimme schien ihm klarzumachen, dass es ihr ernst war.

»Es gibt ein paar Gerüchte, aber …« Axel Heimbach schüttelte wieder den Kopf. »Warum wollen Sie Villiers denn drohen?«

»Das kann ich Ihnen nicht sagen.«

»Sie haben doch nicht etwa vor, es allein mit ihm aufzunehmen?«

»Georg Berger hilft mir.« Das zumindest konnte sie zugeben.

»Berger, ach ja …« Axel Heimbach zündete sich eine Zigarette an und inhalierte den Rauch. Er sah Thea nachdenklich an, als sei ihm etwas klar geworden. »Ich höre mich um«, erwiderte er schließlich. »Aber ich kann Ihnen nicht versprechen, dass ich auf etwas Konkretes stoße.«

»Mir reicht es, wenn Sie mir versprechen, dass Sie sich umhören.«

»Sie haben mein Wort.«

»Danke«, antwortete Thea spröde. Sie legte das Geld für den Saft auf den Tisch und stand auf.

Draußen auf dem Gehsteig umrundete sie vor einem Gasthof eine Gruppe von Touristen. Weshalb hatte Heimbach Georg Bergers Namen eben so merkwürdig betont? Ach, das war doch gleichgültig. Hoffentlich fand er etwas heraus, das Villiers belastete.

Kurz nach acht kam Thea in Eichenborn an und lief zum Schlösschen. Sie wollte ihrem Chef kurz von ihrem Gespräch mit Axel Heimbach erzählen. Die Eingangstür war, wie immer seit Peters Krankheit, unversperrt. Es war so selbstverständlich geworden, dass sie hier ein und aus ging. Thea begriff plötzlich, dass sie das vermissen würde, wenn Peter hoffentlich bald gesund sein und ein Heim gefunden haben würde.

In der Eingangshalle war es still, bis auf das Vogelgezwitscher vom Garten her. Sie lief hinauf in den ersten Stock. Die Tür zum Gästezimmer stand offen. Das Bett war leer.

»Georg?«, rief sie.

Keine Reaktion. Ob er vielleicht mit dem Jungen in den Garten gegangen war? Peter liebte ja Tiere, und neben den verwünschten Gänsen gab es dort auch Hühner, wie sie inzwischen wusste.

Das Gästezimmer lag auf der Rückseite des Schlösschens.

Thea spähte aus dem Fenster. Eine Katze sonnte sich auf der Terrasse, in sicherem Abstand zu den Gänsen, die im hohen Gras herumwatschelten. Doch Georg Berger und Peter waren nicht zu sehen.

Ob sich Peters Gesundheit ganz plötzlich verschlechtert hatte und Georg Berger mit ihm nach Monschau ins Krankenhaus gefahren war? Thea erschrak. Doch nein, das konnte eigentlich nicht sein. Peter hatte ja schon ein paar Tage lang kein Fieber mehr. Und dann kam ihr ein Ort in den Sinn, wo sich Georg Berger vielleicht mit dem Jungen aufhielt.

Und tatsächlich, als Thea auf die Koppel zulief, sah sie Georg Berger und vor ihm Peter – hoch zu Ross. Peter trug einen der alten Wollpullover ihres Chefs über seiner Schlafanzughose, und seine Füße steckten in viel zu großen Gummistiefeln. Die beiden schienen sich in der Gesellschaft des anderen wohlzufühlen. Vertrauensvoll lehnte sich Peter an den nach außen oft so ruppigen Mann, und dessen Miene war weich und entspannt. Das war ja wieder eine ganz neue Seite an ihm. Ob er gern Kinder gehabt hätte? Der Gedanke streifte sie unvermittelt.

»Ist das ein Männerausflug?«, fragte sie lächelnd und blieb am Zaun stehen.

»Ja, ich dachte, der Abend ist warm, und Peter tut es mal ganz gut, nach draußen zu kommen. Jetzt geht es aber wieder ins Bett.« Georg Berger sprang von dem Pferd und hob Peter herunter.

»Das ist Lissy.« Der Junge streichelte die Stute. »Und das ist Hugo.« Er deutete auf das andere Pferd, das jetzt interessiert näher kam. In Gegenwart der Tiere war er wie verwandelt und seine sonstige Scheu ganz verschwunden. »Sie sind lieb, ich mag sie gern.« Seine blassen Wangen waren vor Eifer ganz gerötet. »Ich kann schon reiten, seit ich ein kleiner Junge war. Sie können doch bestimmt auch reiten?« Er sah Thea erwartungsvoll an.

»Nein, leider nicht.« Sie schüttelte den Kopf.

»Das ist aber schade.«

»Tja, das finde ich auch«, mischte sich Georg Berger ein. »Wollen Sie es nicht mal wagen und sich auf die Stute setzen?« Seine Augen lachten sie an.

»Was? Nein, auf keinen Fall ...«

»Lissy ist aber wirklich lieb«, beharrte Peter.

»Nein!«

»Warum denn nicht? Mögen Sie denn keine Pferde?« Seine Miene war entgeistert, er wirkte tief enttäuscht.

»Jetzt haben Sie aber an Autorität verloren.« Georg Berger hatte auch noch die Frechheit, Peter zuzuzwinkern.

»Versuchen Sie's doch mal.« Der Junge sah sie bittend an.

Die beiden hatten sich offenbar gegen sie verbündet. Die Stute machte eigentlich einen ganz friedlichen Eindruck. Und ihre Angst war ja im Grunde lächerlich, wenn sogar kleine Kinder schon ritten.

»Na gut«, gab Thea zu ihrer eigenen Überraschung nach. »Aber nur ganz kurz.«

»Bravo!« Georg Berger half ihr auf den Pferderücken.

Thea kniff die Augen zusammen und schaute in zwei lachende Gesichter, als sie sie wieder öffnete. Die Stute hatte sich nicht in ein Ungeheuer verwandelt. Im Gegenteil, es fühlte sich gar nicht einmal so unangenehm an, auf ihr zu sitzen. Einige Momente harrte Thea so aus.

»So, jetzt reicht es aber«, sagte sie dann.

Georg Berger streckte die Arme aus und hielt sie fest, als sie sich von dem Pferderücken gleiten ließ. Für Sekunden schwebte sie über ihm, ihr Gesicht seinem ganz nah. Seine Augen, in denen sich der Abendhimmel spiegelte, waren tiefblau, seine Lippen leicht geöffnet. Sie spürte seine Hände auf ihren Hüften. Hände, die fest zupacken und doch auch sehr sanft sein konnten und deren Berührung sie mochte. Dann stand sie wieder auf dem Boden, fühlte sich ein bisschen atemlos und verwirrt.

»Hat es Ihnen Spaß gemacht, auf dem Pferd zu sitzen?«, fragte Peter.

»Na ja, Spaß ist übertrieben. Aber es war ganz in Ordnung.«

Georg Berger öffnete das Gatter der Koppel, Peter schlüpfte hindurch und stapfte in den zu großen Gummistiefeln in Richtung Schlösschen, den Blick gebannt auf den Wegesrand gerichtet, wo ein Igel hervorlugte und eine Wühlmaus im Gras verschwand.

Thea und Georg Berger schlenderten hinterher. »Ich habe mich mit Axel Heimbach getroffen, deshalb bin ich überhaupt noch mal ins Schlösschen gekommen.« Sie sah Georg Berger an.

»Und, was hat er gesagt?«

»Dass Villiers gefährlich ist, und dass er sich umhören will, ob es etwas gibt, mit dem Villiers sich unter Druck setzen ließe.«

»Dann warten wir mal ab.« Georg Berger nickte. Und wieder war Thea einfach nur froh, dass er an ihrer Seite war.

Später, als sie auf dem Feldbett in der Praxis lag, kurz vor dem Einschlafen, blitzte die Erinnerung in ihr auf, wie Georg Berger sie von dem Pferderücken gehoben hatte.

Wie schön dieser Moment zwischen Himmel und Erde gewesen war! Und mit einem Anflug von Schuldbewusstsein fiel ihr auf, dass sie Hans nichts davon erzählt hatte.

Drei Tage waren vergangen, seit sie sich mit Axel Heimbach in Monschau getroffen hatte. Bedrückt ging Thea vor der Nachmittagssprechstunde zum Schlösschen. Georg Berger war noch nicht von seiner Besuchsrunde zurückgekommen. Deshalb wollte sie kurz nach Peter und Frau Hörter sehen.

Ein Lebenszeichen hatte es von Axel Heimbach gegeben, doch es hatte nichts mit Villiers zu tun. In der Nacht war Thea vom Lärm schwerer Motoren aufgewacht, und als sie schlaftrunken zu dem Giebelfenster getappt war, hatte sie einige Lkw ohne Scheinwerferlicht vom Moor in Richtung Ort fahren sehen. Dies war sicher der groß angelegte Kaffeeschmuggel gewesen, den Heimbach mit dem belgischen Offizier eingefädelt hatte. Denn am Morgen hatte vor ihrer Tür ein Sack mit Kaffeebohnen gestanden. Wahrscheinlich stammte er von den Eichenbornern.

Im Schlösschen saß Frau Hörter mit Peter am Küchentisch und bastelte mit ihm ein Modellflugzeug aus Pappe – trotz ihrer Sorgen musste Thea lächeln. Ob sie extra nach Monschau gefahren war, um den Bogen zu besorgen?

Sie wollte die beiden nicht stören und war schon im Begriff, das Schlösschen wieder zu verlassen, als das Telefon im Arbeitszimmer klingelte. Ob das vielleicht Axel Heimbach war? Oder ein Patient? Wenn ihr Chef nicht da war, hatte es sich so eingespielt, dass sie die Telefonate entgegennahm.

»Praxis Dr. Berger, Dr. Graven am Apparat«, meldete sie sich.

Am anderen Ende der Leitung herrschte eine kurze Stille. »Sie sind Georgs neue Angestellte, nicht wahr? Ich erinnere mich an Sie.« Die Frauenstimme klang melodiös und ein bisschen rauchig. Die Stimme einer sehr selbstsicheren Frau.

»Mit wem spreche ich, bitte?«, fragte Thea, obwohl sie es genau wusste.

»Melanie Winter.«

»Dr. Berger ist zurzeit noch unterwegs bei den Patienten.«

»Nun, dann versuche ich es später wieder. Sie müssen ihm nichts ausrichten.« Dann ein Klacken und das Freizeichen.

Thea blieb mit dem Hörer in der Hand stehen. Melanie Winter und Georg Berger hatten also noch Verbindung zueinander. Oder zumindest suchte Melanie Winter den Kontakt zu ihm.

Sie müssen ihm nichts ausrichten, hatte sie gesagt. Aber war es richtig, wenn sie diesen Anruf Georg Berger gegenüber verschwieg? Ihr Verstand und ihr Gewissen sagten Nein, doch Theas Herz sagte Ja.

Als sie in die Praxis kam, war Georg Berger schon in seinem Sprechzimmer.

»Sie waren aber lange unterwegs.« Unschlüssig blieb sie vor seinem Schreibtisch stehen.

»Ja, just als ich auf einen Bauernhof zu einem Kranken mit einer Lungenentzündung kam, hat sich ein Knecht mit der Mistgabel in den Fuß gestochen. Das hat mich aufgehalten.«

»Ach, du meine Güte! Was für ein Zufall.« Die Worte klangen hohl in Theas Ohren. Nein, es war nicht richtig, wenn sie ihm das Telefonat verschwieg. Sie gab sich einen Ruck. »Vorhin hat übrigens Frau Winter angerufen. Sie wollte nichts ausrichten lassen und versucht es später erneut.«

»Danke, dass Sie es mir gesagt haben.« Georg Berger vergrub die Hände in den Taschen seiner Jacke und senkte den Kopf. Seine Stimme klang neutral. Zu neutral.

»Dann gehe ich mal in mein Sprechzimmer. Die ersten Patienten kommen sicher gleich.« Irgendwie kam sich Thea plötzlich vor wie in einem Theaterstück, wenn die Personen Konversation betrieben, aber das Eigentliche ungesagt blieb.

»Ja bestimmt.« Georg Bergers Miene hatte einen angespannten, gequälten Ausdruck, der Thea ins Herz schnitt. War die Beziehung mit Melanie Winter für ihn wirklich beendet? Nein, er hatte sicher noch Gefühle für sie. Auch wenn er selbst das Gegenteil gehofft haben mochte. Ach, hätte sie den Anruf doch nicht erwähnt! Aber das hätte ja auch nichts geändert.

Beklommen und traurig verließ sie den Raum. Jemand kam ins Wartezimmer. Der erste Patient für diesen Nachmittag. Thea nickte flüchtig, ohne die Person richtig wahrzunehmen.

»Frau Dr. Graven!« Axel Heimbachs Stimme.

Abrupt blieb sie stehen, starrte ihn an. »Haben Sie etwa …?«

»Heimbach …« Auch Georg Berger hatte ihn gehört und trat nun zu ihnen.

Der Besucher blickte von Thea zu Georg Berger. »Tja, ich schätze, ich kann Ihnen in Bezug auf Villiers weiterhelfen«, sagte er dann.

Kapitel 33

Der Himmel im Westen leuchtete flammend rot. Die Bäume und Büsche im Hohen Venn bildeten schwarze Silhouetten im Gegenlicht, als wären sie Beute eines Feuers geworden und nun verkohlte Überreste. Wenn der Ford wieder einmal über eine Unebenheit in der Straße holperte und Thea auf dem Sitz nach vorn geschleudert wurde, sah sie im Seitenspiegel ganz kurz ihr Gesicht. Sie hatte sich stark geschminkt und ihre Haare unter einem bunten Tuch verborgen, und sie trug auch wieder ihre alte Brille. Hoffentlich erkannten Villiers und sein Leibwächter sie so nicht gleich, wenn sie mit Georg Berger das Tanzcafé betrat!

Ja, Axel Heimbach hatte ihnen etwas gegen Marlenes Erpresser an die Hand gegeben. Einen Überfall, an dem Villiers beteiligt gewesen war. Aber ob das als Druckmittel ausreichte? Axel Heimbach hatte auch noch einmal betont, wie gefährlich Villiers war.

Vor Anspannung war es Thea mittlerweile ganz schlecht. Sie war einfach nur froh, dass sie das nicht allein durchstehen musste und Georg Berger sie begleitete. Gelassen saß er an ihrer Seite – zumindest wirkte er so. Doch selbst wenn er insgeheim nervös war, so wusste sie ja inzwischen, dass sie sich in schwierigen Situationen unbedingt auf ihn verlassen konnte. Er warf ihr einen Blick zu, anscheinend merkte er, wie aufgeregt sie war.

»Wir kriegen das schon hin!«

»Wie schön, dass Sie so optimistisch sind.« Thea seufzte.

»Ihre Tarnung ist gar nicht mal so schlecht. Auch wenn die neue Brille schicker ist als die alte.«

»Ach, halten Sie den Mund!« Aber sie lächelte, und es ging ihr prompt ein bisschen besser. Wann sie wohl nach Eichenborn zurückkehren würden? Und mit oder ohne die belastenden Fotos und Negative? Die ganze Nacht lag vor ihnen, denn Dr. Frielingsdorf hatte freundlicherweise wieder die Vertretung für die Praxis übernommen, und Schwester Fidelis war bei Peter im Schlösschen.

Wenig später hatten sie Eupen erreicht und dann auch die Ausfallstraße, an der das Lido lag. Nachdem Georg Berger den Ford am Straßenrand abgestellt hatte, knöpfte Thea ihre Bluse bis zum Brustansatz auf.

»Also dann …« Er nickte ihr aufmunternd zu.

»Ja. Und danke, dass Sie mitgekommen sind.«

»Jetzt geben Sie schon Ruhe«, knurrte er.

Sie stiegen aus dem Wagen, und Thea hängte sich bei ihm ein, denn sie wollten vorgeben, ein Liebespaar zu sein. Sie hatte ihr Paar Schuhe mit den höchsten Absätzen gewählt und stöckelte nun neben Georg Berger her, darum bemüht, nicht zu stolpern. Vielleicht waren diese Schuhe doch keine so gute Idee gewesen.

Wieder standen ein paar Prostituierte am Straßenrand, und im Tanzcafé war es noch voller als bei Theas letztem Besuch. Sie atmete flach, denn die Geruchsmischung aus Alkohol und billigem Parfüm ließ ihren Magen rebellieren. Angespannt spähte sie um sich.

»Villiers ist nicht hier«, raunte sie Georg Berger zu.

»Dann sollten wir uns setzen und etwas trinken.«

Sie gingen gerade zu einem der wenigen freien Tische, als Thea plötzlich den Hünen bemerkte. Er kam direkt auf sie zu. Sie senkte hastig den Kopf.

»Was ist?« Georg Berger beugte sich zu ihr, hatte bemerkt, dass sie zusammengezuckt war. Statt einer Antwort zog sie ihn zur Tanzfläche und zwischen die Paare.

Das Musikstück klang gleich danach aus. Thea wagte es aufzublicken. Der Hüne hatte sie nicht erkannt. Aber er stand neben der Kapelle und sagte etwas zu dem Bandleader.

»Der große Mann mit der gebrochenen Nase, der aussieht wie ein Boxer, er arbeitet für Villiers«, murmelte sie und deutete verstohlen in seine Richtung.

Die Kapelle begann wieder zu spielen. Der Hüne wippte im Takt der Musik und ließ seine Blicke durch den Raum schweifen.

»Na denn, darf ich bitten?« Georg Berger legte seinen Arm um Theas Schulter. Das Lied war langsam, ein bekannter Schlager. Sie lehnte ihren Kopf an seine Brust, um ihr Gesicht zu verbergen. Sein Jackett roch nach Zigaretten und ganz schwach nach Heu. Der Stoff fühlte sich rau an. Aber sie mochte das. Und sie mochte es, seine Hand in ihrem Rücken zu fühlen. Fest und sicher und irgendwie Geborgenheit und Zuversicht spendend an diesem üblen Ort. Nun zog Georg Berger sie noch enger an sich, wie um sie vor den Blicken des Hünen zu schützen. Seine Wange berührte ihr Haar. Thea schmiegte sich an ihn. Für Momente nahm sie nur seine Nähe wahr. Dann hob sie den Kopf, und ihre Lippen berührten sich, schließlich waren sie ja angeblich ein Liebespaar. Aber irgendwie war das kein gespielter Kuss. Er fühlte sich sehr echt an, sehr zärtlich und jetzt auch leidenschaftlich und voller Verlangen. Aber – wie konnte das sein? Und was war mit Melanie?

Als das Stück endete, blieben sie inmitten der anderen Paare stehen. Thea lächelte unsicher, als sie sich von Georg Berger löste. Was war das denn gewesen? Er blickte sie an, schien ebenso überrascht und verwundert zu sein wie sie selbst, und ihr Herz schlug sehr schnell. Dann wandte er den Blick ab.

»Der rothaarige Kerl mit dem Vollbart, ist das Villiers?« Er nickte in Richtung des Tresens.

Thea schaute sich um. »Ja«, raunte sie ihm zu.

Der Leibwächter war nirgends mehr zu sehen, und so bahnten sie sich einen Weg durch die Menge. Am Tresen schoben sie sich zwischen ein paar Männern und Frauen hindurch, die auf den hohen Stühlen saßen und Bier und Cocktails tranken.

»Was darf's sein?« Villiers wandte sich ihnen zu.

Thea versagte die Stimme. Georg Berger beugte sich vor. »Wir würden gern über etwas Geschäftliches mit Ihnen sprechen.«

Villiers runzelte die Stirn, er schaute von Georg Berger zu Thea, sein Blick blieb an ihr hängen. »Sie kenn ich«, bemerkte er dann langsam. »Der Polizeispitzel! Ich hab Ihnen doch gesagt, Sie sollen sich hier nicht mehr sehen lassen.«

»Ich bin nicht von der Polizei.« Ihre Stimme gehorchte ihr wieder. »Und er auch nicht.« Sie wies auf Georg Berger. »Wie Ihnen mein ... mein ...« Wie sollte sie ihn nennen? »Mein Freund schon sagte, wir wollen etwas mit Ihnen bereden.«

»Tatsächlich? Aber möglicherweise bin ich ja nicht interessiert, mich mit Ihnen zu unterhalten.« Villiers wandte sich dem Zapfhahn zu und füllte einige Gläser halb voll mit Bier.

»Nun, vielleicht haben die Amerikaner ja ein größeres Interesse an einem Gespräch mit uns als Sie.« Georg Berger zuckte mit den Schultern, er fasste Thea am Arm und machte Anstalten, mit ihr wegzugehen.

»Die Amerikaner?« Unsicherheit flackerte in Villiers' Gesicht auf. »He, warten Sie.« Er winkte einen jungen Kerl heran und bedeutete ihm, den Thekendienst zu übernehmen. Dann kam er hinter dem Tresen hervor. »Da lang …« Er deutete in den Gang zu den Toiletten, den Thea schon kannte. Sie folgten ihm hinein und die schmale Wendeltreppe aus Metall nach oben. In der ersten Etage öffnete Villiers die Tür zu dem Büro.

O nein … Theas Herzschlag setzte einen Moment lang aus. Der Leibwächter war dort, packte Kisten voller Zigarettenstangen aus.

»Antoine«, Villiers hielt plötzlich eine Pistole in der Hand, »überprüf mal, ob die beiden bewaffnet sind.«

Antoine klopfte Georg Berger ab. Dann kam er zu Thea. Sie biss die Zähne zusammen, als seine Hände über ihren Körper strichen.

»Na gut, keine Waffen …« Villiers setzte sich hinter den wuchtigen Schreibtisch und schob seine Pistole in die Jacke. »Also, worum geht es?«

»Wir möchten allein mit Ihnen sprechen.« Georg Berger wies auf Antoine. »Er soll verschwinden.«

Villiers zögerte, dann nickte er und bedeutete dem massigen Mann, den Raum zu verlassen. Die Tür fiel hinter ihm zu.

»Jetzt sind wir unter uns.« Villiers lehnte sich auf dem Schreibtischstuhl zurück und blickte Thea und Georg Berger abwartend an.

»Wir möchten etwas von Ihnen haben.« Thea holte tief Luft. »Die Fotos und die Negative, die Sie von Marlene Helmholz gemacht haben.«

»Deshalb sind Sie hier?« Villiers begann zu lachen. »Sie glauben doch nicht im Ernst, dass ich Ihnen die gebe! Aber ...« sein Blick wurde lauernd, »... wie kommen Sie beiden Amateure eigentlich dazu, sich für diese Frau einzusetzen?«

»Das geht Sie nun wirklich nichts an, und ich denke doch, dass Sie uns die Sachen geben werden.« Georg Bergers Tonfall war sehr ruhig. Thea hielt es für besser, ihm das Reden zu überlassen. Sie fürchtete, dass ihre Stimme zu zittrig klang. Außerdem nahm Villiers sie, eine Frau, wahrscheinlich ohnehin nicht ernst. »Denn andernfalls werden die Amerikaner von uns erfahren, dass Sie Anfang Februar einen Überfall auf ein Lager ihrer Streitkräfte in Spangdahlem geleitet haben. Der Überfall flog auf, bei der Schießerei kam ein Wachtposten ums Leben. Die Amerikaner sind deswegen immer noch sehr wütend und würden die Verantwortlichen nur zu gern dingfest machen.«

»Schöne Geschichte, doch beweisen können Sie das nicht.«

»Na ja, wir wissen immerhin, dass an dem Überfall außer Ihnen drei Belgier und zwei Deutsche beteiligt waren. Und dass höchstwahrscheinlich Sie den tödlichen Schuss abgegeben haben. Ich an Ihrer Stelle würde es lieber nicht darauf ankommen lassen, die Aufmerksamkeit der Amerikaner auf mich zu ziehen. Wenn die sich erst einmal ernsthaft mit

Ihnen beschäftigen, dürfte so manches Ihrer üblen Geschäfte aufgedeckt werden. Das Verschieben von Zigaretten aus Militärbeständen«, Georg Berger deutete auf die Kisten mit den Stangen, »gehört sicher eher noch zu den minder schweren Delikten.«

Villiers' Augen verengten sich. »Ich könnte Sie beide jetzt auf der Stelle auch einfach abknallen«, sagte er leise und drohend.

»Ach, machen Sie sich doch nicht lächerlich. Damit würden Sie sich nur unnötigen Ärger einhandeln. So dumm sind Sie nicht.«

Villiers und Georg Berger maßen sich mit Blicken. Thea konnte Villiers förmlich ansehen, wie er seine Chancen abwog. Auf der einen Seite Marlene, deren Geldmittel begrenzt waren, wie er sehr wohl wusste. Und auf der anderen die Amerikaner, die sehr gereizt reagierten, wenn man ihnen in die Quere kam, und die alles unternehmen würden, um den Mörder eines ihrer Soldaten vor Gericht zu bringen. Selbst einem unbewiesenen Hinweis würden sie ganz sicher nachgehen und dann, falls sich ihr Verdacht erhärtete, nicht mehr lockerlassen. War das die Erpressung wert?

Nach einigen Momenten zuckte Villiers mit den Schultern. »Na gut.« Er stand auf, trat zu einem Tresor und öffnete ihn. Dann nahm er einen Packen Fotografien und warf ihn auf die Schreibtischplatte.

Thea erkannte ihre nackte Schwester. »Die Negative auch.« Sie sah Villiers in die Augen.

Er zögerte, bedachte sie mit einem wütenden Blick. Schließlich griff er noch einmal in den Tresor und warf die Negative zu den Fotografien. Thea schob sie zusammen und verstaute alles hastig in ihrer Handtasche. Dann standen sie auf. Georg Berger fasste sie am Arm, und sie wandten sich zum Gehen.

»Wissen Sie, ich hatte Marlene Helmholz auch ein paarmal. Und Sie können mir glauben, Sie hat es so richtig genossen«, hörte sie Villiers hinter sich sagen. »So gut hat es ihr noch nie jemand besorgt.«

Thea wirbelte herum – dieses Schwein! – und schlug Villiers mit aller Kraft, zu der sie fähig war, ins Gesicht. Er wich überrascht zurück, stieß gegen den Schreibtisch und verlor das Gleichgewicht. Im Fallen riss er eine Lampe mit. Scheppernd krachte sie auf den Boden.

»Was ist los, Chef?« Antoine kam in das Büro gestürmt.

Georg Berger versetzte ihm einen Boxhieb in den Magen, und er sackte in die Knie. Dann rannten Thea und Georg Berger aus dem Büro. Thea knickte auf den hohen Absätzen um, Georg Berger fing sie auf, und im Laufen streifte sie sich die Schuhe ab. Jetzt hatten sie die Wendeltreppe erreicht, hasteten die schmalen Stufen hinunter. Der dämmrige Flur mit den Getränkekisten an der Wand. Nun das Café. Sie drängten sich zwischen den Menschen hindurch.

Kühle Nachtluft schlug ihnen ins Gesicht. Sie waren auf der Straße. Weiter, nur weiter ... Da endlich stand der Ford. Sie sprangen hinein. Georg Berger gab Gas, und sie fuhren mit quietschenden Reifen los.

Wir haben die Fotos und die Negative ... Wir haben sie ... Marlene ist frei. Das Blut hämmerte in Theas Ohren.

Das nächtliche Eupen glitt an ihnen vorbei, als sie durch die Straßen rasten, und bald darauf hatten sie das Hohe Venn erreicht.

Georg Berger lenkte den Wagen in eine Ausbuchtung an der Straße und stellte den Motor ab.

»Sag mal, bist du eigentlich völlig verrückt geworden, Villiers zu ohrfeigen?« Unwillkürlich war er zum Du übergegangen. Fassungslosigkeit schwang in seiner Stimme mit. »Das hätte übel enden können!«

»Es tut mir leid, ich weiß auch nicht, was da in mich gefahren ist. Was er über Marlene gesagt hat, hat mich so wütend gemacht und …«

»Völlig verrückt!« Georg Berger griff sich an die Stirn und schüttelte den Kopf. »Völlig verrückt … Und ich habe dich immer für rational und umsichtig gehalten.« Er verstummte kurz, als müsste er mühsam seine Gedanken ordnen. »Aber wir haben die verdammten Fotos und die Negative!« Ein Lachen mischte sich in seinen ungläubigen Tonfall.

»Ja, wir haben sie!«

Sie sahen sich an. Irgendwo schrie jetzt ein Vogel, der von etwas aufgeschreckt worden war. Ein klagender und doch auch sehnsüchtiger Laut.

Und dann, plötzlich, lagen sie sich in den Armen und küssten sich wild und ungestüm. Ihre Lippen öffneten sich füreinander, sie streichelten sich, drängten sich aneinander. Thea schluchzte auf. Die Erleichterung, der Gefahr entronnen zu sein, die Freude, dass sie Villiers besiegt hatten, die plötzliche, bestürzende und beglückende Erkenntnis, dass sie sich in Georg Berger verliebt hatte, all das lag in diesem fast schmerzlichen Kuss.

Erst das Scheinwerferlicht eines vorbeifahrenden Wagens schreckte sie auf, und sie ließen sich los. Einige Momente lang saßen sie atemlos und schweigend in der Dunkelheit. Thea war überwältigt. Aber nun musste sie auch an Georgs gequälte Miene denken, als sie ihm von Melanie Winters Anruf erzählt hatte. Und warum nur sagte er kein Wort?

»Georg …«

Er griff in sein Jackett. Ein Feuerzeug flammte auf, und er zündete sich eine Zigarette an. Er räusperte sich. Sein Blick mied Thea.

»Wir sollten nach Hause fahren.«

»Ja, das sollten wir«, echote sie.

Sie ließ sich in ihren Sitz zurücksinken. Im schwachen Licht des Armaturenbretts, das aufschien, als er den Zündschlüssel drehte, wirkte sein Gesicht verschlossen und starr.

Hatte er diesen Kuss wirklich gewollt? Bereute er ihn etwa? Sie wollte ihn fragen, Gewissheit erlangen. Aber sie hatte zu viel Angst vor seiner Antwort.

Sie erreichten die Grenze – der einzige Wagen, jetzt, an einem Wochentag, gegen elf Uhr in der Nacht – und zeigten ihre Pässe. Der Zöllner winkte sie weiter. Schweigend setzten sie ihre Fahrt fort.

Thea war erleichtert, als endlich die Häuser von Eichenborn in der Dunkelheit sichtbar wurden. Die Straßen waren wie ausgestorben, eine Katze huschte vor ihnen durch das Scheinwerferlicht.

Das Schlösschen tauchte vor ihnen auf. Georg bog in den Weg zu der Wellblechgarage ein, parkte den Ford. Sie stiegen aus.

Alles war besser als dieses lastende Schweigen. »Georg, ich möchte mich noch mal für deine Hilfe bedanken«, begann Thea. »Und … und … ich möchte dich fragen, ob …«

»Ja?« Endlich sah er sie wieder an.

Thea holte tief Luft. Da ließ sie ein Rascheln auf dem Weg den Kopf wenden.

Melanie Winter kam auf sie zu. Ihre honigblonden Haare

schimmerten im Schein der Straßenlaterne, und sie war einfach wunderschön.

Besitzergreifend legte sie Georg die Hand auf den Arm. »Ich musste dich einfach sehen. Und … Wir müssen reden.«

Er wandte sich ihr zu, als stünde er unter einem durch nichts zu lösenden Bann. »Melanie …«, sagte er rau. Seine Miene spiegelte Glück und Qual.

Thea hatte genug gesehen. »Ich möchte nicht stören«, stieß sie hervor und floh. Wie hatte sie nur glauben können, dass Georg jemals von dieser Frau loskommen würde?

Ja, wie hatte sie das hoffen können? Thea saß am Tisch in der Küche des Häuschens und starrte vor sich hin. Sehr lange saß sie so schon da. Kurz nachdem sie Georg mit Melanie Winter allein gelassen hatte, war Licht in der Praxis aufgeflammt. Sie hatte den Widerschein auf der Wiese dahinter gesehen. Natürlich, Georg konnte mit ihr nicht ins Schlösschen gehen. Schwester Fidelis war ja dort bei Peter.

Wider alle Vernunft hatte sie sich so sehr gewünscht, dass Georg seine Beziehung mit Melanie Winter nicht wieder aufnehmen, dass er sich dieses Mal gegen sie entscheiden würde. Aber dann, etwa eine halbe Stunde später, hatte sie den Mercedes wegfahren hören, und gleich darauf war das charakteristische Motorengeräusch des Fords ertönt und in der Nacht verklungen.

Noch immer konnte sie es nicht ganz fassen, dass es tatsächlich geschehen war. Sie hatte sich in Georg verliebt. In jenen Mann, über den sie sich anfangs ständig geärgert und den sie für ruppig und selbstgerecht und arrogant gehalten hatte. Aber es war so, denn sonst wäre sie jetzt nicht so entsetzlich traurig.

Wann hatten sich ihre Gefühle für ihn verändert? In der Nacht, als sie Axel Heimbach auf dem alten Eichentisch in der ehemaligen Schlossküche operiert hatten? Bei ihrem Gespräch im Turm des Schlösschens? Oder in all den vertrauten Momenten, die sie seither miteinander erlebt hatten? Aber letztlich war dies ohne Belang. Denn Georg liebte nun einmal Melanie Winter und nicht sie.

Am Morgen fühlte Thea sich wie gerädert, sie hatte kaum ein Auge zugetan. Marlene anzurufen und ihr zu sagen, dass sie von Villiers nichts mehr zu befürchten habe, war erst möglich, wenn der Vater im Krankenhaus war. Aber es gab etwas, was sie sofort tun konnte. Thea fachte das Feuer im Herd an. Sobald es richtig gut brannte, warf sie die Fotos von Marlene und die Negative hinein. Die Flammen züngelten darum herum. Ein beißender Geruch stieg auf, als sie die Negative und die Bilder erfassten. Thea sah zu, wie sie Marlenes *Schande* auslöschten und zu Asche verbrannten. Dann, nach einer schnellen Morgentoilette und einer Tasse Kaffee, ging sie hinüber zur Praxis.

Thea wählte die Nummer der Villa, sie ließ es lange klingeln, doch niemand ging an den Apparat. Schließlich legte sie auf. Sie würde es später noch einmal versuchen.

Sie hatte eben ihren Arztkittel übergezogen, als das Telefon auf ihrem Schreibtisch läutete.

»Praxis Dr. Berger«, meldete sie sich.

Stille am anderen Ende der Leitung.

»Thea …« Georgs Stimme. Ihre Hand krampfte sich um den Hörer.

»Ja?«

»Ich werde zwei, drei Tage lang nicht in Eichenborn sein.

Ich weiß, dass das viel Arbeit für dich bedeutet. Aber du kannst dir danach gerne freinehmen. Und Frau Hörter und Schwester Fidelis helfen dir bestimmt mit Peter.«

»Danke, dass du mich informiert hast.« Sie bemühte sich um einen neutralen Tonfall.

»Natürlich. Thea, ich …«

Würde er den Kuss erwähnen?

Für einen Moment hörte sie ihn atmen, und sie stellte sich vor, wie er Zigarettenrauch aus seinem Mund blies. Doch alles, was er sagte, war: »Bis bald.«

»Ja, bis bald.« Thea ballte die Hände zu Fäusten und rang um Fassung. Aber ihre Trauer und ihre verletzten Gefühle waren jetzt nicht wichtig, sie musste sich um die Praxis kümmern.

Sie rief Dr. Frielingsdorf an und erkundigte sich nach den Patienten, die er während der Nacht besucht hatte. Kurz darauf kam Schwester Fidelis zur Besprechung vorbei.

Thea ging ihr im Wartezimmer entgegen. »Guten Morgen, Schwester! Dr. Berger wird für ein paar Tage nicht hier sein. Deshalb müssen wir die Patienten allein betreuen. Aber wir schaffen das schon.« Sie versuchte, optimistisch zu klingen, obwohl sie doch eigentlich so niedergeschlagen war.

»So, der Herr Doktor ist ein paar Tage lang nicht da …«

»Genau.«

Thea erwartete, dass die Schwester fragen würde, warum Georg so plötzlich weggefahren sei. Doch sie ließ sich schwerfällig auf einen Stuhl im Wartezimmer sinken.

»Dieses verwünschte Weib«, murmelte sie. »Ich hab gestern Nacht ihren Mercedes vor dem Schlösschen stehen sehen. Hab ich es doch geahnt! Zwischen ihr und dem

Doktor geht alles wieder von vorn los. Meine Gebete haben nichts genutzt.«

Thea starrte die Nonne an.

»Der Doktor hat seine Seele an sie verloren. Und dass sie ihm mal das Leben gerettet hat, macht's nicht besser.«

Hatte nicht auch Axel Heimbach einmal gesagt, dass Melanie Winter eine Frau war, die einem Mann die Seele rauben konnte? Draußen lachte jemand laut. Die ersten Patienten versammelten sich vor der Praxis. Thea wollte mehr über Georg und Melanie Winter wissen – und auch wieder nicht. Es machte ihr Angst zu erfahren, warum ihm diese Frau so viel bedeutete. Schwester Fidelis nahm ihr Schweigen als Aufforderung weiterzusprechen. »Der Doktor ist ja niemand, der mit seiner Meinung hinter dem Berg hält. Er hat öffentlich gesagt, dass die Nationalsozialisten Verbrecher sind. Das haben ein paar überzeugte Nazis im Dorf, wie der Horst Scheibler, der Gestapo gemeldet.«

»Horst Scheibler, wer ist das denn?«

»Ihm gehört der Bauernhof am Ortsrand, in der Nähe der Waggons. Eine Flüchtlingsfrau lebt dort mit ihren beiden Töchtern.«

Natürlich, das war der Hof, auf dem Heidi Meixner mit ihrer Mutter und der Schwester wohnte! Thea erinnerte sich wieder, wie verächtlich der Bauer über Georg gesprochen hatte. Und an die Wut in Georgs Augen, als Horst Scheibler auf der Kirmes an den Tisch der Honoratioren getreten war.

»Der Scheibler hasst den Doktor immer noch. Zwei aus dem Dorf nach Amerika geflohene Juden haben nach dem Krieg gegen ihn geklagt, weil er ihnen die Häuser weggenommen hatte. Der Doktor kam damals gerade aus der Kriegsgefangenschaft zurück und hat gegen ihn ausgesagt. Und Scheibler hat die Häuser verloren und musste sogar eine Entschädigung zahlen. Ich bin sicher, der sähe den Doktor am liebsten immer noch tot. Und fast wär's ja auch so gekommen.«

»Wenn Melanie Winter Dr. Berger nicht das Leben gerettet hätte?«, hörte Thea sich leise fragen.

»Ja. Ein paar Tage, nachdem er festgenommen worden war, kam *sie* nach Eichenborn, die damalige Melanie Spangenberg. Sie war da ja schon längst mit diesem Nazi verheiratet und hat mit ihm in München gelebt. Aber anscheinend wollte sie sich mit dem Doktor treffen. Als sie das Schlösschen und die Praxis versperrt vorfand, ist sie zu mir gekommen. Vielleicht hatte der Doktor ihr von mir erzählt, oder sie hat im Dorf gehört, dass ich die Hebamme bin, und daraus geschlossen, dass ich ihn gut kenne. Ich hab ihr erzählt, dass die Gestapo den Doktor mitgenommen hat, und es war ja klar, was das bedeutete. Und, bei Gott, ich kann sie nicht ausstehen, aber in dem Moment wurde ihr Gesicht totenbleich. Sie hat ausgesehen, als ob sie gleich in Ohnmacht fallen würde. Und sie hat gemurmelt, dass sie den Doktor aus dem Konzentrationslager freibekommen würde. Ich weiß nicht, wie es ihr gelang. Und ich will's auch nicht wissen. Vielleicht hat sie irgendwelche Leute bestochen, oder sie ist mit irgendeinem hohen Nazi ins Bett gegangen. Jedenfalls hat sie's geschafft, dass der Doktor tatsächlich freikam und bei einem Strafbataillon an der Front eingesetzt wurde. Was schlimm genug war. Aber er hat's überlebt. Und bei allem, was man über die Lager nach dem Krieg erfahren hat ...« Schwester Fidelis schüttelte den Kopf und seufzte.

Sie schien einige Momente lang tief in Gedanken versunken. Dann sah sie Thea an. »Und jetzt ist der Doktor mit ihr weggefahren. Wahrscheinlich braucht's ein Wunder, damit er von diesem Weib loskommt«, fügte sie grimmig hinzu. »Aber ich bete weiter dafür.«

Jemand lugte durch das Fenster des Wartezimmers und klopfte an die Scheibe. Natürlich, die Tür der Praxis war ja immer noch abgesperrt. Thea ging öffnen. Ja, wahrscheinlich wäre es wirklich ein Wunder, wenn sich Georg endgültig von Melanie Winter trennen würde, dachte sie traurig. Und an dieses Wunder glaubte sie nicht.

Bei all ihrer Traurigkeit wegen Georg – etwas Gutes war ja geschehen: Marlene war frei. Im Laufe des Vormittags hatte Thea die Köchin erreicht, und Frau Mageth hatte ihr mitgeteilt, dass Frau Helmholz zum Mittagessen zurück sein würde. Deshalb hatte sie beschlossen, nach der Besuchsrunde bei den Patienten nach Monschau zu fahren. So konnte sie der Schwester von Angesicht zu Angesicht erzählen, dass die schrecklichen Fotos und die Negative nicht mehr existierten. Das war viel besser als am Telefon.

Thea traf Marlene im Wohnzimmer der Villa an. Frau Mageth hatte sie eingelassen. Die Schwester kauerte auf dem Sofa, auf ihrem Schoß lag ein Strickzeug. Ihre ganze Körperhaltung, der gesenkte Kopf, die nach vorn gebeugten Schultern, vermittelten wieder den Eindruck von tiefer Hoffnungslosigkeit und schnitten Thea ins Herz.

»Marlene …« Thea setzte sich neben sie.

Die Schwester blickte auf. »Oh, Thea, du bist es.«

Thea fasste nach ihrer Hand und drückte sie fest. »Marlene, ich habe die Fotos und die Negative von Villiers bekommen. Es gibt sie nicht mehr. Ich habe sie heute Morgen verbrannt.«

»Du hast …?« Marlene griff sich an die Brust und starrte Thea aus weit aufgerissenen Augen an.

»Villiers kann dich nicht mehr erpressen. Du musst keine Angst mehr vor ihm haben.«

»Aber, wie …?«

»Georg Berger hat mir geholfen und war mit mir in Villiers' Tanzcafé. Wir hatten etwas gegen ihn in der Hand …«

Marlenes Miene wurde ganz leer. Sie stieß einen klagenden Laut aus. Dann schlug sie die Hände vors Gesicht und begann herzzerreißend zu weinen.

»Schsch, es ist ja gut.« Thea nahm die Schwester in den Arm und wiegte sie sanft. »Alles ist gut …« Wieder empfand sie nur Hass gegen den Mann, der Marlene so gequält und gedemütigt hatte.

Es dauerte lange, bis sich die Schwester allmählich beruhigte und sich ein zaghaftes Lächeln auf ihr Gesicht stahl. »Ach Thea«, seufzte sie. »Ich weiß gar nicht, wie ich dir danken soll.«

»Schon gut, du musst nichts sagen. Ich bin einfach nur froh, dass du das alles jetzt hinter dir lassen kannst.« Sie zog Marlene noch einmal fest an sich und küsste sie auf die Wange. »Ich muss jetzt los, die Nachmittagssprechstunde fängt gleich an.«

Die Frauen hatten eben die Diele betreten, als Katja die Treppe heruntergestürmt kam. Anscheinend hatte sie früher im Büro Schluss gemacht, oder sie hatte einen freien Tag. Sie streifte sich Handschuhe über und wollte wohl ausgehen. »Marlene, weißt du, wo mein rot-weiß gepunkteter

Schal ist?«, rief sie. Da erst bemerkte sie Thea, und ihr Blick verfinsterte sich. »Was tust du denn hier?«

»Ich bin gerade dabei zu gehen.« Thea stand nicht der Sinn nach einem Streit mit Katja, nicht an diesem ohnehin schon so schwierigen Tag.

»Jemand hat dich schon wieder mit Axel gesehen! Vor ein paar Tagen, auf der Terrasse eines Restaurants an der Rur. Von wegen, dass du nichts mit ihm hast! Du Heuchlerin!« Sie spuckte Thea die Worte förmlich ins Gesicht.

»Katja, lass Thea in Ruhe.« Marlene sah die Jüngere zornig an. »Sie hat so viel für mich getan. Sie hat mich beschützt und …«

»Ach, wirklich?« Katja wirbelte zu ihr herum. Doch ihr Hohn wich Bestürzung, als sie Marlenes rotes verquollenes Gesicht sah. »Warum bist du denn so verweint?«, fragte sie erschrocken. »Was ist geschehen?«

Thea lächelte der älteren Schwester schnell noch einmal aufmunternd zu, dann schlüpfte sie aus dem Haus.

Kapitel 34

Wieder zurück in Eichenborn sah Thea nach Peter. Das Schlösschen fühlte sich seltsam leer an ohne Georg, und jetzt, da sie wusste, dass er wieder mit Melanie Winter zusammen war, kam sie sich plötzlich wie ein Eindringling vor. Die Eingangshalle, die alte Küche … Jeder Raum erinnerte sie an ihn. Wie sollte sie nur, nachdem ihr klar geworden war, wie viel sie für ihn empfand, jemals wieder mit ihm zusammenarbeiten?

Auf der Terrasse entdeckte sie Frau Hörter, vor ihr auf dem alten Tisch ein Buch, Stifte und einige Blätter Papier. War wirklich noch nicht einmal eine Woche vergangen, seit sie Georg hier erzählt hatte, dass Marlene erpresst wurde?

Peters weißblonder Haarschopf tauchte jetzt am anderen Ende des verwilderten Gartens auf, wo er irgendetwas zwischen den Büschen suchte.

»Ach Frau Doktor«, Frau Hörter lächelte sie an, »Peter und ich haben ein bisschen Lesen und Schreiben geübt. Er hat in den letzten Jahren ja kaum Schulunterricht gehabt und hat vieles vergessen und verlernt.«

»Das kann ich mir gut vorstellen. Und was sucht er im Garten?« Peter verstaute gerade irgendetwas in einem Körbchen.

»Eier, die Hühner legen nicht im Stall. Darum hat sich der Doktor anscheinend nie gekümmert.«

»Oh …« Landwirtschaftliche Dinge waren Thea immer noch fremd. Aber Peter schien beim Eiersuchen ganz glücklich zu sein, und die Gänse ließen ihn in Ruhe. Einige Augenblicke lang sahen sie und Frau Hörter dem Jungen zu.

»Frau Hörter«, sagte Thea dann, »ich weiß, es ist viel verlangt, aber ich wollte Sie fragen, ob Sie vielleicht heute Nacht im Schlösschen übernachten könnten. Dr. Berger ist für ein paar Tage nicht hier, und ich muss den Bereitschaftsdienst übernehmen. Falls es Ihnen nicht passt, bitte ich Schwester Fidelis.«

»Das macht mir nichts aus. Das heißt …« Frau Hörter stockte, und ihr Gesicht leuchtete auf. »Ich könnte Peter doch auch für die Nacht mit zu uns auf den Hof nehmen! Ich habe ihm schon viel davon erzählt, vor allem auch von den Tieren. Und wir haben ja viel Platz.«

»Nun …« Nach ihrer letzten Begegnung mit Herrn Hörter hatte Thea Zweifel, ob er erfreut darüber sein würde. Aber Peter kam jetzt mit dem Eierkörbchen auf die Terrasse, deshalb sagte sie nichts.

»Peter«, Frau Hörter ergriff seine Hand, »Dr. Berger ist nicht hier, und Frau Dr. Graven hat Nachtdienst. Möchtest du deshalb vielleicht mit mir kommen und bei uns schlafen?«

»Dr. Berger kommt doch wieder?« Beunruhigt blickte der Junge Thea an. Peter hatte schon so vieles in seinem Leben verloren, Menschen und Orte, die ihm viel bedeuteten, dass jede Veränderung ihn verunsicherte.

»Ja, natürlich kommt er wieder«, versicherte Thea ihm. »Und bestimmt geht er auch wieder mit dir zu den Pferden zum Reiten.« Ach, er fehlte ihr ja auch.

Peter sah Frau Hörter ernst an und nickte. »Ja, dann komme ich mit«, stimmte er zu.

Nach dem Ende der Nachmittagssprechstunde legte Thea die medizinischen Instrumente in den Sterilisationsapparat. Vor einer Weile hatte sie durch das Fenster mitverfolgt, wie Herr Hörter mit dem Pferdewagen gekommen war, um seine Frau abzuholen. Seiner Miene und seiner Körpersprache nach zu schließen, als er Peter auf den Bock gehoben hatte, war er über den Entschluss seiner Frau wirklich nicht besonders erfreut gewesen. Ach, hoffentlich ging das gut, und er ließ den Jungen seinen Widerwillen nicht merken!

Das Telefon klingelte. Vielleicht ein Patient? Oder doch Georg? Ach, warum klopfte ihr Herz gleich schneller? Das hatte doch keinen Sinn.

»Praxis Dr. Berger, Dr. Graven am Apparat«, meldete sie sich.

»Frau Dr. Graven, wie gut, dass ich Sie gleich erwische!« Eine Männerstimme, die Thea irgendwie vertraut vorkam, die sie jedoch nicht zuordnen konnte.

»Engelhardt hier, Ihre früheren Mitbewohnerinnen haben mir Ihre neue Adresse und Telefonnummer gegeben ...«

Theas Magen verkrampfte sich. Wollte ihr der frühere Kollege mitteilen, dass die Hamburger Universitätsklinik sich nun wirklich entschieden hatte, sie anzuzeigen?

»Dr. Engelhardt, es tut mir leid, ich bin gerade auf dem Sprung.« Es war feige, aber sie wollte diese Nachricht jetzt nicht hören.

Ein Auflachen, ein Seufzen fast, drang an ihr Ohr. »Dr. Graven, ich wollte Ihnen nur mitteilen, dass es bei einer Operation von Professor Arnhem erneut einen Zwischenfall gab. Dieses Mal hat der Patient überlebt. Aber der Professor wird nicht mehr als Chirurg praktizieren. Ich dachte, es würde Sie interessieren, das zu erfahren.«

Thea fühlte sich plötzlich ganz kraftlos, und sie ließ sich auf den Schreibtischstuhl sinken. Ihr fehlten die Worte. Also würde es wohl auch keine Anzeige wegen Verleumdung geben.

»Und da ist noch etwas ... Ich weiß von einem Freund, dass an der Marburger Universitätsklinik für die Gynäkologie ausdrücklich eine Assistenzärztin gesucht wird. Falls Sie doch nicht als Landärztin enden wollen, sollten Sie sich dort bewerben.« Dr. Engelhardt hatte sich wieder gefangen, und sein Tonfall war ironisch wie eh und je. »Ich glaube nicht, dass das Hamburger Universitätsklinikum Ihnen Steine in den Weg legen wird, falls sich die Marburger Kollegen nach Ihren Qualifikationen erkundigen sollten. Man möchte hier einfach, dass Gras über das alles wächst.«

»Danke, dass Sie mich angerufen haben, das bedeutet mir sehr viel«, brachte Thea hervor. »Aber ich muss jetzt wirklich los. Ich melde mich in den nächsten Tagen noch einmal bei Ihnen. Sie leben doch noch in Ihrer alten Wohnung, oder?«

Nachdem der Kollege bejaht hatte, legte sie schnell auf. Sofort übermannten sie ihre Gefühle, und sie brach in Tränen der Erleichterung aus. Es wäre so schön gewesen, wenn sie Georg davon hätte erzählen können!

Erleichterung und Wehmut begleiteten Thea auch am nächsten Tag. Mittlerweile war eine Nacht seit ihrem Gespräch mit dem Kollegen Engelhardt vergangen, und noch immer konnte sie es kaum glauben, dass sie rehabilitiert war und es keine Anzeige gegen sie geben würde. Es war, als wäre eine riesige Last von ihr gewichen, als könnte sie auf einmal wieder frei atmen. Aber da war auch ihr Kummer wegen Georg.

Die Vormittagssprechstunde war an diesem Samstag zu Ende, und Thea hatte soeben die Praxis verlassen, als Herr Hörter mit dem Pferdewagen vorfuhr. Seine Frau und Peter waren nicht bei ihm. Was hatte das zu bedeuten? Hoffentlich nichts Schlechtes? Sie hatte sich ohnehin gewundert, dass Frau Hörter und der Junge nicht schon am Morgen nach Eichenborn gekommen waren. Beunruhigt ging sie zu dem Bauern.

»Frau Doktor!«, stieß er hervor, noch ehe sie ihn begrüßen konnte, »ich muss mit Ihnen reden.« Er wirkte aufgewühlt und auch traurig. Was ihre Sorge bestätigte.

»Ja natürlich, gern. Möchten Sie vielleicht in die Praxis kommen? Da sind wir ungestört. Es sind keine Patienten mehr da.«

Er nickte und sagte: »Ich binde nur schnell das Pferd fest.«

»Setzen Sie sich doch«, sagte Thea freundlich, als Herr Hörter gleich darauf in ihrem Sprechzimmer erschien. Er ließ sich in den Besucherstuhl sinken und drehte seinen Hut in den Händen, wusste offensichtlich nicht, wie er beginnen sollte.

»Weshalb sind Sie denn ohne Ihre Frau und Peter gekommen?«, fragte Thea schließlich behutsam, um ihn zum Sprechen zu bewegen.

»Meine Frau ...« Er schluckte hart. »Als der Junge gestern im Bett war, hat sie gesagt, dass sie zu ihrer Schwester zieht, wenn ich mich weigere, ihn bei uns aufzunehmen. Und dass sie es mit mir allein und meiner Trauer auf dem Hof nicht mehr aushält. Dass sie allmählich erstickt. Und dass unsere Söhne mich ganz bestimmt nicht verstehen würden und ich mich schämen sollte, nur an mich zu denken und dem Jungen kein Heim zu geben.«

Ach je, es durfte nicht sein, dass Herr und Frau Hörter sich wegen Peter überwarfen!, dachte Thea. Das hatten sie und der Junge nicht verdient.

»Ich habe Ihre Frau ja oft mit Peter zusammen gesehen, und sie hat glücklich gewirkt. Und Peter mag sie auch sehr gern, davon bin ich fest überzeugt …«, tastete Thea sich vor.

»Ja, das hab ich auch gemerkt. Also, dass sie viel glücklicher ist, seit sie sich um den Jungen kümmert. Und es ist auch nicht so, dass ich was gegen ihn hätte. Er hat ja viel durchgemacht, die Flucht, und dass dann auch noch seine Mutter gestorben ist … Und es ist auch nicht so, dass ich ihn nicht mag. Er wirkt, als wär er ganz in Ordnung. Aber …« Er verstummte und seufzte.

»Wir haben darüber ja schon einmal gesprochen. Sie haben Angst, Ihre Söhne zu verraten, wenn Sie Peter bei sich aufnehmen, nicht wahr?«

Herr Hörter senkte den Kopf und schwieg. »Ja, so ist es«, stieß er schließlich hervor.

»Aber das ist nicht so. Im Gegenteil, ich bin fest davon überzeugt, wenn Sie Peter Liebe schenken, werden Sie auch Ihren Söhnen nahe sein. Und …« Thea suchte nach Worten. »Ich habe Ihre Söhne ja leider nicht gekannt. Aber ich habe Sie und Ihre Frau als warmherzige Menschen kennengelernt, und bestimmt haben Sie Ihre Söhne auch so erzogen. Deshalb kann ich mir nicht vorstellen, dass sie auf einen kleinen Jungen eifersüchtig wären, dem Sie eine Heimat schenken.«

Herr Hörter starrte vor sich hin.

»Sie sollten es wagen, Ihr Herz für Peter zu öffnen«, sagte

Thea nach einer Weile sanft. »Für Peter, für Ihre Frau und für sich selbst.«

Endlich hob er den Kopf und sah sie an. Er holte tief Luft wie nach einem anstrengenden, innerlichen Kampf. »Ja gut, wenn der Junge das will, kann er bleiben«, versprach er.

»Dann schlage ich vor, dass Sie das als Erstes Ihrer Frau sagen. Und wenn Sie möchten, komme ich nach der Besuchsrunde zu Ihrem Hof, und wir sprechen zu dritt mit Peter.«

»Ja, das wäre gut.« Herr Hörter nickte erleichtert.

Versonnen ging Thea am Abend die Dorfstraße entlang und erwiderte die freundlichen Grüße der Eichenborner, die an dem warmen Juniabend vor ihren Häusern saßen oder noch letzte Arbeiten auf den Bauernhöfen erledigten. In Gedanken war sie aber bei Peter. Der Junge wollte bei den Hörters bleiben. Er hatte nicht viel gesagt, aber sein schmales Gesicht hatte aufgeleuchtet, als sie ihn das im Beisein des Ehepaars gefragt hatte, und er hatte sich an Frau Hörter geschmiegt, die so glücklich wirkte. Auch Herrn Hörters Gesicht war ganz freundlich geworden, und er hatte dem Jungen die Hand auf die Schulter gelegt und sie fest gedrückt, als wollte er so sein Versprechen noch einmal besiegeln.

Thea war so froh darüber, dass Peter eine Heimat gefunden hatte! Und sie war überzeugt, dass Georg das genauso empfinden würde. Aber es gab noch etwas, was ihr auf dem Herzen lag und was sie jetzt unbedingt tun wollte.

Kapitel 35

In der lauen Luft dufteten die Blumen auf den Gräbern sehr intensiv. Thea ging zu der Bank in der Nähe der uralten Eibe, wo sie an Hans' Geburtstag schon einmal gesessen hatte, und ließ sich darauf nieder. Wieder schloss sie die Augen.

Mein Liebling, ich habe es dir nicht gleich gesagt, ich war so durcheinander ... Aber du ahnst es sicher schon. Ich habe mich wieder verliebt. In meinen Chef, den ich anfangs überhaupt nicht ausstehen konnte. Es ist einfach geschehen, auch wenn er meine Gefühle nicht erwidert. Das ist so, und ich kann daran nichts ändern.

Du darfst und sollst dich wieder verlieben! Ich wünsche dir von ganzem Herzen, dass du irgendwann glücklich wirst, hörte sie Hans sanft in ihren Gedanken erwidern.

Ja, das weiß ich. Und was auch geschieht, du wirst immer ein Teil meines Lebens bleiben.

Für eine ganze Weile blieb Thea sitzen, lauschte auf den Gesang der Vögel und sah zu, wie die Sonne langsam über dem Hohen Venn versank. Schließlich stand sie auf. Traurig, aber auch dankbar und froh über die Zeit, die ihr mit Hans vergönnt gewesen war.

Sie hatte begriffen, dass sie nach vorn schauen musste. Es war an der Zeit, Abschied zu nehmen. Von Georg und von Eichenborn. Sie konnte nicht mit ihm zusammenarbeiten, ihn jeden Tag sehen und ihm nahe sein – und gleichzeitig ihre Gefühle unterdrücken. Am Montagmorgen würde sie in der Marburger Universitätsklinik anrufen und sich auf die freie Stelle in der Gynäkologie bewerben. Dazu war sie fest entschlossen.

»Ach, es ist so schön, Peter bei uns zu haben! Es kommt mir vor, als wär er schon ewig hier und nicht erst seit zwei Tagen.« Frau Hörter goss Thea noch einmal Kaffee ein. In der Küche war es warm und gemütlich, während der Regen gegen die Fenster prasselte. Am Ende ihrer Besuchsrunde am Montag war Thea zu dem Bauernhof gefahren, um nach Peter zu sehen.

»Endlich ist wieder Leben im Haus«, erzählte Frau Hörter weiter. »Und dem Peter gefällt es auch bei uns. Er ist nicht mehr so ernst und lächelt öfter. Und er ist auch nicht mehr so scheu gegenüber dem Leonhard. Der Leonhard sagt ja nicht viel, aber ich merk's ihm an, dass er den Jungen gern um sich hat. Wir wollen demnächst die Fürsorgebehörde informieren, damit alles seine Ordnung hat, und in die Schule muss Peter ja auch. Die Fürsorgebehörde wird uns doch keine Schwierigkeiten machen? Was denken Sie, Frau Doktor?« Ein bisschen besorgt sah sie Thea an.

»Das kann ich mir nicht vorstellen. Sie sind ein respektables Ehepaar, das zwei Söhne großgezogen hat. Und falls es wider Erwarten doch Probleme geben sollte, dann sind Dr. Berger und ich gern bereit, für Sie zu bürgen.«

Von Georg zu sprechen versetzte Thea einen schmerzlichen Stich. Er war immer noch nicht nach Eichenborn zurückgekommen. Aber es würde ihn bestimmt freuen, dass die Hörters Peter bei sich aufgenommen hatten. Da war sie sich ganz sicher.

Als Thea wenig später durch den Regen zu ihrem Wagen rannte, erhaschte sie einen Blick in den Stall. Peter saß dort mit Herrn Hörter und half ihm beim Melken. Die beiden waren versunken in ihre Tätigkeit und wirkten so zufrieden miteinander, dass Thea sie nicht stören mochte.

Was Peter und die Hörters betrifft, hat meine Zeit in Eichenborn immerhin etwas Gutes bewirkt, dachte Thea, während sie vorsichtig den steilen, schlammigen Feldweg zur Straße hinunterfuhr. Vorhin hatte sie mit dem Chefarzt der Gynäkologie in Marburg telefoniert und einen Termin für ein Bewerbungsgespräch vereinbart. Er hatte ganz sympathisch geklungen und schien von ihrer bisherigen beruflichen Laufbahn recht angetan zu sein. Wenn sie die Stelle tatsächlich angeboten bekam, würde sie zugreifen.

Thea hatte jetzt die Straße erreicht. Der Himmel wurde heller, der Regen ließ nach, und sie hatte eine freie Sicht über das Moor und die sommerlich grüne Hochebene bis zur Kirchturmruine von Eichenborn.

Ach, sie würde das Dorf und seine Bewohner vermissen und die Hörters und Peter und vor allem Georg! Seine knurrigen Bemerkungen, seinen trockenen Humor, seine Großherzigkeit unter der rauen Schale, das Lächeln, das so plötzlich und wunderschön auf seinem Gesicht aufscheinen konnte wie die Sonne an einem wolkenverhangenen Tag. Thea wurde die Kehle eng.

Aber es war nun einmal, wie es war, und deshalb sinnlos, sich etwas Unerreichbares zu wünschen. Sie blinzelte die Tränen weg, die ihr trotz des Versuchs, gefasst und vernünftig zu sein, in die Augen stiegen und konzentrierte sich aufs Fahren.

Im nächsten Moment ertönte plötzlich ein gewaltiger

Knall, viel lauter als ein Donner. Die Erde erbebte, und der Opel wurde wie von einer gewaltigen Hand ein Stück zur Seite geschoben. Thea lenkte verzweifelt gegen, um ihn auf der Straße zu halten. Der ohrenbetäubende Lärm und die Druckwelle waren ihr nur zu vertraut. Aber … das war doch nicht möglich, der Krieg war doch vorbei, es herrschte Frieden! Geschockt und zitternd brachte sie den Wagen zum Stehen. Es war jedoch kein Alptraum. Einige Kilometer entfernt stieg eine riesige Rauchsäule auf, dort, wo sich vorhin noch ein Bauernhof befunden hatte. Eine Bombenexplosion!

Als Thea kurz darauf das Gehöft erreichte, hing immer noch Rauch in der Luft. Von der Explosion aufgewirbelte Erdpartikel lagerten sich auf der Windschutzscheibe ab und bildeten mit dem Regen einen schmierigen rötlichen Film. Durch die Schlieren sah sie einen Mann auf den Wagen zutaumeln, er blutete aus einer klaffenden Kopfwunde.

Thea ergriff ohne langes Nachdenken ihre Arzttasche, sprang aus dem Wagen und rannte zu ihm. Hastig blickte sie sich um. Das Wohnhaus und die Stallungen lagen in Trümmern. Menschen irrten zwischen den Ruinen umher, jammerten und schrien. Irgendwo wieherte ein Pferd panisch. Hühner, die Federn von Lehm und Schmutz verklebt, rannten verschreckt gackernd im Kreis, und ein Schwein, dem es die Flanke aufgerissen hatte, torkelte über den Hof. Einzig eine Art Unterstand für Fahrzeuge, der jetzt aber leer war, hatte die Explosion weitgehend unbeschadet überstanden. Er schien einigermaßen trocken. Sie fasste den Mann am Arm und führte ihn dorthin.

»Der … der Emil wollt doch nur mit dem Bagger 'nen

Weg anlegen«, stöhnte er. »Ich sag ihm noch, er soll aufpassen, dass er nicht auf Felsen trifft … An einen Blindgänger hab ich gar nicht gedacht.« Die Stimme versagte ihm. Hinter den Ruinen, am Rand eines Feldes, tat sich ein riesiger Krater auf.

»Setzen Sie sich bitte auf den Boden. Ja, gut so …« Thea sprach beruhigend auf den Mann ein, während sie sich neben ihn kniete und seine Kopfverletzung versorgte. Endlich war in der Ferne eine Sirene zu hören, ein Feuerwehrwagen kam auf den Hof gerast, mehrere Autos folgten ihm.

»In den Gebäuden sind Verschüttete!«, brüllte irgendjemand.

Undeutlich nahm Thea wahr, wie die Feuerwehrleute und ein Trupp Dörfler mit Schaufeln und Spaten zu den Ruinen eilten. Zwei andere Männer legten eine Frau neben ihr ab, die eine Wunde am Bauch und anscheinend mehrere Knochenbrüche hatte und vor Schmerzen schrie. Thea spritzte ihr eilig Morphium, entfernte einen Metallsplitter aus ihrem Leib und schützte die Wunde mit einem improvisierten Verband.

Und schon wurde ein Mädchen zu ihr geführt, in dessen Körper Glassplitter steckten. Ihre Augen waren ganz starr vom Schock. Thea arbeitete mechanisch, ganz auf die jeweilige Aufgabe konzentriert und trotz des Chaos ringsum mit ruhigen Händen. Wieder das Geräusch von Sirenen. Weitere Ambulanzfahrzeuge kamen zum Halten. Dem Himmel sei Dank!

Erschöpft richtete Thea sich auf.

»In 'nem Keller liegt ein junger Bursche, er ist eingeklemmt, wir kriegen ihn nicht raus«, schrie jetzt ein Mann.

»Frau Doktor, er steckt unter 'nem eingestürzten Balken

und Steinen fest!« Das bleiche Gesicht eines Feuerwehrmanns tauchte neben ihr auf.

»Ich komme.« Thea griff nach ihrer Arzttasche.

»Ein Stück Decke ist in dem Keller runtergekracht!«

»Die hält nicht mehr lange!«

»Bestimmt kommt die gleich ganz runter!«

Ein Gewirr von aufgeregten Stimmen ringsum.

»Franz, mein Gott, mein Franz liegt da unten, mein Sohn!« Eine Frau, deren Gesicht und Kleidung völlig von Schmutz bedeckt waren, rannte weinend über den Hof. »Tut doch was!«

Thea trat zu ihr und legte ihr die Hände auf die Schultern. »Beruhigen Sie sich, ich helfe Ihrem Sohn!«, sagte sie eindringlich. »Ich tue alles, damit Sie ihn lebend wiedersehen.«

Auf einmal kam in dem Durcheinander ein großer weißhaariger Herr auf Thea zu. Natürlich, mittlerweile war ja das Krankenhaus in Monschau verständigt worden, und es war völlig plausibel, dass der Vater hier erschien. Dennoch kam es ihr sehr unwirklich vor, ihn zu sehen. Er verströmte eine Aura von Konzentration und Energie, war ganz der Chefarzt und erfahrene Chirurg.

»Thea, wir gehen zusammen in den Keller«, sagte er.

»Vater ...«, stammelte sie überrascht.

»Nein, *ich* begleite Frau Dr. Graven«, hörte sie nun jemanden sagen. Theas Herzschlag setzte für einen Moment aus. Sie wirbelte herum. Tatsächlich, Georg stand neben ihr und sah sie an. Für Sekunden zählte in all dem Durcheinander nur er. Sein Blick war eindringlich und besorgt und voller Zuneigung.

Der Vater zögerte kurz. »Berger, dann kommen Sie mit

mir! Das ist ohnehin besser, als dass meine Tochter, eine Frau ... Wer weiß, was uns in dem Keller erwartet.«

Seine Stimme zitterte ganz leicht und verriet Thea, dass er sie beschützen wollte. Aber sie würde Georg nicht mit dem Vater da hinuntergehen lassen. Auf keinen Fall. Sie wollte bei ihm sein.

»Wir haben beim Feld einen Knecht gefunden, dem's die Brust aufgerissen hat!«, brüllte jemand. »Er verblutet, ist hier ein Arzt?«

»Vater, der Mann braucht dich«, sagte Thea rasch. »Kümmere du dich um ihn, du kannst das besser als ich.«

Der Vater zögerte wieder, dann sagte er gepresst: »Pass auf dich auf, ja?«

»Das tue ich.« Thea lächelte ihn an.

»Komm.« Georg berührte ihren Arm. Gemeinsam rannten sie über den Hof und zum Kellereingang.

»Die werden Sie da unten nötig haben.« Ein junger Mann drückte Thea eine Stablampe in die Hand. Sie stiegen die schmale Steintreppe hinunter. Auch in dem Gang waren Teile der Decke heruntergekommen, und sie mussten sich einen Weg durch den Schutt bahnen. Ob Georg in der Praxis von dem Unglück erfahren hatte, oder ob er auf dem Weg nach Eichenborn gewesen war? Aber das war jetzt gleichgültig. Wichtig war nur, dass er hier war. Bei ihr.

Der Türsturz des Kellerraums hing schief. Das Licht der Stablampe erfasste den Schutt dahinter, über den Thea und Georg jetzt kletterten. Eine eingestürzte Wand, davor eine Gestalt, die gekrümmt auf dem Boden lag. Jetzt hatten sie den Verletzten erreicht. Ein ganz junger Mann, fast noch ein Knabe. Sein rechtes Bein steckte bis zum Kniegelenk unter einem umgestürzten Eichenbalken und Steinen fest.

Sein Atem ging mühsam, und er stöhnte. Nun öffnete er die Augen, der Blick halb irre vor Angst und Schmerz. »Mutter ...«, jammerte er. »Mein Bein, es tut so weh ...«

Der Unterschenkel musste völlig zerschmettert sein.

»Keine Sorge, wir holen dich hier heraus. Gleich wirst du keine Schmerzen mehr haben.« Georg hatte schon Morphium auf eine Spritze gezogen und injizierte es in seinen Unterarm und wandte sich dann Thea zu. »Hast du schon mal bei einer Amputation assistiert?«

»Ja, ein paarmal im Krieg.« Sie nickte. Das waren Operationen, die sie hasste. Vielleicht, weil sie Leben retteten, jedoch auch verstümmelten. Aber hier blieb einfach keine andere Wahl. Georg band bereits das Bein dicht unterhalb des Knies ab.

Thea platzierte die Stablampe so, dass das Licht möglichst gut darauffiel. Hörte es sich so an, als ob Steine aus der gemauerten Decke brachen? Nicht darauf achten. Wichtig waren nur der Verletzte und die Operation. Und Georg, der schnell und gekonnt die ersten Schnitte durch Haut und Muskeln setzte.

Den Knochen zu durchtrennen war schwierig, weil der Verletzte so gekrümmt lag. Aber sie arbeiteten routiniert, verständigten sich mehr mit Blicken als mit Worten, und irgendwie glückte ihnen die Amputation, und sie konnten den jungen Mann vorsichtig auf den Rücken betten. Irgendwann waren auch die Blutgefäße vernäht und der Hautlappen über den Beinstumpf gezogen und ebenfalls vernäht.

Georg erhob sich schwankend. Er trat in den Kellergang und rief: »Wir haben ihn freibekommen!« Dann wandte er sich zu Thea um und legte den Arm um sie. Sie schmiegte sich an ihn, vergaß für Momente die gefährliche Situation, war einfach froh, bei ihm zu sein.

Nun ertönten Rufe und Schritte in dem Gang, und Helfer kamen mit einer Trage über den Schutt. Der Verwundete wurde daraufgelegt, und Thea und Georg folgten dem Trupp eilig den Gang entlang, die Stufen hoch und nach draußen.

Oben an der Treppe wehte ihnen der Regen entgegen. Thea wollte den verletzten jungen Mann gerade zu der Ambulanz begleiten, als ihr Vater auf sie zueilte. »Thea!«, stieß er hervor. »Gott sei Dank!« Seit dem Tod der Mutter hatte sie ihn nicht mehr so erschüttert erlebt.

»Ich kümmere mich um den Verletzten.« Georg nickte ihr zu und lief neben der Trage her zum Ambulanzwagen.

»Thea …« Der Vater fasste sie am Arm und führte sie ein paar Meter beiseite. »Sie haben gesagt, dass noch ein Stück Decke eingestürzt ist! Ich … ich dachte, ich sehe dich nie mehr wieder … Und ich habe es so bereut, dass ich dir nie gesagt habe, wie sehr ich dich trotz unseres Streits und trotz all meiner harten Worte liebe … Du hast immer einen besonderen Platz in meinem Herzen gehabt. Und ich hätte es nicht ertragen, wenn du …« Seine Stimme wurde brüchig, er räusperte sich, straffte sich. »Und ich habe vor ein paar Tagen einen Anruf aus Hamburg erhalten …«

»Jemand von der Universitätsklinik hat dich kontaktiert?«, fragte Thea erstaunt. Damit hatte sie nicht gerechnet.

Der Vater deutete ihre Worte falsch. »Ja, einer der Chefärzte hat mir im Vertrauen erzählt, dass Professor Arnhem einen furchtbaren Fehler begangen hat. Ich weiß jetzt, dass du ihn zu Recht angezeigt hast. Ich hätte stolz auf dich sein müssen. Stattdessen habe ich dich beschimpft und dir Undankbarkeit und Geltungssucht vorgeworfen.« Der Vater brach ab, denn der Ambulanzwagen fuhr jetzt mit Blaulicht und heulender Sirene los. Einige Feuerwehrmänner, die eine einsturzgefährdete Wand abstützten, riefen sich mit lauten Stimmen etwas zu. Dann wurden die Geräusche leiser, und der Vater sprach hastig weiter. »Mir ... mir wurde klar, wie falsch ich dich beurteilt habe. Wie verzerrt mein Bild von dir war. Bestimmt auch in Bezug auf Hans. Gleich nach dem Anruf hätte ich zu dir kommen und dich um Verzeihung bitten sollen. Aber ich war zu stolz. Und nun hätte ich dich beinahe verloren ...« Seine Stimme zitterte, und seine Augen glänzten plötzlich feucht. Thea wusste, wie schwer es dem Vater fallen musste, seinen Irrtum einzugestehen.

»Vater«, sagte sie sanft. »Ich habe dich doch auch immer geliebt, auch wenn ich zornig und verletzt war und dir harte Worte gesagt habe. Und ich wünsche mir so sehr, dass wir uns wieder versöhnen.«

»Dann verzeihst du mir?« Er machte eine Bewegung, als wollte er sie an sich ziehen, ließ die Arme jedoch, plötzlich scheu und unsicher, wieder sinken.

»Ach Vater.« Thea lächelte ihn an. »Ja, natürlich verzeihe ich dir.«

Sie schlang die Arme um ihn, und der Vater drückte sie an sich. So lange hatte sie sich danach gesehnt!

Erneutes Sirenengeheul brachte sie wieder in die Gegenwart zurück. Thea entdeckte Georg, der taktvoll ein Stück entfernt stehen geblieben war. Der Vater folgte ihrem Blick.

»Geh ruhig zu ihm«, sagte er leise.

Hatte er etwa verstanden, wie viel er ihr bedeutete? Thea drückte seine Hand und lief zu Georg.

Später, als alle Verwundeten versorgt und abtransportiert worden waren, überquerte Thea an Georgs Seite den verwüsteten Hof. Es regnete immer noch, ein gleichmäßiger Landregen, der sich in tiefen Pfützen sammelte. Der Geruch der Explosion hing nach wie vor beißend in der Luft. Ihr Vater war dem letzten Ambulanzwagen mit dem Mercedes ins Krankenhaus gefolgt.

Thea war erschöpft, aber auch erleichtert. Unter all den Verletzten, die Georg, sie und der Vater betreut hatten, gab es keine Toten zu beklagen. Und der junge Mann, dessen Unterschenkel hatte amputiert werden müssen, würde ganz sicher überleben.

»Ich bin so froh, dass du gekommen bist«, sagte sie leise und drückte Georgs Hand. »Und dass du in dem Keller bei mir warst.«

»Ich hätte es mir nie verziehen, wenn ich nicht bei dir gewesen wäre.« Seine Stimme klang fast hart. Natürlich, er fühlte sich als Chef für sie verantwortlich, und sie waren inzwischen gute Freunde, also reagierte er so.

Jetzt standen sie vor den beiden Wagen. »Thea, lass uns zusammen in meinem Auto zurückfahren.« Georg berührte sie am Arm. »Ich würde dir gern etwas sagen. Und im Schlösschen oder in der Praxis werden wir bestimmt gleich wieder gestört.«

»Gut, ich muss dir nämlich auch etwas sagen.«

Während sie zusammen die Verwundeten versorgt hatten, waren seine Liebe zu Melanie Winter und ihre Kündigung nicht wichtig gewesen. Aber jetzt war das alles wieder bedrückend präsent. Bestimmt würde er ihr gleich sagen, dass er Melanie Winter immer noch liebte und wieder mit ihr zusammen war und dass er den Kuss nachts im Hohen

Venn bedauerte, dass er nichts zu bedeuten hatte, und er, Georg, nur Freundschaft für sie empfand.

Ein Stück fuhren sie die Straße in Richtung Eichenborn entlang, dann bog Georg in einen Feldweg ein. Der Ford holperte über die Unebenheiten. Hinter einer Biegung, von wo aus die Straße nicht mehr zu sehen war, hielt Georg den Wagen an. Bäume breiteten ihre Zweige über das Dach, und das Geräusch des Regens war jetzt sehr sanft.

»Thea ...«, begann er.

»Nein«, sie schüttelte den Kopf und unterbrach ihn, »lass mich zuerst reden. Hör zu ...« Ach, es war so schwer, es auszusprechen, aber es musste sein, und dann hatte sie es wenigstens hinter sich. »Ich werde kündigen.«

»Weshalb das denn?« Er runzelte die Stirn, sah sie erstaunt an. Sein Gesicht verfinsterte sich.

»Es haben sich neue Möglichkeiten aufgetan und ...« Sie konnte jetzt einfach nur sagen, dass sie sich auf die Stelle als Assistenzärztin an der Marburger Universitätsklinik bewerben würde und es ja immer ihr Traum gewesen war, Fachärztin für Gynäkologie zu werden. Aber nein, sie wollte ihm gegenüber ehrlich sein. Das war sie ihm schuldig.

Thea holte tief Luft. »Georg, ich habe mich in dich verliebt. Deshalb kann ich nicht mehr mit dir zusammenarbeiten. Ich kann meine Gefühle für dich nicht ständig verleugnen, und ich will es auch gar nicht.« Endlich war es ausgesprochen.

»Du hast dich also in mich verliebt ...?«

»Ja.« Warum fragte er das in einem so seltsamen Tonfall? Nun, sie wollte eigentlich nicht länger darüber sprechen. Der Regen rann an den Autofenstern herunter. Die Welt draußen war in verwaschene Grüntöne getaucht.

»Weißt du, du musst nicht gehen, weil du dich in mich verliebt hast.«

»Georg!«, fuhr Thea ihn an, »ich habe es dir doch erklärt.«

Sein Mienenspiel hatte sich verändert. Der finstere Ausdruck war verschwunden. Und sein Blick war auf einmal sehr innig. »Es ist auch wirklich nicht nötig, dass du deine Gefühle vor mir verbirgst. Im Gegenteil, ich fände das sehr schade. Ich habe mich nämlich auch in dich verliebt. Das ist es auch, was ich *dir* sagen wollte.«

Machte er sich über sie lustig? Aber nein, da waren der warme Glanz seiner Augen und der zärtliche Klang seiner Stimme. »Aber, du bist mit Melanie weggefahren!«

»Ich bin nicht *mit* ihr weggefahren, ich bin *nach* ihr weggefahren.«

»Ich verstehe dich nicht …«

»Thea, in dieser Kaschemme in Eupen und dann bei unserem Halt auf der Rückfahrt, als wir uns geküsst haben, ist mir klar geworden, dass ich dich liebe. Diese Erkenntnis kam sehr plötzlich. Ich habe ja jahrelang Melanie geliebt! Und als dann Melanie auf einmal vor mir stand … Ja, ich hatte mich von ihr getrennt, wie schon öfter. Aber in diesem Moment sind meine Gefühle für sie noch einmal aufgeflammt. Und …« Georg schüttelte den Kopf, wie um seine Gedanken zu ordnen. Er schwieg und lauschte auf den Regen. Sein Gesicht hatte diesen abwesenden, schmerzlichen Ausdruck, den Thea so hasste.

»Ja …?«, fragte sie schließlich leise. Noch wagte sie Georgs Geständnis, dass er sie liebte, nicht wirklich zu trauen. Er hatte ja eben selbst gesagt, dass seine Gefühle für Melanie noch einmal lebendig geworden seien.

Nun sah Georg sie wieder an. Sein Blick war ganz offen. »Melanie hat mir in jener Nacht gesagt, dass sie sich von ihrem Mann scheiden lassen will. Um für mich frei zu sein. Sie war so lange ein Teil meines Lebens ... Auch in den Jahren, in denen wir keinen Kontakt hatten. Auch in den Zeiten, und davon gab es einige, in denen ich sie gehasst habe, war sie ... Wie soll ich es sagen? Wie ein Kompass, an dem sich mein Denken und Fühlen ausgerichtet hat. Und noch vor Kurzem hätte ich alles dafür gegeben, damit sie meine Frau wird. Deshalb hat mir dieses Geständnis den Boden unter den Füßen weggezogen. Ich musste einfach allein sein, um mir darüber klar zu werden, wer ich wirklich bin und was ich will. Ich habe mich ins Auto gesetzt und bin einfach losgefahren, die ganze Nacht durch, ohne ein Ziel.« Georg sprach jetzt sehr schnell, als wollte er sich eine Last von der Seele reden.

»Am frühen Morgen gelangte ich dann an die Schweizer Grenze und nahm mir in einem Dorf ein Zimmer in einem kleinen Hotel. Dort bin ich stundenlang durch die Gegend gewandert ... Und allmählich kam ich wieder zu Sinnen. Und ich habe endgültig begriffen, dass du die Frau bist, die ich von ganzem Herzen liebe und mit der ich zusammen sein möchte. Und ich habe auch begriffen, dass Liebe nicht schmerzhaft und quälend und zerstörerisch sein muss. Dass sie mit dir ganz anders sein kann ... Beglückend und erfüllend. Weil du bist, wie du bist. So voller Leben und Liebe und tapfer und mutig ...« Georg brach ab. Sein Gesicht war weich und verletzlich. Er hatte sich ihr vollständig offenbart, sich ihr ausgeliefert. Thea war tief berührt. Und sie glaubte ihm. Ein überwältigendes Glücksgefühl stieg in ihr auf.

»Ach Georg …«, flüsterte sie.

»Ach Georg? Das klingt nicht gerade begeistert.« Er lächelte sie liebevoll und innig an und strich ihr das feuchte Haar zurück. Seine Hand ruhte auf ihrer Wange.

»Na ja, wie sollte ich auch begeistert sein? Schließlich habe ich mich in einen zynischen, rüpelhaften Mann verliebt, der mich und seine Patienten ständig anblafft. Und …«

»Ach, sei still!« Er nahm sie in die Arme, und seine Lippen verschlossen ihren Mund. Leidenschaftlich erwiderte Thea den Kuss. Georg zu küssen war wunderschön, berauschend und erfüllend. Und es fühlte sich *richtig* an. Mit jeder Faser ihres Körpers spürte sie das. Ja, sie liebte ihn. Und sie wollte sich ihm ganz hingeben. Jetzt, in diesem Augenblick. Und an seinen immer erregteren Berührungen merkte sie, dass es ihm genauso erging.

»Denkst du, wir könnten hier …?«, flüsterte sie atemlos.

»Ja doch …« Lächelnd beugte er sich über sie. Er knöpfte ihre Bluse auf, seine Hände strichen über ihre nackte Haut, und sie erschauderte. O ja, der Kuss war nur eine Verheißung gewesen. Sie streiften sich die Kleider ab. Thea drängte sich an ihn, sie versanken ineinander, liebten sich zärtlich und stürmisch zugleich.

Und später, während der Regen immer noch auf den Wagen fiel, lag Thea in Georgs Armen, tief ergriffen und ganz überwältigt von seiner Liebe.

Epilog

Thea blickte aus dem einen Spalt breit geöffneten Fenster, und ihr wurde es ganz leicht vor Glück. Eine sommerlich grüne Landschaft breitete sich im Nachmittagslicht entlang der Landstraße aus. Da und dort leuchteten Blumen im hohen Gras, und der Duft von blühendem Ginster wehte durch den Bus. Wie anders war das als bei ihrer ersten Fahrt hierher im Nebel wenige Monate zuvor! So viel war in dieser kurzen Zeit geschehen, dass es eigentlich für ein ganzes Leben gereicht hätte. Manchmal hatte Thea das Gefühl, alles noch gar nicht richtig zu erfassen. Die Stelle in Georgs Praxis und dass sie sich den Respekt der Eichenborner erworben hatte. Die Versöhnung mit dem Vater, und auch Katja und sie hatten sich inzwischen ausgesprochen. Und am schönsten und wunderbarsten war, dass sie und Georg sich – so unwahrscheinlich das auch anfangs erschienen sein mochte – ineinander verliebt hatten.

Die vergangene Nacht und den Vormittag hatte Thea in Marburg verbracht, wegen ihres Bewerbungsgesprächs mit dem Chefarzt der Gynäkologie. Sie war schon am Vorabend angereist und hatte sich ein Zimmer in einer preiswerten Pension genommen, denn mit dem Zug und Bus dorthin zu fahren war umständlich und zeitaufwendig, und mit dem altersschwachen Opel hatte sie die Strecke nicht wagen wollen. Thea lächelte vor sich hin. Sogar in diesen wenigen

Stunden hatte sie Georg vermisst. Kaum vorstellbar, dass sie einmal froh gewesen war, ihn möglichst wenig zu Gesicht zu bekommen.

»Eichenborn, der nächste Halt ist Eichenborn!«, schallte nun die Stimme des Fahrers durch den Bus. Schon aus einiger Entfernung sah Thea Georg bei der Haltestelle am Kirchplatz stehen. Wegen des warmen Wetters war er im Hemd und ohne Jacke gekommen, die Krawatte hing locker um seinen Hals, den Hut hatte er ein Stück aus der Stirn geschoben, und seine Augen leuchteten sehr blau und hell. Die Hände steckten in seinen Hosentaschen. Irgendwie war diese Körperhaltung für ihn typisch. Abwartend, skeptisch und doch auch zugewandt.

Mein Geliebter, dachte Thea zärtlich.

Sein eben noch ernstes und nachdenkliches Gesicht hellte sich auf, als sie aus dem Bus stieg, und er eilte auf sie zu.

»Da bist du also wieder«, er lächelte sie an, »wie schön!«

»Guten Tag, Herr Doktor und Frau Doktor.« Die Köpfe einiger Dörfler auf dem Kirchplatz waren neugierig zu ihnen herumgefahren, und die Leute lächelten wissend. Irgendwie hatte es sich mittlerweile in der ganzen Gegend verbreitet, dass Georg und sie ein Paar waren, auch wenn sie sehr diskret gewesen waren. Und Thea natürlich nur heimlich im Schlösschen bei ihm übernachtet hatte.

Ein Kuss in aller Öffentlichkeit wäre dennoch eine Sensation gewesen und hätte wahrscheinlich auf Wochen für Gesprächsstoff gesorgt – das musste nicht sein. Sie konnten ihn schließlich später nachholen. Deshalb fassten sie sich nur innig an den Händen.

»Und? Wie ist das Gespräch verlaufen?«, fragte Georg

und nahm ihr die kleine Reisetasche ab. »Ich schätze mal, gut, so wie du strahlst?« Voller Wärme und Zuneigung blickte er sie an. Langsam schlenderten sie die Hauptstraße entlang.

»Ja, ich bekomme die Stelle als Assistenzärztin. Ach, es ist so schön, ich kann es kaum glauben! Ich werde eine Fachärztin für Gynäkologie sein!« Thea war immer noch ganz überwältigt von dem Gedanken. »Ich soll die Stelle allerdings schon nächsten Monat antreten«, fügte sie etwas zögernd hinzu.

»Wir haben ja schon besprochen, dass ich einen neuen Mitarbeiter als Ersatz für dich einstellen werde. Bestimmt finde ich schnell jemanden.«

»Natürlich ...« Thea war froh, dass Georg sie bei ihrem Berufswunsch unterstützte und ihr auch helfen würde, nach der erfolgreich abgeschlossenen Prüfung eine gynäkologische Praxis in Eichenborn zu eröffnen. Aber irgendwie hätte sie sich doch gewünscht, dass er die Trennung ein bisschen bedauerte und nicht ganz so rational reagierte. Schließlich würden sie sich etwa ein Jahr lang nur selten an den Wochenenden sehen können.

Georg erkundigte sich nun nach den Einzelheiten des Bewerbungsgesprächs und nach ihrem neuen Chef. Und Thea fragte, was sich in der Praxis ereignet hatte. Dennoch war sie insgeheim ein wenig verstimmt.

Als sie das Gelände des Schlösschens erreichten, blickte sie auf ihre Armbanduhr. »Kurz vor vier, dann sollten wir wohl sofort in die Praxis gehen!«

»Nein.« Georg schüttelte den Kopf.

»Aber die Sprechstunde beginnt doch gleich?« Thea verstand nicht.

»An der Tür hängt ein Zettel, dass Dr. Frielingsdorf uns für den Rest des Tages vertritt.«

»Schon wieder? Ist das nicht ein bisschen viel verlangt?«

»Er will im Sommer zwei Wochen Urlaub machen, dann werde ich für ihn einspringen. Also, mach dir keine Gedanken.« Etwas von der üblichen Ungeduld schwang in Georgs Stimme mit, gemildert durch ein Lächeln. »Und jetzt komm mit ins Schlösschen.«

Immer noch verwundert folgte Thea ihm. Sie durchquerten die Halle, dann ging es die Wendeltreppe hinauf und über den Dachboden, wo Staub im Sonnenlicht tanzte, das durch die Luken fiel, und schließlich die Stufen zum Türmchen empor.

Wieder war der Himmel ganz klar und die Sicht atemberaubend. Aber Thea konnte es noch nicht richtig genießen. Und nun kramte Georg auch noch in seiner Hosentasche herum. Sicher würde er gleich eine Packung Zigaretten und ein Feuerzeug zu Tage fördern.

Doch nun hielt er ein altes Lederkästchen in der Hand und klappte es auf. Ein kleiner Klumpen lag darin, vielleicht ein Stein – im nächsten Moment leuchtete er jedoch im Sonnenlicht auf.

»Aber, das ist ja Gold!«, rief Thea überrascht.

»Richtig. Ein ehemaliger Patient, den ich vor seinem Tod ein paar Jahre lang betreut habe, hat es mir geschenkt. Es stammt aus der Eifel, er hat es in seiner Jugend selbst geschürft. Ich …« Georg stockte und räusperte sich. »Ich habe es mir für einen besonderen Anlass aufgehoben. Und der ist jetzt gekommen. Ich hatte keine Zeit, einen Verlobungsring für dich zu kaufen. Aber ich werde einen daraus für dich anfertigen lassen, wenn du …«

»Du machst mir einen Heiratsantrag?« Thea starrte ihn an. Ihr Herz schlug ganz schnell.

»Ja, hier oben ist leider zu wenig Platz, als dass ich mich hinknien könnte.« Georg lächelte sie an und war gleichzeitig doch sehr ernst. »Ich weiß, wir kennen uns noch gar nicht lange, und wir sind erst seit Kurzem ein Paar. Aber gestern Nacht, als du weg warst, wurde mir klar, dass ich den Rest meines Lebens mit dir verbringen will. Das weiß ich ganz genau. Der Krieg hat mich gelehrt, wie kostbar das Leben ist und dass jeder Tag zählt. Auch deshalb möchte ich nicht länger warten – wenn du es auch willst.«

Thea schwieg überwältigt. Genau das wünschte sie sich ebenfalls. Mit Georg den Rest ihres Lebens zu verbringen. Auch sie war sich dessen ganz sicher.

»Du nimmst meinen Antrag nicht an?« Georg betrachtete sie forschend und besorgt. »Es tut mir leid, ich wollte dich nicht überrumpeln. Falls du noch Zeit brauchst, kann ich das gut verstehen. Vorausgesetzt natürlich, du ziehst es überhaupt in Betracht, mich zu heiraten.«

»Doch, wie kannst du daran zweifeln?« Endlich gehorchte Thea die Stimme wieder, nur um gleich darauf ganz zittrig zu werden, weil sie vor Freude weinen musste. Ach, sie hatte in der letzten Zeit wirklich sehr nah am Wasser gebaut! Sie lächelte unter Tränen. »Natürlich möchte ich deine Frau werden und mit dir leben, für immer ...« Sie umarmte Georg leidenschaftlich. »Ich liebe dich so sehr!«

»Wie schön, dass ich mir keinen Korb eingehandelt habe«, murmelte er und küsste ihr die Tränen weg.

Thea gab sich ganz der Liebkosung hin. Mit Georg würde sie glücklich sein und ihr gemeinsames Leben reich und erfüllt und wunderschön. Das wusste sie tief in ihrem Herzen.

Nachwort

Bei meinen Recherchen zur *Landärztin* ist mir immer wieder aufgefallen, wie gegensätzlich und widersprüchlich die frühen 1950er Jahre waren. Auf der einen Seite gab es die enorme wirtschaftliche Entwicklung – das »Wirtschaftswunder« begann seine Kraft zu entfalten, die Läden standen wieder voller Waren, es ging »aufwärts«. In der Eifel herrschte ein reger Tourismus, viele Niederländer und Belgier kamen, schon so kurz nach dem Ende des Krieges, als Reisende ins Land. Auf der anderen Seite hausten aber noch viele Flüchtlinge unter ärmlichen Bedingungen. Kriegsversehrte waren überall präsent, und nationalsozialistische Strukturen und Seilschaften hatten – trotz der Entnazifizierungsbestrebungen der Alliierten – nach wie vor Bestand. Etwa, was auch das Personal und die Leitungsposten in Kinderheimen und Waisenhäusern betraf.

Auch die Medizin war in den frühen 1950er Jahren natürlich noch nicht auf einem Stand wie heute. Zwar gab es zum Beispiel bereits die »Eiserne Lunge«, es gab Brutkästen für Frühgeborene, und das erst seit Kurzem in Mengen produzierte Penicillin galt als ein großer Segen und eine große Verheißung. Schließlich hatten bis dahin bakterielle Entzündungen nicht selten zum Tode geführt. Andererseits aber konnten Herzinfarkte und Schlaganfälle mit kaum mehr als wochenlanger Bettruhe und Schonung behandelt werden. Krankenhäuser verfügten nicht über Notfallambulanzen, und in Krankenwagen fuhren Sanitäter mit, aber keine Ärzte. Auch den kassenärztlichen Bereitschaftsdienst gab es noch nicht. Die Hausärzte mussten mehr oder weniger rund um die Uhr verfügbar sein. Die Niederlassungsfreiheit wurde den Ärzten erst Anfang der 1960er Jahre von den Krankenkassen gewährt.

Unter Medizinern und in der Gesellschaft herrschte noch lange nach dem Krieg die weitverbreitete und akzeptierte Meinung, dass »die menschliche Seele nahezu unbegrenzt belastbar« sei. Dies war durchaus auch politisch gewollt, um Entschädigungsforderungen von traumatisierten Opfern des Nationalsozialismus abzuwehren. Und Soldaten, die psychisch unter den Folgen des Krieges litten, wurden aufgrund dieser Einstellung häufig Ansprüche auf eine Invalidenrente verwehrt.

Das Wort »Bestallung« bezeichnete übrigens Anfang der 1950er Jahre die Approbation eines Arztes oder einer Ärztin.

Auf lebende Schafläuse als erfolgreiches Heilmittel gegen eine Hepatitis-B-Erkrankung bin ich in den Lebenserinnerungen von Dr. Gisela Bruns-Funke gestoßen, einer Ärztin, die von der Nachkriegszeit bis in die 1980er Jahre in der ländlichen Gegend um Detmold praktizierte.

Wie immer in meinen Romanen habe ich mir auch Freiheiten genommen. So ist unter anderem das Dorf Eichenborn fiktiv. Eine meinem Roman dienliche Beschreibung der Räumlichkeiten der Monschauer Burg habe ich mir ebenfalls erlaubt. Inspiriert ist das Dorf Eichenborn von dem Ort Mützenich an der belgischen Grenze. Dort wie auch in der ganzen Grenzregion spielte der Kaffeeschmuggel in der direkten Nachkriegszeit und Anfang der 1950er Jahre eine große Rolle, was an der hohen Steuer auf Kaffee in Deutschland lag. Sie betrug zehn Mark pro Kilo und machte den Schmuggel so sehr attraktiv. Ein Kilo Kaffee kostete in Deutschland bis zu zweiunddreißig Mark, in Belgien dagegen konnte es für acht Mark erworben werden. Auch belgische Militärfahrzeuge, sogar Panzer, wurden für den Kaffeeschmuggel zweckentfremdet. Erst als 1953 die Steuer auf Kaffee in Deutschland von zehn auf vier Mark heruntergesetzt wurde, verlor der Schmuggel seine Bedeutung.

In Mützenich gab es Anfang der 1950er Jahre Bestrebungen, »belgisch« zu werden – dies habe ich für meinen Ort Eichenborn übernommen. Am Karfreitag 1949 hatte Belgien seine Ansprüche auf Mützenich und andere Orte, die Enklaven auf belgischem Gebiet bilden, in einem Vertrag aufgegeben. Doch viele Mützenicher hatten dennoch den Wunsch, zu Belgien zu gehören, und dafür bestanden verschiedene Gründe. Die wirtschaftlich bessere Situation in dem Nachbarland war sicher einer davon.

Was ich im Zusammenhang mit meinen Recherchen für das Buch noch wichtig und interessant fand:
– In der Nachkriegszeit bis in die 1950er Jahre lebten in Deutschland einige hunderttausend eltern- und heimatlose Kinder und Jugendliche. Nur ein Teil von ihnen fand Aufnahme in Heimen. Bei dem Wissen, das wir heute über die damaligen Zustände in vielen Kinderheimen und Waisenhäusern haben, bedeutete ein Heimplatz zwar ein Dach über dem Kopf, ein Bett und Nahrung, aber sicher in den wenigsten Fällen ein wirklich geschütztes und geborgenes Leben. Im Gegenteil, meist waren Vernachlässigung und drakonische Strafen an der Tagesordnung.

– Bis in die 1980er Jahre wurden Zwangsarbeiter verharmlosend »Fremdarbeiter« genannt. Da dieser Begriff in den 1950er Jahren jedoch allgemeiner Sprachgebrauch war, habe ich ihn in meinem Buch verwendet.

– »Schokoladenkinder« wurden die Kinder und Jugendlichen genannt, die aus den Dörfern im Grenzgebiet in großen Scharen nach Belgien und in die Niederlande zogen und dort um Schokolade und andere Lebensmittel bettelten. Die Briten unterhielten Anfang der 1950er Jahre in Aachen ein Heim für elternlose Schokoladenkinder, die beim Betteln von der Polizei aufgegriffen worden waren. Was die Lage des Heims in Aachen betrifft, habe ich mir Freiheiten genommen, und die stellvertretende Leiterin, Miss Morgan, ist meine Erfindung.

– Ein VW-Käfer wurde 1950 eigentlich noch nicht »Käfer« genannt. Ein »VW« war gleichbedeutend mit dem, was wir uns heute unter einem »Käfer« vorstellen. Der Bildhaftigkeit halber bin ich hier auf den jetzigen Sprachgebrauch ausgewichen.

– 1950 begann das Schuljahr in allen Bundesländern – außer in Bayern – noch nach den Osterferien. Es herrschte die 48-Stunden Woche, der Samstag war ein normaler Arbeitstag. Volljährig wurde man mit einundzwanzig, das Mindestalter, um den Führerschein zu erwerben, lag jedoch auch damals bei achtzehn Jahren.

– In Simmerath, einer Gemeinde in der Nähe der belgischen Grenze und circa acht Kilometer von Monschau entfernt, gab es zu Beginn der 1950er Jahre ein kleines Krankenhaus. Aus dramaturgischen Gründen findet es im Roman keine Erwähnung.

– Schussverletzungen müssen in Deutschland – außer etwa,

wenn Minderjährige betroffen sind – nicht der Polizei gemeldet werden.

– Noch ein Wort zur Uhrzeit und zum Beginn der Morgen-
und der Abenddämmerung: 1950 gab es keine Sommerzeit,
es herrschte durchgehend die Winterzeit, die ja ohnehin die
»Normal-Zeit« ist. Entsprechend wurde es von April bis
Oktober eine Stunde früher hell als heute – und eine Stunde früher dunkel.

– Und als Letztes: Ende des 19. und Anfang des 20. Jahr-
hunderts wurde in der Eifel, vor allem auf dem heutigen
belgischen Gebiet, tatsächlich in kleinen Mengen Gold geschürft.

Felicia Otten

Danksagung

Danke an

– meinen Mann Hartmut Löschcke für unsere gemeinsamen Ausflüge in die Eifel und ins Hohe Venn und, wie immer, für Anregungen, konstruktive Kritik und Geduld in schwierigen Schreibphasen.

– Dr. Birgit Nückel und Wolfgang Guting; sie haben mir ausführlich von der Praxis erzählt, die ihr Vater Anfang der 1950er Jahre als praktischer Arzt und Geburtshelfer am Rand der Nordeifel unterhielt. Vieles von dem Lokalkolorit hat Eingang in meinen Roman gefunden.

– und danke zusätzlich an Dr. Birgit Nückel für das Gegenlesen der medizinischen Szenen; Dank schulde ich hier ebenfalls meiner Freundin und Hebamme Carina Kroth und meiner Schwiegermutter Dorothea Löschcke, die früher Hebamme war. Alle etwaigen Fehler liegen allein bei mir.

– meine Lektorinnen Wiebke Rossa und Anja Franzen vom Blanvalet Verlag; sie haben das Manuskript begeistert und engagiert begleitet, und die intensiven Gespräche mit ihnen waren sehr inspirierend und hilfreich.

– meine Redakteurin Gisela Klemt für ihre wertvollen Fragen und Anmerkungen; ich konnte mich voll und ganz auf sie verlassen.

– meine Freundin und Kollegin Mila Lippke für das ausführliche Gespräch über ein frühes Exposé der *Landärztin* und ihre wichtigen Hinweise.

– meine Agentin Andrea Wildgruber für ihre engagierte Unterstützung und ihren Rat.

Judith Nicolai

Die Töchter der Sturminsel
*Kann Liebe sogar die Dunkelheit
des Krieges besiegen?*

1942, ein Sturm zieht herauf ... Mutig wagt die junge Friederike den Schritt in ein neues Leben, als ihr Ehemann, ein hochrangiger Wehrmachtsoffizier, auf der Insel Guernsey stationiert wird. Ein malerisches Cottage am Meer soll von nun an ihr Zuhause sein – doch verbirgt sich dahinter ein dunkles Geheimnis? Schon bald beschleicht Friederike das Gefühl, ihren Mann überhaupt nicht zu kennen ... und in dem gefährlichen Netz aus Lügen und Unterdrückung zwischen deutschen Besatzern und Einheimischen nur ein Spielball zu sein. Halt findet Friederike einzig in dem schweigsamen Sohn eines benachbarten Farmers: Die wenigen Minuten, die sie mit Henry verbringen kann, werden für sie zur kostbarsten Zeit jedes Tages. Aber darf sie ihm wirklich trauen – oder wird ihr Herz sie verraten?

*Erschienen bei dotbooks.
www.dotbooks.de*